Rosenaroma, Duftessenzen und das Drama einer Epoche, in der alles möglich scheint

Sein Vater war noch einfacher Seifensieder, aber der junge Fritz Ribot will hoch hinaus. Mit seinen Ideen begründet er um 1880 ein Imperium, das seine duftenden Luxusprodukte aus Franken bis nach China exportiert. Seine Frau Sophie muss sich jedoch fragen, ob sie Fritz je so wichtig sein wird wie die Firma. Und darf sie zulassen, dass er sich zwischen seine jüngste Schwester Lisette und den Fabrikarbeiter Hans stellen will? Keiner in der Familie erkennt die düsteren Vorboten des Krieges, und niemand ahnt, dass Fritz ein Geheimnis bewahrt, das alles in Frage stellen kann, worauf die Ribots stolz sind, die es so wirklich gegeben hat.

Lebensvoll und authentisch erzählt Bestsellerautorin Sabine Weigand von einer Fabrikantendynastie in Süddeutschland.

»Eine Gründerzeit-Geschichte, die gerade in Start-up-Zeiten viele Leser interessieren könnte.« Michael Rösler-Graichen, *Börsenblatt*

»Berührender Mix aus Spannung und Gefühl.« Anke Gappel, *tina*

Sabine Weigands inzwischen insgesamt neun historischen Romanen liegen wahre Geschichten zugrunde, bei »Die Seelen im Feuer« zum Beispiel die Hexenakten von Bamberg, bei »Die Manufaktur der Düfte« die Aufzeichnungen einer Seifenfabrikantenfamilie in Deutschland.
Für ihren neuen Roman »Die deutsche Lady« fuhr die Autorin nach Schlesien, um das Leben der Daisy von Pless zu erkunden.
Sabine Weigand stammt aus Franken. Sie ist Historikerin, arbeitete als Ausstellungsplanerin für Museen und ist nun freie Autorin und Abgeordnete im bayerischen Landtag.

Die Webseite der Autorin: www.sabine-weigand.de
Weitere Informationen finden Sie auf www.fischerverlage.de

Sabine Weigand

Die Manufaktur der Düfte

Roman

FISCHER Taschenbuch

MIX
Papier aus verantwortungsvollen Quellen
FSC® C014496

Erschienen bei FISCHER Taschenbuch
Frankfurt am Main, Oktober 2019

Druck und Bindung: GGP Media GmbH, Pößneck
Printed in Germany
ISBN 978-3-596-03670-7

Erstes Buch

Kapitel 1
1845

Mit weitausgreifenden Schritten näherte sich eine schmächtige Gestalt von Süden her dem Städtchen. Es war ein junger Bursche, vielleicht um die zwanzig Jahre alt, mit rosigen Wangen und einem feinen blonden Schnurrbart, wie er gerade Mode war. Der Bursche trug Arbeitshosen aus schwarzem Zwillich, bis zum Knie voller Straßenstaub, dazu ein Leinenhemd, das schon bessere Tage gesehen hatte, und eine gestreifte Weste. Auf seinen blonden Locken saß ein brauner Filzhut, dessen Krempe bei jedem Schritt mitschlappte. Jetzt blieb der junge Mann stehen, lehnte seinen Wanderstock gegen die Schulter und wischte sich den Schweiß mit einem großen karierten Taschentuch von der Stirn. Dann ruckelte er das Felleisen auf seinem Rücken zurecht und steuerte entschlossen auf den Stadtmauerturm zu. Die Uhr über der runden Toröffnung zeigte auf Mittag und erinnerte ihn daran, dass sein Magen knurrte.

Drinnen im Städtchen war es ruhig, um diese Zeit saß die Bürgerschaft beim Essen oder ruhte aus. Ein paar Spatzen hüpften über das Kopfsteinpflaster und nippten mit kleinen, ruckartigen Bewegungen an dem Wasserrinnsal, das in der Mitte zwischen den Häuserreihen dahinsickerte. Der junge Wanderer folgte dem Verlauf der Straße, vorbei an den ersten Wohnhäusern, ein paar geschlossenen Läden und einer schönen Schmiede, in deren Esse noch ein Feuer glomm. Aus einem Seitengässchen kam ihm eine alte Frau mit einem Korb voller Äpfel entgegen; er hielt sie an.

»Gute Frau«, sagte er freundlich in seinem heimatlichen Zungenschlag, »können Sie mir sagen, wie dieses hübsche Örtchen hier heißt?«

Die Alte blinzelte ihn misstrauisch an. »Schwouba«, brummelte sie und tappte dann eilig davon.

Das weiß ich selber, dass ich aus Schwaben bin, dachte der junge Bursche und ging schulterzuckend weiter. Schließlich erreichte er die

Wirtschaft »Zum roten Ochsen« und trat durch die offene Tür. Der Schankraum war leer bis auf drei alte Männer, die an einem runden Tisch Schafkopf spielten. Er grüßte und bekam ein gemeinschaftliches Nicken zurück. »Verzeihung, in welcher Stadt bin ich hier?«, fragte er und bemühte sich, diesmal Hochdeutsch zu sprechen.

»Na, in Schwabach«, antwortete einer.

»Und gibt's hier eine Seifensiederherberge?«

Die Männer berieten sich. »Muss der ›Schwarze Adler‹ in der Hördlertorstraße sein«, kam schließlich die Antwort. »Bist ein Handwerksbursch auf der Walz?«

Der junge Mann nickte. »Seifensieder, Altgeselle!«, sagte er stolz. Dann ließ er sich den Weg zur Herberge erklären, schritt aus, passierte wie beschrieben die Spitalkirche, überquerte die Brücke über das Flüsschen, das der Stadt seinen Namen gab, und marschierte dann auf das gelbverputzte Eckhaus zu, über dessen breiter Eingangstür ein Adler mit aufgespannten Flügeln prangte.

»Name?« Der Wirt, ein Kahlkopf mit ansehnlichem Bierranzen, klappte sein Herbergsbuch auf und tunkte die Feder in ein Tintenfass.

»Ribot«, antwortete der junge Seifensiedergeselle. »R-I-B-O-T. Das kommt aus dem Französischen«, ergänzte er. »Wird aber deutsch ausgesprochen. Philipp Benjamin.«

»Woher?«

»Aus Cannstadt im Württembergischen.«

»Aha.« Der Wirt trug alles mit eingeklemmter Zunge in sein Buch ein. Dann zapfte er wortlos eine Halbe Rotbier und schob sie dem Gast hin. »Bist auf der Durchreise? Oder suchst einen Platz?«

Philipp Benjamin Ribot ließ das kühle Bier seine staubige Kehle hinunterrinnen und wischte sich dann den Schaum aus dem Bärtchen. »Ein Platz wär schon recht«, meinte er.

Der Wirt wiegte den kahlen Schädel hin und her. »Acht Seifensieder haben wir hier am Ort, alles anständige Meister. Aber wer von denen grad Arbeit hat? Hm, ich würd's als Erstes beim Strunz versuchen, in der Nürnberger Straße. Der ist nicht ganz gesund und kann vielleicht Hilfe brauchen. Sag einen schönen Gruß.« Er sah den begehrlichen Blick des Gesellen auf die Räucherwürste, die hinter der Theke von der Decke hingen, schnitt eine ab und drückte sie ihm in die Hand. »Damit du nicht vorher verhungerst.«

Philipp Benjamin Ribot übergab dem Wirt sein Felleisen zur Aufbewahrung und machte sich kauend auf den Weg. Schließlich stand er in einer Gasse vor einem zweigädigen Haus, in das rechts von der Eingangstür ein großes Fenster eingelassen war. Darin lagen schön aufgestapelt verschiedene Seifenstücke, runde Tiegel mit Schmierseife und Kerzen in allen Größen. Über dem Fenster stand in schmalen, hohen Buchstaben: »E. Strunz, Seifen und Lichter«. Ribot klopfte sich den Staub von Hose und Schuhen, gab sich einen Ruck und trat ein.

Im Flur kam ihm ein großer Mann mit schütterem, zurückgekämmtem Haar entgegen, eine stattliche Erscheinung, wenn da nicht die Krücke gewesen wäre, mit der er sich beim Gehen behalf. Ribot nahm den Hut ab und hielt ihn, wie es sich für den traditionellen Gruß gehörte, mit dem linken Daumen an den Stock gepresst. »Grüß Gott, sind Sie der Meister?« – »Weiß nicht anders«, entgegnete Ernst Strunz nach gutem Brauch und Gewohnheit. Dann winkte er seinen Besucher in die Stube und goss ihm einen Becher voll Wein ein. »Trink, Fremder, von wegen des Handwerks.« Das war das Zeichen, dass der junge Geselle Hut und Stock ablegen durfte. Anschließend nahm er dankend das dazulande übliche Meistergeschenk von zwanzig Kreuzern in Empfang.

»Suchst eine Arbeit?«, fragte Strunz und musterte sein Gegenüber durchdringend.

»Ja, Herr Meister«, nickte der junge Ribot und reichte Strunz sein Wanderbuch. »Bin im zweiten Jahr auf der Walz.«

»Wie heißt?«

»Philipp.«

»Kannst auch Lichter ziehen?«

»Und wie«, antwortete der Geselle und warf sich in die Brust.

Strunz durchblätterte das kleine schwarze Büchlein, in dem alle Stationen des bisherigen Wanderlebens seines Bewerbers festgehalten waren. »In Ungarn warst auch schon, hm?«

Ribot nickte. »Und in Österreich, in Wien.«

So ging das Examinieren noch eine Weile weiter, bis der Meister schließlich sagte: »Gut, bleibst da. Holst dein Felleisen, kannst gleich zum Abendessen eintreten.«

»Ich dank auch schön, Herr Meister.« Philipp war erleichtert. Er brauchte diese Stelle dringend, seine Ersparnisse waren schon seit der letzten Station in Ulm so gut wie aufgebraucht.

Am Abendbrottisch lernte Philipp die Meisterin Maria Strunz kennen, eine dicke, breithüftige Frau mit aufgesteckten Haaren und der Andeutung eines Kropfes. »Kannst Frau Mutter zu mir sagen«, erklärte sie großzügig und wies ihm seinen Platz an der schmalen Seite des Tisches zu. Am Herd hantierte derweil ein junges Mädchen in Schürze und Kopftuch und brachte dann mit gesenktem Kopf einen Topf heran. »Meine Tochter Babette«, stellte Strunz sie vor. Das Mädchen knickste stumm; ein Hauch von Röte legte sich auf ihre Wangen.

»Grüß Gott, Babette«, lächelte Philipp und dachte bei sich, dass er noch selten ein reizloseres Ding gesehen hatte. Er war kein Kostverächter, und mit seiner Frohnatur kam er bei den Damen gut an. In fast jedem Städtchen hatte ihm bisher eine nachgeweint, wenn er wieder einmal »fremd« geworden und weitergezogen war. Einmal hatte er auch Ärger bekommen, weil er mit dem hübschen Töchterlein eines ungarischen Seifensiedermeisters angebandelt hatte. Na, die hier würde ihn jedenfalls nicht in Versuchung führen.

Die Meisterstochter schöpfte allen von der Brotsuppe ein. Betty war ein dürres, fahlhäutiges Ding mit mausgrauen Zöpfen, die unter ihrem Tuch hervorhingen. Nichts an ihr hatte Farbe, und die dunklen Ringe unter den Augen ließen sie kränklich wirken. Beim Stehen zog sie unwillkürlich den Kopf ein und wölbte den Rücken, was ihre Haltung einem Fragezeichen ähneln ließ. Während des Essens wagte sie nicht ein einziges Mal, von ihrem Teller aufzublicken, und sie schwieg beharrlich. Na, das kann ja spaßig werden mit der, dachte sich Philipp und löffelte hungrig Brot- und Zwiebelbrocken in sich hinein. Zweimal bat er um Nachschlag, bis die Meisterin zu ihrem Mann sagte: »Den kriegen wir nie satt, der frisst uns bald die Haare vom Kopf!«

Am nächsten Morgen um halb fünf stand Philipp auf, wusch sich im Hof am Wasserschwengel und betrat die Werkstatt. Unter dem gemauerten Siedekessel flackerte schon das Feuer, und der Meister humpelte mit einer Wanne voll Talg zur Hintertür herein. »Hab ein verkürztes Bein«, erklärte er. »Und das macht Krämpfe und Schmerzen, mal schlimmer, mal besser. Kann Hilfe gut gebrauchen.« Philipp beeilte sich, ihm die Last abzunehmen und zu der kochenden Lauge in den Kessel zu schütten. Er schnupperte. »Meister, was für Soda verwenden Sie für die Lauge?«

»Selbstgemachte!«, erwiderte Strunz stolz. »Aus Kalk und erstklassiger Holzasche. Schau mal in den Äscher!«

Philipp stellte den Blechbehälter ab, blickte sich um und rümpfte die Nase. Der war ja rückständig! Überall sonst nahm man inzwischen längst künstliche Soda aus Glaubersalz und Kalk. Die hatte ein französischer Arzt namens Leblanc schon vor Jahrzehnten erfunden! Überhaupt sah hier in der Siederei alles ein wenig verwahrlost und verdreckt aus, die Abschöpfkellen waren nicht gereinigt, die Pottasche lagerte zusammen mit den Kalksäcken offen in einer Ecke gleich neben den Wannen mit Schafsfett, auf dem die Mücken hockten. Da fragt man sich doch, wer hier von wem was lernen kann, dachte der Geselle. Aber er sagte lieber nichts, schürte und rührte lieber fleißig, gab Steinsalz in den Bottich, prüfte die Konsistenz der blubbernden Flüssigkeit und kontrollierte die Festigkeit des Seifenleims. Der Siedeprozess dauerte normalerweise acht bis neun Stunden, meist gelang die Verseifung je nach Stärke der Lauge erst nach dem fünften bis sechsten Sud. Der Meister beobachtete seinen neuen Gesellen derweil mit Argusaugen und nickte hin und wieder zufrieden. »Machst das schon ganz ordentlich«, kommentierte er.

»Darf ich später einmal ins Rezeptbuch schauen?«, fragte Philipp. »Damit ich gleich weiß, was in den Bottich kommt?«

Strunz grinste. »Rezeptbuch, ts! So was brauch ich nicht.« Er tippte sich an die Stirn. »Ist alles hier drin, mein Junge!«

Philipp seufzte in sich hinein. Kein Rezeptbuch, uralte Methoden – das war hier ja wie im letzten Jahrhundert!

Um acht Uhr war Zeit für das Frühstück, serviert von der schüchternen Betty. Es bestand aus einem ordentlichen Stück Brot, das in warme Milch gebrockt wurde. »Meister«, fragte Philipp vorsichtig, »warum nehmen Sie keine künstliche Soda?«

Ernst Strunz verzog das Gesicht. »Neumodisches Zeug«, knurrte er. »Braucht keiner. Meine Lauge ist einwandfrei.«

»Aber«, wandte Philipp ein, »mit der künstlichen Soda wird die Seife schön weiß, nicht mehr so grünlich wie mit der alten Natursoda. Das schaut viel eleganter aus.«

»Elegant, elegant, so ein Schmarrn.« Strunz warf den Löffel hin. »Ich sag dir mal eins, Herr Siebengescheit: Meine Seifen sind weit und breit die besten. Gute Festigkeit, feiner Schaum, sparsam im Verbrauch. Ich brauch keinen aufgestellten Mäusedreck, der mir Neuerungen aufschwatzen will. Wenn dir hier was nicht passt, kannst gern wieder gehen.«

Philipp schluckte. »Oh, neinneinnein«, druckste er. »So war's doch nicht gemeint. Ich hab ja nur gedacht …«

»Das Denken kannst du ab jetzt ruhig mir überlassen«, brummte Strunz versöhnlich und haute seinem neuen Gesellen auf die Schulter. »Auf! Bis Mittag machen wir noch einen Sud Schmierseife, dann schöpfen wir ab und schütten alles in die Formen zum Austrocknen. Heut gibt's früher Abendessen, weil wir nachts um ein Uhr aufstehen zum Lichterziehen. Das machen wir ab jetzt dreimal die Woche, der Herbst kommt und es wird schon früher dunkel, das ist gut für den Verkauf!«

»Ja, Herr Meister.« Philipp stand auf und trug die beiden Teller zu Betty, die am Spülstein stand und Kartoffeln schälte. »Danke«, sagte er. Sie lächelte ihn verlegen an. »Heut Mittag gibt's saures Kartoffelgemüs«, flüsterte sie und wurde wieder rot. »Meine Leibspeis!«, lachte er, und sie sah ihm nach, als er aus der Küche ging.

Kapitel 2
1849

Vier Jahre bin ich jetzt schon hier, dachte Philipp Benjamin Ribot, als er in einer ruhigen Stunde abends in der Werkstatt seinen Kontrollgang machte. Und was hab ich alles verändert! Die rückständige alte Siederei Strunz hab ich auf Vordermann gebracht – obwohl der alte Meister sich anfangs mit Händen und Füßen dagegen gewehrt hat. Und jetzt ist er froh drüber!

Ja, der alte Strunz war nicht dumm. Er hatte schnell gemerkt, was da in Gestalt des schwäbischen Altgesellen für ein Goldschatz ins Haus gekommen war, und er brauchte auf die Dauer einen Helfer, sein Bein wurde schließlich nicht besser. »Kannst machen, was du willst«, hatte er nach einem Dreivierteljahr gebrummt, »Hauptsache, du bleibst da.« Das hatte sich Philipp nicht zweimal sagen lassen. Er war ehrgeizig, und die Aussicht, freie Hand zu haben, hatte ihm gefallen. Tatkräftig hatte er die Werkstatt auf moderne Weißsiederei mit künstlicher Soda umgestellt, was die Anzahl der Sude von bis dahin sechs auf zwei verringerte. Die Seifen waren ab da wunderbar weiß und fanden in der Stadt reißenden Absatz. Die nächste Neuerung war die Verwendung von Leinöl als Fettzusatz, damit wurde der Schaum feinporiger und die Seife riss beim Trocknen nicht mehr so stark. Und mit seinen auf der Walz erlernten neuen Siederezepten erreichte Philipp eine Ersparnis von Rohstoffen – aus 50 Kilogramm Talg gewann man nun eine viel größere Menge Seife, nämlich ganze 100 Kilo, die auf zwei Drittel Gewicht eintrocknete und dann in Blöcke geschnitten werden konnte. Mit dem ersparten Geld konnte ein Pferdewagen angeschafft werden, auf dem der alte Meister in die umliegenden Dörfer kutschierte. Bald war der »Seifmsieder vo' Schwouba« ein gewohnter Anblick auf allen Märkten im Umland. Das Geschäft blühte, und der alte Strunz rieb sich die Hände.

Und nun, nach vier Jahren, hatte Philipp sich in dem Städtchen mit seinen sechstausend Seelen längst eingewöhnt. Natürlich war Schwabach kein Wien, kein Györ, kein Ulm – aber es ließ sich hier gut leben. Das Schwabenbürschle, wie man den Cannstädter bald nannte, wurde dank seiner schönen Baritonstimme Mitglied im Gesangsverein »Liederkranz« und schloss sich dem Verein der »Privilegierten Feuerschützen« an, wo er die Samstagabende verbrachte. Hin und wieder ergab sich eine kleine Liebschaft mit einem der vielen jungen Mädchen, die in den Nadelwerkstätten der Stadt als Sortiererinnen und Verpackerinnen arbeiteten. Nichts Ernstes natürlich, denn eine Arbeiterin wäre unter Philipps Stand gewesen, und er wollte schließlich hoch hinaus. Er wusste, dass sein Meister keinen Erben, aber dafür eine reizlose Tochter hatte, die nicht als alte Jungfer enden wollte. Und die ihn seit seiner Ankunft in hoffnungsloser Verehrung anhimmelte. Möchte wissen, wann beim alten Strunz endlich der Groschen fällt, dachte Philipp und schloss nach seinem Rundgang alle Türen ab. Oder bei seiner Frau.

Und tatsächlich ergriff endlich die Meisterin die Initiative. »Merkst du denn nicht, Mann, dass deine Tochter dem Philipp gut ist?«, sagte sie eines Abends, als beide nebeneinander im Bett lagen und das Licht gelöscht war.

Strunz kratzte sich unter der Bartbinde an der Oberlippe. »Die Betty?«

»Hast vielleicht noch eine andere?«, fragte Maria kopfschüttelnd.

Schweigen.

»Meinst, der tät sie nehmen?« Strunz war sich durchaus bewusst, dass seine Betty keine Schönheit war, und er kannte auch Philipps Beliebtheit bei den Schwabacher Mädchen. Zur Zeit poussierte der freche Kerl sogar heimlich die blonde Adele vom Polizeikommissär Döbelein.

»Mit der Werkstatt schon.« Maria stopfte das lange Ende ihres Zopfes unter das Nachthäubchen und faltete dann die Hände über ihrem dicken Bauch. »Redst mit ihm?«

Schweigen.

Am folgenden Sonntag nach dem Gottesdienst nahm Ernst Strunz seinen Gesellen zur Seite. »Hab was mit dir zu handeln!«

Sie setzten sich auf die hölzerne Bank im Hof, auf der sie manchmal Pause machten. Meister Strunz stellte zwei Gläschen zwischen sich und Philipp und goss aus einem Tonkrüglein bestes Gustenfeldener Zwetschgenwasser hinein. Die Männer tranken.

»Was gibt's?«, fragte Philipp erwartungsvoll.

Strunz holte umständlich ein Taschentuch aus der Hosentasche und putzte sich die Nase. »Weißt ja«, begann er, »dass die Werkstatt keinen Erben hat.«

Philipp nickte bedächtig.

»Tätst sie haben wollen?«

»Schon.«

Strunz schenkte noch einmal ein. »Und weißt auch, dass die Betty dir gut ist«, stellte er fest.

»Auch.«

Die Männer tranken.

»Kriegst die Werkstatt nicht ohne die Betty.« Strunz saugte sich den Schnaps aus dem Bart.

Philipp nickte wieder. »Ist mir recht.«

»Dann schlag ein.«

Damit und mit einem weiteren Schnaps war das Geschäft besiegelt.

Hinterm Küchenfenster, von wo aus die beiden Frauen gelauscht hatten, schlug Betty die Hände vor den Mund, und ihre Mutter tupfte sich mit dem Schürzenzipfel die Tränen aus den Augenwinkeln.

Gleich am nächsten Tag, es war der 17. August 1849, marschierte Philipp Benjamin Ribot zum Magistrat und reichte ein Gesuch zur Ansässigmachung in Schwabach ein, zusammen mit der schriftlichen Bitte um eine Konzession als Seifensieder sowie die Erlaubnis zur Verehelichung mit Babette Strunz allda. Den drei Ansinnen wurde bereitwillig stattgegeben. Das Aufgebot wurde bestellt und die Hochzeit für Oktober angesetzt.

So trat schließlich Betty an einem regnerischen Herbstmittwoch den Gang durch das Mittelschiff der Kirche St. Johannes und St. Martin an, geführt von ihrem stolzen Vater, der sich für diesen feierlichen Auftritt ohne Krücken mühte. Betty trug ein hochgeschlossenes schwarzes Brokatkleid mit seidenen Bändern und Schärpen, lederne Spangenschuhe und ein Myrtenkränzlein als Kennzeichen der Jungfrauen. Selbst im festlichen Brautgewand hatte sie wenig Anziehendes an sich. Ihr Gesicht war bleich wie eh und je, die Augen dunkel umrandet, das dünne Haar streng aus der Stirn gekämmt und in spärlichen Schnecken aufgesteckt. An der Seite des stattlichen Bräutigams sah sie aus wie das sprichwörtliche hässliche Entlein neben dem Schwan. Natürlich wusste sie, dass Philipp sie nicht liebte. Er nahm sie, weil sie das Geschäft mit in die Ehe brachte. Aber es war ihr ganz gleich, sie wollte einfach nur bei ihm sein, ihn lieben und ehren und für ihn sorgen bis ans Ende ihrer Tage. Glücklich wollte sie ihn machen, und das hatte sie schon getan, in einer heißen Augustnacht droben in seiner Dachkammer. Deshalb entsprach das Myrtengrün auf ihrem Kopf nicht ganz der Wahrheit, und das drückte schon auf ihr Gewissen. Was sie getan hatten, unter den leise knackenden Balken in seinem schmalen Bett, war ihr unangenehm gewesen, geschämt hatte sie sich. So ging das also mit den Männern. Sie hätte das kein zweites Mal gebraucht, aber sie wusste, dass dieser nächtliche Akt in Zukunft zu ihrer Pflicht gehörte, und sie würde dieser Pflicht getreulich nachkommen. Alles würde sie für ihren Philipp tun und noch mehr. Wenn es sein sollte, würde sie ihm jede Nacht mit ihrem mageren Körper, ihren kindlichen Brüsten, ihrem weiblichen Schoß zu Willen sein. Denn er war freundlich zu ihr und gut. Was hatte ein hässliches Ding wie sie sonst schon zu bieten? Als sie ihm vor dem goldenen Wandelaltar der Stadtkirche das Jawort gab, empfand sie unendliche Dankbarkeit.

Nach der Kirche wurde im Jubelhaus gefeiert, es gratulierten die Freunde, die Nachbarn, die guten Kunden und die Schwabacher Metzger als treue Talglieferanten. Auch die Strunz'sche Verwandtschaft aus Altdorf war gekommen: Ernsts jüngerer Bruder Valentin, der dort ebenfalls eine Seifensiederei betrieb, dessen Frau Irma, die beiden Söhne Wilhelm und Stefan und Tochter Käthe. Beim Mittagessen konnte Philipp nicht anders, er musste immer wieder zur Cousine seiner Frau hinüberschielen. Das war ein Weibsbild! Drall, rosig, mit ordentlich was dran! Und wie sie lachte und mit Appetit ihre Blut- und Leberwürste verspeiste! Ei, so eine, das wär's gewesen, dachte er. Aber die hätt halt keine schöne große Werkstatt mitgebracht, die hat ja einen Bruder, der übernimmt. Und außerdem, so schalt er sich, ist die Betty eine Herzensgute, eine Brave, und fleißig wie ein Bienlein. Mit der war kein schlechter Griff getan.

Trotzdem zog er die Käthe später beim Tanz recht eng an sich, bis seine Schwiegermutter ihn so finster ansah, dass er den ganzen restlichen Nachmittag nur noch mit Betty tanzte. »Freust dich?«, fragte er sie jedes Mal, wenn der Fiedelspieler eine Pause machte. »Freilich«, sagte sie dann, »hab doch jetzt einen braven Mann!«

Nach der Abendbrotzeit verliefen sich die Gäste, und Philipp brachte den Pfarrer zur Tür. Auf dem Rückweg durch den Flur sah er eine kleine Bewegung im Laden und ging hinein. Drinnen stand sein frischgebackener Vetter Stefan und machte sich an der Geldschublade zu schaffen.

»Herrschaftszeiten, gehst weg, auf der Stelle!«, schrie Philipp. »Bestiehlst die eigene Verwandtschaft, bist ja ein sauberes Bürschlein!«

Stefan zuckte zusammen und drehte sich um. »Bittschön, verrat mich nicht«, flehte er. »Sei so gut! Bin eh schon der ärmste Hund.«

Beim Anblick des zitternden Jungen, der sterbensbleich geworden war, packte Philipp das Mitleid. Er schloss die Tür. »Ja sag, warum tust denn du so was?«

Stefan schluckte. »Der Vater macht mir das Leben zur Hölle, wo ich geh und steh. Nichts kann ich ihm recht tun, alles, was ich sag, ist falsch. Er prügelt mich sogar vor der Kundschaft, dabei bin ich doch schon achtzehn. Nicht zum Aushalten ist's!«

»Und deshalb klaust du Geld?«

Trotzig fuhr der Junge auf. »Ich bin ein besserer Seifensieder als mein Bruder. Ideen hab ich, werden will ich was. Aber der Willi kriegt das Geschäft, und ich soll mein Leben lang Gehilfe sein und von Brosamen leben! Aber wart nur, denen zeig ich's! Ich geh nach Amerika, und da mach ich mein Glück!«

Philipp schob die Unterlippe vor. »Amerika? Hoppla, mutig!« Er bekam fast ein wenig Hochachtung vor dem jungen Kerl, der da mit funkelnden Augen vor ihm stand. Amerika, ja, wer träumte nicht davon? Ein freies Land, in dem jeder alles werden konnte. Wo es keine Standesgrenzen gab, wo nur die eigenen Fähigkeiten zählten. Wo man dem alten Mief und der Kleinstaaterei entfliehen konnte und Abenteuer erleben!

»Hab schon fast genug für die Überfahrt nach Neu York zusammen«, sagte Stefan und hob die Hände. »Ich hätt euch auch das Geld zurückgeschickt, ehrlich! Bitte, bitte, verrat mich nicht.«

Philipp kratzte sich am Kopf, sah den armen Tropf mit gerunzelten Brauen an und fasste einen Entschluss. »Wart«, sagte er. »Bin gleich wieder da.«

Er kam mit einem Kästchen zurück, auf dessen Deckel die Worte »Uebe Sparsamkeit« standen, öffnete es und nahm zehn glänzende Guldenstücke heraus. »Nimm's«, sagte er und drückte dem ungläubig dreinblickenden Stefan das Geld in die Hand. »Das ist mein Spargroschen, aber ich hab jetzt ja die Siederei. Jetzt nimm schon!«

Stefans Finger schlossen sich um die Goldmünzen. »Das … das vergess ich dir nie!«, stotterte er. »Ich schwör's! Und du kriegst alles zurück, Ehrenwort!«

»Schon gut.« Philipp zwinkerte seinem Vetter zu. »Viel Glück!« Dann ging er zu den letzten Gästen zurück.

»Wird schon werden mit uns beiden«, flüsterte er Betty ins Ohr, als sie um Mitternacht im neuen Ehebett lagen.

Sie lächelte. »Bis dass der Tod uns scheidet.«

Dann blies sie die Kerze aus.

Fünf Monate später, im März 1850, stand am selben Bett händeringend die städtische Hebamme. Betty wand sich schweißgebadet in den Laken. »Es darf noch nicht kommen«, stöhnte sie. »Es ist doch noch zu früh. Heilige Mariamuttergottes, hilf!«

»Trink, Kindchen«, sagte die Wehfrau und setzte einen Becher mit krampfhemmendem Kräuterabsud an die Lippen der Schwangeren. Wenn es stimmte, dass das Kind im August gezeugt war, dann stand es wirklich nicht gut. Sie hatte alles getan, um eine Geburt zu verhindern, aber es schien, als könne die junge Frau das Kleine nicht mehr halten. Jetzt bäumte sie sich wieder auf. Kraft hatte die Ärmste eh nicht viel, schmächtig und blass wie sie da lag, fast wie ein Kind, wäre da nicht der gewölbte Bauch gewesen. Beruhigend strich sie Betty über die Stirn, aber da kam schon die nächste Wehe. Nichts zu machen, dachte sie, das Kleine will auf die Welt. »Strunz-Mutter«, sagte die Hebamme zu Maria, die am Fußende des Bettes saß und ein Vaterunser nach dem anderen betete, »bring heißes Wasser und Tücher. Sie kann's nicht drinhalten!«

Und so kam Philipps erster Sohn vor der Zeit auf die Welt, nur um sie gleich wieder zu verlassen. Er atmete zwar, aber zum Schreien und Strampeln fehlte dem Frühgeborenen die Kraft. Philipp hielt den kleinen Wurm weinend in seinen Armen, während dieser die Nottaufe empfing. »Wie soll er denn heißen?«, fragte der eilends herbeigeholte Pfarrer Röckel. Philipp brachte kein Wort heraus. »Nach mir«, erklärte der alte Strunz schulterzuckend. Ist sowieso egal, dachte der Geistliche und segnete das sterbende Kind. »Ich taufe dich im Namen des Vaters, des Sohnes und des Heiligen Geistes auf den Namen Christian Ernst Strunz.« Im selben Moment hauchte das winzige Geschöpf in den Armen des Vaters sein bisschen Leben aus.

Vier Monate später lebte auch Betty nicht mehr. Sie war nach der schweren Geburt nicht mehr aus dem Wochenbett aufgestanden, hatte vor lauter Kummer nichts mehr zu sich nehmen können und hatte schließlich das Schleimfieber bekommen. Ihre letzten Worte waren gewesen: »Jetzt geh ich zu meinem Engele.«

Für Philipp war es ein schwerer Schlag, seine junge Frau war ihm doch ans Herz gewachsen, ihre Liebe und Hingabe hatten ihm in der Seele gutgetan. Doch die ehrliche Trauer des jungen Witwers war nichts gegen die Verzweiflung der Mutter. Maria Strunz brachte kein Stückchen Brot mehr hinunter, magerte innerhalb kürzester Zeit ab und legte sich eines Tages ins Bett, um nicht mehr aufzustehen. Da war guter Rat teuer. Ohne die Hilfe der Frauen, die in der Werkstatt beim Seifenschneiden, Stanzen und Verpacken gebraucht wurden – ganz zu schweigen vom Haushalt – konnte es nicht gehen. Man musste sich jemanden suchen, der die kranke Maria pflegte, die Männer versorgte und im Geschäft half. Da lag nichts näher, als nach Altdorf zu schreiben und Valentin Strunz zu bitten, seine Käthe zu schicken. Zumindest so lange, bis die alte Meisterin sich wieder aufrappelte.

Und Käthe kam. Mit ihrer zupackenden Art hatte sie den Haushalt schnell im Griff, und als Seifensiedertochter wusste sie auch in der Werkstatt gleich, wo sie hinzulangen hatte. Sie war selber froh, dem Elternhaus zu entkommen, denn seit ihr Bruder Stefan vor drei Monaten bei Nacht und Nebel auf und davon gegangen war, hatte die Familie unter der Tyrannei des wütenden Valentin noch mehr zu leiden als sonst. Die Käthe wirtschaftete also bei der Schwabacher Verwandtschaft, und mit ihr kehrte das Leben in das Haus in der Nürnberger Straße 10 zurück. Die alte Meisterin stand zwar nicht wieder auf, aber alles andere fand sich. Und kaum war das Trauerjahr zur Hälfte vorüber, hatten sich auch Philipp und Käthe gefunden. Eines Abends war sie zu ihm ins Bett gekommen, als sei es das Selbstverständlichste auf der ganzen Welt. Es hatte keine Worte gebraucht. Philipp war überwältigt von ihrer natürlichen Sinnlichkeit, ihrer Gabe, seine Zärtlichkeiten zu genießen, anstatt ihn nur verschämt gewähren zu lassen, so, wie er es bisher gekannt hatte. In seinen Nächten mit Käthe war er zum ersten Mal im Leben wirklich glücklich.

Natürlich blieb nicht verborgen, was im Hause Strunz vorging. Es gab Gerüchte, die Leute redeten. So kam es, dass Pfarrer Röckel eines Abends an die Tür klopfte. »So kann's nicht weitergehen bei euch«, seufzte er. »Selbst wenn's nicht stimmen sollte, was man sich in der Stadt erzählt, aber zwei junge Leut miteinander unter einem Dach, beide voller Saft und Kraft, du lieber Herrgott! Das ist ja in höchstem Maß, wie soll man sagen, das sind ja schlamperte Verhältnisse!« Er wischte sich mit dem Zipfel seiner Soutane den Schweiß von der Stirn. Dann drosch er mit der Faust auf den Tisch. »So was dulde ich nicht in meinem Pfarrsprengel! Also Kinder, punktum: Ihr bestellt jetzt das Aufgebot, und sobald das Trauerjahr um ist, wird geheiratet.«

Draußen fiel die Käthe dem verdutzten Kirchenmann um den Hals. »Danke, Herr Pfarrer!« Und drinnen meinte der alte Strunz zu seinem verlegenen Schwiegersohn: »Ist schon recht, Bub. Ich geh und sag's der Frau.«

So gab Philipp Benjamin Ribot am 8. Oktober 1851 zum zweiten Mal sein Jawort, diesmal als verliebter Bräutigam, mit Inbrunst und aus vollstem Herzen.

Kapitel 3

Brief des Seifensieders Stefan Strunz an seine Schwester Käthe, geschrieben zu Neu York am 12. Februar 1851

Liebe Schwester,
Ich will dir sogleich Nachricht geben von meiner Ankunft in Amerika, damit du dir keine Sorgen nicht machst.

Die Überfahrt war schlimm, wir hatten Sturm dass es das Wasser ober dem Schiff zusammenschlug. Das war ein Elend, die mehresten mußten sich erbrechen alle Fässer und Kästen was wir hatten burzelten von der einen Seite zur andern. Im Bett hat man sich angelegt aber man ist doch herausgefallen. Die Leut haben alle gerufen wir gehen zukrund es ist keine Hilfe mehr da mir sind verloren. Da dachte mancher wäre ich daheim gebliben.

Wir hatten solch schlechte Kost daß es nicht einmal die Schweine freßen thäten. Salzfleisch und Kardofeln, Graupen und Bohnen und eingemachte Zwetschgen, alles ganz schlecht und faulig, obenher schwamm das Ungeziefer es waren Tierchen wie die Flöh. Wenn man auf den schwarzen Zwieback klopfte dann kamen weiße Würmchen heraus. Viele hatten die Scheißerei, und nur 8 Privets! Es starben nicht umsonst 10 Kinder die warn am schlimsten dran aber wir warn froh, dass es nicht die Ruhr oder der Tüphus warn, auf andern Schiffen sind viel mehr Leut gestorben, Todesschiffe hat man die genannt.

Nach 36 Tagen fuhrn wir im Hafen von Neuyork ein, da mußten wir 3 Tag auf Quaranti liegen. Neuyork ist so groß, manche Gass ist sieben Stunden lang und die Häuser sind schöner gebaut als daheim.

In Amerika hilft keiner dem andern da kann man nicht sagen jetzt will ich da und da hin da muß man thun was man für eine Arbeit bekommt. Es kommen alle Tage Neuangekommene im Tausend nach wo Arbeit wollen. Ich war 10 Tag in Neuyork, dann war alles Geld weg und bin ich zu einem Farmer gekomen da hab ich 12 Dollar bekomen nach deutschem Geld 30 fl in einem Monat! Dan bin ich auf die Eisenbahn da hab ich ein Dollar per Tag bekommen und jetzt bin ich beim Canal, da hab ich noch mehr. In Amerika hat es jeder Arbeiter gut. Dies ist mein Glück das ich gesund bin und verdienen kann. Aber alles ist hier theuer doch die Kost ist beßer als in Deutschland beim reichsten Herrn mir haben noch gar kein schwarzes Brot gesehn lauter weißes Brot, es gibt alle Tage 3 × Fleisch und ißt man anstatt Kardofeln feine Pasteten. Es ist alle Tage wie daheim an Kirchweih. Wenn ich genug Dollar gespart hab will ich bald eine Siederey aufmachen.

Ich hoffe mein Schreiben wird dich in bester Gesundheit antreffen, was mich anbelangd bin ich Gott sey dank gesund. Lebe wohl und verbleibe ich mit freundlicher Hochachtung dein Bruder
Stefan

Kapitel 4
1852

An einem Oktobermorgen des Jahres 52 betrat ein stämmiges dunkelhaariges Mädchen in Hütchen und Sonntagskleid den Ribot'schen Laden. Das Messingglöckchen an der Feder über dem Türblatt bimmelte, während das Mädchen sich drinnen umblickte. Lauter Regale voller Seifenstücke, einzeln und in Kartons aufgestapelt, Kerzen in allen Größen, Tiegel und Töpfchen und Einwickelpapier, und wie das duftete, so frisch!

»Was darf's sein?« Die junge Meisterin kam aus dem Nebenraum und stellte sich hinter die Theke. »Schöne weiße Schmierseife hätten wir, gestern erst fertiggemacht.«

Das Mädchen schlug verlegen die Augen nieder. »Verzeihung, aber ich hab gehört, hier wär eine Arbeit zu vergeben.«

»Ach so!« Käthe Ribot nickte. »Wir suchen ein Dienstmädchen, das stimmt. Na, komm herein.«

Sie führte die Bewerberin in die Küche, wo schon ein Topf mit Kartoffeln fürs Mittagessen und eine Blechkanne mit Zichorikaffee auf dem Herd standen. In einem hölzernen Laufställchen hockte ein vielleicht sechs Monate alter blonder Bub und kaute mit seinen drei Zähnchen auf einem Kanten Brot herum.

»Da sitzt ein Grund dafür, dass wir ein Mädchen brauchen«, sagte Käthe und deutete lächelnd auf den kleinen Burschen. »Der Fritz, unser Stammhalter. Er ist im August geboren, jetzt krabbelt er schon, und ich komm nicht mehr hinterher. Ich muss ja in der Werkstatt mitarbeiten und im Laden. Die Schwiegermutter ist bettlägrig und braucht selber Pflege. Die ist der zweite Grund. Traust du dir das zu, Haushalt und Kind und eine Kranke?«

Das Mädchen wagte ein Lächeln. »Ich hab meinem Vater und seinem Lehrling das Haus geführt, seit meine Mutter gestorben ist, vor sieben Jahren. Und meine Mutter hab ich davor gepflegt, da war ich noch ein Kind.«

Käthe nickte und musterte die Kandidatin. Hübsch war sie nicht mit ihren dichten schwarzen Augenbrauen und den leicht vorstehenden Zähnen, was ihrem Gesicht etwas Hasenähnliches verlieh. Aber derb und gesund sah sie aus, rosige Wangen, breite Hüften, kräftige Figur. »Zeig mir deine Hände«, befahl die Meisterin, und folgsam streckte das Mädchen sie hin. Ja, das waren keine Fräuleinhände; die hatten schon gearbeitet, das konnte man sehen. »Bei uns muss nämlich hingelangt werden, weißt du, es gibt genug zu tun von früh bis spät. Da muss einer die Arbeit sehen und zupacken. Wie heißt?«

»Rosa Adel, und neunzehn Jahre bin ich.«

»Wir zahlen achtzehn Kreuzer am Tag plus Kost und Logis«, erklärte Käthe. »Und jeden zweiten Sonntagnachmittag frei.«

Rosa sah ein wenig enttäuscht drein, auf zwanzig Kreuzer hatte sie schon gehofft. Aber sie konnte es sich nicht leisten, wählerisch zu sein. »Wär schon recht«, sagte sie.

Im selben Augenblick ging die Tür auf und Philipp Ribot kam herein, schweißgebadet vom Sieden. Er griff zum Wasserkrug auf dem Tisch und trank durstig.

»Das ist die Rosa Adel«, sagte Käthe zu ihm. »Unser neues Dienstmädchen.«

»Adel, Adel ... bist du am End die Tochter vom Wilhelm Adel aus der Schulgasse? Dem Revoluzzer?«

Rosa sackte ein bisschen in sich zusammen. »Ja, Herr Meister.«

»Na sauber!« Philipp runzelte die Stirn. Der Tuchscherer Wilhelm Adel war ein stadtbekannter Unruhestifter, Anführer der aufrührerischen Arbeiter in der Revolutionszeit von 1848. Einen politischen Verein hatte er gegründet, gegen die Obrigkeit hatte er sich aufgelehnt, der unverschämte Kerl! Und die Tochter von so einem sollte ihm jetzt ins Haus kommen?

Rosa genierte sich; ihre dichten Augenbrauen sackten noch ein bisschen tiefer. Sie wusste schon, was Philipp dachte. Ihr Vater war vor vier Jahren gegen die Regierung und Staatsmacht auf die Straße gegangen, hatte für die einfachen Leute gekämpft, für ein besseres Leben. Man hatte ihn mehrfach verhaftet, hatte seinen Verein verboten, ihn schikaniert und gepiesackt. Nie hatte er sich gebeugt, war nie von seiner Haltung abgewichen. Deshalb hatte ihn der Magistrat vor drei Wochen aus der Stadt gewiesen; zwei Polizeisoldaten hatten ihn bis zum Nürnberger Tor gebracht und gemeinsam mit der weinenden Rosa zugesehen, wie er mit seinem Tornister auf dem Rücken Richtung Norden marschierte.

»Bist auch so eine?«, fragte Philipp misstrauisch.

Rosa schluckte. »Ich brauch Arbeit und Unterkunft«, sagte sie leise. »Mein Vater ist verbannt, und ich kann die Miete für die Wohnung nicht bezahlen. Bittschön, Meister Ribot, ich mach bestimmt keine Revolution ...«

Philipp war schon drauf und dran, abzulehnen, da fing der kleine Fritz an zu schreien. Rosa ging schnell zum Ställchen, nahm den Buben hoch und herzte ihn. »Gell, das tut weh, wenn die Zähnle kommen«, tröstete sie und ließ den Kleinen nach ihren Kinnbändern grapschen. Das Fritzle zog die Schleife auf und betastete glucksend die künstlichen Blumen auf Rosas Hütchen. Käthe sah bittend zu ihrem Mann hinüber.

»Meinetwegen«, brummte Philipp. »Bleibst halt da. Aber wehe, wenn ich aufmüpfige Reden höre!«

Rosa knickste. »Danke, Herr Meister. Nein, Herr Meister, bestimmt nicht.«

Damit war sie ins Seifensiederhaus aufgenommen.

Rosa fühlte sich schnell wohl im Hause Ribot. Der kleine Fritz hing wie ein Zeck an ihr, und sie liebte den Buben wie ihr eigenes Kind. Die alte Meisterin brauchte zwar eine Weile, aber mit der Zeit gewöhnte sie sich an die sanften Hände, die sie wuschen, anzogen und kämmten, an Rosas Stimme, wenn sie sie fütterte. Käthe konnte sich bald aus dem Haushalt zurückziehen und ihren Mann täglich in der Werkstatt unterstützen, nur an den Waschtagen und bei besonderen Aufgaben wie Obst- und Gemüseeinmachen, Bügeln oder beim großen Reinemachen vor den Feiertagen half sie noch mit. Rosa stand jeden Tag früh um halb fünf Uhr auf, arbeitete vierzehn Stunden und fiel nach dem Abendessen in ihrer Dachkammer todmüde ins Bett. Wenn Not am Mann war, verkaufte sie auch im Laden oder wickelte Seifen in Papier ein. Trotz der vielen Arbeit war sie zufrieden. Man war gut zu ihr, und sie bekam jeden Samstag pünktlich ihr Geld, das sie in einem Sparstrumpf unter der Matratze versteckte. Wie viele andere Dienstmädchen in der Stadt ging sie am Sonntag nach der Kirche für zwei Stunden in die Sonntagsschule, machte dann einen Spaziergang über den Heubersbuck oder aß im Café ein Stück Torte, doch das war schon ein großer Luxus, den sie sich nur selten gönnte. Käthe, die nur ein paar Jahre älter war, wurde ihr zur Freundin, wenn auch stets ein gebührender Abstand zwischen Dienstmagd und Meisterin gewahrt wurde. Als sich das nächste Kleine in Käthes Bauch ankündigte, freute sich Rosa um so mehr mit der werdenden Mutter. Die Geburt im Juli 53 war leicht, und es war durch Gottes Fügung wieder ein Sohn, den man Carl Benjamin nannte. Ein liebes Kind, das nicht viel schrie, meistens schlief und von seinem Bruder wie ein Spielzeug herumgezogen wurde. Im Hause Ribot herrschte wieder eitel Glück und Sonnenschein. Aber der Herr gibt's und der Herr nimmt's – eine Woche vor Weihnachten wurde der Bub unruhig, wollte nicht mehr trinken und schrie schließlich unablässig. Alle Künste des herbeigeholten Stadtphysikus waren vergeblich; am dritten Tag starb die unschuldige kleine Seele am Stickfieber. Rosa und Käthe weinten gemeinsam am Sterbebettchen, während Philipp sich in die Werkstatt zurückzog, um seinen Kummer wegzuarbeiten. Wie zum Hohn gelang ihm jetzt endlich die Verwirklichung einer Idee, die er schon lange mit sich herumtrug: farbige Seife. Nach vielen Versuchen glückte ihm das Blaufärben durch die Zugabe von Harzstocköl, und pulverisierte Krappwurzel brachte ein schönes Rosa.

Die neue »Damen-« und »Herrenseife« entwickelte sich schnell zum Verkaufsschlager, sogar aus Nürnberg kam Kundschaft. Und als dann Philipp der Damenseife noch Rosenöl und der Herrenseife Latschenkieferöl als Duftstoff zufügte, kam er mit der Produktion kaum noch hinterher. Der Schwiegervater war ihm nur wenig Hilfe, das verwachsene Bein peinigte ihn immer schwerer. Also stellte Philipp seinen ersten Lehrling ein, der in einem Verschlag unterm Dach der Siederei untergebracht wurde. Käthe arbeitete von früh bis spät mit wie ein Mann; mit heißem Draht schnitt sie die getrockneten Seifenblöcke erst in Tafeln oder Riegel, dann in einzelne Stücke, schlug anschließend mit Stempel und Holzhammer die Prägung auf die Oberfläche, stapelte sie zum Fertigtrocknen in Horden auf und verpackte sie am Ende in schönes Dekorpapier. Kam Kundschaft, dann rannte sie schnell in den Laden und verkaufte. So war auch sie vom Kummer über den Tod ihres zweiten Söhnchens abgelenkt. Für ihren Erstgeborenen hatte sie kaum Zeit, doch der Bub gedieh glücklich unter den Fittichen seiner Ersatzmutter Rosa. Und schließlich stellte sich wieder Nachwuchs ein: Im Oktober 54 kam ein Sohn zur Welt, den man nach seinem toten Brüderchen Carl nannte, und zwei Jahre später bekam Käthe ihr ersehntes Mädchen, die kleine Frieda.

Eines schönen Sommertages saß Rosa mit dem kleinen Fritz auf der Holzbank im Hof, das Carlchen auf dem Schoß und die winzige Frieda im Körbchen neben sich. Sie sang Kinderlieder, damit ließen sich alle drei am einfachsten still halten. Fuchs, du hast die Gans gestohlen, Weißt du, wie viel Sternlein stehen, Die Vogelhochzeit. Und dann, sie hätte gar nicht mehr sagen können, wie sie darauf kam, stimmte sie mit einem Mal das Lied an, das ihr Vater immer gesungen hatte: »Die Gedanken sind frei, wer kann sie erraten / sie fliegen vorbei wie nächtliche Schatten / kein Mensch kann sie wissen / kein Jäger erschießen / es bleibet dabei: Die Gedanken sind frei. Und sperrt man mich ein im finstersten Kerker / das alles sind rein vergebliche Werke / denn meine Gedanken sie brechen die Schranken und Mauern entzwei …«

»Ja Kreuzdonnerwetter, bist du ruhig!« Das war die Stimme des

Meisters aus der Siederei. Mit ein paar Schritten war Philipp Ribot im Hof und baute sich breitbeinig vor Rosa auf, die sich instinktiv duckte. »Singst das Dreckszeug von der Revolution vor meinen Kindern! Willst mir meinen Nachwuchs verderben mit aufrührerischen Liedern? Dir werd ich gleich …« Er packte Rosa am Arm, zog sie mitsamt dem kleinen Carl hoch und hob die Hand. Fritz begann zu schreien, und auch die kleine Frieda plärrte in ihrem Körbchen.

»Nicht, Philipp!« Käthe war herbeigeeilt und fiel ihrem Mann in den Arm. Der stand hochroten Kopfes da und schnaubte wütend. »Die kannst du gleich entlassen! Die ist kein Umgang für meine Söhne, ich hab's doch gewusst! Sozialistenpack!«

Rosa schluchzte auf, drückte Käthe den kleinen Carl in die Hand und flüchtete weinend ins Haus.

Draußen im Hof polterte Philipp Ribot weiter, während Käthe die weinenden Kinder tröstete. Sie seufzte. Ihrem Mann riss in letzter Zeit oft der Geduldsfaden, und dann wurde er garstig, auch zu ihr und den Kindern. Zu viel Arbeit, dachte sie, er kommt ja kaum noch zum Schlafen. Die neuen Seifen, das ewige Lichterziehen in der Nacht, am Samstag das Herumfahren auf die Märkte, es wird einfach zu viel. Und jetzt noch dieser Wutausbruch. »Mann«, sagte sie, als sich Philipp ein wenig beruhigt hatte, und zog ihn zu sich auf das Bänkchen, »meinst du nicht, es wär Zeit für einen Gesellen? Und einen Helfer, der auf den Dörfern verkauft? Dir schlägt die viele Arbeit aufs Gemüt, das ist ungut. Denk an die Kinder.«

»Die Kinder?«, fuhr Philipp hoch. »Zu denen lass ich dieses Weibsstück nicht mehr!«

»Schon recht«, besänftigte Käthe. »Schau her, wenn wir bald mehr Leut im Geschäft haben, und wo dein Vater immer schlechter beisammen ist, da brauchen wir jemanden, der sich ganz um den Haushalt kümmert. Ich könnt ein neues Mädchen für die Kinder einstellen, dann muss die Rosa nur noch putzen und kochen und waschen. Und ich hab mehr Zeit zum Stanzen und Verpacken für den Laden.«

Philipp sah seine Frau mit zusammengekniffenen Augen an. Ja, überlegte er, ein Geselle und ein Verkaufskutscher, das wär schon was! Aber die Kosten, grübelte er. Andererseits könnte ein Kutscher jeden Tag herumfahren und verkaufen, dann hätte er selber mehr Zeit in der Werkstatt und könnte mehr Seifen machen. Hmmm. Er kratzte sich am Hinterkopf, dort, wo die Haare schon licht wurden.

Menschenskind, sagte er sich dann, meine Käthe, die ist schon ein Goldstück! Die hat einen Blick für das, was nötig ist, wie keine zweite! Und schafft dann an, was gebraucht wird. Er nahm ihre Hand und drückte sie. »Hast ja recht«, brummelte er und dachte schon wieder weiter. »Dann könnten wir uns auch einen zweiten Kessel anschaffen, und vielleicht noch eine Raspelmaschine zum Kurbeln für Seifenflocken.«

Sie legte ihre Hand über seine. »Du hast halt immer die besten Ideen.«

Philipp Ribot lächelte zufrieden. »Aber nimm eine vom Land für die Kinder«, sagte er schließlich. »Die sind billiger und machen keinen Ärger.«

Kurz darauf klopfte Käthe ans Türchen der Dachkammer. Rosa hatte schon ihr Köfferchen gepackt und saß auf dem Bett, ein Bündel Elend. »Brauchst nicht mehr weinen«, sagte sie zu ihr. »Kannst dableiben.«

»Heilige Muttergottes«, seufzte Rosa auf, und schon wieder rollten die Tränen. »Das hätt ich nicht überlebt, von meinen Kinderchen wegzugehen.«

Käthe strich ihr übers Haar. »Darfst allerdings erst einmal nur den Haushalt machen, bis der Meister die Sache wieder vergessen hat. Und sing um Himmels willen keine verbotenen Lieder mehr.«

Rosa war alles recht, solange sie nur bleiben konnte. Und so trug sie gleich am nächsten Tag einen handgeschriebenen Zettel zum Pfarrer, in dem die Meisterin Ribot eine Stelle für ein Kindermädchen anbot. Der Pfarrer kannte so etwas; er würde das Brieflein wie immer in solchen Fällen an seine Kollegen in den umliegenden Dörfern weitergeben. Die wussten, wer Arbeit in der Stadt suchte und anständig war, und taten dann alles Weitere.

So kam Mina ins Ribot-Haus, ein mageres junges Ding von kaum vierzehn Jahren. Sie besaß nichts als das, was sie am Leib hatte: Ein löchriges Unterkleid, einen knöchellangen wollenen Arbeitsrock mit Kattunschürze, ein verschlissenes Hemd mit schwarzem Leibchen, auf dem Kopf ein helles Tuch mit Rosenmuster und an den Füßen ein Paar Holzpantinen, wie sie im Stall getragen wurden, die einzigen Schuhe, die sie kannte. Aus Unterreichenbach kam sie, ältestes Kind einer bettelarmen Kleinbauernfamilie, die zusammengepfercht in einem winzigen Tropfhäuschen am Anger lebte und Hunger und Not litt. Trotz allen Elends ging sie nicht gern von daheim fort, aber sie wurde gar nicht gefragt. Ein Esser weniger im Haus bedeutete für die Familie eine Erleichterung, und von ihrem Lohn würde sie etwas abgeben können, das war ein Aufatmen daheim. Mina hatte Angst vor der großen Stadt, aber dort würde sie mehr Geld verdienen als auf dem Dorf, wo sie höchstens als Gänsemagd oder Erntehelferin für ein Stück Brot und eine Handvoll Kartoffeln hätte arbeiten können. Die Bauern hatten ja selber nicht viel.

»Kannst Kinder hüten?«, hatte die Meisterin sie gefragt.

»Hab sechs kleine Geschwister, und die Mutter immer auf dem Feld«, war ihre Antwort gewesen, und beim Gedanken an ihre Kleinen daheim wären ihr fast die Tränen gekommen. Am liebsten wäre sie wieder heimgelaufen.

Käthe war nicht besonders angetan von dem schüchternen, dünnen kleinen Ding mit den langen Zöpfen, das ein bisschen streng nach Ziege roch und kaum aufzuschauen wagte. Baden müsste die erst mal. Und zum Anziehen müsste man ihr auch erst etwas Ordentliches besorgen müssen. Aber der Pfarrer würde schon niemanden Unrechtes schicken, dachte die Meisterin und beschloss, einen Versuch zu wagen. »Kannst gleich anfangen«, sagte sie und bedeutete ihr, mitzukommen. »Die Rosa wird dir alles zeigen. Du hast dich um die Kinder zu kümmern, um die kranke Strunz-Mutter und den alten Meister, der bloß noch schlecht laufen kann. Kriegst zwölf Kreuzer am Tag, später sehen wir weiter. Wenn du dich gut anstellst, wirst bei uns keinen Grund zum Klagen haben.«

Die erste Nacht verbrachte Mina schlaflos auf dem kistenähnlichen Hängeboden aus Holzdielen, den man für sie unter der Küchendecke eingezogen hatte – Rosa durfte weiter bei den Kindern schlafen, die Dachkammer war für Lehrling und Gesellen, und woanders war kein Platz. Tränen tropften auf den Strohsack und die gelblich gebleichten Laken, bis das erste Tageslicht durchs Küchenfenster fiel und Rosa noch im Nachthemd hereintappte. Staunend beobachtete Mina von ihrem Verschlag aus, wie Rosa ein kleines Holzstäbchen nahm und damit schnell über die Kante eines kleinen Schächtelchens fuhr. Sofort flackerte wie von Geisterhand an der Spitze des Hölzchens ein Flämmchen auf, mit dem Rosa das Herdfeuer entzündete. Liebe

Güte, dachte Mina, ist das nicht gefährlich? Was es alles in der Stadt gibt, da kommt ja keiner mit!

Schnell lernte Mina, dass Streichhölzchen eine neue Erfindung waren und man sich nicht die Finger verbrannte, wenn man geschickt war. Sie gewöhnte sich an ihren Schlafplatz unter der Küchendecke, wo sie kaum aufrecht sitzen konnte, und auch daran, ihre Notdurft nicht mehr beim Misthaufen, sondern in einem hölzernen Häuschen neben dem Holzschuppen zu verrichten. Sie trug jetzt ein Paar ordentliche Schuhe, ein graues Kleid und eine Schürze, die Käthe aus dem blauen, festen Stoff genäht hatte, den sie sonst für Seifensiederkittel nahm. Treu und fürsorglich kümmerte sie sich um die Ribot-Kinder, so wie sie es mit ihren eigenen Geschwistern gemacht hatte. Zum ersten Mal in ihrem Leben hatte sie jeden Tag genug zu essen, und was für gute Sachen! Sogar unter der Woche gab es manchmal Fleisch, nicht nur an den Sonntagen! Anfangs hatte ihr vor lauter Heimweh die beste Suppe nicht geschmeckt, aber dann langte das Mädchen kräftig zu, und wo vorher nichts gewesen war, entwickelten sich kleine Brüste und ein hübsches rundliches Hinterteil. Sie konnte sich nicht beklagen; mit allen kam sie gut aus, niemand schlug sie wie der Vater daheim, und außer einem Tadel hie und da hörte sie kein böses Wort. Es machte Mina auch nichts aus, dass sich mit der Zeit Rosa wieder mehr um die Kinder kümmerte und sie selber außer dem Kochen das meiste vom Haushalt übernahm. Putzen und Waschen machten ihr Spaß, sie liebte es, wenn alles sauber war und gut roch. Alles hätte so gut sein können, wäre da nicht der alte Meister gewesen.

Ernst Strunz hatte jetzt die Mitte sechzig erreicht. Früher war er ein stattlicher Mann gewesen, aber inzwischen hatten ihn die ständigen Schmerzen durch das verkrüppelte Bein gezeichnet. In den letzten Jahren hatte er sich nur noch mühselig an seinen Krücken durchs Haus schleppen können; oft kam er gar nicht mehr herunter, und wenn, dann hockte er den ganzen Tag zusammengesunken in der Küchenecke, einen Zigarrenstumpen im Mundwinkel. In der Siederei brauchte ihn ja keiner mehr, da war er nur im Weg. Die Nächte verbrachte er verbittert im Bett neben seiner Frau, die nicht sprach und ihn nicht ansah, geschweige denn fähig war, ihre ehelichen Pflichten zu erfüllen. Stumm und kalt wie ein toter Fisch lag sie da, und er hatte doch noch Bedürfnisse.

Das erste Mal, als Mina seine Augen auf sich spürte, schob sie in gebückter Haltung Holzscheite in den Küchenherd. Es war ihr unangenehm, mit dem Alten allein im Raum zu sein; schnell schlug sie das Ofentürchen zu und ging hinaus. Draußen merkte sie, dass sie noch den Schürhaken in der Hand hatte, und kam sich dumm vor. Was sie sich bloß einbildete!

Aber ihr Gefühl hatte sie nicht getrogen. Von da an merkte sie, wie seine Blicke ihr folgten. Sie mied die Küche, wo er meistens hockte, oder ging nur hinein, wenn die Kinder dabei waren oder Rosa drin kochte. Rosa schaute er nicht so an, und auch nicht die Meisterin. Mina verstand das nicht. Sie war ein argloses Mädchen, fromm und streng erzogen, und von der Sache zwischen Männern und Frauen wusste sie nicht viel. Eigentlich gar nichts. Da war nur dieses Gefühl. Am schlimmsten war es, wenn sie morgens dem Alten im Schlafzimmer die Schuhe binden musste. Da kniete sie vor ihm, und während sie hastig die Schleifen machte, bohrten sich seine Augen schier in ihr Hinterteil. Sie verließ jedes Mal fluchtartig den Raum, nachdem sie ihm schnell noch die Krücken gereicht hatte, und holte die Milchsuppe, mit der die Strunz-Mutter gefüttert wurde. Reden getraute sie sich mit niemandem, auch nicht mit Rosa, die sie gerne mochte. Sie hätte auch gar nicht gewusst, wie sie sich ausdrücken sollte. Für das, was sie unruhig machte, kannte sie nicht die rechten Worte.

Als sie beinah schon ein ganzes Jahr im Ribot-Haus lebte, fasste der Alte sie zum ersten Mal an. Es war auf der Stiege, die zu den Zimmern im ersten Stock führte. Sie hatte einen Korb Bettwäsche von der Bleichwiese geholt und trug ihn grad nach oben, als er plötzlich am Geländer stand. Mit lauerndem Gesichtsausdruck wartete er, bis sie an ihm vorbeimusste, und dann spürte sie seine Hand am Oberschenkel. Kurz, ganz kurz nur, aber sie war da gewesen. Der Alte tat, als sei nichts, nahm seine Krücke auf, die am Geländer gelehnt hatte, und mühte sich nach unten. Mina war so überrascht gewesen, dass sie schon nicht mehr an diese Berührung glaubte, als sie die Wäsche in die Truhe legte. Sie musste sich getäuscht haben.

Beim zweiten Mal täuschte sie sich nicht mehr, und beim dritten Mal war sein Griff schon fester. Sie ekelte sich, huschte ängstlich durchs Haus, versuchte dem alten Meister auszuweichen, wo es ging. Aber immer wieder tauchte er dort auf, wo sie war, wie ein grauhaariger Geist. Er wartete auf sie vor der Bügelkammer, vor dem Holzschuppen, bei den Wassertonnen im Hof. Und er sagte nie ein Wort, immer war da nur dieser Blick. Einmal wagte sie es, darüber zu reden, als sie der Strunz-Mutter die Haare kämmte. »Strunz-Mutter«, sagte sie leise, »der alte Meister schaut mich immer so an ...« Maria Strunz blickte weiter mit trüben Augen in die Ferne, so, wie sie es immer tat. Ob sie überhaupt verstanden hatte? Mina wusste es nicht. »Was soll ich denn machen?«, fragte sie noch einmal. Aber die Alte blieb stumm in ihrer eigenen Welt.

Und dann kam der böse Tag, an dem der alte Strunz zu ihr hinunterlangte, beim Schuhebinden. Sie zu sich auf den Schoß zog, mit seinen widerlichen, großen, zittrigen Händen unter ihre Röcke fuhr. Sie roch seinen fauligen Atem, seinen säuerlichen Schweiß. Sie wand sich, aber er hatte kräftige Arme, ließ sie nicht weg. Und zum ersten Mal sprach er mit ihr. »Sei halt nicht so, Mädle«, raunte er heiser. »Kannst ruhig ein bissle lieb mit mir sein. Die Frau macht schon so lang nichts mehr mit mir.« – »Nicht«, jammerte Mina und versuchte, seine Finger von ihren Schenkeln wegzuschieben. »Bitte nicht.« – »Pssst«, flüsterte der Alte. »Sei nur schön leis.«

Bevor Mina überhaupt wusste, was geschah, hatte er seinen Hosenlatz aufgenestelt, in die Hand gespuckt und wieder nach unten gelangt, und dann drückte etwas Hartes gegen ihren Schoß. Sie schrie auf, sie wehrte sich, aber er hielt sie fest, presste sie an sich, drückte und ließ nicht nach, bis das Harte in ihr drin war. Sie weinte, es war so ekelhaft, wie der Alte schnaufte und immer wieder in sie hineindrückte, und es tat doch so weh! Gerade als sie glaubte, sie könnte es nicht mehr aushalten, ließ der alte Meister von ihr ab, stieß sie von der Bettkante weg. Sie kauerte auf den Bodendielen, stumpf, unfähig zu denken, fühlte sich wie ein verwundetes Tier. Der Alte knöpfte umständlich seine Hose zu, stemmte sich an seinen Krücken vom Bett hoch und schlurfte wortlos hinaus. Erst als sie hörte, dass er die Stiege hinuntertappte, wagte Mina aufzublicken. Drüben auf ihrer Seite des Bettes, den Kopf zum Fenster gedreht, lag mit offenen Augen die alte Meisterin, still und stumm, nur ihre Hände bewegten sich fahrig auf den Laken. Mina raffte sich auf, ihr war schlecht. An ihren Beinen lief etwas Warmes herunter, sie trocknete es mit dem Unterrock. Dann ging sie hinaus. Ihr Schoß brannte wie Feuer.

Vielleicht wäre es besser gewesen, wenn sie geredet hätte. Mit Rosa, oder mit der Meisterin, oder mit dem Herrn Pfarrer. Aber Mina schämte sich so. Und sie hatte Angst. Würde ihr überhaupt einer glauben? Sie wollte ihre Stelle nicht verlieren. Die Eltern hatten so glücklich ausgesehen, als sie an Weihnachten heimgekommen war und ihre Ersparnisse auf den Tisch gelegt hatte. Sogar Geschenke hatte sie mitbringen können, ein Halstüchlein für die Mutter, ein Bröckchen Kautabak für den Vater und Zuckerstangen für die Geschwister. Das konnte sie doch nicht aufs Spiel setzen. Lieber hielt sie aus. Biss die Zähne zusammen, wenn der Alte sie anfasste, schluckte den Ekel hinunter. Am schlimmsten war es, wenn er sie mit dem Kopf in die Kissen drückte und von hinten zu ihr kam. Dann wünschte sie sich, die Strunz-Mutter würde aufwachen aus ihrer Erstarrung, sich herumdrehen, ihr zu Hilfe kommen. Aber die alte Meisterin rührte sich nicht. Niemand half ihr.

Und eines Morgens wachte sie auf und schaffte es gerade noch die Leiter herunter, um sich in den Spülstein zu übergeben. Eine Zeitlang ging das jeden Tag so. Mina wurde blass und blässer, aber sie klagte nicht, tat ihre Arbeit und ertrug den alten Meister. Dann ging es ihr wieder besser, da war sie froh. Ihr Mieder begann zu spannen, und der Rock wurde in der Taille eng. Heimlich nähte sie den Bund weiter. Sie wollte und konnte nicht daran denken, was das alles bedeutete, und sie wusste ja auch nichts darüber.

Aber Rosa wusste es. Sie hatte einmal gesehen, wie sich die Kleine erbrochen hatte, und ihr fiel auch auf, dass Mina zugelegt hatte, und zwar an verdächtigen Stellen. »Ist was mit dir?«, hatte sie irgendwann gefragt, aber Mina hatte bloß den Kopf geschüttelt. »Nichts.«

Auch Käthe beobachtete die kleine Dienstmagd längst mit Argusaugen. Mit der stimmte doch etwas nicht! Und eines Tages im Herbst, als Minas Zustand kaum noch zu übersehen war, kam es, wie es kommen musste. Die Meisterin winkte Mina zu sich in die gute Stube, stemmte die Hände in die Hüften und fragte barsch: »Hast mir was zu erklären?«

Mina wurde ganz weiß im Gesicht vor Schreck. »Erklären?«, stammelte sie. »Ich weiß nicht …«

»Lüg mich nicht an, Matz, unverschämte!«, sagte Käthe. »Ich seh doch, was los ist! Du kriegst ein Kind!«

Mit diesem Satz war endlich ausgesprochen, was Mina sich selber nicht hatte eingestehen wollen, und jetzt traf die Wahrheit sie wie ein Schlag in die Magengrube. Sie konnte nur nicken.

Käthe Ribot holte aus und gab dem Mädchen eine Ohrfeige, dass es klatschte. »Luder! Lässt dich mit Mannsbildern ein! So eine bist du! Ich könnt dich …«

Die Tränen schossen Mina nur so aus den Augen. »Ich hab das nicht gewollt, Meisterin. Dass müsst Ihr mir glauben! So bin ich doch nicht! Achgottachgott, was soll ich denn jetzt machen?«

»Das kann ich dir schon sagen«, entgegnete Käthe zornig. »Du packst augenblicklich deine Sachen und gehst. Eine Hur können wir im Haus nicht brauchen.«

»Bittschön, Meisterin«, heulte Mina verzweifelt. »Lasst mich halt dableiben!«

»Damit du unsere Kinder verdirbst? Und unsere Gesellen auf dumme Gedanken bringst? Sei froh, dass ich dem Meister nichts sag, der würd dich grün und blau versohlen!« Käthe war wütend wie selten. Ein schwangeres Dienstmädchen brachte Schande übers ganze Haus, das war schon immer so gewesen. Undankbares Weibsstück! Da hatte man sie aufgenommen, sie gut behandelt, und dann das! Mannsgeil! Käthe drehte sich auf dem Absatz um und rauschte aus dem Zimmer. »Beim Mittagessen will ich dich nicht mehr sehen!«, rief sie über die Schulter zurück.

Mit zuckenden Schultern ging Mina in die Küche, kletterte in ihren Verschlag hinauf und packte schluchzend ihre paar Sachen in ein Tuch, das sie am Schluss verknotete. Alles war ihre Schuld. Sie hatte alles verdorben. Jetzt musste sie büßen für ihre Schlechtigkeit.

Als sie herunterkam, wartete Rosa auf sie. »Armes, dummes Ding«, sagte sie und nahm die Weinende in den Arm. »Was machst denn für Sachen?«

»Ich wollt's doch nicht …«, beteuerte Mina.

Rosa tätschelte ihr den Rücken. »Jaja, ich glaub's dir schon. Aber wir Frauen müssen halt widerstehen! Nimmt dich denn der Kindsvater?«

Das Mädchen schüttelte den Kopf. Sie konnte es doch nicht sagen.

»Wer ist es denn?«

Wieder Kopfschütteln.

Rosa zuckte mit den Schultern. Da kann man halt nicht helfen, dachte sie, wenn sie auch noch bockig ist, die Unglücksräbin.

»Wo soll ich denn jetzt hin«, sagte Mina mehr zu sich selbst.

»Na, gehst wieder heim zu deinen Leuten!«

Mina schluchzte auf. »Ich trau mich nicht. Der Vater schlägt mich tot!«

Rosa tupfte dem Mädchen mit ihrem Taschentuch die Tränen aus dem Gesicht. »Wird schon nicht so schlimm werden, Kind. Bist nicht die Erste, die einem Mannsbild auf den Leim gegangen ist. Sei in Zukunft gescheiter. Und jetzt beeil dich, dass du fort bist, bevor der Meister zum Essen kommt. Sonst kannst von dem was erleben!« Sie drückte Mina ein paar Münzen in die Hand. »Da, von der Meisterin. Der Lohn für diesen Monat. Kannst froh sein.«

Mina nahm das Geld und ließ sich zum Abschied mit hängenden Schultern von Rosa umarmen. »Viel Glück«, sagte Rosa. »Und pass auf dein Kindchen auf.«

Dann trat Mina in den herbstlichen Nieselregen hinaus. Langsam ging sie die Nürnberger Straße hinunter, über die Fleischbrücke, bog beim Marktplatz in die Königstraße und verließ die Stadt durch dasselbe Tor, das Philipp Benjamin Ribot damals bei seiner Ankunft in Schwabach durchschritten hatte.

Kapitel 5
1858

Über die kleine Mina Raab und ihren Fehltritt wurde danach im Ribot-Haus kein Wort mehr verloren. Es war stets am besten, wenn man derartige Peinlichkeiten einfach totschwieg. Gleich nach Allerseelen gab Käthe eine Annonce im »Schwabacher Intelligenzblatt« auf: »Gut bürgerlicher Haushalt sucht zum baldigen Eintritt in feste Stellung tüchtige Schafferin nicht unter 20 Jahren, welche selbständig kochen kann. Vorsprechen täglich 8–10 Uhr in der Nürnberger Str. 12.« Aus etlichen Bewerberinnen wählte sie die kräftige rothaarige Trudel Emmert, die schon im Wirtshaus zum Goldenen Engel als Kaltmamsell gearbeitet hatte und deshalb den Kartoffelschältest – wer schält am dünnsten und sparsamsten – mit Bravour bestanden hatte. Sie und Rosa wurden schnell Freundinnen, und im Haus hatte wieder alles seine Ordnung. Nur der alte Strunz wurde immer launischer, was man auf die Last seiner Jahre und die lange Krankheit zurückführte.

Das Weihnachtsfest 1858 feierte man gemeinsam mit den inzwischen zwei Gesellen, dem Lehrling und den Dienstmädchen. Trudel hatte die gute Stube mit feuchten Sägespänen ausgefegt und die Dielen mit Wachs eingelassen. Die Vorhänge waren gewaschen worden – hierbei hatte man die mit der neuen Maschine gerebelten Ribot'schen Seifenflocken erstmals mit Erfolg ausprobiert – und die Anrichte poliert. Am Samstag vor Weihnachten hatte Rosa im großen Siedekessel in der Werkstatt ordentliche Mengen Wasser heißgemacht und den zinnenen Badzuber mitten zwischen den Sodasäcken und den Holzbottichen aufgestellt. Dann wurde gebadet: Erst der Hausherr, nach ihm die beiden Gesellen und der Lehrling. Gemeinsam ließen anschließend Rosa und Trudel den alten Strunz zu Wasser. Danach schüttete man das Schmutzwasser weg und füllte den Zuber neu für die Meisterin und danach die drei Kinder. Ganz am Ende gingen Rosa und Trudel in die Wanne. So gesäubert saßen alle am Heiligabend um den großen Tisch in der Stube, jeder im Sonntagsstaat, die Herrenschnurrbärte frisch gewichst, die Damenzöpfe zu schönen Schnecken aufgerollt. Wie es in der Stadt Brauch war, hatte Käthe ein »Bermettla« aufs Fensterbrett gestellt – eine kleine Pyramide aus Holz mit neun Kerzen.

Und weil der Hausherr für Neuerungen immer zu haben war, war er heuer zum ersten Mal mit seinen Söhnen in die verschneite Maisenlach gestapft und hatte ein Tännchen geschlagen, das nun so in der Zimmerecke unter der Decke hing, dass sich die obere Hälfte mit der Spitze nach unten neigte. »Braucht zwar keiner«, hatte er gelacht, »aber die Kinder freut's!« An dem Weihnachtsbäumchen hingen Süßigkeiten, glänzend rote Nikolausäpfelchen, Nüsse und Papierrosen, und die ganze Familie war begeistert. Einzig die Strunz-Mutter, die man für diesen Anlass aus dem Bett gehoben und nach unten getragen hatte, nahm von dem schönen Weihnachtsbäumchen gar keine Notiz.

Nach dem schönen Festbraten kam dann die Sensation des Abends. Die Hausherrin zog einen Brief aus der Rocktasche, den sie ungeöffnet aufbewahrt hatte, seit er vor drei Tagen vom Postboten abgeliefert worden war. »Stellt euch vor«, verkündete sie, »der Onkel Stefan hat wieder aus Amerika geschrieben! Ich hab's extra für uns alle als Weihnachtsüberraschung aufgehoben. Also, hört alle zu!« Sie räusperte sich. *»Liebstes Schwesterherz, dein Brief vom letzten Jahr hab ich erst jetzt erhalten und daraus ersehen das ihr alle gesund seid was ich Gottlob auch bin. Lang hab ich nicht geschrieben weil ich in Waioming war und hab bei einem Amerikaner Simpson gearbeitet und that nichts als reiten den er besitzt 8–9000 Stück Vieh welche alle auf der Prärie frei herumlieffen. Hier gibt es noch wilde Bären und Löwen und Wildkatzen, Wölfe, Hirschen und hatten wir Reiter oft 2 Revolver für die Sicherheit. Dann bin ich zum Eisenbahn=Bau das war weit im Land wo es keine Poststation und auch sonst nichts gab. Jetzt giebt es große Neuigkeiten, die ich dir berichten will. Im vorletzten Jahr hab ich bei der Eisenbahn einen Inscheneur getroffen, der aus Pittsburg kam und erzählte, dass es dorten keinen einzigen Seifensieder hat und wär das eine große Stadt. Nun bin ich gleich dorthin. Hier in Amerika gibt es weder eigentliche Berufsgeschäfte noch Geschäftszwang oder Einschränkungen sonst. Jeder kann ein Geschäft aufmachen ohne um Erlaubnis fragen zu müssen, das ist Gewerbsfreiheit. Keinen Beamten giebt es und kein Bürgerrecht, alles frei! Und so hab ich in Pittsburg eine Siederei aufgemacht. Seither gingen die Ding so gut, daß ich jetzt 5 Leut eingestellt hab, ich verkauf so viel Eschweger und Kernseife, daß kaum nachzukomen ist. Alles geht so schnell, auch das Geldverdienen. Es gibt in Pittsburg keine armen Leute, da hat jeder Geld nach Mengen. In ganz Deutschland geht es keinem Menschen so gut. Gott sei dank das ich nicht mehr in dem bratwürstigen Altdorf sein muß, mich verlangt nicht mehr nach Deutschland zurück.*

Liebes Käthchen, will dir auch sagen dass ich geheirat hab! In Pittsburg gibt es viel Deutsche, und hab ich meine Christine beim deutschen Bier=Fest getroffen ihr Vater ist Kaufmann und hat ein schönen Laden bei uns im Viertel. Und das ist noch nicht alles: Wir haben ein Sohn und ein Töchterlein die sind unsere ganze Freud.

Beiliegend schick ich deinem lieben Mann Philipp 50 Dollar für das Geld was er mir geliehn hat. Jetzt kann ich's mit Zinß zurückzahlen.

Viel herzliche Grüße an dich und dein Mann und die Kinder sowie an alle anderen von deinem Dichliebenden Bruder Steve ... Ste-ve, na so was ... Strunz ..., wie heißt das?... Soap Maker ... in Pittsburg, Amerika!«

»Ja Sapperlott, so ein Pfundskerl!«, schrie Philipp Ribot und begutachtete die zehn fremdländisch aussehenden Geldscheine begeistert.

»Bloß, wer wechselt dir die?«, brummte der alte Strunz.

»Was heißt s-o-a-p-m-a-k-e-r?«, wollte Fritz wissen.

Philipp zuckte mit den Schultern. »Irgendwas Amerikanisches halt.«

»Aber Indianer waren nicht im Brief«, bemängelte der Lehrling.

»Duhaltsmaul«, sagte der Altgeselle.

Nach dem zweiten Feiertag nahm Käthe Rosa zur Seite. »Da«, sagte sie und drückte ihr einen Brief in die Hand. »Aus Augsburg. Der ist mit derselben Post gekommen. Ich wollt dir nicht Weihnachten verderben.«

Rosa erschrak. Noch nie im Leben hatte sie einen Brief bekommen. Mit zitternden Fingern öffnete sie das Schreiben und hielt es dann Käthe hin. »Ich kann doch nicht gut lesen«, gab sie zu und wurde rot vor Verlegenheit.

Die Meisterin las: »*... theilen wir Ihnen mit, daß der aus Schwabach verbannte und dahier illegal ansässige arbeitslose Tuchscherer Wilhelm Adel am 18. Dezember vormittags neun Uhr in der Haft verstorben ist, wo er wg. revolutionärer Umtriebe seit 7 Wochen saß. Ein Nachlass war nicht vorhanden. Die Kosten von 1 ½ Gulden für ein Armenbegräbnis sind binnen eines Monats an die Amtskasse zu entrichten. Hochachtungsvoll gez. Otto Lauer, Justizverwaltungs=-Sekretär.«*

Rosa schluchzte auf. »Ach Gott, so hat das enden müssen mit ihm, so elend!«

Käthe nahm sie tröstend in die Arme. »Hast du denn so viel Geld?«

»Das ist mein ganzes Erspartes.«

»Da sieht man's«, kommentierte Philipp, der dazugekommen war. »Es nimmt ein schlimmes Ende, wenn sich einer gegen die Obrigkeit auflehnt. Dein Vater war ein tüchtiger Handwerker, und wenn er nicht diesen Hirngespinsten nachgehangen hätte, könnt er heut noch in Frieden leben. Aber so gehen die Gäng, wenn man Unfrieden sät!«

Rosa wischte sich mit dem Schürzenzipfel über die Augen. Der Meister hatte ja recht. Wenn man wider den Stachel löckte, kam man ins Unglück. Aufbegehren hatte keinen Sinn, so war das im Leben. Auch wenn man es gut meinte, gegen die Obrigkeit konnte man nicht an. Ach, Vater, dachte Rosa traurig, wärst halt nicht so stur gewesen. Glücklich lebt heutzutage nur, wer das Maul hält. »Jetzt bin ich ganz allein«, sagte sie leise.

Da trippelte der kleine Fritz herein, der an der Tür gehorcht hatte, nahm ihre Hand und sagte ernst: »Du hast doch noch mich, Rosa. Und den Carl und die Frieda.«

Rosa schniefte und strubbelte ihm durchs blonde Haar. »Hast recht, Fritzle, jetzt seid ihr meine Familie.«

Kapitel 6

Aus den Lebenserinnerungen von Fritz Ribot, begonnen 1921

Es war am 20. August 1852, als ich als Erstgeborener ins Leben trat, »um mich selbständig zu machen«, man taufte mich Fritz, warum, weiß ich nicht, denn niemand meiner Ahnen hieß so. Später wurde mir's verständlicher, denn: »Alle bösen Buben heißen Fritz«, sagen die Schwabacher, und sie mögen recht haben.

Auch bei mir traf's zu – zu allen anderen Untugenden hatte ich schon als ganz kleiner Knirps einen unwiderstehlichen Hang zum Seifensieden. »Das liegt im Blut«, erinnere ich mich als vierjähriger Bengel gehört zu haben, als ich keine Ruh gegeben hatte, bis mir meine gute Mutter ein blaues Schürzchen umband. Nun fühlte ich mich als Seifensieder, und das war meine höchste Seligkeit. Meine

Mutter half im Geschäft, seit ich denken kann, sie war »der beste Geselle« meines Vaters, und so zog mich ein Hausmädchen auf, an dem ich mit innigster Liebe hing: meine Rosa. Wenn ich nicht in der Siederei herumlungerte, hing ich an ihrem Rockzipfel und wachte eifersüchtig darüber, dass sie auch ja nicht meinen Bruder oder das Schwesterchen bevorzugte. Lieb war mir auch der Großvater, der so gut nach Zigarre roch und mir auf der Ofenbank Geschichten erzählte. Auch wenn er genau genommen mein leiblicher Großonkel war – für mich und meine Geschwister war er der Opapa, sein Leben lang, und auch in Schwabach nannte man ihn in seinen späten Jahren nicht mehr den alten Strunz, sondern den Ribot's Vater.

Natürlich wurde ich auch zur Schule geschickt, zuerst in die Volksschule, und dann avancierte ich mit 8 Jahren in die »Lateinschule«. Ich konnte es nicht erwarten, bis ich heimkam, um mir die blaue Schürze umzubinden und zu »helfen«! Am Kessel konnte ich ja noch nichts leisten, aber beim Seifenschneiden und Einpacken, da stellte ich schon meinen Mann, und die Gesellen brachten mir allerhand Handgriffe und seifensiederliche Künste bei – auch das Pfeifenrauchen, denn das gehörte damals zum zünftigen Handwerk! So verging meine Zeit zwischen Lernen und Arbeiten, durchsetzt mit viel, viel dummen, zum Teil verwegenen Bubenstreichen, wofür ich viel und ausgiebige Prügel von meinem Vater einheimste, der eine gute Klinge schlug! Einen Theil bekam ich auch auf Konto meines Bruders Carl, der nach jedem dummen Streich so lange verschwand, bis das Verbrechen an mir gesühnt war. Einmal pieselten mein Bruder und ich in den kleinen Kessel und freuten uns diebisch, dass die Seife nicht fest wurde. Ein anderes Mal banden wir einem Gesellen, der in der Pause auf dem Bänkchen im Hof eingeschlafen war, die Schnürsenkel aneinander, dass er stolperte und mit dem Gesicht voraus in einen Schubkarren voll Talg fiel. Da setzte es jedes Mal Hiebe, und das nicht schlecht! Ja, ich trieb es manchmal bunt, aber stets war mein Liebstes die Werkstatt. Heut noch sehe ich meinen Vater vor mir, wie er vor mir doziert: »Ohne Seife keine Sauberkeit auf der Welt! Stell dir vor, Fritzle, die alten Römer haben noch mit vergorenem Urin gewaschen, brrrr!« Oder: »Schau, Fritzle, das ist die Soda, die schaut aus wie Zucker, aber da darfst du niemals dran naschen, das gehört nur in die Seife und ist sonst giftig!« Oder: »Vorsicht bei der Lauge, Fritzle! Lauge ätzt – deshalb müssen wir das Schaff Wasser hier in der Siederei haben, zum Ablöschen in der Not. Die Spritzer brennen Löcher in die Haut, und man muss immer auf seine Augen aufpassen, dass ja nichts hineingerät, sonst wird man blind!« Ich lernte, dass Salz die Seife hart macht und die Schaumkraft hemmt. Ich lernte, dass man Seife »küssen« musste, um festzustellen, ob sie fertig war: Wenn nichts mehr auf den Lippen brizzelte, war sie richtig. Ich durfte die Kurbel drehen, um Seifenflocken herzustellen. Ich durfte mit dem schweren Hammer auf den Prägestempel hauen, bis auf der Seife »Ribot's Eschweger« stand. Ich durfte Salz in den Kessel schütten und rühren, bis die Masse schön fest wurde. Kurz, ich war ein glücklicher kleiner Seifensieder!

Kapitel 7
1863

»Lass mich mal trinken!« Carl nahm seinem Bruder den großen Bierkrug aus der Hand, den beide gerade von der Gassenschänke der Brauerei Laumer geholt hatten.

»Spinnst du?« Fritz schüttelte den Kopf. »Das merkt der Vater doch!«

Carl zog kräftig an und tauchte mit einer Nase voller Schaum wieder aus dem Krug auf. »Schmeckt gut«, grinste er und setzte erneut an. Auch Fritz wollte nun nicht mehr zurückstehen und nahm ein paar kräftige Schlucke. »Was machen wir jetzt?«, fragte er. »Ich weiß schon, was«, sagte Carl.

Die beiden liefen zum Pumpbrunnen vor der »Alten Farb« neben der Fleischbrücke, wo Carl so viel Wasser in den Krug füllte, bis er wieder voll genug erschien. Dann beeilten sich die beiden Brüder, heimzukommen.

Zehn Minuten später lag Fritz über seines Vaters Knie und heulte jedes Mal auf, wenn die Rute sein Hinterteil traf. Carl hatte sich wie immer rechtzeitig aus dem Staub gemacht. Rosa stand mit geschlossenen Augen im Küchenwinkel und konnte gar nicht zusehen, wie ihr Liebling litt. Mitten in der Strafaktion öffnete sich die Tür, und Käthe kam herein. »Lass gut sein, Mann«, sagte sie mit zitternder Stimme. »Schick lieber den Fritz nach dem Herrn Pfarrer, die Strunz-Mutter stirbt uns weg.«

Als Pfarrer Röckel kam, war es schon zu spät für die letzte Ölung. Maria Strunz war so still und stumm in ihrem Bett gestorben, wie sie die letzten Jahre gelebt hatte. »Ja, so ist das«, seufzte der Geistliche und drückte der Toten die Augen zu, »einer kommt, einer geht.« Mit Ersterem meinte er den kleinen Konrad, den Käthe im letzten Jahr zur Welt gebracht hatte, ein Krabbelkind, das den Tod der Großmutter noch längst nicht verstand. Der alte Strunz hingegen verstand sehr gut. »War eine Erlösung«, brummte er. »Hat eh nichts mehr gehabt von ihrem Leben.«

Während die herbeigerufene Leichenfrau vom Pinzenberg die Tote wusch und herrichtete, saß man mit dem Pfarrer in der guten Stube. Das Leichenbegängnis wurde besprochen und der Lehrling mit einem Zettel zum Steinmetz geschickt: »Maria Strunz, Seifensiedersgattin, geliebte Frau und Mutter, *23.1.1792 †14.5.1863« sollte zusätzlich auf den Stein gemeißelt werden, der schon auf dem Grab ihrer armen Betty und des toten Enkelsöhnchens auf dem Friedhof stand. Nachdem die Formalitäten geklärt waren, holte Philipp Ribot die Schnapsflasche aus der Anrichte. Man sprach über allerlei Neuigkeiten – wie immer war der Pfarrer bestens informiert über alles, was gerade in der Welt vorging. »Man denke einmal«, schnaufte er nach dem zweiten Schnaps, »zu London fährt seit neuestem eine Art Eisenbahn unter der Erde! Mit Dampfbetrieb!«

»Du liebe Güte«, sagte Käthe, »ich würd ja vor Angst sterben! Da drunten im Stockfinstern umeinanderfahren!«

»Die Engländer sind ein komisches Volk«, pflichtete Philipp Ribot bei. »Die haben ja auch zwei Parlamente, hört man! Wie soll eine Regierung da ordentlich Politik machen?«

»Aber sie haben Kolonien in Afrika«, erwiderte der Pfarrer. »Das ist schon löblich. Da gibt es lauter Heiden, die bekehrt werden müssen.«

»Kolonien könnten wir auch gut brauchen«, meinte Philipp. »Dann käm mich das Palmöl für meine Seifen billiger.«

»Na, Ribot, Sie machen doch aber beste Geschäfte«, lächelte der Pfarrer. »Man hört, dass Sie die Anwesen in der Nürnberger Straße 2 und 8 erworben haben. Und diese Lichterziehmaschinen, die Sie aus Amerika haben kommen lassen, das ist ja ganz famos!«

»Man muss mit der Zeit gehen, Herr Pfarrer«, sagte Philipp. »Die Konkurrenz schläft nicht, und wenn ich nicht jetzt die Siederei vergrößere und moderne Maschinen anschaffe, dann tut's ein anderer.«

»Wie ich höre, haben Sie zur Zeit sieben Gesellen?«

»Zwei feste und fünf auf der Walz«, nickte der Meister. »Drei aus dem Badischen, einer aus Ulm, ein Tscheche und ein Ungar. Und seit drei Tagen einen aus Leipzig.«

»Oho! Da passen Sie nur auf, dass Ihnen der kein schlimmes Gedankengut ins Haus bringt. In Leipzig haben sie vor kurzem einen Arbeiterverein gegründet. Mit einem Kerl namens Lassalle als Anführer! Verboten ist das doch! Wenn die jetzt wieder mitreden dürfen in der Politik, na dann gute Nacht.«

»Ganz meine Meinung!« Philipp Ribot bot dem Pfarrer eine Zigarre an.

Rosa, die neben Käthe saß und den schlafenden Konrad auf dem Schoß hatte, musste an ihren Vater denken. Wie hätte er sich über diese Nachricht gefreut. Die Arbeiter müssen heraus aus ihrem Elend und ihrer Rechtlosigkeit, hatte er immer gesagt. Mitbestimmen müssen sie, anständigen Lohn bekommen. Und wir brauchen das allgemeine Wahlrecht! »Aber wenn die Arbeiter doch auch mitmachen wollen bei der Politik, warum lässt man sie nicht?«, fragte Rosa. »Oder die Bauern? Warum lässt man die nicht wählen?«

Die Köpfe der Männer fuhren herum ob dieser ketzerischen Worte. Dann winkte der Pfarrer milde ab.

»Die würden womöglich die Monarchie abschaffen«, warf Käthe ein.

»Jesusmariaundjosef!« Rosa war ehrlich entsetzt. »Nein, das kann doch keiner wollen! Unsern guten König Ludwig!«

Philipp schenkte nach und hob sein Glas: »Prosit, Seine Majestät!« Der dritte Schnaps wurde gekippt.

Trudel, die hereingekommen war, um ein paar Schnitten Hefezopf anzubieten, fasste sich ein Herz und fragte: »Herr Pfarrer, stimmt das denn, was man jetzt hört: dass der Mensch vom Affen abstammt?«

Pfarrer Röckel zuckte zusammen wie vom Blitz getroffen. »Ketzerei ist das, die reinste Ketzerei!« Er bohrte seinen Zeigefinger fast in Trudels Brust. »Was steht in der Bibel?«

»D...dass Gott den Menschen schuf. Aus einem Batzen Lehm. Erst den Adam, und dann aus seiner Rippe die Eva!«

»Dieser sogenannte Wissenschaftler namens Darwin mit seiner gottlosen Evolution ist ein Lügner und Betrüger«, ereiferte sich Röckel. »Der glaubt nicht an die ewigen Wahrheiten unserer Mutter Kirche. Der Teufel wird den einmal höchstpersönlich holen!«

Käthe und der alte Strunz nickten ernst.

»Ich sag ja, die Engländer sind komisch«, meinte Philipp nachdenklich.

Dann kam die Leichenfrau und meldete, dass die Verblichene jetzt gerichtet sei. Der Pfarrer verabschiedete sich, und die Familie begann, sich für die Totenwache vorzubereiten.

Als Philipp die Stunden bis zum Morgen am Bett seiner Schwiegermutter wachte, blieb sein Blick immer wieder an dem Blumensträußchen hängen, dass die Leichenfrau ihr zwischen die wächsernen Finger gesteckt hatte. Maiglöckchen, dachte er. Eine schöne weiße Maiglöckchenseife, das wär doch was ...

Kapitel 8
1864

Die Maiglöckchenseife in memoriam der Strunz-Mutter erwies sich als nächster Ribot'scher Verkaufsschlager. Ein Jahr nach dem Tod der alten Maria reichte der Platz auch in den neu angekauften Nachbarhäusern nicht mehr für die Produktion aus. Im Hof musste ein neues Siedereigebäude errichtet werden, für das Philipp den ersten modernen Dampfkessel anschaffte. Inzwischen lieferte er seine Seifen längst nicht mehr nur an die kleinen Geschäfte in der Umgebung, die sogenannten Detailleure. Nein, er schickte ganze Kisten davon mit der Eisenbahn bis nach Nürnberg hinein. Wäschereien, Fabriken und öffentliche Bäder hatte er dort als Kunden gewonnen. Die Firma wuchs stetig, und mit der Seifensiederei Pfannenmüller schloss im Sommer 1864 der letzte Schwabacher Konkurrenzbetrieb die Pforten. Philipp war Alleinherrscher in seinem Seifen-Reich, und er genoss den Erfolg. Doch zufrieden war er nicht, denn stets schielte er mit einem Auge nach Pittsburgh, Amerika, wo sein Schwager Steve Strunz inzwischen eine veritable Fabrik mit vierzig Angestellten führte und mit neuester Technik arbeitete. Dahin müsste man kommen, dachte er.

Im Haushalt waren inzwischen an die zwanzig Personen zu versorgen. Trudel und Rosa arbeiteten Hand in Hand, während die Meisterin fast nur noch im Laden stand oder Seifen in Schachteln und Kartons verpackte. Die Einkäufe erledigte Rosa, weil sie dann den kleinen Konrad mit an die frische Luft nehmen konnte, der oft kränkelte und immer blässlich und still war. Mein »Verreckerle«, nannte Philipp ihn liebevoll auf Schwäbisch, und dabei schwang immer ein wenig Angst mit.

Eines Nachmittags im Herbst ging Rosa mit Konrad, den sie mit Schal und Mütze dick eingepackt hatte, auf den Markt zum Gemüsekaufen. Auch Frieda wollte mit, also bekam sie ein eigenes Körbchen und lief folgsam neben ihrem kleinen Bruder her.

Am Marktplatz war viel Betrieb, in der Erntezeit kamen mehr Bauern als sonst mit Wägen und Karren in die Stadt. Überall gab es Zwetschgen, Birnen und Äpfel. Die drei schlenderten umher, Rosa erstand ein paar Wirsingköpfe und ein Kilo Gelberüben, ließ Frieda einen Bund Petersilie in ihrem Körbchen tragen und wollte sich schon wieder auf den Heimweg machen, als sie drüben beim Pferdebrunnen ein bekanntes Gesicht erspähte. War das nicht … sie hatte sich verändert, aber doch, das war sie!

»Mina!«, rief Rosa und eilte zu der jungen Frau hin.

Mina blickte immer noch so ängstlich drein wie früher. Sie griff nach der Hand eines kleinen Jungen, der verschlissene Hosen und eine Mütze trug und trotz des kühlen Herbstwetters keine Schuhe anhatte. Dann murmelte sie einen verlegenen Gruß.

»Ja, wie geht's dir denn?«, fragte Rosa und biss sich im selben Augenblick auf die Lippen. Das sah man doch, dass es den beiden schlechtging, so blass und verhärmt wie Mina dreinblickte und so dürr, wie der arme Junge war. Der riss sich jetzt von seiner Mutter los und rannte hinüber zum Brunnen, wo gerade zwei Kutschengäule soffen.

»Wie soll's schon gehen«, sagte Mina leise. »Bin halt jetzt eine arme Magd.«

»Kommst du zurecht?«

Mina zuckte mit den Schultern, und Rosa sah, wie sich ihre Augen mit Tränen füllten. »Aber ich hab ja den Buben«, sagte sie mit erstickter Stimme. »Für den muss ich doch da sein.«

»Und der Vater? Hast ihn also nicht geheiratet?«

Mina lachte bitter. »Der war schon verheiratet«, sagte sie.

»So ein Lump, so ein gemeiner!«, schimpfte Rosa wütend. »Den soll doch der Blitz treffen! Hättst mir doch damals was erzählt. Dem hätt ich schon geholfen!«

Da fuhr Mina plötzlich auf. »Geholfen? Ihr habt doch alle nichts gemerkt. Keiner von euch. Ich war ja bloß ein dummes kleines Ding vom Land, auf mich hat niemand geschaut. Bloß der Alte. Der hat immer gewusst, wo ich mich versteckt hab. Dem war's ganz gleich, ob seine Frau daneben im Bett gelegen hat oder draußen die Kinder gespielt haben. Der war wie ein Tier.« Mit geballten Fäusten stand Mina da. »So, jetzt weißt du's.«

Rosa hatte das Gefühl, als ob ihr jemand ins Gesicht geschlagen hätte. Heilige Mutter Gottes! Der Alte!

Eine Weile blieben beide stumm. »Soll ich's der Meisterin erzählen?«, fragte Rosa schließlich.

»Um Gottes willen, nein.« Mina schüttelte heftig den Kopf.

»Aber vielleicht geben sie dir Geld für den Jungen …«

»Ich will mit denen nichts mehr zu tun haben«, sagte Mina trotzig. »Und wenn wir verhungern.«

»Aber denk doch …«

»Nein!« Mina ergriff voller Angst Rosas Hand. »Bitte sag nichts, Rosa«, flehte sie. »Tu mir das nicht an! Die nehmen mir sonst meinen Buben weg. Und er ist doch alles, was ich hab. O Gott, ich hätt's nicht verraten dürfen! Bitte, vergiss einfach, dass du mich getroffen hast, Rosa. Versprech's mir! Es ist doch eh nicht mehr zu ändern.«

Rosa war immer noch fassungslos. Schließlich nickte sie. »Also gut, ich versprech's.«

»Vergelt's Gott.« Mina ließ erleichtert Rosas Hand los und wandte sich zum Brunnen, wo der Junge immer noch den Pferden zusah. »Ich muss jetzt gehen«, sagte sie hastig.

Und dann waren sie und ihr Sohn fort.

Rosa warf einen Blick auf die kleine Frieda, die mit Konrad derweil seelenruhig das Sträußchen Petersilie zerrupft hatte. Nein, die Kleinen hatten nichts von dem Gespräch mitbekommen. Sie nahm die Kinder und ging langsam mit ihnen heim.

Beim Abendessen konnte sie den alten Strunz kaum anschauen, der breitbeinig am Tisch saß und geräuschvoll seine Suppe schlurfte. Das Essen schmeckte ihr nicht. Es graute sie vor dem Gedanken, dass sie später in sein Zimmer musste und ihm beim Schuheausziehen helfen, weil er sich nicht mehr tief genug bücken konnte. Als es dann so weit war, empfand sie einen solchen Ekel vor dem Alten, dass ihr beinah schlecht war. Wie er auf der Bettkante hockte, mit offenem Mund seinen Kautabak mümmelte und sich von ihr bedienen ließ. Du Hundskrawatt, dachte sie, du dreckiger. Sich an einem halben Kind vergreifen, das sich nicht wehren kann. Grob zog sie an seinen Schuhen. »Hö!«, schimpfte er, »was bist heut so zuwider?«

Rosa stellte die Schuhe unters Bett. »Hab heut die Mina getroffen, Altmeister«, sagte sie. »Die vor ein paar Jahren bei uns gearbeitet hat, weißt noch?«

»Aha.« Der Alte ließ sich nichts anmerken.

»Einen Buben hat sie. Arm ist sie dran.«

»So?« Ernst Strunz würgte ausgiebig Schleim hoch und spuckte den Priem zielsicher in den Messingnapf neben der Tür. Dann begann er, sein Hemd aufzuknöpfen.

»Der, wo ihr das angetan hat mit dem Kind, dem verzeiht der Herrgott nicht«, sagte Rosa. Dann ging sie hinaus und nahm den Spucknapf mit.

Drunten sah sie die Meisterin noch bei Kerzenschein in der guten Stube sitzen und Knöpfe sortieren. Viel hätte nicht gefehlt, und sie wäre zu ihr hineingegangen und hätte ihr alles erzählt. Dass der von allen hochgeehrte Ribot's Vater, der ach so liebe Opa, dem man die Kinder gern anvertraute, ein Lump war, ein erbärmlicher. Aber dann dachte sie an ihr Versprechen. Und daran, dass sich ja doch nichts mehr ändern ließ. Vom Kirchturm schlug es neun. Mit einem leisen Seufzer trug sie den Spucknapf nach draußen und leerte ihn in den Abort.

Kapitel 9

Aus den Lebenserinnerungen von Fritz Ribot, begonnen 1921

Mir graute vor dem Wort »studieren«, und es gab schwere Kämpfe zwischen Vater und Sohn, in denen ich – zum ersten Mal in meinem jungen Leben – Sieger blieb! Aber ehe ich in die Siederei kam, sollte ich als Kaufmann ausgebildet werden, das war nun erst recht nicht nach meinem Geschmack, sollte ich doch nun den Comptoir-Sessel drücken. In jeder freien (und unfreien) Stunde war ich draußen in der Werkstatt, damals wurde dauernd gebaut und neu eingerichtet, vergrößert usw.: Das war mir viel interessanter als Briefkopieren und die »Schreiberarbeit«, für die ich damals sehr wenig Respekt übrighatte. Sobald ich »draußen« erwischt wurde, gab es Prügel, ich mußte wieder zurück ins Comptoir, das für mich dadurch erst recht zur Folterkammer wurde. »So kann's nicht weitergehen«, hörte ich eines Tages meinen gestrengen Vater zu meinem Großvater sagen, »wenn der Kerl absolut nicht will, so soll er eben ein gewöhnlicher Seifensiedergesell werden!« Das war Musik für mich, und als ich dann einige Tage später an einem Montag morgens um ½ 5 Uhr in die Siederei durfte mit einer blauen Bluse und ditto Schürze, war ich glückselig. Mit unbeschreiblicher Lust stürzte ich mich in die Arbeit. Jeden Morgen, wenn ich mit der Arbeit begann, stellte ich mich erst einmal hin und schnupperte: Es roch nach den Fetten im Kessel, gut nach Schmalz, wenn es

Schweinefett war, süßlich nach Pferdefett oder rass nach Hammeltalg, dazwischen waberten Duftschwaden von Rose oder Veilchen, ein Genuss!

Wer die Betriebe von damals kennt, der weiß, dass viel, viel mehr gearbeitet werden musste als heute; an eine 10stündige Arbeitszeit zu denken hätte man für Wahnsinn gehalten. Von morgens 5 Uhr bis abends 9 Uhr, 10 Uhr, bis man eben fertig war; dazu noch einige Male in der Woche morgens um 1 Uhr heraus zum Lichterziehen! So verging mir ein Jahr in strenger Arbeit. Abends trieb ich mich am liebsten im »Gesellenzimmer« herum und hörte den Erzählungen zu aus der Wanderschaft, der Heimat der fremden Burschen, den Sitten und Gebräuchen der Zunft. Es waren damals immer 9, 10 Gesellen da aus aller Herren Länder. Lauter brave Kerle waren das, die zur Familie gehörten und meine Mutter immer nur als »Frau Mutter« ansprachen. Und in mir erwachte die Lust, auch einmal wie sie in die Fremde zu ziehen …

Kapitel 10
1866

Es war im Jahr 1866, im März. Zum großen Ergötzen der Schwabacher stand in diesem Frühling auf der Osterwiese vorm Nürnberger Tor ein Karussell und zog Jung und Alt an wie ein Magnet. Bunt bemalte Pferdchen drehten sich da wippend im Kreis, während drinnen im Mittelpfeiler zwei Kerle unsichtbar mit Muskelkraft die Konstruktion anschoben. Dazu gab es Musik vom Leierkastenmann, und in zwei Meter Höhe neben dem Karussell hing ein kleiner hölzerner Ring für das »Ringleinstechen« – wer auf einem der Pferdchen sitzend mit einem langen Stecken den Ring herunterholte, gewann eine Freifahrt.

Rosa und Trudel hatten sich an ihrem freien Sonntagnachmittag ordentlich herausgeputzt und standen nun mit ihren feschen schwarzen Hütchen neben der großen Attraktion. Nicht nur Kinder wagten einen »Ritt«, sondern auch etliche Erwachsene genossen den Spaß, darunter ein paar Angehörige des II. Chevauleger-Regiments Taxis, das in der Schwabacher Garnison stationiert war.

Trudel stieß Rosa an: »Du schau, das ist vielleicht ein Schneidiger!« Sie deutete auf einen schlanken dunkelhaarigen Soldaten mit gewichstem Schnurrbart, der gerade mit seiner »Lanze« den Ring getroffen hatte und nun triumphierend die Faust ballte.

»Verguck dich bloß nicht«, lachte Rosa. »Solche wie der schauen sich nicht nach Dienstmädchen um.«

Und dann wurden der Trudel tatsächlich die Knie weich, weil der Soldat doch plötzlich auf sie zukam und sich zackig vor ihr verbeugte. »Gestatten, mein Frollein, darf ich Sie zu einer Freifahrt einladen?«

Trudel setzte sich mit ihm auf einen Schimmel, während Rosa den beiden wehmütig zusah. Ach, für sie gab es halt niemanden. Sie war eben keine Schönheit mit ihren dichten Brauen, den Hasenzähnen und den hängenden Wangen. Und dicker war sie auch geworden in den letzten Jahren. Eine Weile blieb sie noch stehen und beneidete Trudel, wie sie sich mit dem Soldaten unterhielt, dann ging sie heim.

Abends stürmte Trudel mit hochroten Wangen zu ihr ins Zimmer. »Du, der ist nett! Und er ist gar keiner von den Hochvornehmen. Christian heißt er, und ist Bursche bei einem Leutnant. Und er hat mich gefragt, ob ich nächsten Sonntag mit ihm spazieren gehen will!«

»Und, willst du?«

Trudel drehte sich mit ausgebreiteten Armen im Kreis. »Freilich!«, lachte sie.

Von da an verbrachte sie jeden Sonntag mit ihrem schneidigen Soldaten. Die Familie beäugte die Treffen argwöhnisch – es wäre nicht das erste Mal, dass ein Dienstmädchen wegheiratete, und Trudel war eine Perle, die man nicht gerne ziehen lassen mochte. »Mädchen, lass die Finger von dem«, sagte Philipp Ribot warnend. »Es stinkt nach Krieg, und dann muss er ins Feld und kommt vielleicht nicht wieder.«

Trudel schüttelte ungläubig den Kopf. »Was für ein Krieg denn?«, fragte sie.

»Die Preußen und die Österreicher sind schwer verfeindet«, erklärte Philipp. »Da geht's zur Zeit hoch her, jeder will mehr zu sagen haben als der andere. Es scheint so, als wolle dieser Bismarck Österreich aus dem Deutschen Bund drängen. Aber das ist zu kompliziert, das verstehst du nicht. Jedenfalls munkelt man, dass die Mobilmachung kurz bevorsteht, und dann muss Bayern an der Seite von Österreich kämpfen, obwohl unser König Ludwig das gar nicht will.«

»Jesusmariaundjosef«, sagte Trudel.

Und Philipp Ribot behielt recht. Im Juni wurden in ganz Bayern die Truppen einberufen, auch die in Schwabach stationierten Ulanen erhielten den Marschbefehl. Christian läutete eines Nachmittags mit düsterer Miene an der Ribot'schen Tür und bat darum, Trudel sprechen zu dürfen. Sie kam mit wehenden Röcken die Treppe herunter und sah ihn furchtsam an.

»Jetzt ist es so weit«, sagte er. »Wir haben Krieg. Morgen muss ich einrücken.«

Trudel warf sich in seine Arme und begann zu weinen. Er fuhr ihr durchs Haar. »Wein doch nicht«, versuchte er zu trösten. »Ich komm ja wieder.«

»Und wenn nicht? Ich hab so Angst um dich, Christian!«

»Mir passiert schon nichts. Unkraut verdirbt nicht.« Er nahm sein Schnupftuch und tupfte Trudel die Tränen weg. »Ich muss dich was fragen«, sagte er schließlich. »Ich weiß, das geht jetzt recht schnell, aber so ist das im Krieg.« Er schluckte. »Trudel, tätst du auf mich warten? Und wenn ich wieder da bin, heiratest du mich dann?«

Sie sah ihn an, und trotz des Abschiedsschmerzes und der Angst spürte sie, wie ein wunderbares Glücksgefühl in ihr aufstieg. »Ach, Christian, ich wünsch mir nichts anderes!«

Mit klopfendem Herzen ließ sie sich den billigen Messingring anstecken, den er vorsorglich mitgebracht hatte. Dann küssten sich die beiden andächtig.

Unter der Treppe, wo die beiden kleinsten Ribot-Kinder gelauscht hatten, rappelte es, und Frieda kam als Erste vor. »Juhuuu«, schrie sie, »juhuuu, die Trudel ist jetzt eine Braut!« – »Eine Braut, eine Braut!«, krähte Konrad mit.

Lieber Gott, lass mich nicht Witwe sein, bevor ich geheiratet hab, dachte Trudel.

Am nächsten Tag in aller Frühe verließ die Schwabacher Chevauleger-Schwadron unter dem Kommando von Rittmeister Fels die Stadt in Richtung Main-Linie.

Die nächsten Wochen verbrachte Trudel in ständiger Angst. In Schwabach gründete sich ein »Verein zur Unterstützung verwundeter Krieger«, die Gattin des Stadtkommissärs Zoller erließ einen Aufruf an die Frauen und Jungfrauen Schwabachs zur Sammlung von Verbandsmaterial, und die Stadt richtete vorsorglich ein Lazarett ein. Dann wurden zur Verteidigung der Stadt Soldaten einquartiert, auch im Hause Ribot mussten gegen Philipps ausdrücklichen Protest drei Offiziere aufgenommen werden. Man behandelte sie höflich, schließlich waren sie Gäste, aber sicherheitshalber versteckte man die Wertsachen im Kartoffelkeller. Zwanzig Verletzte wurden im Lazarett aufgenommen. Doch von den fernen Kriegsereignissen erfuhr man in Schwabach nichts; nicht einmal die entscheidende Niederlage Österreichs in der Schlacht von Königgrätz am 3. Juli wurde im »Intelligenzblatt« erwähnt, stattdessen las man von Wirtshausraufereien, der Geburt eines achtbeinigen Hasen, dem Anstieg der Bierpreise und der Versteigerung von Pferdedünger in der Kaserne. Im Ribot-Haus wurde viel mit den Soldaten diskutiert, die sich als doch ganz vertrauenswürdig erwiesen, und Philipp, der den unerwünschten Besuchern auf keinen Fall recht geben wollte, wandelte sich dabei auf wunderbare Weise zum glühenden Anhänger des Preußenkönigs und seines Ministerpräsidenten Bismarck. Mit dem Satz »Wir brauchen die kleindeutsche Lösung mit Preußen ohne Österreich« beendete er fast jedes Gespräch. »Nationalstaat und Monarchie, jawoll! Dafür muss gekämpft werden!«

Christian hielt sich am 25. Juni mit seinem Regiment in der Nähe von Üttingen auf, auf der Hochebene zwischen Tauber und Main. Hier standen sich Bayern und Preußen gegenüber, die Ulanen an der Flanke. Christian selber hielt sich im Hintergrund der Kavallerie bereit, während sein Leutnant mit in vorderster Reihe ritt.

Was es war, wusste niemand zu sagen, vielleicht ging irgendwo ein Karabiner los, vielleicht scheute ein Pferd. Jedenfalls begann die Attacke der bayerischen Reiterei zur Unzeit, noch bevor die 12-Pfünder-Batterie Schuster bereit zum unterstützenden Feuern gewesen wäre und während das 5. Jäger-Bataillon sich gerade erst hinter einem Hügel formierte. Die Ulanen blieben auf sich gestellt und wurden vom Feind mitten vor die Gewehre der preußischen Artillerie getrieben. Es war ein Fiasko, und als endlich zum Rückzug geblasen wurde, lag Christians Leutnant tot in einem Schlammloch. Und bevor sich Christian noch fassen konnte, teilte man ihn einer Schützeneinheit zu und drückte ihm einen Vorderlader in die Hand. Ein Kamerad erklärte ihm die Sache: »Das ist ein Podewils-Gewehr, schießt ganz ordentlich! So füllst du das Pulver ein, dann rein mit der Kugel, mit dem Ladestock nachstopfen, Zündhütchen aufsetzen, und peng!«

»Aber ich hab noch nie in meinem Leben ein Gewehr in der Hand gehabt!«, protestierte Christian.

»Die im Schützenbataillon haben vor dem Krieg auch noch keine drei Mal geschossen«, erwiderte der andere und zuckte die Schultern. »Gegen die Preußen ist eh nicht zu gewinnen, die haben diese neuen Zündnadelgewehre, das sind Hinterlader mit Spitzgeschossen, die schießen schnell hintereinander und treffen auch noch.« Er klopfte Christian auf den Rücken. »Viel Glück, Kumpel.«

So kam es, dass Christian am nächsten Tag um vier Uhr morgens mit dem 59. Infanterie-Regiment gegen das von den Preußen besetzte Üttingen anstürmte. Er hörte den Befehl: Halt! Laden! Feuer! Und er setzte seinen ersten Schuss – der gleichzeitig sein letzter sein sollte. Noch im Knien hörte er den ohrenbetäubenden Lärm, als die preußischen Kanonen aus allen Rohren feuerten. Dann spürte er einen Schlag gegen den Kopf und fiel um wie ein Stein.

Kapitel 11
1866

Am 2. August begann der Waffenstillstand, der Krieg war nach kaum einmal sieben Wochen zu Ende. Die Schwabacher Ulanen kehrten nach und nach in ihre Kaserne zurück, geschlagen und dezimiert. Jeden Tag lief Trudel zur alten Kattunfabrik, die als Soldatenquartier diente, und fragte alle, die sie traf, nach Christian. Niemand wusste etwas. Trudel wartete verzweifelt, aber mit jedem Morgen verlor sie ein bisschen mehr Hoffnung.

Und dann, es war schon September, klopfte es.

»Trudel!«, schrie der kleine Konrad, der immer als Erster zur Tür wieselte. »Da ist einer, der hat einen kaputten Kopf und will zu dir!«

Trudel rannte, fiel fast über ihre eigenen Beine, und dann lagen sich die Verlobten in den Armen. »Schrapnellverletzung«, grinste Christian und deutete auf seinen Kopfverband. »War drei Wochen bewusstlos im Lazarett in Üttingen, aber jetzt geht's wieder. Hab doch gesagt, Unkraut verdirbt nicht.«

Ein Jahr mussten die beiden noch warten, bis sie heiraten konnten. Denn Christian hatte seinen Dienst beim Militär quittiert. »Was ich gesehen habe, reicht mir«, hatte er zu Trudel gesagt, »Das brauch ich nie wieder!« Doch mit seiner Arbeit als Helfer in der Brauerei Hauck auf der Kappadozia verdiente er zu wenig, um eine Familie ernähren zu können. Tapfer schmiedeten die beiden Pläne, und dann ergab es sich, dass in der Friedrichstraße eine Wirtschaft zu verpachten war, und mit Trudels Kochkenntnissen und Christians neu erworbener Biererfahrung wagten sie es: Sie übernahmen den »Walfisch«, als Wirtsehepaar Trudel und Christian Beck.

Die Familie Ribot ließ Trudel nur ungern ziehen, allein Philipp nahm ihre Kündigung gelassen hin. Zu Käthe sagte er: »Schau, wir sind doch jetzt wer, bei uns geht's doch inzwischen ganz anders zu als beim alten Strunz. Wir haben keine kleine Werkstatt mehr, wir sind ein großer Betrieb! Heut können wir uns ganz anderes und besseres Hausgesinde leisten, so wie die Reingrubers von der Nadelfabrik oder die Molls. Lass die Trudel doch in Zukunft ruhig Brotsuppe in ihrer Spelunke kochen, wir holen uns jetzt eine richtige Köchin, die was vom vornehmen Essen versteht. Und wir nehmen uns eine zweite Hausmagd dazu, die der Rosa hilft.«

Jaja, Trudel, so schnell wird man vergessen, dachte Rosa. Von nun an verbrachte sie jeden Sonntagnachmittag bei ihrer Freundin im »Walfisch« und half dort mit, wo gerade Not am Mann war. Schnell wurde die Wirtschaft zu einem Treffpunkt für die Schwabacher Nadelarbeiter, man trank dort sein Bier nach Feierabend und traf sich zum Freitagsstammtisch. Und eines Tages im November erzählte Trudel bei einer Tasse Zichorikaffee: »Stell dir vor, gestern Abend haben sie bei uns in der Wirtschaft den Arbeiterbildungsverein gegründet!«

Rosa wusste, dass der von ihrem Vater gegründete Schwabacher Arbeiterverein durch das Vereinsgesetz seit 1850 verboten war. »Ist das nicht gefährlich?«

»Solange sie ihn ›Bildungs-Verein‹ nennen und in der Öffentlichkeit nicht politisch auftreten, wird's schon gehen«, meinte Trudel. »Überall in Deutschland werden doch jetzt solche Vereine gegründet.«

»Ach, wenn das mein Vater noch erlebt hätte«, seufzte Rosa. »Aber seid vorsichtig. Ihr wisst ja, es gibt überall Spitzel und Verräter, genau wie damals.«

Kapitel 12

Aus den Lebenserinnerungen von Fritz Ribot, begonnen 1921

Ich entschloss mich, ohne Erlaubnis auf die Walz zu gehen; wie meinen Onkel Steve in Amerika zog es mich in die Fremde. An einem sonnigen Maitag schnürte ich heimlich mein Bündel, einen richtigen »zünftigen« blauen »Berliner«, nahm einen Knotenstock und – ging in die weite Welt! In Nürnberg holte ich mir beim Obermeister das damals übliche Geschenk, und danach tat ich dasselbe in vielen anderen Städten. Über Bamberg, Hof, Plauen ging's nach Sachsen-Altenburg. Von da gab ich ein erstes Lebenszeichen an meine Eltern. Ich erhielt auch Antwort, obwohl, wie ich später erfuhr, mein Vater tagelang nach meinem Weggang getobt hatte und drauf und dran gewesen war, mich zu enterben. Der Brief war nicht gerade schmeichelhaft, aber doch versöhnlich gehalten – bestimmt der liebende Einfluss meiner Mutter. Der Schluss lautete: »Komme uns nicht mehr unter die Augen, bis du bewiesen hast, dass du ein brauchbarer, tüchtiger Mensch geworden bist!«

Das war deutlich und gab mir die Überzeugung, dass ich von daheim nichts zu erwarten hatte! Nach einem Vierteljahr in Altenburg walzte ich weiter bis nach Dresden; das Elb-Florenz war ganz nach meinem Geschmack, und ich arbeitete wie ein Mann – trotz meiner 16 Jahre war ich groß und kräftig.
Nach einem fröhlichen und arbeitsreichen Winter kam wieder die Frühlingssonne, und das Wanderblut forderte sein Recht und riss mich fort zu meinen Brüdern auf der Landstraße. Überall ist es herrlich in Gottes freier Natur, als »freier Mann« ohne Kummer und Sorgen für den nächsten Tag. Wer sie noch kennt, diese Romantik der Burschenwanderschaft, der wird sie nie vergessen. Wo das Meistergeschenk nicht ausreichen wollte, musste der Hunger mit einem Stück beim Bauern »erfochtenes« Brot gestillt werden. So kam ich über Heidelberg nach Straßburg, zurück durch den Schwarzwald bis nach Neu-Ulm. Da fand ich einen Meister, der von sich behauptete, er habe »Chemie studiert«, in seinem Laboratorium lernte ich vieles, was mir später von großem Nutzen war. Und dann kam's, wie es kommen musste: Ich verguckte mich in Fräulein Lina, die Nichte des Meisters. Bald spann sich ein »Techtel=Mechtel« an, der Meister kam uns auf die Schliche, und ich stand wieder auf der Straße. Aber immerhin war ich jetzt ein ausgelernter Geselle. Mit ein bisschen gespartem Geld fuhr ich auf der Eisenbahn bis nach Danzig, wo die Firma Miller gerade einen Siedemeister suchte. »Mein Gott, Sie sind aber noch recht jung«, meinte die Frau des Meisters. – »Verzeihen Sie«, sagte ich, »daran bin nicht ich schuld, das ist aber ein Fehler, der alle Tage besser wird!« Damit hatte ich die Stelle!

Kapitel 13
1869

Die gerahmte Fotografie des fernen Stammhalters Fritz auf Käthes Bettschränkchen wackelte bedenklich, während sich die Hochschwangere in den Wehen aufbäumte. Diesmal war es eine schwere Geburt, das Kind lag falsch. Die Hebamme hatte schon begonnen, stumme Gebete gen Himmel zu schicken, als sie endlich im Mutterleib ein Ärmchen zu fassen bekam, die Schulter des Kindes zurechtdrehen und dann das Köpfchen holen konnte. Draußen hatte schon der Pfarrer gewartet, für den Fall der Fälle. Aber dann war weder eine Nottaufe noch eine Letzte Ölung nötig, denn Mutter und Mädchen waren den Umständen gemäß wohlauf. Käthe hatte allerdings den Entschluss gefasst, dass dies ihr letztes Kind sein würde.

Eine ähnlich schwere Niederkunft fand bald danach im ersten Stock über der Wirtsstube des »Walfischs« statt: Trudel brachte ebenfalls ein Mädchen zur Welt, die kleine Anna, und machte Christian damit zum glücklichsten Mann von ganz Schwabach.

Ungefähr zur selben Zeit wurde dem Land in Eisenach eine neue Partei geboren: August Bebel und Wilhelm Liebknecht gründeten die Sozialdemokratische Arbeiterpartei Deutschlands SDAP. Im »Walfisch« feierte man die beiden großartigen Ereignisse ausgiebig; der frischgebackene Vater Christian spendierte ein Fässlein Freibier, und als die Hebamme mit dem kleinen Mädchen auf dem Arm herunterkam, schien die Zukunft allen rosenrot. Doch das täuschte. Denn in der großen Politik braute sich etwas zusammen.

Die Nachricht von der Kriegserklärung des französischen Königs Napoleon III. erreichte Schwabach am 20. Juli 1870. An diesem Tag gab das »Intelligenzblatt« eine Extra-Ausgabe heraus, die von jungen Burschen aus dem Bauchladen heraus überall in der Stadt verkauft wurde. Auch Philipp Ribot, der grad auf dem Rückweg vom Magistrat war, wo er über den Bau einer Wasserleitung vom Pferdebrunnen bis in die Siederei verhandelt hatte, erstand das Blatt und las es gleich im Stehen. Triumphierend eilte er heim, die Idee einer besonders stark aufschäumenden, patriotischen »Germania-Seife« im Kopf.

Beim Abendessen diskutierte man heftig über die kommende Auseinandersetzung.

»Wir Deutschen müssen jetzt zusammenhalten«, sagte Philipp, während er einen Schinken aufschnitt. »Das kann ein harter Gang werden!«

»Wir hauen die Franzosen schon her!«, rief Carl und ballte die Faust.

»Ja, du vor allem«, brummte der alte Ribot's Vater.

»Kann ich doch nichts dafür, dass ich erst sechzehn bin«, erwiderte Carl beleidigt. »Denen würd ich's schon zeigen!«

»Mit'm Maul«, sagte der Altgeselle. Carl war bei den Seifensiedern wenig beliebt, er spielte viel zu oft den Angeber und kommandierte alle herum.

»Ja, schad, dass du nicht dabei bist, Bub. Die Franzmänner würden natürlich sofort Fersengeld geben, wenn sie dich in der ersten Reihe sähen«, neckte Philipp.

Carl missverstand den Scherz und schmiss sein Messer hin. »Ach, wenn wir schon beim Fersengeld sind: Ich bin schließlich nicht abgehauen wie mein sauberer Herr Bruder!«

Philipp schnaufte. »Lass den Fritz aus dem Spiel, aus dem wird schon noch was da droben in Danzig.«

»O lieber Gott«, sagte Käthe, »hoffentlich muss der Fritz nicht einrücken!«

Carl stand mit hochrotem Kopf auf und ging zur Tür. Immer ging es nur um Fritz! Er selber konnte machen, was er wollte, immer wurde ihm der Bruder vorgezogen.

»Bleibst du da!«, donnerte Philipps Stimme. »Jetzt wird gegessen. Hier lässt keiner wegen der aufgeblasenen Franzosenbagage seinen Teller stehn!«

Carl grinste schon wieder und setzte sich. »Für's Vaterland«, sagte er und schob sich ein Stück Schinken in den Mund.

»Das ist nicht zum Lachen, Carl«, sagte Käthe und nahm sich ein Stück Brot. »Im Krieg sterben Leute.«

»Hast recht, Käthchen.« Philipp tätschelte seiner Frau die Hand. »Aber wir dürfen uns schließlich vom Franzmann nicht alles gefallen lassen. Schließlich sind wir Patrioten. Einig Volk und Vaterland! Da ist es schon richtig, dass unser König Ludwig sich jetzt an die Seite von Preußen stellt. Wir Bayern müssen halt auch unser Teil dazu beitragen zu dem glorreichen Ziel, Frankreich in die Schranken zu verweisen.«

»Wenn ich nur schon älter wäre«, seufzte Carl. »Ich will nicht daheimhocken und zuschauen wie ein Weib.«

»Pah! Hast hier genug zu tun. Musst schließlich den Fritz im Comptoir ersetzen, das ist Arbeit genug.«

Carl schob wütend seinen Teller weg. Schon wieder Fritz!

»Komm«, sagte Philipp versöhnlich und ging mit seinem Sohn hinüber in die gute Stube. Dort holte er das kleine Tabakschneidmaschinchen zum Kurbeln aus dem Schrank, legte ein paar Blätter Virginier ein, die er in der Schwabacher Tabakfabrik erstanden hatte, und zerkleinerte das Kraut. Dann stopfte er gemächlich die Pfeife mit dem großen Porzellankopf und hielt sie Carl hin. »Rauch erst mal deinen ersten Tobak, bevor du dran denkst, ins Feld zu ziehen, Junge«, sagte er. »Zieh ordentlich an, und bleib schön daheim. Die gewinnen auch ohne dich!«

So viel Zuversicht herrschte unter den Schwabacher Arbeitern mitnichten. Als Rosa nach dem Essen schnell in den »Walfisch« lief, ging es dort hoch her. Viele waren gegen den Krieg, vor allem Christian als einer der wenigen, die schon eine Schlacht erlebt hatten. »Wir Arbeiter sind überall auf der Welt gleich«, rief Georg Endres, einer der Vorstände des neuen Arbeiterbildungsvereins. »Kein deutscher sollte gegen einen französischen Arbeiter kämpfen müssen. Heut geht's doch nicht darum, dass sich Länder bekriegen! Heut geht's darum, dass die Arbeiter aller Länder sich zusammenschließen und das Kapital bekämpfen!«

»Ich hab aber keine Lust, mich mit einem Scheißfranzosen zu verbrüdern«, brummte einer.

»In ein paar Tagen hocken wir alle im Zug nach Westen«, knurrte der Nächste.

»Wer weiß, ob wir von dort wieder heimkommen …«, unkte ein Dritter.

»Ach, seid doch keine Spielverderber«, rief schließlich ein junger Drahtziehergeselle. »Ich bin jedenfalls dabei, wenn's drum geht, die Franzmänner zu ärgern. Wird bestimmt ein Heidenspaß!«

Dieser Meinung war auch die Mehrheit der Schwabacher Bürgerinnen und Bürger. Innerhalb kürzester Zeit machte sich in der Stadt wie überall im Land eine regelrechte Euphorie breit. Man hängte Fähnchen aus den Fenstern, sang patriotische Lieder, die Gastwirtschaften boten auf ihren Tafeln »Pariser Geschnetzeltes« und »Hackbraten Napoleon« an. Als schließlich die eingezogenen Schwabacher geschlossen durch die Stadt zum Bahnhof marschierten, säumten begeisterte Zuschauer die Straßen. Auch Rosa war darunter. Sie stand am Mönchstor inmitten der Leute, sah die jungen Männer winkend vorbeimarschieren und ließ sich ganz gegen ihren Willen mitreißen vom Rausch der jubelnden Menge. »Kommt bald wieder«, rief sie und lief neben den Soldaten her bis zum Bahnhof. Dort sah sie zu, wie die zukünftigen Soldaten fröhlich und siegesgewiss ihren Zug bestiegen. Auf einem Waggon stand in weißer Kreide: »Ausflug nach Paris«.

Kapitel 14
1871

»Und so trinken wir frohgemut und stolz auf das ›Deutsche Reich‹ und unseren Kaiser!« Philipp Ribot hielt ein Glas Sekt hoch und stürzte den Inhalt in einem Zug hinunter. Welch ein Triumph! Die Franzosen geschlagen, Elsass-Lothringen zurückgeholt, den Nationalstaat gegründet, einen Kaiser gekrönt! Jetzt war für das neue Deutschland alles möglich! Die Welt blickte staunend auf die Sieger; eine glänzende Zukunft winkte. Und auch Schwabach würde teilhaben an all dem Guten, das jetzt kommen würde. Die Familie saß um den Kachelofen in der Stube zusammen, es war Januar, draußen herrschte bittere Kälte, aber die Stimmung war großartig. Die Köchin hatte den Sekt in einem Schneehaufen gekühlt, und jetzt lief er prickelnd durch die Kehlen. Sogar die vierzehnjährige Frieda hatte ein Glas abbekommen, an dem sie stolz immer wieder nippte. »Müssen wir jetzt keine Pulswärmer mehr für die Soldaten im Feld stricken, Mutter?«, fragte sie.

Käthe lachte. »Nein. Und Rosa und ich brauchen auch nicht mehr zum Frauenverein vom Roten Kreuz zu gehen. Der Krieg ist aus.«

»Und wir müssen keine Billigseife fürs Militär mehr sieden«, ergänzte Carl.

»Hauptsache, das Lisettchen wächst in Frieden auf«, warf Rosa ein, die mit der Kleinen auf dem Schoß dabeisaß. Eigentlich wollte sie sich über das neue Reich aller Deutschen und über den Kaiser freuen, und natürlich über den hochgeachteten Kanzler Bismarck, aber sie hörte drüben im »Walfisch« viel zu viel Schlechtes. Dass jetzt in Deutschland alle nur noch militärisch denken würden! Dass Krieg überhaupt Unrecht sei, wenn, dann brauche man den Klassenkampf! Rosa nahm die Kleine, der schon bald die Augen zufielen, und trug sie hinauf ins Bett. »Weißt du«, redete sie leise mit ihr, »vielleicht wird ja unter dem Kaiser doch alles besser. Es gibt ja jetzt überall Fabriken, und jeder hat Arbeit. Überall hört man, dass es nur noch aufwärtsgeht.« Sie wechselte Lisettchens Windel, zog ihr ein frisches Hemdchen an und packte sie ins Bett. »Ja, das ist eine neue Zeit!«, brummte sie in sich hinein. »Stell dir vor, jetzt will der Magistrat sogar die Stadtmauer abreißen lassen! Ei, da weiß einer doch nicht, was das für eine neue Freiheit bringen soll – für die Landstreicher vielleicht, die dann überall reinkommen …« Leise redete sie weiter, bis das Lisettchen eingeschlafen war. Dann ging sie noch einmal hinunter, gerade rechtzeitig, um die Überraschung zu hören, die Philipp Ribot nun verkündete: Aus Danzig war am Nachmittag ein Telegramm gekommen. Liebe Eltern, hatte Fritz geschrieben, gehe baldigst nach Russland und trete dort eine Stelle in Moskau an. Grüße, Euer Fritz.

Kapitel 15

Aus den Lebenserinnerungen von Fritz Ribot, begonnen 1921

Wir kamen nachmittags gegen 4 Uhr am Bahnhof in Moskau an, wo ich zu meinem neuen Chef, Herrn Friedrich Niethammer, in die »Prolotka« stieg. Wir mussten die ganze Stadt durchqueren und kamen nach ungefähr einstündiger Fahrt zur Fabrik. Diese lag an der Moskwa, einige Werst außerhalb der Stadt. Nach einem kurzen Abendbrot und einem russischen Tschai=Tee – den man über ein Stück zwischen die Zähne geklemmten Zucker aus der Untertasse trinkt – ging ich todmüde zu Bett.
Am nächsten Tag wurde ich eingewiesen; es war eine nach damaligen Begriffen große Fabrik, zwei große Kessel mit 350 Ztr. Inhalt und einige kleinere Siedekessel und Dampfkessel. Das Personal bestand alles in allem, einschließlich Fuhrleute, Kutscher, Dwornik usw. aus ungefähr 50 Leuten und einem »Prikatschik« für die Buchhaltung. Ich wurde als »Direktor Feodor Philippowitsch« vorgestellt.
Mein Russisch wurde schnell leidlich, erst lernte ich zählen: ras, twa, tri, tscheterie, dann ließ ich mir mundgerecht machen, was Talg, Lauge usw. auf Russisch hießen, so kam ich allmächlich mit den »Muschiki«, den Arbeitern, zusammen. Die lebten in schierem Elend zusammengepfercht in windschiefen Holzhütten, »Artel« genannt. Sie schliefen auf blankem Stroh, wurden schlecht ernährt, hatten nichts als die Kleider auf dem Leib. Herr Niethammer erklärte mir später, dass die Leibeigenschaft in Russland noch nicht lang abgeschafft sei, die bettelarmen Landarbeiter und Bauern nach ihrer »Befreiung« alle in die Städte geströmt waren und es überhaupt den Menschen früher noch viel schlechter gegangen sei. Wer diese Zustände gesehen hat wie ich damals, der konnte sich nicht wundern über die spätere Bewegung, den Nihilismus und Anarchismus im Land, das musste kommen!
In der Fabrikation war ich bald heimisch, die Hauptsache waren Eschweger, auf 220 bis 230 Pfund Ausbeute, aus Talg und Kokosöl, also gutes Material. Auch Olein wurde mitverarbeitet, das

bezogen wir spottbillig auf dubiosen Wegen aus der »Newski sabod«, der staatlichen Stearinkerzenfabrik. Auch gelbe, abgesetzte Seifen wurden hergestellt. Ich arbeitete damals schon mit Lauge aus kaustischem Trommelsoda, so dass es tatsächlich eine Spielerei war, schöne Seifen zu machen, auch wenn hie und da mal ein »Fehlsud« unterlief. Ich verdiente so viel, dass ich es gar nicht verbrauchen konnte, zu meinem ordentlichen Fixum erhielt ich von jedem verkauften »Pud« Seife eine Kopeke!
Bald warf ich mit russischen Seifensiederbegriffen um mich, als ob ich nie eine andere Sprache gekannt hätte. Mit den Arbeitern kam ich gut zurecht, ich verschaffte ihnen so viel als möglich Freiheiten, und sie lehrten mich die Sprache des »Narod«, des einfachen Volkes.
Die Sprache der besseren Stände brachte mir dann jemand ganz anderes bei …

Kapitel 16
1872

Der Winter 1871/72 war der kälteste, den Fritz je mitgemacht hatte. Schon im Dezember hörte er auf, sich zu fragen, wie viel Minusgrade es wohl draußen hatte. Wenn man morgens seinen Nachttopf aus dem Fenster leerte, gefror der Urin innerhalb von Sekunden in der Luft. Die Rotzglocken der kleinen Kinder baumelten als harte Kugeln unter ihren Nasen, wenn sie im Schnee spielten. Milch trug man in Blöcken heim; die einzige Flüssigkeit, die nicht gefror, war der Wodka, dem Fritz an den Abenden ausgiebig zusprach, der inneren Wärme wegen. Manchmal lag er trotz der heißen Kohlepfanne schlotternd unter den Daunen in seinem Alkovenbett, auf dem Kopf eine wollene Nachthaube. Jetzt verstand er, warum die russischen Familien eng zusammengedrängt auf ihren Kachelöfen schliefen, warum der Samowar das wichtigste Aussteuerteil der russischen Bräute war, warum die Pelzmütze als das vornehmste Kleidungsstück der Männer galt. Schnee und Eis beherrschten die Stadt, die vielen kleinen Holzhäuser zwischen den Kirchen und Palästen schienen unter der weißen Last auf den Dächern fast zusammenzubrechen, von den Bäumen hing der Frost in langen Bärten. Auf den Straßen fuhren nur noch Schlitten, und so mancher Kutscher fror auf seinem Bock fest. Auf der Moskwa türmten sich übereinandergeschobene Eisblöcke; nur manche Stellen blieben glatt, zum Vergnügen der Leute, die sonntags dort auf beinernen Kufen Schlittschuh liefen. Tagsüber war alles in fahlweißes Licht getaucht, aber die hellen Stunden waren wenige; Moskauer Winternächte schienen endlos lang.

Und dann kam irgendwann der Frühling, es taute, die Straßen waren vor lauter Schlamm kaum passierbar, ein lauer Wind kitzelte die ersten Schneeglöckchen hervor und es roch nach nasser Erde.

Gegenüber der Niethammerschen Siederei lag eine russische Ostereierfabrik. Hier wurden Tragant-Eier hergestellt, die, schön verziert und innen mit Heiligenbildchen versehen, zu Ostern in riesigen Mengen verkauft wurden. Dazu gehörte noch ein Import von hohlen Dekoreiern aus Pappmaché, Eiern aus Glas, Emaille und Porzellan von einfachen bis feinsten Ausführungen; aus allen Teilen Russlands kamen die Käufer, um ihren Osterbedarf zu decken. Es war ein bedeutendes Geschäft, das einem bärtigen, hakennasigen und überhaupt schreckenserregend aussehenden älteren Herrn namens Pawel Mischkin gehörte. Dieser besaß eine Tochter, die sich wie alle gutbürgerlichen russischen Mädchen nur selten außerhalb des Hauses aufhielt und der Fritz daher in seinem ersten Jahr noch nie begegnet war. Bis zu jenem denkwürdigen Tag im Mai.

Um eine Eschweger Seife fertigzumachen, musste bei jedem Sud das »Häutchen« probiert werden. Das ging so: Man tauchte Daumen und Zeigefinger in die Masse und ließ sie leicht antrocknen. Dann leckte man den Daumen an, brachte beide Finger zusammen, hielt sie in Augenhöhe und nahm sie wieder auseinander – dazwischen »zog man das Häutchen«. Zu diesem Zweck trat Fritz zum ersten Mal an eine kürzlich erst durchgebrochene Tür zur Straße, weil dort das Licht gut war. Aus genau demselben Grund saß wie jeden Tag am gegenüberliegenden Stubenfenster des Ostereierfabrikanten dessen achtzehnjährige Tochter und nähte. Verwundert beobachtete sie von dort aus den jungen deutschen Direktor, wie er erst seine Fingerspitzen »küsste« und dann die Finger zu einer Art Gruß öffnete. Das musste die deutsche Version einer Kusshand sein, dachte sie und zog sich sofort errötend vom Fenster zurück.

Am nächsten Tag wagte der deutsche Direktor wieder die Kusshand, und tags darauf wieder. Am dritten Tag trafen sich die Blicke der beiden, und am achten Tag konnte Sascha nicht mehr anders: Sie drückte Daumen und Zeigefinger zusammen und warf eine zaghafte Kusshand zurück.

»Dobrij den«, lächelte Fritz und blieb am Zaun des kleinen Gartens stehen, der zur Ostereierfabrik gehörte. Das Herz klopfte ihm bis zum Hals. Denn drinnen saß auf einer Schaukel unter dem blühenden Apfelbaum seine Kusshandbekanntschaft: ein zartes Geschöpf mit dunklen Augen und langem rabenschwarzem Zopf, der zu einer Krone aufgesteckt war. »Ich heiße Feodor Philippowitsch«, sagte er und machte eine Verbeugung.

Sie sah sich schnell um, aber niemand sonst war in der Nähe. »Aleksandra Pawlowa«, antwortete sie hastig.

Er nahm sein bestes Russisch zusammen. »Heute ist das Wetter schön!«

Sie kicherte. Hatte er etwas Falsches gesagt? Er genierte sich für seine Unbeholfenheit. O Gott, woher sollte er denn wissen, wie man Russinnen den Hof machte?

Sie antwortete etwas auf Russisch, aber was nur? Er verstand sie nicht.

»Tut mir leid.« Er machte eine Geste der Verlegenheit. Im selben Augenblick kam eine alte Frau mit einem Krug um die Hausecke, und Aleksandra sprang von der Schaukel. »Doswidanija!«, sagte sie schnell.

Ihm kam doch noch ein Geistesblitz: »Morgen?«, fragte er.

»Da!«, flüsterte sie und lief davon. Das hatte er verstanden. Es hieß Ja!

Pfeifend ging er zurück zur Fabrik.

Am nächsten Tag lief er in der Mittagspause wieder am nachbarlichen Garten vorbei. Sie war schon da, ein Sträußchen mit hellgelben Blumensternen in der Hand. Diesmal war er besser vorbereitet – er hatte sich von seinem Freund, dem Muschik Iwan, helfen lassen und sagte mutig: »Liebe Aleksandra Pawlowa, heute sehen Sie noch viel hübscher aus als gestern.«

»Oh!« Sie senkte verlegen den Kopf, dabei fiel ihr eine schwarze Haarsträhne in die Stirn. »Sind die Deutschen immer so …?«

»… ehrlich?«, ergänzte er. Da lächelte sie, und ihm war, als schiene die Sonne heller. Ihre Blicke trafen sich, und beide sahen verlegen weg. Dann rief von drinnen jemand, und sie sagte: »Ich muss gehen! Morgen?«

»Da!«, rief er.

Von da an trafen sie sich fast jeden Tag kurz am Gartenzaun und wechselten ein paar Worte. Fritz fieberte den Mittagspausen entgegen, er dachte an nichts anderes mehr. Als er eines Tages in seiner Zerstreutheit das falsche Parfümöl in den Kessel goss und der Seifenkern deshalb zum berüchtigten »Blitzbeton« erstarrte, der sich nicht mehr in Form gießen ließ, sprach ihn Friedrich Niethammer an.

»Junge, was ist denn mit Ihnen? Sie sind ja in letzter Zeit völlig abwesend!«

Iwan mischte sich ein: »Verliebt ist er halt«, sagte er lachend auf Russisch.

»Ja so!« Niethammer, ein eingefleischter Junggeselle, grinste. »Wer ist denn die Glückliche?«

Fritz seufzte. »Die Tochter vom alten Mischkin drüben.«

»Was Ernstes?«

»Natürlich!« Fritz warf sich in die Brust. »So einer bin ich nicht!«

»Dann müssen wir was tun, hm?«, meinte Niethammer gutmütig. »Mal sehen, ob wir die Nachbarn nicht einmal zum Tee einladen können …«

So wurden in Russland Kontakte geknüpft. Niethammer schickte ein Stubenmädchen mit einem Billet hinüber, und am Sonntag darauf stand die ganze Familie Mischkin mit einer riesigen Schachtel Tragant-Eier vor der Tür. Das führte natürlich zu einer Retour-Einladung, und bald wurden diese Tee-Abende offiziell. Niethammer sorgte dafür, dass Fritz als Verehrer der Mischkin-Tochter salonfähig wurde, indem er angelegentlich mitteilte, dass er selber ja keinen Erben habe, der junge Feodor Philippowitsch ihm aber wie ein Sohn ans Herz gewachsen sei und außerdem hervorragend geeignet, eine Seifenfabrik zu führen. So erhielt Fritz nach etlichen Wochen heimlicher Zaun-Gespräche endlich die Erlaubnis, Aleksandra Pawlowa zum Spaziergang an der Moskwa auszuführen. Nein, um Gottes willen, doch nicht allein! Hinterdrein watschelte in viel zu kurzem Abstand die dicke Großmutter Mischkin, stets auf Wahrung des Anstands bedacht! Fritz hätte so gern Saschas Arm genommen, wäre so gern ganz nah neben ihr gegangen, er fieberte vor Sehnsucht, aber hinter sich hörte er immer das laute Schnaufen der Babuschka und wagte keine Annäherung. Einmal nur, ganz kurz, viel zu kurz, streifte seine Hand die von Sascha, und es war ihm, als habe ihn ein kleiner, prickelnder Blitzschlag getroffen, der ihm durch und durch ging.

Und dann, eines Sonntags, war die Großmutter unpässlich, und an ihrer Stelle ging Aleksandras Tante mit, die zu Besuch aus Sankt Petersburg da war. Es war schon September, die Hitze des Moskauer Sommers am Verglühen. Sie ließen sich im Boot über den trägen Fluss rudern, auf dessen anderem Ufer ein schöner Park mit einem schattigen Wäldchen lag. Als sie dort ankamen, wo unter den Birken eine kleine Bank stand, sah die Tante auf einmal angestrengt in die Ferne und sagte: »Kinder, ich glaube, dort drüben beim Pavillon habe ich eine alte Bekannte entdeckt. Ich lasse euch fünf Minuten allein, hört ihr, fünf Minuten, keine Sekunde länger! Und Feodor Philippowitsch, ich vertraue auf Ihr Benehmen als Ehrenmann!« Fritz hätte sie umarmen mögen, aber schon war sie fort.

Er verlor keine Zeit, zog Aleksandra auf das Bänkchen, und dort ließ er ihre Hand nicht mehr los. »Sascha«, sagte er mit sanfter Stimme, »du bist für mich die Schönste auf der ganzen Welt! Ich glaube, der liebe Gott hat mich nur deshalb nach Russland geschickt, damit ich dir begegne!«

Sie sah ihn mit großen Augen an, ihre Brust hob und senkte sich, sie sagte nichts. Aber sie ließ ihm ihre Hand. Er verschlang sie mit seinen Blicken. Wie weiß ihre Haut war, makellos wie Seide. Ihr Haar glänzte in der Sonne, in ihren schwarzen Augen tanzten kleine Lichter. Sie war so bezaubernd wie eine Märchenfee! Am liebsten hätte er ihren schlanken Hals geküsst, ihre feinen, zarten Lippen.

»Bist du mir denn auch ein bisschen gut?«, drängte er. »Sag doch!«

»Psst«, sagte sie. »Über solche Dinge dürfen wir nicht reden.«

»Aber es ist doch keiner da! Schau, deine Tante ist ganz weit weg, niemand kann uns hören. Bitte, Sascha, Saschenka, sag, dass du mich ein ganz klein wenig gernhast.«

Sie senkte den Kopf. »Das weißt du doch«, flüsterte sie.

Da hob er ihre Hand an seinen Mund und küsste ihre Fingerspitzen, eine nach der anderen. Sie hatte kleine, rundgefeilte, rosige Nägel, wie ein Kind. »Oh«, hauchte sie, »bosche moj, das darf man nicht, Feodor Philippowitsch!«

»Wo ich herkomme, schon«, log er. »Und noch viel mehr!«

Er neigte sich zu ihr und küsste sie auf den Mund, mit geschlossenen Lippen. Sie wich erschrocken zurück.

»War das so schlimm?«, fragte er. Nach einigem Zögern schüttelte sie den Kopf. Da küsste er sie wieder. Ihre Lippen waren weich, sanft, süß, und er stöhnte leise auf. Dann lagen sie sich in den Armen und wiegten sich sanft. Er spürte die sanfte Haut ihrer Wange an seiner, roch ihr Haar, ihr Parfum, und ihm war, als müsse er zerspringen. »Ja ljublju tebja«, sagte er. »Ich liebe dich. Du meine Süße.«

Er führte ihre Hand an seine Brust. »Fühl, wie mein Herz klopft!«

»Du«, seufzte sie leise.

»Willst du mein Liebchen sein«, fragte er. »Für immer und ewig?«

Sie streichelte sein Gesicht. »Ach, Fedjuscha, bist du mir denn treu? Und schaust keine andere mehr an?«

»Du bist die Einzige, meine Sascha.«

Da nickte sie ernst. »Dann will ich dir gehören, Feodor Philippowitsch.«

Stürmisch presste er sie an sich, sein Mund lag an ihrem Hals, glitt weiter, fand den ihren. Fritz spürte, wie sie erschauerte, nahm sie noch fester in die Arme. Er fand den Mut, fuhr mit der Zunge die Kontur ihrer Oberlippe nach. Dann, unbeschreiblich, tat sie dasselbe. Und plötzlich, beide wussten nicht, wie, trafen sich ihre Zungenspitzen. Nur den Bruchteil eines Augenblicks, und dennoch ging es wie ein Feuerstoß durch Fritz, durch seinen Leib, seine Lenden, bis in die Zehenspitzen. Ihr musste es ähnlich ergangen sein, denn sie löste sich von ihm, atmete schwer. Noch nie hatte Fritz so etwas empfunden, so etwas Unglaubliches, Schönes. Saschas Kopf lag an seiner Brust, er hielt sie fest und hätte schreien können vor Glück. Er wagte nicht, sich zu bewegen, um diesen Zauber nicht zu zerstören.

Dann, viel zu früh, war die Tante zurück, zwinkerte ihnen zu und lächelte: »Nun, habt Ihr beiden mich schon vermisst? Bestimmt war euch ohne meine Gesellschaft recht langweilig …«

Die beiden tauschten einen tiefen, innigen Blick und gaben keine Antwort.

Kapitel 17
1874

Während sein großer Bruder Fritz in Moskau auf Freiersfüßen wandelte, vertrieb sich Carl die Zeit in den Wirtshäusern von Schwabach. Wo er auch auftauchte, war Carl beliebt, denn er stand im Ruf, ein ganz besonderes paar Hosen zu besitzen: nämlich die »Spendierhosen«. Er lud großzügig ein, zahlte hier eine Runde und dort eine, und wenn einer seiner Kumpane knapp bei Kasse war, verlieh er bereitwillig Geld. Das war seine Art, sich Freunde zu schaffen und um Anerkennung zu buhlen – Anerkennung, die er von seinem Vater nicht bekam. Er hatte ein großes Maul, über das man gerne hinwegsah, solange man auf seine Kosten trinken konnte. Und er liebte es, im Mittelpunkt zu stehen – eine Position, die ihm daheim niemand je zugestanden hatte. Daheim, da war immer Fritz. Selbst jetzt, wo er in Russland lebte, warf der Bruder einen langen Schatten. Der Fritz leitet eine große Fabrik, hieß es. Oder: Der Fritz siedet jetzt mit Körnung eins aus, das ist ja sagenhaft. Oder: Ja, wenn jetzt halt der Fritz da wäre! Als ob es ihn, Carl, überhaupt nicht gäbe. Schließlich war er nur zwei Jahre jünger! Und er stand seinen Mann im Comptoir, schaffte die ganze Schreib- und Rechenarbeit alleine! Aber egal, wie sehr er sich anstrengte und mühte, nie hatte der Vater ein gutes Wort für ihn. Erst neulich hatte er ihm eine »Schelln« verpasst, weil er gewagt hatte, um eine kleine Gehaltserhöhung zu bitten. Die er dringend brauchte, um weiter seine Freunde auszuhalten, denn die Bierpreise waren gestiegen. Er würde doch das Geld der Firma nicht zum Fenster hinauswerfen, bloß damit sein unnützer Sohn den tollen

Hecht spielen konnte, hatte Philipp gesagt. Und es war ja nicht nur so, dass er Fritz vorzog. Auch Konrad, der inzwischen längst auf die Lateinschule ging, war ihm lieber. Deshalb konnte Carl den kleinen Bruder auch nicht leiden, der so langweilig und still war und trotzdem von allen verhätschelt wurde.

Carl hingegen war alles andere als ein Langweiler, das fanden alle seine Freunde – zumindest die, die er in den Wirtschaften freihielt. Im »Bayerischen Hof«, in der »Rose«, im »Stern«, im »Schiff«, im »Goldenen Hufeisen«. Das waren alles standesgemäße Lokale für den Sohn eines Seifenfabrikanten! Zum Beispiel wäre er nie, nie, niemals in den »Walfisch« gegangen! Denn dort traf sich das »Proletariat«, oder, nach Carls Worten, »das Gschwaddl«. Und mit dem wollte er als anständiger Schwabacher nichts zu tun haben, die waren nämlich schlimmer, als die Polizei erlaubte!

Trudel und Christian hätten auch keinen Wert auf Carl als Kundschaft gelegt. Der Bub ist ein Schnösel geworden, dachte sich Trudel, wenn sie ihm begegnete. Ihr waren die einfachen Leute lieber, die ehrlichen Arbeiter, auch wenn sie kaum Geld zum Ausgeben hatten. Bei denen schrieb sie auch bedenkenlos an, denn auf ihr Wort konnte man sich verlassen; sie zahlten immer, sobald sie konnten. Die Arbeiter hatten nämlich eine Ehre. Und einen Stolz. Den sah und spürte man jedes Mal, wenn sich der Arbeiterbildungsverein in der Wirtschaft traf. Trudel und Christian waren sich darüber klar, dass diese Treffen der Obrigkeit nicht verborgen blieben. Denn der Arbeiterbildungsverein stand unter regelmäßiger Beobachtung der Gendarmen – nicht nur offen, sondern auch im Geheimen. Das Spitzelwesen ging um. Nie wusste man, wer von den Gästen im »Walfisch« vielleicht von der Polizei gedungen war. Deshalb fanden die Treffen des Arbeiterbildungsvereins im Hinterzimmer statt, das Christian und Trudel nur für Mitglieder öffneten. Aber nicht einmal dann war man gefeit: Wusste man, ob nicht sogar jemand aus den eigenen Reihen die Inhalte der verbotenen politischen Gespräche weitergab? Wer arm war, war leicht bestechlich, davon profitierte die Obrigkeit.

Trudel hatte oft Angst, sagte aber nie etwas. Christian wusste schon, was er tat, wenn er die Fenster im Hinterzimmer schloss, die Vorhänge zuzog und nur bekannte Gesichter einließ. Und man war doch im Recht! Ihre, Trudels, Aufgabe war es, die Kinder von allem fernzuhalten, die kleine Anna und den inzwischen dreijährigen Oskar. Denn Kinder konnten sich verplappern, und das war gefährlich.

Als im Oktober 1874 Christian verkündete, dass demnächst hoher Besuch aus Nürnberg käme, entschloss sich Trudel, erstmals zu protestieren. »Was, der Karl Grillenberger kommt mit seinem Agitationskomitee? Bist du wahnsinnig? Das lässt sich niemals geheim halten.« Karl Grillenberger war einer der führenden Sozialdemokraten Nürnbergs, jedermann wusste, dass er unter Überwachung stand. »Denk doch an die Kinder!«, sagte Trudel.

Aber Christian ließ sich nicht beeindrucken. »Mach dir keine Sorgen«, beschwichtigte er. »Alle halten dicht. Das wird ein großer Abend!«

Offiziell hatte man beim Magistrat einen wissenschaftlichen Vortrag mit dem Thema »Die Auswirkungen des Alkoholgenusses auf die Arbeitergesundheit« angemeldet. Tatsächlich sprach Karl Grillenberger über die Prinzipien und Ziele der Sozialdemokratie.

Das Hinterzimmer des »Walfischs« war zum Bersten voll. Man hatte einen Tisch quer gestellt, an dem Grillenberger und seine Nürnberger Genossen saßen. Rauchschwaden durchzogen den Raum, es roch nach Tabak und Arbeiterschweiß. Die Männer saßen dichtgedrängt oder standen Kopf an Kopf. »Genossen!«, begann der Redner. »Die herrschende Klasse ist über die Lebensbedingungen halbwilder afrikanischer Völkerschaften besser unterrichtet als über die der eigenen untersten Volksschichten. Wie es dem Arbeiter im eigenen Land geht, will keiner wissen. Das, was in einer vernünftigen Gesellschaft als unerträglich angesehen würde, gilt heute als moderne Errungenschaft: Nämlich dass Menschen so lange arbeiten müssen, bis sie vor Erschöpfung zusammenbrechen. Dass sie im Elend leben müssen wegen der Ausbeutung durch ihre sogenannten Herren, und dass sie sich kaum vor Hunger schützen und ihren Körper nur notdürftig bekleiden können. Dass sie in Wohnungen ohne Licht, Luft und Wasser hausen, weil sie sich kein anständiges Quartier leisten können. Männer, es darf nicht sein, dass der tägliche Lohn des Arbeiters nicht für ein menschenwürdiges Dasein ausreicht!«

Zustimmende Rufe und Beifall kamen aus der Zuhörerschaft.

»Die durchschnittliche Arbeitszeit beträgt heute zwölf Stunden an sechs Tagen in der Woche«, fuhr Grillenberger fort. »Dafür bekommen die Arbeiter einen schäbigen Hungerlohn, während die Fabrikanten in Saus und Braus leben. Mehr als die Hälfte seines Einkommens muss ein Arbeiter allein für Grundnahrungsmittel ausgeben. Bei Krankheit gibt es keinen Lohn, oft droht die Entlassung. Für das Alter kann nichts gespart werden. Ich frage: Wie lange will die Arbeiterklasse diesen Zustand noch hinnehmen? Und ich sage: Es gibt einen Weg aus dieser Unterdrückung. Und das ist die Sozialdemokratie. Werdet Mitglied bei der Sozialdemokratischen Arbeiterpartei, werbt Mitglieder, unterstützt das Ziel der Gerechtigkeit! Nur wenn der Arbeiter nicht alleine steht, kann er seine Interessen vertreten!«

Rosa und Trudel horchten von der Küche aus an der Tür zum Nebenzimmer, und Rosa glaubte, sie höre ihren Vater aus dem Grab heraus reden. Eine Stunde lang verharrten die beiden so, bis Grillenberger zum Ende gekommen war. Dann brachten sie Nachschub an Bier, denn die Diskussion ging los. Schließlich stand der Nadler Friedrich Lindner auf, hob seinen Krug und schrie: »Genossen! Lasst uns eine Arbeitergewerkschaft gründen! Jetzt gleich! Wer ist dabei?«

Jubel brandete auf. Christian winkte Rosa zu sich. »Sei so gut, geh in den Keller und hol zwei Flaschen Zwetschgenschnaps, den spendier ich!«

Rosa ging in den Hof, wo der Eingang zum Bierkeller lag, und wollte die Tür aufsperren, als sie im Dunkeln eine Gestalt bemerkte, die an einem der Fenster der Nebenstube lehnte. Die hölzernen Läden waren zwar geschlossen, aber das Fenster selber war offen – drinnen war es so stickig geworden, dass man wenigstens ein bisschen Luft hereinlassen wollte.

Atemlos rannte Rosa in die Wirtschaft zurück. »Draußen lauscht einer«, flüsterte sie Christian zu.

Dann ging alles ganz schnell. Innerhalb von drei Minuten hatte ein Kommandotrupp den Spitzel geschnappt und in die Stube geschleift. Es war ein ganz junger Kerl, den keiner kannte, und über den jetzt die ganze Wut der Versammlung in Form von Fausthieben, Tritten und Knüffen hereinbrach. »Bitte«, flehte der Misshandelte jämmerlich, »lasst mich doch! Ich verrat auch nichts!«

»Wer bist du überhaupt, Bürschchen?«, fragte Christian.

Der junge Mann rappelte sich auf, ein Auge schwoll schon zu. »Emil Schlierf, Polizeioffiziant«, sagte er. »Ich bin herbeordert worden. Ich mach das nicht freiwillig, ehrlich!«

»Sollst also Bericht erstatten«, brummte der Nadler Lindner.

»Schriftlich«, nickte der Polizeianwärter und wischte sich einen Blutstropfen von der aufgeplatzten Lippe. »Ob alles so läuft wie angemeldet.«

»Hundskrüppel, elender!« Ein paar von den Arbeitern wollten schon wieder auf den Ertappten losgehen, aber Christian hielt sie zurück. Er packte den Polizeispitzel und drückte ihn auf einen Stuhl. »Jetzt hörst du mir genau zu, du Unglückswurm: Du wirst morgen einen Bericht abgeben.«

Protest aller Umstehenden.

»Und in dem Bericht wird stehen, dass ein Herr, dessen Namen du dir ausdenken darfst, einen schönen Vortrag über das Alkoholtrinken gehalten hat. Wie schädlich das ist und schlecht für die Arbeitskraft. Hast du mich verstanden?«

Die Männer grinsten. Der Unglückswurm nickte heftig.

»Und wenn du das nicht machst, du kleiner Scheißer«, ergänzte Friedrich Lindner, »dann besuchen wir dich demnächst daheim bei deiner Mama. Und ich schwör dir, die kennt dich hinterher nicht wieder!«

Der arme Kerl war kurz vorm Heulen. »Ich versprech's«, greinte er. »Ganz bestimmt.«

»Dann ist's ja gut«, meinte Christian und schlug dem Schniefenden gutmütig auf die Schulter. »Dann kannst du jetzt gehen.«

Der Bursche rannte unter dem Gelächter der Männer aus der Wirtschaft. »So!«, rief Karl Grillenberger triumphierend. »Jetzt könnt ihr eure Gewerkschaft gründen!«

Während im »Walfisch« die ersten Statuten entworfen wurden, ging Rosa nachdenklich heim. Eine fast blinde Gaslaterne erhellte die Kotgasse, die so hieß, weil immer noch der Stadthirte täglich das Vieh der Bürger auf dem Weg zur Weide auf dem Eichwasen hier durchtrieb. Ich hab keine Vorstellung, was Arbeiter verdienen, dachte Rosa. Aber was ich verdien, das weiß ich. Davon kann auch keiner große Sprünge machen. Und zum Leben hab ich auch nur eine enge Kammer. Sparen? Mein bisschen Notgroschen langt vielleicht grad einmal für ein Begräbnis zweiter Klasse. Sie bog in die Nürnberger Straße ein und wich dabei einem abgestellten Karren aus. Lieber Gott, dachte sie, warum hast du denn die Welt so ungerecht gemacht? Eine Gemeinheit ist das doch! Dann erschrak sie und bekreuzigte sich. Nein, überlegte sie, die Menschen waren schuld. Und dann waren es auch Menschen, die etwas dagegen unternehmen mussten. Menschen wie ihr Vater, Trudel und Christian, oder dieser Grillenberger. Was hatte der gesagt? »Wir müssen kämpfen für unser Recht!« Als Rosa an der Haustür ankam, merkte sie erst, dass sie die ganze Zeit über beide Fäuste geballt hatte.

Kapitel 18

Aus den Lebenserinnerungen von Fritz Ribot, begonnen 1921

Wer kennt sie, diese herrlichen nordischen Sommernächte, die eigentlich keine Nächte sind, sondern nur ein »Hinüberdämmern« des vergehenden Tages in den kommenden. Es wird nie ganz finster: um Mitternacht nur Dämmerung, dann macht sich schon das Tagesgestirn wieder bemerkbar, dazu Nachtigallen-Schlag, deren es massenhaft gab in dem großen Park an der Moskwa, der süße Hauch der Blumen in dem wohlgehaltenen Garten und die laue Sommernachtsluft, und mitten in all dieser Herrlichkeit zwei junge, verliebte Menschenkinder. Nie vergesse ich unsere Spaziergänge am Fluss, nie die glücklichen Abende in der grünen Geißblattlaube. Auf immer in meinem Gedächtnis die Ausflüge mit der »droschki«-Kutsche zum Nowodewitschi-Kloster, zur gigantischen Christ-Erlöser-Kathedrale, zum »Schönen« oder »Roten Platz«, natürlich immer mit Saschas Familie im Schlepptau. Aber es war uns genug, beisammen zu sein, zu wissen, dass wir einander gut waren. Und ein paar gestohlene Sekunden hatten wir immer wieder, in denen sich unsere Lippen trafen, sie sich in meine Arme schmiegte, die liebe kleine, süße Sascha.

Zwischendurch hatte ich ja auch noch eine Arbeit, die Tagespflichten erheischten ihren Mann, und 60 Russen wollten schon dirigiert sein! Rückschläge gab es auch; in meinem Ehrgeiz fing

ich an, geringer marmorierte Seifen einzuführen, was ich besser hätte bleiben lassen, denn die »Zehnfache« eignete sich von ihrer Zusammensetzung her nicht für die russischen Badestuben. Im »prostoi bani«, dem Dampfbad, zerfloss sie in ihren Urzustand, in Salzlauge. Da war's zu Ende mit der Herrlichkeit.
Aber das alles war nicht so wichtig. Wichtig war mir nur eins: mein Sternchen, mein Liebchen, meine Sascha.

Kapitel 19
1876

»Strastete, Feodor Philippowitsch!« Das war der traditionelle Ostergruß am Sonntagmorgen, den Fritz jedes Mal freundlich erwiderte.

»Christos woskrees!« – »Woistina woskrees!« Mit diesen Worten tauschte man anschließend ein Osterei samt Bruderkuss aus. Fritz wusste inzwischen längst, dass Ostern das höchste Fest der orthodoxen Kirche war, und anders als im letzten Jahr hatte er einen beträchtlichen Vorrat an bunten Eiern besorgt, den er nun fröhlich verteilte. Das schönste, ein großes, in Goldfolie gewickeltes Schokoladenei, hatte er natürlich für Sascha reserviert, der er in einem unbeobachteten Moment einen Kuss auf den Mund drückte. Lachend fragte sie, ob er auch anderen »so« den Ostergruß biete, und er erwiderte: »Nekata!« – niemals.

»Nur meiner Braut«, fügte er hinzu.

Sie sah ihn an, Tränen traten ihr in die Augen. »Fedja, meinst du das ernst?«

Er nickte. »Willst du mich denn auch haben?«, fragte er zurück.

Da warf sie sich ihm an die Brust, das Osterei fiel zu Boden. Er schwenkte sie herum, dass ihre Röcke sich wie Segel bauschten, die Hände fest um ihre Taille gelegt.

Ein missbilligendes Zungenschnalzen beendete diese ungewöhnliche Version des Ostergrußes schlagartig – Saschas Großmutter war in die Stube gekommen und drohte den beiden streng mit dem Finger. Fritz zog schnell ein weiteres Ei aus der Felltasche, die er umhängen hatte, und hielt es ihr hin. »Strastete, Großmütterchen Mischkin!« Sie nahm es, brummelte etwas, und schob die beiden dann ins große Esszimmer, wo schon Blini und Kaviar bereitstanden.

Man trank trotz der frühen Stunde Wodka aus großen Gläsern; auch der Pope war eingeladen und verlieh der Osterfeier ernste Würde. Fritz und Sascha saßen an der langen Tafel, weit voneinander entfernt, und warfen sich immer wieder heimliche Blicke zu. Sascha war wie immer sittsam und still, nur in ihren Augen sah man ein Leuchten, das nicht nur der Auferstehung Christi geschuldet war. Fritz konnte sich kaum auf das Gespräch mit dem bärtigen Popen konzentrieren, der alles über die deutschen Osterbräuche wissen wollte. Am Ende erzählte Fritz die Geschichte von den Kirchenglocken, die am Gründonnerstag nach Rom flogen und erst in der Osternacht zurückkehrten. Fröhlich schilderte er, wie er selber in seiner Kindheit noch mit den Ratschenbuben durch die Gassen der Stadt gezogen war, um mit Höllenlärm die Menschen zum Gottesdienst zu rufen. Sascha hing an seinen Lippen, und er musste an sich halten, um ihr nicht ständig zuzulächeln.

Beim Abschied flüsterte Fritz Sascha zu: »Jetzt sind wir heimlich verlobt, Saschenka.«

Sie sah so glücklich aus. »Wann fragst du meinen Vater?«

»Bald«, sagte er. »Wenn ich an Pfingsten meine Gehaltserhöhung bekomme.«

Und dann, zwei Wochen nach Ostern, lag eines Mittags ein Telegramm aus Deutschland auf Fritz' Schreibtisch. Es war nur eine kurze Mitteilung: Lieber Sohn, hatte Philipp geschrieben, teile dir mit, dass wir am heutigen Tage deinen Einzugsbefehl zum Militärdienst erhalten haben. Erwarten baldigste Rückkehr. Grüße dein Vater.

Fritz ließ sich langsam auf den Drehstuhl sinken, das Telegramm in der Hand. Mit allem hatte er gerechnet, nur nicht damit, dass ihn das Vaterland rufen würde. Schon lange hatte er keinen Gedanken mehr an eine Heimkehr verschwendet; er war glücklich in Russland, er hatte hier eine Zukunft. Daheim war so weit weg. Himmel, was soll ich nur Sascha sagen?, dachte er.

Tagelang schlich er mit hängendem Kopf durch die Fabrik, zermarterte sich das Hirn, was zu tun sei. Er brachte es nicht fertig, Sascha davon zu erzählen. Aber natürlich sah sie ihm an, dass etwas nicht stimmte.

»Was hast du, Fedja?«, fragte sie. Sie schaute ihn so herzerweichend ängstlich an, dass er es kaum aushalten konnte.

»Nichts«, log er. »Bloß ein bisschen Kopfschmerzen in letzter Zeit.«

Er wusste, dass sie ihm nicht glaubte. Alles in ihm sträubte sich gegen eine Rückkehr nach Deutschland. Jegliche Bereitschaft für einen Dienst beim Militär war ihm in Russland abhandengekommen, er fühlte sich nicht mehr »deutsch«, er wollte nicht heim in die engen Verhältnisse der Kleinstadt. Noch am selben Abend fasste er einen Entschluss. Lieber Vater, schrieb er. Kann hier unmöglich weg. Ich bitte dich, bei der Militärbehörde eine Eingabe wegen Verschonung von der Wehrpflicht zu machen oder mir mitzuteilen, wie ich dies von hier aus tun kann. Dein dich liebender Sohn Fritz.

Die Antwort kam prompt in Form eines wütenden Briefes: »Dass du als unreifer Knabe entlaufen bist, habe ich dir vergeben, all deine Jugendeseleien sind vergessen und verziehen, nie aber würde ich es dir verzeihen können, wenn du dich einer Pflicht entziehen wolltest, die jedem Deutschen die höchste Ehre ist; ich würde mich schämen müssen vor dem letzten meiner Taglöhner, dessen Sohn des Kaisers und des Königs Rock trägt. Dass du überhaupt daran denken kannst, dich zu drücken vor dieser heiligen vaterländischen Aufgabe, ist eine Kränkung sondergleichen. Wozu habe ich dich großgezogen? Dass du uns allen Schande machst? Ich teile dir hiermit ernstlichst mit: Solltest du es tatsächlich vorziehen, in Russland zu bleiben und deinem Vaterland nicht zu dienen, dann bist du nicht mehr mein Sohn. Überlege es dir gut, Fritz, tue nichts, was du später einmal bitter bereuen müsstest. Dein Vater.«

Fritz kämpfte mit sich. Er wusste, dass es seinem Vater todernst war, kannte ihn als glühenden Patrioten und begeisterten Verehrer Bismarcks. Und er brachte im »Deutschen Club«, den er regelmäßig in der Bolschaja Nikitskaja besuchte, in Erfahrung, dass eine Verweigerung der Wehrpflicht mit Gefängnis bestraft würde.

An Pfingsten wartete Sascha vergebens darauf, dass Fritz um ihre Hand anhielt. Er kam nicht. Ihre Augen waren vom Weinen rot, als er sie dienstags in der Mittagspause im Garten sah. »Ich muss mit dir reden«, sagte er ernst. »Bitte. Heut Abend in der Laube.«

Sie schaffte es, sich nach dem Tee hinauszuschleichen, und dann saßen sie nebeneinander auf der kleinen Bank.

»Ich muss zurück nach Deutschland«, begann er. »Das Militär hat mich einberufen.«

Sascha brachte kein Wort heraus.

Er nahm ihre Hand. »Es geht nicht anders. Bis spätestens zum Winter muss ich daheim in Schwabach sein.«

Sie weinte. Er zog sein Taschentuch und tupfte ihr die Tränen ab. »Wein doch nicht, Saschenka. Ich verlass dich nicht. Ich will dich doch bloß fragen, ob du denn mitkommen würdest in meine Heimat. Als meine Frau.«

Er wollte sie mitnehmen! In einer Aufwallung von Glück schlang Sascha ihre Arme um ihn. »Ja, Fedjuscha, ja, ich will dir die beste Frau der Welt sein. Und ich geh überall mit dir hin!« Aber im selben Augenblick wurde ihr klar, dass es nicht gehen würde. Denn die Entscheidung über eine Ehe lag nicht bei ihr und bei ihm. Sie schluchzte erneut auf. »Das erlaubt mein Vater nie!«

»Ich kann's ja versuchen«, sagte Fritz und küsste ihre Stirn. »Ich rede mit ihm. Er wird uns schon verstehen. Bestimmt.« Aber seine Stimme klang schon nicht mehr so fest wie am Anfang.

Sascha schüttelte heftig den Kopf. »Du kennst Vater nicht«, sagte sie. Dann sprang sie auf und lief ins Haus.

Sie sollte recht behalten. Pawel Mischik tobte. Weder Fritz' Flehen noch Saschas Tränen konnten ihn erweichen. Er warf Fritz hinaus und verbot ihm, seine Tochter jemals wiederzusehen. Draußen auf der Straße, als er langsam zur Seifenfabrik hinüberging, hörte er Saschas herzzerreißendes Weinen. Und am nächsten Tag beobachtete er von der Siederei aus, wie sie mit ihrer ganzen Familie drüben eine Kutsche bestieg und davonfuhr. Das einzige im Haus verbliebene Dienstmädchen teilte ihm mit, dass man in die Sommerfrische gefahren sei – die Mischkins besaßen eine Datscha auf dem Land, wo sie oft mehrere Wochen im Jahr verbrachten.

Fritz war außer sich vor Kummer, aber was sollte er tun? Ihm blieb nur, zu warten. Er schwankte zwischen Hoffnung und Verzweiflung. Vielleicht würde Sascha ihren Vater überzeugen können. Vielleicht setzte sich ihre Mutter für sie ein. Vielleicht, vielleicht … Schließlich kam die Familie zurück, aber ohne Sascha. Sie war mit ihrer Großmutter dortgeblieben. Im August schließlich hielt Fritz es nicht mehr aus. Er musste sie einfach sehen. Er nahm sich ein paar Tage frei, mietete einen Einspänner und machte sich auf den Weg zur Mischkinschen Datscha.

Erst nach mehrmaligem Nachfragen bei Bauern fand er das schmucke Holzhaus mit der grün gestrichenen Veranda am Rand eines Birkenwäldchens. Es war später Nachmittag; die Sonne sank schon über den weiten Feldern im Westen, aber immer noch herrschte so drückende Hochsommerhitze, dass Fritz unter seinem leichten russischen Leinenhemd schwitzte. Sascha war nirgends zu sehen, aber im Garten unter einer dichtbewachsenen Pergola hockte wie ein dicker Zerberus die Großmutter Mischkin in ihrer altrussischen Tracht und strickte. Es schien Fritz eine Ewigkeit, bis Sascha endlich aus dem Haus kam, ein Tablett mit Teegeschirr in den Händen. Sie sah blass und unglücklich aus. Während die beiden saßen und ihren Tee schlürften, pirschte sich Fritz am die Laube heran. Er bog ein paar Zweige auseinander und machte Sascha kleine Zeichen.

Als sie ihn endlich bemerkte, entschlüpfte ihr ein winziges Keuchen; der Klecks Marmelade, den sie gerade auf ihre Untertasse geben wollte, landete auf ihrem Kleid. »Entschuldige, Babuschka!« Sie sprang auf und lief nach drinnen, um sich zu säubern, nicht ohne Fritz einen kleinen Wink zu geben. Er ging um die Hausecke, wo Sascha kurz darauf ein Fenster öffnete und sich weit hinausbeugte. Suchend blickte er sich um, entdeckte schließlich einen hölzernen Wasserbottich, trug ihn an die Hauswand und stieg obendrauf. Und dann küssten sie sich mit einer Leidenschaft, die nichts Kindliches mehr hatte, die von wochenlanger Trennung kündete und der Angst, einander nie mehr wiederzusehen. Erst als im Garten ein Geräusch zu hören war, fuhren sie atemlos auseinander, aber es war nur ein Igel, der durchs Gebüsch stromerte. »Dass du da bist«, flüsterte sie.

»Ich hab's nicht mehr ausgehalten«, sagte er. »Du hast mir so gefehlt!«

»Ljubimji! Du Lieber!« Sie bedeckte sein Gesicht mit lauter kleinen Küssen. Dann hielt sie plötzlich inne. »Sie wollen mich im Winter verheiraten«, sagte sie mit dünner Stimme. »Mit einem entfernten Cousin aus Saratow.«

»Das lass ich nicht zu!« Fritz schüttelte wild den Kopf. »Das dürfen sie nicht!«

Die Küchentür ging auf, und die Balagea, das Stubenmädchen, kam herein. Fritz schrak zurück, aber Sascha hielt seine Hand fest. »Keine Angst, die Jewdokia verrät uns nicht.« Sie deutete in Richtung der Birken. »Geh morgen zum See hinterm Wäldchen – da steht eine Fischerhütte, in der keiner mehr wohnt. Die Tür ist offen. Ich komme, sobald ich mich wegstehlen kann.«

Ein letzter Kuss, dann sprang Fritz von seinem Bottich, und sie schloss das Fenster.

Fritz fand die Hütte sofort. Sie sah gar nicht verfallen aus, offenbar war sie erst vor kurzem verlassen worden. Er setzte sich in den Schatten einer uralten Trauerweide, zündete sich ein Pfeifchen an und sah auf den hübschen kleinen See hinaus, über dem die heiße Luft flirrte. Ab und zu schnappte ein Karpfen nach Luft, dann bildeten sich kleine Luftblasen, die auf der Wasserfläche tanzten und zerplatzten. Ein Kahn mit einem Loch im Boden dümpelte an einem Anleger.

Endlich kam sie, in einem leichten weißen Sommerkleid mit gebauschten Ärmeln. »Großmutter macht ihr Mittagsschläfchen«, sagte sie und umarmte ihn stürmisch.

Er zog sie auf die alte Decke, die er in der Hütte gefunden hatte, legte den Kopf in ihren Schoß und ließ sich von ihr die Haare kraulen. »So könnt's immer sein«, murmelte er wohlig.

Sie kitzelte ihn mit einem Grashalm an der Nase, bis er nieste: »Du!« Er packte sie lachend, balgte sich mit ihr, sie schlug ihn scherzhaft mit ihren kleinen Fäusten, bis er sie im Klammergriff hatte und ihr einen Kuss raubte. Wie es dann geschah, dass ihr Haar sich löste, dass seine Hände unter ihr Kleid wanderten, ihre nackte Haut streichelten, sie sich ihm entgegenbog, er konnte es nachher nicht mehr sagen. Nur, dass er einfach nicht mehr aufhören konnte, dass seine Finger immer weiterwanderten, bis er schließlich ihre kleinen Brüste entblößt hatte und sie mit den Lippen liebkoste. Sie ließ ihn gewähren, mit geschlossenen Augen, genoss die zärtlichen Berührungen, flüsterte russische Koseworte. Und dann lag sie unter ihm, das weiße Kleid hochgeschoben, und er war in ihr, bewegte sich, es war ganz einfach gegangen, so selbstverständlich, so als ob sie nie etwas anderes in ihrem Leben getan hätten als dieses Unaussprechliche, Verbotene, Herrliche.

Hinterher lagen sie stumm nebeneinander. Fritz schämte sich. Er hatte das getan, was man »ein Mädchen in Schwierigkeiten bringen« nannte. Er wagte nicht, Sascha anzusehen. Aber sie war ihm gar nicht böse. Sie schmiegte sich an ihn, die Hand auf seiner nackten Brust. »Ich muss gehen«, sagte sie irgendwann und stand auf.

»Morgen?«, fragte er. Sie nickte, und dann rannte sie mit wehenden Röcken zum Wäldchen.

Die nächsten drei Tage trafen sie sich wieder, und es waren die schönsten Tage in Fritz' Leben. Er fuhr ins Dorf, besorgte Obst, kleine gefüllte Pastetchen und eingelegte Pilze, die sie auf der alten Decke im Gras verspeisten. Sie »machten Liebe«, wie Sascha sagte, erforschten ihre Körper mit staunender Neugier, hielten sich umschlungen, erfanden tausend Koseworte füreinander. Es war wie im Himmel.

Am dritten Tag sagte Fritz: »Saschenka, morgen muss ich wieder nach Moskau.«

Sie sah ihn traurig an. »Und was wird dann aus uns?«

Er setzte sich auf. »Komm mit mir nach Deutschland.«

»Aber wie denn? Du hast doch gehört, was mein Vater gesagt hat!«

Entschlossen schob Fritz das Kinn vor. »Wir fahren einfach. Ohne Erlaubnis. Heimlich.« Er packte Sascha an den Schultern. »Liebst du mich? Dann komm mit mir. Zuhause haben wir eine kleine Seifenfabrik, die werde ich erben. Ich kann eine Familie ernähren. Wir heiraten, so schnell es geht. Meine Eltern werden dich gernhaben. Es wird dir dort gefallen, Sascha, ganz bestimmt.«

Sascha schluckte. »Ich hab Angst, Fritz! Ich war noch nie von Moskau fort. Dort bin ich eine Fremde, und ich könnte nie mehr zurück.«

»Alle werden dich mit offenen Armen aufnehmen, mein Herz«, beteuerte Fritz. »Dich sehen und nicht liebhaben, das geht gar nicht. Und deine Eltern werden sich irgendwann wieder beruhigen, ganz bestimmt, und dann besuchen wir sie.«

Sie seufzte schwer. »Versprichst du's mir?«, fragte sie ernst. »Dass wir dort heiraten?«

»Hoch und heilig«, sagte er und hob drei Schwurfinger.
»Dann lauf ich mit dir auf und davon, mein Fedjuscha!«

In den folgenden Wochen bereitete Fritz ihre Flucht vor. Er kündigte bei Friedrich Niethammer, dem er schon von der Einberufung erzählt hatte, und der ihm unter größtem Bedauern ein Zeugnis überreichte, das vor Lob nur so strotzte. Er schenkte seinen Pelzmantel und die runde braune Nerzmütze dem Muschik Iwan, der darüber weinte wie ein kleines Kind. Er kaufte Mitbringsel für die Familie daheim. Er machte Abschiedsbesuche bei Freunden und Bekannten; auch bei der Familie Mischkin wollte er Auf Wiedersehen sagen, wurde aber nicht vorgelassen. Er wusste, dass Sascha wieder zurück war, hatte sie aber noch nicht gesehen, sie durfte das Haus nicht verlassen. Aber die gute Jewdokia wirkte als Postillon d'amour, täglich trug sie Zettelchen und Liebesschwüre zwischen dem Haus der Mischkins und der Niethammerschen Fabrik hin und her.

Schließlich, als Letztes, kaufte Fritz zwei Billets für die Fahrt mit der Eisenbahn nach Deutschland. Dann schrieb er Sascha die entscheidende Nachricht. »Zwei Plätze für den Zug Moskau-Brest reserviert. Abfahrt am Dienstag, 1. Oktober nachts elf Uhr zwanzig. Wir treffen uns am Bahnhof Haupteingang Punkt elf Uhr. Nimm eine Mietkutsche. Ich küsse dich. Dein Fedja.« Er holte ein kleines Holzkästchen aus seiner Schreibtischschublade und öffnete es. Ein schmaler Silberreif mit einem geschliffenen Amethyst lag darin, den Fritz im Pfandhaus erstanden hatte. Den steckte er zusammen mit den Billets in einen Umschlag und gab ihn Jewdokia. Voller Vorfreude drückte er ihr dazu noch fünf Rubel in die Hand. »Du hilfst ihr, dass alles klappt, ja?«

Sie küsste seine Hand – so viel Geld hatte sie noch nie gesehen. »Keine Sorge, Gospodin Direktor«, sagte sie. »Alles wird gutgehen.«

Fritz atmete tief durch.

Und dann war es so weit. Am Dienstag nach Arbeitsschluss gab es noch einen letzten Umtrunk in der Fabrik mit viel Wodka und noch mehr Tränen. Alle sechzig Muschiki stellten sich in einer Reihe auf, und jeder Einzelne packte Fritz an den Schultern und knallte ihm zwei feuchte Abschiedsküsse auf die Wange. Friedrich Niethammer schenkte ihm einen silberfarbenen Samowar und der gute Iwan eine kleine Ikone mit dem Heiligen Nikolaus, die ein Künstler aus seinem Heimatdorf Palesch gemalt hatte. Dann wünschten alle eine gute Reise, und Fritz stieg in die Mietkutsche, die ihn zum Brestskij-Bahnhof brachte.

Es war halb elf Uhr, als Fritz dort ankam. Die alte Zarenstadt hatte sich auf der Fahrt noch einmal von ihrer schönsten Seite gezeigt: Hunderte Gaskandelaber beleuchteten die weitläufigen Straßen und Boulevards, es ging über Brücken, am Fluss entlang, durch Alleen, vorbei an altehrwürdigen Kirchen mit goldenen Kuppeln und Zwiebeltürmchen, an prächtigen Palästen, an »Traktirs« und eleganten Geschäften. Dann stand Fritz endlich samt seinen beiden Koffern und dem verschnürten Paket mit dem Samowar am Eingang des Brestskij-Bahnhofs, von dem die Züge nach Westen abgingen. Über dem großen Portal hing eine mannshohe Uhr, deren Zeiger minütlich mit einem klackenden Geräusch weitersprang. Ihn fror in seinem leichten Mantel, und er zog den Kragen zu, die Temperaturen waren in den letzten Tagen fast auf null gesunken. Der Winter kündigte sich mit Macht an – aber er und Sascha würden ja bald in wärmeren Gefilden sein, wo im Oktober noch schönster Altweibersommer war. Nun drängte es ihn doch heim. Freude stieg in ihm hoch. Er sah sich schon ankommen im Schoß der Familie, wähnte sich in den Armen seiner Mutter, umringt von den Geschwistern, stolz begrüßt vom Vater, stellte sich vor, was alle für Augen machen würden, wenn sie seine wunderhübsche Braut sahen. Das würde eine Überraschung sein! Er sah wieder auf die große Uhr: Sie zeigte Viertel vor elf.

Um fünf nach elf war Sascha immer noch nicht da. Fritz wurde immer unruhiger. Bei jeder Kutsche, die am Eingang hielt, wartete er sehnsüchtig und mit angehaltenem Atem, dass sich endlich der Schlag öffnete – und ließ dann enttäuscht die Schultern hängen. Fremde stiegen aus und eilten geschäftig an ihm vorbei zu den Gleisen. Eine Familie mit kleinen Kindern. Ein Geschäftsmann mit riesigen Koffern, der einem Träger winkte. Ein vornehmer junger Mann mit Schal und Zylinder. Zwei bärtige Kerle in bäuerlicher Kleidung, die zwischen sich eine Kiste trugen und einen Käfig mit zwei Enten. Jetzt war es zehn Minuten nach elf. Fritz begann zu schwitzen. Sie würde kommen! Sie würde bestimmt noch kommen!

Es begann, ganz leicht zu schneien, winzige weiße Flöckchen flirrten fast schwerelos im Schein der Straßenlaternen. Fritz ließ seine

Koffer stehen, lief schnell um die Ecke, um dort nachzusehen. Vielleicht gab es einen Nebeneingang und sie wartete dort. Nichts. Er blickte um die andere Ecke. Auch nichts. Fünfzehn Minuten nach elf. Es wurde Zeit, er musste hinein. Nein, noch eine Minute, eine letzte Minute Hoffnung. Herrgott, warum kam sie denn nicht? Das konnte doch nicht sein, dass sie ihn im Stich ließ! Er spürte, wie ihm der Hals eng wurde.

Siebzehn Minuten nach elf. Es ging nicht mehr. Er musste hinein. Er nahm seine Sachen, betrat den Bahnhof. Am Gleis stand schon der Zug, ein uniformierter Schaffner patrouillierte auf und ab, ein Trillerpfeifchen um den Hals. »Dawai, dawai!«, rief er, als er Fritz kommen sah. Der blickte sich noch einmal um – vergebens. Keine Sascha. Er zögerte, blieb noch einmal stehen. Es war, als verweigerten seine Beine ihren Dienst. Der Schaffner verlor die Geduld und ließ einen gellenden Pfiff los; langsam setzten sich die Räder in Bewegung. Fritz begann endlich zu laufen, warf die Koffer durch die offene Zugtür und sprang auf. Eine Weile hielt er sich noch am Geländer fest, sah zurück auf den Bahnsteig, sah, wie die Menschen am Gleis langsam kleiner wurden, der Bahnhof sich entfernte, immer schneller und schneller.

Er fand einen Platz im dritten Abteil, verstaute seine Koffer und den Samowar und ließ sich auf die hölzerne Bank sinken. Warum nur war sie nicht gekommen? Hatte er etwas falsch gemacht? Hatte sie ihn belogen? Mit ihm nur gespielt? Konnte es sein, dass man sich in einem Menschen so täuschte? Er fühlte sich leer, wie betäubt. Alles war aus. Sie war nicht gekommen. Sie hatte sich anders entschieden. Wie hatte sie ihm das nur antun können! Und er hatte geglaubt, sie würde ihn lieben, mit ihm leben, Kinder mit ihm haben.

Was war er doch für ein Narr gewesen! Ein blinder, dummer, verliebter Narr! Langsam knöpfte er seinen Mantel auf. Ihm gegenüber saßen zwei ältere Frauen, eine packte schon gekochte Eier aus, die andere kramte brummelnd in ihrer Tasche herum. Er nahm den Hut ab. Draußen zog das nächtliche Moskau an ihm vorbei, feine Schneewölkchen wirbelten durch die Luft, hin und wieder flackerten noch Lichter in den Häusern auf, aber Fritz sah nichts. In seinen Augen brannten die Tränen.

Kapitel 20
1876

Fritz' Ankunft daheim war von einem Kummer überschattet, den er doch nicht zeigen konnte. Er verbarg ihn geschickt. Die erste Freude über das Wiedersehen mit seinen Lieben erleichterte ihm vieles. Das vor sieben Jahren »davongelaufene Bürschlein« wurde empfangen wie ein heimkehrender Held. Käthe konnte vor lauter Weinen überhaupt nichts sagen, und auch Philipp schlug seinem erwachsen gewordenen Sohn ein ums andere Mal auf die Schulter, weil er vor Rührung keine Worte fand. Der Großvater war tattrig geworden, aber er stank noch so wie früher nach Knaster, als er den wiedergekehrten Enkel an die Brust drückte. Carl war kaum wiederzuerkennen, so groß und breitschultrig – ein richtiges »Mannsbild« war er geworden, mein Lieber! Und Frieda! So hübsch, ein vornehmes Fräulein mit ihren zwanzig Jahren. Der vierzehnjährige Konrad hatte schon den ersten Bartflaum und zeigte gehörigen Respekt vor dem weitgereisten Bruder »Iwan«, wie Carl ihn scherzhaft beim Wiedersehen genannt hatte. Und tatsächlich, ein neues »Kleines« war ja dazugekommen, die sechsjährige Lisette, die sich sofort an Fritz' Rockschöße hing und ihm nicht mehr von der Seite wich. Immer wieder fragte sie: »Bist du denn wirklich der Fritz aus Russland?« und er antwortete auf Russisch: »Da, ya velikji Fritz is Rassij! Sdravstvujte, moja malenkaja!« und schwenkte sie herum.

Alle stürmten mit Fragen auf ihn ein. Eigentlich war ihm nicht nach Erzählen, dafür war die Trauer um den Verlust seiner Liebe zu tief, aber er ließ sich nichts anmerken, machte gute Miene, spielte den weltläufigen Reisenden. Schließlich war seine Familie glücklich über seine Rückkehr, und er wollte doch niemanden enttäuschen. So erzählte er von seiner Moskauer Zeit, während er in der guten Stube das erste schäumende Schwabacher Rotbier nach so vielen Jahren trank. Dann fiel ihm etwas ein. »Wo ist denn meine Rosa?«, fragte er – und da kam sie auch schon aus der Küche, schlug die Hände zusammen und rief: »Heiligemuttergottes, danke, dass du ihn wieder heimgebracht hast!« Sie drückte ihn überschwänglich an ihre Brust wie früher, bloß dass ihm jetzt dabei nicht mehr die Luft ausging wie als Kind.

Zu Mittag musste er so viel Schweinebraten mit Klößen essen, dass er glaubte, zu platzen. Danach zog ihn der Vater ohne Pause in die Siederei. Da waren noch etliche Leute, die er von früher kannte. »Grüß di Gott, Fritzla, hätt di bal' nimmer kennt!«, hieß es, während er die neugebauten Räume, die größeren Kessel, die neuen Piliermaschinen begutachtete. Donnerwetter, da hatte sich viel getan in seiner Abwesenheit, eine richtige kleine Seifenfabrik war das ja geworden! Aber immer noch roch es genauso wie früher – er hätte den Geruch der väterlichen Siederei mit geschlossenen Augen von allen anderen auf der Welt unterscheiden können.

Abends kamen dann die Freunde und Bekannten aus der Stadt, wieder musste Fritz Sätze auf Russisch sagen, trinken und sich feiern lassen. Erst um Mitternacht lag er endlich in seinem alten Bett im Knabenzimmer. Wie früher tickte der alte Aufziehwecker mit den Bimmelohren, und es duftete nach dem frischen Stroh, mit dem Rosa seine alte Matratze gefüllt hatte. Obwohl er todmüde war, konnte er nicht schlafen. Er dachte an Sascha, und er fühlte sich hundeelend. Irgendwann stand er auf und ging ans Fenster. Hoch über der Stadt trieb der Wind vereinzelte Wolken in Richtung Osten, der Schein des Vollmonds ließ die Dächer silbrig glänzen. Drunten am Ufer der Schwabach jaulte ein Streunerhund den Nachthimmel an. Fritz hörte dem traurigen Köter zu und hätte am liebsten mitgeheult. Genauso fühlte er sich, wie ein verlassener, einsamer, armer Hund.

Gleich am nächsten Tag meldete er sich beim Militär, in der Hoffnung, das Soldatendasein würde ihn von seinem Schmerz ablenken, die Gesellschaft von lustigen, schneidigen Kerlen sein gebrochenes Herz heilen. Er hatte nicht vor, die üblichen drei Jahre im »Gamaschendienst« zu verbringen. Stattdessen machte er die Prüfung zum »Einjährigen«, die er nach ordentlicher Vorbereitung bei Lehrern der Nürnberger Handelsschule leicht bestand. Dann bewarb er sich um einen Platz bei der Kavallerie. Zu Ansbach waren siebenhundert Reiter des 2. Ulanenregiments »König« stationiert; dort wurde er ohne weitere Umstände aufgenommen. Nur er wusste, dass er jede Nacht wach lag und an Sascha dachte. Man teilte ihm ein schönes Ross zu, den Wallach Maxl, auf dem er seine ersten Reitversuche absolvierte, und weil er talentiert war und die berühmte »leichte Hand« hatte, ritt er bald wie ein Kosak. Das Reiten wurde ihm geradezu zur Passion und der Maxl sein bester Freund. Er kämpfte zwar nicht besonders geschickt mit dem Säbel, aber dank seiner Zeit bei den Privilegierten Feuerschützen in Schwabach war er ein beachtlicher Pistolenschütze. Er sprang mit seinem Braunen über jedes Hindernis, er soff, feierte, schoss und focht, er zog ins Manöver und trug auf Paraden stolz den »Indianerschmuck« mit der Tschapka und den Silbertressen. Innerhalb kürzester Zeit stieg er zum Unteroffizier auf, dann zum Vize, und den Leutnant würde er auch noch schaffen, bevor seine Dienstzeit vorüber war. Alles gelang ihm. Und eines Nachts, als er wieder einmal keinen Schlaf fand, sondern seinen Erinnerungen an Sascha nachhing, beschloss er, endlich sein neues Leben in der Heimat anzunehmen. Es gab so viel zu tun, so viel zu erleben, er war doch noch jung! Und es gab viele Mädchen, die von einem schmucken Soldaten wie ihm träumten! Fritz beschloss, dass es Zeit war, Sascha zu vergessen.

Alle vierzehn Tage hatte Fritz am Wochenende Ausgang, da zog es ihn heim nach Schwabach. Manchmal brachte er einen Kameraden mit, der dann gebührend bewirtet wurde, dafür aber Philipps endlose Führungen durch die Seifenfabrik über sich ergehen lassen musste. Für Frieda waren diese Besuchswochenenden eine hochwillkommene Abwechslung – natürlich auch wegen des Bruders, aber noch mehr wegen seiner Begleiter. Denn immer noch war der ersehnte Prinz nicht aufgetaucht im Hause Ribot, und während eine ihrer Freundinnen nach der anderen schon unter der Haube oder zumindest verlobt war, hatte sich für sie noch kein Bewerber gefunden. Zumindest keiner, der ernsthaft in Frage gekommen wäre.

Eines Nachmittags stand Frieda in dem winzigen, schmalen Gärtchen vor der Alten Farb am Schwabachufer und pflückte Stachelbeeren in ein Schüsselchen, als Fritz in Begleitung eines Kameraden über die Fleischbrücke trabte. Als die beiden sie bemerkten, stiegen sie am Zaun ab.

»Darf ich vorstellen? Mein Freund Ferdinand Baron von Reitzenstein!«, sagte Fritz, und zu ihm: »Meine Schwester Frieda.«

Reitzenstein schlug die Hacken zusammen und machte eine zackige kleine Verbeugung. »Meine Verehrung, Fräulein Frieda!«

Frieda wäre am liebsten im Boden versunken. Wie sah sie bloß aus?

Sie trug nur das einfache blaue Werktags-Hauskleid und hatte die Haare nicht einmal ordentlich hochgesteckt. »Sehr erfreut, Herr ...« Du lieber Gott, wie sprach man einen Baron an?

»Ferdinand, wenn ich bitten darf«, sagte er. »Einfach Ferdinand.«

Sie bemerkte, dass er eher schmächtig war und höchstens so groß wie sie. Unter dem Rand seiner Tschapka ringelten sich rote Locken. Die vielen Sommersprossen in seinem Gesicht sahen lustig aus, und er hatte einen ulkigen, schlenkernden Gang, als er nun mit Fritz die Pferde zum Hofeingang führte.

Später, als der Gast den obligatorischen Seifen-Rundgang mit Philipp machen musste und sie Fritz im Haus allein erwischte, fragte sie: »Du, ist das wirklich ein echter Baron?«

Fritz grinste. »Absolut echt. Alter fränkischer Adel. Und wirklich nett.«

»Das gibt's doch gar nicht«, sagte sie, »dass so einer zu uns kommt!«

Er kam nicht nur, er blieb über Nacht und verstand sich ausnehmend gut mit allen. Als er mit Fritz am Sonntagmittag wieder Richtung Ansbach abritt, hatte er eine offizielle Ribot'sche Einladung zum Militärkonzert im Knöllingerkeller in der Tasche, das Mitte September stattfinden würde.

»Ich geh nicht mit, wenn ich nicht ein Kleid kriege, mit dem ich mich sehen lassen kann.« Frieda pfefferte ihr himmelblaues Rüschenkleid mit dem Klöppelkragen wütend aufs Bett. »Mit dem alten Ding seh ich doch aus wie eine Zwölfjährige! Und ich will eine Krinoline!«

Käthe seufzte, nahm das Kleid und hängte es wieder auf den Kleiderbügel. »Eine Krinoline ist doch viel zu elegant, Kind. Das ist was für die Damen in der großen Stadt.«

»Stimmt doch gar nicht. Die Charlotte Hüttlinger hat eine, und die Frau vom Bürgermeister auch. Und die Herta Lugert. Bloß ich muss herumlaufen wie ein Armeleutekind und mich zu Tod schämen.«

»So ein Kleid kostet einen Haufen Geld«, warf Käthe ein. »Das wird dein Vater nicht erlauben.«

Frieda stampfte mit dem Fuß auf. »Weil er geizig ist. Bloß wenn's ums Geschäft geht, da ist ihm nichts zu teuer. Da wird alle paar Tage ein neuer Dampfkessel gekauft und ein dritter Wagen angeschafft und Kutschpferde und ein Stall am Ostanger. Und eine extra Wasserleitung wird gelegt! Und neue Schränke im Comptoir! Bloß die eigene Tochter, die ist dem Herrn Fabrikbesitzer nichts wert!« Sie begann zu schluchzen. »Ich krieg nie einen Mann, wenn ich keine schöne Ausstattung hab!«

»So, daher weht der Wind!« Käthe lächelte. »Der junge Herr Baron, gell?« Sie zog Frieda zu sich aufs Bett. »Kind, sei vernünftig. Das ist einer vom Adel. Mach dir keine Hoffnungen auf den, für den sind Mädchen unseres Stands höchstens ein Zeitvertreib.«

»Der Ferdinand ist gar kein so Hochherrschaftlicher«, schniefte Frieda. »Der ist fast so wie wir. Sonst hätte er ja auch nicht den Fritz zum Freund!«

»Schau, Kind«, seufzte Käthe. »Ich will doch nur dein Bestes. Du sollst glücklich werden. Aber ein Bürgersmädchen und ein adliger Herr, das passt nicht zusammen. Der liebe Gott hat jeden an seinen Platz gestellt, und das nicht ohne Grund.«

»Der Fritz sagt immer, wir leben jetzt in modernen Zeiten!«

Käthe seufzte. »Das heißt aber nicht, dass wir unsere gesellschaftlichen Grenzen überschreiten dürfen! Es gibt die da droben und die da drunten – und wir sind in der Mitte! Unsereins bleibt unter sich, Mädle, genau wie die anderen.«

»Wenn ich nichts Anständiges zum Anziehen krieg, dann nimmt mich sowieso keiner, ob adlig oder nicht. Dann bin ich dem Papa auf immer bös!«, schluchzte Frieda. »Ich will aber keine alte Jungfer werden. Ich will heiraten und glücklich sein.«

Käthe sah, dass es ihrer Tochter bitterernst war. Es wurde auch wirklich Zeit, dass sie an den Mann kam, bevor sie Dummheiten machte. »Hör auf zu jammern«, sagte sie. »Ich red ja schon mit deinem Vater wegen dem Kleid.«

Zwei Tage später waren sie unterwegs zum Meister Tesan, dem besten Damenschneider der Stadt. Seine Kundinnen gehörten durchwegs zur Hautevolee, und er verlangte gesalzene Preise, aber Käthe hatte ihrem Mann zu verstehen gegeben, dass man in eine gute Partie für die eigene Tochter schon mal was investieren musste.

Frieda war fasziniert von dem riesigen Zuschneidetisch, den Standspiegeln, den Stoffballen, Bänderrollen und Knopf-Schatullen, dem Duft nach Kreide und Appretur. An den Wänden entlang standen Kleiderpuppen, angezogen und – pardon – nackt. Meister Tesan wieselte dienstbeflissen um die beiden Damen herum, zeigte Modellzeichnungen, Abbildungen aus französischen Journalen, Schnitte und Stoffmuster. Schließlich entschieden sie sich für das Modell »Schwarzwald« – vorne hochgeschlossen (das war mütterliche Bedingung) mit kleiner Knopfleiste bis zur Taille und langen, paspelierten Ärmeln, der Rock weit ausgestellt mit Rüschenabschluss und einer hübschen Raffung. Als Stoff wählte Frieda leichten sonnengelben Baumwollbatist mit eingewebten weißen Tupfen, als Futter weiße Seide. Dazu eine weiße Schärpe, die hinten umgeschlagen wie eine Art Schleppe herunterhängen sollte. Bestellt wurden ebenfalls ein weißer Unterrock mit Fischbein – keine echte Krinoline, aber immerhin –, und für darüber noch zwei weiße Leinenröcke mit Volants, die unter dem Oberkleid hervorspitzen sollten.

Als Frieda ihr neues Kleid am 25. August 1876 zum ersten Mal ausführte, trug sie darunter fest gewirkte, weiße Zwirnstrümpfe und eine wadenlange, spitzenbesetzte Unterhose, in der Taille gebunden, mit Schlitz. Sie hatte sich die Haare von Rosa zu einer Hochsteckfrisur auftürmen lassen, und obenauf saß keck ein weißes Hütchen. Dazu gehörten noch passende Handschuhe und ein kleines weißes Pompom-Täschchen. So betrat sie, eingehakt bei ihrem Bruder Fritz und bei strahlendem Sonnenschein, den riesigen Garten des Salvatorkellers, den die Brauerei Knöllinger auf dem Heubersbuck betrieb. Es war der größte Sommerkeller der Stadt, mit über tausend Sitzplätzen und zwei Musikpavillons, einem Tanzboden, lauschigen Lauben und Bierbänken unter Lindenbäumen. Ganz Schwabach war auf den Beinen, Jung und Alt, selbst die Dienstboten hatten an diesem Tag fast alle frei.

»Wollen wir hier?«, fragte Ferdinand und deutete auf einen Tisch in der Nähe der Musik. Recht fesch sah er heute aus in seiner Ausgehuniform, dachte Frieda, obwohl – eine Schönheit war er nicht mit seinen roten Haaren und dem viel zu weiblichen Mund, und ein bissel zu schmächtig. Aber was machte das schon? Sie war die Einzige in ganz Schwabach, die mit einem adeligen Kavalier zum Bierfest ging! Bruder Fritz musste zwar dabeisein, und dummerweise auch die kleine Lisette, aber Fritz hielt sich geflissentlich im Hintergrund, und die kleine Schwester war verschwunden, sobald sie die Schaukel entdeckt hatte.

Frieda genoss jeden Moment. Man trank Bier und Apfelmost,

machte Brotzeit mit Emmentalerkäse, Butterbrezen und aufgerädeltem Rettich, hörte den schneidigen Militärmärschen der Kapelle zu. Und dann stand Ferdinand plötzlich auf, salutierte lässig und sagte: »Fräulein Frieda, darf ich bitten?«

Neben ihm ging Frieda wie auf Wolken zum Tanzboden, und dann schwebte sie in seinen Armen, wirbelte beim Zwiefachen herum, hüpfte leichtfüßig die Polka. Er war ein guter Tänzer, sie ließ sich führen, ach, wie sie alles genoss! Erst als sie beide ganz außer Atem waren, gingen sie wieder zum Tisch zurück. »Sie tanzen wie eine Feder«, schmeichelte der Baron, und sie warf kokett den Kopf zurück und lachte. Aus dem Augenwinkel heraus sah sie einige ihrer Freundinnen, wie die die Köpfe zusammensteckten und tuschelten. Ja, beneidet mich nur, dachte sie. So einen flotten adeligen Ulanen hättet ihr auch gern! Sie rief: »Ach bitte, kommen Sie mit zur Schaukel, Ferdinand!« und lief auch schon los. Er schubste sie an, höher und höher, bis sie vor Vergnügen kreischte.

Danach gingen sie ein wenig auf der Wiese hinter dem Ausschank spazieren. Fritz war verschwunden, der Gute. Dafür trafen sie Lisette, die auf sie zuhüpfte und etwas aus ihrer Rocktasche zog. »Schaut mal, was ich hab«, sagte sie wichtig. »Hat der Onkel Steve aus Amerika für mich mitgeschickt!«

Sie öffnete die Hand, und da lagen zwei mattgraue würfelähnliche Klumpen, die beide noch nie gesehen hatten. »Was soll denn das sein?«, fragte Ferdinand.

»Das muss man in den Mund stecken und kauen, schreibt Onkel Steve, aber nicht runterschlucken, sonst klebt der Magen zu.« Lisette schob sich einen Würfel in den Mund. »Schmeckt gut!« Sie gab den zweiten Würfel Frieda und rannte weiter.

Frieda und Ferdinand setzten sich auf die nächste Bank und begutachteten das merkwürdige Bröckchen. Sie versuchten, das Ding in zwei Teile zu zerbrechen, was nicht gelang. »Probier du«, sagte Ferdinand, unwillkürlich das Sie beiseitelassend. »Nein, du!« – »Du!« – »Na gut!« Frieda steckte den Würfel in den Mund und begann zu kauen. Und plötzlich wurde das Bröckchen ganz weich und die Masse zog sich zäh wie Leim. »Mmmh«, machte Frieda. »Man kaut und kaut, und es wird nicht klein.«

Ferdinand zog die Stirn in Falten. »Wie, nicht klein?«

»Na, es lässt sich nicht zerbeißen.«

»Gibt's doch gar nicht.«

»Doch! In Amerika haben sie lauter so komische Sachen! Mein Onkel schickt uns immer das Neueste.« Sie schmatzte ein bisschen.

Er war neugierig. »Lass mal sehen.«

Bereitwillig holte sie den Kaugummi aus dem Mund und zeigte das inzwischen formlos gewordene graue Teilchen auf dem Handteller. »Magst du?«, fragte sie, und im selben Augenblick genierte sie sich. Mensch, da war doch ihre Spucke dran! Aber im selben Augenblick griff er schon bereitwillig zu und schob sich das weiche Ding zwischen die Zähne. Kaute mit gerunzelter Stirn, kaute, kaute, und schließlich verklärte sich seine Miene. »Sensation!«, grinste er. »Magst du wieder?«

Wie die Kinder steckten sie auf dem Bänkchen die Köpfe zusammen und tauschten kichernd den Kaugummi hin und her. »O Gott«, rief er plötzlich und fasste sich mit beiden Händen an den Hals. »Ich hab ihn verschluckt!« Er begann zu würgen und mit den Augen zu rollen. Frieda bekam es mit der Angst. Heilige Muttergottes, er würde ersticken! Sie sprang auf, wollte schon »Hilfe!« rufen, da hielt er sie lachend zurück. »Veräppelt«, gluckste er. Sie schlug ihn scherzhaft gegen die Brust. »Gemeiner Kerl!«

Fritz beobachtete die beiden aus sicherer Entfernung. Da konnte was draus werden, das sah ein Blinder ohne Krückstock. Er gönnte es Frieda von Herzen. Und dann wurde er traurig. Sein eigenes Herz tat immer noch weh, und das Glück anderer verstärkte nur den Schmerz. Warum verging das nicht? Viel zu oft kamen die Erinnerungen. Er sah sich mit Sascha am Ufer des kleinen Sees, lachend, unbeschwert und glücklich. Ihm war, als sei das erst gestern gewesen. Und er hatte das Gefühl, er würde nie wieder ein Mädchen lieben können.

Die Besuche des jungen Barons kamen jetzt in regelmäßigen Abständen, und gegen Weihnachten schließlich hielt er bei Philipp um Friedas Hand an. Natürlich hatte der schon Erkundigungen über ihn eingezogen, man musste schließlich wissen, mit wem man Geschäfte machte! Tatsächlich waren die Reitzensteins von altem, vornehmem Adel, nur leider entstammte Ferdinand einem ziemlich verarmten Familienzweig, um nicht zu sagen völlig mittellos. Das erklärte, warum er sich nicht zu fein für eine bürgerliche Ehe war – eine Adelige aus reichem Hause würde ihn niemals nehmen, während die Tochter eines wohlhabenden Seifenfabrikanten eine anständige Mitgift brachte. Außerdem sah Philipp, dass er ehrlich in Frieda verliebt war, und er gönnte seiner Tochter das junge Glück. Geld wäre zwar auch schön gewesen, aber ein Titel brachte für die Familie Ribot einen enormen Prestigegewinn. Welch ein Aufstieg für Frieda und die ganze Familie! Auch wenn Käthe immer noch Bedenken hatte – du liebe Güte, eine Ehe war schließlich auch nichts anderes als ein Geschäft, und solch einen Handel konnte man sich einfach nicht entgehen lassen. Ha! Wie würden sich die Schwabacher Nadelfabrikanten ärgern, die sich immer für etwas Besseres hielten! Tja, aber ihre Töchter wurden keine Baroninnen! Und der Ferdinand hatte nach Beendigung seiner Militärzeit schon einen sicheren Beamtenposten als königlicher Eisenbahnverwalter bei der Direktion Würzburg. Man musste sich also um Friedas Zukunft keine Sorgen machen. Philipp gab seine Zustimmung von Herzen, Käthe gab nach, und so erschien kurz vor Weihnachten im »Schwabacher Intelligenzblatt« folgende Annonce:

»Philipp Benjamin Ribot, Seifenfabrikant, mit Gattin Katharina, gestattet sich hiermit, die Verlobung ihrer Tochter Katharina Ernestine Friederike am gestrigen 20. Dezember mit Herrn Baron Leutnant Ferdinand von Reitzenstein, derzeit Regiment ›König‹ zu Ansbach, anzuzeigen. Für dargebotene Glückwünsche unseren herzlichsten Dank im Voraus.«

Zweites Buch

Kapitel 1
1877

Im Frühling des Jahres 1877 stand ein junger Mann vor demselben Stadttor, durch das viele Jahre zuvor Philipp Benjamin Ribot Schwabach betreten hatte. Der junge Mann zögerte; eine Weile beobachtete er mit seinen wachen tiefblauen Augen die Bäuerinnen, die mit ihren Eier- und Kartoffelkörben den Durchlass passierten, wich einem Fuhrwerk aus und verscheuchte einen struppigen Köter, der an seinen Schuhen schnüffelte. Dort drinnen, dachte er, da liegt die Zukunft. Hoffentlich. Er war sich immer noch nicht sicher, ob er das Richtige tat. Alles, was er auf der Welt besaß, passte in den Rucksack, den er trug, und in seiner Hosentasche klimperten vier Markstücke. Das war sein Erspartes aus den vier Jahren, in denen er beim Gustenfeldener Müller als Kutscher, Pferdeknecht und Sackträger gearbeitet hatte. Bis er mit seinem Lohnherrn am gestrigen Tag wegen einer gebrochenen Deichsel in Streit geraten und hinausgeworfen worden war. Da hatte er seine Siebensachen gepackt. Ich bin jung und kräftig, dachte er, während er dem Treiben am Tor zusah, ich kann arbeiten. Jetzt gilt's, Leo Gruber, machte er sich selber Mut. Jetzt fängst du neu an. Er straffte den Rücken, strich sich ein paar dunkle Haarsträhnen aus der Stirn, und dann marschierte er entschlossen durch das Zöllnertor.

Er hatte schon lange davon geträumt, sein Glück in der Stadt zu machen. Auf dem Land versauerte man doch, da gab es nichts außer harter Arbeit und den ewigen sonntäglichen Tiraden des Pfarrers, und sonst sagten sich Fuchs und Has Gut Nacht. In der Stadt dagegen, da war was los, da konnte einer was werden! Leo hatte gehört, dass die Fabriken dort immer Arbeiter suchten, und er war jung und kräftig und bereit, sich ins Zeug zu legen. Also pfiff er zuversichtlich das Liedchen »Wem Gott will rechte Gunst erweisen« und marschierte zielstrebig durch die Straßen und Gassen bis in die Nördliche Ringstraße. Dort lag die größte und modernste aller Schwabacher Nadelfabriken, die Firma Staedtler & Uhl. Leo trat ans Pförtnerhäuschen.

Drinnen saß ein älterer Mann mit Glatze und dem größten Schnauzbart, den Leo je gesehen hatte, und öffnete jetzt sein Fensterchen. »Ja, bitte?«

»Ich such Arbeit in der Fabrik.«

Der Pförtner schüttelte den Kopf. »Wir haben zur Zeit nichts. Fragen Sie nächste Woche wieder. Oder Sie gehen zum Reingruber, gleich um die Ecke.«

»Danke.« Leo tippte an seine Mütze und ging ein paar Hundert Meter weiter. Da gab es keinen Pförtner, es war eine kleinere Fabrik. Er passierte den Durchgang zum Hof, entdeckte eine Tür mit der Aufschrift »Comptoir«, klopfte und trat ein. Ein rundlicher älterer Herr mit Ärmelschonern und Zwicker auf der Nase fixierte ihn von seinem Schreibtisch aus durchdringend.

»Grüß Gott«, sagte Leo und nahm die Mütze ab. »Gruber Leonhard. Ich möcht um Arbeit fragen.«

»Was können Sie denn?«, fragte der Herr zurück.

Das war die schlechteste aller Fragen. »Äh, nichts«, gab Leo zu. »Kutschieren. Ich war Kutscher und Gehilfe in der Winklermühle in Gustenfelden. Und jetzt will ich gern Nadler werden.«

»Hm.« Der Herr schob die Unterlippe vor und überlegte. »Ich hätt vielleicht was in der Schleiferei. Drei Mark die Woche, aber erst mal auf Probe.« Er stand auf und öffnete das Fenster. »Odörfer!«, rief er. »Kommen Sie mal rüber, ich hab einen Neuen für Sie!«

Odörfer kam, ein kleiner, blasser Mann mit schiefer Nase und tränenden Augen. »Na, geh mit«, nuschelte er, »ich zeig dir alles.«

Leo folgte ihm durch das Drahtlager, wo sich riesige Stahl- und Eisendrahtrollen bis zur Decke stapelten, in das Werksgebäude. Hier herrschte ein für Leos Ohren beinahe unerträglicher Lärm, Männer standen und saßen an Arbeitstischen mit hohen, guillotineähnlichen Aufbauten, an denen messerscharfe Schneiden hochgezogen wurden und immer wieder nach unten donnerten. »Hier wird der Draht auf die richtigen Längen geschnitten«, schrie Odörfer, »120 Millimeter, 150 Millimeter, 200 Millimeter, je nachdem, welche Nadel draus werden soll.« Er ging weiter. »Wir machen alle Sorten: für Schneider, Weißnäherinnen, Sattler, Schuhmacher, Kürschner, Säckler, Perückenmacher, Bader, Strumpf-, Tapeten-, Knopf-, Hut- und Tuchmacher. Für Goldsticker, Buchbinder, Schiffsleute, Ballenbinder auch. Und Spick-, Tabak-, Strick- und Haarnadeln.«

Leo staunte über die Mannigfaltigkeit an Nadeln, die es gab. Wie oft hatte er seine Mutter flicken und nähen sehen und sich nie Gedanken darüber gemacht, woher diese Nadeln eigentlich kamen und wie sie gemacht wurden! Er sah zu, wie in der nächsten Abteilung Arbeiter die abgeschnittenen Stifte, »Schaften« genannt, mit Eisendraht zu Packen zusammenfassten und dann in einer Maschine zwischen zwei Eisenplatten »rebelten«, damit sie gerade wurden. Es herrschte eine unbeschreibliche Hitze, denn immer wieder musste als Zwischengang das Material in Öfen »geglüht« werden, damit es nicht spröde wurde und beim Bearbeiten riss. Im nächsten Raum, der Schleiferei, war die Luft mit feinstem Staub erfüllt, und ein beständiges Zischen und Reiben fuhr einem kreischend in die Ohren. Neun Männer hockten an fußbetriebenen Schleifsteinen und machten dem Schaften an jeder Seite eine Spitze. Dann kamen die Rohlinge in die nächste Abteilung, wo sie mittels eines Fallhammers in der Mitte platt gehauen wurden. Danach kam das Öhrschlagen: In die platte Stelle stanzte wieder ein anderer Fallhammer zwei aneinanderliegende Öhre. Ein dritter Fallhammer trennte den Rohling zwischen diesen Öhren – zwei Nadeln waren das Ergebnis. Leo schwirrte schon der Kopf, als sie in den nächsten Saal traten. Hier stand ein riesiger Härteofen, wo die fast fertigen Nadeln noch einmal bei hoher Hitze gebrannt wurden, damit sie beim späteren Gebrauch nicht abbrachen. »Danach werden alle Rohlinge noch einmal in Schmalz gebacken«, erklärte Odörfer und zeigte auf zwei Wannen über offenem Feuer, in denen unzählige Nadeln wie Tausende Fischlein silbern glänzten, »dann kommen sie in Trommeln mit feinstem Schleifsand und Schmirgelpulver und werden darin eine Stunde poliert, damit sämtliche Grate abgeschliffen werden und die Öhre völlig glatt sind. Sonst reißt später beim Gebrauch der Faden. Am Schluss dann noch ein Seifenbad, und das war's dann.«

»Aha«, murmelte Leo. Er fühlte sich erschlagen von dem riesigen Fabrikbetrieb. So etwas hatte er noch nie gesehen. Jeder Arbeitsgang ging nahtlos in den anderen über, jeder Handgriff eines Arbeiters war vorherbestimmt und musste in einem bestimmten Rhythmus ablaufen. Und für alles gab es Maschinen, die auf ihn wirkten wie bedrohliche Ungeheuer, die Lärm machten und sich bewegten, als wären sie lebendig. So also war es in einer Fabrik! Er fühlte sich fremd und hilflos, und der merkwürdige, metallische Geruch überall verursachte ihm beinahe Übelkeit. Und alles ging so schnell! »Wo soll ich denn nun arbeiten?«, fragte er unsicher.

Odörfer ging mit ihm zurück in die Schleiferei. »Hier«, sagte er und deutete auf einen freien Platz vor einem Schleifstein. »Du machst die Spitzen. Willi!« Er tippte einen älteren Schleifer an. »Hier bring ich dir einen Neuen, den Gruber Leo, der kommt ab morgen.«

»Herzliches Beileid!« Willi, Gesicht und Haare grau vom Staub, stand auf und schüttelte Leo die Hand. Eine feine Wolke stob dabei von seinem Ärmel und wirbelte durch die Luft.

»Der Willi zeigt dir, wie's geht«, sagte Odörfer. »Morgen pünktlich um sechs!«

Damit war Leos Einführung beendet. Er verließ die Fabrik mit gemischten Gefühlen. Ob er das alles lernen konnte, um ein richtiger Nadelarbeiter zu werden? Ob er einmal all diese unheimlichen Maschinen beherrschen könnte? Das war ja eine ganz andere Welt als die, aus der er kam. Aber so sah wohl die Zukunft aus, und er wollte an dieser Zukunft teilhaben. Er wollte lernen, ein Teil dieser modernen Zeiten zu sein. Während Leo seine Schritte stadteinwärts lenkte, wurde ihm schon wieder leichter ums Herz. Und der erste Schritt war schließlich schon getan: Er hatte eine Arbeit! Für drei Mark die Woche, Menschenskind, das war gutes Geld!

Jetzt brauchte er nur noch eine Bleibe. Außerdem hatte er Hunger, es war schon nach Mittag, und ein Kanten Brot oder ein Teller Suppe würden jetzt nicht schaden. Er hielt also die Augen offen nach einer Wirtschaft. Da kam auch schon eine, auf der rechten Straßenseite in einem kleinen roten Backsteinhaus. »Zum Walfisch« stand in großen Buchstaben über der Tür aufgemalt, und draußen hing eine Tafel, auf der stand: »Heute Brathering m. Kartoffel + ½ Bier 14 Pf.«.

Leo trat ein, hängte seinen Rucksack über einen Haken an der Lamperie und setzte sich auf die Eichenholzbank, die über die gesamte Längsseite der Gaststube verlief.

»Grüß Gott, der Herr. Was darf's sein?« Trudel lächelte und wischte sich die Hände an der Schürze ab. »Wir hätten auch noch saure Lunge von gestern.«

»Was ist denn euer Billigstes?«, fragte Leo.

»Aufgeschmalzene Brotsuppe, vier Pfennig.«

»Die nehm ich, und ein Seidla Bier.«

Leo aß hungrig und sah sich dabei in der Wirtschaft um. Alles war einfach und sauber, der Holzboden gefegt, die Fenster blitzblank. Außer ihm selbst waren keine Gäste da, nur ein Mädchen und ein kleiner Junge saßen am Ecktisch und bauten ein Haus aus Schafkopfkarten. Am Kleiderständer neben der Tür hing eine vergessene Jacke. Neben der Tür hatte man eine große Holzplatte an die Wand genagelt, daran waren mit Reißzwecken etliche Zeitungsausschnitte und Plakate befestigt. »Arbeiterbildungsverein«, las Leo mit großer Mühe – in der Volksschule war er nie recht lernwillig gewesen. »Auf Sonntag, den 15. d. Nachmittags 3½ Uhr, werden die verehrlichen Mitglieder, sowie Freunde des Vereins, geziemend eingeladen, sich recht zahlreich im Nebenraum des ›Walfisches‹ einzufinden.« Darunter: »Kommenden Samstag, den 7. d.M. abends 8 Uhr, findet im Schulhaus (I. Stock) in der Zöllnervorstadt ein wissenschaftlicher Vortrag statt. Zutritt frei.« Außerdem ein handschriftlicher Zettel: »Nähstunden für Arbeiterfrauen jeden Samstagnachmittag vier Uhr bei den Hensoltshöher Schwestern. Anmeldung hier im Lokal.« Leo gefiel das. Hier im »Walfisch« trafen sich offensichtlich die Arbeiter, und zu denen würde er ab morgen gehören. Das gab ihm ein gutes Gefühl. Er trank sein Bier aus. »Zahlen!«, rief er.

Trudel eilte aus der Küche herbei. »Hat's geschmeckt?«

»Prima«, lobte Leo und kramte eines seiner Markstücke heraus. »Ach, sagen Sie, wissen Sie zufällig jemanden, der ein Zimmer vermietet?«

Trudel zählte das Wechselgeld auf den Tisch. »Kommt drauf an«, sagte sie.

»Auf was?«

»Aufs Portemonnaie«, grinste sie.

»Ich hab Arbeit in der Reingruberschen Fabrik«, sagte er stolz. »Ich kann schon zahlen.«

»Christian!«, rief Trudel. Gleich darauf stand ihr Mann mit am Tisch, zwei Nägel im Mund und einen Hammer in der Hand. »Zeig doch dem jungen Herrn unsere Kammer im zweiten Stock.« Sie wandte sich wieder an Leo. »Wir verlangen bloß 6 Mark im Monat, aber Sie müssten abends ab und zu in der Wirtschaft mithelfen, wenn viel los ist. So hat's Ihr Vorgänger gemacht, der ist vor zwei Wochen in eine größere Wohnung gezogen. Über Kostgeld und Verpflegung können wir auch reden.«

Leo stand auf und folgte Christian nach droben. Zehn Minuten später war er Mieter einer kleinen Stube mit Bett, Schrank, Tisch und Stuhl, einem Waschtisch mit Krug und Schüssel und Abort auf dem Gang. Sein neues Leben konnte beginnen.

Kapitel 2

Aus der Verordnung für die Arbeiter der Nadelfabrik Reingruber

§ 1
Die Arbeitszeit ist von morgens 6 bis 12 Uhr und nachmittags von 1 bis 7 Uhr, mit Ausnahme des Samstags, an welchem um 6 Uhr Feierabend gemacht wird. Der Arbeiter hat sich, nachdem er in die Fabrik eingetreten ist, sogleich an seine Arbeit zu begeben, außerdem eine Strafe von 6 kr. erfolgt. Wer 5 Minuten nach dem Läuten nicht an seiner Arbeit ist, wird um 1 Stunde gestraft.

§ 2
Um 8 Uhr wird zum Frühstücke, und um ¾ auf 4 Uhr zur Vesper jedes Mal eine Viertelstunde Ruhezeit gestattet, und hiezu mit der Glocke das Zeichen gegeben; der Arbeiter hat jedoch beide an seiner Werkstätte einzunehmen.

§ 3
Streitigkeiten der Arbeiter unter sich und sonstige Vergehen gegen die Ordnung werden mit angemessenem Abzug am Lohne, und auch nach Umständen mit augenblicklicher Entlassung aus der Arbeit bestraft.

§ 4
Zur Befriedigung der natürlichen Bedürfnisse sollen nur die Abtritte benutzt werden; wer andere Orte verunreinigt, wird um 6 kr. gestraft.

§ 5
Kein Arbeiter darf einen andern Weg zu oder aus der Fabrik betreten, als durch das Hauptthor.

§ 6
Wer aus der Arbeit treten will, muss 14 Tage vorher die Anzeige davon auf dem Comptoir machen; dagegen erfolgt eine Aufkündigung von Seite der Fabrik auch 14 Tage vorher. Tagwerker sind hiervon ausgenommen.

§ 7
Diese Verordnung gilt ohne Ausnahme für jeden Arbeiter, der in der Fabrik beschäftigt ist, und wird auf's Strengste gehandhabt werden; wer sich derselben nicht unterziehen will, hat in den ersten 14 Tagen, die nur als Probezeit angesehen werden, seine Entlassung zu nehmen.

Kapitel 3
1877

Am 20. Dezember des Jahres 1877, genau ein Jahr nach der offiziellen Verlobung, war Friedas großer Tag. Nachdem die Familie Reitzenstein keinen größeren Wert darauf gelegt hatte, die Hochzeit ihres Sohnes mit einer Bürgerlichen bei sich zu feiern, fand die Feier in Schwabach statt. Und Philipp Ribot ließ sich nicht lumpen. Man würde es den Schwabachern zeigen, den Hüttlingers und Staedtlers, und wie sie alle hießen! Die sich immer für etwas Besseres gehalten und auf den »Seifenpanscher« in der Nürnberger Straße herabgesehen hatten. Diesmal sollten sie die Augen aufreißen, die Honoratioren und Großunternehmer, denn dieses Fest würde allen zeigen, dass der Aufstieg vom kleinen Handwerker zum wohlhabenden Fabrikanten geschafft war.

Philipp hatte für das Hochzeitsmahl nach der Kirche den gesamten ersten Stock des »Bayerischen Hofs« am Marktplatz gemietet und ein geradezu luxuriöses Menü bestellt. Einziger Wermutstropfen war, dass vonseiten des Bräutigams nur die Eltern, die ältliche Großmutter, eine unverheiratete Tante und zwei jüngere Schwestern dabei waren – die reichen Reitzensteins hatten den peinlichen, weil verarmten Familienzweig längst abgeschrieben und blieben vornehm fern.

Für die Schwabacher Bevölkerung war die Ribot-Hochzeit das gesellschaftliche Ereignis des Jahres. Alles, was laufen konnte, kam zur Messe in die Stadtkirche, und wer nicht mehr hineinpasste, wartete draußen auf dem großen Platz, um wenigstens einen Blick auf das Brautpaar zu werfen. Und es lohnte sich! Man fuhr vierspännig vor, mit prächtigen Schimmeln! Im offenen Landauer, trotz der Dezemberkälte, aber wenigstens war das Wetter trocken. Die beiden jungen Leute winkten nach allen Seiten, und als sie vor dem Portal ausstiegen, konnte alle Welt Friedas herrliches weißes Brautkleid bewundern, diesmal mit einer vollständigen Krinoline drunter, Umfang mindestens viereinhalb Meter. »Wie die Kaiserin Sisi!«, raunten die älteren Damen, die die Bilder von der Hochzeit der bayerischen Prinzessin vor zwanzig Jahren noch in Erinnerung hatten. »Dass die sich so was leisten können!« Weniger Beifall fand der Bräutigam. »Schäi is er net grad«, hieß es im Publikum, »ober halt a Baron, dou is des wurschd!«

Frieda jedenfalls liebte ihren Ferdi so, wie er war, und da gehörte der Baron nun mal dazu. Mit verklärter Miene schritt sie an seiner Seite zum Altar, hörte der ergreifendsten Hochzeitspredigt zu, die Pfarrer Röckel je zustandegebracht hatte, brachte schluchzend ihr Jawort heraus und ließ sich den Ring anstecken.

»… und so hebe ich mein Glas auf das Wohl und das Glück unserer Brautleute!«, beendete Philipp Ribot seine Rede und hielt den Champagnerkelch hoch.

»Prosit!«, kommentierte Bräutigamsvater Reitzenstein knapp, erhob sich und kippte die teure Brause auf einen Schluck hinunter. Das brauchte er, denn kaum saß er wieder, molestierte ihn dieser Ribot weiter mit Erzählungen über seine Seifenfabrik, wie groß, wie schön, wie unglaublich modern! Zum Gähnen! Liebe Güte, man wusch sich eben mit Seife, wen interessierte schon, wie sie gemacht wurde, und woraus! Der Kerl wollte ihm wohl den Appetit verderben, wo die getrüffelte Consommée gar nicht so übel gewesen war. »Fünfunddreißig Arbeiter habe ich inzwischen, und die Einstellung von acht weiteren ist im Januar geplant«, fuhr Philipp Ribot unbeirrbar fort. »Seit das neue Siedereigebäude steht, haben wir offene Kapazitäten, die gefüllt werden wollen, nicht wahr?«

»Aber selbstredend«, nickte Reitzenstein, klemmte sein Monokel ins Auge und begann, betont aufmerksam die Weinkarte zu studieren.

»Der zweite Dampfkessel ist auch schon bestellt, wissen Sie, von MAN, gute Firma! Damit können wir die Produktion fast verdoppeln. Unsere marmorierte Eschweger verkauft sich nämlich immer besser, wir liefern inzwischen sogar bis nach Berlin!«

»Was Sie nicht sagen!« Reitzenstein riss ein wenig übertrieben die Augen auf und ließ dabei das Monokel wieder fallen.

»Stell dir vor, Otto, sie haben sogar Milchseife! Für schöne Haut!«, meldete sich die Baronin Reitzenstein zu Wort, eine füllige Rothaarige mit niedlicher Stupsnase und Doppelkinn. »Wie macht man denn die, lieber Ribot?«

»Sie interessieren sich für die Herstellung?« Philipps Augen leuchteten. »Nun, wichtig ist es vor allem, die Milch sehr kalt zu verarbeiten, weil sie den Seifenleim aufheizt und das Fett sonst …«

»Ach, langweile unsere Gäste doch nicht mit deiner Fachsimpelei, Philipp.« Käthe hatte ein feines Gespür für Stimmungen.

»Aber nein«, wehrte die Baronin höflich ab, »das ist doch sehr interessant.«

»Siehst du!« Philipp warf seiner Frau einen bösen Blick zu. »Ja, das ist so: Erst einmal kommt es darauf an, welches Fett man nimmt. Tierischer Talg gibt ganz einfache Billigseifen, die machen wir für die unteren Käuferschichten, eben Kern- oder Schmierseife. Toilettseifen brauchen entweder Palmkernöl – das gibt eine feste Struktur mit stabilem Schaum –, oder Kokosöl, da wird der Schaum großporiger. Sonnenblumenöl dagegen gibt eher weiche Seifen, und es wird leicht ranzig, deshalb verwenden wir es nur sparsam. Das Wichtigste ist, ein optimales Mischungsverhältnis zu finden, zum Beispiel vierzig Prozent feste, fünfundzwanzig Prozent schäumende Fette und der Rest mit schönen Ölen …«

»Ah, mein lieber Ribot«, kam der Baron seiner Frau zu Hilfe, »hier sehe ich, als Hauptgang gibt es Rehrücken. Sehr schön, sehr schön, sehr delikat. Gehen Sie denn zur Jagd?«

Ribot runzelte die Stirn ob der Unterbrechung. »Nun ja, für solche Dinge bleiben einem als Unternehmer leider keine Zeit. Aber mein Sohn Fritz hat erzählt, er habe in Russland einmal an einer Treibjagd teilgenommen, stimmt's, Fritz?«

Fritz nickte. »Einen Hirsch hab ich sogar erlegt. Mit Blattschuss!«

»Na, gratuliere!«

Das Reh wurde serviert, dazu Rotkraut, Kartoffeln Dauphinoise und französischer Rotwein. Großmutter Reitzenstein schnüffelte an der Soße. »Da ist doch nicht etwa Madeira dran?«, fragte sie mit missbilligendem Zungenschnalzen. »Madeira mag ich nicht.«

»Portwein, Großmutter, nur Portwein«, besänftigte Ferdinand. Käthe presste die Lippen zusammen. Die alte Schnepfe war wirklich eine Zumutung. Den ganzen Tag schon nörgelte sie an allem und jedem herum.

»Beim Leichenschmaus für die Königin Amalie Auguste von Sachsen neulich gab es auch Reh«, vermeldete die Altbaronin. »Allerdings mit Cumberlandsauce und Kroketten. Ein schönes Privileg, mit der Königsfamilie speisen zu dürfen.«

»Ach, Großmama, darüber musst du mir mehr erzählen!«, rief Frieda.

Himmel, bloß das nicht, dachte Fritz.

»Jedenfalls trugen die Damen diese neumodischen Tournüren am … na, ihr wisst schon, wo«, berichtete die alte Dame. Inzwischen war man beim Nachtisch angekommen, es gab eine riesige Eisbombe, von der sie sich eine reichliche Portion genommen hatte und nun vornehm mit der Waffel aß. »Krinolinen sind ja jetzt völlig aus der Mode gekommen …«

Frieda schluckte. Sie war so stolz auf ihr Kleid gewesen. Alle waren peinlich berührt, eine unangenehme Stille trat ein, in die das kleine Lisettchen lauthals hineinkrähte: »Frau Baronin, Ihre Waffel tropft!«

Die Damen Reitzenstein machten sich hastig daran, den roten Himbeereis-Fleck mit der Serviette zu entfernen, während Frieda mit ihrer Mutter zur Toilette ging und draußen bitterlich weinte.

Der restliche Abend verging unter mühsamer Konversation, wobei alle Parteien bestrebt waren, keinen Missklang mehr aufkommen zu lassen. Der Rotwein, den sogar der Baron einigermaßen genießbar fand, tat das Seine, um die Stimmung zu lockern, und als am Ende die Herren zum Rauchen auf den Balkon traten, wurde politisiert.

Philipp bot dem Baron eine Schwabacher Zigarre an: »Hiesiger Anbau, mein Lieber, nicht von irgendwoher! Man ist ja schließlich Patriot!« – »Recht haben Sie. Hoch die Nation! Ans Vaterland zu denken ist des Deutschen heiligste Pflicht!«

Carl, gewohnheitsmäßig längst nicht mehr nüchtern, schlug die Hacken zusammen und hob den Cognacschwenker: »Hipp, hipp, hurra!«

Fritz stieß seinen Bruder in die Seite. »Sauf nicht wieder so viel«, mahnte er gutmütig.

»Ich trinke nur aus Pflichtbewusstsein«, grinste Carl. »Schließlich heiratet mein Schwesterchen. Da heißt es doch: Hoch die Tassen!«

»Haben Sie denn auch schon gedient, Carl?« Der Baron paffte kleine Rauchwölkchen in Carls Richtung.

»Bin leider rückengeschädigt, gnädigste Durchlaucht.« Carl machte ein Gesicht wie ein kranker Dackel. »Zum Comptoirdienst verdammt.«

Der Baron klopfte ihn auf die Schulter. »Ja, das ist tragisch. Aber warten Sie nur, wenn das Reich erst einmal Kolonien hat, werden auch die Kaufleute zu ihrem Recht kommen!«

»Hört, hört!«, rief Philipp begeistert. Jawohl, Kolonien brauchte man! Dann würde auch das Kokos- und Palmöl für die schönen Toilettseifen billiger. Dieser Baron war doch ein ganz patenter Kerl, wenn auch ein wenig bräsig.

Während die Herren sich immer besser unterhielten, fühlte sich Frieda, als stünde sie ständig unter Beobachtung ihrer Schwiegermutter. Ihr war, als mache sie einen Fehler nach dem anderen. Bald wusste sie nicht mehr, welches Besteck sie für welchen Gang benutzen sollte, ob man die Kartoffeln nun mit dem Messer zerteilen durfte oder nicht, wie man die Serviette ordentlich faltete. Ständig spürte sie indignierte Blicke auf sich, und der Kommentar der Schwiegergroßmutter über ihre geliebte Krinoline hatte den Abend für sie endgültig verdorben. Sie hatte sich Hilfe von ihrem Ferdi erhofft, aber der amüsierte sich prächtig mit den Männern, er bekam gar nicht mit, dass sie litt. Nur Käthe drückte ihrer Tochter ab und zu aufmunternd die Hand.

Gegen Mitternacht war das Fest zu Ende. Die Reitzenstein-Bande, wie Carl sie respektlos nannte, zog sich in ihre Zimmer im Bayerischen Hof zurück – die natürlich Philipp bezahlte. Auch das junge Brautpaar nächtigte hier, weil man im Hause Ribot keinen Raum gefunden hatte, der zum Hochzeitsschlafzimmer getaugt hätte. Die restliche Familie Ribot machte sich zu Fuß auf den Weg nach Hause.

Carl und Fritz gingen nebeneinander, beide in nachdenklicher Stimmung. »Mit denen wird die Frieda nicht glücklich«, unkte Carl betrübt.

»Hm«, sagte Fritz. »Wer ist schon glücklich?« Er hatte sich wirklich für die Schwester und den Freund gefreut und gönnte ihnen ihr Glück von Herzen, aber schon in der Kirche war Schwermut in ihm aufgestiegen. Und dann hatte er den halben Abend daran denken müssen, dass Sascha wohl längst schon mit ihrem weitläufigen Cousin aus Saratow verheiratet war. Und daran, dass er immer noch in unruhigen Nächten von ihr träumte, ihre Hand auf seiner Brust spürte, ihre Stimme hörte. Nahm diese Qual denn nie ein Ende? Verdammter Narr, schalt er sich, hör endlich auf damit! Vergiss Russland!

»Was ist eigentlich mit dir?«, riss Carls Stimme ihn aus seinen Gedanken. »Du schaust dich überhaupt nicht um unter den Weibern. Willst du denn nicht mal langsam heiraten?«

Fritz fühlte sich ertappt. »Das geht dich gar nichts an«, schnappte er, beschleunigte seine Schritte und ließ den verdutzten Bruder stehen. Der schüttelte den Kopf. »Idiot«, murmelte er. »Mir doch egal, was du machst.«

Am nächsten Tag fuhr das frischvermählte Paar vom Bahnhof ab; Frieda war unpässlich, hielt sich aber tapfer aufrecht. Eine Woche Hochzeitsreise nach München stand auf dem Programm, bevor sich die jungen Leute in Würzburg einrichten würden, wo auf die beiden eine schöne Beamtenwohnung von der Eisenbahn wartete.

Kapitel 4

Bericht des »Schwabacher Intelligenzblatts« vom 17. August 1878

Ein Deutscher hat es gewagt, unserm theuern Kaiser nach dem Leben zu trachten

Sonnabend, den 12. Mai lachte ein wundervolles Frühlingswetter über Berlin. Kaiser Wilhelm I. fuhr mit seiner Tochter, der Großherzogin von Baden, vom Berliner Tiergarten durch das Brandenburger Tor nach dem kaiserlichen Palais. Als der offene Wagen nachmittags gegen 3 ¾ Uhr den russischen Botschaftspalais Unter den Linden 7 passierte, hatte sich gegenüber dem Palais ein schlecht gekleideter, junger Mann postiert. Als der Kaiser vorüberfuhr, zog dieser einen Revolver und feuerte. Die Schüsse gingen fehl, niemand wurde verletzt.

Der Attentäter war der 21jährige Klempnergeselle Max Hödel aus Zeitz. Er machte den Versuch, zu fliehen, wurde aber von der sofort herbeigeeilten Menschenmenge ergriffen und einem Schutzmann übergeben.

Der kaiserliche Wagen fuhr derweil weiter und erreichte unter unaufhörlichem Jubel und Hurrarufen der immer mehr anschwellenden Menge sein Palais. Vor diesem hatte eine vieltausendköpfige Menschenmenge Posto gefasst, die »Heil dir im Siegerkranz« sang. Der Kaiser erschien mit der Großherzogin mehrere Male am historischen Eckfenster, um den ihm zujubelnden Berlinern durch freundliches Verneigen zu danken.

Hödel, der wegen Mangel an Arbeit mit allerlei Dingen handelte, hatte sich am Tage vorher den Revolver bei dem Waffenhändler Hippolit Mehles in der Friedrichstraße für sechs Mark gekauft. Zum Zeitpunkt seiner Verhaftung trug er Mitgliedskarten mehrerer politischer Parteien bei sich, unter anderem eine der Sozialdemokratie. Am 10. Juli hatte er sich wegen Hochverrats vor dem Preußischen Staats-Gerichtshof zu verantworten und wurde zum Tode verurteilt. Als der vorsitzende Kammer-Gerichtspräsident das Todesurteil verkündete, fing der Angeklagte Fliegen.

Am gestrigen Morgen nun, dem 16. August 1878, wurde Hödel auf dem Hofe des Berliner Zuchthauses Lehrter Straße von dem Scharfrichter Krauts hingerichtet.

Kapitel 5
1878

»Habt ihr schon gehört?« Christian stürmte in den »Walfisch«, eine Extra-Ausgabe des »Schwabacher Intelligenzblatts« in der Hand. »Schon wieder ein Attentat auf den Kaiser!«

»Gibt's doch gar nicht!« Leo ließ den Zapfhahn zurückschnappen, und die Männer, die am Stammtisch gesessen hatten, legten die Schafkopfkarten hin.

»Anna!« Christian winkte seine Tochter herbei und gab ihr die Zeitung. »Du liest am besten von uns allen!«

»Hopp!« Einer der Arbeiter hob die Neunjährige auf die Theke, wo sie mit baumelnden Beinen und immer wieder stockend den schweren Text vortrug: *»3. Juni 1878. Kaum ist die Schrecksekunde des Attentats auf unsern Kaiser verklungen, als gestern auch schon die Nachricht von einem erneuten, noch schrecklicheren, noch ruchloseren Angriff jeden braven Deutschen bis in's Innerste erschütterte und in der ganzen Welt herzliche Theilnahme für Deutschlands edlen greisen Kaiser hervorrief. Der Thäter ist diesmal kein sittlich tief gesunkener Mensch, sondern ein Doktor der Philosophie erhob diesmal seine Frevlerhand und gab aus dem zweiten Stocke des Hauses Unter den Linden 18 zwei Schüsse aus einem Schroth=Gewehr auf den in seiner Kutsche vorbeifahrenden Kaiser ab. Blieb der Kaiser das letzte Mal unverletzt, so trafen diesmal 18 Schroth=Körner den Helm seiner Majestät, einige derselben schlugen durch. 30 Körner drangen in das Gesicht, den Kopf, beide Arme und den Rücken des Kaisers ein. Er hat so viele Wunden erhalten, daß bei seinem hohen Alter selbst sein Leben in Gefahr schwebt. Wo sollen wir die Worte* *hernehmen, um unserm Schmerz über diese schandbare That Ausdruck zu verleihen?*

Der Thäter Karl Eduard Nobiling konnte, bevor er überwältigt wurde, noch die Waffe gegen sich selbst richten und schoß sich in das Gehirn. Reichskanzler von Bismarck ließ verlauten, Nobiling sei, wie der Attentäter Hödel vor ihm, Sozialdemokrat. Er kündigte im Reichstag schwere Konsequenzen an und forderte, dieser Bedrohung durch reichsfeindliche Kräfte müsse nun endlich entschieden und unerbittlich entgegengetreten werden.

Was werden die nächsten Tage bringen? So fragen Millionen. Vieltausendfach steigen Gebete für die Wiedergenesung des geliebten Kranken zum himmlischen Vater empor. Gott schirme, erhalte und segne unsern geliebten Kaiser!«

In der Gaststube herrschte beklommenes Schweigen.

»Hund und Sau!«, schrie schließlich einer der Männer. »Jetzt sind wir am Arsch gekniffen, das sag ich euch, jetzt macht uns der Bismarck kaputt!«

»Das kann er doch gar nicht!« Volksschullehrer Andreas »Reser« Gögelein stand auf und machte eine beschwichtigende Geste. »Der Reichskanzler ist schon einmal mit einem Gesetzesentwurf zum Verbot der Sozialdemokratie im Reichstag gescheitert. Das probiert er kein zweites Mal.«

»Mensch, Reser, da wär ich mir nicht so sicher«, sagte Christian mit gerunzelter Stirn. »Stellt euch doch bloß einmal vor, der Kaiser stirbt …«

Anna fing an zu weinen. »Ich will nicht, dass er stirbt. Ich hab Angst.«

Trudel eilte herbei und hob ihre Tochter von der Theke. »Wir müssen jedenfalls vorsichtig sein«, mahnte sie. »Vielleicht sollten wir als Zeichen der Anteilnahme draußen eine Reichsflagge hissen. Dann merken die Leute, dass wir die Attentate nicht gutheißen.«

»Bist du verrückt?« Christian tippte sich an die Stirn. »Die fassen das doch als Provokation auf!«

»Ja, sollen wir uns denn jetzt verstecken?«, fragte der Lehrer Gögelein.

Jetzt erhob sich der Uhrmacher Georg Baum, Gründer des Arbeiterbildungsvereins. »Die Trudel hat schon recht, Männer, wir müssen uns genau überlegen, was wir tun. Aber eins ist klar: Wir weichen nicht! Unser Verein steht zusammen. Gerade wenn's brenzlig wird, dürfen wir nicht kneifen!«

»Das heißt, wir wollen in zwei Wochen den Musikabend abhalten?«, fragte einer und deutete vielsagend auf das Schwarze Brett neben der Tür. Da stand es: *»Sonntag den 23. Juni Abends 7 ½ Uhr findet im Vereinslokal eine musikalische Unterhaltung und zugleich die Einweihung des Bildes von Ferdinand Lassalle statt. Dazu werden sämtliche Mitglieder und Freunde des Vereins freundlichst eingeladen. Die Vorstandschaft.«*

»Selbstverständlich!«, sagte Baum im Brustton der Überzeugung. »Oder hast du als Wirt was dagegen, Christian?«

Christian war überhaupt nicht wohl bei der Sache. Er sah Trudel an, die immer noch tröstend die Arme um Anna geschlungen hatte und jetzt unmerklich den Kopf schüttelte. Aber hier stand er, um sich seine Vereinsfreunde und Stammkunden, und er wollte nicht als Feigling gelten. »Wenn ihr an dem Abend festhalten wollt – meine Tür ist offen!«, sagte er schließlich. »Noch sind wir nicht verboten!«

Die Männer nickten ernst. »Jetzt erst recht«, sagte einer und reckte die Faust.

Zwei Wochen später war die Gaststube brechend voll. Ein Zitherspieler sorgte für Stimmung, das Bier floss in Strömen. Viele hatten ihre Frauen mitgebracht, es wurde sogar getanzt. Leo half beim Ausschenken, was ihm längst zur Gewohnheit geworden war. Trudel, Christian und die Kinder waren wie eine Familie für ihn, er fühlte sich bei ihnen und seinen Arbeiterkameraden zugehöriger, als er es je gekannt hatte. Die kluge Anna gab ihm zweimal in der Woche Unterricht in Lesen und Rechnen, und er holte so alles nach, was er in seiner eigenen Schulzeit versäumt hatte. Jetzt lief das Mädchen mit Biergläsern und Maßkrügen zu den Tischen, sogar der kleine Oskar wieselte mit herum und verteilte Brotkörbchen, Senftöpfchen und Krenschüsselchen. Trudel hatte in der Küche alle Hände voll zu tun, bei ihr war Rosa, die an solchen Abenden immer herüberkam, sofern sie freihatte. Den Frauen lief das Wasser nur so herunter, denn beim Herd war es heiß – in der Röhre garten Salzknöchle in großen Rainen, und in den Kesseln kochten Kartoffeln und Kraut.

Pünktlich um neun Uhr begann Georg Baum mit seiner Rede.

»Genossen! Wir sind heute zusammengekommen, obwohl die

öffentliche Stimmung gegen uns ist. Trotz aller Repressalien scheuen wir uns nicht, gerade jetzt einen Mann zu ehren, einen großen Kämpfer für die Arbeiter und die Sozialdemokratie und edlen Verfechter wahrer Gedanken: Ferdinand Lassalle. Obwohl er selber aus bürgerlichen Verhältnissen stammte, hat er schon früh sein Herz für das Proletariat entdeckt. Er hat mit eigenen Augen gesehen, in welch menschenunwürdigen Behausungen die Arbeiter damals lebten und heute noch leben. Er hat angeprangert, dass die Löhne in Deutschland kaum die Existenz sichern. Er ist aufgestanden, um die Interessen derer zu vertreten, die vorher keine Stimme hatten. Er ist angetreten gegen die Unterdrücker, die Fabrikanten, die Bourgeoisie! Er hat als Erster das allgemeine, gleiche Wahlrecht gefordert, und er hat 1863 mit dem Allgemeinen Deutschen Arbeiterverein unsere erste politische Organisation von Ausmaß gegründet, die vor drei Jahren sich mit der Sozialdemokratischen Arbeiterpartei zur SAP vereinigt hat. Ohne ihn gäbe es keine Arbeiter-Volksbewegung! Ohne ihn gäbe es unseren Verein nicht! Er lebe hoch, hoch, hoch!«

Mit diesen Worten zog er das leinene Betttuch weg, mit dem Trudel das große gerahmte Porträt Lassalles verhängt hatte. Die Anwesenden klatschten. Einer schrie: »Nieder mit der Kanzlerdiktatur!«, ein anderer: »Bismarck verrecke!« Leo rief: »Hurra!«, und Rosa wischte sich die nassen Hände an der Schürze ab und klatschte Beifall.

Im selben Augenblick schlug krachend die Tür auf, schwere Stiefel donnerten auf dem Holzboden. Sechs Stadtpolizisten marschierten in die Gaststube. Frauen kreischten, etliche Männer versuchten, zu den Fenstern hinauszuflüchten. Anna schrie wie am Spieß, ließ zwei volle Biergläser fallen und rannte in die Küche.

»Die Versammlung ist aufgelöst!«, rief der oberste Wachtmeister. »Das ist verbotene politische Agitation!« Er trat an die Wand und hängte das Lassalle-Porträt ab.

»Was ihr macht, ist Hausfriedensbruch«, entgegnete Christian ruhig und schob sich hinter der Theke vor. »Das ist eine friedliche Veranstaltung, und sie ist sogar bei der Obrigkeit angemeldet!«

»Hier werden umstürzlerische Reden geführt«, erwiderte der Polizist ungerührt. »Das kann nicht geduldet werden. Wer ist hier verantwortlich?«

Georg Baum trat vor. »Ich!«

»Sie sind hiermit festgenommen«, konstatierte der Wachtmeister und gab seinen Kollegen ein Zeichen. Zwei von ihnen packten Baum am Arm. Trudel versuchte derweil, über dem Stammtisch unauffällig die Vereinsfahne des Arbeiterbildungsvereins abzunehmen. Die war ihr aller Heiligtum, und das sollte nicht in die Hände der Polizei fallen! Nur wohin damit? Bei einer Durchsuchung würde man sie im Haus finden. »Her mit der Fahne!«, schrie der Wachtmeister. »Die Fahne ist konfisziert!« Er ging drohend auf Trudel zu, die das Stück Stoff trotzig an ihre Brust drückte. Ein Gerangel zwischen den beiden entstand, jetzt hatte der Polizist die Fahne. Ein Arbeiter riss sie ihm aus der Hand, verlor sie wieder, dann hatte sie Christian. Schnell steckte er Rosa das rote Tuch zu. Die rannte damit auf die Hintertür zu. »Halt!« Einer der Polizisten versuchte Rosa aufzuhalten, sie fiel hin und schlug sich das Kinn auf. Da hängte sich der kleine Oskar ans Bein des Schutzmanns, und so konnte Rosa sich aufrappeln und mit der Fahne verschwinden.

»Das lassen wir uns nicht bieten!« Einer der Arbeiter riss dem nächstbesten Polizisten die Pickelhaube vom Kopf, ein anderer schubste den obersten Wachtmeister in Richtung Tür. Ein dritter schüttete den Inhalt seines Krugs über die Uniform eines der Schutzmänner. »Verschwindet!«, schrie jemand. »Kapitalistenknechte!« Ein Polizist zog daraufhin seine Pistole und schoss in dem allgemeinen Tumult in die Luft. Die Kugel traf eine Lampe, die klirrend zerbarst, und schlug dann über dem Kopf eines Arbeiters in die Wand ein. Schreie ertönten.

»Ihr schießt mir nicht meine Wirtschaft kaputt, ihr Schweine!« Christian ging wie ein wütender Bär auf den Schützen los und versuchte, ihm die Waffe zu entreißen. Anna kreischte. Leo fühlte, wie ihn blinder Zorn packte. »Haut ab, Dreckspack«, rief er und sprang mit einem Satz über die Theke.

Die Polizisten wollten nun doch kein Blutvergießen riskieren. »Das wird ein Nachspiel haben!«, schrie der Wachtmeister. Dann gab er Befehl zum Rückzug.

Eine Woche später wurde Georg Baum in seinem Laden verhaftet. Christian wurde vorgeladen, erhielt aber nur eine Verwarnung. An die Eingangstür zum »Walfisch« heftete der Munizipaldiener Lehmeier mit Reißzwecken eine amtliche Verlautbarung: *»Es wird hiermit öffentlich bekannt gegeben, dass gemäß Magistratsbeschluss vom* *gestrigen Tag der Arbeiterbildungsverein dahier als politischer Verein erklärt und auf Grund Art. 19 Ziff. 1 des Vereinsgesetzes vom 26. Febr. 1850 als solcher aufgelöst wurde sowie dass gegen sämtliche Vorstandsmitglieder dieses gewesenen Vereins Strafantrag gestellt wurde. Gemäß Art. 24 des allegirten Gesetzes werden Mitglieder des Vereins bei erneuter Versammlung mit Gefängnis bis zu einem Jahr bestraft. Schwabach, den 29. Juni 1878. Gez. Rentsch, Stadtmagistrat«*

Für die Zukunft aber lagerte die umkämpfte heilige Fahne des Arbeiterbildungsvereins da, wo sie niemand je im Leben vermutete: in einem alten Gurkeneimer im Kartoffelkeller der Fabrikantenfamilie Ribot. Und der tapferen Rosa blieb fortan eine kleine Narbe am Kinn, auf die sie stolz war wie ein alter Soldat.

Kapitel 6
1878

Am 21. Oktober 1878 stimmte der Reichstag in Berlin mit 221 zu 149 Stimmen dem von Otto von Bismarck eingebrachten Gesetzesentwurf »gegen die gemeingefährlichen Bestrebungen der Sozialdemokratie« zu. Damit waren alle Arbeitervereine und Organisationen, die der Linken nahestanden, verboten. Für die Leute vom »Walfisch« war es ein düsterer Tag.

Nicht so für die Familie Ribot. Zufällig hatte Carl genau für diesen Abend Logenplätze zur Erstaufführung der Meistersinger-Oper von Richard Wagner ergattert. Also fuhr man schon des Nachmittags in aufgeräumter Stimmung mit der Kutsche nach Nürnberg und soupierte vorzüglich im Roten Hahn in der Lorenzer Altstadt. Auf das Verbot sozialdemokratischer Organisationen, das in allen Zeitungen stand, reagierte die gesamte Familie mit großer Erleichterung. »Dieser Bismarck ist doch ein Tausendsassa«, erklärte Philipp während des Abendessens aufgeräumt. »Jetzt sind wir die roten Kanaillen ein für allemal los.«

Fritz kratzte sich am Kopf. »Ich weiß nicht, ob es so sinnvoll ist, die Arbeiterschaft völlig vom politischen Leben auszuschließen«, räsonierte er. »Schließlich haben die Arbeiter ja auch an der Front ihren Kopf hingehalten. Und eine gewisse Mitsprache sollten doch alle im Land haben.«

»Am Ende wohl auch noch die Frauen, was?«, grunzte Carl und spießte ein Stückchen Leberpastete auf seine Gabel. »Wo kämen wir da hin?«

Philipp fuchtelte mit der Serviette herum. »Frauen können gar nicht so weit denken, das weiß doch jeder.«

»So was!« Käthe schüttelte lächelnd den Kopf. »Frauen und Politik, das ist doch Unsinn. Wir haben im Haus genug zu tun. Nicht wahr, Lisettchen?«

Lisettchen kaute mit vollen Backen.

Carl neigte sich zu Fritz hinüber und flüsterte: »Überleg mal: Wenn die Weiber selber schon nicht mitreden wollen, was sagt uns das? Na, dass die wirklich nicht denken können!«

Fritz lachte. »Und ich sag dir noch was. Wenn die Sozis es schaffen, das Frauenwahlrecht einzuführen, dann passiert Folgendes: Die Frauen wählen alle das katholische Zentrum! Und die SAP schaut mit dem Ofenrohr ins Gebirg!«

Nach dem frühen Abendessen begab sich die Familie zum Stadttheater am Lorenzer Platz und schwelgte im Kulturgenuss, auch wenn Philipp die ganze Sache doch entschieden zu lang dauerte. Seifen kamen ohnehin nicht in der Handlung vor, und für einen »idiotischen Sängerwettstreit«, wie er es nannte, fehlte ihm jegliches Verständnis. Lisettchen verstand zwar nicht viel mehr von der Oper als ihr Vater, aber ihr gefiel, dass alle sangen und dass die Kapelle schön laut war. Fritz stellte fest, dass er ingesamt doch lieber Marschmusik hörte. Nur Käthe war von der Wagnerschen Kunst überwältigt und versetzte Konrad entrüstet einen Ellbogenstüber nach dem anderen, weil er immer wieder wegdöste. Carl hingegen stahl sich im 3. Akt aus der Loge, setzte sich im Foyer auf eine plüschene Ottomane und zog die Flasche Cognac aus seinem Umhang, die er im »Roten Hahn« hatte mitgehen lassen.

Am Tag darauf kam er zu spät ins Comptoir, mit allen Anzeichen eines üblen Katers. Missmutig hockte er sich an seinen Schreibtisch, schlug das Kassenbuch auf und begann lustlos, die Ein- und Ausgänge zu kontrollieren.

»Schön, dass du auch schon da bist«, kommentierte Philipp bissig.

Carl schwieg.

»Dein Bruder arbeitet schon seit zwei Stunden in der Siederei!«

Das hatte Carl gerade noch zu seiner ohnehin schlechten Laune gefehlt. »Aber natürlich!«, fuhr er hoch. »Der Fritz macht alles, der Fritz kann alles, der Fritz ist der Beste, der Klügste und der Schönste! Fehlt bloß noch, dass er Taler scheißt! Wieso habt ihr eigentlich nach meinem heiligen großen Bruder noch andere Kinder in die Welt gesetzt? Der ist euch doch allein genug!«

Philipp nahm seinen Kneifer ab. »Wie redest du eigentlich mit mir, he? Hat dir der Schnaps jetzt schon das Hirn weggefressen?«

»Ach, lass mir doch meine Ruhe!« Carl verschränkte die Arme über dem Kassenbuch und legte mit einem langen Schnaufer den schmerzenden Kopf darauf.

Philipp schmiss seinen Federhalter hin und streifte die Ärmelschoner ab. »Früher haben noch die gesoffen, die's vertragen haben. Ich sag's dir heut zum letzten Mal, Carl: Du kannst machen, was du willst, solang du hier im Kontor deine Arbeit ordentlich erledigst. Wenn nicht, dann musst du dir schon gefallen lassen, dass ich dir die Meinung sag! Bei deinem Bruder, da hast du recht, muss ich das nicht machen. Der tut von selber seine Pflicht.«

»Dem liest du ja auch jeden Wunsch von den Augen ab«, ereiferte sich Carl. »Wenn der einen anderen Kessel will oder ein größeres Trockenreck oder teurere Öle – kein Problem. Aber wenn ich eine Schreibmaschine brauche, lachst du mich aus!«

»Schreibmaschine, so ein ausgemachter Blödsinn! Du hast zwei gesunde Hände, dann schreib mit denen! Unser Geschäft ist auch ohne Schreibmaschine groß geworden!«

»Aber damit geht alles viel schneller! Und die Schriftsachen sehen modern aus, damit machen wir was her! Andere Firmen haben das längst! Die sind nämlich auf dem Quivive, die arbeiten mit den neuen Erfindungen, die gehen mit der Zeit!«

Philipp stand auf, hochrot im Gesicht, und schrie: »Dann geh doch in eine andere Firma, wenn dir das hier nicht mehr gut genug ist.«

Carl erhob sich ebenfalls. »Weißt du was? Das mach ich auch!«

»Die werden sich freuen, wenn du jeden Morgen zu spät kommst und dann auch noch Ansprüche stellst!« Philipp lachte schrill.

Carl nahm seine Jacke von der Stuhllehne und warf sie über die Schulter.

»Wenn du jetzt gehst«, schrie Philipp, »dann brauchst du nie mehr zurückzukommen!«

Carl riss die Tür auf. »Keine Sorge! Bevor ich wieder zurückkomme, fress ich lieber den Kitt aus den Fensterritzen!«

Er stürmte hinaus. Draußen rempelte er gegen seinen verdutzten Bruder, der gerade ins Büro wollte. »Was ist denn mit dir los?«, fragte Fritz.

»Ich hab grad gekündigt«, brüllte Carl ihn an. »Geh mir bloß aus dem Weg!«

Dann war er die Treppe hinunter und Fritz hörte nur noch das Hoftor scheppern. »Sapperlot!«, murmelte er kopfschüttelnd und ging ins Comptoir.

»Was war jetzt das?«, fragte er seinen Vater.

Der fuhr sich mit beiden Händen durch das spärlich gewordene Haar, bis es nach allen Seiten abstand. »Dein Bruder ist ein Granatenrindviech!«, sagte er, schnaufte noch einmal auf und zuckte mit den Schultern. »Jetzt muss der Konrad ran!«

Eine Woche später hatte Carl Arbeit bei der Vereinsbank in Nürnberg und der jüngste Ribot-Sohn seinen ersten Tag im Kontor.

Konrad war immer schon ein farbloser, unauffälliger Schweiger gewesen. Einer, den man gar nicht wahrnahm, auch wenn er jeden Tag mit am Tisch saß. Der es fertigbrachte, tagelang nichts zu sagen und der in und außerhalb der Familie als harmloser Langweiler galt. Er hatte trotz seiner vielen Kinderkrankheiten ohne große Probleme die Volksschule absolviert und danach die Lateinschule, die er mit einigermaßen gutem Ergebnis abschloss. Weil er eine so schöne Schrift hatte, begann er danach eine Lehre als Incipient bei der Magistratsverwaltung, wo er fehlerlos, zuverlässig und tadelfrei arbeitete, bis ihn der Vater in die Firma berief. Und anders als sein Bruder Carl war er im Kontor glücklich. Er liebte nichts mehr als den Geruch von Papier und Tinte, stellte mit Begeisterung Tabellen auf, zog akribisch mit dem Lineal Buchhalternasen und war außerdem noch pünktlich und zuverlässig. Innerhalb von drei Monaten hatte Philipp ihm fast alles beigebracht, was für eine ordentliche Buchhaltung nötig war, und Konrad befolgte alle Vorgaben wie ein Automat. Und er stellte keine Ansprüche wie Schreibmaschinen oder ähnlich überflüssiges Zeug. Philipp Ribot war vollauf zufrieden mit der neuen Lösung im Büro, und Fritz ebenfalls, auch wenn er den lustigen Carl manchmal schon vermisste.

Rosa tat es leid, dass Carl weg war. Erst Frieda, dann er – die Jungen verließen das Nest. Oder sie wurden erwachsen, wie Konrad. Der brauchte sie jetzt auch nicht mehr. Nur noch um das Lisettchen musste sie sich kümmern, und um den alten Strunz, der das ewige Leben zu haben schien. Und natürlich übernahm sie in der restlichen Zeit Aufgaben im Haushalt, so wie früher. Die Dinge änderten sich halt im Leben. Wer hätte noch vor fünfzehn, zwanzig Jahren gedacht, dass aus der kleinen Seifensiederei in der Nürnberger Straße einmal ein großer Betrieb mit bald vierzig Arbeitern werden sollte?

Die Samstagabende verbrachte Rosa immer noch im »Walfisch« bei ihrer Freundin Trudel, obwohl es seit dem Verbot des Arbeiterbildungsvereins kaum noch etwas zu helfen gab. Man wagte keine größeren Zusammenkünfte mehr, und die meisten Arbeiten am Abend erledigte ohnehin Leo. Sie mochte den jungen Mann gern, der immer so hilfsbereit war und so bescheiden. Es war schön mit anzusehen, wie liebevoll er mit dem kleinen Oskar umging. Mal bastelte er mit ihm Tierfiguren aus Kastanien, mal ließ ihn auf seinen Schultern reiten, mal spielte er mit ihm im Hof Räuber und Schander. Im Herbst hatte er ihn sogar sonntagnachmittags auf die Kirchweih mitgenommen und sein sauer erspartes Geld dafür ausgegeben, dem Kleinen Lose und Süßigkeiten zu kaufen. Oskar hing an ihm wie eine Klette und bewunderte ihn grenzenlos.

Leo selber war mit seinem neuen Leben zufrieden, auch wenn er eine Arbeit hatte, die der Schwabacher Stadtphysikus in seinen regelmäßigen Berichten an die Regierung als lebensgefährlich bezeichnete. Denn die Nadelspitzenschleifer wurden nicht alt. Kaum einer lebte in diesem Beruf länger als zwölf, vielleicht fünfzehn Jahre. Das Einatmen des Schleifstaubs aus winzigsten Metallspänen und Steinabrieb führte unweigerlich dazu, dass die Männer früher oder später qualvoll an der Staublunge starben. In Absaugvorrichtungen investierte keiner der Schwabacher Fabrikanten – mit Ausnahme des fürsorglichen Michael Staedtler, bei dem die Arbeitsplätze in der Schleiferei heißumkämpft waren. Es war Leo schon klar, dass auch er sich eines Tages die Lunge aus dem Leib husten würde, aber noch war er jung und dachte nicht allzu viel darüber nach. Wer konnte schon wissen, was die Zukunft brachte?

In Gustenfelden war Leo nach dem Tod seiner Eltern ganz allein gewesen, aber hier in der Stadt, da hatte er eine neue Familie gefunden. Für ihn bedeutete das viel. Außerdem war er, der sich vorher nie zugehörig gefühlt hatte, nun Teil der »Arbeiterklasse«, ein Kamerad, ein Genosse! Er war sogar Mitglied in der Turner-Feuerwehr geworden, einem der wenigen Arbeitervereine, die nach den Bismarckschen Sozialistengesetzen noch weiterexistieren durften – natürlich nur, weil man ihn dringend brauchte, wenn es in der Stadt brannte.

Außerdem trug zu Leos Glück bei, dass er ein gutaussehender junger Bursche war. Er hatte, wie man so sagte, einen »Schlag« bei den Mädchen. Anders als die braven Töchter des Bürgertums waren die Arbeitermädchen nicht so behütet und streng erzogen, sie freuten sich über jede Abwechslung in ihrem anstrengenden Leben und über jede Gelegenheit, den Elendslöchern, in dem sie mit ihren Familien hausten, zu entfliehen. »Sittenlos« nannte das der Pfarrer und wetterte von der Kanzel aus regelmäßig gegen Unzucht und Leichtsinn und Sodom und Gomorrha und Schlechtigkeit und uneheliche Mutterschaft. Nur dass kaum Arbeiter in der Kirche saßen, die sich diese Moralpredigten angehört hätten. Dass elendes Leben oft mit überschäumendem Lebensdurst einhergeht, dass gerade in schlechten Zeiten die Gier nach einem Fetzchen vom Glück am größten ist, kam dem Pfarrer kaum in den Sinn. Und das Einzige, was sich Arbeiter an Freude leisten konnten, war eben die Liebe. Die war immer umsonst. Vor allem für hübsche Burschen wie Leo. Mit ihm gingen die jungen Mädchen gern ins »Teufelswäldchen«. Und er passte stets gut auf – schließlich wollte er keine in Schwierigkeiten bringen. Denn zum Heiraten war er längst noch nicht aufgelegt. Er wusste doch noch nicht einmal, wo er im Leben überhaupt hinwollte. Wo sollte er, das verwaiste Armeleutekind, denn seinen Platz finden? Ja, unter den Arbeitern, da fühlte er sich schon wohl, aber auch hier, in der Fabrik, in der Stadt, musste er sich erst einmal etwas aufbauen. An eine Ehe oder sogar Kinder zu denken, dafür war noch kein Platz in Leos Kopf. Erst einmal musste er irgendwo ankommen …

Kapitel 7

Reichs-Gesetzblatt No. 34

Gesetz gegen die gemeingefährlichen Bestrebungen der Sozialdemokratie. Vom 21. Oktober 1878

Wir, Wilhelm, von Gottes Gnaden Deutscher Kaiser, König von Preußen etc. verordnen im Namen des Reichs, nach erfolgter Zustimmung des Bundesraths und des Reichstags, was folgt:

§ 1
Vereine, welche durch sozialdemokratische, sozialistische oder kommunistische Bestrebungen den Umsturz der bestehenden Staats- oder Gesellschaftsordnung bezwecken, sind zu verbieten.

Dasselbe gilt von Vereinen, in welchen sozialdemokratische, sozialistische oder kommunistische, auf den Umsturz der bestehenden Staats- oder Gesellschaftsordnung gerichtete Bestrebungen in einer den öffentlichen Frieden, insbesondere die Eintracht der Bevölkerungsklassen gefährdenden Weise zutage treten.

Den Vereinen stehen gleich Verbindungen jeder Art.

Kapitel 8
1879

»Onkel Steve hat schon wieder die Fabrik vergrößert.« Fritz ließ den Brief sinken, den er gerade überflogen hatte. Wie meistens nach dem Abendessen saß er mit Bruder und Vater noch in der guten Stube und ließ den Tag ausklingen. Steve Strunz schrieb immer noch regelmäßig an seine Verwandtschaft in der alten Heimat, und immer gab es neue Erfolgsmeldungen. »Amerika ist das Wunderland der Seifensieder«, hatte er diesmal begeistert formuliert. »Hier gibt es bald jeden Tag eine andere Erfindung, man kann kaum noch nachkommen. Gestern haben wir die neue dampfbetriebene Pilierfräse erstmals ausprobiert, und ich kann euch sagen, da fliegen die Seifenspäne bis nach Neu York!« Herrgott, wie weit war man in Deutschland noch von solchen Entwicklungen entfernt! »Man müsste sich die Dinge drüben mal ansehen«, murmelte Fritz. »Da könnte man sich bestimmt viel abschauen.« Und sich von trüben Erinnerungen an vergangene Zeiten ablenken, dachte er. Russland durch Amerika ersetzen. Neue Ziele finden.

Konrad, der am Tisch die Kleinanzeigen im »Intelligenzblatt« studierte, hob den Kopf. »Nach Amerika fahren?«, fragte er und kratzte sich am bartlosen Kinn. »Das ist bestimmt teuer!«

»Aber es würde sich lohnen, wenn man von dort neue Ideen mitbringen könnte!«, meinte Fritz. »Die sind einfach viel weiter als wir!«

»Dann geh halt hin!« Philipp Ribot stopfte ein ledriges honigfarbenes Blatt in sein Tabakschneidmaschinchen und begann, eifrig zu kurbeln. »Wenn du meinst, dass das so wichtig ist.«

Fritz' Kopf fuhr herum. Damit hatte er nicht gerechnet. »Du hättest nichts dagegen?«

Philipp nahm die zerkleinerten Tabakstreifen aus dem Schubfach und tat sie in eine bunte Blechschachtel. »Könntest ja bei deinem Onkel Steve wohnen. Wir kommen schon eine Zeitlang ohne dich zurecht«, brummte er.

Fritz ging vor lauter Überschwang um den Tisch herum und packte seinen Vater bei den Schultern. »Mensch, Vater, wirst sehen, das lohnt sich bestimmt.«

Philipp stand auf, schob Fritz wortlos zur Seite und holte seine Meerschaumpfeife aus dem Wandschränkchen. Dann machte er sich daran, sie gründlich zu putzen. »Also, abgemacht«, sagte er und blies prüfend durch das Mundstück.

Danach saßen die drei Ribots noch eine Weile einträchtig beisammen und jeder hing seinen Gedanken nach. Nur die Wanduhr tickte vernehmlich.

»Aber glaub bloß nicht, dass die Firma dir eine Überfahrt erster Klasse bezahlt«, grantelte Philipp irgendwann in die Stille hinein.

Zwei Monate später brach Fritz zu seiner Reise über den großen Teich auf.

Kapitel 9

Aus den Lebenserinnerungen von Fritz Ribot, begonnen 1921

Stolz und voller Reisefieber begann ich meine große Amerikafahrt im April des Jahres 1880 am Nürnberger Bahnhof. Ein paar Umarmungen, und schon dampfte der Zug daher, welcher mich an die Nordsee bringen sollte. Es ging im Coupé nach Würzburg, wo ich die Rollos herunterzog, doch an Schlaf war nicht zu denken. Ich war einfach zu aufgeregt. Morgens 3 Uhr gab es einen Halt in Hannover, da hieß es umsteigen, und um ½ 6 konnte ich auch schon Bremen begrüßen. Der Beamte von der Lloyd erwartete uns »Amerikaner« schon und brachte uns sogleich zum Zug nach Bremerhaven, wo wir alle durch eine große Halle, die sog. »Einschiffungshalle« geschoben wurden. Um mich herum waren fast nur Auswanderer, ganz arme Kerle, Familien mit Kindern in schäbigster Kleidung, junge Burschen mit leerem Geldbeutel, aber hoffnungsfrohem Blick, allesamt Menschen, denen man ansah, dass sie vor Armut flüchten wollten in ein gelobtes Land.

Mit ihnen betrat ich über den Landungssteg den riesigen Dampfer »Berlin«. Während aber die »billigen« Passagiere unter Deck gelotst wurden, wartete auf uns besser gestellte Reisende ein Steward, der uns die Cabinen anzeigte – winzige Kämmerchen ohne viel Komfort, aber mit allem Nötigen ausgestattet: Bett, Schrank, Stuhl, Nachtgeschirr, Waschkrug und -schüssel. Kaum hatte ich mich eingerichtet und eilte wieder an die Reling, da erklang schon das Schiffshorn zur Abfahrt. Jemand sang: »Nun ist die Zeit und Stunde da / wir fahren nach Amerika / das Schifflein ist zur Abfahrt klar / und nun adieu, Germania!« Vom Kai spielte eine Kapelle das Lied »Muss i denn, muss i denn zum Städtele hinaus«. Ein Tücherschwenken, ein Lebewohl-Rufen, und 10 Minuten später war Bremerhaven verschwunden. Noch lange stand ich am Heck des Schiffes und genoss das Hochgefühl, das mich gepackt hatte. Ja, dachte ich voller Zuversicht, diese Reise wird mich von allem Kummer heilen und mir ganz bestimmt etwas Neues, Großartiges bringen.

Kaum waren wir auf hoher See, peitschten haushohe Sturmwellen an die »schwimmende Stadt Berlin«. Beinah alle Passagiere wurden krank, ich selber verbrachte zwei elende Tage und Nächte im Bett, einen Eimer in ständiger Bereitschaft. Dann wurde die See ruhiger und ich mit einem Schlage gesund. Dafür begann die Langeweile. Wir Oberdeck-Passagiere verbrachten die Tage mit Kartenspielen und Geplauder im Aufenthaltssaal, und als auch das zu eintönig wurde, ging ich das Schiff erkunden.

Was ich dann sah, hätte ich vorher nicht für möglich gehalten. Das untere Zwischendeck entpuppte sich als vollständige Pesthöhle und geradezu darauf angelegt, den gesundesten Menschen zu töten. Es war dort unten so finster, daß man auf eine Entfernung von 2–3 Fuß unmöglich etwas sehen konnte, nur wenige Laternen hingen von Seilen oder Balken herab, die infolge der unreinen Luft aber kaum brennen konnten. Es stank nach dem fauligen Wasser, das sich über dem Kiel ansammelte. In diesem Raume aber waren 150 Passagiere zusammengedrängt, und das bei unerträglicher Hitze, knappem Proviant und einer unzureichenden Wassermenge (niemals mehr als ¼ Quart trinkbares Wasser pro Tag), alle an den Miasmen leidend, die sich unter Deck entwickelten. Vom oberen Zwischendeck, wo ebenfalls 150 Auswanderer hausten, flossen

Urin und Koth in das untere, und der Unrath konnte nur schlecht an Deck gebracht werden. Es gab nur sechs Aborte für alle, der Geruch, der von ihnen aufstieg, war pestialisch.
Dass nach drei Wochen die ersten Todesfälle sich ereigneten, erfuhren wir Kajütpassagiere erst Tage später, und auch, dass man die Leichen volle 24 Stunden im Zwischendeck liegen ließ, bis dieselben schon voller Würmer waren. Weil der Kapitän befürchtete, es handele sich um Typhus, gestattete er uns keinen Gang mehr nach unten, doch das hätte ohnehin keiner von uns mehr gewagt. Wir alle hatten Angst vor Ansteckung; ein mitfahrender Herr aus Koblenz erzählte uns, dass die Durchschnittszahl der Todesfälle, die auf Auswandererschiffen vorkommen, sich auf ⅛ oder ¼ der Totalsumme der auf ihnen beförderten Menschen stellt. Es wurde dann eine Art Hospital eingerichtet, in dem von Zeit zu Zeit eine Ration Castoröl an die Kranken ausgeteilt wurde, das war schon alles an medizinischer Behandlung. Der Schiffsarzt habe, so erzählte man sich hinter vorgehaltener Hand, dort auch die Amputation eines Zeigefingers vorgenommen, wobei ihm eine alte Schusterzange als Instrument diente, so dass der Patient zwei Tage nach der Operation verstarb.
Ich selber hatte, außer meiner kurzen Seekrankheit, kaum zu leiden auf der Überfahrt, aber um all das Elend und die schlimmen Umstände der Auswanderer in den unteren Decks zu wissen, raubte mir trotz meiner anfänglichen Euphorie alle Freude an der Reise. So war ich froh, als wir nach 38 Tagen nachts 10 Uhr das »fire ship of New York« passierten. Von dorten waren es noch 10 Stunden. In mir stieg Vorfreude auf die Neue Welt hoch, und ich konnte es kaum noch erwarten.
Als am 20. Mai die ersten Strahlen der lachenden Morgensonne den leichten Dunst auf dem Wasser vertrieben, ging es dem New Yorker Hafen, dem »Eingangstore des gelobten Landes«, entgegen. Um 7 Uhr morgens sahen wir an Steuerbord-Seite schon lange Landstreifen, welche kleine Inseln nördlich von New York waren. Wie auf Commando hörten die Maschinen auf zu arbeiten. Der »Kasten« stand stille. Von einer Barkasse wurden mittels Kahn 3 Ärzte sowie der Lotse an Bord gebracht. Unsere Papiere wurden von der Kontrolle durchgesehen und die Landungsgelder sowie eingetroffene Post verteilt. Schon waren auch die ersten Häuser-

reihen zu sehen, und während die Bordkapelle die amerikanische National-Hymne spielte, dampften wir langsam in den größten Hafen der Welt ein.

Mein erster Eindruck von New York war: unglaubliches Durcheinander! Auf den Landungsdocks werden unzählige Schiffe be- und entladen. Alles wimmelt, jeder rennt, viele wissen nicht, wohin. Koffer, Packzeug, Wägen, Pferde, Menschen, Tiere, alles drängt sich! Lärm dröhnt in den Ohren. Man kommt sich ganz klein und fremd vor, schier überwältigt. Das ungeordnete Gewimmel wird erst besser, wenn sich die Wege der Auswanderer von denen der sonstigen Reisenden trennen. Die einen streben nach dem Landungs-Depot Castle Garden – einem umgebauten ehemaligen Vergnügungsetablissement –, in die Quarantaine-Stationen oder nach Wards Island mit seinen Zufluchtshäusern und Hospitälern, die anderen gehen einzeln ihrer Wege. Die Wirtshäuser, Passagebureaus, Geldwechsler, Landagenten und Kleinkrämer liegen am unteren Ende der Stadt, nämlich in Greenwich, Washington und in Weststreets. Alle hier leben von der ruchlosen Ausbeutung der Einwanderer und werden reich an ihnen. Ehrlichkeit ist hier eine seltene Ausnahme und der Betrug die herrschende Regel. Auch mich versuchte man, in ein teures Quartier zu locken, in dem sich Flöhe und Wanzen ein frohes Stelldichein gaben. Nur mit Mühe entkam ich den »Landhaien« und fand schließlich Unterkunft bei einer Witwe Staud in der Cherrystreet, wo alles sauber und gemütlich war. Dort blieb ich zwei Tage, dann bestieg ich voller Neugier, endlich meine amerikanische Verwandtschaft kennenzulernen, die Eisenbahn. Nur noch eine Nachtfahrt mit dem Zug trennte mich von Pittsburgh.

Kapitel 10
1880

»Aufmachen!!!« Fäuste hämmerten gegen die Tür des »Walfisches«. Es war in der Woche nach Ostern, ein trüber, verregneter Freitagmorgen. »Aufmachen! Polizei!«

Trudel sprang als Erste aus dem Bett, schlug sich ein Wolltuch um die Schultern und tappte erschrocken nach unten. Erst beim zweiten Versuch gelang es ihr, aufzusperren. Draußen standen vier Beamte von der Stadtpolizei in voller Uniform. »Wir haben noch geschlossen«, sagte sie abwehrend, »in dieser Hergottsfrühe …«

»Hausdurchsuchung«, blaffte einer der Männer, in dem sie den jungen Kerl wiedererkannte, der vor Jahren einmal am Fenster spioniert hatte.

»Ja, ist das denn erlaubt?« Trudel raffte ihr Nachthemd über der Brust zusammen. Sie kam sich plötzlich ganz nackt vor.

»Gehen Sie zur Seite!« Der Polizist schob sie grob weg, und dann waren die Uniformierten auch schon in der Wirtsstube.

Christian war nun ebenfalls heruntergekommen, hinter ihm auf der Treppe standen die Kinder. »Was wollen Sie denn?«, fragte er, und ihm blieb dabei das Herz fast stehen. »Wir haben nichts verbrochen!«

»Befehl des Stadtkommissärs«, erwiderte einer der Polizisten und wies dann seine Kollegen an: »Verteilt euch!«

Zwei Männer stapften nach oben, die anderen beiden nahmen sich die Küche und den Nebenraum vor. Trudel sah ihren Mann mit unruhigem Blick an. Der war ganz blass geworden, das Haar stand ihm wirr vom Kopf ab, er hatte sein Hemd in der Hast verkehrtherum übergestreift. Der kleine Oskar hielt sich an seinem linken Bein fest und streckte den Polizisten die Zunge heraus, wofür ihm Trudel eine Watschen verpasste. »Pass bloß auf! Wenn du nicht brav bist, nehmen die dich mit«, zischte sie. Das fehlte noch, dass eines der Kinder die Obrigkeit provozierte!

Draußen in der Küche rumorte es, Geschirr schepperte, man konnte hören, wie im Ofen herumgestochert wurde. Oben klapperten die Polizisten mit Schranktüren, rissen Truhen auf, warfen Kleider und

Wäsche auf den Boden, hoben die Matratzen aus den Bettgestellen. Trudel rang die Hände, und Christian wurde immer noch bleicher. Sie hörten, wie die Männer eine Treppe höher stapften, auf den Dachboden hinauf. Es rumpelte, in Leos Kammer wurden Möbel gerückt. »Herr Hauptwachtmeister!«, rief schließlich einer. »Hier droben!«

Christian ließ sich auf einen Stuhl sinken, stützte die Ellbogen auf die Tischplatte und barg das Gesicht in den Händen.

Und dann kamen sie wieder herunter, Stapel von bedrucktem Papier in den Händen. Mit triumphierender Miene baute sich der Hauptwachtmeister vor Christian auf und wedelte mit einem der Blätter vor seiner Nase herum. »›Arbeiter! Bleibt der Sozialdemokratie treu! Lasst euch nicht einschüchtern von den Kapitalistenknechten!‹« Er warf das Flugblatt vor Christian auf den Tisch. »Das ist Aufruf zum Widerstand, Beck! Und hier!« Er nahm einem der Beamten ein paar Seiten ab. »›Der Nürnberg-Fürther Socialdemokrat‹! Ist der nicht verboten? He? Und jetzt werden Sie bestimmt gleich sagen, Sie wissen nicht, wie das ganze widerliche Zeug hier ins Haus gekommen ist. In die große Truhe auf Ihrem Dachboden, unter die alten Säcke.« Er piekte mit dem Zeigefinger gegen Christians Brust. »Das wird Folgen haben, Beck, das versprech ich Ihnen. Sie hören von uns. Abmarsch!«

Die vier Polizisten verließen mitsamt dem Beweismaterial die Wirtschaft; hinter ihnen fiel krachend die Tür ins Schloss. Das alles hatte keine halbe Stunde gedauert.

»Ich hab's dir gesagt, lass es sein! Immer wieder hab ich's dir gesagt! Aber du, du hörst ja nicht auf mich! Bloß auf deine sauberen Freunde vom Arbeiterverein! Du nimmst keine Rücksicht auf deine Familie!« Trudel war so wütend wie noch nie in ihrem Leben. »Versteckst Flugblätter in deinem eigenen Haus, wo du doch weißt, wie gefährlich das ist! Sakramentkruzifix, ich könnt dich …« Sie hob die Hand, als wolle sie ihn schlagen. Dann sank sie neben ihren Mann auf die Eckbank und begann zu schluchzen.

»Hast recht, Trudel, hast ja recht. Ich bin ein Riesenhornochs.« Christian wollte den Arm um sie legen, aber sie stieß ihn weg. So saßen sie eine ganze Weile, während die Kinder stumm danebenstanden.

»Und was machen die jetzt?«, fragte Anna irgendwann.

Er schüttelte den Kopf. »Ich weiß es nicht, Kind. Ich weiß es nicht.«

Als Leo abends von der Fabrik nach Hause kam, hing eine amtliche Bekanntmachung an der Wirtshaustür: *»Dieses Lokal ist auf Anordnung der Obrigkeit wegen Verstoßes gegen das Reichsgesetz vom 21. Oktober vorletzten Jahres bis auf Weiteres geschlossen!«*

Er rüttelte an der Tür, sie war versperrt. Also ging er über den Hof durch die Hintertür. »Christian? Trudel?«

Die kleine Familie saß um den Küchentisch, Trudel mit verweinten Augen, Christian stand die Verzweiflung ins Gesicht geschrieben. »Sie haben uns die Wirtschaft zugesperrt«, sagte er tonlos. »Ich muss zehn Mark Strafe zahlen. Und der Hauswirt hat uns zum nächsten Ersten gekündigt.«

»Ach, Leo«, schluchzte Trudel, »wovon sollen wir denn jetzt leben?«

Leo setzte sich, und sofort kletterte Oskar auf seinen Schoß. Der Kleine war blass und verängstigt, klammerte sich an ihn und vergrub das Gesicht in seiner Armbeuge.

Diese Schweine, dachte Leo. Machen einer ganzen Familie das Leben kaputt. »Kann man da nicht Einspruch einlegen?«, fragte er.

Christian schüttelte den Kopf. »Ich war schon im Rathaus. Man hat mich nicht vorgelassen. Mensch, ich hab doch nicht einmal die zehn Mark für die Geldstrafe.«

Es klopfte, und alle Köpfe fuhren herum. Gott sei Dank war es nur Georg Baum, der jetzt mit schweren Schritten hereinkam, die Mütze in der Hand. »Wir haben's schon gehört«, sagte er. Und dann zählte er Geldstücke auf den Tisch. »Zehn Mark, Christian. Wir haben gesammelt.«

Trudel schluchzte auf. »Vergelt's Gott«, sagte Christian. »Ich zahl's zurück.«

Leo holte eine Flasche Birnenschnaps aus der Gaststube und goss den Erwachsenen ein. »Auf die Arbeiterbewegung«, sagte er trotzig und hob sein Glas.

»Auf die Arbeiterbewegung!«, stimmten alle ein, sogar der kleine Oskar.

Kapitel 11
1880

Pittsburgh war unglaublich. So eine Stadt hatte Fritz noch nicht gesehen. Zwar hatte Moskau mit seinen Kirchen und Palästen die schöneren Sehenswürdigkeiten gehabt, aber hier, am Zusammenfluss von Allegheny und Monongahela zum Ohio River, schlug im schnellsten Stakkato das eiserne Herz Amerikas. Hier pulsierte so viel Leben in so rasendem Tempo, dass es Fritz ganz schwindelig davon wurde.

Erst einmal war er von seinem Onkel Steve empfangen worden wie ein heimkehrender Sohn. Kaum hatte er seinen Fuß auf den Bahnsteig gesetzt, war ein dicker Mann mit wildwucherndem Backenbart und spärlichem Haupthaar auf ihn zugestürzt, hatte ihn mit seiner Umarmung schier erdrückt und lauthals geschrien: »Hello Fritz, old boy, willkommen in der Neuen Welt, bist du okay? Jesus, du schaust ja aus wie das Abbild deiner Mutter! Wie geht's daheim, Bub? Gesund und munter everybody? Wo ist dein Gepäck? Mensch, long journey, du musst ja müde sein von der Fahrt!« Er schnippte mit dem Finger und winkte einen Dienstmann her. »Hey man, take that baggage to my coach over there, will ya?«

Fritz war völlig erschlagen, gab sich der überschwänglichen Umarmung seines Onkels hin, ließ sich den Rücken klopfen und lauschte dem amerikanisch-deutschen Redeschwall. Dann saß er in dem flotten Einspänner und ließ sich durch die Straßen kutschieren, bis der Onkel schließlich vor einer hübschen dreistöckigen Backsteinvilla Halt machte. »Christine! Sophia!«, brüllte Steve Strunz schon beim Aussteigen. »Come on quick! Er ist da!«

Ein dunkelhäutiger Hausknecht eilte herbei, um sich um die Koffer zu kümmern, ihm folgte eine ganz in Rüschen und Spitzen gehüllte Dame, deren honigbraunes Haar sich zu einer unglaublichen Hochfrisur türmte und wie eine Wolke ihr rosiges Gesicht umrahmte. »Oh my, oh my«, rief sie und breitete die Arme aus, »willkommen, lieber Neffe, nein, so eine Freude!« Sie knallte ihm zwei feuchte Küsse auf beide Wangen und zog ihn ins Foyer. »Was für ein hübscher junger Bursch du bist, Darling, gefällst du mir! Sophia, honey! Wo bleibst du denn? Der Fritz ist da!«

»Coming«, rief eine Stimme aus dem oberen Stock. Das Erste, was Fritz dann auf der Treppe sah, waren ein paar zierliche lindgrüne Pantoffeln, eine Ahnung von Spitzenunterrock – und oho, war da nicht ein bestrumpfter Knöchel?! –, darüber schimmernde grüne Seide. Und dann kam die schönste Blondine, die er je gesehen hatte, die breite Treppe herunter.

Sie streckte ihm die Hand hin, auf die er ganz gentlemanlike einen Kuss hauchte. Dabei wurde er ein bisschen rot. »Meine Verehrung, liebe Cousine!«, sagte er. »Ich freue mich, Sie kennenzulernen.«

Sie kicherte. »Aber doch nicht Sie, Fritz, my dear! Wir sind doch family!«

Bevor Fritz' Gesichtsfarbe noch dunkler werden konnte, hakte sich seine Tante wie selbstverständlich bei ihm unter und führte ihn in den Salon. »Du musst uns viel erzählen über Deutschland! Und den König Ludwig von Bayern, oh, den schönsten Mann von allen! Magst du Fleisch vom Buffalo? Wir haben uns gedacht, dein erstes Abendessen bei uns muss richtig amerikanisch sein: Steak, Bohnen und Bratkartoffeln, Pumpkin – wie sagt man, Kürbis? – und Maisbrot. Und gutes Bier – keine Angst, von unserer deutschen Brauerei hier, you'll love it, Darling.«

Ob wohl alle Amerikaner so viel redeten? Fritz wusste nicht recht, ob ihn dieser Überschwang amüsieren oder eher abschrecken sollte. Dann beschloss er, sich bei seiner neuen Familie einfach wohlzufühlen.

Gleich am nächsten Morgen führte ihn sein Onkel in die Fabrik – und Fritz gingen Augen und Ohren über! Himmel, das war kein Betrieb wie zu Hause in Schwabach! Kein zusammengewürfeltes Durcheinander an Siedesälen, hingeschachtelten Anbauten, zugekauften Nachbargebäuden, Lagerschuppen und Verschlägen, zwischendrin Innenhöfe, schmale Durchgänge und provisorische Verbindungsgänge. Nein, das hier war ein hochmoderner Industriebetrieb, bestehend aus riesigen maßgeschneiderten Hallen, einem überdachten Fuhrpark, einem zweistöckigen Kontorgebäude, zwei Rohstoffdepots, einem eigenen Maschinenhaus samt Schlot, kurz: das, was sich Fritz immer erträumt hatte. Hier sah er eine Fabrik, wie er sie selber einmal leiten wollte, ein fortschrittliches Unternehmen mit neuester Technik, in dem nichts mehr verstaubt wie daheim war, nichts mehr althergebracht und »halt schon immer so gewesen«. Mit stolzgeschwellter Brust erklärte ihm sein Onkel, was er sich in den letzten zwanzig Jahren aufgebaut hatte: »Sechzig Arbeiter in der Produktion, sieben Angestellte im Büro! Achtundzwanzig Frauen in der Verpackung, zwölf Reisende, davon die Hälfte in den Südstaaten! Wir verschiffen die Seife auf dem Ohio bis nach New Orleans, da staunst du, was?« – »Unglaublich, Onkel Steve!«, rief Fritz ein ums andere Mal. »Unbelievable« wurde zum ersten englischen Wort, das er lernte. Er staunte über die Dimension der Siedekessel, das System von auf Schienen rollenden Waggons für den Rindertalg – »billig, Junge, kostet fast nix in the States« –, das Farblager mit künstlichen Farben, die man in Deutschland noch nicht kannte: Eosin für Rosa, Alizarin für Orange, Methylen für Blau.

»Und hier meine neueste Anschaffung«, rief Onkel Steve. Er öffnete eine Tür, und sie betraten einen Saal mit zwölf Transmissions-Bändern, die von der Decke zu den einzelnen Arbeitsplätzen führten. »Nix mehr mit Kniehebelpressen zum Aufprägen!«, schrie Steve Strunz durch den Lärm. »Aber dafür dampfbetriebene Maschinen – geht schneller, und immer die gleiche Presstiefe!«

Am Mittag war Fritz wie erschlagen. Wie rückständig war man in der deutschen Seifensiederei, verglichen mit dem, was er gerade gesehen hatte! Wie altbacken man dachte, wie vorsintflutlich man arbeitete! Da waren er und sein Vater stolz gewesen auf die eingeführten Neuerungen, auf das Wachstum der Firma, auf die vermeintliche Modernität in der Produktion – dabei war alles nichts im Vergleich zu dem, was hier geschah. Zum ersten Mal hatte Fritz das Gefühl, seine Arbeit, sein Einsatz, seine Ideen seien nie gut genug gewesen, hausbacken, verhaftet in Traditionen, die längst nicht mehr galten. Nach dem Essen ging er auf sein Zimmer, legte sich rücklings aufs Bett, knöpfte Weste und Hosenbund auf und fühlte nichts als maßlose Enttäuschung. Über alles, was er daheim für gut und richtig gehalten hatte, würde sein Onkel allenfalls lächeln. Dies hier, dies war die Zukunft! Himmel, dachte er, so etwas aufzubauen wie hier, das schaffe ich daheim nie. Das ist einfach zu groß, zu viel. In Schwabach geht alles zu langsam und behäbig, alles Neue wird erst einmal misstrauisch beäugt. Da verkämpf ich mich nur. So was wie die Fabrik von Onkel Steve, das geht nur in Amerika.

Aber je länger Fritz dalag und nachdachte, desto mehr packten ihn der Trotz und der Ehrgeiz. Verdammt, er war doch jung. Und er hatte Kraft und Ehrgeiz! Er würde alles ändern in der Firma Ribot! Gleich morgen würde er sich Schreibzeug besorgen. Er würde, wenn es sein musste, monatelang hierbleiben und alles lernen, was nötig war, um daheim einen modernen Betrieb aufzubauen. Den modernsten in ganz Bayern, ja, in Deutschland! Nach neuesten Standards. Es wäre doch gelacht, wenn einer wie er, vom Fach, jung, voller Tatendrang, voller Schwung, mit all seinem Wissen und einer aufstrebenden Seifensiederei im Rücken, das nicht schaffen könnte! Grandios würde das werden! Wie hatte sein Onkel gesagt? Big business!

Als Fritz nach zwei Stunden wieder aufstand und zum »coffee« hinunterging, hatte sich seine Niedergeschlagenheit in Begeisterung verwandelt. Er hatte ein Ziel!

Kapitel 12

Pittsburgh, den 14. August 1880

Liebe Eltern und Geschwister,
nun bin ich schon seit sieben Wochen im schönen Amerika und will ich euch gerne teilhaben lassen an allem, was ich bisher hier erlebt habe. Pittsburgh – wenn man etwas davon sehen kann, denn man nennt es wegen des ständig wabernden Rauchs aus den Fabrikschloten auch »the smoky city« – gefällt mir ausgezeichnet. Es ist eine Industrie-Stadt, wie ihr sie euch kaum vorstellen könnt. Hier gibt es die größten Kohlevorkommen des Landes, bald hundert Gruben werden in und um die Stadt betrieben und haben Pittsburgh zum wichtigsten Ort der amerikanischen Eisen-Industrie gemacht. 40 Eisengießereien und Walzwerke hat es hier, aber auch Glas- und Papierfabriken, Baumwollspinnereien und Dampfmaschinenbau. Von den unzähligen Öfen geht so viel schwarzer Rauch aus, daß man an Tagen, wenn die Luft drückend ist, die Hand kaum vor Augen sieht und dauernd husten

muss. Unentwegt hämmert und dröhnt es, und so wie bei uns das Glockengeläut, so hört man hier morgens, mittags und abends die Fabriksirenen. Ich füge euch eine Skizze bei, auf der ihr Pittsburgh von Süden her seht, besser kann ich's leider nicht zeichnen. Hinten ist die Fabrik von Onkel Steve, das große Gebäude mit dem gezackten Giebel, ich habe ein Kreuz darüber gemacht.

Die Stadt ist von lauter Einwanderern verschiedenster Nationen besiedelt. Sie vermischen sich aber nur wenig und wohnen jeder für sich in eigenen Vierteln. So leben am Polish Hill die Polen, in Bloomfield kommt man sich vor wie in Italien (es riecht überall nach Knoblauch und die Leute sitzen bei schönem Wetter auf der Straße), am Squirrel Hill haben sich die Juden niedergelassen, in der Stadtmitte wohnen die Iren, die vor Zeiten vor der großen Hungersnot geflohen sind.

Sogar Chinesen gibt es, komische, aber industriös fleißige Burschen, die längere Zöpfe tragen als unser Lisettchen! Wenn sie ihre Landestracht anhaben, sehen sie Frauen so ähnlich, dass man nach den Schuhen schauen muss, um Männlein von Weiblein zu unterscheiden. Die Schönheiten Chinas scheinen aber sämtlich in ihrem Mutterlande geblieben zu sein, bis jetzt wenigstens konnte ich noch keine davon zu Gesicht bekommen.

Die Deutschen leben vor allen im Norden der Stadt und hier braucht man nicht Englisch sprechen können. Es gibt deutsche Läden, deutsche Wirtschaften, deutsche Metzgereien, deutsche Biergärten und sogar eine badische Weinstube. Onkel Steve hat mich schon in den deutschen Kegel-Club eingeführt und ich habe im Gesellschaftsverein »Vergißmeinnicht« ein fränkisches Liedlein zum Besten gegeben. Sogar Kirchweih feiern sie hier! Man kann wählen zwischen vier deutschen Zeitungen, die in der Stadt erscheinen und zwischen zwei deutschen Schulen, in die man seine Kinder schicken kann. Kurz und gut, ich fühle mich fast wie zu Hause.

Onkel Steve ist der freundlichste Mensch, den man sich vorstellen kann. Er ist ein richtiger Amerikaner geworden, sagt er, und er spricht Englisch bald besser als Deutsch – wie die ganze Familie. Seine Frau Christine stammt aus einer deutschen Bäckerei heraus, die den besten Streuselkuchen der Stadt verkauft. Der Sohn Steve junior lebt seit einem Jahr in Cincinnati, wo er in einer großen Fabrik als Technik=Ingenieur Erfahrungen sammelt, ihn werde ich also leider nicht kennenlernen. Die Tochter Sophie ist ganz als feines Fräulein erzogen, wozu hier in Amerika aber auch Reiten und – erschreckt nicht – Schießen gehört.

Die Familie hat mich inzwischen halb Pittsburgh vorgestellt, bald jeden Abend sind wir eingeladen. Gestern haben wir bei Onkel Steves Nachbarn von gegenüber diniert, ein patenter Mensch namens Henry John Heinz, der hier eine Meerrettichfabrik hat. Wir mussten zu unseren Bratkartoffeln und dem unvermeidlichen Riesentrumm Rinderschnitzel eine süßliche rote Soße probieren, die er demnächst im Glas auf den Markt bringen will. Mein Geschmack war es nicht, aber die Amerikaner haben beim Essen ja ganz andere Vorlieben, wie zum Beispiel das hastige Einschlingen halbrohen Fleisches oder das Verspeisen von warmem Brot.

Lieber Konrad – eine »Rothaut« habe ich noch nicht gesehen, deshalb kann ich dir auch nichts darüber berichten. Ich schicke dir aber mit selber Post die deutsche Ausgabe eines Romans von J. F. Cooper, die ich in einem Buchladen hier aufgetrieben habe. Er heißt »Lederstrumpf« und darin spielen auch Indianer eine Rolle.

Und lieber Carl – du hast bei meiner Abreise noch über die große Freiheit in Amerika schwadroniert. Ja, in Amerika sind alle Menschen gleich – mit Ausnahme freilich einiger Millionen, die eine schwarze oder braune Haut haben und vor allem im Süden wie Hunde behandelt werden. Die eigentliche Sklaverei ist hier in den nordamerikanischen Bundesstaaten abgeschafft, aber wer auch nur im entferntesten Grad einem Neger gleichsieht, muss die größten Kränkungen erdulden.

Liebste Mutter und Lisette – die Damenmode hier ist nicht anders als daheim, soweit ich das beurteilen kann. Allerdings gibt es hier eine Mode beim Handarbeiten, die so recht amerikanisch ist: Das sind Decken, die man aus bunten Flicken und Stoffstücken zusammensetzt, es heißt »Petschwerk« und sieht sehr nett aus. Ich will euch ein solches Stück mitbringen.

Zuletzt lieber Vater – es gibt so viel über das Seifengeschäft zu berichten, dass ich hier gar nicht anzufangen brauche. Ich habe nicht nur die Firma von Onkel Steve studiert, sondern wir sind letzte Woche den weiten Weg bis nach Baltimore gereist, um dort die riesige Seifenfabrik Christopher Lipps zu inspizieren, angeblich die modernste in ganz Amerika, deren Besitzer ebenfalls deutscher Auswanderer und ein guter Freund der Familie ist. Du wirst nicht glauben, was ich hier alles gesehen habe. Nur so viel: Wir haben Arbeit vor uns! Näheres, wenn ich wieder daheim bin (werde wohl im August oder September die Heimreise antreten).

Bis zum baldigen Wiedersehen grüßt Euch alle innigst von jenseits des großen Teichs

Euer Fritz

Kapitel 13
1880

»Fritz! Fritz! Frrritz!« Sophie versuchte ihr Bestes, aber das rollende fränkische R wollte ihr einfach nicht gelingen. Fritz amüsierte sich köstlich. »Lach mich nicht aus, du!«, rief sie und schlug mit ihrem Reithandschuh nach ihm. Sie saßen auf einer Wiese am Ufer des Allegheny River, hinter ihnen rupften die Pferde gemächlich an trockenen Grasbüscheln. Seit ein paar Wochen war es ihnen zur Gewohnheit geworden, zweimal in der Woche auszureiten; Sophie besaß eine eigene kleine Stute und Fritz bekam Onkel Steves Schecken, »pass auf, ein richtiges Indianerpony, old boy!« – »Ein Ulane kommt mit jedem Gaul zurecht«, hatte Fritz geantwortet, seiner Cousine gleich beim ersten Ausritt ein paar Kunststückchen gezeigt und ihr damit schwer imponiert. Er selber hatte aber auch nicht schlecht gestaunt, denn sie ritt wie ein Mann! »Damensattel?«, hatte sie ungläubig gelacht, »was soll das sein?« Dann war sie schon auf und davongesprengt, und er hinterher. Sie trug auch kein Reitkleid, sondern – heiliger Strohsack – eine Art Hosenrock, der nur bis zu den Waden ging, was Fritz schon ein wenig durcheinanderbrachte. In Schwabach hätte man bei einem solchen Aufzug die Polizei geholt, dachte er und bemühte sich, nicht dauernd hinzusehen. Er kam nun einmal aus einer Welt, in der schon der Anblick eines nackten Tischbeins die Männer in Erregung versetzen konnte, wie sein Bruder Carl einmal scherzhaft bemerkt hatte – tja, in Amerika galten offenbar andere

Sitten. Zum Beispiel auch, dass bei ihren Ausritten kein Anstandswauwau dabei war – daheim wäre ein Ausflug zu zweit ein Skandal gewesen!

»Rrrrrr!«, machte Sophie. »Rrrrr! Ach, es geht nicht!«

»Du bist eben doch eine richtige Amerikanerin!«, sagte Fritz. Er fand es insgeheim bezaubernd, wie sie seinen Namen aussprach. Überhaupt ihr amerikanischer Zungenschlag, die Art, wie sie manche Worte anders betonte oder verwechselte. Ihre Unbekümmertheit gefiel ihm. Es war nicht so, dass er sich in sie verliebt hätte. Sie war für ihn eher wie ein exotisches Wesen, anders als die Mädchen, die er bisher gekannt hatte. Und so ganz anders als – Sascha. Vielleicht fiel es ihm auch deshalb leicht, mit ihr umzugehen. Er genoss ihre Gegenwart. Und ja, ihre Schönheit zog ihn an. Er wäre ja kein Mann gewesen, wenn ihn ihre Reize kaltgelassen hätten. Wie hatte sein Vater vor nicht allzu langer Zeit zu ihm gesagt? Fritz, Menschenskind, du brauchst eine Frau!

Und Sophie wollte diese Frau sein. Sie fühlte sich zu ihrem deutschen Vetter hingezogen, seit sie ihn das erste Mal gesehen hatte. Einen gutaussehenden jungen Mann im Reiseanzug, dessen blonder Schnurrbart beim Handkuss ihre Haut gekitzelt hatte. Ein Handkuss! So ein vornehmer Mensch war er, feinsinnig, höflich, mit vollendeten Manieren, ganz anders als die ungeschliffenen, groben Kerle hierzulande. Wenn er erzählte, dann hätte sie ihm tagelang zuhören können. All diese Geschichten aus dem fernen Land, das sie noch nie gesehen hatte und in dem ja auch ihre eigenen Vorfahren gelebt hatten! Sie bekam vor Begeisterung rote Wangen, wenn er von den mächtigen fränkischen Burgen berichtete, Hunderte von Jahren alt, in denen heute noch Geister spukten! Wo einst die Ritter gelebt hatten und ihre Damen! Sie sah all die romantischen Städtchen vor sich, die krummen Gässchen und altehrwürdigen Häuser, die Kirchen mit ihren mittelalterlichen Altären. Fritz erweckte für sie die alte Welt zum Leben, mit ihm spürte sie ihre Wurzeln. Er brachte sie zum Lachen mit seinen Anekdoten aus dem schneidigen Ulanenleben. Und er behandelte sie wie eine Prinzessin – anders als ihre ungelenken amerikanischen Verehrer, die ihr schon mal auf die Schulter schlugen, als sei sie ein Stück Vieh, das man weitertreiben müsse.

Es dauerte nicht lange, da war Sophie unsterblich verliebt in ihren Cousin. Wenn sie nachts in ihrem Bett lag, dachte sie an ihn, stellte sich vor, wie er sie berührte. Sie sehnte sich nach heißen Küssen, nach Leidenschaft, träumte von dem Augenblick, in dem er sie stürmisch an seine Brust zog. Ob er sie auch so liebte wie sie ihn? Er musste einfach! Wäre er sonst so lange geblieben? Nur, um jeden Tag in ihres Vaters langweilige Seifenfabrik zu gehen? Nein, sie allein war der Grund, ganz bestimmt! Er wagte nur nicht, sich zu erklären. Vielleicht hatte er Angst, dass ihr Vater dagegen wäre, weil er nur der arme Neffe aus Deutschland war. Oder er fürchtete, dass sie nicht mit ihm in seine Heimat gehen wollte. Ach, sie würde ihm doch überallhin folgen, ganz egal wohin!

Dann kam der Morgen, an dem Fritz seinen Verwandten am Frühstückstisch eröffnete, dass er an die Rückkehr nach Deutschland dachte. »Ich möchte reisen, bevor die Herbststürme einsetzen«, erklärte er zwischen zwei Löffeln Rührei mit Bohnen. »Sonst füttere ich auf der ganzen Überfahrt nur die Fische!«

Sophie blieb fast das Herz stehen. Klirrend ließ sie die Gabel auf ihren Teller fallen. Er konnte doch nicht gehen, ohne …

»No need to hurry!«, sagte Christine und tätschelte Fritz mütterlich den Arm. »Du kannst bei uns so lange bleiben, wie du willst, Darling!«

»Aber natürlich will er wieder heim!«, rief Steve Strunz gutgelaunt und stopfte sich die Serviette in den Kragen. »Er hat jetzt alles gelernt, was er wissen muss. Das muss er daheim ausprobieren.« Er nahm sich ein Stück Maisbrot und tunkte es in die gebackenen Bohnen. »Der Fritz wird bald die Seifensiederei in Deutschland revolutionieren! Right, my boy?«

»Genau«, sagte Fritz mit vollem Mund. »Die werden die Augen aufreißen, was ich alles für Ideen mitbringe!«

»Entschuldigt mich.« Sophie stand auf, ließ die Serviette fallen und lief aus dem Zimmer. Ihr Vater schüttelte indigniert den Kopf und stopfte sich dann mit einem Schulterzucken das soßengetränkte Maisbrot in den Mund. Christine dagegen zog die Augenbrauen hoch und nahm einen ordentlichen Schluck schwarzen Kaffee. Soso. Sie hatte so etwas schon vermutet. Männer, good grief, waren die eigentlich immer so schwer von Begriff?

Eine Viertelstunde später spazierte Fritz am Pferdestall vorbei zur Fabrik hinüber. Er wollte die Tabellen mit den Verseifungszahlen kopieren. Das war ein Ding! Ein Laborleiter seines Onkels hatte in unzähligen Experimenten eine Methode erfunden, die genau berechnete, wie viel Ätznatron man zu einer bestimmten Menge Talg oder Öl geben musste, um eine optimale Verseifung zu erreichen. Im Fall von Kokosöl zum Beispiel waren pro 200 Gramm genau 36,6 Gramm Natron für beste Toilettseifenmasse nötig. Das ergab nach der neuen Rechenmethode für Kokosöl die Verseifungszahl 0,183. Bei Palmöl waren es 41,2 Gramm, bei Maiskeimöl noch mehr, aber das war sowieso ganz gleich, weil Maiskeimöl zu schnell ranzte. Das System jedenfalls funktionierte nach Onkel Steve hundertprozentig und sparte das ständige Überwachen der Verseifung und mehrmalige Nachschütten von Natron »nach Gefühl«, bis endlich das gewünschte Resultat vorlag. Fritz fand das sagenhaft.

Durch ein Geräusch im Stall wurde er aus seinen Gedanken gerissen. Er hielt inne, ging um die Ecke und sah, dass die Tür nur angelehnt war. Drinnen lagen im Halbdunkel die leeren Boxen der Kutschengäule, die längst unterwegs waren. Es roch würzig nach Heu und Stroh und Pferdemist, der beste Duft der Welt, wenn man einen Ulanen fragte! Er ging nach hinten, wo die beiden Reitpferde standen, die ihn schnaubend begrüßten. Unterwegs nahm er sich aus dem Eimer bei der Sattelkammer zwei Karotten. Dann erkannte er Sophies schmale Gestalt in der Box neben ihrer kleinen Stute. Sie hatte dem Tier die Arme um den Hals gelegt, ihre Schultern zuckten.

»Aber Sophie«, sagte er, »du weinst ja!«

»Tu ich nicht.« Sie schüttelte den Kopf, sah ihn aber nicht dabei an.

Da stand er nun, eine Karotte in jeder Hand, und wusste nicht, was er machen sollte. Schließlich ließ er das Gemüse fallen und nahm stattdessen Sophie in den Arm. »Schschsch«, machte er und wiegte sie sacht. »Warum weinst du denn, Cousinchen?«

Sie sah ihn an, tränenüberströmt. »Willst du wirklich heimfahren?«

Er verstand nicht recht. »Na ja, irgendwann muss ich doch.«

»Musst du nicht«, schluchzte sie, und er streichelte ungeschickt ihr Haar. »Nicht traurig sein«, flüsterte er, und plötzlich wurde ihm auch ganz weh ums Herz.

»Hast du denn jemanden … daheim … ich meine, ein Mädchen?«, fragte sie. »Eine, die du liebhast?«

Er schüttelte den Kopf. »Ach wo. Ich hab nur die Firma.«

»Ich will nicht, dass du gehst«, stieß sie hervor. Und dann vergaß sie vor lauter Kummer und Unglück alle Zurückhaltung. Sie stellte sich auf die Zehenspitzen, warf ihm die Arme um den Hals und küsste ihn mitten auf den Mund.

Fritz war erst völlig überrumpelt, aber dann begann er ihren Kuss zu erwidern, erst unbeholfen, dann mit einer Leidenschaft, die er lang vergessen hatte. Sie öffnete die Lippen, schmiegte sich an ihn, er schmeckte ihre salzigen Tränen und ihre Angst und ihre Liebe. Sie stammelte zärtliche Worte auf Englisch, die er nicht verstand. Er schlang seine Arme immer fester um sie, küsste ihre Wangen, ihre Schläfen, den Hals. Seine Hände wanderten über ihren Rücken, umfingen ihre schmale Taille, tasteten sich zu ihren Schenkeln hinunter. Himmel, wie schön das war!

Und dann dröhnte eine Stimme von der Stallgasse her. »Gottverdammich! Auseinander! Was glaubt ihr wohl! Da soll doch gleich … Fritz, you Sonofabitch, herkommen und meine Tochter klauen! Heiliger Bimbam, ich könnte dich …!« Steve Strunz verpasste seinem Neffen einen ordentlichen Kinnhaken, dass er ins Heu fiel.

Fritz lag einige Augenblicke benommen da und sah das Blut von seiner aufgeschlagenen Lippe ins Heu tropfen. Er schüttelte sich, um wieder einen klaren Kopf zu bekommen, dann versuchte er, sich aufzurappeln. Zögernd sah er zu seinem Onkel hoch – der grinste ja! Dann streckte Steve Strunz seinem Neffen die feiste Hand hin, half ihm auf und zog ihn an seine Brust. »Come here, my boy, that's what we call family business, hah!« Dann wandte er sich an Sophie: »Ich weiß zwar nicht, wie ich das deiner Mutter beibringen soll, Püpple, aber well, schätze, du willst das so, don't you?«

Sie fiel ihrem Vater um den Hals. »Paps, du bist der Beste!«

Damit war die Verlobung ausgemacht.

Es musste alles sehr schnell gehen. Man bestellte das Aufgebot, und vier Wochen später gab es eine fröhliche Hochzeit nach amerikanischem Ritus, der Fritz neu war. Der Pfarrer kam ins Haus und führte dem Brautpaar mit schlichten Worten die Pflichten des neubeginnenden, gemeinsamen Lebenswegs vor Augen. Sophia Strunz gab dabei als hübscheste Braut, die Pittsburgh je gesehen hatte, ihrem deutschen Vetter glückstrahlend das Jawort. Noch am selben Tag bestieg das junge Paar den Zug an die Küste, verbrachte gemeinsam mit vierzig anderen Fahrgästen eine eher unromantische Nacht im Pullman-Salonwagen und ging eine Stunde nach der Ankunft in New York an Bord der »Columbus«, des damals größten deutschen Dampfers auf der Übersee-Linie. Und hier endlich, in der Luxuskabine, die der Brautvater großzügig gebucht hatte, verbrachten die Brautleute ihre erste gemeinsame Nacht.

Kapitel 14

Sophias Tagebuch

Dear diary!
Heute, am Morgen nach meiner Hochzeitsnacht, will ich dir erstmals meine Gedanken anvertrauen. Meine beste Freundin Rosy hat dich mir geschenkt, damit ich dir sagen kann, was ich sonst ihr erzählen würde. Ich sitze in unserer kleinen Kabine auf der Columbus, durch das Bull's Eye sehe ich schäumende Wellen. Alles ist grau, es nieselt und man erkennt nicht, wo in der Ferne das Meer aufhört und der Himmel anfängt. Ich bin so glücklich wie noch nie, auch wenn ich meine Lieben verlassen musste und ins Neue und Unbekannte aufbreche. Ich habe den liebevollsten Ehemann, den ich mir nur wünschen kann. Als ich an seinem Arm die Gangway hinaufging und er uns beim Steward als Herr und Frau Ribot anmeldete, hätte ich sterben können vor Glück. Abends dinierten wir im Speisesaal, es gab Schildkrötensuppe (die ich nicht mochte), Spargeln in Aspik, Fischterrine und Entenbrust, danach Kompott. Vor Aufregung konnte ich kaum etwas hinunterbringen.

Ich glaube, ihm war genauso bang wie mir, als wir gegen Mitternacht in die Kajüte kamen. Ich wusste, ich sollte mich nun ausziehen, aber ich bekam plötzlich solche Angst, ich bin eben ein richtiges Chicken? Doch dann musste ich mir schon wieder das Lachen verkneifen, als ich ihn in seiner Unterwäsche sah, ganz verlegen, mit den Sockenhaltern aus schwarzem Gummi. Da begann ich auch, hinter dem Wandschirm meine Kleider abzulegen, und als ich hervorkam, sah ich das Ding zwischen seinen Beinen baumeln. Eigentlich kam es mir ganz harmlos vor, wie ein schrumpeliges Würstchen. Ich sprang schnell ins Bett, deckte mich bis zum Halse zu und wartete beklommen auf das, was nun kommen sollte. Mutter hat gesagt, es wird viel zu viel Aufhebens darum gemacht. Ich soll einfach alles geschehen lassen, es sei ohnehin schnell vorbei und gehöre eben dazu, wenn man verheiratet sei. Ich habe ihr nicht geglaubt. Es muss doch wunderschön sein, habe ich gedacht. Schließlich liebe ich meinen Fritz doch. Und in den herausgerissenen Kapiteln des verbotenen Romans »Fanny Hill«, die du, liebe Rosy, mir ausgeliehen hast und die ich heimlich nachts unter der Bettdecke gelesen habe, hieß es, die körperliche Vereinigung von Mann und Frau sei das Allerschönste auf der Welt, vorausgesetzt, dass die beiden sich lieben, und das tun wir doch, mein Fritz und ich.

Trotzdem — schön kann ich es nicht nennen. Gott sei Dank hat Fritz erst das Licht gelöscht, sonst hätte ich mich zu sehr geniert. Und dann hat er mich geküsst. Und gestreichelt, überall am Körper. Und dann nahm er meine Hand und führte sie nach unten. Ich bin so erschrocken, denn plötzlich spürte ich sein männliches Teil, er stöhnte, als ich es berührte, und es wurde ganz hart und fest. Das soll in mich hinein?, dachte ich, ja, aber wie denn? Hab keine Angst, sagte er, ich bin ganz vorsichtig. Aber dann tat es doch weh. Vielleicht habe ich ja auch irgendetwas falsch gemacht, ich weiß es nicht. Ich hoffte schon, damit sei es vorbei, aber er begann, sich in mir auf und ab zu schieben, es brannte, aber ich biss die Zähne zusammen. Und Fritz wurde mir dabei ganz fremd, er atmete so laut, sein ganzer Körper spannte sich an, er war wie in Ekstase, keuchte und schnaufte, und dann rief er ein Wort, das ich nicht verstand.

Kapitel 15
1880

»Da drüben stand das Bett vom Carl, und hier war meins.« Fritz wies fröhlich auf den Platz, den jetzt ein großer Nussbaumschrank einnahm. »Und hier unter dem Fenster war unser Schreibtisch, da haben wir über den Hausaufgaben geschwitzt.«

Sophie nickte und brachte ein Lächeln zustande, obwohl ihr nicht danach zumute war. Das also sollte in Zukunft ihr Reich sein? Das kleine, ehemalige »Bubenzimmer«, aus dem man die alten Möbel geräumt hatte, um ein großes gedrechseltes Doppelbett hineinzustellen, einen schweren Schrank mit Kugelfüßen, ein Waschtischchen und eine Kommode. Neben der Tür hing ein ovaler Spiegel, und über dem Kopfende des Betts ein Bild, auf dem das Jesulein eine Herde Schafe hütete. »Haben sie alles extra für uns gekauft«, erklärte Fritz gerührt, »als Überraschung! Na, das ist ihnen gelungen!«

Sophie drehte sich schnell weg, damit Fritz ihre Tränen nicht sah. Gott, wie hatte sie sich gefreut auf ihr neues Zuhause! Wie schön hatte sie sich alles ausgemalt, sie beide in eigenen Räumen, einfach und modern sollte alles sein, ein Schlafzimmer, ein Salon, in dem man sich aufhalten konnte und vielleicht Gäste empfangen, alles schön hell und geräumig. Fritz hatte ihr sein Elternhaus oft geschildert, groß, mit Platz für die ganze Familie. So viele Zimmer und Kammern, zwei Stockwerke hoch und noch das Dach, hatte er gesagt. Wie konnte sie da vorbereitet sein auf dieses enge Gewirr von Stuben, Winkeln und Gängen, alles vollgestopft mit dunklen alten Möbeln, in dem es nach einer Mischung aus Essen, Muff und Seife roch?

Das Haus musste mindestens hundert Jahre alt sein, oder noch mehr – jedenfalls war sie noch nie in ihrem Leben in einem so uralten Gebäude gewesen. Es schien mit seinen niedrigen Decken, den kleinen Fenstern, die kaum Licht hereinließen, den Türen, an denen ein Mann mit dem Kopf anstieß, wenn er sich nicht bückte, für ein Zwergenvolk gebaut worden zu sein. Keine Wand war wirklich gerade, jede Diele knarzte, wenn man darauftrat, die hölzernen Stufen der Treppe waren in der Mitte ausgetreten, als seien dort schon in biblischer Zeit Menschen hinauf- und hinuntermarschiert. Alles war eng, man hatte schier keine Luft zum Atmen, keinen Platz, um die Arme auszubreiten. Die Küche war der Lebensmittelpunkt. Hier stand der riesige Tisch, an dem nicht nur die Familie, sondern auch die Gesellen und Lehrlinge zum Essen beieinandersaßen. »Das ist bei uns so Brauch«, hatte Fritz erklärt. Hinter der Küche gab es einen Raum für die Hauswirtschaft, in dem gebügelt und sonst wie gearbeitet wurde und wo neben Schränken und Vorratsregalen hinter einem Wandschirm auch das Bett für die Köchin stand. Die gute Stube mit ihren dunkelgetäfelten Wänden wurde nur abends und an den Sonntagen benutzt. Hier standen ein runder Tisch, dessen befranste Tischdecke bis zum Boden reichte, braunledern gepolsterte Stühle, eine Anrichte mit Kerzenleuchter, zwei Sessel und ein Nähkästchen, dazu in der Ecke ein tannengrün glasierter Kachelofen. Eine Glasvitrine beherbergte auf drei Ebenen ein paar Weinkelche mit grüngeriffeltem Fuß, ein vergoldetes Teeservice – vermutlich der Stolz ihrer Schwiegermutter – und ein paar Tierfigürchen aus Porzellan, außerdem zwei Reservistenkrüge mit Zinndeckel, einen Pfeifenständer mit drei Pfeifen und einen Aschenbecher mit der Aufschrift: »Nürnberg 1870«. Von der Wand blickten in schöner Eintracht und mit Gold gerahmt Kaiser Wilhelm I. und Reichskanzler Bismarck herab. Alles atmete den Geist biederer Bürgerlichkeit und roch durchdringend nach Tabakrauch.

Im ersten Stockwerk lagen die Schlafräume der Familie: das Zimmer vom alten Ribot's Vater, wo immer noch das Bett stand, in dem die alte Maria gestorben war. Das von Sophies Schwiegereltern. Das von Lisettchen, in dem auch noch Rosa schlief. Und das von Konrad, der sich sein Reich mit dem Altgesellen teilen musste. Die anderen Gesellen und Lehrlinge bewohnten winzige Kämmerchen unter dem Dach. Das ganze Haus kam Sophie vor wie ein Bienenstock, in dem jede Wabe belegt war. So sieht es also aus in der alten Welt, dachte sie. Kein bisschen Romantik – muffig, lauter altes Zeug und kaum Raum zum Atmen.

»Ach, alles ist so eng«, sagte sie schließlich zu Fritz. »Wo soll ich da meine ganzen Sachen unterbringen?«

Er küsste sie liebevoll auf die Stirn. »Ich frag meine Mutter, ob wir die Regale unter der Treppe zum Dach benutzen können. Oder wir lassen noch eine Truhe ins Schlafzimmer stellen.«

Sie bemühte sich um ein Lächeln. »Ja aber, hattest du nicht gesagt, wir beziehen eigene Zimmer im Nebenhaus?«

»Schon.« Er verzog das Gesicht. »Das wollten wir kaufen, als ich nach Amerika abgefahren bin, ja. Aber der alte Morneburg will's uns jetzt doch nicht geben.« Er nahm seine Frau in die Arme. »Bist du enttäuscht? Wart's mal ab, wir finden schon eine Lösung. Vielleicht können wir nächstes Jahr das Verpackungslager nach unten verlegen, wenn die besseren Maschinen da sind, die ich bei deinem Vater gesehen hab. Dann wär dort Platz für zwei schöne Zimmer. Mit eigenem Abort!«

Sophie seufzte. »Es ist halt alles noch so neu für mich.«

»Weiß ich doch.« Fritz setzte sich aufs Bett und zog Sophie auf seinen Schoß. »Aber sag, wie gefällt dir deine Schwabacher Familie, hm?«

Sie lehnte ihren Kopf an seine Schulter. »Sie sind alle sehr lieb zu mir«, meinte sie nach einer Weile. »Aber vor deiner Mutter hab ich fast ein bisschen Angst.«

»Ach was, die tut dir nichts. Sie ist halt gewohnt, das Regiment zu führen. Aber sie mag dich gern, das hab ich schon gemerkt.«

Sophie war sich da nicht so sicher. Ihre Schwiegermutter jagte ihr gehörigen Respekt ein. Käthe war eine resolute Frau von spröder Herzlichkeit. Sie hatte ihre Schwiegertochter mit Freude aufgenommen – schließlich war Sophie die Tochter ihres Lieblingsbruders. Aber Sophie hatte schon gespürt, dass sie genau taxiert wurde. Sie konnte Käthes Gedanken förmlich lesen: Kann das junge Ding aus Amerika auch ordentlich zupacken? Oder ist sie bloß ein hübsches Püppchen? Ob sie was vom Geschäft versteht? Natürlich verstand Sophie nichts vom Geschäft, sie war schließlich zur »besseren Dame« erzogen worden. Die väterliche Fabrik kannte sie nur von außen, und Hausarbeit hatte man nie von ihr verlangt. Unter Käthes kritischen Blicken fragte sie sich zum ersten Mal, wo sie ihren Platz in dieser neuen Familie finden sollte.

Lieber war ihr da der Schwiegervater. Philipp sah aus wie eine ältere Ausgabe von Fritz. Er hatte schütteres Haar, ein gemütliches Bäuchlein und einen Goldzahn, der blitzte, wenn er lachte. Sophie mochte ihn auf Anhieb gern, weil er sie zur Begrüßung so freundlich umarmt und Töchterle genannt hatte. Zu ihm würde sie Vertrauen haben können. Noch lieber war ihr Carl, der eigens zu ihrem Empfang aus Nürnberg gekommen war. Er hatte etwas »Amerikanisches«, war charmant, lustig und unbeschwert. Zu ihrer Begrüßung hatte er die amerikanische Nationalhymne gepfiffen und anschließend eine tiefe Willkommensverbeugung gemacht. Dagegen stand der jüngste Ribotsohn Konrad ganz im Schatten seiner Brüder. Das war einer, der nicht viel sagte, ein unscheinbarer Bursche mit blasser Haut und dunklen Haaren, der einem nicht in die Augen sehen konnte. Er hatte ihr höflich die Hand geschüttelt und ein leises Grüß Gott gemurmelt. Ein harmloser Langweiler, wie Fritz ihn schon auf der Überfahrt beschrieben hatte, einer, der niemandem was tut. Beim Mittagessen hatte sie zweimal versucht, das Wort an ihn zu richten, aber er hatte jedes Mal nur einsilbig geantwortet. Da war seine kleine Schwester ganz anders. Lisette plapperte in einem fort. Sie fragte Sophie ein Loch in den Bauch über Amerika, was die Damen dort trugen, wie sie sich frisierten, ob sie ein eigenes Gewehr hätten und jeden Tag Truthahn äßen. Den Lederstrumpf-Roman, den Fritz eigentlich Konrad geschickt hatte, hatte sie gelesen und war fasziniert von der Wildnis, den Indianern und dem großen Abenteuer. »Das ist doch schon hundert Jahre her«, hatte Sophie gelacht. »Heute leben wir in großen Städten, die Indianer wohnen im Reservat, und der Krieg zwischen Franzosen und Briten ist längst aus!«

Ein Rumpeln riss Sophie aus ihren Gedanken. »Keine Angst«, lächelte Fritz, »das sind nur die Lichterzieher, die fangen um Mitternacht an.«

»Wird das nicht laut?«

»Aber wo! Die arbeiten in der ›Alten Farb‹ ganz hinten im Hof. Da wirst du nicht viel hören. Und wenn's nach mir geht, ist damit sowieso bald Schluss. Rentiert sich nicht mehr.« Fritz zog sein Nachthemd an und schlüpfte unter das dicke Federbett, während Sophie noch die Nadeln aus ihrer Steckfrisur zog und sich zwei Nachtzöpfe flocht.

Im Bett schmiegte sie sich an ihn. »Müde?«

Er brummte behaglich. »Viel Glück im neuen Heim, Schatz«, flüsterte er. Dann drückte er die Bartbinde auf seine Oberlippe, legte sich die Schlaufen um die Ohren und zog die Bettdecke bis unters Kinn.

Sophie blies das Nachtlicht aus. Obwohl sie todmüde war, konnte sie lange nicht einschlafen. Überall knackte und ächzte es, als ob das alte Haus sich im Schlaf räkelte. Irgendwo im Gebälk tickte ein Holzwurm. Sie horchte auf Fritz' regelmäßige Atemzüge. Im Nebenraum, wo ihre Schwiegereltern schliefen, hustete Philipp und drehte sich geräuschvoll im Bett um. Aus der Stube des Großvaters drang tiefes, regelmäßiges Schnarchen. Sophie hielt sich verzweifelt die Ohren zu. Irgendwann schlug es vom Kirchturm drei Uhr, und sie war immer noch wach, lauschte immer noch den Geräuschen der anderen, so nah, als seien sie bei ihr im Zimmer. Um vier Uhr stand ihr Schwiegervater drüben auf, tappte herum, und dann hörte sie den Strahl seines Urins in den Nachttopf perlen. Da wünschte sie sich zum ersten Mal zurück nach Pittsburgh.

Kapitel 16
1880

»Ich hab tausend Ideen, Vater, tausend!« Fritz war in seinem Redeschwall kaum zu bremsen. Es saß am Tag nach seiner Ankunft mit Philipp und Konrad im Kontor, sein amerikanisches Notizbuch vor sich auf dem Schreibtisch. »Was ich in Pittsburgh gesehen habe, schlägt dem Fass den Boden aus. Du glaubst nicht, wie die dort drüben produzieren. Was sie für moderne Maschinen und Produkte haben. Und die Verkaufsmethoden – so was kennt hier noch keiner! Wenn wir nur einen Bruchteil von all dem machen, dann sind wir die Seifenfabrik Nummer eins in Deutschland, das schwör ich dir!«

Philipp nahm bedächtig mit dem Daumennagel eine Prise Schnupftabak aus seinem runden Messingdöschen und schniefte das schwarze Pulver mit einer geübten Bewegung ein. Dann zog er das Taschentuch und nieste zweimal tüchtig. »Nun mal langsam, Bub«, brummte er und säuberte mit dem Tuch seine geschwärzten Nasenlöcher. »Was hast du denn vor?«

Fritz griff sich einen Bleistift und ein Blatt Papier und schrieb darauf die Zahl eins. »Erstens: Wir müssen Werbung in der Zeitung machen. Im ›Intelligenzblatt‹, in den verschiedenen örtlichen Blättern, in den Journalen. Der Name Ribot muss bekannt werden; jeder, der an Seife denkt, muss automatisch dabei Ribot im Kopf haben. Wir und unsere Seifen müssen bekannter werden als ein bunter Hund. So was machen die Amerikaner längst, und Onkel Steve sagt, es lohnt sich kolossal.«

»Hm«, sagte Philipp.

»Zweitens: Wir locken unsere Kunden mit Gratisgaben. Das heißt zum Beispiel, bei Einsendung oder Überbringen von zehn Einwickelpapieren für unsere, sagen wir, Lavendel- oder Goldseife bekommt der Kunde ein Stück Glyzerinseife geschenkt. Dadurch lernt er ein neues Produkt von uns kennen und wird gleichzeitig angehalten, immer unsere Seifen zu kaufen, und nicht die von der Konkurrenz. Das lassen wir auf sämtliche Einwickelpapiere drucken. Kostet so gut wie nix, bindet aber die Kunden.«

»Pffft«, machte Philipp.

»Drittens: Sammelkärtchen für Kinder.«

Philipp rümpfte die Nase. »Kinder? Wieso das denn?«

Fritz hob den Zeigefinger wie ein Oberlehrer. »Na, wer kauft denn Seife? Die Hausfrauen. Und was haben fast alle Hausfrauen? Kinder und Enkel. Wenn wir nun jedem Stück Seife ein kleines Sammelkärtchen beilegen, mit einem Tierbild drauf oder mit Schiffen und Dampfloks oder einem kleinen Gedichtchen, dann freut sich das Kind. Es fragt: Mama, hast du wieder Ribot-Seife mitgebracht? Mir fehlt beim Sammeln noch das Kamel! Also kauft Mama keine Seife von Bentzel & Cie. oder der Münchner Milliseifenfabrik, sondern von Ribot, weil sonst der Nachwuchs quengelt.«

»Genial«, sagte Konrad.

»Sonst noch was?«, fragte Philipp.

»Viertens: Neue Produkte. Vier a: Rasierseife. Seit der Erfindung dieser neuen praktischen Rasierhobel vor ein paar Jahren rasieren sich immer mehr Männer selber zu Hause. Und was brauchen sie für die Rasur? Einen schönen Schaum natürlich, der die Klinge gleiten lässt. Ich hab zusammen mit Onkel Steve das Grundrezept für Eschweger abgewandelt: Verseifung mit Kalilauge, Zugabe von Stearin und Kokosöl. Das ergibt eine feste Seifenpaste, die man in Dosen abfüllen kann und die cremig und lang haltbar aufschäumt. Mit dem nassen Rasierpinsel nimmt man in der Dose die Paste auf und pinselt sich damit schaumig ein. Dose zu, fertig.«

Philipp grunzte. »Also, ich geh lieber zum Bader.«

»Ja, du! Du kannst dir das auch leisten. Aber all die anderen ... Und wie oft hast du dir vom Bader schon diese hartnäckige Bartflechte geholt, hm?«

Philipp kratzte sich unwillkürlich am Kinn.

»Vier b: Zahnseife flüssig. Kein Pulver aus geschlämmter Kreide und Kampfer, wie man es hier nimmt. Onkel Steve verkauft das sehr erfolgreich. Wieder Grundrezept Eschweger, aber mit weniger Fett, dazu Glyzerin, Myrrhentinktur, Pfefferminzöl und Alkohol. Ein paar Tropfen davon auf eine weiche Zahnbürste, ein bisschen schrubben, und ›jeder Kuss ein Genuss‹.« Fritz grinste.

»Na ja.« Philipp schob die Unterlippe vor. »Wer putzt denn schon regelmäßig Zähne?«

»Die Lisette«, sagte Konrad. »Und die Kaiserin Sisi von Österreich. Und ...«

»Jeder, der was auf sich hält, macht das«, ergänzte Fritz. »Außerdem empfehlen es die Ärzte. Gegen Mundgeruch, zum Beispiel vom Rauchen. Und gegen faule Zähne und Parasiten in der Mundhöhle.«

Philipp dachte an seinen bösen Backenzahn links unten.

»Ich hab die Konstruktionspläne für eine Abfüllmaschine abgezeichnet«, sagte Fritz und klopfte auf sein Notizbuch. »Die könnten die MAN in Nürnberg oder Lehmann in Dresden problemlos nachbauen. Dann brauchen wir nur noch eine Bezugsquelle für Tropfflaschen aus Glas. Dürfte kein Problem sein.«

Philipp schnaufte. »Junge, reicht's nicht bald? Du willst so viel verändern, glaubst du nicht, dass du dich da verzettelst? So schnell wie drüben in Amerika gehen die Dinge hier nicht! Und wir dürfen uns auch nicht übernehmen. Für das, was du vorhast, haben wir doch viel zu wenig Leute! Vom Kapital ganz zu schweigen! Ich rat dir, tu langsam, Fritz. Rom ist auch nicht an einem Tag erbaut worden.«

Fritz ballte trotzig die Faust. »Lass mich doch erst einmal zu Ende kommen, Vater!«

Philipp blies die Backen auf und fuhr sich durchs schüttere Haar. »Gut, mach weiter.«

»Vier c: Seifenflocken!«

»Haben wir doch schon.«

»Haben wir eben nicht! Was wir haben, sind Seifenraspel. Und die klumpen in der Packung, stimmt's? Das ärgert die Hausfrau. Also machen wir in Zukunft feinere Flocken, die trockener bleiben. Rezept hab ich mitgebracht. Wir brauchen lediglich neue Mischmaschinen, die den Seifenleim bis zum Erkalten durchrühren. Vorher noch ein extra Quantum Bleichsoda und nach Geschmack ein paar Essenzen dazu für den Duft. Dann ein Durchlauf durch ein neues, feineres Pilierwerk. Am Schluss kommt die ganze Chose in Schachteln, und die Hausfrau hat keinen Verdruss mehr beim Waschen!« Fritz sah seinen Vater beifallheischend an.

Der schüttelte den Kopf. »Viel zu teuer, Junge. So viele neue Maschinen. Außerdem haben wir gar keinen Platz. Wir bräuchten für so was mindestens drei Dampfkessel und ein ganz neues Gebäude.«

»Wir könnten die Lichterzieherei verkleinern. Die wirft sowieso nicht viel ab.«

Konrad nickte betrübt. »Stimmt, ich hab die Zahlen hier. Sind nicht schön.«

»Dann hätten wir Platz für die Produktion und einen großen Trockenboden im Stock darüber.« Einen winzigen Augenblick dachte Fritz an Sophie und ihre Wohnwünsche, aber das ließ sich bestimmt auch anders regeln. Geschäft ging vor.

Philipp schluckte. Die Kerzenzieherei sollte auf der Strecke bleiben? An der hing doch sein Herz. Es war seit jeher so, dass Seifensieder auch Lichter zogen, beides gehörte doch zusammen. Aber vielleicht hatten die beiden ja recht. Die Zeiten änderten sich eben. »Bleiben immer noch die Kosten«, brummte Philipp.

»Wir haben doch Sophies Mitgift. Onkel Steve hat extra gesagt, ich soll das Geld sinnvoll für die Firma einsetzen. Der Sophie überschreiben wir dafür die Reichelswiese am Ostanger als Sicherheit, oder vielleicht einen Anteil an der Firma.«

»Hmmm.« Philipp überlegte. Verdammt viel auf einmal, dachte er, und viel verlangt von allen in der Firma. Wo es doch eigentlich gut lief. Andererseits, es war doch so: Die Jungen mussten Ziele haben und Pläne machen. Das brachte die Welt voran. Sonst trat man ja auf der Stelle, und das war auf lange Sicht tödlich für jedes Geschäft. Philipp zwirbelte an seinem Schnurrbart herum. Er sah seine Söhne an, die Zukunft der Firma. Er selbst hatte das Geschäft seines Schwiegervaters hochgebracht, von der kleinen Werkstatt zum achtbaren Betrieb. Und dieser Betrieb, der sollte einmal eine große Fabrik werden, jawohl! Menschenskind, dachte er, bin ich denn ein alter

Zauderer geworden? Der Fritz, verdammt, der hat doch die richtige Einstellung. Ehrgeizig, zielstrebig, immer voran! Er schlug mit der flachen Hand auf den Tisch. »Sapperlot, Bub, du traust dich was! Das gefällt mir! Mach eine Kostenaufstellung, hol dir Voranschläge für den Maschinenbau aus Nürnberg. Konrad, du kümmerst dich um die Verkleinerung der Lichterzieherei. Menschenskind, das wird was!«

Zwei Monate später stand Carl mit zwei Koffern vor der Tür. »Dachte, ihr könnt mich brauchen«, grinste er. »Jetzt, wo's endlich vorangeht, muss ein Finanzexperte her. Einer für den Überblick, das Große und Ganze. Bin euer Mann!«

Philipp schloss seinen Sohn in die Arme, heilfroh, den Streit, der ihn lang schon reute, zu vergessen. »Du übernimmst die Buchführung; der Konrad geht stattdessen ins Bestellwesen und die Registratur. Ich mach die Akquise, und der Fritz, der ist das Hirn.« Er schlug Carl auf die Schulter, dass es krachte. »Und bestell dir in Herrgott's Namen so eine dämliche Schreibmaschine, wenn's unbedingt sein muss.«

Damit war die Firmenleitung für die Zukunft installiert.

Der Altgeselle zog in eine Kammer über dem Warenlager, und Carl belegte das frei gewordene Bett in Konrads Zimmer. Sophie bekam das dreieinhalb Hektar große Grundstück auf dem Ostanger, wo die Kalkabfälle aus der Siederei gelagert wurden; gefragt wurde sie zwar nicht, aber es war ihr auch nicht wichtig. Denn kurz vor Weihnachten, als sie eines Morgens aus heiterem Himmel ihr Frühstück erbrach, wurde ihr klar, dass sie ein Kind erwartete.

Kapitel 17
1880

»Hier sollen wir wohnen?« Anna setzte das Bündel ab, das sie geschleppt hatte, und drehte sich einmal um die eigene Achse. Ein trostloser Raum im Hinterhof der Bachgasse. Der Putz bröckelte von den Wänden, an der niedrigen Decke breiteten sich Wasserflecke aus, in den Ecken stockte der schwarze Schimmel. An der Hinterwand ein Herd, davor ein Tisch mit vier Stühlen, über dem eine rostige Petroleumfunzel baumelte. Den Rest der Stube nahmen ein Schrank und ein riesiges eisernes Bettgestell ein. Eine schmale Tür führte in ein kleines Nebenzimmer, in dem drei Betten und eine Truhe aus Flechtwerk standen, mehr wäre auch nicht hineingegangen. Über der Truhe hing ein halbblinder Spiegel, dem unten eine Ecke fehlte. Der Boden war aus nacktem Zement, Anna spürte die Kälte unter den dünnen Sohlen ihres einzigen Paars Schuhe und fröstelte. Man müsste einschüren, dachte sie, aber wir haben kein Holz. Heizen war ein Luxus, den sie sich höchstens im bittersten Winter leisten würden, und jetzt war erst Ende Oktober.

»Hier sollen wir wohnen?«, wiederholte sie noch einmal.

Leo wuchtete eine große Zinkwanne voller Hausrat auf eines der leeren Bettgestelle. »Was Besseres hab ich nicht finden können«, sagte er niedergeschlagen. »Tut mir leid.«

»Wir machen es uns schon gemütlich«, lächelte Trudel, die Leo mit einem Wäschekorb in den Händen gefolgt war. Aber Anna sah doch genau, dass ihre Mutter Tränen in den Augen hatte. Bleich war sie und mager, ihre alte Schürze war fadenscheinig und mehrfach geflickt. Sie ließ sich auf einen der wackligen Stühle sinken und nahm Oskar auf den Schoß, den Einzigen in der Familie, dem dieser Umzug nichts auszumachen schien. Aber sie hatten ja noch Glück gehabt, dachte Anna. Wenn Leo nicht gewesen wäre, würden sie jetzt auf der Straße stehen. Denn ihr Vater hatte keine feste Arbeit, und an jemanden ohne Arbeit vermietete kein Mensch auf der Welt auch nur ein Mauseloch. Und wie verzweifelt hatte Christian gesucht. In allen Fabriken hatte er nachgefragt, aber nach der Schließung des »Walfisch« war er überall als Aufrührer bekannt. »Sozialistenwirt«

nannten sie ihn verächtlich. Niemand wollte einen wie ihn in Lohn und Brot nehmen. Anna erinnerte sich noch gut an den Abend, an dem er heimgekommen war und am Tisch verzweifelt geweint hatte. Nie hatte sie ihren Vater weinen sehen, es hatte ihr so viel Angst gemacht. »Vater, was ist denn?«, hatte sie gefragt, mit ganz dünner Stimme. »Nichts«, hatte er geantwortet und sich über die Augen gewischt. »Wird schon alles gut werden.« Zwei Tage später hatten sie aus dem »Walfisch« ausziehen müssen, in eine kleine, schäbige Wohnung auf dem Pinzenberg. Damals, vor acht Monaten, hatte noch niemand daran gedacht, dass sie sich selbst diese Unterkunft nicht lange würden leisten können. Christian tat doch alles, um seine Familie durchzubringen. Er verdingte sich auf Baustellen als Hilfsarbeiter, schleppte für ein Trinkgeld Koffer am Bahnhof, stand jeden Morgen an der Kreuzung vor dem Mönchstor, wo die Taglöhner auf Arbeit warteten. Grade eben versuchte er sich als Hausierer, ging mit einem Bauchladen voller Schnürsenkel, Bürsten, Reißzwecken und Ribot-Seifen über Land und kam oft erst nach Tagen wieder heim – mit einer Handvoll Pfennige, die zum Sterben zu viel und zum Leben zu wenig waren. Trudel ging manchmal in den »Bayerischen Hof«, wenn man dort für Gesellschaften eine zweite Kaltmamsell brauchte, und Rosa verschaffte ihr regelmäßig ein paar bezahlte Stunden Bügelarbeiten bei der großen Wäsche. Doch diese kleinen Zuverdienste linderten nur die größte Not. Wenn Leo nicht wäre, dachte Anna, dann wären wir bestimmt schon verhungert. Der Gute ließ seine »Familie« nicht im Stich. Anna und Oskar hatten hinter der Tür gelauscht, damals im »Walfisch«, als Christian zu ihm gesagt hatte: »Du musst nicht bei uns bleiben, Junge, jetzt, wo wir alle gekündigt sind. Nimm dir woanders ein Zimmer, das ist das Beste.« Und Leo hatte geantwortet: »Ich lass euch doch nicht vor die Hunde gehen!« Weil er der Einzige mit festem Einkommen war, hatte er die Wohnung auf dem Pinzenberg gemietet, aber vor einer Woche hatten sie auch dort ausziehen müssen, weil das Geld einfach hinten und vorne nicht langte. Sämtliche Ersparnisse waren aufgebraucht, Christians Taschenuhr und Trudels Perlmutt-Ohrringe versetzt. Sie hatten nichts mehr. Und jetzt also mussten sie in diesem Loch hausen, das früher einmal ein Ziegenstall gewesen war. Zumindest roch es so, dachte Anna.

Seufzend machte sie sich daran, ihre wenigen Habseligkeiten auszupacken. Trudel verteilte das Bettzeug, und Leo schlug ein paar

Nägel in die Wand, an denen sie ihre Kleider aufhängen konnten. Oskar »half« ihm dabei. »Darf ich jetzt bei dir im Zimmer schlafen?«, fragte er.

Leo nahm ihm den Hammer aus der kleinen Hand. »Wir schlafen hier anders«, sagte er. »Die Männer in der kleinen Stube, die Frauen in der Küche.«

»Juhu!«, freute sich der Kleine und hopste Leo auf den Rücken, der sich mit ihm huckepack einmal im Kreis drehte.

»Ist wer da?« Rosa klopfte an den Türstock und lugte herein. Oskar rannte zu ihr. »Tante Rosa, Tante Rosa, ich darf beim Leo schlafen!«

»Prima!« Rosa strubbelte ihm durchs Haar und betrat die Wohnküche. Sie versuchte sich ihr Entsetzen nicht anmerken zu lassen. Mein Gott, dachte sie, so kann einer doch nicht leben. »Ich hab euch Abendessen mitgebracht«, sagte sie und holte einen Topf aus ihrem Henkelkorb. »Weil ihr heute doch bestimmt keine Zeit zum Kochen habt.«

Sie steckte ein paar Fichtenzapfen und Spreißel in das Herdloch, knüllte Zeitungen zusammen und zündete an. Dann hob sie mit dem Schürhaken den inneren Ofenring ab und stellte den Topf aufs Feuer. »Kraut und Geräuchertes«, erklärte sie. »Hat's für die Gesellen und Lehrlinge heut Mittag gegeben.« Die Familie Ribot selbst aß sonntags natürlich besser.

»Du sollst doch keine Reste bringen«, sagte Trudel und war der Freundin doch so dankbar, schon wegen der Kinder. »Wenn die das merken, bist du deine Stelle los.«

»Papperlapapp!«, winkte Rosa ab, stocherte in der Glut, dass die Funken stoben und schob dann ein dickes Holzscheit nach. »Brot und Kartoffeln hab ich auch. Und eine Flasche Bier.« Sie zwinkerte Anna zu. »Essen und Trinken hält Leib und Seel zusammen. Ist der Christian noch nicht da?«

»Vielleicht übernachtet er wieder in der Scheune vom Schreiner Hausmann in Spalt«, sagte Trudel. »Das macht er jetzt öfter.«

»Reicht's denn, was er heimbringt?«, flüsterte Rosa ihr zu.

»Ach wo.« Trudel schüttelte den Kopf. »Wenn sich nicht bald was ändert, muss die Anna von der Schule und in die Fabrik. Dem Kind werden sie's schon nicht anrechnen, dass der Vater verrufen ist.«

Rosa nickte ernst. Sie wusste, wie wichtig es Christian immer gewesen war, dass Anna und Oskar etwas lernten. Sie sollten es einmal besser haben, vielleicht sogar auf die Lateinschule gehen. Aber jetzt würde die Anna mit ihren jungen Jahren wohl sechs Tage in der Woche schuften müssen, für Kinderlohn. Es war ein Elend.

»Beim Traumüller & Raum suchen sie welche in der Sortiererei«, sagte Rosa.

Trudel sah traurig zu Anna hinüber, die am Tisch die Kartoffeln schälte. Noch zwei Wochen, und wenn der Christian bis dahin nichts Besseres hat, dann schick ich sie hin, dachte sie. So eine Sünd; aus der Anna hätt doch was werden können, gescheit, wie die war.

Zwei Monate später hatte Anna eine Anstellung in der Nadelfabrik. Weil sie gut zählen konnte, hatte man sie in die Verpackung gesteckt, wo sie zusammen mit zwanzig anderen Frauen sechs Nadeln für die kleinen Nadelbriefchen und neun für die großen abzählen und in das Papier einstechen musste. Zehn Stunden am Tag. Die Not wurde trotzdem nicht besser, weil fast alles, was Anna verdiente, für Ofenholz zum Heizen draufging und Oskar auch noch Wintersachen brauchte, weil er so schnell wuchs.

So nahte Weihnachten 1880. Am Tag nach Nikolaus saß die ganze Familie um den Tisch, auf dem Fensterbrett stand eine alte Blechkanne mit frischen Barbarazweigen, die Christian unterwegs geschnitten und mit heimgebracht hatte. Anna hatte auf dem Heimweg von der Fabrik Kartoffeln und Steckrüben gekauft und einen Eintopf gekocht, der schön satt machte, und nach dem Essen hatten sie sogar ein paar adventliche Lieder gesungen.

In der Nacht wachte Trudel auf, weil Christian an ihrem Arm rüttelte. »Das Oskarle hat Bauchweh«, sagte er. Tatsächlich lag der Bub im Bett und jammerte leise vor sich hin. Sie nahm ihn zu sich, schob ihm das Hemdchen hoch und begann, sein Bäuchlein zu reiben. »Heile, heile Gänschen«, sang sie, »das Kätzchen hat ein Schwänzchen, heile, heile Mäusespeck, in hundert Jahr' ist alles weg.« Der Junge wurde ruhiger, hörte auf zu weinen und schlief wieder ein.

Am nächsten Morgen klagte er immer noch über Bauchschmerzen. »Bleibst schön im Bett, Oskarle«, sagte Trudel. »Ich koch dir einen Kümmeltee, das hilft gegen die Luft im Bauch.« Der Bub verzog das Gesicht, trank aber folgsam. Doch das alte Hausmittel half nicht. Trudel nahm ein paar Pfennige aus ihrer heimlichen Reserve in der alten Zuckerdose, ging und kaufte ein Pfund Hühnerklein, aus dem sie eine schöne Suppe kochte. Aber Oskar wollte nichts essen. Er klagte weiter über das Zwicken und Zwacken in seinem Bauch, und später bekam er Durchfall. Trudel legte ihm die Hand auf die Stirn. »Er hat Fieber«, sagte sie abends zu den anderen. »Es ist bestimmt die Abweiche. Bleibt schön weg von ihm, sonst steckt ihr euch noch an.« Bei Krankheit wurde in der Fabrik nicht gezahlt, das konnte sich die Familie nicht leisten. Man beschloss, dass Anna ausnahmsweise bei den Männern schlafen sollte.

Nachts wurden Oskars Schmerzen schlimmer, er lag mit angezogenen Beinen da und wimmerte. Trudel stand auf, schöpfte aus dem Wasserschiff vom Herd heißes Wasser in die verbeulte Wärmflasche, wickelte ein Tuch drum und legte sie dem Buben auf den Bauch. Das hatte schon oft geholfen, aber diesmal schrie Oskar nur noch mehr, also nahm Trudel das Blechding nach einer halben Stunde wieder weg. Wenigstens war das Fieber nicht gestiegen, so wie es sich anfühlte. Sie flößte dem Buben noch ein bisschen Kümmeltee ein und wiegte ihn, bis er wieder eingeschlafen war.

Als sie am Morgen um halb sechs aufwachte, lag der Kleine ganz verkrümmt neben ihr, Schweiß auf der Stirn. Das Fieber war immer noch da. Langsam bekam Trudel Angst. Eine Bauchgrippe verging doch meist schnell wieder. Leo kam, trank im Stehen einen Schluck Rübenkaffee und sah nach dem Jungen. »Vielleicht braucht er einen Doktor«, sagte er besorgt.

»Und wovon sollen wir den bezahlen?«, fragte Christian, der seinen Bauchladen mit Streichhölzern und Wäschezwickern bestückt hatte und schon halb zur Tür draußen war. Die Dreitageswanderung nach Weißenburg und Georgensgmünd stand an, da verkaufte er meistens recht gut bei den Bauern.

»Der Stadtphysikus kümmert sich doch um die Armen, oder nicht?«, sagte Leo.

Trudel nickte. Der Physikus hatte einmal in der Woche Armensprechstunde. Die war zwar immer montags, und heute war Donnerstag, aber gegen Mittag ging es dem Kleinen so schlecht, dass Trudel ihn dick einwickelte, in den Leiterwagen packte und durch den tiefen Schneematsch zur Praxis in der Königstraße zog.

Eine mürrische junge Frau in weißer Schürze öffnete. »Sie sind doch keine von denen, die zahlen können«, sagte sie und musterte Trudel ungeniert. »Heut ist keine Armensprechstunde.«

»Aber ich mach mir solche Sorgen, Fräulein«, sagte Trudel. »Mein Oskar hat seit zwei Tagen so arges Bauchweh und Fieber, schauen Sie ihn doch an. Ach bitte, er muss so leiden, und er ist doch noch so klein!«

»Ach Gott, alle haben's immer notwendig!« Die junge Frau zuckte mit den Schultern. »Ich frag den Herrn Doktor.«

Nach ein paar Minuten kam sie wieder. »Machen Sie ihm Quarkkompressen, und lassen Sie ihn viel trinken. Wadenwickel gegen das Fieber, aber nicht zu kalt. Wenn's nicht besser wird, kommen Sie am Montag wieder.« Dann fiel die Tür mit einem Knall zu.

Trudel zog das Oskarle heim und steckte ihn wieder ins Bett. Dann rannte sie zum Milchladen auf der Aich und kaufte ein Kilo Quark, von dem sie die Hälfte auf ein altes Leintuch strich und ihrem Sohn auf den Bauch legte. Und tatsächlich, die Wickel schienen Oskars Schmerzen zu lindern. Er schlief zwei Stunden ganz ruhig. Dann wachte er auf und begann wieder zu weinen. Bald krümmte er sich vor Schmerzen, dann erbrach er grüne Galle auf das Bett. Als Leo und Anna abends heimkamen, glühte er vor Fieber und schrie wie am Spieß, wenn man ihn anfasste oder bewegte. Die Tränen kullerten dabei nur so aus seinen Augen. Trudel, Leo und Anna wechselten sich am Bett ab und machten unablässig Wadenwickel, bis der Bub schlotterte und mit den Zähnen klapperte. Aber das Fieber blieb hartnäckig. Trudel wusste nicht mehr, was sie tun sollte. Sie sank auf die Bettkante, schlug eine Hand vors Gesicht und weinte lautlos.

Leo nahm entschlossen seine Jacke vom Nagel an der Wand. »Ich hol jetzt den Doktor«, sagte er und stürmte aus dem Zimmer.

Anna streichelte ihrem Brüderchen die Wange. »Bald kommt der Onkel Doktor«, sagte sie, »der hilft dir, und dann wirst du wieder ganz gesund.«

Oskar sah sie aus fiebrigen Augen an, er versuchte sogar, ein bisschen zu lächeln. »Singst du mir was vor?«, wisperte er.

Anna legte sich neben ihn. »Auf der Mauer, auf der Lauer liegt 'ne kleine Wanze …«, sang sie. Und dann »Maikäfer flieg«. Dann »Schneider meck meck meck«, dann »Es waren zwei Königskinder«. Sie sang alle Lieder, die sie kannte, und als die »Vogelhochzeit« kam, da lag der Kleine nur noch still und stumm da, seine Augenlider zuckten. Draußen rumpelte es, Leo kam herein, Schneeflocken in den Haaren. Trudel sprang auf, voller Hoffnung – aber er schüttelte nur den Kopf. »Er kommt nicht«, sagte er. »Wir können keinen Nachtbesuch bezahlen. Ich hab ihm hoch und heilig geschworen, dass wir's abstottern, aber …«

»Lass.« Trudel strich ihm müde über die kalte Wange. »Du kannst nichts dafür.«

Leo trat ans Bett, sah den Kleinen, der flach und stoßweise atmete, die Augen geschlossen, die Haut wächsern wie der Tod. »Er stirbt uns, Leo«, wimmerte Trudel. »Heilige Muttergottes, nimm mir nicht meinen Buben.« Da packte er entschlossen eine Decke, wickelte den Jungen fest ein, nahm ihn hoch und ging zur Tür.

»Wo willst du hin?« Trudel lief ihm nach.

»In die Distriktsklinik!«, rief er. »Wenn sonst keiner hilft!«

Draußen schneite es heftiger. Der Wind verblies die Flocken, wirbelte sie hoch bis zu den Dächern. Leo rannte durch den knöchelhohen Schnee, das Kind in den Armen. Die Kappadozia hinunter, über die Sägbrücke, an der Kirche vorbei durch die Ludwigstraße. Der Junge rührte sich nicht, an seinen Wimpern hingen winzige Tropfen. Leo keuchte. Die eisige Kälte biss seine Hände rot und trieb ihm die Tränen in die Augen. Oder weinte er? Lieber Gott, betete Leo, lass ihn leben. Er ist doch noch so klein. Er hat niemandem etwas getan. Er rutschte aus, strauchelte, fing sich wieder. Da war schon das Distriktskrankenhaus, am Eingang brannte die Laterne. Er läutete die Glocke, eine Nachtschwester öffnete. Er hielt ihr das Kind entgegen. Sie sah erst das Oskarle an, und dann ihn, und dann schüttelte sie langsam den Kopf. Da verstand er. Seine Finger berührten die bleichen Wangen. Das kleine Gesichtchen war eiskalt. Die Hände auch. Ach Gott. In dem kleinen Körper war kein Leben mehr.

Das Oskarle war in seinen Armen gestorben.

Leo drückte das kleine Bündel ganz fest an sich und sank vor den Stufen des Krankenhauses auf die Knie. Ein trockenes Schluchzen schüttelte ihn. Erst als die Schwester ihm tröstend die Hand auf die Schulter legte, stand er auf und ging langsam mit seiner Last heim.

Es wurde ein trauriges Christfest. Niemandem war zum Feiern zumute, und wenn Rosa nicht die Reste vom Karpfenessen der Ribots gebracht hätte, wäre die Familie bei einem winzigen Stücklein Kletzenbrot und blinder saurer Brühe gesessen. Christian und Trudel hielten sich aneinander fest, als die Glocken zur Mitternachtsmette läuteten, aber sie brachten es nicht fertig, hinzugehen. Der liebe Gott hat uns verlassen, dachte Christian. Aber beide fielen mit brüchigen Stimmen ein, als Leo und Anna »Stille Nacht« anstimmten.

Kapitel 18

Dear diary!
Oh, ich bin so glücklich! Ich könnte tanzen und singen und lachen den ganzen Tag! Mein Fritz trägt mich auf Händen, ich darf morgens lange schlafen, und Rosa, die Gute, verwöhnt mich nach allen Regeln der Kunst. Mutter Käthe gibt mir ständig gute Ratschläge – jaja, wir wissen es alle, sie hatte mindestens hundert Schwangerschaften. Aber wenigstens drängt sie mich nicht mehr, in der Verpackung Schachteln zu falten oder Seifen in Blümchenpapier einzuschlagen. Denn ich trage jetzt den Erben aus, halleluja! Ich muss Jäckchen häkeln, Mützchen stricken, Deckchen einrändeln und vor allem – gut essen. Rohe Leber, bäh! Aber sehr gesund fürs Blut. Die Köchin hat außerdem Anweisung, mir täglich morgens noch im Bett ein gequirltes Ei mit warmem Bier zu servieren – das ich jedes Mal in den Nachttopf schütte. Meine Brüste spannen, aber sonst sieht man noch nichts. Fritz findet, dass meine Figur viel weiblicher geworden ist, und er möchte am liebsten jeden Abend mit mir – aber ich habe jetzt eine gute Ausrede. Es ist nicht so, dass ich »es« gar nicht möchte, aber ich glaube inzwischen, dass nur Männer »es« wirklich genießen. Es tut nicht mehr weh wie beim ersten Mal, aber ich kann nicht finden, dass es für eine Frau angenehm ist. »Eheliche Pflicht« ist schon das richtige Wort dafür – sonst würde es ja »eheliches Vergnügen« heißen. Außerdem geniere ich mich jedes Mal furchtbar. Ich weiß doch, dass die anderen nebenan jedes Geräusch hören. Und Fritz kann »es« nicht ganz leise. Ihm macht das offenbar

nichts aus, aber für mich ist das peinlich. Wenn ich denke, dass hinter der Wand meine Schwiegermutter liegt – Manchmal kann ich ihr beim Frühstück kaum in die Augen sehen.

Sie nimmt mich seit Weihnachten überallhin mit auf Antrittsbesuch – jetzt, wo ich schwanger bin, werde ich in der ganzen Stadt herumgezeigt! Ich habe schon wer weiß wie viele Gabelfrühstücke und Damenkränzchen besucht, bei der Pfarrersgattin, bei der Frau des Bezirksarztes, der Bürgermeisterin, den Damen Hüttlinger, Reingruber und Staedtler, der Schwester des Direktors des Lehrerseminars, der Witwe des Kreisbauinspektors – ich weiß nicht, wer sich dabei mehr langweilt, die kleine Lisette oder ich. Man klatscht über Leute, die ich nicht kenne, redet über Sachen, die ich nie gesehen habe, lacht über Scherze, die ich nicht verstehe. Ich bin eben die »Amerikanerin«. Man bestaunt mich wie ein seltenes Tier, stellt mir merkwürdige Fragen, gibt gute Ratschläge für die Schwangerschaft und bietet mir dazu unaufhörlich Schnittchen und Likör an. Ja, alle geben sich Mühe, aber ich komme mir trotzdem fremd vor. Ich wette, sie lästern über mich, sobald ich zur Tür hinaus bin. Dass ich beim Essen manchmal noch nach amerikanischer Gewohnheit Messer und Gabel wechsle, dass ich zu laut lache oder an den falschen Stellen, dass ich beim Reden Fehler mache und einen komischen Akzent habe, dass meine Kleider zu auffällig sind. Dabei habe ich meinen Cul de Paris längst weggeworfen, weil Fritz mir – natürlich im Auftrag seiner Mutter – angedeutet hat, dass man den Umschnall-Bausch hier in der Kleinstadt für frivol und unanständig hält. Inzwischen habe ich das Gefühl, für die Damen der Gesellschaft ist hierzulande einzig das gegenseitige Vorzeigen der neuesten Näharbeiten von Bedeutung, und das wichtigste Ereignis ist einmal im Jahr ein neuer Hut.

Halt, Sophie, du redest schlecht. Das ist nicht schön. Sie sind freundlich zu dir, und du solltest dich mehr anstrengen. Schließlich sind das die Leute, mit denen du in Zukunft dein Leben verbringen musst. Andere wirst du nicht bekommen.

Kapitel 19
1881

Fritz saß in Hemdsärmeln an seinem Platz im Kontor, die Ellbogen auf die Schreibtischplatte gestützt. Er grübelte über Werbesprüchen. Werbung, das war ganz groß! Sie steigerte die Verkaufszahlen eines Produkts und die Bekanntheit eines Unternehmens, brachte also doppelten Nutzen. Da lohnte es sich schon, gut über einen Text nachzudenken. Und genau das tat Fritz seit Tagen. Er war zwar kein Mensch mit literarischem Talent, aber er glich diesen Mangel mit Beharrlichkeit und Hingabe aus. *»Mit Ribot's Fettseif', zart und fein / Wasch' ich mein kleines Schwesterlein«*, hatte er schon auf dem Blatt Papier stehen, und jetzt suchte er nach dem passenden Reim. »Dann wird sie überall ganz rein«, schrieb er. Nein, das gefiel ihm doch nicht. Er strich es aus, nahm einen Schluck aus der Tasse mit kaltem Kaffee, die mitten auf einem Stapel Unterlagen stand.

Konrad steckte den Kopf zur Tür herein. »Kommst du zum Mittagessen?«

Fritz winkte ab. »Kann jetzt nicht.« Er war doch ganz nah dran. Fein, rein, dein, allein, Bein, Wein … was reimte sich denn noch?

Er lehnte sich zurück. Gedichte waren Schwerstarbeit! Aber eigentlich empfand Fritz jede Arbeit, die mit den Neuerungen in der Firma zu tun hatte, als das reine Vergnügen. Und er stürzte sich in dieses Vergnügen mit einer Leidenschaft, die ihn jeden Morgen von neuem überfiel. »Irgendwann wächst du mal an deinem Bürostuhl fest«, neckte ihn Carl oft. Über solche Sprüche konnte er nur lachen. Ah, Lachen! Das konnte man für die Zahnputztropfen-Werbung verwenden: Mit Ribot's Perlin haben Sie gut lachen! Fritz notierte, und schon hatte er den nächsten Einfall. Er klemmte die Zungenspitze zwischen die Lippen und schrieb: *»Großmütterchen zog's die Stirn in Falten, / voll Runzeln das liebe Gesichtchen, o Graus! / Da musste Ribot's Milchseife herhalten: / Nun sieht sie wieder wie ›Zwanzig‹ aus.«* Fritz grinste.

Sophie kam herein und stellte ein Tablett auf das Tischchen neben Fritz' Schreibtisch. »Fritz, du musst doch was essen«, sagte sie vorwurfsvoll. »Sonst wirst du noch krank.«

»Ach Schätzle, wenn ich dich nicht hätt«, lächelte er. »Du schaust halt auf mich.«

Sie setzte sich auf seinen Schoß, und er gab ihr einen Kuss. Dann schob er sie mit sanfter Entschlossenheit fort. »Ich komm heut Abend pünktlich, versprochen.«

Sie seufzte und ging.

»Jetzt hab ich's«, rief er und schrieb: *»Mit Ribot's Fettseif', zart und fein / wasch ich mein kleines Schwesterlein, / wäscht sich bei uns das ganze Haus / drum seh'n wir auch so ›vornehm‹ aus!«*

Er biss in das Schinkenbrot, das Sophie ihm gebracht hatte. Jetzt war er in Fahrt. Das Blatt Papier füllte sich.

»He, du qualmst ja schon aus den Ohren!« Das war Carl, der seine Mittagspause beendet hatte.

»Ach! Hab dich gar nicht kommen hören!« Fritz legte den Stift weg und lehnte sich zurück. »Horch her, und dann sag mir, was du davon hältst: ›*Wie Rauch geht das Geld auf – wenn es für schlechte Seife bezahlt wird. Wer Gutes haben will, der nehme Ribot's Goldseife, aber nur die echte mit dem Namen Ribot! Gegen Einsendung der Wickelpapiere erhält man schöne Geschenke.*‹«

»Annonce im ›Intelligenzblatt‹?«

»Und in den Nürnberger und Münchner Zeitungen!«

Carl nickte. »Klingt gut.«

Fritz sprach aufgeregt weiter. »Und vier Wochen später muss dann die nächste Anzeige folgen, damit sich die Leser erinnern. Die hab ich auch schon: ›*Neu! Neu! Neu! Ribot's Seifenpulver mit dem Adler ist das Beste! Zu haben in fast allen Ladengeschäften und kostet das Packet á ½ Pfund nur 15 Pfg. Bei Anlieferung von entleerten Schachteln werden Geschenke gratis verabreicht*‹. Und vier Wochen drauf … ach, lies selber.«

Carl nahm den Zettel und las laut: *»›Sensation! Ribot's aromat. Perlin! Das vorzügliche Mittel zum Reinigen der Zähne und zum Erfrischen und Parfümieren des Athems! Auch das Gurgeln gibt einen äußerst angenehmen Geschmack. Raucher und Biertrinker werden diese Wohltat dankbar empfinden. Eine Flasche Perlin in hochfeiner Aufmachung, der 1 Stück ‚Qualitätsprobe' der so beliebten ‚Ribot's verbesserten Milchseife' gratis beigegeben ist, kostet nur 1 Mark.‹ – ›Warnung!!! Ribot's Specialitäten werden von gewissenlosen Fabrikanten in Pressung und Packung täuschend nachgemacht. Um sich* *vor Schaden zu bewahren, überzeuge man sich, dass jedes Stück und jedes Packet neben der Schutzmarke den Namen Ribot trägt.‹«* Carl stellte sich mit hochgezogenen Schultern vor Fritz' Schreibtisch, legte die Stirn in Falten und kniff die Augen zusammen, so, wie es ihr Vater immer tat, wenn er zweifelte. »Kruzitürken, Bub, müssen wir denn so auf den Putz hauen? Unsere Seifen sind so gut, das wissen die Kunden doch! Und was das wieder kostet! So viele Anzeigen, da müssen wir einen Haufen Seifen verkaufen, bis das wieder reinkommt!«

Fritz hob scherzhaft die Hand, als wolle er Carl schlagen.

Kapitel 20
1881

»Es tut mir so leid, Fritz.« Aus Sophies Augenwinkel löste sich eine Träne, rollte über die Schläfe und verlor sich ihn ihren zurückgekämmten Haaren. »Ich weiß doch, dass du dir einen Sohn gewünscht hast.«

Fritz nahm ihre beiden Hände und küsste sie. »Sag doch nicht so was, du Dummerle. Ich hab eine gesunde Tochter, das ist doch ein großes Glück. Jetzt musst du dich erholen. Die Söhne kommen schon noch, wart's nur ab.«

Sophie nickte fügsam. O Gott, noch mehr Schwangerschaften? Daran mochte sie gar nicht denken. Die letzten vier Monate hatte sie gelegen, weil das Kind nicht in ihr bleiben wollte. Hatte Ängste ausgestanden mit jeder vorzeitigen Wehe. Hatte bittere Medizin geschluckt, um das Leben, das in ihr wuchs, austragen zu können. Und dann, als das Kleine hätte endlich kommen dürfen, da wollte es nicht. Sie hatte geglaubt, sterben zu müssen. Vierzehn Stunden war sie in den Wehen gelegen, die Hebamme hatte sich keinen Rat mehr gewusst, aber als die Pferde für den Transport in die Klinik schon angeschirrt waren, da hatte sich das Kindchen doch noch entschlossen, daheim auf die Welt zu kommen. Ein zartes Mädchen mit großen blauen Kulleraugen, winziger Stupsnase und hellblonden Flaumhärchen, das jetzt gewaschen und gewickelt neben seiner erschöpften Mutter lag und schlief.

»Wir wollen immer gut auf sie aufpassen«, flüsterte Sophie. »Glücklich soll sie werden und nie leiden müssen in ihrem Leben.« Sie lächelte Fritz an. »Ich würde sie gern Daisy nennen. Das heißt nicht nur Gänseblümchen, sondern auch Tausendschönchen. Schließlich ist sie halbe Amerikanerin.«

»Unser Blümchen.« Fritz streichelte der Kleinen vorsichtig die winzigen Fingerchen. »Ja, das ist schön.« Er stand auf. »Ich geh gleich aufs Amt, die Geburtsanzeige machen. Und zum Pfarrer wegen der Taufe. Du ruh dich aus.«

Sophie schloss die Augen. Sie war völlig entkräftet und sterbensmüde. Auch wenn Fritz nichts gesagt hatte – sie spürte doch, dass er enttäuscht war. Sie hatte ihn enttäuscht. Es hätte ein Junge sein sollen, dachte sie, und plötzlich ergriff sie eine große Trauer. Sie drehte das Gesicht zur Wand und weinte lautlos.

Drunten in der Stube ließ sich Fritz beglückwünschen. Sein Vater war aus der Siederei herübergekommen, Carl und Konrad aus dem Büro, die Mutter aus der Verpackung, wo sie die Frauen beaufsichtigte. Lisette hüpfte vor Freude über das kleine Cousinchen, und Rosa weinte vor Rührung. Sogar der alte Ribot's Vater schleppte sich auf seinen Krücken aus der Küche herbei, wo er den ganzen Tag saß. »Opa, du hast eine Urenkelin«, schrie ihm Fritz ins Ohr. Der Alte sah ihn verständnislos an. »Eine Urenkelin«, schrie Fritz noch einmal, »ich hab ein Mädle!« – »Sakradi«, brummelte der Alte und schüttelte den kahlen Schädel. »Da kommt doch keiner mehr mit.« Alle lachten, und Käthe rückte ihm einen Stuhl zurecht. »Komm, Vater, hock dich her und sei gern da.« Der alte Strunz war schon seit Jahren altersblöd und schien dabei das ewige Leben zu haben. Schließlich stellte sich die ganze Belegschaft im Hof auf, der Altgeselle las ein Gratulationsgedicht vor, und alle riefen: »Hoch, hoch, hoch!« Fritz verkündete, dass zur Feier des Tages ein jeder eine Mark Gratifikation bekommen würde, was seinem Vater ein unwilliges Knurren entlockte. »Für ein

Mädle brauchst keine solchen Pfürz machen«, brummte er. »Was willst denn zahlen, wenn erst ein Bub kommt?«

»Ja, geh nur her, du armes Wurm, du!« Käthe nahm ihrer Schwiegertochter die weinende Kleine ab und wiegte sie in den Armen. »So einen Hunger haben wir, gell?«

Sophie wusste nicht mehr, was sie tun sollte. Drei Tage, und immer noch keine Milch! Die Hebamme hatte ihr Himbeerblättertee gebracht, sie hatte siedendheiße Umschläge gemacht und literweise Hühnersuppe gelöffelt, aber ihre Brüste blieben schlaff und leer. »Ja du lieber Gott, als damals mein Fritz da war, da hab ich so viel Milch gehabt, dass ich nimmer gewusst hab, wohin damit. Ausstreichen hab ich müssen, auch bei der Lisette noch, weißt noch, Rosa?« Käthe meinte es nicht böse, aber sie machte Sophie ein noch schlechteres Gewissen, als sie ohnehin schon hatte. Sie konnte doch nichts dafür, und sie machte sich solche Sorgen. Anlegen, immer wieder anlegen, hatte die Hebamme gesagt, nuckeln lassen, dann schießt die gute Milch schon ein. Aber sie schaffte es einfach nicht. Als am nächsten Morgen die Kleine wieder umsonst saugte und saugte, übernahm Käthe endgültig das Kommando: »Rosa, du gehst jetzt zur alten Spachmüllerin in die Spitalgasse, die hat die schönsten Ziegen in der ganzen Stadt. Ein halber Liter Milch reicht, wir schau'n erst mal, ob's die Kleine annimmt.«

Sie tauchten den Zipfel eines Leintuchs in die angewärmte Ziegenmilch und benetzten die Lippen des Babys. Sofort kam die kleine Zungenspitze und leckte. Gierig machte die Kleine Saugbewegungen, schmatzte und ruderte aufgeregt mit den Ärmchen. Weitere Tropfen folgten, einer nach dem anderen. »Sie nimmt's«, triumphierte Käthe. Dann gab sie der Kleinen den Tuchzipfel zum »Zuzeln«, und es klappte. »Gott sei Dank«, murmelte Sophie. Nach einer halben Stunde schlief die Kleine erschöpft ein, müde vom Nuckeln und zum ersten Mal in ihrem kurzen Leben satt und zufrieden. Für das zweite Mal verbesserte Rosa die Technik: Sie schnitt den Daumen von einem Lederhandschuh und stach vorne ein Loch hinein. Dann stülpte sie das Teil über die Öffnung einer Perlin-Flasche, wickelte es mit einem Faden fest – und fertig war das Saugfläschchen. Der Spachmüllerin wurde die beste Milchziege abgekauft, ein schwarzweiß geflecktes Tier namens Liesl; es bekam ein schönes Plätzchen im Holzschuppen.

Und zu aller Erleichterung gedieh das Kind ab diesem Tag prächtig. Käthe und Rosa umsorgten es liebevoll, die zwölfjährige Lisette trug es herum, Fritz kam morgens, mittags und abends an die Wiege und herzte und drückte sein Töchterchen. Nur Sophie kam sich vor wie das fünfte Rad am Wagen. Nichts konnte sie recht machen. Gab sie der Kleinen das Fläschchen, hielt sie es bestimmt zu hoch oder zu flach oder setzte zu bald ab. Wickelte sie ihr Baby, dann war es immer zu locker, oder der Zipfel steckte falsch. »So musst du's machen!«, erklärte Käthe ihr dann. »So das Dreieck drunterlegen, dann erst von unten, dann die Seiten überschlagen. Und fest die Beinchen zusammen, damit das Moggerle grad wächst!«

»Aber dann kann sie gar nicht strampeln, und das ist doch wichtig für Kraft in den Beinen!«, protestierte Sophie schwach. Das hatte sie nämlich in einem Buch über Mutterschaft gelesen.

»Willst du mir am End' erzählen, wie man Kinder aufzieht?«, schnappte Käthe. »Schau lieber zu, damit du's lernst!«

Wenn die Kleine schrie – wer war schneller an der Wiege? Käthe. War sie nass – wer wechselte die Windeln? Käthe. Hatte sie Hunger, wer fütterte? – Käthe. »Bleib nur, Sophie, ich kümmer mich schon!«, sagte sie dann. Sophie hatte bald jedes Selbstvertrauen im Umgang mit ihrem kleinen Mädchen verloren. Sogar Rosa, die nie ein Kind geboren hatte, ging geschickter mit der Kleinen um. Sophie hatte so viel Angst, etwas falsch zu machen. Sie hatte Angst, ihr Töchterchen fallen zu lassen, Angst, es zu fest anzufassen, Angst, dass es Bauchweh haben könnte wegen der fremden Milch. Sie fühlte sich schrecklich, weil sie nicht stillen konnte. Jedes Weinen ihres »Blümchens« schnitt ihr ins Herz. »Kleine Kinder müssen schreien«, meinte dagegen ihre Schwiegermutter. »Was sollen sie denn sonst machen?«

Vier Wochen nach der Geburt feierte man Taufe. Die Ribots empfingen das Ehepaar Reitzenstein – die »Blaublüter«, wie man sie inzwischen nannte, mit herzlichen Umarmungen. Frieda und Ferdi waren samt Kindern aus Würzburg angereist; gleich nach ihnen trafen Geschäftspartner der Firma mit der Bahn aus Nürnberg und der Direktor der Vereinsbank mit der Kutsche ein. Die Damen und Herren der feinen Schwabacher Gesellschaft waren allesamt da. Pfarrer Röckel, inzwischen ein Greis von achtzig Jahren, hielt mit immer noch erstaunlich tönender Stimme eine ergreifende Predigt.

Die Patinnen Käthe und Frieda hielten die lieblich schlafende Kleine über den Taufstein. Der Pfarrer goss Wasser über das Köpfchen mit den Worten: »Ich taufe dich auf den Namen Katharina Christine Ribot, im Namen des Vaters und des Sohnes und des Heiligen Geistes.«

Sophie erstarrte.

»Wie konntest du mir das antun?«, schluchzte sie später. Alle saßen bei Kaffee und Kuchen in der guten Stube, während sie und Fritz oben im Schlafzimmer miteinander stritten. Sie machte ihm die bittersten Vorwürfe. »Wir hatten es beschlossen, du und ich. Daisy. Daisy sollte unser Kind heißen.«

Fritz biss sich auf die Lippen. »Schau, Sophie, es ging halt nicht. Die Mutter wäre auf den Tod beleidigt gewesen. Bei uns heißen die Kinder immer nach den Großeltern, das ist so Brauch. Ich hätt's ihr nicht erklären können …«

»Aber mir, mir kannst du's erklären, ja?« Sophie war wütend und hilflos zugleich. »Deine Mutter ist dir wichtiger als ich!«

Er legte die Arme um sie, sie stieß ihn zurück. »Du weißt genau, dass das nicht stimmt«, seufzte er.

»Du hast es die ganze Zeit gewusst«, weinte sie. »Schon als du aufs Amt gegangen bist, hast du's gewusst. Das ist so gemein von dir. Wie konntest du mir das so lang verschweigen, bis heute?«

Er senkte schuldbewusst den Kopf. »Na ja«, druckste er, »ich hab mich halt nicht getraut. Hab mir schon gedacht, dass du mir dann böse bist.«

»Und dann hast du gewartet, bis ich es vom Pfarrer in der Kirche erfahre!« Sie ballte die Fäuste. »Feigling!«

»Komm, sei wieder gut«, bettelte er. »Käthchen ist doch auch schön. Und wir haben sie ja auch nach deiner Mutter Christine genannt. So heißt sie nach beiden Omas. Außerdem«, lächelte er, »nennen sie sowieso alle Moggele.«

»Und was bedeutet das?«, schniefte Sophie.

Er grinste ein bisschen schief. »Moggele heißen bei uns die kleinen Kälber.«

»Was?« Sie sah ihn fassungslos an.

»Ist doch gut gemeint. Komm, lass uns wieder zu den anderen gehen. Die denken sonst, wir streiten.« Fritz nahm ihre Hand. »Sei mir nicht mehr böse, Schatz. Ich versprech dir hoch und heilig, den Namen von unserem nächsten Kind suchst nur du aus!«

Sophie wischte sich die Tränen ab. Was sollte sie schon anderes tun? Langsam folgte sie Fritz nach unten und setzte sich an den Tisch. Sie lächelte und redete, war freundlich zu jedermann und wiegte ihr Töchterchen.

Kapitel 21
1882

Der Hofmanns Rattl war seit bald zwanzig Jahren Wirt in der »Silbernen Kanne« in der Nürnberger Straße vier, und von Anfang an war er selber sein bester Kunde. Es hieß, er sei der dickste Mann von ganz Schwabach, und das mochte gut stimmen, denn als er vor einigen Monaten einmal zum Spaß auf die Stadtwaage neben dem Rathaus gestiegen war, hatte diese über hundertachtzig Kilo angezeigt. Sein Gesicht war von tieferem Rot als die Geranien vor den Wirtshausfenstern, und der Arzt hatte ihm schon öfter gesagt: »Konrad, wenn du nicht mit dem Fressen und dem Saufen langsam tust, dann trifft dich der Schlag, noch bevor du sechzig bist.« Dem Rattl war das egal; der Einzige, auf dessen Meinung er etwas gab, war seine geliebte englische Bulldogge, die ähnlich übergewichtig war wie ihr Herr. Was der Doktor sagte, ging ihm zum einen Ohr hinein und zum anderen wieder hinaus, genau wie das Gekeife seiner Frau, die ihn ständig zum Arbeiten antrieb. Gemütlichkeit, das war sein Motto, und dafür schätzten ihn seine Stammkunden. Beim Rattl konnte man anschreiben lassen, und er warf nie einen hinaus, nur weil der besoffen war. Außerdem gab es in der »Silbernen Kanne« den besten Strammen Max der ganzen Stadt, mit dick Schinken und zwei Spiegeleiern drauf. Den machte der Rattl selber, weil seine Frau keine vom Arbeiten war. Die lag lieber den ganzen Tag auf dem Sofa im ersten Stock und schnarchte schon, bevor sie die Augen zuhatte.

Genau daran dachte der Rattl eines Frühlingsabends im Mai 1882, als er wieder einmal alles selbermachen musste. Jetzt war es schon spät, in der »Silbernen Kanne« hockten nur noch die Bierdimpfel und die Kartler und die, auf die daheim keiner wartete. Der Rattl krauterte hinter der Theke herum, zapfte sich noch ein Bier und schenkte ein paar Schnäpse »für den Heimweg« in kleine Gläschen. Einer der Kartler drosch die Schellen-Sau auf den Tisch.

Auf einmal tat es einen Schlag, und alle Köpfe fuhren herum. Hinter der Theke war niemand mehr.

»Etz hat's den Rattl umg'haut!«, grölte einer fröhlich.

Zwei Männer sprangen auf und sahen nach. Tatsächlich, da lag der Rattl auf dem Boden unter seinem Zapfhahn und war mausetot. Neben ihm grätschte seine fette Bulldogge und fiepte fassungslos.

Christian erfuhr von dem Todesfall, weil er sich in letzter Zeit als Sargträger ab und zu ein paar Pfennige verdiente. Was im Fall vom Seybolds Rattl schlicht unterbezahlt war bei dem, was seine Leiche wog. Der Leichenzug war gut besucht, hauptsächlich von alten Stammgästen, die hofften, auf den Leichentrunk eingeladen zu werden.

Noch auf dem Friedhof sprach Christian die Witwe an. »Gunda, was machst denn du jetzt mit der Wirtschaft?«

»Wenn ich des wüsst'«, schniefte die Hofmanns Gunda. »Allein kann ich doch net weitermachen. Des schaff ich doch gar net.«

Christian suchte vorsichtig nach Worten. »Soll ich dir vielleicht aushelfen in der ersten Zeit? Ich mein, das wär doch vielleicht im Sinn von deinem Rattl, Gott hab ihn selig.«

Die Gunda schaute ihn misstrauisch an. »Dir hat doch die Polizei damals deine Wirtschaft zugemacht, oder?«

»Ja, schon. Aber ich würd das Lokal ja auch nicht führen. Die Besitzerin bist ja du. Ich tät bloß dort arbeiten, als Angestellter sozusagen.«

Die Gunda dachte nach.

»Ich würd auch nicht viel verlangen. Meine Trudel könnt die Küche machen und ich den Ausschank, für Kost und Logis und ein bissle was obendrauf. Sei so gut, Gunda. Uns tät's gut, und für dich wär's kein Schaden.«

Die Gunda wollte keinen Ärger mit der Obrigkeit. Aber selber arbeiten wollte sie auch nicht. Platz genug war da, und sie fürchtete sich außerdem davor, von nun an jede Nacht allein im Haus zu sein. »Ich überleg's mir«, sagte sie.

Zwei Wochen später bezogen Christian, Trudel und Anna ein Zimmer im ersten Stock über der Wirtsstube der »Silbernen Kanne«, und die Gunda hatte sich sogar noch dazu überreden lassen, ein Kabuff unterm Dach an Leo zu vermieten.

»Jetzt ist unsere schlimmste Zeit vorbei«, sagte Christian, als sie alle gemeinsam in der Wirtschaft standen und sich umsahen. »Jetzt geht's wieder aufwärts.«

Wenn bloß unser Oskarle noch dabei wär, dachte Trudel traurig. Und sagte: »Aber hier kommt mir keine Arbeiterversammlung mehr herein, hörst du?«

Christian nickte. »Tät die Gunda auch nicht dulden. Außerdem weißt du doch, dass wir uns nur noch in unseren eigenen Wohnungen und Häusern treffen.«

»Und das ist schon gefährlich genug«, schimpfte Trudel. Seit der Zerschlagung der Schwabacher Arbeitervereine herrschte eine angespannte Ruhe, die jederzeit in erneute Verhaftungen oder Schikanen umschlagen konnte. Die von der Sozialdemokratischen Arbeiterpartei Deutschlands ausgegebene Parole lautete: abwarten und in Deckung bleiben. Man war der Überzeugung, die Revolution ließe sich nicht auf Dauer verhindern. Der Schwabacher Magistrat berichtete an die Regierung: »Seit dem Inkrafttreten des Reichsgesetzes vom 21. Oktober 78 hat die sozialdemokratische Bewegung in Schwabach, wo doch vorher in ziemlich reger Weise agitiert wurde, wie mit einem Schlage aufgehört. Gleichwohl darf nicht angenommen werden, dass die soz. Anschauungen dahier ausgerottet sind; im Gegenteil, wir haben Grund zu der Annahme, dass die hiesigen Arbeiter nach wie vor mit zäher Ausdauer ihren staatsschädlichen Tendenzen anhängen und nur äußerlich sich der Strenge des Gesetzes fügen.« Genau so war es. Die Arbeiterbewegung schwelte im Untergrund weiter, und Christian und Leo gehörten dazu.

In der »Silbernen Kanne« lag so ziemlich alles im Argen. Für den Rattl waren die Begriffe Sauberkeit und Ordnung Fremdworte gewesen, und die Gunda hatte sich in den letzten Jahren kaum in der

Wirtschaft blicken lassen. In der Küche blühte der Schimmel, Wände und Möbel waren schmierig vom Fett und vom Dreck, der Herdofen verschwand fast völlig unter einer dicken schwarzen Schmutzkruste. In der Vorratskammer fanden sich vorzeitliche Schinkenschlegel, die so hart und trocken und zusammengeschrumpelt waren, dass man jemanden damit erschlagen konnte. Die Kartoffelvorräte stanken faulig, die Zwiebeln noch schlimmer. Im Keller fanden sich tote Molche und lebendige Mäusefamilien, es roch nach Moder und nach Katzenurin. Das Plumpsklo für die Gäste war verstopft und voller toter Fliegen. Die Fenster der Gaststube waren mindestens seit dem 70er Krieg nicht mehr geputzt worden, ähnlich schmutzig waren der Boden, die Lampen, die Holzgarderobe, einfach alles. Lediglich die Theke war leidlich sauber, und die Tische und Stühle schien der Rattl auch hin und wieder abgewischt zu haben. Die Hinterlassenschaften der Bulldogge fanden sich auf dem Pflaster links und rechts der Eingangstür, weiter hatte sie es wegen ihrer Fettleibigkeit nicht mehr geschafft. »Dass hier überhaupt noch einer hergekommen ist, wundert mich«, brummte Trudel. Das alles bewies wieder einmal, dass man der Gunda zu Recht nachsagte, sie sei ein faules Stück, und dass Männer einfach keinen Dreck sahen. Seufzend bewaffneten sie und Anna sich mit Eimer, Schrubber, Lumpen und einer Schachtel Ribot'scher Seifenflocken und machten sich über die Wirtschaft her, während Leo und Christian gruseliges Zeug aus dem Keller zutage förderten, Fässer rollten und Gerümpel fortschafften. Nach einem Wochenende Arbeit war es geschafft, und die »Silberne Kanne« konnte wieder aufgemacht werden. Gunda bezahlte sogar ein teures Inserat im »Intelligenzblatt«: »Kunigunde Hofmann, Wirtswitwe dahier, beehrt sich anzuzeigen, dass die allseits beliebte ›Silberne Kanne‹ unter ihrer alleinigen Leitung wieder täglich von 11 Uhr bis nachts 10 Uhr geöffnet hat. Werte Gäste, beehren Sie uns weiterhin mit Ihrer geschätzten Anwesenheit. Warme gutbürgerliche Küche, sonn- und feiertags Kaffee und Kuchen.«

Kapitel 22

Dear diary!
Heute ist ein wunderbarer Tag! Käthchen kann laufen! Wacklig hat sie im Hof ihre ersten Schritte gemacht, aus Rosas Armen in meine. Was war das für eine Freude! Es hat dem Kind also doch nicht geschadet, dass ich nicht stillen konnte – obwohl meine Schwiegermutter damals prophezeit hat, ohne Muttermilch würde es schwächlich und oft krank sein. Aber sie ist ein Sonnenschein, meine Kleine. Ich weiß nicht, was ich ohne sie machen sollte. Ich fühle mich immer noch so fremd hier. Jeden Tag habe ich Heimweh, es wird gar nicht besser. Dabei ist das Städtchen hübsch, es hat eine herrliche Kirche, alte Gassen und malerische Winkel, so etwas gibt es in Amerika nicht. Jedes Haus hat eine jahrhundertealte Geschichte zu erzählen. Jede Familie kann auf Generationen zurückblicken, die hier gelebt und gewirkt haben. Alles ist alt und ehrwürdig. Bei uns in Amerika ist alles neu, und man hat das Gefühl, nichts ist für immer. Hier ist alles für die Ewigkeit gemacht.

Inzwischen kenne ich bald jeden Winkel in der Stadt. Die Wöhrwiese, wo die Kinder im aufgestauten Schwabachflüsschen baden. Den Pinzenberg, wo viele Handwerker leben und arme Nadlerfamilien nachts im Schein von Schusterkugeln Heimarbeit machen müssen. Die Boxlohe mit ihrem hübschen Kirchlein, das einst aus ihrer Heimat geflüchtete Franzosen gebaut haben. Ausflüge hat Fritz mit mir schon mehrfach unternommen. Er hat mir Nürnberg gezeigt – eine unglaublich altehrwürdige mittelalterliche Stadt, genauso, wie ich es mir früher in Amerika ausgemalt habe. Und er hat mich auf die riesige Kaiserburg geführt, auf der einst Ritter und Könige gelebt haben! Ich bin immer noch beeindruckt. Ja, heute bin ich ein Teil dieser alten Welt, sehe jeden Tag steingewordene Vergangenheit. Nur dass ich es nicht mehr ganz so romantisch finde – alte Gebäude wie das Ribot-Haus, das ja bestimmt schon mehr als hundert Jahre auf dem Buckel hat, sind zwar schön anzusehen, aber wenn man drin leben muss –

Die Menschen hier sind auf eine derbe Art freundlich, aber sie halten Abstand von mir. Ich gehöre eben nicht schon immer dazu. Jeder kennt hier jeden. Und es wird ständig geredet. Die Meinung der anderen scheint das Wichtigste im Leben zu sein. »Was sollen die Nachbarn sagen?« ist ein Satz, den ich dauernd höre. Oder: »Dem sein Großvater war schon ein Lump!« Oder: »Der ist aus Roth, der kann ja nix taugen!« Bei uns in Amerika fragt niemand danach, wo einer herkommt und wer seine Eltern waren. Und was die Leute reden, interessiert auch niemanden. Es ist auch nicht wichtig, ob einer jeden Sonntag in die Kirche geht oder abends in die Wirtschaft. Ich fühle mich hier ständig beobachtet und beurteilt.

Mit der Familie komme ich inzwischen schon viel besser zurecht als zu Anfang, aber mit meiner Schwiegermutter werde ich mich wohl nie wirklich verstehen. Meinen Schwiegervater dagegen hab ich recht gern, er ist freundlich und gut zu mir. Fritz' Brüder sind so unterschiedlich – Carl bringt mich oft zum Lachen, er foppt mich manchmal und erinnert mich sehr an meinen eigenen Bruder Steve. Mit Konrad weiß ich meist nicht, was ich reden soll, er ist so still, dass er manchmal fast düster wirkt. Lieb habe ich die kleine Lisette. Sie ist ein niedliches Ding, und so anhänglich! Sie schaut zu mir auf, fragt mich oft um Rat und erzählt mir ihre Geheimnisse. Vor einem halben Jahr habe ich angefangen, ihr Englisch beizubringen, täglich eine Stunde. Das hat uns beiden viel Spaß gemacht. Aber letzte Woche hat meine Schwiegermutter bestimmt, dass das aufhören muss – die Leute reden, sagte sie, dass Lisi jetzt wohl was Besseres sein will und klüger als alle anderen. Und dass sie so nie einen Mann kriegt. Also haben wir mit dem Unterricht aufgehört. Ich war wütend und traurig darüber. Diese dummen Kleinstadtmenschen! Gönnen einem jungen Mädchen nicht, dass es etwas lernt! Und meine Schwiegermutter findet das auch noch richtig! Ich fürchte, ich werde mit diesen Leuten nie zurechtkommen.

Fritz hat mich getröstet, hat gesagt, es wird schon noch werden. So ist er, er hat immer Hoffnung. Er hat gemeint, sie brauchen halt Zeit, dann gewöhnen sie sich schon an dich. Sei freundlich und nett zu jedermann, dann werden sie dich mögen. Ach, ich gebe mir so viel Mühe. Ich lade die Damen der

»Gesellschaft« jeden zweiten Sonntag zum Kaffeekränzchen ein. Ich bin Mitglied im Frauenverein vom Roten Kreuz geworden, das macht mir Freude. Wir wollen ein Kinderasyl für Waisen und verelendete Armeleutekinder gründen und sammeln Spenden dafür. Das ist eine edle Aufgabe; Wohltätigkeit und Nächstenliebe ist ja die ureigenste Aufgabe von uns Frauen.

Eigentlich würde ich mich so gerne den ganzen Tag um meine kleine süße Fee kümmern. Aber das geht nicht, weil in der Familie Ribot die Frauen im »Geschäft« mithelfen müssen. Das ist so Brauch – ich kann das Wort bald nicht mehr hören. Wenn man etwas in Frage stellt, heißt es: Das war schon immer so – und damit ist der Fall erledigt. Wenn etwas schon immer so war, dann muss es zwangsläufig gut sein. Das macht mich so ungeduldig. Für jemanden, der aus einem Land kommt, wo nichts schon immer so war, wo alles neu ist und zum ersten Mal gemacht wird, ist das wirklich schwer zu verstehen. Aber ich gebe mir Mühe.

Jedenfalls leiste ich seit fast einem Jahr täglich pflichtschuldigst meinen Beitrag zum »Geschäft«, während Rosa mein Käthchen betreut. Eigentlich gefällt es mir im Laden gut, und das Verkaufen macht mir Spaß. Der Verkaufsraum wirkt hell und freundlich, für mich ist er der schönste Teil dieses Hauses, das sonst so düster und eng erscheint. Da gibt es wandhohe Regale voller Seifen, hübscher Verpackungen und bunter Kartons, eine hellgrün gestrichene Verkaufstheke und hellgrün getünchte Wände, dazwischen Präsentkörbe, Tonnen mit offenen Waschflocken und Schmierseife. Alles duftet nach Rosen, nach Lavendel, nach Fichtennadel, überhaupt nach Frische und Sauberkeit. Und ich liebe es, wenn das Glöckchen, das an einer Feder über der Ladentür hängt, lustig bimmelt. »Die Sophie ist gut für den Laden«, sagt meine Schwiegermutter, »sie ist hübsch und adrett, das gefällt den Kunden«. Seit ich hinter der Theke stehe, sagt sie, ist der Umsatz gestiegen. Wenigstens etwas, worin ich in ihren Augen nicht versage. Sonst tue ich das nämlich. Ich habe meine Schwangerschaft und die Geburt verpatzt. Ich habe nur ein Mädchen geboren, das ich nicht einmal stillen konnte. Und jetzt ist das Kind schon ein Jahr alt, und ich bin noch nicht wieder schwanger. Ich weiß doch auch nicht, was ich tun soll. Vielleicht würde »es« besser gehen, wenn Fritz und ich endlich eine eigene

Wohnung hätten. Vielleicht liegt es daran, dass ich mich immer so geniere, weil die anderen zuhören. Fritz versteht das, er ist der liebste Ehemann auf der ganzen Welt, er trägt mich auf Händen, aber er vertröstet mich. Jetzt soll erst einmal mit allen Anstrengungen das Geschäft hochgebracht werden. Und da muss man seine Wünsche halt manchmal hintanstellen, sagt er. Wenn erst der alte Morneburg sein Haus hergibt, dann wird alles anders, dann ziehen wir dort ein. Bis dahin heißt es warten.

Aber es ist ja nicht nur das Schlafzimmer. Es ist auch, dass ich ihn immer teilen muss. Nie bin ich mit meinem Mann alleine. Immer sind da die Eltern, die Geschwister, die Gesellen, die Lehrlinge. Beim Frühstück, Mittagessen und Abendessen. Beim Kirchgang, beim Sonntagsausflug. Ich habe eine ganze Familie geheiratet. Nur abends im Bett können wir vertraut miteinander reden, und da ist er meist so müde, dass er darüber einschläft. Er merkt schon, dass ich oft unglücklich bin. Dann macht er mir kleine Geschenke, ein Seidentuch, ein Emailledöschen, ein Fläschchen mit Parfüm. Neulich ist er sogar mit mir nach Nürnberg gefahren, um die neue elektrische Straßenbeleuchtung anzuschauen. Allein! Es war herrlich, zu zweit in der Kutsche zu fahren, sein Arm um meine Schultern. Fast wie damals in Pittsburgh. Fritz hat mir unterwegs erzählt, dass es in Berlin schon seit einem Jahr eine elektrische Straßenbahn auf Schienen gibt, die von selber fährt. Ohne Pferde! Fritz weiß immer das Neueste. Pferdekutschen werden bald der Vergangenheit angehören, hat er gesagt. Das kann ja keiner fassen! Ach, und dann kam das Licht! Man stelle sich vor: Ein ganzer Platz und eine Straße mit hohen Laternen ohne offene Flamme, die man nicht erst anzünden muss und die die ganze Nacht Helligkeit abstrahlen! Einmalig! Fritz und ich waren begeistert, alles war fast taghell, und wir konnten aus der Kutsche aussteigen und spazieren gehen, als sei es Mittag! Ach, könnten wir so etwas nur öfter machen! Aber meistens sitzt mein Fritz selbst an den Sonntagen noch im Kontor und brütet über neuen Ideen. Jetzt natürlich auch über eine elektrische Beleuchtung und elektrisch betriebene Maschinen in der Fabrik.

So, liebes Tagebuch, nun will ich Schluss machen, denn ich muss noch meinen monatlichen Brief nach Pittsburgh zu Ende schreiben. Wie werden sich die Lieben drüben freuen, wenn sie hören, dass

Käthchen schon läuft? Ach, ich habe Sehnsucht nach meinen Eltern und nach meinem Bruder Steve. Vielleicht können sie mich im nächsten Jahr endlich besuchen, ich will meine Schwiegermutter fragen, ob ich sie endlich einladen darf. Dann können sie auch sehen, wie Fritz die Firma hier verändert hat mit all seinen Ideen. Und sie könnten verstehen, wie stolz ich auf ihn bin.

Kapitel 23

Aus den Lebenserinnerungen von Fritz Ribot, begonnen 1921

Mein Vater ließ meinem Schaffensdrang freie Bahn, und so war die Firma bis Ende des Jahres 1883 auf dem Stand, den ich in Amerika kennengelernt hatte. Kessel bis zu 2500 Ztr. Inhalt waren angeschafft, neue Seifen, sogar mit 100 Prozent und mehr Harz, dabei schön fest und griffig, kamen ins Sortiment, und alles wurde in neuer Verpackung und mit viel Reklame abgesetzt. Das Geschäft dehnte sich innerhalb von zwei Jahren auf mehr als das Doppelte aus. Wir schafften das trotz der erheblichen Kosten, die die reichsweite Einführung der Krankenversicherung für Arbeiter mit sich brachte, deren Beiträge zu $^{2}/_{3}$!!! von den Arbeitgebern getragen werden mussten. Vater bekam Herzschmerzen, so regte er sich auf. Sein großer Held Bismarck hatte die Arbeit der Sozialisten übernommen! »Warum geht der Lump nicht gleich zur SDAP?«, brüllte er, als er die Zeitung las. Da wusste er noch gar nicht, dass wir im Jahr darauf die neu verordnete Unfallversicherung ganz würden übernehmen müssen. Vater verstand nicht, dass Bismarck die neuen Sozialgesetze für die einzige Möglichkeit hielt, den Aufstieg der Sozialisten zu bremsen. Er wollte den Sozis den Wind aus den Segeln nehmen – nun, wir alle wissen, wie das geendet hat. Meine Brüder und ich waren kaum weniger wütend, schließlich

gingen die ungeheuren Beitragskosten vom Gewinn der Firma ab. Aber wir hofften auch, dass damit die Arbeiterschaft besänftigt würde und das Gespenst des Kommunismus seinen Schrecken verlöre. Der Jubel unter unseren Arbeitern über Bismarcks Gesetz war groß, allerdings murrten auch manche, weil sie nicht einsehen wollten, ihr ganzes Berufsleben über Geld zu bezahlen für eine Sache, die vielleicht nie eintreten würde. »Ich war in den letzten fünfundzwanzig Jahren nicht krank«, protestierte der Hofers Max. »Wieso muss ich für was zahlen, was ich nicht brauch'?« Ausgerechnet ich hab ihm dann das Solidaritätsprinzip erklärt, dass nämlich alle einzahlen müssen, damit für die, die's brauchen, dann Geld da ist. Das war ihm auch kein rechter Trost.
Zum Glück wurde das Wachstum unserer Firma entgegen allen Befürchtungen durch die Kosten für die neue Sozialgesetzgebung nicht verlangsamt. Es ging rasant vorwärts. Manchmal weiß ich selber nicht, wie wir das alles geschafft haben. Alle arbeiteten wir Hand in Hand, Vater, Carl, Konrad und ich. Unermüdlich, manchmal bis zur Erschöpfung. Das umgestaltete Firmenareal umfasste inzwischen ein großes Karree mit der Nürnberger Straße im Westen, der Kappadozia im Osten, der Kotgasse im Norden und dem Schwabachfluss im Süden, aber ganz gleich, was wir umgestalteten, anbauten oder aufstockten, der Platz reichte nie. Auch die Verlegung des gesamten Fuhrparks und der Pferde auf eines unserer Grundstücke am Ostanger brachte nur kurze Erleichterung. Der alte Morneburg blieb immer noch stur wie ein Bock, was den Verkauf der Nürnberger Str. 6 anbelangte, und meine Hoffnung, nach dem Tod des dicken Rattl die »Silberne Kanne« auf Nummer 4 zu kaufen, zerschlug sich, weil dessen Witwe lieber dem Andenken ihres Mannes zuliebe die Wirtschaft weiterführen wollte. Alles platzte aus den Nähten, aber wir produzierten immer größere Mengen, stellten immer mehr Arbeiter ein, die Firma stampfte und brummte und rollte wie ein Riesendampfer unverdrossen vorwärts. Wir verkauften inzwischen an bald jedes Ladengeschäft im Königreich Bayern und gewannen neue Kunden in ganz Deutschland. Sogar in Berlin kannte man unsere Produkte!
Und dabei wohnten und lebten wir eigentlich immer noch wie vor dreißig Jahren, als die Firma Ribot nichts als eine winzige Werkstatt war und die Familie wenig mehr als arme Schlucker. Wir

hatten immer noch einen einzigen Abort für alle auf dem Hof, ein Häuschen mit Herz, in dem es im Sommer furchtbar stank, und einer Sickergrube darunter, die alle paar Jahre geleert werden musste. Immer noch badeten wir alle in der großen Zinkwanne, die samstags in einem gekachelten Nebenraum der Siederei aufgestellt wurde, hausten mit Kind und Kegel in einem Anwesen, das noch aus dem Mittelalter stammte und für so viele Menschen viel zu klein war. Wir hatten kein bisschen Luxus, keinen schönen Garten, kein Gaslicht, kein modernes Mobiliar – ich glaube, die modernsten Gegenstände im Haus waren mein Rasierhobel und Carls Schreibmaschine, die er wie einen Schatz hütete und jeden Abend mit in sein Zimmer nahm. Lisettchen sagte einmal, er behandle das Gerät, als sei es sein Hund, es fehlte nur noch, dass er mit ihm spräche. Seitdem nannten alle, einschließlich Carl, das Ding »Fiffi«. Die einzige Anschaffung für die Familie in den letzten Jahren war der Kauf einer neuen Kutsche im Jahr 1878 gewesen, und auch das nur, weil die alte lebensgefährlich marod gewesen war. Alles Private kam bei uns eben erst an zweiter Stelle, anders kannten wir es nicht.

Für Sophie muss es damals schwer gewesen sein. Ich hatte wenig Zeit für sie, die Firma ging einfach vor. Wenn man so viel Verantwortung trägt, kann man nicht einfach hergehen und die Wonnen des seligen Ehelebens genießen. Man hat nun einmal auch Pflichten. Heute würde ich vieles anders machen, aber damals ... nun ja, ich war jung und mein Ehrgeiz groß. Meine kleine Frau hielt sich tapfer, versuchte, das Heimweh nach Amerika und all ihren Lieben zu vergessen und bei uns ein Teil der Familie zu werden. Sie litt unter der Enge, weinte oft, und ich konnte mir nicht immer die Zeit nehmen, sie zu trösten, wenn's doch im Kontor brannte oder in der Siederei Hochbetrieb herrschte. Dann kam noch die schwere Schwangerschaft, dank Gott gekrönt von dem Glück, ein gesundes Kind zur Welt zu bringen. Weil wir unser hübsches Käthchen bei Rosa in allerbesten Händen wussten, konnte Sophie bald im Laden mitarbeiten; ich hoffte, dass sie, wenn sie erst ihren Beitrag zum Gedeih der Firma leisten konnte, zufriedener und glücklicher würde als vorher. Es ist doch immer wunderbar, Teil eines großen Ganzen zu sein. Doch dann kam eine unglückliche Zeit für sie. Erst die Freude, wieder neues Leben in sich heran-

wachsen zu spüren, dann der schlimme Schlag einer Fehlgeburt. Sie war untröstlich, und auch ich trauerte um das arme verlorene Leben. Doktor Lochner riet mir unter vier Augen, ich möge alles tun, um »mein junges Frauchen« auf andere Gedanken zu bringen, denn sie sei von äußerst zarter Konstitution, sie bräuchte viel frische Luft und Bewegung und auch viel Zuwendung. Da dachte ich wieder an die schönen gemeinsamen Stunden in Amerika, und ich schenkte ihr eine hübsche kleine Schimmelstute, die wir auf dem Ostanger mit einstellten. Na, erst einmal brauchte sie ein paar Übungsstunden mit dem Damensattel. Denn es war natürlich nicht daran zu denken, hier bei uns wie ein Mann zu reiten. Den Schwabacher Schneider hätte ich sehen wollen, der nicht beim Auftrag, einen geschlitzten Reitrock zu schneidern, sofort in Ohnmacht gefallen wäre! Sophie fand es anfangs zwar schrecklich unbequem, aber sie gewöhnte sich schnell an den seitlichen Sitz, und von da an ritten wir fast jedes Wochenende gemeinsam aus, sie auf ihrer lammfrommen Bella und ich auf meinem guten alten Maxl, dem angesichts der »Damengesellschaft« die Augen übergingen. Wie ein junger Hengst stellte er den Schweif und tänzelte neben der Stute einher, als sei er nicht mit seinen achtzehn Jahren längst aus dem Poussieralter heraus. So galoppierten wir durch die Maisenlach, die Rednitz entlang oder zum Eichwasen hinauf, und es war bald wie früher. Meine Sophie blühte wieder auf, ihre Wangen wurden wieder rot, und auch mir taten diese Ausflüge gut für Leib und Seele.
Alles, was uns noch zum Glück fehlte, war ein Sohn und Erbe.

Kapitel 24
1883

Das feine Zischen und Reiben der Nadelspitzen auf dem rotierenden Sandstein, das anfangs wie lange Bündel dünner Glassplitter durch Leos Trommelfelle geradewegs in seinen Kopf gefahren war und ihm schier körperlichen Schmerz verursacht hatte, hörte er längst nicht mehr. Und er hatte auch nicht mehr das Gefühl, dass sein Rücken durch die ständig gebeugte Haltung mittendurch brach. Es war einem dumpfen Druck gewichen, der auch am Feierabend nicht aufhörte und manchmal zu einem Taubheitsgefühl in den Beinen führte. Und auch wenn Leo zu den paar Schleifern gehörte, die sich einen feuchten Badeschwamm um Mund und Nase banden, um so wenig wie möglich vom Schleifstaub einzuatmen, hatte er doch ständig Durst und eine trockene, raue Kehle.

An diesem Montag im Dezember 1883 fand Leo zum ersten Mal den Platz neben sich leer. Hier stand seit Jahren Willi Wohlleb, ein freundlicher, schmächtiger Mann von 37 Jahren, der Leo alles beigebracht hatte, was ein Schleifer können musste. Willi war bei allen beliebt, er teilte sein Mittagsbrot mit jedem, der nichts hatte, half, wo er konnte und erzählte in der Pause gern Witze. Er war verheiratet, hatte drei kleine Kinder und schliff seit über zehn Jahren. Fast genauso lange hatte er es auch schon auf der Lunge und hustete. Leo kannte seine Stimme nur belegt und raspelrau, und Willis Lachen war so heiser, dass es beinahe stumm herauskam.

»Der Willi fehlt«, stellte Erwin Schleier, der Vorarbeiter, beim Zähldurchgang fest. »Was ist mit dem?«

»Der kommt bestimmt gleich«, sagte Leo. »Vielleicht hat er verschlafen … Soll ich schnell zu ihm rübergehen? Er wohnt ja gleich vis-a-vis im Hinterhaus.«

»Das ist jetzt schon das vierte Mal heuer, dass der nicht da ist«, schimpfte Schleier. »Wenn er heut nicht mehr auftaucht, braucht er gar nicht mehr kommen, das kannst du ihm ausrichten. Draußen vorm Tor warten genug andere. Nein, bleib da, du hast was zu arbeiten, ich schick den Lehrling.«

Eine Viertelstunde später kam Willi mit schleppenden Schritten in den Saal, er sah aus wie der Tod. Mit fahrigen Griffen legte er den Hebel um, der den Treibriemen der Transmission mit seinem Schleifstein verband, und dann begann er, zu arbeiten. Leo konnte trotz des Lärms jeden einzelnen seiner mühsamen Atemzüge hören. »Hätt'st daheimbleiben sollen, Mensch«, sagte er. »Krank, wie du bist.«

»Dann verlier ich meine Arbeit«, keuchte Willi. »Und ich hab doch die Kinder.« Er hustete. »Es geht schon, muss halt.«

Leo sagte nichts mehr. Aber er sah, wie langsam Willis Bewegungen waren, wie er gegen die Schwäche kämpfte. Und dann, mit einem Mal, bekam der Stopsel einen furchtbaren Hustenanfall. Das Nadelbündel fiel zu Boden, Willi krümmte sich und wäre beinahe mit dem Ärmel seines Kittels in die Schleifrolle geraten. Leo langte hinüber und zog den Riemen von der Transmission. »Willi«, sagte er, »komm an die frische Luft.« Er stützte den immer noch Hustenden und führte ihn zum offenen Fenster. Willi konnte sich kaum noch auf den Beinen halten. Er rang nach Luft wie ein Ertrinkender. Leo gab ihm sein Stofftaschentuch, er presste es vor den Mund, und dann sackte er in sich zusammen. Er lag auf dem staubigen Boden, seine Brust hob und senkte sich, sein Atem ging schwer und röchelnd.

Leo sah das hellrote Blut auf dem weißen Tuch. »Er braucht einen Doktor«, schrie er. Die anderen hatten inzwischen zu arbeiten aufgehört und standen stumm um den Stopsel herum. Leo kniete neben ihm und stopfte ihm seinen zusammengerollten Kittel unter den Kopf.

»Jetzt … geht's … dahin«, flüsterte Willi und hustete wieder erstickt. Ein Blutfaden hing in seinem Mundwinkel.

»Sag doch so was nicht.« Leo strich dem Freund über die Stirn. »Im Winter ist dein Husten immer schlimmer, das weißt du doch.«

Willi lachte sein lautloses, quälendes Lachen. Es ging in Husten über. In Röcheln. In ein furchtbares Ringen um ein bisschen Luft zum Weiterleben.

Dann war der Vorarbeiter da. »Alles an die Plätze!«, kommandierte er. »Oder gibt's was zum Feiern?«

Die Schleifer verzogen sich wortlos. »Du da, Gruber«, sagte Schleier böse. »Du auch. Lass den liegen, der wird schon wieder.«

Leo spürte wilden Zorn in sich aufsteigen. Er packte Willi verzweifelt bei den Schultern. »Schnauf, Willi, schnauf. Eins, zwei, so ist's gut. Geht schon.«

»Gruber!«, brüllte der Vorarbeiter.

Auch Leo schrie jetzt. »Komm, Willi, noch mal, eins zwei. Du schaffst das. Willi, schnauf. Willi …«

Aber Willi hörte nichts mehr.

Leo hätte losheulen mögen wie ein Hund. In seinen Ohren rauschte das Blut. Langsam stand er auf und stellte sich ganz dicht vor Schleier hin. Er überragte den Vorarbeiter um einen ganzen Kopf. »Du Drecksau«, sagte er leise zu ihm.

»Was?«, rief Schleier mit hochrotem Gesicht. »Haben Sie eben Drecksau zu mir gesagt?«

»Ja«, sagte Leo, immer noch ganz leise. »Und wenn du Drecksau nicht gleich aus dem Saal draußen bist, dann polier ich dir den Arsch an meinem Schleifstein!«

Der Vorarbeiter blickte sich nach Hilfe um, aber niemand machte Anstalten, ihn zu verteidigen. Also gab er Fersengeld. »Das wird ein Nachspiel haben, Gruber!«, rief er über die Schulter zurück, bevor die Tür hinter ihm zufiel.

Leo drehte sich zu seinen Kollegen um. In ihm war nichts als Wut, tödliche, blutrünstige, rasende Wut. »So krepieren wir alle«, schrie er heiser. »Genau wie der Willi! Habt ihr's jetzt kapiert?«

Und plötzlich war bleierne Stille. Jemand hatte die Transmission abgeschaltet. Die Schleifer standen auf. »Hast recht«, sagte Karli, der Jüngste unter ihnen. »Wir sind alle bloß Leichen auf Urlaub.«

»Und warum? Weil der Alte keine Staubfänger anbringen lässt!« Leo ballte die Fäuste. »Das schmälert nämlich seinen Profit.«

»Jawoll!«, pflichtete der bucklige Adam bei, dessen Bruder schon an der Lunge gestorben war. »Dem ist doch wurscht, ob wir am Leben bleiben oder nicht!«

»Wenn wir uns zu Tod husten, stellt er halt andere ein, der Sklaventreiber.«

»Obacht!«, sagte Karli.

»Was ist hier los?«

Die Arbeiter – alle außer Leo – sahen betreten zu Boden. Der Fabrikherr war hereingekommen, und sie hätten jetzt alle am liebsten einen Hut auf dem Kopf gehabt, den sie zum Zeichen der Ehrfurcht hätten abnehmen können. Friedrich Reingruber war ein imposanter Mann mit grauem Vollbart und dichtem weißen Haar. Für sein Alter sah er immer noch erstaunlich rüstig aus, und er verströmte eine Aura unerbittlicher Autorität.

Leo trat vor und stellte sich breitbeinig vor den Fabrikanten hin. »Da drüben«, sagte er und deutete zum Fenster, »ist grad der Willi Wohlleb verreckt. An der Staublunge.«

»Traurig«, näselte Reingruber. »Sehr traurig.« Hinter ihm tauchte Erwin Schleier auf und funkelte Leo hasserfüllt an.

»In Aachen und Iserlohn gibt es an den Schleifsteinen schon längst Absaugmaschinen«, sprach Leo weiter. »Damit die Arbeiter nicht krank werden.«

»Wo haben Sie das denn her, Gruber?«, lächelte Reingruber.

»Das steht in der Zeitung«, antwortete Leo. Er konnte ja schlecht sagen, dass er es von einem SDAP-Mann wusste, der neulich im Hinterzimmer der Uhrenwerkstatt von Georg Baum eine illegale Rede gehalten hatte.

»Papperlapapp.« Friedrich Reingruber stampfte mit seinem Gehstock auf. »Glaubt doch diesen Unsinn nicht, Männer. »Hören Sie, Gruber, ich weiß, dass Sie ein guter Schleifer sind. Wenn Ihnen Ihre Arbeit lieb ist, dann halten Sie in Zukunft Ihren Mund und gehen jetzt wieder an Ihren Platz.«

Leo schob trotzig das Kinn vor. »Bei Staedtler & Uhl haben sie schon Ventilatoren und Staubfänger bestellt.« Gemurmel unter den Männern.

»Dem Herrn Staedtler sind seine Arbeiter das wert«, fuhr Leo fort. »Und Ihnen? Sollen wir uns alle neben unseren Schleifsteinen die Brocken aus dem Leib husten?«

»Dem ist das doch wurscht«, rief einer.

»Genau! Das Geld ist dem Herrn Direktor wichtiger«, meinte ein anderer.

»Sonst müsste er ja billigere Zigarren rauchen«, kam es aus dem Hintergrund.

Reingruber kniff die Augen zusammen. »Was soll das hier werden, hm? Eine Meuterei? Glaubt ihr, dass ihr die Entscheidungen für die Fabrik treffen könnt?«

»Wir wollen Absaugmaschinen!«, sagte Leo.

»Bindet euch Schwämme vor«, erwiderte Reingruber und machte eine wegwerfende Handbewegung. »Das reicht völlig aus.«

»Mit den Schwämmen kann man kaum atmen«, protestierte der junge Karli. »Die sind sofort so voller Staub, dass keine Luft mehr durchgeht.«

»Herr Direktor!« Schorsch Riegel trat vor, ein älterer, bedächtiger Schleifer, der sonst nie den Mund aufmachte. »Wir wollen nicht an der Staublunge sterben wie der Willi da drüben. Wir haben alle Familien. Seien Sie doch so gut und helfen Sie uns. Haben Sie ein Einsehen, in Gottes Namen.«

Reingruber klemmte sein Monokel ins linke Auge und schaute damit in die Runde. Einen nach dem anderen seiner Schleifer fixierte er, müde Männer in staubiger Kleidung, die gerade ihren eigenen Tod gesehen hatten. »Wenn ihr wollt«, sagte er, »dann geht doch zum Staedtler. Es steht euch frei. Stänkerer kann ich nicht brauchen. Wenn nicht, dann wird hier sofort weitergearbeitet. Wir haben schon genug Zeit verloren. Gruber, Riegel – ihr bringt den Willi heim zu seiner Frau. So kann er nicht liegenbleiben. Und ansonsten will ich nichts mehr hören.« Damit machte er auf dem Absatz kehrt und verließ die Schleiferei.

Am nächsten Morgen befand sich die Belegschaft der Schleiferei im Streik. Die Männer kamen pünktlich um halb acht und stellten sich im Hof auf. Es schneite, und sie hatten in einem Stahlbottich, in dem sonst Nadeln geölt wurden, ein Feuer angezündet. Leo trat von einem Fuß auf den anderen und wärmte sich an der Glut die Hände. In seinen dunklen Haaren und auf dem dichten Schnurrbart sammelten sich Schneeflocken. Schließlich kam Friedrich Reingruber aus dem Kontor. »Habt ihr mir was zu sagen?«, fragte er grimmig.

»Ja.« Leo trat vor. »Wir gehen erst wieder in die Schleiferei, wenn Sie eine Absauganlage anschaffen. Ihr Wort genügt uns.«

»Gruber, Gruber.« Der Fabrikherr seufzte. »Sie sind also der Anführer der Meute, was?« Er wandte sich an die Männer. »Ihr lasst euch aufwiegeln von diesem Sozialisten? Seid ihr wahnsinnig? Ihr habt hier eine gute Arbeit, werdet pünktlich bezahlt und habt sogar zwei Tage Urlaub im Jahr! Ich mache jeden Advent für eure Kinder eine Weihnachtsbescherung, und wenn einer von euch Schwierigkeiten hat, kann er jederzeit zu mir kommen! Vor drei Jahren haben wir miteinander das dreißigjährige Firmenjubiläum gefeiert, jeder von euch hat ein Jubelgeld von zehn Mark bekommen. Habt ihr das alles vergessen?«

»Wir arbeiten hier elf Stunden am Tag, Herr Direktor«, gab Leo zurück. »Für so viel Lohn, dass wir uns nicht einmal eine anständige Wohnung leisten können. Unsere Kinder wissen nicht, wie es ist, wenn man keinen Hunger hat, da hilft auch keine Weihnachtsbescherung. Wenn wir krank sind, werden wir gekündigt, und im Winter können wir uns kein Holz zum Heizen leisten. Wir geben der Fabrik alles, was wir haben: unsere Arbeitskraft. Und wir bekommen dafür nicht einmal genug zum Leben. Wir sind Ihnen nichts schuldig, Herr Direktor, weil wir nicht mehr haben, was wir geben können. Aber Sie sind uns etwas schuldig, wenn nicht als Fabrikherr, dann wenigstens als Christenmensch: Arbeitsbedingungen, die uns nicht krepieren lassen.«

Reingruber war hochrot im Gesicht geworden. Er zog seine goldene Taschenuhr aus der Weste, klappte den Deckel auf und sagte: »Die Firma Reingruber produziert jährlich dreißig Millionen Nadeln«, sagte er mühsam beherrscht, »und in diesem Jahr wird es nicht eine einzige weniger sein. Glaubt ihr, ich sei erpressbar? Glaubt ihr, ihr seid unersetzlich? Wer nicht in zwei Minuten in der Schleiferei ist, kann sich seine Papiere im Kontor holen. Was ist, Grasser? Sie sind doch grad Vater geworden, Sie brauchen Arbeit. Und du, Karli? Willst du nicht bald deine Braut heiraten? Ach ja, Riegel! Zwei Jahre noch, und dann in Rente, das ist doch was! Also, Leute, seid nicht dumm, überlegt lieber, was gut für euch ist. Im Kontor steht übrigens eine Büchse für Spenden für Willis Witwe. Und die Firma zahlt selbstverständlich einen schönen Kranz.«

Die Schleifer scharrten mit den Füßen. Grasser war der Erste, der mit den Schultern zuckte und zur Schleiferei hinüberging. Andere folgten. Karli sah Leo an. »Tut mir leid«, sagte er und drehte sich um. Am Ende stand Leo alleine da. Er machte ebenfalls Anstalten, zu gehen, doch Reingruber rief ihn zurück. »Sie nicht, Gruber. Sie sind fristlos entlassen. Stiften sie in Zukunft woanders Unruhe, Sie Kommunist!«

Leo ballte stumm die Fäuste. In ihm brodelte es. Nicht, weil Reingruber ihn gefeuert hatte, sondern weil die anderen ihn im Stich gelassen hatten. Aber, Herrgott, was hätten sie denn tun sollen? Die armen Kerle, sie hatten alle Familie, sie konnten nichts riskieren. Sie waren Opfer der Umstände, der Ungerechtigkeit, des Kapitalismus.

Verdammt, er wollte gar nicht mehr hier arbeiten. Er wollte kein Sklave sein! Mit dem Fuß stieß Leo die Feuerwanne um, dann ging er erhobenen Hauptes durch das Fabriktor.

Draußen lehnte er sich erst einmal gegen die Mauer. Der Schnee war in Regen übergegangen, Tropfen fielen auf sein Gesicht und mischten sich mit den Tränen der Enttäuschung. Wovon sollte er jetzt leben?

Zwei Tage später schippte er vor der Wirtschaft den Schnee vom Trottoir, immer noch mit Wut im Bauch. Schippe für Schippe warf er schwungvoll zur Seite, mit dumpfem Ploppen landete die weiße Last auf einem Haufen am Straßenrand. Da riss ihn ein Wiehern und Trampeln aus seinen düsteren Gedanken. »He, du Doldi«, schrie einer, »machst mir ja meinen Gaul scheu!« Leo hatte eine Ladung Schnee dem Kutschpferd direkt vor die Hufe geworfen, und jetzt tänzelte der Braune erschrocken auf der Stelle. »Entschuldigung«, sagte Leo, ging zu dem dampfenden Gaul und tätschelte ihm beruhigend die Flanke. »Keine Angst, Dicker, war ein Versehen.« Das Pferd schnaubte, als hätte es verstanden.

»He, dich kenn ich doch! Bist du nicht der kleine Gruber von Gustenfelden?« Der Kutscher steckte seine Peitsche weg, zog die Handschuhe aus und blies in seine kalten Hände.

Leo nickte. Jetzt erkannte er den Mann auch, es war der Grashaußers Gerhard, der Sohn eines der reichsten Bauern im Dorf.

»Seit wann machst denn du den Kutscher vom Milchkonsortium?«, fragte Leo.

»Seit der alte Franz vor einer Woche mausetot vom Bock gekippt ist«, sagte der Gerhard. »Einer muss doch ausfahren, sonst wird die Milch sauer!«

Leo wurde sofort hellhörig. »Braucht ihr einen neuen Kutscher?«, fragte er.

»Freilich«, nickte der Gerhard. Dann fiel es ihm wieder ein. »Menschmeier, du hast doch früher für den Winkler das Mehl gefahren! Suchst eine Arbeit?«

»Schon«, sagte Leo. »Hab letzte Woche in der Fabrik aufgehört.«

Der Kurt winkte ihn zu sich auf den Bock. »Hopp, steig auf. Mein Vater ist der Vorstand vom Konsortium, der wird froh sein. Kannst morgen schon anfangen.«

Und so kam es, dass Leo noch vor Weihnachten Kutscher beim Gustenfelder Milchkonsortium wurde.

Kapitel 25
1885

»Nicht plantschen! Du machst ja eine richtige Überschwemmung!« Sophie beugte sich lachend über die Wanne, in der ihre kleine Tochter saß und mit den Händchen aufs Wasser patschte. Schaum spritzte ihr ins Gesicht.

Es war Badesamstag, Rosa und das Dienstmädchen hatten angeheizt und die Wanne aufgestellt. Die Rangordnung unter den weiblichen Familienmitgliedern wurde wie immer streng eingehalten: erst kam Käthe Ribot an die Reihe, danach Sophie, dann Lisette und am Schluss die Kleine. In der Badstube dampfte es, und es roch würzig nach der neuesten Seifenkreation »Alpenkräuter«, einer ausgeklügelten Mischung aus Terpineol, Fichtennadel, Sassafrasöl, Kamille, Geraniol, Lavandin, Cyclamen und Nelkenöl. Fritz hatte ihr die Zutaten so oft aufgezählt, dass Sophie sie inzwischen auswendig kannte.

»Whoopie!« Sie hob das quietschende Käthchen aus der Wanne und wickelte sie in ein angewärmtes Leintuch. Dann hörte sie den gellend hohen Ton der neuen Fabriksirene, die im letzten Monat angeschafft worden war. »Oh, schon Mittag! Jetzt aber schnell, Sweetie!«

Es stand noch ein Besuch beim Damenfriseur an, und um halb vier sollte die Schneiderin mit den neubestellten Kleidern da sein. Denn heute war ein bedeutsamer Tag: Philipp Benjamin Ribot, Gründer der Seifenfabrik und seit fünfunddreißig Jahren ihr alleiniger Inhaber, würde die Firma am Abend offiziell an seine beiden ältesten Söhne Fritz und Carl übergeben. Für diesen feierlichen Akt hatte man ab 18 Uhr den Saal der »Rose« gemietet und neben der Familie, den Kunden und Freunden auch die gesamte Belegschaft eingeladen.

Der Salon des teuersten Coiffeurs der Stadt lag in der Ludwigstraße und wurde von allen Damen der besseren Gesellschaft frequentiert. Sophie und Lisette ließen sich von Pauli Wälzel, dem Kutscher, im geschlossenen Landauer hinbringen, weil es regnete. Käthe Ribot blieb zu Hause, sie vertraute Rosas Frisierkünsten und hielt nichts von neumodischem Kopfputz. Ihre Frisur war seit jeher der Mittelscheitel mit Schnecke am Oberkopf, streng, klar und ohne Firlefanz. Lisette hatte da ganz andere Vorstellungen. Sie war furchtbar aufgeregt, denn sie sollte heute zum ersten Mal eine Damenfrisur bekommen, mit an den Schläfen zurückgenommenen Haaren, die hinten als Schillerlocken in den Nacken fielen. Geduldig ließ sie die langwierige Prozedur über sich ergehen, bei der jede einzelne Strähne in den langen Greifer des heißen Lockenstabs eingedreht und dann aufgesteckt wurde. »Steht dem jungen Fräulein ausnehmend gut«, säuselte Coiffeur Stuhlmüller, der stets damit prahlte, ein halbes Jahr in Paris gearbeitet zu haben, was ihm aber in der ganzen Stadt keiner glaubte. Aber er hatte Geschmack und konnte noch aus den widerspenstigsten Haaren etwas Ordentliches machen. Jetzt befestigte er noch ein paar künstliche weiße Rosenblüten über Lisettes linkem Ohr. »Zum Verlieben schön, Fräulein Ribot!«, rief er.

Lisette ließ sich von allen Seiten den Spiegel vorhalten und war tatsächlich ein bisschen in sich selbst verliebt.

Während ihre junge Schwägerin verschönert wurde, las Sophie in der »Gartenlaube«. Sie liebte die Zeitschrift wegen ihrer spannenden Fortsetzungsromane und der vielen interessanten Geschichten. Ein Artikel fand an diesem Tag ihre besondere Aufmerksamkeit: Da hieß es doch tatsächlich, die ägyptische Königin Kleopatra habe in Eselsmilch gebadet, was ihre Haut wunderbar weich und samtig machte. Sophie selber hatte nach dem Baden mit Seife immer das Gefühl, ihre Haut würde trocken und rissig, manchmal juckte sie sogar. Vielleicht sollte sie beim nächsten Badetag einmal einen Krug Milch ins Wasser schütten. Schaden konnte das jedenfalls nicht, oder? Und dann hatte sie eine Idee. Konnte man nicht ein bisschen Milch zum Seifensud geben? Und dann sagen, dass diese Seife besonders gut für die Haut sei? Eine schöne reinweiße Seife musste es sein, mit exotischem Duft – womit parfümierten sich wohl Ägypter? – und man könnte sie »Kleopatra« nennen.

Sophie wurde von einem richtigen Glücksgefühl erfasst. Diese Idee würde sie ihrem Fritz zur Firmenübernahme schenken. Ihr erster »richtiger« Beitrag zum Geschäft. Sie stellte sich vor, wie Fritz sich freuen würde. Stolz würde er sein auf seine kluge junge Frau. Ach, wie sehr wünschte sie sich doch, dass er sie liebte. Natürlich kam das Geschäft an erster Stelle, das hatte sie längst akzeptiert. Und sie sah auch, dass er sich Mühe gab, sie glücklich zu machen. Es war so lieb von ihm gewesen, ihr die kleine Stute zu schenken, als es ihr schlechtgegangen war. Sie genoss die sonntäglichen Ausritte mit ihm, auch wenn es inzwischen weniger geworden waren. Und sie freute sich über jede Minute, die sie mit ihm allein sein konnte. Aber sie spürte auch, dass irgendetwas fehlte. Und sie bat täglich den Herrgott darum, dass sie ihrem Fritz endlich den ersehnten Sohn schenken dürfte.

So in Gedanken versunken saß sie da, während Meister Stuhlmüller ihr eine Hochfrisur im französischen Pompadour-Stil steckte. Erst kräuselte er ihr Haar mit seinem heißen Stab, dann fasste er es oben auf der Kopfmitte zusammen und ließ die Löckchen vorne spielerisch in die Stirn fallen. Sie hatte ein paar perlenbesetzte Nadeln und Kämme mitgebracht, die er am Ende noch feststeckte, bis er mit dem Ergebnis zufrieden war. »Tante Sophie, du siehst so schön aus«, rief Lisette. »So schön werde ich einmal nie!«

»Unsinn, Lisi. Warte noch ein, zwei Jahre, dann bist du das hübscheste Mädchen von ganz Schwabach!«

Lisi umarmte ihre Tante stürmisch für und hoffte, sie möge mit dieser liebevollen Prophezeiung recht behalten.

Als die beiden fertig waren, ließen sie sich wieder in die Nürnberger Straße kutschieren, wo schon die Schneiderin wartete. Sophie hatte sich ein schlichtes Brokatkleid ganz in Cremeweiß machen lassen, mit weißen Biesen am Ausschnitt und einer Reihe winziger Perlmuttknöpfe. Es durfte nicht zu protzig sein, hatte Käthe ihr noch eingeschärft, denn vor der Belegschaft und den Kunden müsse man sich stets bescheiden geben – sonst würden die Arbeiter neidisch und die Leute kauften nichts mehr, weil man den Ribots womöglich den Reichtum nicht gönnte. Lisette hatte sich für einen Traum in rosa Seidentaft entschieden, allerdings züchtig hochgeschlossen, wie es sich für ihr Alter gehörte, und mit zarten aufgestickten Blümchen. Aber das Wichtigste war: Die Schneiderin hatte für sie das erste Mieder genäht! Jetzt stand Lisette mit dem sperrigen Fischbeingrätending um den Oberkörper da und litt schon, wo das Teil noch gar nicht festgezurrt war. Hinten zog Fräulein Regelsberger mit aller Kraft an den Schnüren. »Ausatmen«, keuchte sie, »Fest ausatmen! Ja, so, und noch mal!« Lisette tat ihr Bestes, und als man nach Anlegen des Mieders fünfzig Zentimeter Taillenumfang maß, strahlte sie vor Stolz. »Ein Figürchen«, schmeichelte die Schneiderin, »fast wie die Kaiserin Sisi!« Allerdings fragte Lisette sich, wie sie in den nächsten Stunden atmen sollte.

»Wer will sein fein, muss leiden Pein«, lachte Sophie. »Und wenn du in Ohnmacht fällst, gibt's ja immer noch Riechfläschchen mit Kampfer!«

Währenddessen zog sich Fritz im Schlafzimmer an. Er legte sich eine Fliege um den Hals und bürstete noch ein paar Tropfen Macarasöl in seinen Schnurrbart. Großartiger Tag, dachte er bei sich. Schon vormittags hatte er den überschwänglichen Bericht zum 35-jährigen Jubiläum der Firma im »Intelligenzblatt« gelesen und freute sich über die vielen Gratulationsschreiben und Billets, die gebracht worden waren. Er prüfte noch einmal die Dehnfähigkeit seiner Hosenträger, bevor er in Weste und Jackett schlüpfte. Recht gesetzt sah er so aus für seine zweiunddreißig Jahre, aber schließlich war er auch ein erfolgreicher Mann von Rang und Namen. Und in wenigen Stunden Fabrikbesitzer.

In einem Anflug von Sentimentalität ging er hinüber ins Zimmer seines Großvaters, aus dessen kleiner Werkstatt sich die Firma Ribot so erfolgreich entwickelt hatte. Der Altmeister hockte zusammengesunken auf einem Schemel, ein Leinlaken um den Oberkörper geschlungen. Man hatte eigens den Barbier Schlierf aus der Silbergasse geholt, um den Alten zu rasieren. Schlierf war nämlich der Einzige in der Stadt, der ordentlich »über den Löffel balbieren« konnte, eine Methode, die bei tief faltigen Wangen zur Anwendung kam. Schlick steckte dem Großvater gerade einen Suppenlöffel in den Mund, drückte mit der gewölbten Seite die Wange nach außen und schabte mit dem Messer geschickt die Bartstoppeln von der so geglätteten Haut. Man hatte lange überlegt, ob man den Altmeister in seinem Zustand überhaupt zur Feier mitnehmen sollte, aber schließlich hatte Philipps Stimme den Ausschlag gegeben, der meinte, vielleicht könne der Großvater endlich friedlich sterben, wenn er das Geschäft übergeben wüsste. Ob der alte Strunz allerdings überhaupt mitbekommen würde, was geschah, daran zweifelte Fritz stark. »Richt ihn nur recht schön her, Rosa«, sagte Fritz, und Rosa nickte. Sie hantierte schon mit den frisch gefetteten Kalbslederschuhen, von denen einer eine um zehn Zentimeter verdickte Sohle hatte, damit der alte Strunz nicht so stark knappte – eine Idee des neuen Schusters auf der Aich. So ausgestattet und mit der Hilfe zweier kräftiger Männer würde man den Altmeister schon von der Kutsche in die Wirtschaft bringen und wieder heim. Hoffentlich pieselt er sich nicht voll oder lässt gar was unter sich, dachte Rosa. Sie würde ihm auf jeden Fall drei Unterhosen übereinander anziehen. Über neunzig war der Alte jetzt schon und konnte einfach nicht sterben. Einmal hatte Rosa gehört, wie er im Bett gesagt hatte: »Ach, Herrgottle, lass mich halt gehen.« Aber der Herrgott ließ ihn noch nicht fort, und der würde schon wissen, warum.

Im Saal der »Rose« war Festbeleuchtung – als eine der besten Wirtschaften der Stadt hatte man sich für teures Geld vor kurzem mit einer Versorgungsleitung ans Schwabacher Gaswerk anschließen lassen. Nun flackerten die Flämmchen in den Kandelabern und tauchten den Raum in warmes gelbliches Licht. Fritz, Carl und Philipp hatten eine Stunde lang am Saaleingang gestanden und die Gäste begrüßt, hatten sogar jedem einzelnen ihrer Arbeiter die Hand geschüttelt. Die Belegschaft war vollständig erschienen, so etwas konnte man sich doch nicht entgehen lassen! Verlegen drückten sich die meisten im Vorraum herum, in ihren besten und doch für den Anlass viel zu schäbigen Kleidern, und machten große Augen. Sophie, die am Eingang zum Saal stand, hörte die Leute ehrfurchtsvoll tuscheln: »Da schau hin, da kommt der Bürgermeister, und der Herr Pfarrer gleich mit!« – »Alle sind's da, die Schwabacher Fabrikanten, da fehlt keiner!« – »Da drüben, der mit dem Spazierstock, is' des net der Direktor vom Lehrerseminar?« – »Was die vornehmen Weiber alles für teure Sachen anhaben! Ja, unsereins kann sich so was net leisten.« Sophie schaute ein wenig schuldbewusst an sich herunter und war froh, dass sie ein einfaches Kleid gewählt hatte. Sie ließ die Gemeindebevollmächtigten an sich vorbeiziehen, den Bezirksarzt, die Vorstände der Vereine. »Allmächt«, raunte eine der Verpackerinnen an der Tür einer Kollegin zu, »da kommt die Frieda Ribot mit ihrem Baron!« – »Glaubst du, dass des ein echter Baron ist?«, gab die andere zurück. »Der sieht gar net so vornehm aus! Aber die Frieda

Ribot ist ganz schön dick worden, gell?« – »Auseinandergangen wie ein Hefeküchle! Ja, wer sich's leisten kann!« Sophie musste beinahe lachen.

Schließlich nahmen die vornehmen Leute hinten an drei festlichen Tafeln Platz, während für die Arbeiter im vorderen Bereich des Saales acht Biertische schön eingedeckt waren. Als alle saßen, kam als Überraschung vom Magistrat der Sängerchor des Lehrerseminars und brachte ein wunderbares »Am Brunnen vor dem Tore«, eine leicht verunglückte Version der »Loreley« und am Ende eine fulminante »Ode an die Freude« zum Vortrag, worauf sie alle vom gerührten Firmenchef in die Wirtsstube auf ein Seidlein Bier und eine Stadtwurst geladen wurden.

Dann kamen die Reden. Erst sprach Philipp Ribot, dann Fritz, dann Carl. Dann der Bürgermeister. Dann der Bankdirektor. Wie Fritz vermutet hatte, war das Kinn seines Großvaters gleich zu Anfang auf seine Brust gesackt und der Alte schnarchte leise vor sich hin, nur zwischendurch kurz durch den Applaus aufgeschreckt. Jedes Mal kratzte er sich verwirrt den Kopf, murmelte: »Hoch soll'n sie leben!« und setzte anschließend sein Nickerchen fort.

Während des Essens unterhielt sich Sophie lange mit Frieda, die ihr gute Ratschläge fürs Kinderkriegen gab. Die hat gut reden, dachte sich Sophie, bei denen geht das wie bei den Karnickeln. Vier Kinder waren schon da, davon drei Söhne, darunter ein Zwillingspärchen. »Wie ich dich beneide. Du musst so glücklich sein«, sagte sie zu ihrer Schwägerin und erschrak, als Frieda bei diesen Worten mit den Tränen kämpfte. Nein, Frieda war nicht glücklich. »Sie schneiden mich«, schniefte sie und tupfte sich verstohlen die Augen trocken. »Die ganze Familie. Ich bin dumm und ungehobelt, rede Leute zur falschen Zeit mit dem falschen Titel an, mache Fehler in der Etikette. Ich bin nicht standesgemäß, nicht präsentabel. Mein Geschmack ist zu billig, ich gehe wie ein Elefant. Neulich habe ich einem Besucher unpassenderweise zur Begrüßung die Hand gegeben – du hättest den Blick meiner Schwiegermutter sehen sollen. Am schlimmsten ist Ferdls Großmutter. Neulich hat sie zu mir gesagt, ich sei ein Trampel und man müsse sich für mich genieren. Der Ferdl hilft mir schon, aber er ist halt den ganzen Tag nicht da, und ich muss mit denen alleine sein. Ach, Sophie.«

»Das ist nicht schön«, erwiderte Sophie, die ihre Schwägerin nur allzu gut verstand, aber ihre eigenen Sorgen nicht preiszugeben wagte.

»Nur meine Mitgift, die haben sie gern genommen«, ereiferte sich Frieda. »Da haben sie die Hand aufgehalten. Vom vornehm Naserümpfen kann man nämlich nicht leben. Weißt du, die werfen mir vor, ich wär nur hinter dem Adelstitel hergewesen. So ein Blödsinn! Ich hab keinen Baron geheiratet, sondern einen Eisenbahnbeamten, so ist das doch. Das ist ihnen ja auch peinlich, aber die Einkünfte von meinem Ferdl sind seit dem Tod vom alten Baron das Einzige, was sie noch haben – außer ihrer Einbildung. Manchmal möcht ich davonrennen.«

»Wenigstens hast du die Kinder«, tröstete Sophie. »Und dein Mann liebt dich.«

Frieda seufzte. »Da hast du recht.«

Sophie hatte sich auf den Abend gefreut, doch als es auf zehn Uhr zuging, wuchs ihre Enttäuschung. Fritz hatte nur kurz zum Essen bei ihr gesessen, den ganzen restlichen Abend war er an den Tischen unterwegs gewesen und hatte Konversation mit den Gästen gemacht. Sie hatte überhaupt keine Gelegenheit gehabt, ihm von ihrer Idee der »Kleopatra-Seife« zu erzählen. Er kümmerte sich einfach nicht um sie, alle anderen Leute waren ihm wichtiger. Auch Philipp ging ständig umher. Wenn nicht Carl sich hin und wieder zu ihr gesetzt hätte, hätte sie gar keinen Tischherrn mehr gehabt. Wie immer war ihr älterer Schwager bester Stimmung und gab als neuer Firmenbesitzer an wie Graf Koks vom Gaswerk. Er rauchte teure Zigarren, erzählte Anekdoten aus dem Geschäftsleben und tat so, als gehöre ihm die Firma allein. Der arme Konrad hingegen hockte mit verbitterter Miene da und trank ein Glas Bowle nach dem anderen. Er fühlte sich, das wusste Sophie, übergangen und zurückgesetzt, auch wenn man ihm versichert hatte, dass er an seinem fünfundzwanzigsten Geburtstag auch Teilhaber werden würde. Sophie fand, man hätte ihn auch gleich mit hineinnehmen können. Schließlich arbeitete er schon jahrelang im Geschäft mit, fleißig und zuverlässig wie keiner sonst, und er war doch schon dreiundzwanzig. Sorgenvoll beobachtete sie, wie er die gute Erdbeerbowle förmlich in sich hineinschüttete. Einmal machte sie den Versuch, mit ihm zu reden, aber er sah sie nur böse an und sagte mit schwerer Zunge: »Lass mich bloß zufrieden!«

Besorgt wollte sie Fritz auf Konrads Zustand aufmerksam machen, ging zu ihm hin, aber natürlich wiegelte er ab. »Der Konrad kommt schon noch zu seinem Recht, keine Angst. Ist schon alles geplant.«

Sie zog ihn auf einen freien Stuhl am Fenstertisch. »Weißt du, Fritz, heut Abend wollt ich dir gern ein Geschenk machen. Zur Firmenübernahme.«

Er streichelte ihre Wange. »Ein Geschenk? Jetzt bin ich aber neugierig. Was ist es?«

Sie zierte sich ein bisschen. »Hmmm, rat doch mal.«

Er lachte. »Komm, Liebes, spann mich nicht so auf die Folter. Zeig's mir doch!«

Sophie gab nach. »Es ist nur eine Idee«, sagte sie leise. »Fürs Geschäft. Ich hab gelesen, dass die Königin Kleopatra in Milch gebadet hat. Da wollte ich dir die Idee schenken, eine Milchseife zu machen. Weil die gut für die Haut ist. Aber ich weiß nicht ...«

Fritz zog die Augenbrauen hoch.

»Vielleicht war es ein dummer Gedanke«, flüsterte Sophie.

»Aber wo«, sagte Fritz. »Ich muss nur erst in Ruhe darüber nachdenken. Aber jetzt sei nicht böse, ich muss hinüber zum Friedrich Moll von der Filzfabrik, der soll mir nämlich Matten als Unterlage für die Packerei machen.«

Er stand auf, und sie blieb stumm zurück. Er hatte sich nicht gefreut. Keine zwei Minuten hatte er für sie übrig gehabt. Langsam ging sie zu ihrem Platz zurück und sah noch eine halbe Stunde zu, wie Konrad von Bowle zu Cognac überging. Ihr konnte es doch egal sein.

Gegen elf Uhr, als Philipp seine beiden älteren Söhne zum wiederholten Male umarmte und sich alle gegenseitig auf die Schultern klopften, sprang Konrad so heftig auf, dass sein Stuhl umfiel. Schwankend stand er da und klatschte dabei laut und langsam in die Hände. »Herzliche Gratulation, die Herren«, lallte er. »Und Entschuldigung, dass ich auch noch da bin!« Dann verlor er das Gleichgewicht, rumpelte gegen den Tisch, fuchtelte herum und fegte mit einer ausholenden Bewegung die Likörkaraffe vom Tisch, deren Inhalt sich auf Lisettes schönes rosa Kleid ergoss.

Lisette kreischte, und im Saal erstarb jedes Gespräch. Man hätte eine Nadel fallen hören können. Der alte Strunz schrak hoch, sah erstaunt nach allen Seiten, hob zittrig sein Glas und rief mitten in die

Stille hinein: »Schiff ahoi und Wasser marsch, Kamerad!« Auf seiner Hose machte sich ein nasser Fleck breit.

Die Gattin des Bürgermeisters erhob sich und sagte: »Komm, Carl, wir gehen!« Die Staedtlers, Hüttlingers, Reingrubers standen nacheinander auf, ebenso der Seminardirektor. Innerhalb von Minuten war der Saal leer.

»Sei dem Konrad halt nicht gar so böse«, sagte Sophie, als sie später mir Fritz im Bett lag. »Er fühlt sich zurückgesetzt.«

Fritz war immer noch so wütend, dass die Ader an seiner linken Schläfe pulsierte. »Halt du dich da raus«, fauchte er. »Die Schellen, die ich ihm verpasst hab, hat er verdient. Er hat uns vor allen Gästen gedemütigt! Vor der ganzen Belegschaft! So eine Blamage, so eine unglaubliche! Am liebsten würd ich ihn …!«

Sophie fiel ihm ins Wort. »Aber geh! Das war die Bowle, die hat er nicht vertragen. Morgen wird er sich bestimmt entschuldigen, und dann seid ihr ihm wieder gut, ja?«

Er wischte ihre Hand von seinem Unterarm. »Morgen spricht die ganze Stadt drüber! Die Mutter sagt, sie traut sich nicht mehr aus dem Haus.«

»Vielleicht hättet ihr euch mehr um den Konrad kümmern sollen«, überlegte Sophie laut. »Er fühlt sich immer wie das fünfte Rad am Wagen, das sieht man doch. Dabei arbeitet er doch hart und ist so zuverlässig. Ihr solltet ihn einfach mehr mitkommen lassen …«

»Kruzifix, Sophie, misch dich nicht in unsere Familienangelegenheiten!«

Sophie fuhr hoch. »Eure Familienangelegenheiten? Und ich bin wohl kein Teil der Familie? Das ist so gemein von dir, Fritz! Ich tu alles, um mich anzupassen. Ich lasse mir von deiner Mutter alles sagen, arbeite im Geschäft mit, versuche, dich glücklich zu machen. Vorhin hab ich zusammen mit der Rosa deinem Großvater die verpieselten Unterhosen ausgezogen, weil ihr ja alle viel zu wütend wart. Aber zur Familie gehör ich nicht! Am liebsten würd ich wieder nach Amerika zurückgehen!«

Im selben Augenblick erschrak sie über das, was sie gerade gesagt hatte. Aber es tat ihr nicht leid. Ich bin wie der Konrad, dachte sie. Ich zähle nicht. Ihr kamen die Tränen. Sie drehte sich von Fritz weg und zog das Federbett bis zum Kinn.

Fritz fühlte sich sofort schuldig. Ja, erst heute Abend hatte er Sophie in einem ruhigen Moment vom Eingang aus am Familientisch betrachtet. Sie war so schön mit ihren blonden Haaren, den tiefblauen Augen, dem feingeschnittenen Gesicht, der zarten Haut. Selbst in dem schmucklosen beigen Kleid sah sie noch aus wie eine Prinzessin. Ja, sie war anders. Sie würde nie eine Ribot sein, eine richtige Geschäftsfrau, zupackend, bodenständig und einfach. Und in diesem Augenblick stellte er sich wehmütig die Frage, ob Sascha, seine kleine Sascha, besser in die Familie gepasst hätte. Sofort bereute er seinen Gedanken. »Wein doch nicht, Sophie«, sagte er. »Ich hab's nicht so gemeint. Du bist doch meine Frau. Natürlich gehörst du zu uns.«

Er beugte sich über sie, nahm ihr Gesicht in beide Hände und küsste ihr die Tränen weg. Sein Verlangen erwachte, als er ihren festen Körper unter seinen Händen spürte. Langsam zog er die Schleife ihres Nachthemds auf und streichelte ihre Brüste.

Sophie hätte seine Hände am liebsten weggeschoben, sie ertrug die Berührung kaum. Wie konnte es sein, dass Fritz nach diesem Streit körperliche Liebe von ihr wollte? Sie war so enttäuscht und niedergeschlagen, dass sie nicht einmal daran denken mochte. Sein Mund drückte sich auf ihren, und sie zwang sich, die Lippen zu öffnen. Sie konnte sich doch nicht verweigern. Schließlich war es ihre eheliche Pflicht. Und sie hatte ihm noch keinen Sohn geschenkt. Also schloss sie die Augen und ließ es geschehen.

Danach fühlte sie sich elend. Sie blieb auf dem Rücken liegen und presste die Beine an, um seinen Samen so lang wie möglich in sich zu behalten.

Kapitel 26
1885

Am selben Tag, als Sophie ihr zweites Mädchen zur Welt brachte, gründete der Uhrmacher Georg Baum mit sechs weiteren Genossen in der »Silbernen Kanne« einen »Unpolitischen Verein zur Erzielung volkstümlicher Wahlen im Stimmkreis Schwabach«. Die Sozialdemokraten hatten in den Jahren seit dem Sozialistengesetz dazugelernt: Das Statut des neuen Vereins war so neutral gehalten, dass bei Anmeldung im Rathaus die Stadtverwaltung beim besten Willen nichts finden konnte, was daran auszusetzen wäre. Eine Meldung des Vereins an die Regierung in Ansbach unterblieb.

Gründungslokal des Wahlvereins war die »Silberne Kanne«. Während sich im Ribot-Haus der Jubel über die Niederkunft in Grenzen hielt, war die Stimmung zwei Hausnummern weiter grandios. Man würde sich diesmal keine Blößen mehr geben. Und man hatte große Hoffnungen. Für den 24. Oktober waren Reichstags- und für den 24. November Gemeinderatswahlen angesetzt, und für beide war Georg Baum als Kandidat der Arbeiterpartei aufgestellt. Ganz offiziell, da die Sozialdemokratische Deutsche Arbeiterpartei selbst ja nicht vom Verbot betroffen war.

»Das hat sich der Bismarck damals nicht getraut«, sagte Christian bei der Wahlkomitee-Versammlung in die Runde.

»Und das war sein Fehler«, ergänzte der Drechslermeister Martin Feuerlein, der auf der Polizeiliste als »Agitator« geführt wurde. »Der wird sich noch wünschen, nicht nur die Arbeitervereine und -organisationen verboten zu haben, sondern gleich die ganze Partei.«

Leo stand auf und kontrollierte die Fenster. »Sei vorsichtig mit dem, was du sagst, Martin. Ein falsches Wort, und wir sitzen wieder in der Tinte.«

»Ja, hört nur auf ihn«, sagte Trudel unwirsch. »Wir wollen nicht zum zweiten Mal eine Wirtschaft schließen.«

Christian drückte ihre Hand. Auch er wollte nichts riskieren. Jetzt, wo sie seit anderthalb Jahren endlich wieder Fuß gefasst hatten und ein anständiges Leben führen konnten. Das große Geld war damit nicht verdient – es kam ja fast ausschließlich Arbeiterkundschaft, und die hatten nicht viel zum Ausgeben. Ein paar Bier, und wenn's hochkam ein Schmalzbrot, mehr konnte sich ein Nadler, Drahtzieher oder Seifensieder nicht leisten. Am höchsten war der Umsatz am Samstag, wenn die Lohntüten verteilt wurden. Da stürmte dann schon einmal die ein oder andere Arbeiterfrau in die Gaststube, um ihren Mann am Schlafittchen von der Schänke wegzuziehen, bevor er seinen Wochenlohn versaufen konnte. Oder es wurden die Kinder geschickt, um den Vater heimzuholen. Aber Trudel und Christian waren ja schon zufrieden, wenn sie nach Zahlung der Pacht an die Witwe des alten Rattl – denn man hatte sich inzwischen auf einen Pachtvertrag verständigt – genug übrig behielten, um ein paar Mark als Notgroschen zurückzulegen. Große Ansprüche hatten sie nicht. Anna arbeitete inzwischen in der Qualitätskontrolle bei der Firma Staedtler und verdiente ihr eigenes Geld. Sie war zu einem hübschen jungen Mädchen herangewachsen und hatte unter der Kundschaft schon mehrere Verehrer, aber die waren ihr alle egal. Sie hatte nur Augen für Leo, wenn er am Wochenende seine »Familie« besuchte. Seit er die Arbeit als Lastkutscher angenommen hatte, wohnte er bei einem Bauern in Gustenfelden, und nicht nur Anna vermisste ihn, sondern auch ihre Eltern. Wenigstens kam er an den Sonntagen, und half dann, wenn Not am Mann war. Oft setzte er sich dann zu ihr in eine Ecke der Gaststube, wenn sie ihre ausgeliehenen Bücher, verbotene Flugschriften oder den »Sozialdemokraten« las. Sie selber liebte Arbeitergedichte, ihr liebstes war »Die schlesischen Weber« von Heinrich Heine. Leo dagegen hatte sich mit der Zeit immer radikalere Texte gesucht, die er begeistert in sich aufsog. »›Wir verlangen weder Kantinen noch Läden, noch Notunterkünfte, noch Arbeiterheime, noch Krankenhäuser, noch Gesetze zu unserem Schutz; wir verlangen die Gleichheit der Rechte und Pflichten, die Anerkennung der Würde unserer Persönlichkeit, die wahre Gerechtigkeit. Alles andere ist Dreck.‹ Das ist es, Anna! Wir wollen keine Brosamen vom Tisch der Reichen, wir wollen unser Recht!«

Da wurde Anna schon manchmal bang, wenn sie seine Augen so wild leuchten sah. Und er erschien ihr noch schöner mit seinem schwarzen Haar, das ihm verwegen in die Stirn fiel, den schmal geschnittenen Lippen und der breiten Brust, über der sich sein Hemd spannte. Ach, wenn er sie nur einmal so ansehen würde mit seinen himmelblauen Augen! Aber für ihn war sie immer noch wie eine kleine Schwester, er nahm gar nicht wahr, dass sie doch schon fast eine Frau war! Dabei war sie ihm doch so gut!

Der 24. Oktober brachte der Schwabacher Arbeiterbewegung ein respektables Ergebnis, aber mehr auch nicht. Von 949 gültigen Stimmen fielen 540 auf den Kandidaten der Deutschen Volkspartei, 217 auf den Mann der Deutsch-Freisinnigen und nur 126 auf Georg Baum. In den folgenden Wochen ging es unter den Arbeitern wie ein Lauffeuer um: Jetzt erst recht!, hieß es. Jetzt zeigen wir es allen! Georg Baum muss bei den Gemeindewahlen alle Arbeiterstimmen auf sich vereinen! Wer anders wählt, ist ein Lump! In jeder Pause wurde auf den Fabrikhöfen diskutiert, Mitglieder des Wahlvereins gingen an den Abenden von Tür zu Tür Klinken putzen und leisteten Überzeugungsarbeit. Auch Leo und Christian waren dabei; Leo machte eigens jeden zweiten Abend den Weg von Gustenfelden in die Stadt und spätnachts wieder heim. Bei weitem nicht jeder wahlberechtigte Mann ab 25 Jahren konnte überzeugt werden. Da waren die, die Angst hatten. Da waren die, die das wählten, was der Pfarrer von der Kanzel predigte. Da waren die Unpolitischen, die stumpf waren und gar nichts dachten. Die Resignierten, die sagten, alles Wählen habe ja doch keinen Sinn. Und die Dummen, die alles glaubten, was ihnen die Obrigkeit vorlog. Am schlimmsten waren die Verräter an der Sache, die Bismarck und den Kaiser verehrten und damit der Sache der Arbeiter in den Rücken fielen. Bei denen konnte Christian Leo manchmal nur mühsam zurückhalten, so zornig war er.

Und dann kam der 24. November.

»Habt ihr's schon gehört? Der Baum ist drin!« Bubi Zeller, ein junger Walker aus der Filzfabrik Moll, riss am Tag nach der Wahl die Tür zur »Silbernen Kanne« auf. Und war schon wieder weg, bevor jemand ihn aufhalten konnte. Christian zog so eilig seine Jacke an, dass er erst den Ärmel nicht fand, und rannte zum Marktplatz. Vor dem Rathaus waren schon etliche Männer versammelt, einige von ihnen lasen den Aushang an der Tür auf der Südseite. »Er hat's geschafft!«, rief der Silberschläger Schönberger, in dessen Werkstatt sie sich manchmal trafen. Er packte Christian an den Schultern und schüttelte ihn durch. »Wir haben's geschafft!«, schrie Christian zurück. »235 Stimmen«, verkündete Schönberger. »Platz drei von acht Gewählten!«

Irgendjemand in der kleinen Menschentraube spuckte verächtlich das Wort »Kommunistenbande« aus. Eine Rempelei begann. »Ruhe«, brüllte einer der beiden Polizeisoldaten, die unter den Arkaden standen und die Sache beobachteten. »Sonst sperren wir euch alle miteinander ein, ihr Hitzköpfe!«

Und dann war plötzlich Georg Baum da. Hüte flogen, Beifall brandete auf. Zwei Arbeiter nahmen den Protestierenden hoch und trugen ihn auf ihren Schultern einmal um den Schönen Brunnen herum, gefolgt von einer jubelnden Menschentraube. Dann lief alles zur »Silbernen Kanne«, um dort den Triumph der Schwabacher Sozialdemokratie gebührend zu feiern. Irgendwann ging das Bier aus, aber man blieb trotzdem und trank Leitungswasser. Sogar die Hofmanns Gunda stand von ihrem Sofa auf und kam herunter, schließlich war ihr Rattl auch ein Sozi gewesen. Zwei Flaschen Zwetschgenschnaps spendierte sie, damit alle auf sein Gedächtnis anstoßen konnten, die fette Bulldogge bekam einen Schnerpfel Stadtwurst, und dann gingen beide versöhnt mit der Welt wieder nach oben. Am Abend kam sogar noch Leo, den es nicht mehr in Gustenfelden gehalten hatte, als er dort die Nachricht von Baums Erfolg gehört hatte. Und dann schallte stimmgewaltig die Hymne des Allgemeinen Deutschen Arbeitervereins durch die Nacht:

»Mann der Arbeit, aufgewacht!
Und erkenne deine Macht!
Alle Räder stehen still
wenn dein starker Arm es will!«

Im Ribot-Haus saß die Familie um den ovalen Tisch in der guten Stube. Gerade war der Pfarrer gegangen, mit dem man ein Fläschchen Wein geleert und die Details der Taufe abgesprochen hatte. Philipp schloss missgelaunt die Fenster, die man wegen des Zigarrenrauchs kurz geöffnet hatte. »Eine Schande ist das«, knurrte er. »Die trauen sich das Revoluzzer-Lied jetzt schon in aller Öffentlichkeit zu singen!«

»Jetzt geht's dahin«, pflichtete Carl ihm bei. »Wirst sehen, jetzt kommen die alle aus ihren Löchern. Armes Schwabach!«

Fritz klopfte die Tabakreste aus seiner neuen französischen Pfeife aus Bruyèreholz. »Wer hätte das gedacht«, sinnierte er. »Dass ausgerechnet in unserer kleinen Stadt so viele Sozialisten ihr Unwesen treiben. Ich hab heut auf dem Postamt gehört, dass der Baum der erste sozialdemokratische Gemeindebevollmächtigte in ganz Bayern ist.«

»Das ist ja allerhand!«, sagte Käthe.

»Weil es bei uns so viel Fabriken gibt«, sagte Lisette. Alle Köpfe fuhren herum.

»Na ja«, flüsterte sie verlegen. »Ich wollte bloß sagen, dass es deshalb halt viele Arbeiter gibt, die den Georg Baum gewählt haben.«

»Du sei still«, sagte Käthe. »Was verstehst du überhaupt von solchen Sachen?«

Sophie kam zu Hilfe. »Aber recht hat sie doch.«

»Wir Frauen halten uns aus der Politik heraus.« Käthe schlug ihren üblichen Befehlston an.

»Und warum?«, maulte Lisette.

»Weil sich das so gehört. Und du gehst jetzt sofort ins Bett.«

Lisette zog einen Flunsch und stand auf.

Auch Sophie erhob sich. »Ich komme mit, Lisi. Lass uns noch mal nach der Kleinen schauen.«

Als die beiden draußen waren, zündete sich Carl noch eine Zigarre an. »Eins sag ich euch, wenn einer von diesen Sozis bei uns in der Fabrik Ärger macht, den schmeiß ich sofort raus!«

»Bei uns macht keiner Ärger«, sagte Fritz. »Wir zahlen gut, und wir haben die 60-Stunden-Woche. Was wollen die Kerle mehr?«

»Wirst schon sehen«, brummte Carl. »Das geht bei uns bestimmt auch los.«

Fritz klopfte seinem Bruder beruhigend auf die Schulter. »Mach dir mal keine Gedanken. Für meine Arbeiter sorg ich schon, die gehen nicht auf die Barrikaden.«

»Darauf einen Whiskey!« Philipp holte eine Flasche aus der Vitrine und schenkte ein. Steve Strunz hatte eine ganze Kiste besten Bourbon zu Weihnachten geschickt.

»Mir lieber einen Likör«, sagte Käthe. »Das rauchige Zeug kann doch keiner hinunterbringen.«

»Ist ja auch was für Männer«, meinte Fritz. »Habt ihr eigentlich schon gehört, dass sie in Chicago jetzt ein fünfzig Meter hohes Haus mit zehn Stockwerken bauen? Hat Tante Christine neulich an Sophie geschrieben.«

»Wolkenkratzer nennen die Amerikaner das«, ergänzte Carl.

»Wie kann so was Hohes bloß stehen bleiben«, murmelte Käthe kopfschüttelnd. »Und überhaupt, wer will denn so weit oben wohnen? Da wird einem doch schwindlig!«

»Aber die Technik!«, sagte Carl begeistert. »Das muss einer erst mal konstruieren können! So was nenn ich Fortschritt!« Er kippte schwungvoll seinen Whiskey.

»Und die Treppen? Da braucht man ja ewig, bis man oben ist!«, überlegte Konrad.

»Es gibt doch Aufzüge, Mensch«, sagte Carl herablassend. »Von der Firma Otis. Schon seit mindestens zwanzig Jahren.«

»Na, wenn der Kapitalismus so viele großartige Dinge hervorbringen kann, dann muss uns doch vor ein paar Sozis nicht Angst werden.« Fritz reichte seiner Mutter ein Gläschen mit Eierlikör. »Die Schwabacher Bürgerschaft hält ein paar Revoluzzer schon aus, und bei der nächsten Gemeindewahl sind die wieder weg.«

»Dein Wort in Gottes Ohr«, brummte Philipp. Er war sich da nicht so sicher. Da ging der rote Spuk in Schwabach um, ein Sozi war ins Rathaus eingezogen, in Berlin hatten die Sozialdemokraten ihre Mandate von 12 auf 24 verdoppelt, und man sollte sich keine Sorgen machen? Abgesehen davon – Menschenskind, die Firma hatte immer noch keinen Erben! Und die Preise für Soda waren gestiegen! Irgendetwas lief auf dieser Welt nicht so, wie es sein sollte!

Kapitel 27

Aus der Artikelserie »Unsere Industrien« des »Schwabacher Amts- und Intelligenzblatts«, erschienen August – November 1885

… Neben den ansässigen Nadel- und Drahtzugfabriken ist heute die Seifenherstellung zu einem der wichtigen Industriezweige unserer

Stadt geworden. Von bescheidensten Anfängen in der Nürnberger Straße 10 hat sich die Firma Philipp Benjamin Ribot inzwischen durch Ankauf fast aller Nachbaranwesen auf ein Vielfaches vergrößert. Unter der trefflichen Leitung des Firmengründers wuchs die Siederei zu einer kolossalen Fabrik heran, die im letzten Jahr der »Senior« voll Stolz den tüchtigen Söhnen Fritz und Carl übergeben konnte. Mit neuen, hochmodernen Methoden, die zum Teil aus Amerika kommen, werden in Schwabach nunmehr hochwerthige Qualitäts-Seifen produziert und in ganz Deutschland vertrieben. Erst in den letzten Jahren wurden drei MAN-Dampfmaschinen mit jeweils 4 PS, Seifenschneide- und Prägevorrichtungen sowie Pumpwerke angeschafft; die Zahl der Beschäftigten ist auf fast 80 gestiegen. Nachdem der Ventilbrunnen mit Trog vor der Nürnberger Straße 2 schon vor drei Jahren nicht mehr für die Produktion ausreichte, genehmigte der Magistrat damals eine eigene Abzweigung von der benachbarten Brauerei-Wasserleitung. Erfolgreich und muthig wurden seither neue Produkte eingeführt wie »Perlin«-Zahnseife, das Waschpulver »Ribotin« mit kalzinierter Soda, die Rasierseife »Baron« oder die beliebte Milchseife, für die das Gustenfeldener Milchkonsortium inzwischen 600 l Milch im Monat an die Fabrik liefert. Außerdem werden in immer größeren Mengen Palm- und Kokosöle aus den Kolonien versotten, die von Überseeschiffen in Rotterdam, Hamburg und Bremerhaven direkt auf die Eisenbahn verladen und zum Schwabacher Bahnhof transportiert werden. Nicht zuletzt dafür ist ein umfangreicher Fuhrpark nöthig, der inzwischen auf den Ostanger ausgelagert wurde. Hier stehen sieben Kutschpferde, drei Fuhrwerke, ein Landauer sowie die beiden Privatpferde der Familie. Alle Artikel werden dem Großhandel, den Detailleuren und den Endkunden mit modernsten Werbemethoden angedient, und finden sich auch in unserer Zeitung regelmäßig Annoncen und Inserate, um deren gefällige Beachtung wir ergebenst ersuchen.

Nach einer Verlautbarung der bayerischen Regierung darf sich die Firma Ribot außerdem seit dem letzten Jahr **»größte Seifenfabrik Bayerns«** nennen – der Bürgermeister gratulierte zu diesem Anlass mit einem Blumenbukett. Solch großartige Leistung trägt wie kaum etwas anderes zum guten Ruf unserer Stadt bei …

Kapitel 28
1886

Was Pfarrer Haggenmiller bei seinem Antritt der Pfarrstelle in Unterreichenbach vorfand, war, man konnte es nicht anders sagen, ein Sauhaufen. Der alte Siebenkäs hatte ihm ein heilloses Durcheinander hinterlassen. Die Kirchenbücher waren lückenhaft, es fehlten Seiten, und die Einträge der letzten Jahre waren so gut wie unleserlich. Das Sterberegister fand Haggenmiller erst, als er eine volle Apfelkiste wegräumte, die in der Schreibstube nichts zu suchen hatte, ebenso wenig wie die an der Vorhangschiene aufgehängten Würste und Speckseiten. In einem Schrank lagen Hunderte von losen Blättern, ausgerissen aus erbaulichen Zeitschriften oder klerikalen Journalen. Dazwischen abgebrochene Predigtentwürfe, Sammelbändchen mit frommen Gedichten, zerfledderte Orgelpartituren und Schriftsachen aus vier Jahrzehnten – so lange war der alte Siebenkäs im Amt gewesen, bevor ihn ein sanfter Tod im Alter von sechsundachtzig Jahren im Schlaf hinweggerafft hatte. Die Rechnungsbücher waren unfassbar schlampig geführt, die Almosenliste fehlte überhaupt, und das Spendenverzeichnis endete anno 1877. In der Truhe mit den Altartüchern hauste eine Mäusefamilie, von den verzeichneten sieben Kerzenleuchtern standen nur fünf in der Sakristei. Teile des Kirchensilbers fanden sich im Küchenbuffet und waren womöglich – Grundgütiger! – als Essgeschirr verwendet worden. Der Zustand der Küche und überhaupt des Pfarrhauses war unsäglich. Wie sich herausstellte, hatte sich der alte Siebenkäs nach dem Tod seiner Frau vor zehn Jahren beharrlich geweigert, eine Haushälterin anzustellen.

Nachdem Haggenmiller zuerst einmal einen Putztrupp, bestehend aus der Mesnersfrau und deren Schwester, bestellt hatte, machte er sich ans Sichten der Unterlagen. Nach zweieinhalb Tagen hatte er endlich ein wenig Überblick gewonnen, als ihm der Bleistift herunterfiel. Er bückte sich und sah zwischen Schreibtisch und Wandleiste am Boden ein Eckchen Papier hervorlugen. Vorsichtig schob er den Tisch ein wenig zur Seite und zog das Papier hervor. Es war ein Brief, vergilbt und staubig, der wohl vor Jahren schon hinter den Schreibtisch gefallen war. Auf dem Umschlag stand in schöner

Schreibschrift: »Auszuhändigen an Gruber, Leonhard, nicht vor dem zwanzigsten Geburtstag«.

Haggenmiller legte den Brief auf den Stapel der zu erledigenden Schriftstücke und vergaß ihn erst einmal.

Eine Woche später suchte er im Geburtenregister nach Gruber, Leonhard. Er ging bis 1850 zurück, fand aber nichts. Dann bat er den Mesner, sich umzuhören. Irgendwo im Kirchspiel musste doch der Adressat zu finden sein …

Leo arbeitete nun bald zwei Jahre als Kutscher für das Konsortium – eine arg protzige Bezeichnung für den Zusammenschluss von neun Gustenfeldener Milchbauern. Unter der Woche wohnte er in einer Gesindekammer auf dem Grashaußer-Hof; an den Samstagen war es ihm zur Gewohnheit geworden, in der »Silbernen Kanne« mitzuhelfen, dort zu übernachten und erst am Sonntagabend wieder den einstündigen Weg ins Dorf zurückzumarschieren. Eigentlich war er mit seinem Leben zufrieden; die Arbeit auf dem Land war viel schöner als in der Nadlerei. Pferde hatte er schon seit seiner Kindheit gemocht, er verstand ihre Launen, gewann leicht ihr Vertrauen und wusste, wie man sie zu behandeln hatte. Er liebte ihren Geruch nach Heu und Gras und Mist. Wenn er morgens in den Stall kam und sie begrüßten ihn mit einem freudigen Schnobern, dann war er schon mit dem Tag versöhnt. Das Auf- und Abladen der schweren Milchkannen machte ihm nichts aus; er hatte inzwischen Muskeln bekommen, und das Rückenweh, das ihn in seiner Zeit als Nadler immer geplagt hatte, war längst verschwunden. Er genoss es, hoch auf dem Kutschbock zu sitzen und in die Landschaft zu schauen, freute sich darüber, nach der staubigen Fabrikarbeit endlich wieder frei atmen zu können. Außerdem hatte er ein kleines Techtelmechtel mit einer Gustenfeldener Magd, das aber für beide nichts Ernstes bedeutete. Für sie, weil sie eigentlich auf den Hoferben spechtete, für ihn, weil er mit seinem kargen Lohn weder Frau noch Kind hätte ernähren können. Und weil er immer noch nicht bereit war, eine Familie zu gründen. »Bist halt ein Zigeuner«, sagte Trudel oft zu ihm, wenn das Thema zur Sprache kam. Die Frau, die ihn tiefer berührt hätte, war ihm noch nicht begegnet.

So kam der Juni des Jahres 1886. Die Eisheiligen waren heuer ausgeblieben, seit Wochen hielt eine ungewöhnliche Hitze das Land im Griff. Man fühlte sich schon wie im Sommer, selbst die Abende waren so mild, dass man noch im Mondschein draußen sitzen konnte. Die Kirschen hingen schon groß und hellrot, das Korn stand sattgrün und die erste Wiesenmahd lag vor ihnen. Leo fuhr am späten Nachmittag in Gustenfelden ein, zwanzig leere Milchkannen auf der Ladefläche. Die Rösser schlugen beim Abschirren ungeduldig mit dem Schweif; sie strebten nach getaner Arbeit nur noch in ihren Stall, wo die Viehmagd Futtertrog und Wassereimer wie immer schon für sie gefüllt hatte. Leo führte erst die eine, dann die andere Stute hinein und gab ihnen einen Abschiedsklaps. Dann machte er sich daran, die Kannen abzuladen.

»Gelobt sei Jesus Christus!«

Leo drehte sich um. »In Ewigkeit, Amen«, ergänzte er. Da stand ein beleibter junger Mann in schwarzer Soutane vor ihm, schnaufend und mit rotem Gesicht. Der Geistliche nahm sein Barett ab und wischte sich mit einem karierten Taschentuch den Schweiß von der Halbglatze. »Sind Sie der Gruber Leonhard?«, fragte er.

»Ja«, sagte Leo verblüfft.

»Ich bin der neue Pfarrer von Unterreichenbach«, stellte sich der Glatzköpfige vor und stülpte sich das Mützchen wieder über. »Ludwig Haggenmiller mein Name.«

Leo schwieg. Worauf wollte der Mann hinaus?

»Ich habe letzte Woche die neue Pfarrstelle angetreten«, erzählte der Geistliche. »Und musste natürlich den Nachlass meines Vorgängers sichten. Dabei ist mir das hier in die Hände gefallen.« Er zog den vergilbten Brief aus der Innentasche seines Gewands. »Können Sie lesen?«

Leo nickte und besah sich den Umschlag. »Gruber Leonhard, das bin ja ich!«, meinte er. »Der Geburtstag ist aber schon ein paar Jährchen her.«

Pfarrer Haggenmiller zuckte die Schultern. »Ja, ich weiß auch nicht, warum mein Vorgänger Ihnen den nicht gegeben hat. Es heißt, er sei in den letzten Jahren ein wenig sonderlich geworden. Vielleicht hat er es einfach vergessen. Aber jetzt haben Sie den Brief ja, gell.« Er leckte sich die trockenen Lippen. »Gibt es hier eigentlich eine Dorfwirtschaft?«

»Die Straße runter auf der linken Seite«, antwortete Leo. »Und danke, Herr Pfarrer.«

Haggenmiller wandte sich zum Gehen. »Na dann, Gott befohlen.«

»Amen.«

Leo setzte sich auf die kleine Bank, die unter der Hoflinde im Schatten der Abendsonne stand. Unschlüssig drehte er den Umschlag hin und her. Was sollte das bedeuten? Ein Brief des Pfarrers, nach so langer Zeit? Er bekam beinahe ein schlechtes Gewissen, weil er schon seit wer weiß wie vielen Jahren nicht mehr im Gottesdienst gewesen war. Mit einem merkwürdigen Gefühl erbrach er schließlich das Siegel. Zwei dichtbeschriebene Seiten fielen ihm in die Hand. Auf der ersten stand nur ein kurzer Text: ›*Heute, den 5. Dezember anno 1867, wurde ich nach Gustenfelden ans Sterbebett der Gruber Wilhelmina, geb. Raab, gerufen. Das arme Weib litt schon seit Jahren an der Auszehrung. Selbige bat mich, da sie des Lesens und Schreibens unkundig war, für sie einen Abschiedsbrief an ihren einzigen Sohn, Gruber Leonhard, zu schreiben, da ihr etwas auf der Seele läge, das er wissen solle, wenn er einst erwachsen sei. Sie könne sonst nicht ruhig sterben. Es folgt nun, was mir die Sterbende mit eigenen Worten in die Feder diktierte.*

Noch in derselben Nacht segnete sie, versehen mit den heiligen Sakramenten, das Zeitliche.‹

Leo ließ das erste Blatt sinken. Wie lange hatte er nicht mehr an seine Mutter gedacht? Sie war gestorben, als er acht Jahre alt war, hatte ihn alleingelassen – so hatte er es jedenfalls damals empfunden. Alleingelassen mit seinem gewalttätigen Vater, von dem er mehr Prügel als Brot bekommen hatte. So lange, bis der Gruber Doldi, so nannte man ihn im Dorf, sternhagelvoll vom selbstgebrauten Schnaps in einen Karpfenweiher gestolpert und im kniehohen Wasser ersoffen war. Leos Rückenmuskeln verkrampften sich beim Gedanken an seinen toten Vater. Es war, als würde er von dem Alten immer noch Schläge aus dem Jenseits erwarten. Er nahm den zweiten Brief zur Hand und faltete ihn langsam auf.

›*Mein lieber Bub, mein Leo. Du warst immer mein Ein und Alles, auch wenn ich's dir nicht immer hab zeigen können. Wie gern hätt ich noch erlebt, dass aus dir ein großer Bursch wird, aber der Herrgott hat's anders beschlossen und ruft mich heim. Wie oft hab ich mich ge-*

fragt, ob es recht ist, was ich tu. Dann hab ich mir gesagt, es ist ja noch Zeit. Aber jetzt bleibt mir keine Zeit mehr, und ich kann nicht gehen und mein Geheimnis mit ins Grab nehmen. Es wär eine Sünd an dir. Drum schreibt jetzt der Herr Pfarrer auf, was ich mir von der Seele reden muss. Er gibt's dir aber erst, wenn du alt genug bist.

Der Gruber ist nicht dein Vater, auch wenn ich dir nie was anderes erzählt hab. Ich hab mich geschämt und gemeint, für dich wär's besser so. Aber jetzt glaub ich, du sollst wissen, wo du herkommst. Die Wahrheit und unser bisschen Leben ist doch das Einzige, was wir armen Leute haben.

Als ich vierzehn Jahr alt war, bin ich nach Schwabach in Stellung gegangen. Deine Großeltern, die du nie kennengelernt hast, haben mich aus blanker Not geschickt. Ich hab eine Arbeit als Dienstmagd gefunden beim Seifensieder Ribot. Das war eine schwere Zeit. Ich war ein dummes Ding vom Land, arm und verhungert, und gekonnt hab ich nichts. Schwere Hausarbeit hab ich gemacht von früh bis spät. Und ich hab die alte Meisterin pflegen müssen, die war krank an Leib und Seel. Ihr Mann, der Altmeister, der war ein Hinkerter und ein böser Mann. Der war mein Verhängnis. Der hat meine Unschuld ausgenutzt, ich hab doch gar nicht gewusst, was der mit mir macht. Ich hab geglaubt, ich muss ihm zu Willen sein. Und ich hab keinem verraten, was er getan hat. Du musst mir das glauben, mein Bub, ich hab's nicht gewollt. So eine bin ich nicht, das schwör ich bei der Muttergottes und allen Heiligen. Ich hab so viel Angst gehabt damals. Als man dann was gesehen hat, da hat die Herrschaft geglaubt, ich bin ein Hurenluder, und sie haben mich mit Schimpf und Schand davongejagt. Ja, mein Leo, da hab ich erst gedacht, ich geh ins Wasser, das ist am besten so für eine wie mich. Aber ich hab's nicht gekonnt, da warst doch du. Also bin ich zu meinen Leuten zurück, und mein Vater hat mich dafür halb totgeschlagen. Wenn deine Großmutter nicht gewesen wär, hätt er mich nicht bleiben lassen, er war ein armer, aber ein stolzer Mann. Aber sie war meine Fürsprecherin, und drum hab ich dich in Unterreichenbach zur Welt bringen dürfen, in meinem Elternhaus. Du bist dort getauft worden auf den Namen Leonhard Raab, einen Vatersnamen hab ich dir nicht geben können.

Ich hab dann als ledige Mutter in Schand und Unglück gelebt. Du hast noch nicht laufen können, da hab ich mir dich umgebunden und bin zum Kartoffelklauben aufs Feld gegangen. Die Bauern haben mir bloß die schlimmsten Arbeiten gegeben, ich war ja die Matz, das schlechte Mensch. Als du zwei Jahre alt warst, hab ich's daheim nicht mehr ausgehalten und bin nach Gustenfelden als Saumagd für den Müller. Da hab ich den Gruber getroffen. Der war Knecht und hat mich haben wollen. Mir hat er nicht gefallen, ich wollt überhaupt keinen Mann mehr. Aber dann hat er mir die Ehe versprochen und dass er dich an Kindes statt annehmen würd. Er hat mir schwören müssen, dir nie zu erzählen, dass du nicht sein leiblicher Sohn bist, und man kann über ihn sagen, was man will, er hat's gehalten. Du hast nicht als lediger Bub aufwachsen müssen, das verdankst du ihm.

Mein lieber Sohn, jetzt weißt du, wo du herkommst, und mir ist leichter. Ich bitt dich, vergib mir, ich hab's nicht besser gewusst. Wenn ich erst gestorben bin, darfst du nicht weinen, sonst find ich im Grab keine Ruhe nicht. Meinen Segen sollst du haben für dein ganzes Leben. Du warst alles, was ich gehabt hab. Lebwohl sagt dir für immer

Deine dich liebende Mutter.‹

Leos Augen brannten. Ihm war, als habe er den Boden unter den Füßen verloren. Er konnte sich nicht rühren, saß einfach nur da und starrte vor sich hin. In seinem Kopf war abwechselnd Leere und dann wieder Gedankengeschwirr. Erst als die Sonne längst hinter den alten Föhren beim Milchhäuschen untergegangen war und die Mondsichel über der Scheune schwebte, stand er auf und ging in seine Kammer.

Kapitel 29
1886

Das Grab lag in der hintersten Ecke des Friedhofs gleich an der Mauer. Einen Stein hatte man sich nicht leisten können, also stand da nur ein schäbiges, wurmstichiges Holzkreuz mit einem eingebrannten Namen: Wilhelmina Gruber, * 20.9.1843 † 5.12.1867, RIP. Darunter in anderer Schrift: Johann Gruber, gest. 1873. Auf dem kleinen Rechteck wucherte das Unkraut; Leo war das letzte Mal bei Johanns Beerdigung hier gewesen und es gab sonst niemand, der das Grab gepflegt hätte. Er ging auf die Knie und riss mit bloßen Händen Gras, Quecken und Giersch aus, Disteln und Klee und Schöllkraut. Am Ende glättete er die Erde und legte das mitgebrachte Blumensträußchen unter das Kreuz. Er wusste, seine Mutter hätte sich jetzt ein Gebet gewünscht, aber seine Bitterkeit und sein Unglauben waren zu groß. So stand er einfach auf und ging.

Kurz vor Sonnenuntergang erreichte er Schwabach. Er wanderte ziellos durch die Gassen der Stadt, setzte sich eine Weile ans Ufer des Flüsschens, sah den Enten zu und wartete, bis es dunkel war. Dann lenkte er seine Schritte in die Nürnberger Straße. Aber er ging nicht in die »Silberne Kanne«, noch nicht. Erst drei Häuser weiter blieb er stehen, auf der anderen Straßenseite, neben dem Tor zur Betz'schen Messerschmiede. Er lehnte sich gegen die Wand, holte einen Stumpen und ein Paket Streichhölzchen aus der Tasche und brannte die Zigarre an. Rot leuchtete die Glut in der Finsternis. Der würzige Rauch waberte Leo ums Gesicht, während er den Blick nicht vom Ribot-Haus wenden konnte. Im Laden war alles finster. Oben im ersten Stock waren zwei Fenster schwach erleuchtet, auch im Dachgeschoss. Unten, rechts neben der Eingangstür, ging jetzt auch das Licht an.

Leo sah eine stämmige Dienstmagd mit Häubchen und weißer Schürze, die gerade dabei war, sämtliche Petroleumlampen im Raum anzuzünden und die Dochte hochzudrehen. Als sie sich umdrehte, erkannte er Rosa. Sie hatte nie etwas von seiner Mutter erzählt. Oder war sie damals noch gar nicht bei der Familie gewesen? Jetzt rückte sie zwei Stühle zurecht, stellte Rauchzeug und Aschenbecher auf den Tisch und fegte mit dem Ärmel Krumen von der Tischdecke. Hinter ihr kam ein Mann in Leos Alter herein und sagte irgendetwas. Er trug einen grauen Anzug, das blonde Haar war zurückgekämmt, der Schnurrbart fein und gepflegt. Das war Fritz Ribot, Leo kannte ihn vom Sehen. Danach betrat ein junges Mädchen in einem blauen Kleid das Zimmer, nach ihr ein älterer Mann mit Halbglatze, der alte Ribot. Die beiden lachten, gingen plaudernd zur Anrichte, das Mädchen holte Nähzeug aus einem Kästchen. Gerade, als sich der junge Ribot an den Tisch setzte, zog Rosa die Vorhänge zu, erst am einen, dann am anderen Fenster. Leo sah nur noch zwei gelblich erleuchtete Vierecke, hinter denen sich jetzt ein Stück vom Leben der Familie abspielen würde, die auch auf eine traurige, hässliche, unglückliche Weise die seine war.

Der Stumpen ging aus, aber Leo konnte seinen Platz immer noch nicht verlassen. Er stand einfach nur da, sah das Licht in den Fenstern dieser heilen Welt und stellte sich vor, er würde in diesem Haus leben. Zu diesen Menschen gehören. Abends in diesem Salon sitzen und reden, wohlig geborgen in der Sicherheit, hierherzugehören. Dann stellte er stellte sich vor, wie seine Mutter durch diese Räume gegangen war, ein armes Ding vom Land, das den Abfall wegräumte, den diese Leute hinterließen, ihre Kleider wusch, vor ihnen knickste und buckelte und ihren Dreck wegputzte. Und von ihnen wie Dreck behandelt wurde. Er stellte sich vor, wie sie die Reste aß, in der Küche schlief, geohrfeigt wurde, wenn sie einen Fehler gemacht hatte. Ein vierzehnjähriges, verzweifeltes Mädchen, das nicht wagte, sich zu wehren, als der Alte sie anfasste.

Leo merkte gar nicht, dass ihm die Tränen über die Wangen liefen. Erst als die erste seine Kinnspitze erreichte und ihn kitzelte, wischte er sie hastig weg. Er warf den Stumpen fort, der kalt zwischen seinen Lippen klemmte. Und dann spürte er den Hass in sich hochsteigen, von tief im Unterleib kroch er hervor, kochte hoch in seinen Gedärmen, quoll in Bauch und Magen wie brodelnde Lava, bahnte sich seinen Weg durch die Speiseröhre hoch und schmeckte bitter, so furchtbar bitter auf der Zunge. Er wollte heraus, dieser Hass, als Schrei, als Brüllen, als Geheul, aber Leo blieb stumm und erstickte beinah daran. Das bin ich also, dachte er. Ein Bankert. Das armselige Produkt einer Vergewaltigung. Mein Erzeuger ist ein Lump, ein widerlicher Bourgeois, der sich an seinem Dienstmädchen vergangen hat. Die da drinnen, die haben sie davongejagt, ohne Mitleid. Und der alte Drecksack hält den Mund, schaut einfach zu. Was zählt schon so eine?

Leos Wut steigerte sich ins Grenzenlose. Da drinnen, da saßen sie und lachten und soffen und rauchten, die Fabrikanten, die schuld am elenden Leben und Tod seiner Mutter, ja, schuld an allem Unglück überhaupt waren. Am liebsten hätte er das Haus angezündet. Er spielte mit der Streichholzschachtel in seiner Hosentasche, stellte sich dabei vor, wie alles in Flammen aufging, der ganze Reichtum, der ganze Überfluss, und er sah sich auf den verkohlten Resten tanzen. Da öffnete jemand im ersten Stock eines der Fenster, es war wieder Rosa, die eine Decke ausschüttelte. Vielleicht war sie gerade im Zimmer des Alten, sprach mit ihm, brachte ihn ins Bett. Leo hatte ihn nie gesehen, er verließ das Haus ja schon seit Jahren nicht mehr. Und plötzlich war da noch etwas anderes als Wut: Neugier. Wie er wohl aussah, der Alte? Ob er Ähnlichkeit mit ihm hatte? Leo spürte auf einmal ein übermächtiges Verlangen, seinen Vater zu sehen – aber nur, um ihn zu schlagen, zu treten, ihm Schmerz zuzufügen, denselben Schmerz, den seine Mutter empfunden hatte und den er jetzt empfand. Leiden sollte das Schwein, bluten, kotzen, krepieren. Warum durfte so einer leben? Wo blieb da die Gerechtigkeit? Leo schnaubte verächtlich. Es gab keine. Natürlich. An so etwas glaubten höchstens noch die Pfaffen. Wenn, dann musste man selber für …

»He, du?«

Leo fuhr herum. Der Nachtwächter stand neben ihm und leuchtete ihm mit seiner Laterne ins Gesicht. »Hast auch kein Daheim, was?«

Leo brauchte eine Weile, bis er eine Antwort herausbrachte. »Äh, doch, da drüben, in der ›Kanne‹. Wollt bloß noch ein bisschen Luft schnappen.«

»Jetzt kenn ich dich! Bist der, wo manchmal in der Wirtschaft hilft, gell?«

»Genau«, sagte Leo.

»Dann schau, dass du heimkommst, du Nachtgiger. Sonst holt dich der Rochus«, grinste der Nachtwächter. »Oder die Polizei.«

»Bin schon weg«, sagte Leo.

Er brachte es nicht fertig, Trudel und Christian alles zu erzählen. Oder gar Anna, die von solchen Sachen nichts zu wissen brauchte. Jetzt, wo die kleine Familie endlich wieder Fuß gefasst hatte und glücklich war, wollte er niemanden mit seinen Sorgen belasten. Außerdem ging das alles niemanden an, nur ihn selber und den Alten. Und die Ribot-Familie. Als Rosa am Sonntagnachmittag herüberkam und mit ihrem geliebten Zichorikaffee in der Küche saß, fragte er sie beiläufig: »Du, Rosa, hast du eigentlich eine Wilhelmina Raab gekannt? Die müsste bei euch gearbeitet haben.«

Rosa blies auf das heiße Gebräu in ihrer Tasse. »Die Mina? Warum fragst du?«

Er mied ihren Blick. »Die war Magd in Gustenfelden und eine

Cousine von der Helfrechts Betty«, log er. »Neulich haben sie in der Wirtschaft über sie geredet.«

»Ja, die Mina«, seufzte Rosa. »Die war bald zwei Jahre bei uns, ist lang her. Ein schüchternes Ding. Ist ins Unglück geraten, da hat sie gehen müssen. Später hab ich sie einmal getroffen, mit ihrem kleinen Sohn, danach nie mehr. Wie geht's ihr denn?«

»Gestorben«, sagte Leo. »Schon lang.«

»Und der Bub?«

»Weiß nicht.« Er wandte sich ab. Er konnte es einfach nicht sagen. Und es brauchte auch niemand zu wissen.

Immer wieder zog es Leo von da an zum Ribot-Haus. Er beobachtete die Leute, die dort ein und aus gingen, wagte sich sogar einmal in den Laden, wo grad die Meisterin selber bediente, Käthe Ribot, eine resolute, graublonde Mittfünfzigerin, der man die frühere Schönheit noch gut ansah. »Was darf's denn sein, der Herr?«, fragte sie. Er suchte verzweifelt in den Regalen nach irgendetwas, was er brauchen konnte, und nahm sich dann ausgerechnet eine Damenseife. Die Meisterin verkniff sich ein Schmunzeln und kassierte, und dann stand er wieder auf der Straße, wütend auf sich selber, das Stück Toilettseife in der Hand.

Und dann kam der Tag, an dem er am Tor zum Fabrikgelände vorbeiging und den Zettel las, der dort hing: »Kutscher gesucht«. Da ritt ihn der Teufel. Er ging hinein, fand den Eingang zum Kontor und klopfte an.

Drinnen saß grade Carl bei der Monatsabrechnung. Mit gerunzelter Stirn blickte er von seiner Kladde auf: »Was gibt's?«

Leo wünschte sich ganz weit weg, aber jetzt blieb ihm nichts mehr anderes übrig – er hatte A gesagt, jetzt musste er auch B sagen. »Ich hab gelesen, Sie suchen einen Kutscher?«, fragte er.

»Ah!« Carl wurde freundlicher. »Und Sie sind einer?«

»Ich fahre für das Gustenfeldener Milchkonsortium«, sagte Leo. »Mit Pferden und Wägen kenn ich mich aus.«

»Für uns müssten Sie Seife liefern, nach Nürnberg, über Land, zum Bahnhof. Und wir brauchen jemand für unsere Privatfahrten. Sind Sie ehrlich?«

Leo fühlte sich persönlich beleidigt. »Würd ich's sagen, wenn ich's nicht wär?«

Carl lachte schallend. »Nichts für ungut, mein Lieber. Der alte Kutscher ist geflogen, weil er unter der Hand Hafer und anderes Zeug verkauft hat. Deshalb frag ich.«

»Meinen Rössern nehm ich nichts weg«, brummte Leo.

»Also gut, Herr …«

»Gruber Leonhard.«

Carl blätterte in der Lohnliste. »Elf Mark die Woche plus Logis. Sie wohnen draußen auf dem Ostanger, da sind der Stall und die Kutschenhalle. Kleines Zimmer mit Herd, ordentlich möbliert. Können Sie gleich anfangen?«

»Übermorgen«, sagte Leo. »Muss erst alles regeln.«

»Prima.« Carl stand auf und schüttelte Leo die Hand. »Na, herzlich willkommen bei der Firma Ribot. Montag um halb acht Uhr hier im Bureau. Dann machen wir alles schriftlich.«

Dann stand Leo wieder draußen im Hof. Liebe Güte, was hatte er getan? Was hatte er sich nur dabei gedacht? War er völlig übergeschnappt? Er sah sich um. Überall waren Männer bei der Arbeit. Säcke wurden geschleppt, Schubkarren geschoben. Das da drüben musste die Siederei sein, aus allen Fenstern dampfte es, hinter dem Dach streckte sich ein hoher Backsteinschlot gen Himmel. Der Geruch war unbeschreiblich: beißend, süß, schwer, nach altem Fett, nach Salz und Kräutern und Öl. Rhythmisch waren die Schläge der Seifenpressen zu hören, dazwischen Rufe und Pfiffe, Gelächter. Irgendwo kreischte ein Mädchen. Vor der Packerei wurde ein Wagen mit großen Kartons beladen, die Pferde mampften derweil ihre Ration aus umgehängten Futterbeuteln. Leo atmete ein paarmal tief durch. Du kannst immer noch zurück, sagte er sich. Du brauchst dich einfach nur nicht mehr blicken zu lassen. Einfach am Montag nicht auftauchen. Langsam ging er zum Tor. Ich überleg's mir, dachte er. Mich zwingt ja schließlich keiner. Ich bin ein freier Mensch.

Am 13. Juni zog Leo in das kleine, gemütliche Zimmerchen neben der Schirrzeugkammer am Ostangergelände. Seine ersten Fahrten waren kurz; nur zum Bahnhof, wo er die Seifenkartons auf einen Rollwagen ablud, diesen zum Nebengleis schob und dort die Kartons in einen offenen Eisenbahnwaggon stapelte. Der Tag verlief angenehm und unspektakulär, und nach der Arbeit saß Leo mit Trudel, Christian und Anna zum Abendessen beieinander. Keiner ahnte, welche Tragödie sich zur selben Zeit dreihundert Kilometer weiter südlich beim Schloss Berg abspielte: dass der abgesetzte Märchenkönig von Bayern genau in diesen Augenblicken ein tragisches Ende in den kalten Wassern des Würmsees fand.

So kam es, dass Leos erste Amtshandlung als Ribot'scher Privatkutscher die kurze Fahrt von der Nürnberger Straße zur Stadtkirche war, wo am Samstag – während in München der feierliche Leichenzug mit den sterblichen Überreste Ludwigs II. durch die Straßen bis zur Michaelskirche rollte – der offizielle Trauergottesdienst für den toten König abgehalten wurde.

Leo lehnte am Kutschbock des Landauers, angetan mit der dunkelblauen Livree seines Vorgängers, die ihm glücklicherweise gepasst hatte. Er beobachtete, wie die Ribots das Haus verließen, einer nach dem anderen. Sie kamen ihm steif und unnahbar vor, alle in feierlichem Schwarz, die Damen mit aufgeputzten Hüten, auf denen Kunstblumen und Federn steckten, die Herren mit Zylinder und Trauerflor am Revers. Gesichter machten sie, als sei einer aus ihrer Familie gestorben, dabei war es doch bloß der verrückte König gewesen, ein Relikt aus alter Zeit, das ohnehin keiner mehr brauchte. Eine ordentliche Regierung mit den Roten, das wär's, Menschenskind!

Leo öffnete den Schlag für Käthe und half ihr hinein, dann folgte Lisette, deren Augen rotverweint waren. Käthe kannte er ja schon flüchtig von seinem »Einkauf«, und Lisette war ein junges Ding, schmal und dunkelhaarig, sie dankte ihm mit einem Kopfnicken, als er ihr in die Kutsche half. Auch Philipp Ribot stieg ein, Stock und Handschuhe hielt er dabei in einer Hand, jeder Zoll ein vornehmer Mensch. Mein Halbbruder, dachte Leo, und Bitterkeit stieg in ihm auf. Er suchte nach irgendeiner äußeren Ähnlichkeit, fand aber zum Glück keine. Auf Philipp folgte Fritz; Carl und Konrad wollten beide hinter der Kutsche zu Fuß gehen. Die drei Söhne nahmen den neuen Kutscher überhaupt nicht wahr, während Leo sie unter gesenkten Lidern betrachtete und spürte, wie sich schon wieder dieser Zornesknoten in seinem Magen bildete. Meine sauberen Herren Neffen, dachte er.

Dann öffnete sich die Haustür zum letzten Mal – und heraus kam die schönste Frau, die er je gesehen hatte! Blond, blauäugig, üppige rote Lippen, eine Haut wie Milch und Honig! Obwohl sie sehr traurig aussah, war ihre Haltung stolz und gerade. Das musste Fritz' Ehefrau sein, die »Amerikanerin«. Leo bot ihr die Hand; sie nahm sie lächelnd, und er spürte ihre Wärme durch den schwarzen Seidenhandschuh. Leichtfüßig stieg sie ein und setzte sich neben Lisette; Leo schloss den Schlag, stieg auf den Kutschbock und nahm die Zügel. Rosa kam mit den beiden kleinen Mädchen vor die Tür und winkte, während das Gefährt langsam übers Kopfsteinpflaster zum Marktplatz rollte. Leo fragte sich, warum in aller Welt man für die paar Meter die Kutsche brauchte, aber vor der Kirche stand schon das Gefährt der Hüttlingers, und die wohnten gleich gegenüber der Kirche. Offenbar bewies die feine Stadtgesellschaft ihre Trauer dadurch, dass sie freiwillig keinen Schritt zu Fuß ging.

Für die Dauer des Requiems wartete er zusammen mit den anderen Kutschern auf dem großen Platz. Die anderen rauchten und unterhielten sich, aber Leo lehnte allein an seinem Landauer und hing seinen Gedanken nach. Da drin, wo jetzt die Orgel spielte, saßen seine reichen Verwandten in Pomp und Glorie, während er wie ein armer Hund draußenstehen musste. Zu ihrem Knecht hatte er sich gemacht! Verdammt, es war ein Fehler gewesen! Er hätte in Gustenfelden bleiben sollen. Aber jetzt war es zu spät.

Auf der Heimfahrt hätte er am liebsten seine Rösser mit der Peitsche in den Galopp getrieben. Mit zusammengebissenen Zähnen half er den Damen beim Aussteigen. Er wollte schon wieder zurückfahren, als Rosa herauskam und ihn zu sich winkte. »Komm mit in die Küche und iss mit«, sagte sie. »Es gibt was Feines!«

Nur weil er Hunger hatte, ließ er sich mit ins Haus ziehen. Und drinnen im Flur, da sah er ihn endlich. Der junge Konrad half ihm die Treppe herunter, langsam, mühselig, unter Ächzen und Stöhnen. Ein Greisenmännlein, zittrig und schwach, das Gesicht voller Runzeln und Altersflecken. Der beinah kahle Kopf wackelte hin und her, Hose und Hemd schlotterten um den dürren Leib. Mit gichtverkrümmten Händen krallte sich der Alte auf einer Seite an Konrad, auf den anderen ans Geländer. Schritt für Schritt plagte er sich so nach unten, wo er keuchend und pumpend stehen blieb, um zu verschnaufen. Speichel rann ihm aus dem Mundwinkel. Er schwankte, aber da war schon Rosa und schob ihm einen Hocker unter. Sie wischte ihm das Kinn sauber; er verzog das Gesicht zu einem kindlichen, zahnlosen

Lächeln und gab einen wimmernden Ton von sich. »Geht's wieder?«, fragte Konrad.

»Ja, Grüß di' Gott, mei' Liesele«, sagte der Greis und schaute unsicher von einem zum anderen.

»Jetzt gibt's erst was zum Essen«, sagte Rosa ihm laut ins Ohr. Dann kam Fritz herbei, die beiden Enkel nahmen den Alten hoch und führten ihn in die gute Stube hinein.

»Ja, er kann halt net sterben«, sagte Rosa.

Leo erwachte aus seiner Erstarrung. »Ist das der alte Ribot?«, fragte er leise.

Rosa nickte. »Der kennt sich und die Welt nimmer. Jetzt komm, die Fleischküchle werden kalt.« Sie zog Leo mit in die Küche, wo schon das Hausgesinde um den Tisch saß und munter plauderte. »Der war doch verrückt«, sagte einer, »deshalb haben sie ihn ja auch abgesetzt.« – »Halt bloß du deine gottlose Schlappern! Ein König wird net verrückt!«, schimpfte die Köchin und teilte die Fleischküchle aus. »Einen Haufen Geld hat der verschwendet für seine Schlösser!«, konterte der Hausknecht. Das Stubenmädchen stieß Rosa an: »Der soll doch angeblich Männer geliebt haben!« – »Bist du still! So was sagt man nicht über einen Toten!« – »Wenn's doch wahr ist!« – »Ja, so wahr wie dass er Selbstmord begangen hat!« – »Genau! Den haben die von der Regierung ermorden lassen! Weil, des war alles eine Verschwörung!« – »Wo willst denn du des herwissen, du Siebengescheiter?«

Leo hockte vor seinem Teller und konnte nichts anrühren. Gerade hatte er seinen Vater gesehen. Den Hundskrüppel, den Lumpen, den … den … Den er hasste wie sonst niemanden auf der Welt. Den er zur Rede stellen wollte, ihn schlagen und treten, ihm schreckliche Dinge antun. Jawohl, Rache hatte er gewollt, für seine Mutter und ihr Unglück. Aber nun? An diesem alten Mann, diesem dahinvegetierenden Restchen Mensch konnte sich niemand mehr rächen. Es war sinnlos. Leo fühlte, wie sich seine Wut in Enttäuschung verwandelte. Er würde den Schuldigen nicht mehr bestrafen können. Der Alte kam davon. Ungeschoren. Die Schuld würde nie mehr beglichen werden.

Drittes Buch

Kapitel 1
1887

Der Junge stieg aus dem Personenwagen des Zuges, ein Köfferchen aus Pappkarton in der Hand, das mit Bindfaden verschnürt war. Er trug Hemd, Hose und einen abgeschabten Mantel aus billigem Zwirn und für die Jahreszeit viel zu warm; auf seinen kurzgeschnittenen blonden Haaren saß ein graues Schirmmützchen. Einer seiner Schuhe war vorne aufgesprungen, die Schnürsenkel gerissen. Ganz allein stand der Bub eine Weile auf dem Ankunftsgleis des Schwabacher Bahnhofs, dann betrat er das langgestreckte einstöckige Gebäude. Drinnen saß ein Eisenbahnbeamter in einem Kabäuschen, über sich eine große Tafel, auf der das Datum des Tages stand: 12.8.1887. Die Uhr zeigte halb vier am Nachmittag.

Der Junge ging zögernd auf die Bahnhofstraße hinaus und marschierte dann in Richtung Innenstadt. Beim Zollhäuschen neben der Dreieinigkeitskirche fragte er eine alte Frau nach dem Weg; sie erklärte ihm, wie er gehen musste. Und dann stand er vor dem Haus in der Nürnberger Straße 10. »Seifensiederei Philipp Benjamin Ribot, gegr. 1849« stand da in eckigen Lettern auf die Fassade gepinselt. Er war am Ziel. Mit einem kleinen Aufseufzen nahm er all seinen Mut zusammen und läutete die Glocke.

Gertrud, das Stubenmädchen, öffnete. »Was willst denn du?«, fragte sie und stemmte die Fäuste in die Seiten.

Der Junge machte einen Diener. »Ich möchte bitte zu Herr Ribot«, sagte er in einem merkwürdigen Dialekt, den Gertrud noch nie gehört hatte. Es klang wie auswendig gelernt.

»Und was willst du von dem?«

Der Junge wiederholte nur seinen Satz und sah sie dabei herzerweichend an. Gertrud zuckte mit den Schultern. »Na, komm mit!«

Sie führte ihn in den Flur, wo gerade Käthe mit einem Stapel Bettlaken aus der Küche kam. »Ach, Meisterin«, sagte sie, »das Bürschle da will zum Herrn Ribot!«

Käthe schickte Gertrud mit der Wäsche in die Bügelkammer. Dann wandte sie sich zu dem jungen Besucher um. »Wer bist du denn und was willst du?«

»Ich habe Brief für Herr Ribot«, sagte der Knabe in seinem eigenwilligen Akzent und hielt wie zum Beweis ein knittriges Stück Papier hoch.

»Gib ihn mir!«

Der Junge schüttelte den Kopf. »Bitte. Nur Herr Ribot.«

»Ich bin die Frau Ribot! Nun gib schon her!« Sie riss dem verdutzten Knaben den Brief aus der Hand und öffnete den Umschlag. Was war denn das? In dem Kuvert steckten mehrere handbeschriebene Blätter in einer fremden Schrift, die sie noch nie gesehen hatte. Oder doch! Natürlich kannte sie die Schrift – das waren kyrillische Buchstaben, Fritz hatte ihnen das russische Alphabet einmal aufgemalt, vor Jahren. Käthe kniff die Augen zusammen. »Nimm die Mütze ab!«

Er tat wie befohlen, und sie sah ihn an, lange und noch länger. Das gibt's doch gar nicht, dachte sie. Wie ähnlich der Bub dem Fritz sieht! Die Augen, das Kinn, die blonden Haare! Ein Verdacht keimte in ihr auf. Wie alt mochte der Junge sein? Und wann war Fritz aus Moskau zurückgekommen damals? Da war Lisette grad in der ersten Klasse … also '75? Konnte es wahr sein? Um Himmels willen, doch, das Alter konnte stimmen. Und diese Ähnlichkeit! Heilige Maria Mutter Gottes! Es überlief die Meisterin eiskalt.

»Wie heißt du?«, fragte sie mit belegter Stimme.

»Viktor Feodorowitsch Mischkin«, antwortete der Junge. »Ich komme von Russland zu Herr Ribot.« Bittend streckte er die Hand aus.

»Wie alt bist du?«

»Elf Jahre war ich in Monat Mai.«

Käthe rechnete blitzschnell nach. Das durfte nicht wahr sein! Hier vor ihr stand Fritz' Sohn mit irgendeiner Russin aus seiner Zeit in Moskau. Ein Bankert. Sie rang nach Luft. Du liebe Güte, was wollte der hier? Sich bei ihnen einnisten, ins gemachte Nest setzen? Hatte ihn seine Mutter geschickt? Sollte er Fritz um Geld erpressen? Mein Gott! Wenn der Bub blieb – der würde womöglich die Fabrik erben! Ein Russe! Der einzige männliche Erbe von Fritz!

Käthes Hände krampften sich zusammen. Das würde Streit in Fritz' Ehe bringen, ausgerechnet jetzt, wo Sophie wieder schwanger war und sich nicht aufregen durfte. Und dann noch Unfrieden in die Familie, wenn da plötzlich ein fremdes Kind einen Platz beanspruchte! Aber noch schlimmer: das Gerede in der Stadt! Der große Fabrikherr hat ein Kind mit einem Russenflittchen! Himmel, vielleicht war er ja in einem Bordell gewesen! Das wäre ein gefundenes Fressen für all die Schandmäuler, die den Ribots ihren Erfolg neideten. Heiliger Strohsack!

Innerhalb von Sekunden fasste Käthe einen Entschluss. »Verschwind'«, sagte sie zu dem Jungen, der sie erschrocken anstarrte. »Verschwind' und lass dich hier nie wieder blicken, du … du …«

Der Junge griff nach dem Brief, aber Käthe gab ihn nicht her. »Hinaus!«, schrie sie und stieß den Knaben vor sich durch den Flur. »Und wag' es ja nicht, wiederzukommen, verstehst du? Geh wieder dahin zurück, wo du hergekommen bist!« Sie stieß ihn zur Tür hinaus, auf die Straße, wo er stolperte und hinfiel. Den kleinen Koffer warf sie hinterher. Dann schloss sie die Tür mit lautem Krachen. Vom Ladenfenster aus beobachtete sie, wie der Junge eine Weile benommen auf dem Trottoir sitzenblieb. Er hatte sich ein Knie aufgeschürft, und seine Hose war zerrissen. Tränen liefen ihm über die Wangen. Irgendwann rappelte er sich auf, nahm sein Köfferchen und hinkte über die Fleischbrücke davon.

Käthe sah ihm nach, bis er in Richtung Marktplatz verschwunden war. Dann zerriss sie mit zitternden Händen den Brief, ging in die Küche und verschürte ihn im Ofen.

Noch mehrmals versuchte Viktor verzweifelt, seinen Vater zu sprechen. Aber Käthe hatte dem Hausmädchen strengstens untersagt, ihn einzulassen, und beim vierten Mal öffnete sie selber und vertrieb den Buben mit einer Ohrfeige. »Der Herr Ribot will nichts von dir wissen!«, zischte sie. »Er ist nicht dein Vater, verstehst du? Er sagt, wenn du noch einmal kommst, lässt er den Schutzmann holen. Der nimmt dich dann mit und sperrt dich ein!«

Da gab Viktor auf. Er ging zurück zu der Stelle unter der Spitalbrücke, wo er die beiden letzten Nächte verbracht hatte, setzte sich ins Gras und ließ den Kopf hängen. Sein Vater wollte ihn nicht. Es war alles vergebens gewesen, der Brief, die lange Reise, alles. Und jetzt wusste er nicht, wohin. Sein Geld war alle, die Zugfahrt von Nürnberg nach Schwabach hatte die letzten Ersparnisse verschlungen. Eine Unterhose zum Wechseln, ein paar Strümpfe, ein zweites Hemd und ein Deutsch-Wörterbuch in seinem Koffer waren alles, was er auf der Welt noch besaß.

Der Hunger trieb ihn aus seinem Versteck. Ziellos wanderte er durch die Stadt, ganz allein, mit einem bohrenden Loch im Magen und einem Kloß im Hals. Als eine Frau mit einem Korb voller Obst und Gemüse an ihm vorbeiging, hielt er bittend die Hand auf. Die Gute schenkte ihm einen Apfel, den er bis auf Stumpf und Stiel verspeiste. Später hockte er sich mit seinem Köfferchen auf die Stufen des Schönen Brunnens und legte, weil ihm nichts anderes einfiel, seine Kappe offen vor sich hin. So hatten es die Bettler in Sankt Petersburg immer gemacht. Und tatsächlich, ein paar mitleidige Marktbesucher warfen ihm Münzen hinein. Er wusste nicht, was sie wert waren, aber als er damit in einen Bäckerladen ging und auf einen Kipf Weißbrot deutete, bekam er ihn. So musste er seine dritte Nacht in Schwabach wenigstens nicht hungrig verbringen.

Am nächsten Tag setzte er sich wieder an den Brunnen, aber da kam ein Polizist, zog ihn unsanft hoch und verscheuchte ihn. »Hier wird nicht gebettelt.«

Er versuchte es vor der Spitalkirche, aber mit wenig Erfolg. Am nächsten Tag vor dem Seiteneingang der Stadtkirche, wo ihn wieder derselbe Polizist wegjagte.

Nach ein paar Tagen war er so hungrig, dass ihm schwindlig wurde. Inzwischen war das Wetter regnerisch geworden, er fror nachts in seinen klammen Kleidern. Dann entdeckte er den Schlachthof. Er lungerte so lange dort herum, bis jemand eine Wanne mit Fleischabfällen vor das Tor stellte, die die Schwabacher für ihre Hunde abholen konnten. Darin wühlte er, aber es grauste ihn so vor den blutigen Knochen und rohen Fetzen, dass er es aufgab. Schließlich entdeckte er auf dem Mäuerchen vor der Franzosenkirche zwei Mädchen, die sich ein Bamberger Hörnchen teilten. Er näherte sich von hinten, riss der Kleineren ihr Stück aus der Hand und rannte davon, noch im Laufen biss er in das knusprige, blättrige Ding und schmeckte die Süße. Da packte ihn jemand am Schlafittchen und riss ihn fast um. »Hab ich dich, du kleiner Dieb!«

Es war wieder der Schutzmann. »Dich kenn ich doch«, sagte er kopfschüttelnd, und sein Schnurrbart wippte bedrohlich. »Jetzt langt's mir aber mit dir, jetzt gehen wir zu deinen Eltern!«

»Ich habe kein Eltern«, sagte Viktor und stopfte hastig den Rest des Hörnchens in seinen Mund.

»Wieso redest du so komisch? Wie heißt du und wo wohnst du?«

Viktor schluckte hinunter. »Ich bin Viktor Feodorowitsch Mischkin«, sagte Viktor. »Bitte, nichts tun. Ich wohne unter Brücke. Da.« Er deutete in Richtung Spitalbrücke.

Dem Schutzmann kam die Sache merkwürdig vor. Er nahm den verängstigten Buben mit auf die Wache ins Rathaus, wo ein mitleidiger Kollege Viktor erst einmal seine Vesperbrote schenkte. Die anschließende Befragung brachte nichts außer dem Ergebnis, dass ein russischer Junge von elf Jahren offensichtlich im kleinen Schwabach gestrandet war. Er besaß keinen Ausweis und behauptete, allein auf der Welt zu sein. Was er überhaupt hier wollte, war nicht aus ihm herauszukriegen.

Gegen Abend brachte man den Buben, weil man ihn wegen Mundraubs eines Bamberger Hörnchens ja schlecht ins Gefängnis stecken konnte, ins städtische Kinderasyl beim Schlachthof hinter der Spitalkirche.

Kapitel 2

Aus den Lebenserinnerungen von Fritz Ribot, begonnen 1921

Die Jahre nach unserer Geschäftsübernahme brachten viele Neuerungen und Erfolge für die Firma – und für mich und meine Sophie ein zweites Mädchen, das wir Ottilie nannten. Ich will nicht verhehlen, dass ich enttäuscht war, aber das schmälerte meine Liebe zu meinen beiden »Mädle« nicht. Die Tilly war ein so liebes winziges Ding, und wenn ich in der Mittagspause mit dem Käthchen Hoppereiter spielte, dann ging mir das Herz auf. Ich verwöhnte die zwei so, dass Sophie schon mit mir zu schimpfen anfing, weil ich sie verdürbe. Sie war untröstlich, dass wieder kein Bub ge-

kommen ist, aber mein Glaube blieb unerschütterlich: Irgendwann musste es glücken! Jetzt warteten wir mit großer Vorfreude auf unser drittes Kind, und mit Gottes Hilfe, so dachte ich, würde es ein Erbe sein! Aber wie anders spielt doch das Leben!
Ganz überhaupt war das Jahr 1887 ein Unglücksjahr. Noch im Dezember 1886 hatte ich erstmals ein Produkt mit ganz neuen Werbemethoden nach amerikanischem Vorbild auf den Markt gebracht: die »Glückseife«. Die Verkaufsstrategie war ganz einfach: Man nehme eine beliebige Toilettseife (in der Serie 1 mit Maiglöckchenduft) und verbinde deren Kauf mit der Aussicht auf eine Gratisgabe. In jedem kleinen Karton Glückseife mit zwanzig Stück steckte in einer der Einzelpackungen ein Gutschein für einen Dreierpack Maiglöckchenseife, in jedem Hunderterkarton eine Anweisung auf 100 Mark, in jedem Tausenderkarton eine Anweisung auf 1000 Mark. Wer also Glück hatte und die richtige Packung im Laden erwischte, der konnte viel gewinnen! In Amerika hatte das glänzend funktioniert und hatten mein Schwiegervater und dessen Freund Lipps in Baltimore damit das Geschäft ihres Lebens gemacht! Aber nicht so in der rückständigen »Alten Welt«. Ja, hier im verstaubten Krähwinkel ticken die Uhren noch anders. Nicht, dass die Leute die Glückseife nicht gekauft hätten – aber wo! Im Gegenteil, sie rannten den Händlern die Bude ein, jeder wollte eine haben! Wir mussten in der Produktion von Februar bis Mai Überstunden einlegen – was zu Unruhe unter den Arbeitern führte –, um die Nachfrage befriedigen zu können. Einen zusätzlichen Mietkutscher mussten wir uns nehmen, damit die Ware auch ja pünktlich zum Bahnhof kam, und wir hatten Mühe, bei Dagel & Cie. genug Soda zu beschaffen – dort waren zeitweise sogar die Säcke ausgegangen. Die Konkurrenz staunte – und handelte. Ende Juni hatten wir eine Klage von unbekannt (!) wegen »strafbaren Eigennutzes« am Hals, und bald darauf wurde uns der Verkauf der zweiten Serie von der Strafkammer des kgl. bayr. Landgerichts in Nürnberg untersagt. Es handele sich hierbei um eine Lotterie! Lächerlich! Carl tobte beinahe noch mehr als ich, und sogar unser Vater gab zu, dass sein geliebtes Kaiserreich seiner Zeit hinterherhinke. Ja, dieser Bismarck, der könne vielleicht eine verdammte Sozialversicherung für die Arbeiterschaft einführen, aber vom Geschäft, da verstünden er und seine Junker in der Re-

gierung nichts! Und das aus dem Munde eines Philipp Benjamin Ribot! Wir beauftragten unseren Anwalt in Nürnberg mit einem Einspruch, doch dieser scheiterte.

Also schluckte ich die Kröte, wenn sie mir auch schwer im Magen lag. Wegen der Geldgewinne einigten wir uns mit dem Bankhaus Jos. Kohn und Söhne. Ach, wenn dies nur mein einziges Unglück in diesem schweren Jahr geblieben wäre! Aber das Schicksal fragt nicht nach unsern Wünschen und Begehrlichkeiten, es schlägt zu mit aller Härte.

Am 30. Oktober abends sieben Uhr setzten bei Sophie die Wehen ein. Es war eine stürmische Nacht, ich werde nie vergessen, wie draußen der Wind um alle Ecken pfiff und das nasse Laub übers Kopfsteinpflaster trieb. Carl, Konrad und ich liefen noch durch den Regen hinaus, machten im Hof Planen fest, sicherten alle Läden und verrammelten die Tore zum Rohstofflager. Als ich wiederkam, war Sophie schon in schweren Kindsnöten. Wehe um Wehe musste sie erdulden, ihr Jammern und Stöhnen wurde immer verzweifelter, man hörte sie bis in die Küche, wo wir Männer beieinandersaßen. Es ist kaum auszuhalten, wenn man hilflos sitzen bleiben muss, während ein geliebter Mensch leidet, und man weiß doch, dass etwas nicht stimmt! Ich war nach einer halben Stunde durchgeschwitzt. Rosa und Mutter rannten unaufhörlich nach heißem Wasser und Tüchern und sonst allem Möglichen; uns würdigten sie keines Blickes. Um elf Uhr ließ die Hebamme den Doktor Lochner rufen, der völlig durchnässt ankam. Er stürmte nach oben, und dann, es war schon weit nach Mitternacht, kam die Geburt in Gang. Ich wartete auf den Schrei des Neugeborenen, lauschte stumm, horchte mit klopfendem Herzen – aber es kam nichts. Alles blieb still. Grabesstill. Der Doktor kam herunter und schüttelte müde den Kopf. »Das Kind war schon tot im Mutterleib«, sagte er und legte mir die Hand auf die Schulter. Ein Schwindel packte mich, ich wankte. »Und Sophie?«, krächzte ich. »Es tut mir leid, mein Freund. Sie wird keine Kinder mehr haben können.« Ich schlug die Hände vors Gesicht. Meine Mutter trat heran, die Arme voller blutiger Laken. »In Gott's Namen, geh hinauf zu deiner Frau, Fritz«, sagte sie, »die Sophie braucht dich jetzt.«

Bleich wie der Tod lag sie in den Kissen, das Gesicht zur Seite gedreht, das schweißnasse blonde Haar um den Kopf ausgebreitet wie ein Heiligenschein. Ich ging hin und nahm sie in die Arme. »Fritz, ach Fritz«, wimmerte sie, »es wäre ein Junge gewesen.« Wir weinten gemeinsam. In dieser Nacht trugen wir unsere Zukunft zu Grabe.

Danach stürzte ich mich in die Arbeit wie ein Ertrinkender, und es ist vielleicht die Art der Männer, Schicksalsschlägen so zu begegnen. Frauen können ihren Gefühlen freien Lauf lassen, in Kummer versinken, weinen und beten. Männer dagegen dürfen nicht zeigen, wie es in ihnen aussieht, es würde ja als Schwäche ausgelegt. Ich musste mich ablenken, sonst wäre ich vor Gram und Schmerz verrückt geworden. Und ich musste doch für die Firma da sein, grade jetzt, wo die Glückseife verboten worden war und wir die restlichen Gewinne auszuzahlen hatten. Die Maschinen mussten laufen, das Geschäft weitergehen. Ich glaube, wenn ich damals nicht die Markteinführung der »Schwalbenseife« hätte planen können, ich wäre vor die Hunde gegangen. Diese eine Aufgabe hielt mich aufrecht …

Kapitel 3

Dear diary,
der liebe Gott hat mich vergessen. Oder er hasst mich. Ich frage und frage mich immer wieder, was ich wohl Furchtbares verbrochen habe, dass er mich so bitter straft. Ich bin unfähig als Frau, zu nichts nutze. Wenn man Charles Darwin fragen würde, so würde er wohl sagen, Menschen wie ich dürften sich nicht fortpflanzen, denn sie sind nicht fit for survival. Also ist es nur gerecht, wenn ich jetzt keine Kinder mehr bekommen kann. Etwas stimmt nicht mit mir. Mein Körper hat einen Fehler. Wäre nur ich gestorben in dieser Nacht, und nicht unser unschuldiger Sohn.

Jetzt ist alle Hoffnung vorbei. Die eheliche Pflicht, der ich getreulich nachgekommen bin, ist nun sinnlos geworden. Meine Schwiegermutter wird in Zukunft nichts mehr zu lauschen haben, und ich muss mich nicht mehr genieren. Es war mir ohnehin nie ein Bedürfnis. Vielleicht ist es ja das - ich kann die geschlechtliche Liebe nicht genießen. Und deshalb versage ich beim Austragen von Söhnen. Habe versagt. Denn es ist ja so, dass ich keine Kinder mehr haben werde.

Rosa sagt, ich soll dem Herrgott dankbar sein für meine zwei lieben Mädchen, anstatt zu hadern, und das bin ich auch. Aber jedes Mal, wenn ich sie sehe, muss ich wieder weinen. Ich bin ihnen keine gute Mutter, ich bürde ihnen meine Trauer auf. Auch das lastet auf meinem Gewissen.

Meiner Schwiegermutter kann ich kaum noch ins Gesicht sehen. Schon Wochen vor der Geburt hat sie nur noch von ihrem Enkelsohn gesprochen - sie ahnte nämlich wegen der spitzen Form meines Bauchs, dass es ein Junge würde -, und jetzt wird sie nie einen haben. Sie ist zutiefst enttäuscht von mir, und ich weiß, was sie denkt: Hätte Fritz nur eine andere geheiratet?

Und Fritz? Er versichert mir immer wieder, er sei mir nicht böse. Aber seit dieser furchtbaren Nacht im Oktober verkriecht er sich nur noch im Kontor. Er geht, bevor ich aufwache und kommt erst zum Abendessen wieder herüber. Danach geht er meist wieder und kehrt erst um Mitternacht ins Haus zurück. Er rührt mich nicht mehr an, und ich tue so, als ob ich schliefe, wenn er ins Bett kommt. Irgendetwas ist zerbrochen zwischen uns, und ich bin schuld.

Ich fühle mich innerlich wie tot. Alles ist schwer, am schwersten ein Lächeln.

Kapitel 4
1888

Es wurde Frühling, auch wenn Sophie es gar nicht merkte. Ostern lag früh in diesem Jahr, und trotz der immer noch spürbaren Trauer hatte man wegen der beiden Mädchen die alten Bräuche gepflegt. Philipp hatte für jedes der Kinder ein »Hosagärtla« – ein Hasengärtchen – gebaut: ein Fleckchen echtes Gras, umgeben mit einem Zaun aus Holzspreißeln, das Ganze auf Rädern zum Ziehen. Käthchen und Tilly zogen ihre Wägelchen am Abend des Ostersamstags ans Ufer der Schwabach, wo der Osterhase am Sonntag in aller Herrgottsfrühe buntgefärbte Eier hineinlegte. Nach dem Mittagessen wurde dann »gehodelt«: Die Onkel Carl und Konrad hielten zwei Rechen längs so aneinander, dass ein Osterei zwischen den Stielen wie auf einer Bahn nach unten rollen konnte. Welches Ei am weitesten rollte oder aber ein anderes berührte, dessen Besitzerin hatte gewonnen. Die Mädchen liebten das Spiel, und sogar die neunzehnjährige Lisette machte noch begeistert mit.

Fritz und Sophie standen ein Stückchen abseits und sahen dem fröhlichen Treiben zu. »Hast du dir's jetzt überlegt?«, fragte Fritz.

Sie nickte. »Ja. Ich fahre. Wenn dir so viel daran liegt.«

»Es ist der gute Rat von Doktor Lochner, diese Therapie zu machen. Er hat sich erkundigt. Medizinische Bäder sollen wahre Wunder wirken – denk nur an den Pfarrer Kneipp in Bad Wörishofen!«

Sophie seufzte. Sie war nicht überzeugt, aber sie würde ihrem Mann den Gefallen tun, dreimal in der Woche nach Nürnberg zu fahren und in irgendeine Wanne zu steigen. Vielleicht würde ihr die Ablenkung guttun. Und es war auf jeden Fall schöner, in Kräuterabsud zu baden als im schon benutzten Wasser ihrer Schwiegermutter.

»Du machst dir zu viele Sorgen um mich«, lächelte sie und drückte seine Hand.

»Also, dann lass ich dem Leo ausrichten, er soll dich am Dienstag um neun mit dem Landauer abholen.« Fritz war erleichtert. Bestimmt würden die Bäder Sophie aufmuntern, ihr mehr Appetit machen, ihr wieder Lebensfreude geben. Dann würde ihre Ehe auch wieder besser werden. Fritz ertappte sich in den letzten Monaten immer öfter dabei, seine Entscheidung für Sophie in Frage zu stellen. In Amerika, ja, da war alles anders gewesen. Da war sie ein unbeschwertes, temperamentvolles junges Mädchen gewesen, ungemein anziehend und liebenswert. Da hatte er geglaubt, er könne sie lieben, obwohl er noch so viel an Sascha dachte. Aber in Schwabach hatte Sophie sich verändert. Fritz verstand sie nicht mehr. Seit sie im Ribot-Haus lebte, war sie schwermütig, und heute – ach Gott, heute war sie nur noch ein Schatten ihrer selbst. Es wurde Zeit, dass sie ihre Trauer überwand. Das Leben musste schließlich weitergehen.

Fritz tätschelte seiner Frau den Rücken. Eigentlich hatten sie am Nachmittag miteinander ausreiten wollen, aber der alte Maxl lahmte. Fritz kam das nicht unrecht, so hatte er Zeit, ins Labor zu gehen und eine mögliche Rezeptur für die Schwalbenseife zu überprüfen, die ihm Christopher Lipps, der beste Freund seines Schwiegervaters, aus Baltimore geschickt hatte. Sophie konnte ja mit Lisette und den Kindern in den Stadtpark gehen und dort Eier suchen.

•

Sie war so völlig anders als die Frauen, die er sonst kannte. So … vornehm. Ohne ein Wort war sie in die Kutsche gestiegen mit ihren raschelnden Röcken, und er hatte den Duft ihres Parfums gerochen. Nein, nicht das Zeug, mit dem sich manchmal Trudel einsprühte, sondern etwas Feines, Süßherbes, Teures. Aufrecht saß sie auf der ledergepolsterten Sitzbank, der Hut mit breiter Krempe beschattete ihre Augen, aber er hatte schon gesehen, wie traurig sie dreinblickte. Verständlich, wo sie doch ein Kind verloren hatte. So was nimmt eine Frau mit, dachte Leo. Trotzdem sah diese Sophie Ribot immer noch wunderschön aus, wie eine ganz zarte Pflanze, die nur ein wenig Licht und Wasser brauchte, um zu voller Pracht zu erblühen. Den ganzen Weg nach Nürnberg sprach sie kein Wort, als sei er überhaupt nicht da. Hin und zurück stumm wie ein Fisch! Leo wusste nicht, ob es an ihrer Melancholie lag, von der alle hinter vorgehaltener Hand redeten, oder ob sie einfach zu stolz war, um sich mit einem Bediensteten abzugeben. Schon stieg wieder die alte Wut in ihm hoch. Eingebildete Fabrikantenschnepfe! Er schnalzte mit der Zunge und fuhr extra ein bisschen zu schnell, damit es ordentlich holperte.

So ging es in den ersten Wochen. Und wirklich taten die Güsse und Anwendungen Sophie gut. Ihre Wangen nahmen wieder Farbe an, sie aß mehr, und eines Tages im Mai wurde ihr bewusst, dass sie sich auf die Fahrten nach Nürnberg freute. Sie freute sich am saftigen Grün der Wiesen im Rednitzgrund, an den blühenden Gärten am Wegrand, den Rapsfeldern, sogar an den Kindern, die der Kutsche übermütig zuwinkten. Leo zog dann zum Spaß grüßend die Kappe und ließ die Peitsche knallen, und irgendwann ertappte auch sie sich bei einem Lächeln, hob die Hand und winkte hinaus. Oho, dachte Leo, die ist ja doch nicht aus Eis.

Ja, Sophie erwachte aus ihrer Erstarrung. Es begann mit diesem einfachen Winken und setzte sich fort damit, dass sie ihn beim Einsteigen freundlich ansah, ihm zum Abschied ein Dankeschön sagte. Sie nahm ihn wahr, und widerwillig gestand er sich ein, dass ihm das etwas bedeutete. Sie begann damit, nach den Anwendungen noch Läden in Nürnberg zu besuchen und einzukaufen. Eines Mittwochs kam sie mit leuchtenden Augen aus einem Spielzeugladen in der Kaiserstraße, beladen mit bunten Geschenkkartons und einen Elefanten aus grauem Filz im Arm. »Schauen Sie nur, Leo, den bekommt das Käthchen zum Geburtstag!«

Leo überlegte, wie viel diese Geschenkeflut wohl gekostet haben mochte und wie viele Kinder, die er kannte, noch nie in ihrem Leben etwas zum Geburtstag bekommen hatten. »Da wird sich die Kleine bestimmt freuen«, sagte er mit einem beißenden Unterton, den sie gar nicht bemerkte.

»Stellen Sie sich vor, den Elefanten näht eine Firma, die eine Frau gegründet hat! Margarete Steiff heißt sie. Ist das nicht bewundernswert? Gott, wie ich sie beneide!«

Als Sophie in die Kutsche stieg, verspürte sie zum ersten Mal seit langer Zeit Freude. Es war, als ob in ihrem Inneren etwas Vertrocknetes wieder aufblühte. Mit einem kleinen Lächeln auf den Lippen beobachtete sie Leo, wie er um die Kutsche ging, die Bremsen kontrollierte und dann mit einem kraftvollen Satz auf den Bock sprang. Er lenkte seine Rösser sicher durch die Straßen der Stadt und ließ sie schneller traben, als sie draußen im Grünen angelangt waren. Was er für kräftige Hände hat, dachte sie, richtige Arbeitshände, die Zügel und Pferde fest im Griff hatten. Die blaue Livree spannte um seine Schultern und Schenkel. Er strahlte Männlichkeit aus, Kraft, ja, auch etwas Bedrohliches, was Sophie nicht benennen konnte. Wie ein schönes Tier war er. Sie schüttelte die Gedanken ab.

In Eibach sah sie auf die kleine Taschenuhr, die sie zur Hochzeit von ihren Eltern bekommen hatte. »Leo«, rief sie nach vorn, »fahren Sie doch ein bisschen schneller. Wir sind spät dran fürs Abendessen!«

»Hüaaah!« Er ließ die Peitsche über den Pferderücken knallen, und die Braunen fielen in Galopp. Sophie hielt sich fest, der warme Juniwind blies ihr ins Gesicht, zerrte an ihrem Hut, ließ ihr Cape flattern. Es war herrlich.

»Recht so?«, schrie er ihr über die Schulter zu.

»Ja! Nur weiter!«

Vor dem Wolkersdorfer Berg ließ er die Rösser in den Trab fallen, dann in den Schritt. Seine Mütze hatte sich nach hinten verschoben und die schwarzen Haare fielen ihm verwegen in die Stirn. Sophie ertappte sich bei dem Gedanken, ob er wohl ein Mädchen hatte.

Dann war die Bäderkur in Nürnberg zu Ende. Auf der letzten Fahrt fiel Sophie sofort auf, dass Leo in düsterer Laune war. Sie machte es am schlechten Wetter fest: Es donnerte und blitzte, Leo hatte das Verdeck geschlossen, damit sie es schön trocken hatte. Der Regen prasselte unaufhörlich, es war klamm und ungemütlich im Landauer. Leo saß in seinem Wachstuch-Kapuzenmantel auf dem Bock und triefte, er tat ihr leid, und sie fand es unmöglich, dass es bei so einem teuren Gefährt keine Vorrichtung gab, die den Kutscher vor Regen schützte. Kein Wunder, dass er da ein finsteres Gesicht machte. Doch wie immer lenkte er die Pferde mit sanfter Autorität.

Als sie in Schwabach ankamen, gewitterte es immer noch. Sie setzte beim Aussteigen den Fuß auf das Trittbrett und ergriff gleichzeitig Leos Hand, der den Schlag aufhielt. Plötzlich glitt sie auf dem nassen Holz aus, verlor das Gleichgewicht, kam ins Fallen. Ein kleiner Schrei, da hatte er sie schon aufgefangen. Einen Augenblick lang lag sie in seinen Armen, sein Gesicht schwebte über ihrem. War das ein echter Blitz, der sie in diesem Moment durchfuhr? Vom Kopf bis zu den Zehen? Sie spürte, wie er sie festhielt, o Gott, er war ihr unanständig nah! Warum ließ er sie denn nicht los?

Dann kam schon Rosa mit einem riesigen schwarzen Schirm aus dem Haus gelaufen. Sein Griff lockerte sich, eine Sekunde lang standen sie noch eng beisammen, dann zog Rosa Sophie unter den Schirm und ins Haus.

Leo lenkte seine Rösser heim zum Ostanger. Er hatte immer noch ihr Parfüm in der Nase, und er war noch misslauniger als am Morgen. Nicht einmal verabschieden hatten sie sich können. Wütend schirrte er die Pferde ab, rieb sie trocken und gab ihnen ihre wohlverdiente Haferration. Dann stapfte er in die Kutscherstube und schenkte sich einen Schnaps ein, den er in einem Ruck hinunterkippte. Er spürte immer noch Sophies Gewicht in seinen Armen.

Kapitel 5
1888

Schon im Frühjahr hatte Carl der Familie eröffnet, dass er nach Amerika reisen wollte. Wie seinem Bruder Fritz, so stünde auch ihm ein Aufenthalt überm großen Teich zu. Außerdem könne er sich drüben nach neuester Technik umsehen. Elektrik – das war inzwischen sein großes Faible. Jetzt war es so weit, am 15. Juli legte sein HAPAG-Dampfer von Hamburg ab. Sophie hatte schon daran gedacht, mitzufahren, aber sie allein mit ihrem Schwager – das hätte Anlass zu Gerede gegeben. Fritz vertröstete sie auf das nächste Jahr. Wenn erst die Schwalbenseife auf dem Markt war, dann könne er vielleicht für knapp zwei Monate mit ihr und den Kindern reisen. Er war froh, seine Frau wieder in besserer Verfassung zu sehen, die Anwendungen in Nürnberg hatten ihr sichtlich gutgetan. »Dann fahr doch wenigstens mit mir und den Kindern einmal in die Berge«, hatte Sophie gesagt. »Eine Woche kannst du doch bestimmt einmal erübrigen. Und die Mädchen wären glücklich. Sie haben so wenig von dir.« Er hatte abgewiegelt. Was sollte er in den Bergen? Jetzt, wo so viel zu tun war und Carl fehlte?

Die Schwalbenseife sollte ein großer Erfolg werden. Eine Seife, die auf dem Wasser schwimmt, man stelle sich das einmal vor! Wer hatte noch nicht im trüben Badewasser nach dem verlorenen Seifenstück gesucht? Welche Hausfrau hatte sich noch nicht darüber geärgert, dass ihr die Seife beim Reiben auf die Wäsche aus den Händen geglitscht und in den Zuber gefallen war? Bis man sie wiedergefunden und herausgeholt hatte, war sie aufgeweicht, und man vertat beim Weiterwaschen viel zu viel teure Substanz. Das kostete bares Geld. Die Firma Procter & Gamble in Amerika hatte das erkannt und eine Seife entwickelt, die quasi mit Luft aufgeschlagen wurde und dadurch ein geringeres spezifisches Gewicht hatte. Mit dieser »Ivory Soap« wurden drüben Millionen umgesetzt. Jetzt hatte Fritz endlich eine Siedetechnik ausgetüftelt, die erlaubte, dass sich die winzigen Luftbläschen nach dem Aufschlagen auch in der Seifenmasse hielten. Unzählige Versuche hatte er angestellt, mit allen möglichen Seifenrezepten, bis sich schließlich eine Mischung aus 60 % hellem Talg, 20 % Kottonöl und 20 % Kokosöl plus 18-prozentige Lauge als brauchbar herausgestellt hatte. Jetzt ging es darum, gemeinsam mit Ingenieuren der Firma MAN in Nürnberg eine Maschine zu entwickeln, die wie ein riesiger Quirl die Seifenmasse aufschlug. Parallel dazu wollte Fritz im Labor daran weiterarbeiten, dass die Bläschen dabei so winzig wie möglich blieben, also mehr oder weniger unsichtbar, und gleichzeitig der Schaum cremig blieb. Dafür war die richtige Temperatur beim Aufschlagen wichtig und eine Konsistenz der Masse, die nicht zu fest sein durfte. Konzentriert und hingebungsvoll machte er sich an die Arbeit und überließ dem zuverlässigen Konrad alle anderen Aufgaben.

»Wenn du schon keine Zeit für die Berge hast«, drängte Sophie, »dann geh wenigstens wieder mit mir reiten. Wir waren seit letztem Jahr nicht mehr zusammen unterwegs.« Seit ihrer Schwangerschaft, hatte sie sagen wollen, brachte es aber nicht über die Lippen. Alles, was mit Kindern zu tun hatte, schwiegen sie seit dem letzten Herbst tot.

»Ach, Sophie, der Maxl lahmt immer noch, das weißt du doch!«, erwiderte Fritz.

»Dann nimm den Baron vom Carl, der braucht jetzt Auslauf.« Carl hatte sich vor zwei Jahren einen sündteuren Trakehnerwallach zugelegt, den er mehr im Einspänner fuhr als ritt.

Fritz schnaufte. »Den Baron mag ich nicht, der legt sich immer so auf die Hand. Und er galoppiert unrund. Ich hätte den nie gekauft.«

Sophie gab es auf. Und dann, in einer Aufwallung von Trotz, fasste sie einen Entschluss: Wenn ihr Mann sie nicht begleiten wollte, dann würde sie eben alleine ausreiten. Sie hatte das Bedürfnis nach Bewegung. Sollte sie ewig daheim sitzen oder nur noch im Laden stehen?

Leo war grade aufgestanden, als sie eines Sonntagmorgens am Stall auftauchte, im elegantesten Reitkostüm, das er je gesehen hatte. Sogar ein Hütchen hatte sie auf. »Satteln Sie mir die Bella, Leo«, rief sie. »Ich reite in die Maisenlach.«

Verdammt, heut ist Sonntag, wollte Leo schon antworten, und ich hab frei, gnä' Frau. Aber dann, er hätte sich später in den Hintern beißen können, begann er, die Stute zu striegeln und aufzuzäumen. Kopfschüttelnd hievte er den Damensattel auf ihren Rücken. Seltsames Ding. Wie sollte da einer sicher sitzen? Wieder so ein Reiche-Leute-Blödsinn, dachte er. Dann führte er Bella in den Hof. Sophie stellte sich auf die linke Seite der Stute. »Ja, Sie müssen mir schon hochhelfen«, meinte sie irritiert. »Sonst kann ich nicht aufsitzen.«

Ach so. Er verschränkte die Finger, ließ sie hineinsteigen und hievte sie aufs Pferd. Dann sah er zu, wie sie langsam im Trab davonritt.

Zwei Stunden später kam sie zurück; Leo war eigens dageblieben, obwohl er eigentlich in die »Kanne« zum Frühschoppen des Arbeitervereins hatte gehen wollen. Die Stute schäumte und ihre Flanken waren dunkel vom Schweiß, aber Sophie sah aus, als ob sie soeben erst aus der Kirche gekommen wäre. Keine Haarsträhne war in Unordnung, kein Schweißfleck unter ihren Achseln. Die Frau war einfach nicht von dieser Welt. An ihr haftete kein Schmutz, man sah ihr keine Anstrengung an, sie schien von allen Unbilden unberührt. Ohne Leos Hilfe sprang sie ab und warf ihm die Zügel zu. »Spritzen Sie sie ab«, rief sie. »Und schauen Sie die Hufe nach. Bis nächsten Sonntag.«

»Sonntag ist mein freier Tag«, knurrte er.

Da suchte sie in den Falten ihres Rocks, bis sie ihren kleinen Zugbeutel fand, holte ein Zweimarkstück heraus und warf es ihm zu.

Er fing es unwillkürlich aus der Luft auf und stand mit offenem Mund da, als sie danach einfach so aus dem Kutschenhof marschierte.

Dann schmiss er die Münze fluchend in die Pfütze neben dem Sauftrog.

Am Sonntag darauf war sie tatsächlich wieder da. Diesmal hatte er das Pferd schon fertiggemacht und half ihr auch ohne Aufforderung in den Sattel. Schlag elf Uhr war sie zurück, übergab ihm die Stute, drückte ihm wieder ein Zweimarkstück in die Hand und wünschte noch einen schönen Sonntag.

Dann kam der August und brachte hochsommerliche Gluthitze. Es war so heiß, dass die Kinder in den Gassen nicht mehr barfuß liefen, weil sie sich sonst die Füße verbrannten. Und es war schwül. In der Siederei brauchten die Seifenbarren auf den Horden die doppelte Zeit zum Trocknen, und Fritz war übelgelaunt, weil er Lieferfristen überziehen musste. Außerdem litt die ganze Stadt unter einer Mückenplage, weil es im Juli viel geregnet hatte. Leo war sich an diesem Sonntag sicher, dass Sophie nicht käme, es war viel zu heiß. Trotzdem hielt er Bella bereit.

Sophie kam eine Stunde früher, um die Morgenkühle noch auszunützen. Sie trug einen leichten cremefarbenen Reitdress und ein Hütchen mit Sonnenschleier. »Nur ein Stündchen«, sagte sie, und er legte sich unter einen alten Birnbaum ins Gras, um zu warten.

Als sie zurückkam, schlief er. Langsam lenkte sie Bella zum Birnbaum. Leo hatte einen Grashalm zwischen den Lippen, das helle Leinenhemd klaffte über seiner Brust auf. Ein Schatten von Bartwuchs lag auf Kinn und Wangen, der dunkle Schnurrbart war frisch gestutzt. Er sieht aus wie ein Zigeuner, dachte sie, während sie ihn versunken betrachtete. Oder, wenn man ihn in einen Anzug steckt, wie ein italienischer Gigolo. Es war beinahe schade, ihn zu wecken. Aber da schnaubte Bella, und er öffnete die Augen.

Er hatte gar nicht geschlafen. Ihm war bewusst, dass sie ihn angesehen hatte, und er hatte es genossen. Langsam stand er auf, nahm die Stute am Backenriemen und band sie am Sattelplatz fest. Er bemerkte, dass diesmal sogar Sophie geschwitzt hatte, die Reitbluse klebte ihr am Körper. Sie zog die Handschuhe aus und lockerte den Kragen, dann hob sie das rechte Bein über das Sattelhorn und ließ sich von Leo herunterhelfen. Und da vergaß er sich. Er streckte die Hand aus und berührte mit den Fingerspitzen die zarte Haut ihrer Halsbeuge.

Sie erstarrte. Das war unerhört! Was erlaubte sich dieser, dieser … Mensch? Er nahm die Hand nicht fort, der Augenblick dehnte sich zu einer Ewigkeit. Dann hob sie ihre Reitgerte und schlug zu.

Er trat sofort einen Schritt zurück. Dann drehte er sich abrupt um, stapfte zum Stall hinüber und verschwand im Kutscherhäuschen.

Sie stand da und sah ihm nach. In ihr tobte eine Mischung aus Empörung und fiebriger Hitze. Sie führte Bella in den Stall und sattelte sie ab, danach kühlte sie Hände und Gesicht am Brunnen. Drüben im Kutscherhaus war alles ruhig. Langsam, wie eine Schlafwandlerin, ging sie hinüber, drückte die angelehnte Tür auf.

Leo stand mitten im Raum. Er war barfuß und hatte das Hemd ausgezogen; ein roter Striemen lief schräg über seine linke Wange und Schläfe. Sie sahen sich an, einen Augenblick lang. Er kam ihr entgegen, sie hob die Hände, ballte sie zu Fäusten und schlug gegen seine nackte Brust, bis er ihre Handgelenke packte und festhielt. Er küsste sie, grob und gierig, und sie hörte auf, sich zu wehren, ließ es zu, erwiderte seinen Kuss. In ihr pulste und vibrierte alles. Sie schlang die Arme um ihn, ihre Finger krallten sich in seinen Rücken. Überall spürte sie seine Hände, er zerrte ihr die Bluse vom Leib, zog ihr das Leibchen über den Kopf. Mit zitternden Fingern half sie ihm dabei, ihren Rock aufzuknöpfen, schleuderte ihre Schuhe fort. Dann trug er sie zum Bett und war über ihr, in ihr, kraftvoll und ungestüm. Er riss sie mit sich fort, sie vergaß, wer sie war, was sie war, sie überließ sich ihm und er übernahm die Führung, raunte ihr Worte zu, die sie noch nie gehört hatte, tat mit ihr, was er wollte, und er machte alles gut und richtig, zog sie mit sich in einen immer wilderen, schnelleren Strudel, bis etwas in ihr aufbrach, sie überwältigte. Sie bäumte sich auf, bog sich ihm entgegen, stöhnte und wimmerte, hör nicht auf, hör nicht auf, und er hörte nicht auf, und dann geschah etwas mit Sophie, was neu war und unfassbar und wild und animalisch und unbeschreiblich schön.

Hinterher lag sie da und schämte sich. Weil sie nackt war, weil sie gestöhnt hatte, weil sie alle Scham vergessen und sich in ihrer ganzen Tierhaftigkeit offenbart hatte. Er war eingeschlafen neben ihr und sah aus wie ein zufriedener kleiner Junge. Seine Hand ruhte immer noch besitzergreifend auf ihrem Schenkel.

Und während seine Frau so neben dem Kutscher lag, saß Fritz in seinem Kontor und beschrieb die Herstellung der Schwalbenseife detailliert in seinem geheimen Rezeptbuch.

Kapitel 6

Dear diary,
was habe ich getan? Ich muss wahnsinnig sein! Ich habe niedrigsten Gelüsten nachgegeben. Ich habe Fritz betrogen. O Gott! Wie konnte ich mich so gehen lassen? Bin ich eine Hure? Ich komme nach Hause, mir laufen meine beiden Kinder entgegen, Fritz küsst mich auf die Wange, und mein Leib brennt noch von den Liebkosungen eines anderen Mannes. Himmel, muss ich das beichten? Nein, ich kann nicht! Sonst müsste ich ja zugeben, dass ich es genossen habe. Dass ich es gewollt habe. Und am liebsten wieder tun würde. Nein, das kann ich nicht beichten. Und wenn ich diese Sünde mit ins Grab nehme, ich werde schweigen. Ich werde diese Stunde im Kutscherhäuschen vergessen. Das darf sich nie, nie, nie wiederholen. Ich schwöre, dass ich mich niemals wieder so gehenlasse. Lieber Gott, verzeih mir. Fritz, verzeih mir. Ich bin ein schlechter, verdorbener Mensch.

Kapitel 7
1888

Drei Tage später fand Rosa den alten Strunz tot in seinem Bett, ein friedliches Lächeln auf den Lippen. Der liebe Gott hat ihn also doch noch haben wollen, dachte sie, während sie nach altem Brauch den Spiegel mit einem Tuch verhüllte und die Fenster öffnete, damit die Seele hinauskonnte. Dann ging sie hinunter und überbrachte die Nachricht der Familie.

Am Tag der Beerdigung lenkte Leo die Kutsche mit dem Sarg seines eigenen Vaters zum Friedhof hin. Er hatte erst überlegt, ob er sich weigern sollte, eine Ausrede finden oder eine Krankheit vortäuschen. Aber dann empfand er die Vorstellung, dem Alten einen letzten Dienst zu erweisen, als seltsam verlockend und tröstlich zugleich. Und während er dann genau dies tat, während er den Katafalk langsam durch die Straßen lenkte, starben in ihm aller Hass und aller Groll, die er gegen den Greis noch gehegt hatte. Er fühlte sich, als ob ihm eine Last genommen worden war. Jetzt war er frei.

So traf er Sophie bei der Beerdigung wieder. Sie und Fritz schritten an zweiter Stelle im Leichenzug. Er sah sie nicht an, als sie später am Friedhofstor an ihm vorbeiging, und auch sie reagierte mit keinem Wort, mit keinem Blick auf ihn. Sie war wieder so weit von ihm entfernt wie Mond und Sterne. Es wird sich nicht wiederholen, dachte er, sie bereut es sicher längst. Gut so. Es wäre sowieso Wahnsinn.

Der Sommer lag über der Stadt, und Leo hatte kein schlechtes Gewissen. Im Gegenteil. Es bereitete ihm eine unglaubliche Genugtuung, dass diese Frau, die so hoch über ihm stand, dieses schöne, elegante, reiche, verwöhnte Wesen, ihn als Mann begehrte, mit ihm alle Regeln brach. Dass sie den ganzen Sommer über zu ihm kam, nicht anders konnte, schmeichelte seinem Selbstbewusstsein. Es faszinierte ihn, was mit ihr, die nach außen hin so kühl und unerreichbar schien, geschah, sobald er sie berührte. Dass sie dann eine Leidenschaft packte, die er noch bei keiner Frau vor ihr gekannt hatte. Es reizte ihn, sie so weit zu bringen, dass sie alle Zurückhaltung vergaß. Wenn sie unter ihm lag, ergriff ihn jedes Mal ein nie gekanntes Gefühl von Macht, es war, als ob sich die Welt verkehre, ein Umsturz der Weltordnung. Und da war noch mehr: Mit Sophie nahm er sich seinen Anteil an der Familie, zu der er nicht gehören durfte. Er, der Domestik, holte sich, was ihm zustand. Dass es völlig verrückt war, was sie taten, dass er seine Arbeit riskierte und sie ihre Ehe und ihren Ruf, war ihm ganz gleich.

Im Oktober kam Carl zurück. Wie sein Bruder vor ihm brachte auch er eine Ehefrau mit: Emma, die Tochter des Seifenfabrikanten Christopher Lipps aus Baltimore, den schon Fritz vor Jahren besucht hatte. Sophie kannte die sieben Jahre jüngere Lipps-Tochter noch von früher und mochte sie nicht besonders. Sie hatte Emma als ein verzogenes, verwöhntes Gör in Erinnerung, eingebildet und streitsüchtig. Carl schien dies nicht zu stören, er betete seine Frau an und las ihr jeden Wunsch von den Augen ab. Ein schönes Paar waren sie, er großgewachsen und blond und sie das völlige Gegenteil mit ihrem rabenschwarz glänzenden Haar. Sie bezogen zunächst das frei gewordene Schlafzimmer des alten Strunz, worauf Emma ihrem Mann so lange die Hölle heiß machte, bis er ihr versprach, in der »Alten Farb« in der Nürnberger Straße 2 ein Stockwerk für sie allein herrichten zu lassen. Noch vor Weihnachten zog das junge Paar dorthin um, und Sophie fragte sich bitter, wieso ihr und Fritz das nicht gelungen war. Die Antwort war so einfach wie ernüchternd: Sie hatte nie die nötige Durchsetzungskraft besessen, und Fritz hatte es nie wirklich gewollt. Vielleicht hätte es etwas geändert, dachte sie traurig. Vielleicht würden wir uns noch lieben.

Sie hätte gern mit Leo darüber gesprochen, aber sie wollte die wenigen Stunden, die sie mit ihm hatte, nicht belasten, den Zauber nicht zerstören. Sie redeten ohnehin wenig, was zwischen ihnen war, hatte nichts mit Worten zu tun. Über die Zukunft sprachen sie schon gar nicht. Wo es hinführen sollte. Es war zu kompliziert. Sophie wusste, dass es nur schlecht enden konnte. Aber sie wollte Leo behalten um jeden Preis. Die kleine Kutscherstube war ihr in den letzten Monaten ein Zuhause geworden. Sie fühlte sich wohl dort, konnte inzwischen sogar den Ofen schüren. Die einfachen Möbel, das schmale Bett, die rauen Bodendielen, all das kam ihr nicht schäbig und armselig vor, sondern es war ihrer beider heimliches Reich. Hier aßen sie weder Austern noch Kaviar, sondern selbstgepflückte Zwetschgen und Birnen. Sie tranken keinen Champagner, sondern Wasser aus dem Brunnen, und manchmal brachte Sophie eine Flasche dieser neuerfundenen braunen Limonade mit dem merkwürdigen Namen Coca Cola mit, die sie sich regelmäßig aus Amerika schicken ließ. Am Sonntag vor Weihnachten zündeten sie eine Kerze an und liebten sich unter der Bettdecke, weil es im Stübchen trotz des Herdfeuers bitterkalt war. Den Silvesterabend verbrachte Sophie mit ihrer und Leo bei seiner »Familie« in der »Silbernen Kanne«, keine fünfzig Meter voneinander entfernt. An die Zukunft zu denken war sinnlos.

Kapitel 8
1889

Lisette hatte an Mitternacht ihr Glas Sekt getrunken und sich sehnlichst dabei gewünscht, das Jahr 1889 möge ihr endlich etwas Neues bringen. Etwas Aufregendes, Wunderbares. Rettung aus der Langeweile. Eine Aufgabe. Einen Mann. Sie hatte es so satt. Seit sie mit der Lateinschule fertig war, saß sie zu Hause. Sie presste Blumen für ihr Sammelalbum. Sie bestickte Tischdecken, Kissenbezüge, Servietten und Taschentücher für ihre Aussteuer. Sie hatte sich zur Meisterin im Scherenschnitt entwickelt: Herzen, aus denen Blumensträuße wuchsen, florale Ornamente, Kindersilhouetten, sogar Gesichter im Profil, all das lag in ihrer Schublade, um in Poesiealben oder auf Einladungskärtchen geklebt zu werden. Sie spielte Klavier und nahm ein wenig Gesangsunterricht. Sie ließ sich von Sophie Englisch beibringen. Sie las Romane. Manchmal stand sie auch im Laden, aber nicht zu oft – man durfte nicht den Eindruck erwecken, sie sei es gewohnt, zu arbeiten. Das würde potentiellen Bewerbern das falsche Signal vermitteln. Denn Lisette sollte nach dem Wunsch ihrer Eltern die erste Ribot sein, die einmal ein Leben als Dame führen sollte, und das schloss jegliche Art der Betätigung aus. Natürlich auch Hausarbeit.

Der erste Bewerber war auch schon in Sicht gewesen. Der Sohn des Bürgermeisters Carl Pohl, Hans Ludwig, machte ihr einige Zeit vorsichtig den Hof. Er war Jurist und genauso sterbenslangweilig wie Lisettes Leben. Beim Neujahrsempfang der Staedtlers hatte er nicht nur einen Walzer mit ihr verstolpert, was schon schlimm genug war, sondern er hatte ihr mindestens eine Stunde lang etwas über Prozesse und Strafparagraphen erzählt. »Der wär doch eine Partie!«, hatte Käthe zu ihr gesagt. »Der wird bestimmt einmal Richter!« Lisette hatte geschnaubt. »Lieber lass ich mich lebendig begraben«, war ihre Antwort. »Außerdem riecht er komisch.«

Auch ein zweiter Kandidat in Gestalt des Ansbacher Jungpfarrers Börschlein, den sie beim Kaffeekränzchen der Dekanin kennengelernt hatte, fand keine Gnade. Er konnte zwar wunderbar reden, aber immer nur über die Bibel, und dafür war Lisette zu weltlich eingestellt. Dann machte er auch noch den Fehler, bei ihrer Mutter vorzufühlen, ob sie heiratswillig sei. Darüber geriet sie so in Rage, dass sie ihm schriftlich versicherte, ein Mann, der nicht zuerst sie um ihre Meinung frage, sei von vorgestern und so einen wolle sie nicht.

Der dritte Kandidat steigerte Lisettes Empörung noch. Es war ausgerechnet der Konsul Eduard Bock, ein Geschäftsfreund ihres Vaters aus Nürnberg und doppelt so alt wie sie. Sie kannte ihn schon seit Kindertagen, er war für sie immer ein netter Onkel gewesen. »Lisi, überleg dir das«, mahnte ihr Vater. »Der Eduard ist ein feiner Mensch, und tüchtig. Geld hat er auch. Er würde dich auf Händen tragen. Ich will dich nicht drängen, aber er wäre eine gute Wahl.« Lisette lehnte ab.

»So kommst du nie unter die Haube!«, schimpfte Rosa. »Du liest zu viele Romane! Glaubst du am Ende, dein Rinaldo Rinaldini, von dem du dauernd liest, reitet nach Schwabach und brennt mit dir durch?«

Nein, das glaubte Lisette nicht. Aber sie wollte einen Mann, den sie liebte. Auch wenn das Warten langweilig war. Er würde schon noch kommen.

Um die Dinge ein wenig zu beschleunigen, besuchten Käthe und Philipp mit ihrer Tochter sämtliche Gesellschaftsveranstaltungen, die in erreichbarer Nähe waren. Sie fuhren mit ihr nach Nürnberg ins Konzert, nach Ansbach in die Eremitage, sogar nach Roth zum Sommerball der dortigen Drahtfabrikanten. Alles vergeblich. Schließlich, eines Sonntags im Mai, ging die Familie ganz ohne Hintergedanken zum Bezirkssängerwettstreit, der in diesem Jahr das erste Mal in Schwabach stattfand.

Weil das Wetter herrlich lau war, spazierte man nach dem Mittagessen gemeinsam zum Stadtpark. Die Damen hatten ihre Sonnenschirmchen dabei, die Herren trugen sommerliche Strohhüte und helle Anzüge, und Lisette hatte stolz die Granat-Ohrringe angelegt, die sie vor zwei Wochen zum Geburtstag bekommen hatte. Man schlenderte unter den Ulmen entlang, durchquerte den neuangelegten »Englischen Garten« bis zu der großzügigen Lichtung, auf der schon das Podest für die Chöre stand und wo Tische und Bänke zum Verweilen einluden. Philipp und Konrad, die seit vielen Jahren Mitglieder der Liedertafel Schwabach waren, verschwanden eilig, um sich mit den anderen Herren hinter der großen Eiche einzusingen.

Der Wettbewerb wurde pünktlich um 15 Uhr durch die Liedertafel mit dem »Ännchen von Tharau« eröffnet. Der Chor bestand aus fast dreißig Sängern aller Altersgruppen. Die Ribot-Männer waren beide im Bariton, es gab fünf ordentliche Bässe und acht Tenöre, von denen einer besonders hervorstach. Das war der junge Goldschlägergeselle Hans Rühl, ein Bär von einem Kerl, der nicht nur mit seinem Gesang, sondern auch mit seiner Körpergröße alle überragte. Seine ungebändigten braunen Locken fügten sich kaum dem Scheitel, und er trug einen gepflegten Vollbart, der eigentlich aus der Mode war. Er sieht aus wie ein großer, gutmütiger Bär, dachte Lisette. Kaum zu glauben, dass er nicht brummte, sondern dass eine wunderschöne, reine Tenorstimme seiner Kehle entströmte. Er sang Solopartien in »Mein Vater war ein Wandersmann« und in »Sah ein Knab ein Röslein stehn«, und bei »Es waren zwei Königskinder« hatten viele im Publikum Tränen in den Augen. Auch Lisette.

Nach dem Konzert und der Siegerehrung – die Liedertafel hatte einen beachtlichen dritten Platz erreicht – saß man beisammen und trank Bowle, ausgeschenkt von den Damen des Kirchenvorstands zugunsten des Kinderasyls. Jemand hatte eine Zeitung mitgebracht, auf der das Bild dieses hochmodernen Stahlturms zu sehen war, den der Gustave Eiffel in Paris zur Weltausstellung gebaut hatte. »Das höchste Gebäude der Welt!«, rief Fritz anerkennend. »312 Meter!«

»Gebäude?«, ereiferte sich Philipp. »Da lach ich doch! Das ist ein zusammengebasteltes Sammelsurium aus Eisenstangen, aber kein Gebäude! Nutzlos und hässlich!«

»Du gönnst es bloß den Franzosen nicht«, ärgerte Lisette ihren Vater.

Philipp grinste. »Doch, tu ich. Das Ding verschandelt denen Paris, gut so!«

»Also ich finde die Konstruktion bewundernswert«, sagte Carl und trank schon sein fünftes Glas Bowle.

»Dir gefällt auch alles, Hauptsache es ist neu!«

»Unsinn. Der Eiffelturm hat Ästhetik, aber davon versteht ihr ja nichts!«

»Ästhetik hat eine Kirche, oder ein Schloss wie Neuschwanstein. Oder das Brandenburger Tor!«

»Und die Stimme von unserem Hans!«, warf Konrad ein, denn soeben war der bewunderte Star des Abends an den Ribot-Tisch getreten. Sophie, Emma und Käthe drückten wortreich ihr Lob aus, und Philipp schlug dem jungen Mann auf die Schulter. »Bist ein echter Heldentenor«, rief er.

Hans Rühl winkte bescheiden ab. »Ach wo«, sagte er verlegen. »Ich sing halt gern.«

»Was ist denn Ihr Lieblingslied?«, wollte Lisette wissen.

Er lächelte sie an. »Die ›Loreley‹. Die hat die schönste Melodie.«

»Ach!«, seufzte Lisette. »Die hab ich auch so gern! Weil der Text so ergreifend ist.«

»Der Hans ist ein unverbesserlicher Romantiker«, lachte Konrad und zwinkerte seiner Schwester zu. »Der mag immer nur die traurigen Liebeslieder.«

Hans wurde rot. »Besser als diese ewigen pompösen Soldatenmärsche«, verteidigte ihn Lisette. Dankbar sah Hans sie an. Er hat schöne samtig braune Augen, dachte sie. Oh, und große Hände! »Sie sind Blattgoldschläger?«, fragte sie.

»In der Schlägerei meines Onkels in der Zöllnertorstraße«, antwortete er.

»Das muss anstrengend sein«, lächelte Lisette. »Aber es ist bestimmt wunderschön, mit Gold zu arbeiten.«

»Na ja, man haut halt mit einem großen Hammer auf ein Paket«, grinste er. »Das ist nicht besonders aufregend. Waren Sie denn schon einmal in einer Goldschlägerei?«

Lisette schüttelte den Kopf. »Aber ich habe schon mit Blattgold Nüsse vergoldet, für Weihnachten!«

»Wenn Sie mögen, dann kommen Sie doch einfach vorbei«, sagte er. »Dann zeig ich Ihnen unser Blattgold und wie es gemacht wird.«

Wie stellt er sich das vor, dachte sie. Ein Fräulein wie ich kann doch nicht einfach in eine Werkstatt hineinmarschieren und sich von einem Kerl herumführen lassen. Das gehört sich nicht. Und außerdem, was bildet der sich ein? Soll das eine Verabredung sein? Ts! »Ich weiß nicht recht«, sagte sie. »Vielleicht.«

»Ja, dann.« Er stand auf und machte eine unbeholfene Verbeugung, was bei seiner Körpergröße drollig aussah. »Einen schönen Abend noch.«

Sie sah ihm nach, wie er wieder zu seinen Sangesbrüdern hinüberging. So ein großer, sanfter, freundlicher Mann! Aber natürlich kam er nicht in Frage.

Zwei Wochen später stand sie nervös und unschlüssig vor dem kleinen roten Backsteinhäuschen der Goldschlägerei Rühl. Es hatte große Fenster zur Südseite hin, damit genug Licht zum Arbeiten ins Innere drang, und sie hob sich auf die Zehenspitzen, um hineinzuspähen. Drinnen sah sie zwei Männer in Lederschürzen vor ihren Schlagsteinen stehen. Beide schlugen mit riesigen Hämmern in gleichmäßigem Rhythmus auf quadratische Päckchen ein, die sie mit der freien Hand nach jedem Schlag drehten und wendeten. Alle paar Schläge wechselte der Hammer die Hand. Wumm, wumm, wumm, dröhnte es. Unter den Nordfenstern saßen tief über Tische gebeugt eine jüngere und eine ältere Frau mit Kopftüchern und hantierten emsig, aber behutsam mit zangenähnlichen Werkzeugen. Lisette sah Gold flimmern und blitzen. Neugierig drückte sie ihre Nase an der Fensterscheibe platt. Sie beobachtete Hans' Bewegungen, wie er ein ums andere Mal den Hammer herabsausen ließ, den Rücken leicht gebeugt, die Beine gegrätscht. Jetzt setzte er sein Werkzeug ab und wischte sich mit dem Handrücken über die Stirn.

Sie trat zurück. Nein, lieber doch nicht, dachte sie. Aber dann gab sie sich einen Ruck. Sie ging ums Haus herum, klopfte an die Tür und trat ein.

Eine der Frauen erhob sich von ihrem Platz. »Grüß Gott«, sagte sie und sah Lisette fragend an.

»Ja, also, ich hätt gern Blattgold«, sagte Lisette und kam sich fehl am Platz vor. In diesem Augenblick drehte sich Hans um und strahlte sie an. Mit ein paar Schritten war er bei ihr. »Das ist das Fräulein Ribot, Tante Wally«, sagte er zu der Frau. »Sie möchte sich gern das Blattgoldschlagen anschauen.«

»Nnnneinein«, stotterte Lisette. »Ich wollt nur gern ein paar von meinen Scherenschnitten vergolden und hab mir gedacht …«

Er breitete einladend die Arme aus. »Ja, aber jetzt, wo Sie schon da sind … Kommen Sie!«

Sie ließ sich von ihm in die Werkstatt ziehen, bis zu einem großen, glühendheißen Ofen. »Hier wird das Gold in Graphittiegeln geschmolzen und in längliche Steinformen gegossen, die heißen Zaine.« Er hob einen davon hoch. »Der wiegt ungefähr hundert Gramm. Wenn so ein Zain kalt ist, wird er auf dem Amboss dort drüben zu einem immer dünneren Streifen ausgehämmert, bis ein Goldblättchen im Gewicht eines Fünfmarkstücks fünfundzwanzig Zentimeter lang ist.« Er gab ihr einen solchen glänzenden Streifen und sie nahm ihn ehrfurchtsvoll. »Und dann?«, fragte sie. »Dann schneiden wir diesen Streifen in zehn Quadrate, die heißen Quartierchen. Die kommen dann zu den Frauen.«

Sie gingen hinüber zum Arbeitstisch. »Die Tante Wally ist Beschneiderin und die Hermine«, er deutete auf das junge Mädchen, »die ist Zurichterin. Schauen Sie, die Hermine stäubt mit einer Hasenpfote feinstes Gipspulver auf lauter einzelne Pergamentblätter. Wenn sie vierhundert davon vorbereitet hat, dann legt sie mit der Pinzette immer ein Quartierchen zwischen zwei Blätter. Alle aufeinandergestapelt, ergibt das ein Paket, um das sie eine Ledermanschette legt – die Quetsche. Und dann kommen mein Onkel Heiner und ich.«

Lisette ging hinter ihm her auf die andere Seite der Werkstatt. Hans klopfte mit der Hand auf einen der beiden Steine, die dort standen. »Das ist Jurakalkstein, der steht in einem Sandbett, damit der Hammer beim Schlagen zurückfedern kann. Darauf lege ich jetzt die Quetsche.« Er nahm den Hammer, hob ihn hoch. »Und dann geht's genau so: erst einen Schlag in die Mitte, dann zwei, drei Schläge zu den Rändern hin. Dann die Quetsche um ein Viertel drehen, schwupp, und immer so weiterschlagen. Halten Sie mal!« Er reichte Lisette den Hammer, sie nahm ihn und sein Gewicht riss ihren ganzen Arm nach unten. »Huch!«, schrie sie, und Hans lachte. »Der wiegt elf Kilo!«

»So schwer!« Lisette staunte. »Und damit schlagen Sie den ganzen Tag?«

»Na ja, ein bisschen Kraft braucht man schon als Goldschläger«, grinste er. »Das ist keine Arbeit für schwache Bürschle.«

Jetzt führte er sie wieder zurück zum Frauentisch. »Sobald die Quetsche fertig ausgeschlagen ist, kommt sie zu meiner Tante Wally. Die macht die Manschette ab und holt die einzelnen Blättchen heraus.« Lisette sah zu, wie Wally Rühl mit der Pinzette eines der Blättchen aufpickte und auf ein Lederpolster legte. Das Blättchen war jetzt fast doppelt so groß wie vor dem Schlagen und hatte unregelmäßig ausgebeulte Ränder. Mit dem »Wagen«, zwei rasiermesserscharfen Schneiden, die in zehn Zentimetern Abstand parallel zueinander zusammengeschraubt waren, machte sie blitzschnell einen waagrechten und einen senkrechten Schnitt. Die abgeschnittenen Ränder fegte sie weg, und übrig blieb ein schönes quadratisches Goldblättchen.

Lisette sah eine Weile zu. »Und jetzt ist das Blattgold fertig?«

»Aber wo! Jetzt werden die Blättchen neu eingelegt und wieder dünner geschlagen. Und dann noch mal und noch mal. Mit unterschiedlichen Hämmern. Bis sie so dünn sind, dass man durch ein Blättchen die Zeitung lesen kann. Tippen Sie mal drauf, Fräulein Lisette.«

Sie berührte mit der Spitze ihres Zeigefingers das Goldblättchen. Ein Teil des Goldes blieb wie eine zweite Haut an ihrer Fingerspitze haften, der Rest zerfiel in unendlich zarte, winzigste Flöckchen. Wie schwerelos schwebten die glitzernden Teilchen in der Luft und sanken federleicht zu Boden. Lisette schrie auf. »So fein!«

Hans fing ein Goldflitterchen auf und tupfte es auf ihren Handrücken. »Damit kann man alles vergolden, was man will. Heiligenfiguren. Bilderrahmen. Holzmöbel. Wasserhähne. Kunstwerke. Weihnachtsschmuck. Eine Goldmenge vom Gewicht eines Fünfmarkstücks reicht für eine ganze Reiterstatue. So dünn ist das Gold ausgeschlagen, auf ein zehntausendstel Millimeter.«

Lisette überlegte. »Wenn ich also zehntausend dieser Blättchen übereinanderlege, habe ich erst einen Millimeter Dicke? Unglaublich! Und die Blättchen sind überall gleich ausgeschlagen, keins hat ein Loch oder eine dicke Stelle? Du liebe Güte, das ist ja eine große Kunst.«

Hans schien gleich noch ein Stückchen größer zu werden. »Ach, nicht der Rede wert«, sagte er. »Man muss halt sein Handwerk beherrschen.«

Sie lächelte ihn an. Er ist ja ganz bescheiden, dachte sie. Und er ist stolz auf sein Handwerk. »Es muss schön sein, wenn man einen Beruf hat, der einen zufrieden macht«, sagte sie leise. »Ich hab den ganzen Tag nichts zu tun.«

»Aber Sie sind ja auch eine Dame, Fräulein Lisette«, gab er zurück. »Schauen Sie, meine Tante und die Hermine, die sitzen zehn, elf Stunden am Tag bei der Arbeit. Das wär doch nichts für Sie!«

Sie senkte den Kopf. »Aber die beiden haben wenigstens eine Aufgabe, und ich bin bloß unnütz.«

»Das dürfen Sie nicht sagen!« Er merkte, wie ernst es ihr mit dieser Klage war. »Jeder Mensch ist wertvoll. Der liebe Gott hat uns halt an unterschiedliche Plätze gestellt.«

»Ja, und mich an einen Platz, an dem ich mich zu Tod langweile.«

Er wollte etwas entgegnen, aber da schlug die Uhr vom Türmchen des Lehrerseminars viermal.

»O Gott, schon vier!« Lisette erschrak, sie hatte zu Hause erzählt, sie wolle nur kurz einen Spaziergang über den Marktplatz machen. »Ich muss heim. Eigentlich darf ich alleine gar nicht hier sein!«

Sie drehte sich auf dem Absatz um, und schon war sie draußen.

Am nächsten Tag läutete es in die Nürnberger Straße 10 an der Tür. Kurz darauf kam das Dienstmädchen zu Lisette in die Stube und knickste. »Da ist ein Herr für Sie, Fräulein Lisi«, sagte sie wichtig und zwinkerte Lisette zu. »Ein großer, hübscher.«

Lisette spürte, wie ihr Herz bis zum Hals schlug. Und ausgerechnet heute hatte sie ihr Haar nicht ordentlich aufgesteckt! Überhaupt, wie sah sie aus! Das alte braune Kleid, das sie nur noch daheim trug, hing doch an ihr wie ein Sack! Verzweifelt strich sie sich ein paar lose Strähnen hinters Ohr und kniff sich in die Wangen, glättete dann ihren Rock und ging nach unten zur Tür.

Da stand er, verlegen, und streckte ihr ein kleines quadratisches Heftchen hin. »Hier, Fräulein Lisette, das haben Sie vergessen.«

»Vergessen?«

»Na, Sie wollten doch Blattgold kaufen. Für Ihre Scherenschnitte.«

»Ach so, ja.« Ihr Herz klopfte immer noch zum Zerspringen. »Warten Sie, ich hole schnell Geld.«

Er hielt sie an der Hand zurück. »Nein, nein, lassen Sie doch. Das ist ein Geschenk. Weil … es war schön, gestern mit Ihnen zu plaudern.«

Sie errötete. »Das kann ich doch nicht annehmen!«

»Doch.« Er lächelte. »Denken Sie einfach an mich, wenn Sie Ihre Sachen vergolden. Das ist mir die schönste Bezahlung.«

»Aber …«

Ihr wurde bewusst, dass er immer noch ihre Hand hielt. Und sie zog sie nicht fort.

»Ich muss gehen«, sagte er. »Meine Mittagspause ist gleich um.« Dann ließ er ihre Hand los und lief schnell über die Brücke.

»Danke!«, rief sie ihm nach.

An der Stelle, wo seine Finger ihre Haut berührt hatten, prickelte es wie in einer ganzen Flasche Champagner.

Sie sahen sich zwei Wochen später wieder, beim Königsschießen der Privilegierten Feuerschützen. Alle Ribot-Männer waren im Schützenverein, und beim Schießen auf die Scheibe gewann Fritz regelmäßig Preise. Auch Hans war zur Schießanlage in der Nördlichen Ringstraße gekommen, das Königsschießen war ein großes Ereignis für alle jungen Männer der Stadt; keiner verpasste es. Lisette entdeckte ihn in einer Gruppe von Goldschlägern. Wie seine Handwerksbrüder trug er den Sonntagsstaat der Goldschläger, schwarzen Anzug und weißes Hemd mit Zylinder. Schmuck sah er darin aus. Ihre Blicke trafen sich. Natürlich konnte sie nicht zu ihm hinüber, darüber wachte schon ihre Mutter. Aber als Fritz dann tatsächlich Schützenkönig wurde und jubelnd die Ehrenscheibe hochhielt, hatte Hans endlich einen Grund, zum Ribot-Tisch herüberzukommen. Während alle gratulierten, hatten er und Lisette wenigstens Gelegenheit, sich die Hand zu geben, aber reden konnten sie in dem Trubel nicht viel, und danach ergab sich keine Gelegenheit mehr.

Aber als Hans nach Hause ging und dabei die Hände in den Taschen seines Jacketts vergrub, ertastete er etwas. Vorsichtig zog er es heraus und blieb unter einer Laterne stehen. Es war die Silhouette seines Gesichts als Scherenschnitt – belegt mit glitzerndem Blattgold.

Kapitel 9
1889

»Jetzt bin ich eine Goldmarie!«, flüsterte Lisette, während Hans Goldflitter auf ihre nackte Haut rieseln lies. Sie lagen in seinem Bett in der Dachkammer des Goldschlägerhauses, und die Sonne ließ das Gold auf Lisettes Brüsten aufleuchten.

»Darfst Frau Holle zu mir sagen«, grinste er und küsste sie von ihrem Hals abwärts bis zum Nabel. Als er zu ihr hochsah, glitzerte es in seinem Bart.

Sie trafen sich seit Wochen heimlich, immer nur an Sonntagnachmittagen, denn abends konnte Lisette das Haus nicht ohne Begleitung verlassen, und an den Arbeitstagen hatte Hans keine Möglichkeit, sich davonzustehlen. Anfangs waren sie entlang des Nadlersbachs spazieren gegangen, dort, wo sonst niemand hinkam. Am kleinen Bettelsteg vor der Stadt hatte er es gewagt, ihre Hand zu nehmen, und verborgen unter den bodentief hängenden Ästen der Weide an der Wöhrwiese hatte er sie zum ersten Mal geküsst. Lisette war glücklich wie noch nie in ihrem Leben. Natürlich wusste sie, dass Hans keine »Partie« für sie war. Aber es war ihr ganz gleich. Mit ihm konnte sie reden und lachen und schweigen. Mit ihm fühlte sie sich lebendig und frei. Er war anders als die jungen Männer ihrer Gesellschaftsklasse. Direkter. Ehrlicher. Er sagte, was er dachte, in einfachen Worten. Nichts an ihm war gezwungen oder schwülstig oder affektiert. Dabei war er klug und wusste, was er wollte. Und er war liebevoll und zärtlich, ein sanfter, großer Bär. Lisette fühlte sich in seinen Armen so sicher wie in Abrahams Schoß. Sie sah zu ihm auf, und er betete sie an. Sie war seine Prinzessin, er trug sie auf Händen – und eines Sonntags im Herbst bis in sein Bett.

Und dann kam, was kommen musste. Am Tag nach dem Michaelismarkt im Oktober trat Käthe Ribot mit eisiger Miene ins Zimmer ihrer Tochter und schloss die Tür hinter sich. »Gestern beim Häfnersstand habe ich deine Freundin Ernestine mit ihrer Mutter getroffen«, sagte sie.

Lisette war, als lege sich eine kalte Hand um ihren Hals. Himmel, Ernestine war ihr Alibi gewesen. Alle glaubten, dass Lisette sonntags regelmäßig ihre beste Freundin besuchte und mit ihr vierhändig Klavier spielte.

»Ernis Mutter hat mir erzählt, sie hätte dich schon ewig nicht mehr gesehen«, fuhr Käthe mit unterdrückter Wut in der Stimme fort. »Und die Erni hat mir nicht in die Augen schauen können.« Sie stemmte die Hände in die Hüften. »Also, wo warst du den ganzen Sommer an den Sonntagnachmittagen?«

»Ich war … ich war …«

»Lüg mich jetzt bloß nicht an!«

Lisette schloss die Augen. Es hatte keinen Sinn, zu schweigen. Ihre

Mutter würde es ohnehin herausfinden. »Mama«, sagte sie, »ich habe mich verliebt.«

Käthe nickte. Das hatte sie sich schon gedacht. »Wer ist es?«, fragte sie.

»Der Hans Rühl vom Männerchor«, flüsterte Lisette.

»Heilige Mariamuttergottes, das darf nicht wahr sein!« Käthe sank auf das Polsterbänkchen neben der Kommode. »Der? Bist du wahnsinnig geworden? Der ist doch nichts und hat nichts!«

»Der Hans ist Goldschläger. Das ist eine Kunst! Und außerdem ist mir das ganz egal. Wir lieben uns.«

»Du weißt doch gar nicht, was das bedeutet, Liebe!« Käthe regte sich so auf, dass sie rote Flecken im Gesicht bekam. »Dummes Ding! In unseren Kreisen wird standesgemäß geheiratet, die Liebe kommt dann schon. Nimm dir ein Beispiel an deiner Schwester, die hat sich den Ferdi ausgesucht, der ist sogar adlig!«

»Und jetzt ist die Frieda kreuzunglücklich, weil seine Familie sie schlecht behandelt, und Geld hat er auch keins!«

»Schweig! Deine beiden Brüder haben Fabrikantentöchter gewählt. Deine Freundin Helma hat einen Pfarrer, die Hilde vom Magistrat Bickel heiratet demnächst einen Bankdirektor. Sogar die schafsdumme Grete Moll hat sich mit einem reichen Spalter Tabakhändler verlobt. Und was machst du? Poussierst mit einem Hungerleider! Guter Gott, wenn das herauskommt!«

Lisette fing an zu weinen.

»Das muss sofort aufhören, sofort!«

»Nein!«, stieß Lisette zwischen Schluchzern hervor. »Ich halt zu meinem Hans! Er will mich doch heiraten!«

»Du närrisches Ding, du!« Käthe schüttelte mühsam beherrscht den Kopf. »Wie hast du dir das vorgestellt, hm? Wo willst du denn mit dem armen Schlucker leben? Im zugigen Hinterzimmer einer Werkstatt? Und wer führt euch den Haushalt? Du kannst doch nicht einmal ein Ei kochen! Du hast noch nie einen Putzlumpen in der Hand gehabt, geschweige denn ein Hemd gebügelt! Du kannst überhaupt keinen Mann heiraten, der nicht in der Lage ist, sich Dienstpersonal zu leisten!«

»Das würde ich schon lernen«, trotzte Lisette. »Dann hätte ich wenigstens eine Aufgabe und müsste nicht Tag für Tag mit dummen Handarbeiten zubringen!«

»Deine Aufgabe ist es, dir einen anständigen Mann zu suchen und Kinder zu kriegen. Sonst nichts.« Bei ihren letzten Worten erbleichte Käthe. Ihr war ein furchtbarer Gedanke gekommen. Langsam ging sie zu ihrer Tochter und packte sie bei den Schultern. »Lisette«, sagte sie und atmete dann tief durch, »um Gottes willen, ihr habt doch nicht ... bist du denn noch ... Jungfrau?«

Lisette schluckte. Dann schüttelte sie den Kopf.

Der Schlag traf sie hart an der linken Schläfe. Sie schrie auf. »Es war nur einmal, ich schwör's! Nur einmal!«

Käthe holte wieder aus, ließ aber dann den erhobenen Arm sinken. Sie setzte sich aufs Bett und vergrub das Gesicht in den Händen. Was tun? »Wann war deine letzte Frauensach'?«, wollte sie wissen.

»Vor drei Wochen«, schluchzte Lisette.

»Habt ihr danach ...?«

Lisette schluchzte noch mehr.

»Herrgott im Himmel, bewahr uns!«

»Es tut mir so leid«, wimmerte Lisette. »Aber ich liebe ihn doch! Lasst uns halt einfach heiraten. Bitte!«

»So weit kommt's noch!« Käthe stand auf. »Ich red heut Abend mit deinem Vater. Und du hast Hausarrest. Bis auf weiteres. Das Essen bekommst du aufs Zimmer, und du sprichst mit niemandem. Jesus, dass ich das noch erleben muss!« Sie ging hinaus und drehte von außen den Schlüssel im Schloss.

Lisette rannte ihr nach und hämmerte mit beiden Fäusten gegen die Tür. Sie musste doch zu Hans! Sie musste mit ihm reden! »Mama, lass mich raus!«, rief sie. »Bitte, bitte, mach auf!« O Gott, ihre Mutter würde alles zerstören. Ihr ganzes Leben, und das von Hans. Ihre große Liebe. Und sie war eingesperrt und konnte nichts tun. »Mama!«, rief sie, »Fritz! Konrad! Gusti! Carl! Helft mir doch!« Aber niemand kam.

Irgendwann hörte Lisette auf, gegen die Tür zu schlagen. Sie glitt zu Boden und ließ ihren Tränen freien Lauf, bis sie keine mehr hatte.

Am folgenden Sonntag wartete Hans vergeblich auf Lisette. Auch am Sonntag darauf kam sie nicht. Er ging zum Ribot-Haus, fragte nach ihr – das Hausmädchen erklärte ihm, das Fräulein wünsche keinen Besuch. Nach vier Versuchen gab er auf. Er schrieb einen Brief und bekam keine Antwort.

Und dann, zwei Wochen vor Weihnachten, las er die Anzeige im »Intelligenzblatt«: *Es empfehlen sich als Verlobte: Fräulein Lisette Ribot, Seifenfabrikantentochter dahier, und Konsul Eduard Wilhelm Bock, Anwalt und Rentier, Nürnberg. Die Trauung wird am 10. Januar nächsten Jahres in der Kirche St. Egidien zu Nürnberg, elf Uhr vormittags stattfinden. Blumengaben, Glückwunschkarten und -besuche nehmen die stolzen Eltern Philipp Benjamin und Katharina Ribot im Brauthaus Nürnberger Str. 10 dankend entgegen.*

Es war aus. Sie hatte ihn verlassen.

Kapitel 10

Aus den Lebenserinnerungen von Fritz Ribot, begonnen 1921

Das Jahr 1889 war ein erfolgreiches für die Firma. Wir wechselten im Frühjahr unseren Zulieferer für Fette und Öle, mit dem es schon längere Zeit Schwierigkeiten gegeben hatte, und waren mit den Preisen und Leistungen der neuen Fa. Cramer in Mannheim ausgesprochen zufrieden. Die Qualität des von ihnen bezogenen Kokosöls war sogar so gut, dass wir den Preis für Toilettseifen geringfügig erhöhen konnten. Wir brachten außerdem die Posko-Seife heraus, eine ganz einfache Haushalts-Kernseife für jeden Zweck, und ich entwickelte ein Rezept für Stearinseife – Stearin macht die Masse sehr fest, sorgt für viel dicken Schaum und bildet vor allem einen pflegenden Film auf der Haut, den die Hausfrau sehr schätzt. Am wichtigsten war jedoch, dass die Entwicklung der Schwalbenseife zum Abschluss gebracht wurde und ich sie als Warenzeichen anmelden konnte. Als Produktionsbeginn war der 7. Januar 1890 geplant, wir verschickten schon im Herbst Werbeanzeigen an alle unsere Kunden und erhielten so viel positive Resonanz, dass wir mit riesigem Verkaufserfolg rechneten.

Carl bestellte hunderttausend Blatt Einwickelpapiere mit Texten wie: »So sieht sie aus, die Echte Ribot's Schwalbenseife, an der die schönen Frauen und Mädchen so viel Freude haben! Nehmen Sie keine andere als wie Ribot's Schwalbenseife!« Oder einfach nur: »Schwalbenseife schwimmt!« Auf der Schachtel war ein Seifenstück abgebildet, das auf dem Wasser schwamm. Auf der Seife saß ein drolliger Putto mit Schmetterlingsflügeln und hielt an einer Art Zügel zwei Schwalben, die die Seife wie ein Schifflein voranzogen. Noch Jahre später sollten wir für diesen Werbe-Entwurf einen Preis von der Seifensiedervereinigung erhalten! Einziger Wermutstropfen in diesem sonst so befriedigenden Jahr war ein Unfall in der Siederei: Beim Anrühren der Laugenlösung kam es zu einer Reaktion im Kessel, die Lauge spritzte, und einer der Arbeiter, der tüchtige Merkel Alois, verlor dadurch sein Augenlicht. Natürlich entschädigte die Firma seine Familie großzügig mit fünf Monatslöhnen, dennoch war dies ein schlimmer Schock für uns alle, der noch lange nachwirkte. Aber so ist nun einmal unser Handwerk: Ein falscher Handgriff, eine falsche Zutat, ein Augenblick der Unachtsamkeit, und es besteht Gefahr für Leib und Leben.
Beinahe hätte ich jetzt vergessen zu berichten, dass Schwabach Mitte des Jahres an das staatliche Telefonnetz angeschlossen wurde. Damit hielt eine Neuerung in der Firma Einzug, die sich als geradezu revolutionär erwies. Carl, der jede moderne Entwicklung schier im Vorhinein riechen konnte, beantragte sofort einen Telefonanschluss, und so erhielt die Firma Ribot als erster Bewerber die Telefonnummer 1! Alle anderen ärgerten sich schwarz, vor allem meine Fabrikantenfreunde Staedtler und Hüttlinger, die das Rennen verschlafen hatten und nun mit den Nummern 7 und 15 vorliebnehmen mussten. Der Stadtmagistrat war ab da unter der 28 zu erreichen, die Nürnberger Bank unter der 34, das Amtsgericht unter der 42. Aber wir, wir standen an erster Stelle, welch ein Triumph! Und welch großartiges Gefühl, über diesen Apparat mit Menschen sprechen zu können, die Hunderte von Kilometern weit entfernt waren! Alles ging ab da schneller: Bestellungen, Nachfragen, der komplette Geschäftsverkehr. Nur Rosa mochte das neue Gerät nicht; sie fuhr jedes Mal erschrocken zusammen, wenn es klingelte.
Auch für die Familie brachte das Jahr 1889 einige Veränderungen.

Carl und Emma zogen in ihre eigene Wohnung in der »Alten Farb«, was mir Sophie herzlich übelnahm, denn wir lebten immer noch mit den Eltern und den anderen Geschwistern zusammen in der Enge der Nürnberger Straße 10. Doch ich fühlte mich wohl dort, und es ist doch in jeder Ehe so, dass der Mann letztendlich die Entscheidungen trifft. Ich las meiner Frau ja sonst jeden Wunsch von den Augen ab. Gott sei Dank hatte bei Sophie die Wasserkur zu Nürnberg angeschlagen, und die vom Arzt befürworteten Ausritte trugen weiter zu ihrer Gesundung bei. Sie ritt jeden Sonntagvormittag, ob es stürmte oder schneite, und es tat ihr sichtlich gut. Doch das fröhliche Mädchen, als das ich sie kennengelernt hatte, sollte sie nie mehr werden, Gott im Himmel sei's geklagt. Für eine Frau muss es das Schlimmste auf der Welt sein, ein Kind zu verlieren, und dann noch die künftige Unfruchtbarkeit … Sie dauerte mich unendlich. Anfangs ritt ich noch manchmal mit ihr in die Maisenlach, wenn es die Beine meines alten Maxl erlaubten, aber als mein treuer Gefährte dann im gesegneten Pferdealter von 20 Jahren in den Pferdehimmel trabte, blieb ich daheim, und sie beharrte nicht mehr auf meine Begleitung, obwohl ich bald darauf zwei schöne russische Orlow-Schimmelstuten namens Luba und Mascha kaufte, die ich reiten und vorspannen konnte. So lebten wir, meine Sophie und ich, in stillem, liebevollem Frieden, wie es Eheleuten gut ansteht.
Bei Carl und Emma war dies anders; so geht es, wenn zwei unterschiedliche Persönlichkeiten sich zusammentun. Es gab oft Streit und danach herzzerreißende Versöhnungsszenen, bei denen die Familie wohl oder übel Zeuge war. Carl verwöhnte seine Frau zu sehr, das ist heute noch meine Meinung. Erst gingen sie aufeinander los, dann kaufte er ihr eine Pelzstola! Nun ja, jeder soll nach seiner Fasson selig werden, das dachten wir uns alle und mischten uns nicht ein. Und was Carl mit dem Geld machte, das er als Teilhaber verdiente, war schließlich seine Sache. Bis zu einem gewissen Grad jedenfalls.
Dafür machte sich unser kleiner Bruder Konrad immer besser. Er wurde zur großen Stütze des Geschäfts und ersetzte mit Feuereifer die Arbeitskraft unseres Vaters. Ja, der Körper zwingt einen, wo der Geist nicht will, und nach einer schlimmen Herzattacke im Oktober hatte auch der große Firmengründer Philipp Benjamin

Ribot eingesehen, dass seine Kräfte begrenzt waren, und sich ein Stück weit zurückgezogen.
Das Ende des Jahres brachte dann noch ein freudiges Ereignis: Unser Nesthäkchen Lisette verlobte sich mit Konsul Bock, dem langjährigen und geschätzten Nürnberger Freund der Familie. Eine Verbindung, die uns allen lieb war, auch wenn der Eduard im Alter nicht so gut passt, wie Sophie meinte. Ja, aber die Lisette war schon immer ein recht lebhaftes und ungestümes Wesen. Anders als ihre Geschwister hatte sie eine künstlerische Ader und war damals noch recht empfindsam und schwärmerisch. Ein junges Fohlen braucht manchmal eine erfahrene Hand, und wir alle glaubten, dass Eduard die Ruhe und die Kraft haben würde, seine junge Frau zu stillem Eheglück zu führen, wenn er mit ihr den Bund fürs Leben schloss. Dies brachte unser Vater in einer schönen, geistreichen Rede zum Ausdruck, die er bei der Hochzeitsfeier in Nürnberg im neueröffneten Luxus-Hotel Monopol hielt.
So begann das Jahr 1890 mit einem rauschenden Fest, und wir alle wähnten uns glücklich. Nur manchmal, in ruhigen Stunden, nahm ich Sophies Hand und dachte voller Wehmut daran, dass wir keinen Sohn mehr haben würden.

Kapitel 11
1890

»Aaaaah!« Christians Schmerzensschrei zerriss die morgendliche Stille, und ein lautes Krachen und Rumpeln war gleichzeitig bis zum Marktplatz zu hören. Alles lief auf die Straße oder riss die Fenster auf. Vor dem Eingang der »Silbernen Kanne« stand ein Fuhrwerk mit Bierfässern, von denen Christian gerade das erste abladen wollte. Dabei hatten sich offensichtlich mehrere Fässer aus der Vertäuung gelöst und drohten herunterzufallen. Christian hatte noch versucht, das zu verhindern, war dabei am Randstein gestolpert und gestürzt, und ein Fass war ihm mit seinem ganzen Gewicht von hundert Litern auf den rechten Unterarm gefallen. Jetzt lag er da im schmutzigen Schneematsch und krümmte sich, aschfahl im Gesicht. Aus seinem blutigen Arm ragten hell die Knochenspitzen, und das Blut schoss nur so aus der offenen Wunde. Trudel stürzte aus dem Haus, auch der Metzger Pfand vom Laden gegenüber, der geistesgegenwärtig mit seinem Gürtel den Arm abband. Rosa, die gerade Käthe zur Schule bringen wollte, rannte herbei und half, den inzwischen ohnmächtigen Christian auf eine Leiter zu heben. Dann trugen Pfand und sein Geselle die provisorische Trage mit ihrer Last zum Bezirkskrankenhaus.

»Das wird schon wieder«, tröstete Rosa die aufgelöste Trudel. »Bis der Christian wieder gesund ist, kann bestimmt der Leo abends helfen, und untertags holst du dir die Gunda herunter, die soll ihren Wanst hinter die Theke quetschen und zapfen.«

Trudel war ganz krank vor Sorge. Was sollte aus der Wirtschaft werden, wenn Christians Arm kaputt war? Die dicke Gunda würde keine Hilfe sein, die führte in ihrer Wohnung im ersten Stock ein faules Leben, inzwischen ohne die Bulldogge, die im vorigen Jahr an Fettsucht eingegangen war. »O Gottogott«, sagte Trudel. »Gerade jetzt, wo uns die Gunda die Wirtschaft gegen eine Leibrente und lebenslanges Wohnrecht überschrieben hat! Wir waren so froh, so froh! Du hättest den Christian sehen sollen, wie der sich gefreut hat, als er den Vertrag in der Hand hielt! Jetzt sind wir die Besitzer der ›Kanne‹, hat er gesagt, jetzt ist unser Leben perfekt!«

»Die Anna kann euch doch auch helfen«, warf Rosa ein.

Trudel wischte sich die Tränen aus den Augen. »Ach, Rosa, die Anna muss doch selber schauen, wo sie bleibt. Sie arbeitet zwölf Stunden am Tag, und am Wochenende bedient sie noch. Mehr geht doch nicht.«

Rosa wusste das ja. Anna war inzwischen Vorarbeiterin in der Qualitätskontrolle der Firma Staedtler. Dabei musste man eine Art Tablett mit zweihundert Nähnadeln darauf hin und her schütteln; an den Rollbewegungen der Nadeln war dann zu erkennen, ob sie gerade und glatt waren oder krumm. Keine fand so schnell wie Anna die fehlerhaften Nadeln heraus – es waren fünf bis sieben pro Tablett, und der Arbeitsvorgang dauerte bei ihr keine halbe Minute. Da sie im Akkord arbeitete, verdiente sie mehr als ihre Kolleginnen, und das meiste gab sie für Bücher aus. Mit ihren zwanzig Jahren war sie die einzige Frau, die die Männer vom Arbeiterverein, der ja immer noch im Untergrund existierte und sich heimlich an verschiedenen Orten traf, bei ihren politischen Diskussionen akzeptierten, ja sogar um ihre Meinung fragten. Die jungen Männer schauten sie gern an, und manchem hätte sie schon gefallen, aber wer wagte sich schon an eine Frau heran, die klüger war als er selbst? Und Anna ermunterte keinen ihrer zögerlichen Verehrer. Sie hatte nur Augen für Leo – sie liebte ihn noch, so wie sie es immer getan hatte. Doch für ihn war und blieb sie eine kleine Schwester, und kleine Schwestern küsst man nicht.

Die Ärzte im Krankenhaus richteten Christians Arm, so gut es ging, aber er würde wochenlang nicht arbeiten können. So kam es, dass er an jenem denkwürdigen 25. Januar nicht hinter der Theke stand – bei der größten Feier, die die Schwabacher Sozis seit ihrem Bestehen abgehalten hatten. Niemand hatte damit gerechnet, aber an diesem Tag lehnte der Reichstag in Berlin, der bis dahin jährlich die Verlängerung von Bismarcks Sozialistengesetzen durchgewunken hatte, eine weitere Verlängerung ab. Nach zehn Jahren bedeutete dies das Ende der Unterdrückung für alle verbotenen linken Vereine und Organisationen.

Die »Kanne« platzte aus allen Nähten, vor der Tür standen die Arbeiter in Trauben in der Winterkälte und ließen sich das Bier durch die Fenster hinausreichen. Anna und Leo zapften schwitzend, bis alle Fässer leer waren, Trudel spendierte Christians gesamte Schnapsvorräte und trank selber ein Gläschen davon, was sie sonst nie tat. »Dieser Tag«, rief der Gemeindebevollmächtigte Georg Baum, »wird nie vergessen werden, nicht in Schwabach, nicht in Deutschland, nicht auf der ganzen Welt! Man hat erkannt: Ein moderner Industriestaat gedeiht nicht unter Missachtung der Masse, die ihn trägt. Die Sozialistische Internationale wird siegen, Freunde, die Gerechtigkeit und die Wahrheit lassen sich auch durch einen Bismarck nicht unterdrücken. Hoch, hoch, hoch!«

In diesem Augenblick ging die Tür auf, und Rosa kam herein. Sie trug feierlich ein Päckchen aus rotem Stoff vor sich her, das sie nun mitten vor der Theke auffaltete. »Die Fahne!«, schrie einer. »Unsere Fahne! Das gibt's doch gar nicht!«

Georg Baum packte Rosa an den Schultern. »Wo hast du die her?«
Rosa grinste spitzbübisch. »Die hat sich die Trudel geschnappt. Damals, als die Polizei in den ›Walfisch‹ gekommen ist und sie den Arbeiterbildungsverein verboten haben. Und ich hab sie die ganze Zeit versteckt, beim Ribot im Keller.«
Die Arbeiter johlten. Georg Baum nahm die Fahne ehrfürchtig aus Rosas Händen, jemand brachte Werkzeug, und Baum nagelte unter allgemeiner Begeisterung die Vereinsfahne an die Wand über den Stammtisch. Dann stimmten die Männer jubelnd die Arbeitermarseillaise an:

»Wohlan, wer Recht und Freiheit achtet,
zu unsrer Fahne steh allzuhauf!
Wenn auch die Lüg uns noch umnachtet,
bald steigt der Morgen hell herauf!
Nicht fürchten wir den Feind,
stehn wir im Kampf vereint!
Marsch, marsch, marsch, marsch,
und sei's durch Qual und Not,
für Freiheit, Recht und Brot!«

Von diesem Tag an gingen die Geschäfte in der »Silbernen Kanne« steil nach oben. Zwar musste immer noch jede Versammlung und jede Vorstandssitzung des Vereins vorher angemeldet werden, und meist wurden die Veranstaltungen von einem Polizeibeamten überwacht, aber man konnte ungehindert zusammenkommen. Und dies tat man von nun an in der »Kanne«.

Im Hause Ribot sah man das Aufblühen der »ollen Kaschemme«, wie Carl die »Kanne« zu nennen pflegte, mit Unbehagen. »Jetzt gehen unsere Arbeiter abends völlig ungeniert in diese Sozialistenwirtschaft und lassen sich dort aufwiegeln! Keine zehn Schritte vom Fabrikeingang entfernt!«, schnaubte Philipp. »Himmel, Arsch und Zwirn!«
»Na, vorher haben sie sich halt heimlich hingeschlichen«, sagte Fritz. »Reg dich nicht auf, du wirst's nicht ändern.«
»Und ob ich mich aufreg!« Philipps Halsschlagader war schon sichtlich angeschwollen. »Jedes Mal, wenn die ihre Lieder singen, krieg ich die Wut: ›Stehn wir im Kampf vereint, marsch, marsch!‹

Ha! Wen wollen die denn bekämpfen? Uns doch! Und das müssen wir uns anhören, in unserer eigenen Straße, zwei Haustüren weiter!«

»Wir könnten die ›Kanne‹ ja kaufen«, warf Konrad schüchtern ein.

»Gute Idee, Kleiner«, sagte Carl und schlug ihm wohlwollend auf die Schulter.

Fritz überlegte. Da schau her, das kleine Brüderlein! Der dachte ja mit! In absehbarer Zeit würde es in der Firma eng werden, wenn die nächsten neuen Produkte verwirklicht werden sollten. Und der alte Morneburg war immer noch sturer als ein Ziegenbock in Sachen Hausverkauf. Da käme die »Kanne« doch ganz recht. »Wir könnten mehr Platz brauchen«, meinte er.

»Ich geh da bestimmt nicht hin und frag!«, brauste Philipp auf.

»Aber ich!«, meinte Fritz.

An einem Sonntagabend im März marschierte er schließlich hinüber zur »Silbernen Kanne«. Er spähte durchs Fenster: Drinnen saßen ein paar Männer beim Bier, lachend unterhielten sie sich, prosteten sich zu, die Stimmung war offensichtlich gut. Dass die sich überhaupt leisten konnten, in die Wirtschaft zu gehen! So schlecht verdienten die Kerle also doch nicht, wie sie immer taten! Fritz wusste, dass er in Anzug, weißem Hemd und Weste da hineinpasste wie ein Papagei in eine Horde Spatzen. Er zögerte, dann atmete er einmal tief durch und betrat die Gaststube. Sofort wurde es still, die Köpfe der Männer ruckten herum. Fritz spürte alle Augen auf sich ruhen, während er betont langsam zur Theke ging, wo Christian gerade Bierfilze zum Trocknen in einen Ständer steckte. »Grüß Gott, Herr Beck«, sagte Fritz freundlich. »Ich hätt gern einmal mit Ihnen gesprochen. Wenn's grad passt?«

Christian ließ sich sein Erstaunen nicht anmerken. »Freilich«, sagte er und winkte den ungewöhnlichen Besucher nach hinten in die Küche, wo sich beide an den Ecktisch setzten. Dann schenkte er zwei Gläschen Schlehenwasser ein und schob Fritz eines davon hin. »Was verschafft mir die Ehre, Herr Ribot?«

Fritz wollte es langsam angehen lassen. Er deutete auf den Verband, den Christian immer noch trug. »Ist der Arm noch nicht besser?«

»Wird schon noch«, meinte Christian knapp. »War ein komplizierter Bruch.«

»Hmhm.« Fritz räusperte sich. Er fühlte sich unsicher in dieser einfachen Wirtshausküche. Sauber war es ja hier; gespülte Gläser waren ordentlich auf einem Handtuch aufgereiht, auf dem Herd standen zwei Schüsseln mit geputztem Gemüse. Der Fußboden schien frisch geschrubbt, und auf einem quer durch den Raum gespannten Seil hingen Suppennudeln in langen Streifen. Die Trudel führt ein gutes Regiment, dachte Fritz, na, kein Wunder, hat sie ja bei uns gelernt. Er räusperte sich noch einmal. »Also, ich will gar nicht lang um den heißen Brei herumreden. Gradheraus: Ich bin gekommen, weil die Firma Ribot mehr Platz braucht. Der alte Morneburg drüben will nicht verkaufen, drum frag ich Sie. Fragen kostet schließlich nichts, denk ich mir. Und ich würde einen guten Preis zahlen. Damit könnten Sie überall in Schwabach eine neue Wirtschaft aufmachen, und uns wär geholfen.«

Damit hatte Christian nicht gerechnet. Er blies die Backen auf und ließ dann langsam die Luft ab, fuhr sich mit der Linken ein paarmal durchs Haar. Dann schüttelte er den Kopf. »Ich weiß Ihr Angebot zu schätzen«, sagte er. »Und ich will genauso ehrlich und knapp antworten, wie Sie gefragt haben. Die ›Kanne‹ ist unverkäuflich.«

»Und wenn ich Ihnen, sagen wir, viertausend Mark bieten würde?«

Christian hob abwehrend die Hände.

»Viereinhalb?«

Christian schlug Fritz leutselig auf die Schulter. »Lassen Sie's gut sein, Herr Nachbar. Das hier ist mein Haus, mein Heim, mein Leben. Nicht um alles in der Welt gäb ich das her. Und das könnt ich außerdem schon gar nicht, solang die Gunda noch lebt.«

Fritz war bei dem Schlag zusammengezuckt. Ein Blick ins Gesicht seines Gegenübers sagte ihm, dass es da nichts mehr zu verhandeln gab. Er stand auf und hob sein Glas.

»Nix für ungut«, sagte Christian.

Beide kippten ihren Schnaps und verabschiedeten sich mit Handschlag, Fritz' Rechte in Christians Linke. Dann verließ Fritz die »Kanne«, wieder verfolgt von den bohrenden Blicken der Gäste.

Langsam ging er die paar Schritte nach Hause. Er fühlte Zorn in sich aufsteigen. So hatte ihn noch niemand bei einer Verhandlung abblitzen lassen. Und der Kerl hatte ihm auch noch auf die Schulter geschlagen, als sei er seinesgleichen! Eine Demütigung war das! Wäre er bloß daheimgeblieben, verdammt!

»Und?«, fragte Philipp, als sein Sohn in die Stube trat.

Fritz schüttelte wütend den Kopf.

»Hab ich mir schon gedacht«, sagte Carl.

Fritz holte sich eine Zigarre aus der Schachtel, die immer griffbereit auf der Anrichte stand, aber noch bevor er sie anzünden konnte, wurde die Tür aufgerissen, und seine Brüder stürmten herein. Konrad wedelte mit einem Stück Papier. »Telegramm aus Berlin«, rief er. »Ihr werdet's nicht glauben! Bismarck ist zurückgetreten!«

»Kannst gleich hinübergehen in die ›Kanne‹ und die gute Nachricht verkünden«, sagte Philipp sarkastisch. »Damit die noch mehr zum Feiern haben.«

»Und, Fritz?«, feixte Carl. »Wessen Porträt hängst du jetzt von der Wand im Büro ab? Bismarck oder den Kaiser?«

Fritz steckte seine Zigarre zurück in die Schachtel und verließ wortlos den Raum. Mit finsterer Miene stapfte er hinüber ins Kontor, stellte sich mit verschränkten Armen vor seinen Schreibtisch und starrte eine Weile die ernsten Gesichter von Kanzler und Kaiser an. Die Wanduhr tickte die Minuten fort, während Fritz einfach nur dastand und mit der Politik und der ganzen Welt haderte. Schließlich nahm er beide Bilder ab und legte sie auf seinen Schreibtisch. Dann ging er nach draußen.

Auf dem Gang hielt er dann doch inne, drehte er sich um, ging zurück, nahm die Bilder und hängte sie wieder an ihren Platz.

Kapitel 12
1891

»Dr. Schuh mein Name, schönen guten Tag! Wir waren um drei verabredet. Herr Direktor Ribot, nehme ich an?«

»Ganz recht.« Fritz schüttelte dem Besucher die Hand. Der Mann hatte den Hut abgenommen und so eine auf Hochglanz polierte Glatze enthüllt. Alles an ihm war rund, Kopf, Augen, der froschlippige Mund, der pralle Bauch. Er ging Fritz gerade einmal bis zum Kinn.

»Treten Sie näher, Herr Doktor Schuh«, sagte Fritz und wies auf den bequemen Stuhl, der vor seinem Schreibtisch stand. »Ich hoffe, Sie hatten eine gute Reise von Berlin?«

Der Mann lehnte seinen Spazierstock gegen die Stuhllehne und nahm Platz. »Oh, angenehm, sehr angenehm. Das geht ja schnell heutzutage, nicht wahr?«

»Kaffee?«

»Gerne, gerne.«

Fritz goss aus der bereitgestellten Kanne ein. »Ich habe Ihr Schreiben sehr aufmerksam gelesen, Herr Doktor. Interessant. Deshalb habe ich um ein persönliches Kennenlernen gebeten.«

»... bei dem ich Ihnen meine Pläne im Detail erläutern kann, nicht wahr?« Der Besucher nahm einen Schluck von seinem Kaffee. »Nun, also, lassen Sie uns keine Zeit verlieren, jehen wir in die Vollen, wa' – wie der Berliner sagt.« Er setzte sich in Positur und begann seine gutvorbereitete Rede: »Schon seit dem Altertum wissen wir, dass das Hühnerei der Heilung von aufgesprungener, entzündeter oder verbrannter Haut dienlich ist. Die vornehmen Damen im antiken Rom nutzten es als wirksame Zutat in ihren Schönheitssalben. Ebenfalls ist schon seit jeher bekannt, dass sich mit den Substanzen des Hühnereis schwerlöslicher Schmutz beseitigen lässt. Was liegt da also näher, als eine Seife mit Ei herzustellen?« Er hob die Hände und spreizte alle zehn dicken Finger.

Fritz lächelte und lehnte sich in seinem Stuhl zurück. »Fahren Sie fort, mein Bester.«

»Schon seit längerem versuchen sich Chemiker wie ich an Rezepten für eine Eierseife. Weil Eiweiß, wie jeder weiß, bei Hitze gerinnt, müssen diese Seifen ›auf kaltem Wege‹ hergestellt werden, und das ist, wie Sie sicherlich besser wissen als ich, schwierig. Bisher war bei allen hergestellten Seifen die Konsistenz klumpig und die erhoffte säubernde und hautschonende Wirkung gering. Ich aber habe nun eine neue Rezeptur und das dazu passende Verfahren entwickelt. Das Endprodukt ist hervorragend – sehen Sie hier ein Probeexemplar.« Er holte ein Schächtelchen aus seiner Aktentasche und legte es auf den Schreibtisch.

Fritz' Augenbrauen näherten sich seinem Haaransatz, während er die Verpackung öffnete und ein rechteckiges gelbliches Stückchen Seife herausnahm. Er schnupperte daran, kratzte an der Oberfläche, drehte und wendete es. Dann ging er zu der Waschschüssel, die er in weiser Voraussicht schon hatte bereitstellen lassen, und schäumte mit der Seife seine Hände ein. Schöner, fester weißer Schaum bildete sich, das Waschgefühl war angenehm. Das war ja ein Ding! Er trocknete sich die Hände ab und setzte sich wieder. »Mein lieber Herr Doktor«, begann er, »Sie haben da ein sehr schönes Produkt. Wie sähe nun von Ihrer Seite her eine etwaige geschäftliche Verbindung mit der Firma Ribot aus?«

Der Chemiker verzog die dicken Lippen zu einem Grinsen. »Ganz einfach, Herr Direktor. Das Patent für die Seife ist bereits angemeldet, es wird gehalten von der Compagnie Ray in Berlin, deren Teilhaber ich bin. Was wir nun suchen, sind gesunde, zuverlässige und vertrauenswürdige Firmen, die Produktion und Vertrieb übernehmen.«

»Firmen?«

»Nun ja …«

Fritz atmete tief durch. »Die Firma Ribot hat Kapazität genug, um auch größere, will heißen: reichsweite Größenordnungen zu produzieren. Falls wir uns auf eine Zusammenarbeit einigen, würden wir das nur unter der Voraussetzung tun, dass wir alleiniger Produzent dieser äh … ›Ray-Seife‹ wären.«

Schuh besah höchst interessiert seine Fingernägel.

»Das wäre auch gut für Ihre Compagnie, Herr Doktor. Ein verlässlicher Partner, kein Verzetteln mit unterschiedlichen Produzenten, die vielleicht unterschiedliche Qualitäten liefern. Das gibt nur Unannehmlichkeiten, glauben Sie mir. Und Ihre Rezeptur käme sonst in viele Hände … wer weiß, was dann damit geschieht. Auf mein Wort dagegen und meine Loyalität können Sie sich verlassen.«

Der Besucher fuhr sich mit beiden Händen über den kahlen Schädel. »Dazu bräuchte ich eine Bedenkzeit, Herr Direktor. Und ein konkretes Angebot von Ihrer Seite.«

»Was wiederum bedeutet, dass ich die Produktionskosten kalkulieren können muss – und dazu benötige ich Ihr Rezept.«

»Aber lieber Herr Direktor, das ist völlig unmöglich.«

Fritz stand auf. »Sie müssen sich ja nicht sofort entscheiden, Herr Doktor. Ich verstehe, dass die Überlassung der Rezeptur einen großen Vertrauensvorschuss bedeuten würde. Aber ich versichere Ihnen auch: Fritz Ribot ist ein Ehrenmann! Nun, lassen Sie uns doch erst einmal hinübergehen in unsere Fabrik, und ich zeige Ihnen alles Nötige! Und dann dürfen meine Frau und ich Sie zu einem leichten Abendessen einladen. Nein, nein, ich bestehe darauf! Kommen Sie!«

Vier Tage später hielt Fritz ein Telegramm aus Berlin in Händen: *»Habe mit den Teilhabern der Compagnie Ray gesprochen + stop + sind einverstanden + stop + erwarten Ihre Kalkulation samt Angebot + stop + Rezeptur folgt mit nächster Post + stop + Ihr Schuh.«*

In den folgenden Wochen arbeitete Fritz wie im Rausch. Er testete die Rezeptur im Labor, wobei ihm zuerst mehrere Fehlversuche unterliefen, die ihn fast in den Wahnsinn trieben. »Du isst nichts, du trinkst nichts, du siehst aus wie ein Geist, die Kinder bekommen ja Angst vor dir!«, sagte Sophie zu ihm. »Wenn sie dich überhaupt einmal sehen! Und du redest unaufhörlich im Schlaf: ›72 % pilierte Seifenmenge, 28 % Albumin und Dotter … zu schwach, zu schwach … nicht so viel freies Alkali …‹ Inzwischen kenne ich die Rezeptur deiner Eierseife auswendig! Kannst du nicht einfach arbeiten wie ein normaler Mensch?«

Nein, konnte er nicht. Die Eierseife würde DAS Produkt der Firma Ribot werden, ein Verkaufsschlager über Deutschland hinaus. Das spürte er, das wusste er, das sagte ihm sein Instinkt! Also noch einmal die Rezeptur überprüft, leicht abgewandelt, weitere Versuche gemacht, so lange, bis es im Labor klappte.

Dann die weiteren Planungen: Woher die vielen Zentner Eier zum günstigen Preis beziehen? Wie die Haltbarkeit verlängern, ein Ranzigwerden verhindern? Wie viele Kessel neu anschaffen? Würden die alten Rührwerke eine feste, kalte Masse bewältigen ober waren stärkere nötig? Wie viele Arbeiterinnen sollten anfangs zum Eieraufschlagen eingestellt werden – das konnte schließlich keine Maschine. Welche Räume würde man für die neue Produktion freimachen können? Fritz überließ das Tagesgeschäft seinen Brüdern und dachte an nichts anderes mehr als die »Ray-Seife«.

Besprechungen mit dem Siedemeister, den Vorarbeitern aus der Presse-, Trocken- und Schneideabteilung, Verpackung und Versand folgten. Carl schlug die Einstellung von mindestens einem weiteren Kutscher samt Gefährt vor. Konrad schätzte, dass man mit ungefähr acht neuen Arbeitern anfangen müsste, später dann mehr. Sogar

Philipp ließ sich von der unglaublichen Betriebsamkeit anstecken, obwohl er inzwischen nicht mehr in der Firmenleitung mitarbeitete – seine Herzkrankheit hatte sich so stark verschlimmert, dass ihm der Arzt jegliche Betätigung verboten hatte. Aber auch er hatte Erfahrungen und guten Rat, mit denen er zum Erfolg beitragen konnte.

Dann die ersten Versuche in der Siederei. Fritz wanderte stundenlang in ungeduldiger Erwartung um die Kessel, prüfte alle paar Minuten die Konsistenz, ließ schneller oder langsamer rühren, steckte Thermometer in die Masse. Er war in seinem Element. Rief Kommandos an die Arbeiter, ließ abschöpfen, trocknen, pressen, probierte die Festigkeit, rannte hierhin und dorthin. Er geriet in eine Euphorie, die ihn mit Haut und Haar erfasste. Keiner wagte es mehr, ihn wegen einer anderen Sache zu stören, nur von seiner Mutter ließ er sich noch unter sanftem Zwang aus der Halle ziehen, um wenigstens einen Happen zu essen.

Und dann, eines Nachmittags, stand er vor dem Sofa, auf dem der kranke Philipp die Tage verbrachte, und sagte: »Vater, ich hab's geschafft! Die Firma Ribot hat ihr neues Flaggschiff: die Ray-Seife! Schau!« Er holte ein zusammengeschlagenes Taschentuch aus der Tasche seines blauen Siedekittels und wickelte es auf: Ein rautenförmiges dunkelgelbes Seifenstück kam zum Vorschein. »Das wird was ganz Großes«, sagte Fritz. »Deine Firma, Papa, die Firma Philipp Benjamin Ribot, geht damit in den Export, wirst sehen! Papa? Papa?!«

Philipp antwortete nicht. Er lag still da, den Kopf zur Wand gedreht, die Augen geschlossen. Sein Herz hatte aufgehört zu schlagen.

Langsam bahnte sich der Leichenzug seinen Weg durch die Ludwigstraße hinaus aus der Altstadt, bog in die Bahnhofstraße ein und von dort in den Friedhof. Es regnete, während sich die Trauergesellschaft um das offene Grab versammelte, allen voran Käthe, gramgebeugt und, wie es schien, um Jahre gealtert. Links und rechts von ihr standen Fritz und Carl, beide ernst und gefasst, mit ihren Ehefrauen. Daneben Konrad, Frieda mit Ferdi samt Kinderschar und Lisette mit Konsul Bock. Die Belegschaft war fast vollständig versammelt, dazu sämtliche Honoratioren der Stadt. Eine Grabrede folgte der anderen, dann spielte der Posaunenchor. Zum Schluss war die Schwabacher Liedertafel an der Reihe, deren Mitglied Philipp vierzig Jahre lang gewesen war.

Hans stand in zweiter Reihe bei den Tenören. Es hatte ihn vor der Beerdigung gegraut, denn er wusste, hier würde er, zum ersten Mal seit sie ihn verlassen hatte, Lisette wiedersehen. Da drüben stand sie, neben diesem alten Kerl, der offensichtlich ihr Ehemann war. Mindestens doppelt so alt musste der doch sein! Graues Haar, Backenbart, teurer Anzug, auffälliger Siegelring. Dem schaute der Reichtum aus jedem Knopfloch! Lisi hatte sich bei ihm eingehängt, seine behandschuhte Hand lag tröstend auf ihrer. Ihr Gesicht konnte Hans nicht sehen, denn sie trug einen dunklen Schleier am Hut, der ihr bis zum Kinn reichte. Ihr schwarzes Cape wehte im Wind. Immer wieder blickte Hans unauffällig zu den beiden hinüber. Es tat weh. Da hatte er geglaubt, er sei nach all den Monaten drüber weg, aber jetzt spürte er den Schmerz, als sei er ganz frisch, eine blutende Wunde. Als der Chor Philipps Lieblingslied, »Im schönsten Wiesengrunde«, anstimmte, hatte Hans einen so großen Kloß im Hals, dass er Mühe hatte, die hohen Töne zu treffen. Der Dirigent sah ihn ein paarmal missbilligend an und fragte ihn hinterher, ob er erkältet sei. Hans brummte etwas als Antwort und reihte sich, wie es sich gehörte, zum Kondolieren ein. Er reichte erst Käthe die Hand, dann allen anderen, und zuletzt stand er vor Lisette.

Sie hatte den Schleier hochgeschlagen, ihre Augen waren rotverweint. Als er ihre Hand nahm, so klein und kalt, schlug ihm das Herz bis zum Hals. Sie sah ihn an, Tränen rollten ihr über die Wangen. »Mein Beileid«, sagte er rau. Sie brachte kein Wort heraus, nickte nur stumm. Dann ließ er ihre Hand los und ging weiter. Ihm war, als trüge er einen zentnerschweren Stein auf dem Rücken. Er verabschiedete sich nicht von seinen Sangesbrüdern, sondern verließ den Friedhof und ging so schnell heim, als sei der Teufel hinter ihm her.

In der Goldschlägerei war gerade Mittagspause. Onkel und Tante hatten sich droben für ein paar Minuten hingelegt, während Hermine in der kleinen Wohnküche noch das Geschirr abspülte. Winzige Goldflitter hingen an ihren krausen blonden Haaren. Hans setzte sich, und sie stellte wortlos einen Teller Suppe vor ihn hin. Er schob ihn weg und vergrub das Gesicht in den Händen.

Später drosch er in der Werkstatt auf die Quetsche ein, als wolle er seinen schlimmsten Feind mit dem Hammer erschlagen. Der Schlagstein vibrierte in seinem Sandbett, als wolle er herausspringen. Hans konzentrierte sich so verbissen auf seine wuchtigen Schläge, dass er überhaupt nicht bemerkte, wie sein Onkel, der neben ihm arbeitete, immer wieder innehielt, sich mit schmerzverzerrtem Gesicht an den Rücken griff und irgendwann ganz mit dem Schlagen aufhörte.

Als endlich Feierabend war, nahm sein Onkel ihn beiseite und zog ihn mit nach draußen, wo sie sich auf ein gemauertes Bänkchen im Hinterhof setzten. »Hans«, sagte der Onkel, »wir müssen uns einmal unterhalten.« Er stöhnte und streckte sich, dann ließ er den Schnappverschluss seiner Bierflasche aufschnalzen.

»Hast es wieder arg im Kreuz?«, fragte Hans.

»Furchtbar!« Der Onkel nahm einen Schluck. »Hans, ich kann bald nimmer. Ich weiß nimmer, wie ich stehen, sitzen oder liegen soll. Krüppelkrumm bin ich.«

»Hilft die Salbe vom Apotheker Heim nicht mehr?«

»Hat eh nie geholfen.« Der Onkel winkte ab. »Horch, Bub, ich bin jetzt bald dreiundsechzig. Es langt. Ich will mich nimmer plagen. Und die Augen von der Tante Wally werden auch immer schlechter. Für uns ist es Zeit, aufzuhören. Wir haben dich aufgezogen, seit du als kleiner Dreikäshoch nach dem Tod deiner Eltern von Heilsbronn nach Schwabach gekommen bist. Du bist wie unser eigener Sohn.« Er machte eine ausholende Bewegung zu Werkstatt und Haus hin. »Das alles gehört dir. Ich möcht übergeben, noch vor dem Winter. Wir wollen bloß lebenslanges Wohnrecht und einen Anteil am Gewinn, viel brauchen wir zwei alten Leut ja nicht mehr in den paar Jährle, die uns noch bleiben.«

Hans schluckte. Was sollte er sagen? Er trank einen Schluck aus der Bierflasche, die ihm sein Onkel hinhielt. »Ich nehm's gern, Onkel Heiner, und ich dank euch auch schön dafür. Und dass ich euch halten und ehren werd wie ein Sohn seine Eltern, darauf geb ich euch mein Wort.«

»Hab's nicht anders erwartet«, lächelte der Onkel.

Dann saßen sie eine Weile stumm nebeneinander. »Noch eins«, sagte der Onkel irgendwann. »Wenn du übernehmen willst, brauchst du eine Frau. War schon immer so: Er schlägt, sie beschneidet und richtet zu. Bist eh im Alter, wo ein Mann nicht mehr allein sein sollt.«

Hans erwiderte nichts. Schließlich seufzte sein Onkel. »Lass dir halt nicht alles von mir erzählen, was du selber schon weißt! Also, die Hermine, die wär die Richtige. Kennst sie doch von Kindesbeinen an, erst als Nachbarsmädle und dann als fleißige Arbeiterin bei uns. Die ist ein anständiger Kerl, kein garstiger Kartoffel, und mögen tut sie dich auch. Ihr wärt ein gutes Gespann.«

Hans blieb immer noch stumm. Schließlich stand der Onkel auf und tätschelte ihm die Schulter. »Überleg's dir halt.«

Hans blieb noch bis zum Abendessen auf der Bank sitzen. Er dachte an Lisette. Wie sie heute dagestanden war, gehalten und gestützt von ihrem Ehemann. Zum tausendsten Mal sagte er sich, dass sie nur mit ihm gespielt hatte. Dass es ihr ohnehin nie ernst mit ihm gewesen sein konnte. Dass er ein Narr war, sich Hoffnungen zu machen auf eine wie sie. Jetzt hatte sie, was sie wollte: einen reichen Mann, der ihr alles bieten konnte. Schmuck, Kleider, Reisen, eine Villa mit Garten … Was sollte sie schon mit einem armen Schlucker wie ihm? Einem kleinen Goldschläger, der jeden Tag zehn Stunden in der Werkstatt stand und abends nach Schweiß roch. Der grad einmal fünf Jahre in der Schule war und nichts wusste. Den sie nie bei ihresgleichen stolz hätte als Ehemann vorstellen können. Ja, schämen hätte sie sich müssen für ihn. Herrgott, war ich blind verliebt, dachte Hans. Ich hab vergessen, dass der Bauernbursch die Prinzessin nur im Märchen kriegt.

Er lehnte sich gegen die Backsteinwand und blinzelte in die Abendsonne. Der Onkel hatte schon recht. Die Hermine, die passte zu ihm. Eigentlich hatte er eher brüderliche Gefühle ihr gegenüber. Er mochte sie gern, aber er begehrte sie nicht. Aber war das nicht genug, um ein Leben miteinander zu teilen? Gegenseitige Achtung und gemeinsame Arbeit bildeten doch ein gutes Fundament. Die Liebe – Herrschaftszeiten, er hatte doch gesehen, was dabei herauskam. Nein, dachte er, die Liebe, das tut kein Gut. Gut ist, was vernünftig ist.

Er stand auf und band sich die Lederschürze ab. Noch heut Abend würde er die Hermine fragen, ob sie am Samstag mit ihm in den Bärensaal zum Tanzen gehen wollte.

Kapitel 13

Dear diary,
ich freue mich wie ein kleines Kind! Konrad reist nach Amerika, und Fritz hat erlaubt, dass ich mitfahre! Endlich! Nach so langer Zeit meine Familie wiederzusehen, das ist die Erfüllung meines größten Wunsches! Und die Mädchen dürfen auch mit! Wie werden sich meine Eltern freuen, endlich ihre Enkeltöchter in die Arme zu schließen! Gott, ich bin schon jetzt so aufgeregt, dabei geht es erst in zwei Wochen los.

Natürlich kommt Fritz nicht mit. Carl wäre dann mit der Firma ganz alleine, und außerdem soll die hochgelobte »Ray-Seife« bald in Produktion gehen. Das ist das Einzige, woran mein Mann seit Monaten denkt. Mich nimmt er seitdem kaum noch wahr, aber das bin ich inzwischen ja gewohnt. Ich lebe mein eigenes Leben, stehe im Laden, ergehe mich in Wohltätigkeit beim Frauenverein vom Roten Kreuz, besuche das Kinderasyl, lade zu Kaffeekränzchen und erziehe - wenn die gute Rosa mich lässt - die Mädchen, die mir eine reine Freude sind. Käthchen geht schon auf die Lateinschule, sie ist fleißig und wohlerzogen und hilft sogar im Laden. Rosa hat ihr dafür ein Schürzchen mit Rüschen genäht, das ihr allerliebst steht. Und Tilly lernt brav in der ersten Klasse; sie ist lebhafter und gescheiter als ihre große Schwester, das kann man jetzt schon sehen. Aus der wird einmal ein ganz kluges Mädchen. Ich bin so stolz auf meine Kleinen und kann es gar nicht erwarten, sie in Pittsburgh überall vorzuzeigen.

Bei ihrem letzten Besuch habe ich Lisette gefragt, ob sie nach Amerika mitfahren möchte. Mit Konrad haben wir ja einen Anstandswauwau dabei, da könnte ihr Mann sie schon mitlassen. Die Ärmste ist nicht glücklich, aber das war ja zu erwarten. Wie leid hat sie mir damals getan, als man sie in ihr Zimmer gesperrt hat, damit sie ihren hübschen Goldschläger nicht mehr sehen konnte. Wie gern hätte ich mich zu ihr hineingeschlichen, um sie zu trösten, aber Käthe hat ja wie ein Zerberus über den Schlüsseln gewacht. Und am Ende hat sich das arme Ding zwingen lassen, das zu tun, was die Familie von ihr erwartete. Sie war zu schwach, sich zu wehren, wie die meisten von uns Frauen.

Ihr Ehemann ist ein hochanständiger Mensch, er liebt sie und liest ihr jeden Wunsch von den Augen ab. Sie hat es weiß Gott nicht schlecht getroffen mit ihm. Aber das, was sie sich wirklich wünscht, kann er ihr wohl nicht geben.

Was schreibe ich da über Lisette? Dabei geht es mir doch wenig besser in meiner Ehe. Fritz ist mit seiner Fabrik verheiratet. Er lebt für die Firma, so hat man ihn großgezogen, nichts anderes zählt. Ach, er meint es nicht bös, aber er weiß eben nicht, dass nicht nur ein Geschäft Zuwendung braucht, sondern auch ein Mensch. Eine Ehefrau. Weiß Gott, ich habe vieles versucht. Aber man muss Fritz nur bei der Arbeit beobachten. Wie begeistert er Dinge anpackt. Diese unbändige Freude, die er dabei empfindet! Wie seine Augen leuchten! Wenn er mich nur einmal so angesehen hätte! Ein einziges Mal! Dann – ja dann – dann würde ich vielleicht nicht jeden Sonntag ins Kutscherhäuschen gehen. Mit Leo das tun, was ich nur mit Fritz tun dürfte. Mir von ihm geben lassen, was ich vermisse. Heiliger Himmel, ich bin nicht besser als eine Hure. Manchmal ekelt mich vor mir selber. Dann schwöre ich mir, damit aufzuhören. Aber ich kann es nicht. So oft frage ich mich, ob ich Leo liebe? Ich bin mir nicht sicher. Aber ich weiß eines: Ich brauche ihn. Ich will nicht ohne diese Nähe leben. Und dann wieder habe ich furchtbare Angst. Was, wenn uns jemand entdeckt? Ich müsste sterben vor Scham. Und Fritz? Würde er mich verstoßen? Was für eine Frage, natürlich würde er das. Was wäre dann mit meinen Kleinen? Wenn sie davon erführen – das könnte ich nicht ertragen. Warum bin ich nur so? So – niedrig. So – verworfen. Nichts kann entschuldigen, was ich tue. Und dann – liebes Tagebuch, ich wage kaum, es dir anzuvertrauen – dann denke ich daran, mit Leo fortzugehen. So verzweifelt bin ich. Einfach fort von allem, ganz egal, wohin, nur weg von diesem Leben, in dem sich alles nur darum dreht, dass die Firma floriert. Ein totes Ding, das alles bestimmt. Wenn Käthchen und Tilly nicht wären – ich weiß nicht, was ich tun würde. Ich bin ganz wirr im Kopf. Dabei, und das verstehe ich selber nicht, liebe ich Fritz immer noch. Nicht mehr so wie zu Anfang, aber er ist doch mein Mann! Auch wenn wir jede Nacht wie Bruder und Schwester nebeneinanderliegen. Ich wünschte so sehr, dass es zwischen uns wieder so sein könnte wie *damals in Amerika. Ich könnte es nicht ertragen, wenn er sich von mir abwenden würde. Das mit Leo muss einmal ein Ende haben.*

Vielleicht hilft mir die große Reise ja. Vielleicht erkenne ich dann, dass Leo mir gar nicht so wichtig ist, dass ich ohne ihn sein kann. Wenn ich drei, vier Monate fort bin, wird vielleicht alles anders. O Gott, wie ich das hoffe! Ich will nicht mehr so weitermachen. Aber wenn ich nur daran denke, dass ich so lange von ihm getrennt bin, fühle ich mich schon elend. Wie kann es sein, dass ich einen Mann so brauche? Dass dieses – Körperliche – solche Macht über eine Frau gewinnen kann?

Ich habe es Leo noch gar nicht gesagt. Ob er leidet, weil ich so lange weg bin? Ob er verzweifelt ist, mich so lange nicht mehr zu treffen? Oder ob er stattdessen wütend sein wird? Mir vorwerfen, dass ich ihn eiskalt alleine lasse? Wird er mich bitten, nicht zu fahren? Ganz gleich – ich will einfach nur, dass ich jemandem auf der Welt nicht gleichgültig bin.

Kapitel 14
1891

Der Dezember kam, und es schneite. Über Nacht hatte sich eine dicke weiße, glitzernde Schneedecke auf die kleine Stadt gelegt, dabei war noch nicht einmal Nikolaus. Alle Geräusche waren gedämpft, aus den Schloten stieg senkrecht der Rauch. Vom Bahnhof her kämpfte sich der Ribot'sche Landauer zurück in die Nürnberger Straße, die Pferde stapften knietief durch den Matsch. Im Wagen saßen Sophie und die Mädchen, ihnen gegenüber Konrad und seine ihm frisch angetraute amerikanische Braut Auguste.

Kaum war die Kutsche vor der Nürnberger Straße 10 zum Stehen gekommen, riss Rosa schon die Tür auf. Die Mädchen liefen in ihre offenen Arme. »Rosa, Rosa«, krähte Tilly, »stell dir vor, der Konrad hat geheiratet!«

Das neue Mitglied der Familie stand derweil neben einem Schneehaufen und lächelte noch ein wenig schüchtern. Gusti Lipps war die jüngere Schwester von Carls Frau Emma. Allerdings hätte niemand die beiden jungen Frauen für Schwestern gehalten. Während Emma eine temperamentvolle dunkle Schönheit war, schlank und grazil, sah Gusti neben ihr aus wie das sprichwörtliche hässliche Entlein. Sie hatte aschblondes Haar, wässrig blaue Augen, eine Stupsnase und ein fliehendes Kinn. Und sie war rundlich wie ein kleines Möpschen. Doch im Gegensatz zu Emma hatte sie die Herzen der Familie schon nach dem Empfangskaffee im Sturm erobert. Gusti war ein Schatz, man musste sie einfach gernhaben. Wenn sie lachte, bildeten sich auf ihren Wangen zwei tiefe Grübchen, und sie lachte meistens. Konrad betete sie an, das konnte jeder sehen. An ihrer Seite blühte er regelrecht auf, und sie bewunderte ihn grenzenlos.

Endlich hat er einen Menschen gefunden, bei dem er nicht die zweite Geige spielt, dachte Rosa. So wenig sie Carls angeberische Emma leiden konnte, so sehr freute sie sich, dass mit Gusti eine brave Frau ins Ribot-Haus eingezogen war. »Die ist wenigstens kein so saurer Bissgurken wie die andere«, sagte sie am Abend zu Sophie. »Da habt ihr die Richtige mitgebracht.«

Sophie nickte. »Die Gusti ist eine, mit der kann man Pferde stehlen. Da hat der Konrad gut gewählt. Die zwei werden bestimmt sehr glücklich miteinander.«

Hoffentlich glücklicher als ihr beide, dachte Rosa. Sie hatte das Wiedersehen zwischen Fritz und Sophie beobachtet. Ein liebendes Paar, das vier Monate getrennt war, benahm sich anders. Oh, sie hatten sich umarmt, das schon. Und sie hatten sich wirklich gefreut. Aber schon am Kaffeetisch waren sie wieder nebeneinandergesessen wie … ja wie? Rosa wusste nicht viel über das Eheleben, aber dass in Fritz' und Sophies Ehe die Liebe verlorengegangen war, das spürte sie schon lang. Das war so ganz anders, wenn sie Trudel und Christian ansah. Die gingen nicht miteinander um, als seien sie aus Glas. Die hielten sogar jetzt noch Händchen oder küssten sich verstohlen, nach all den Jahren. Manchmal beneidete Rosa die beiden und haderte damit, dass ihr eine Liebe im Leben nicht vergönnt war. Ach ja, sie war halt eine alte Jungfer geworden. Aber dann tröstete sie sich wieder damit, dass sie bei den Ribots als Teil einer großen Familie lebte und Kinder hatte, um die sie sich kümmern durfte. Da hatten es andere viel schlechter getroffen.

Am Samstag vor Heiligabend fiel fast ein halber Meter Schnee, es war ein Winter wie seit Zeiten nicht mehr. Als am nächsten Morgen die Wolken aufrissen, schien die Sonne auf das Schwabachtal und verwandelte es in eine glitzernde Märchenlandschaft. Käthchen und Tilly wollten unbedingt in die weiße Pracht hinaus, und so packte Rosa die beiden warm ein, holte den Schlitten aus der Holzlege, und dann zogen sie los. »Lasst uns zum Ostanger gehen, eure Mama überraschen«, sagte sie zu den Mädchen. »Wenn sie von ihrem Sonntagsausritt zurückkommt, dann freut sie sich bestimmt. Und vielleicht können wir dann den Schlitten an die Bella hängen und sie zieht euch!«

So stapften sie aus der Stadt hinaus zum Unteren Stadtpark, wo man einen der sieben Wasch- und Tränkweiher freigeräumt hatte, damit die Schwabacher Kinder auf dem Eis hetscheln und Schlittschuh laufen konnten. Von hier aus war es nicht mehr weit bis zum Ribot'schen Stall. Rosa ging voraus, während die Mädchen im verschneiten Park herumhüpften und mit Schneebällen auf Baumstämme warfen. Sie bog in den Kutschenweg ein und betrat den Platz vor der großen Remise. Alles war still, nur drinnen im Pferdestall hörte man leises Schnauben. Von der großen Fichte hinter dem Heuschober fiel eine schwere Schneelast mit dumpfem Ploppen zu Boden, und der befreite Ast schnellte himmelwärts. Aus dem Schlot des Kutscherhäuschens stieg Rauch. Leo war also daheim.

Rosa schlüpfte zuerst durch die Hintertür in den Stall; sie wollte das Säckchen mit geschrumpelten Winteräpfeln abstellen, das sie zum Verfüttern an die Pferde mitgebracht hatte. Merkwürdig, dachte sie, die Bella steht ja noch da. Und gestriegelt und hergerichtet ist sie auch nicht. Sie durchquerte die Stallgasse und trat durch das vordere Tor wieder in den Hof. Hinten unter den Ulmen erspähte sie Käthchen und Tilly, die eifrig eine große Schneekugel rollten, um einen Schneemann zu bauen. Und dann sah sie noch etwas: die Spuren, die quer über den Platz durch den jungfräulichen Schnee zum Kutscherhäuschen führten. Sie endeten an Leos Tür.

Rosa wunderte sich. Und dann keimte in ihr eine böse Ahnung, ein ungeheuerlicher Verdacht. Langsam tappte sie um die Remise herum zur Rückseite des kleinen Anbaus. Auf den Fensterscheiben wuchsen kristallene Eisblumen, die nur in der Mitte ein kleines Loch zum Durchschauen freiließen. Rosa lauschte. Nichts. Geh, sagte sie sich, du dummes Ding. Geh, du willst gar nichts wissen. Besser so. Aber sie brachte es nicht fertig zu gehen. Da drin, da war doch Leo. Und Sophie. Vielleicht gab es eine ganz einfache Erklärung. Bestimmt sogar. Sophie war schon vom Ausritt zurück und wärmte sich drinnen auf. Bella lahmte, und die beiden besprachen, was zu tun war. Leo war doch ein braver Kerl. Und Sophie eine anständige Frau. Oder nicht? Nein, Rosa konnte jetzt nicht gehen, sie musste die Gewissheit haben, dass alles seine Ordnung hatte. Und dann würde sie sich für ihre schlechten Gedanken schämen. Sie stellte sich auf die Zehenspitzen, hielt den Atem an und lugte durch das Eisblumenloch.

Drinnen herrschte peinliche Ordnung. Auf dem Herd standen ein Schnabeltöpfchen und eine saubere Pfanne. Auf einem hölzernen Bord sah Rosa zwei Teller mit Blumenmuster, darunter baumelten eine blecherne Henkeltasse und ein gehäkelter Topflappen. An der Wand neben der Tür hingen ein Abreißkalender und eine dicke Jacke. Der Tisch war leer, ein Hocker halb daruntergeschoben. Neben dem schmalen Schrank stand ein Stuhl, über den achtlos ein pelzgefütterter Mantel geworfen war – Sophies Reitcape. Davor auf den Dielen ein Paar dicke Winterreitstiefel, einer davon war umgefallen. Neben den Stiefeln ein wirrer Kleiderhaufen, ganz oben eine Korsage. Rosa schloss die Augen. Nein, dachte sie, lieber Gott, alles nur das nicht! Aber dann musste sie doch hinsehen. Zum Bett, wo zwei nackte Körper ineinander verschlungen unter Laken und Felldecken lagen.

Mit einem unterdrückten Stöhnen drehte sich Rosa um und rannte davon. Sie musste als Allererstes verhindern, dass die Mädchen etwas mitbekamen. Käthchen und Tilly waren schon fast beim Stall, als sie die beiden erreichte. Sie brachte ein gezwungenes Lachen zustande und nahm die Kinder fest bei den Händen. »Eure Mama ist noch mit der Bella draußen, und der Leo ist nicht da. Wisst ihr, was? Ich hab so eiskalte Füße, dass ich bald erfriere. Ist euch auch so kalt, gell ja? Schnell, dann warten wir nicht auf die Mama, sondern gehen heim. Da gibt's dann einen schönen heißen Kakao und ein Stück Rosinenstollen!«

Daheim setzte sich Rosa auf die Eckbank in der Küche. In ihrem Kopf überschlugen sich die Gedanken. Ehebruch, das war eine Todsünde. Wie konnte Sophie sich so vergessen, ihrem Mann das anzutun? Und Leo! Der immer so ein anständiger Mensch gewesen war. Immer geholfen hatte, wo er gebraucht wurde. Für Trudel und Christian war er doch wie ein Sohn! Und jetzt hatte er eine verheiratete Frau verführt! Rosa wünschte, sie wäre nie auf dem Ostanger gewesen. Aber nun wusste sie von dieser schändlichen Angelegenheit. Was sollte sie nur tun? Einfach alles vergessen? Das konnte sie nicht. Immer noch hatte sie das Bild von den beiden vor Augen, wie sie dalagen, nackt in Leos Bett. Jesusmariaundjosef. Wenn das herauskam! Der Skandal! Die Schande! Rosa konnte einfach nicht aufhören, daran zu denken.

Bis Dreikönig hielt Rosa es aus. Dann fasste sie einen Entschluss. Sie legte ihr schwarzes Umschlagtuch um und ging hinüber in die »Silberne Kanne«.

Leo saß am Stammtisch und las das »Intelligenzblatt«; außer ihm saß nur noch der alte Stiegelmeier in einer Ecke und glotzte wie immer stockbesoffen in sein Bier.

»Wo sind denn die anderen?«, fragte Rosa.

»Nix los heute«, erwiderte Leo. »Trudel und Christian sind auf den Friedhof gegangen zum Gräble vom Oskar. Die Anna ist droben und liest. Und ich halt derweil die Stellung.«

Rosa legte ihr Wolltuch ab und setzte sich. »Ich hab mir's lang überlegt, Leo. Ich muss mit dir reden.«

Leo zog die Augenbrauen hoch. »Nanu? Was Wichtiges?«

Rosa holte tief Luft. Dann sagte sie: »Ich hab euch gesehen. Am Sonntag vor Weihnachten. Im Kutscherhäuschen.«

Leo öffnete den Mund, als wolle er etwas erwidern. Dann vergrub er das Gesicht in den Händen.

»Ja, seid ihr denn wahnsinnig?«, sagte Rosa leise und eindringlich. »Was habt ihr euch dabei gedacht? Um Gottes willen, Leo, das ist eine große Sünd'!«

Er ballte die Fäuste. »Das mit Sophie und mir geht dich nix an, Rosa. Misch dich nicht ein!«

Sie schüttelte den Kopf. »Das hätt ich nicht von dir gedacht, dass du so ein schlechter Mensch bist. Und von der Sophie auch nicht. Eine verheiratete Frau und Mutter!«

»… die von ihrem Mann nicht angeschaut wird und kreuzunglücklich ist!«

»Das ist noch lang keine Rechtfertigung für Ehebruch«, zischte Rosa. »Du sollst nicht begehren deines Nächsten Weib, Leo! Hast am End vergessen, was der liebe Gott uns Menschen anbefohlen hat?«

»Komm mir nicht mit deinem lieben Gott«, knurrte Leo. »Der lässt unschuldige Kinder sterben und schenkt Lumpen, die ihre Dienstmädchen in Schande bringen, ein schönes langes Leben. Der lässt die ganze Ungerechtigkeit auf der Welt zu. Dein lieber Gott kann mir gestohlen bleiben.«

Rosa zuckte zurück. »Versündig dich nicht noch mehr als sowieso schon, Bub. Und wenn's dir schon gleichgültig ist, dann denk wenigstens an die Sophie. Stell dir vor, wenn nicht ich euch gesehen hätte, sondern jemand anders! Hast du schon daran gedacht, was passiert, wenn das herauskommt?«

»Tausendmal.«

»Es gäb eine Scheidung, zwei Kinder verlieren ihre Mutter. Die ganze Stadt würde sich das Maul zerreißen. Willst du das? Ist es das wert? Willst du das der Familie antun? Das Leid und die Schand?«

Leo fuhr hoch. »Von Leid und Schand redest du, ja? Von der armen Familie Ribot, ha! Die sind doch selber die größten Lumpen! Hat vielleicht der alte Strunz sich überlegt, was er meiner Mutter antut, he? Nein, dem war das wurscht. Und der ach so vornehmen Meisterin, der war's auch egal, als sie ein halbes Kind auf die Straße gesetzt hat! Sollen doch die anderen krepieren, Hauptsache, der gute Ruf ist gewahrt! Das sind deine Ribots, Rosa! Mit denen brauchst du kein Mitleid haben! Die haben meine Mutter auf dem Gewissen!« Leo atmete schwer – und im selben Augenblick wurde ihm klar, was er gerade gesagt hatte. Er barg das Gesicht in den Händen.

Rosa saß da, kreidebleich. »Du? Du bist der Mina ihr Kind?« Sie schüttelte ein ums andere Mal den Kopf. »Ja, Leo, warum hast du denn nie was gesagt?«

»Wieso hätt ich was sagen sollen?« Er winkte ab. »Außerdem geht das keinen was an. Ist ja auch bloß nichts als eine Schand.«

Eine Weile saßen sich beide stumm gegenüber. Rosa suchte nach Worten. »Leo«, begann sie vorsichtig, »wolltest du dich am End an der Familie Ribot rächen? Hast du deshalb was mit der Sophie angefangen?«

Er lachte bitter. »Das denkst du von mir? Kennst mich wohl recht gut? Ja, ich geb zu, am Anfang ist mir das durch den Kopf gegangen. Ich zahl's denen heim, hab ich mir gedacht, ich hol die raus aus ihrer heilen Welt. Aber dann ...« Er sah plötzlich traurig und verzweifelt aus. »Rosa, ich taug nicht zum Racheengel. Sonst hätt ich die Sache längst auffliegen lassen. Aber dann wär ich nicht besser als der alte Strunz. Und das hat die Sophie auch nicht verdient, dafür hab ich sie viel zu gern.«

»Ja, hast du denn geglaubt, das mit euch kann ewig so weitergehen? Irgendwann findet einer was heraus, und dann ...«

»Ich weiß doch, Rosa. Aber ich kann doch nicht von ihr lassen und sie nicht von mir. Sie hat sogar schon überlegt, mit mir wegzulaufen.«

»Und wohin? Wovon wollt ihr dann leben? Was glaubst du, wie lang die Sophie bei dir bleibt, in einer modrigen Arbeiterwohnung bei Kartoffelsuppe und trocken Brot? Leo, so dumm bist du doch nicht! Du weißt genau, wie das enden würde.«

Er atmete tief durch, sie sah den Schmerz in seinen Augen.

»Hast du sie denn so lieb?«

Er stöhnte auf. »Sag du mir doch, was Liebe ist! Ich weiß gar nichts mehr. Nein, die Sophie ist keine Frau für mein Leben, da hast du recht. Aber sie ist so ... sie ist alles, was ich niemals haben kann. Verstehst du das nicht? Sie ist das Unerreichbare, das ich mir auf einmal hab nehmen können. Ich, der kleine Kutscher, der Dienstbote, das uneheliche Bankert! Mit der Sophie, da ist mir, als hätte ich die ganze Welt in der Hand. Als wär ich jemand. Als könnt ich alles sein, was ich bloß will.« Seine Stimme brach.

Rosa legte ihm die Hand auf den Arm. »Ganz egal, was einmal war, die Sach mit der Sophie muss aufhören, Leo. Das geht nicht gut. Der alte Strunz ist tot, und die Meisterin hat von nix gewusst. Wir alle nicht. Deine Mutter hat niemandem was erzählt – und wer denkt denn daran, dass so was passieren könnt, im eigenen Haus! Leo, du musst vergessen und verzeihen. Sonst macht du dich bloß selber unglücklich. Lass die Familie Ribot, lass von der Sophie. Schau, du bist doch ein fescher Kerl, du kannst andere Mädchen haben. Du bist noch jung. Such dir eine, die zu dir passt.«

»Und die Sophie?«

»Die wird drüber wegkommen, glaub mir. Die Sophie hat einen

guten Mann, liebe Kinder und ein schönes Leben. Die bleibt da, wo sie hingehört.«

»Und wenn ich sie behalten will?«

Ein entschlossener Ruck ging durch Rosas Körper. »Dann red ich mit ihr.«

»Und wenn sie mich behalten will?«

»Dann erzähl ich ihr, wer du bist. Der nebennaus geborene Großcousin ihres Ehemanns. Leo, ich bin eine einfache Frau. Ich weiß vielleicht nicht viel, aber ich weiß, was Gut und Bös ist. Und ich schau nicht zu, wie ihr in euer Unglück rennt. Dazu hab ich euch beide zu gern. Und ich will auch nicht, dass meine Familie auseinanderbricht.«

Er hob den Kopf und sah sie an. »Deine Familie?«

Was hatte sie da gesagt? Rosa erschrak selber vor der Anmaßung, die sie gerade begangen hatte. Aber für mich, dachte sie dann, für mich ist das so. Für mich ist das meine Familie. Ich hab den Fritz großgezogen und alle seine Geschwister, als ob sie meine eigenen Kinder wären. Das Käthchen und die Tilly, die sind doch meine Engelchen. Auch wenn ich nicht leiblich mit denen verwandt bin – die gehören zu mir. »Ja, Leo«, entgegnete Rosa ruhig. »Die Ribots sind meine Familie. Ich hab niemand sonst.«

Leo nickte. Er verstand nur zu gut. »Ich hab auch so eine Familie«, sagte er leise.

»Dann mach ihr keinen Kummer und keine Schand.«

Er saß da, stumm, mit hängenden Schultern. »Rosa«, sagte er dann, »ich bitt dich, lass das alles unter uns bleiben.«

»Das liegt an dir«, erwiderte Rosa entschlossen und stand auf. »Überleg's dir. Und entscheid dich bald. Lass nicht mich tun, was deine Sach ist.«

»Stellt euch vor, der Leo ist weg.« Fritz nahm sich vom kalten Braten und merkte gar nicht, wie Rosa, die gerade Brot und Butter auf den Abendbrottisch stellte, zusammenzuckte.

»Weg? Wie meinst du das?«, fragte Emma.

»Na, weg. Fort. Verschwunden.«

Sophies Messer klirrte auf dem Tellerrand, ein Klecks Senf landete auf ihrem Rock. »Entschuldigt.« Sie sprang auf und lief in die Küche, wo sie sich mit beiden Händen am Spülstein festklammerte. Ihr war schwindlig. Das konnte doch nicht sein! Morgen war Sonntag, da wollte er ihr das neue Kutschpferd zeigen, das sie angeschafft hatten. Sie schüttelte den Kopf. Fritz musste sich einfach getäuscht haben. Vielleicht war Leo nur krank und deshalb nicht zur Arbeit gekommen. Ja, bestimmt war es so! Vergeblich rieb Sophie mit einem Stück Posko-Seife an dem gelben Fleck herum, aber es half nicht viel. Schließlich gab sie auf und ging wieder zu den anderen. Ihre Hände zitterten.

»Was ist jetzt mit dem Leo?«, fragte sie in die Runde und versuchte, sich nichts anmerken zu lassen.

»Der ist gestern nicht erschienen«, sagte Carl. »Wir haben den Ottfried hingeschickt, und der sagt, das Kutscherhäuschen ist verlassen. Kein Feuer im Herd, keine Sachen mehr da, nur auf dem Bett fein säuberlich zusammengelegt die blaue Kutscheruniform.«

»Hat er denn keine Kündigung hinterlassen?«, wollte Käthe wissen.

»Nichts. Keine Nachricht. Die Pferde hat er so versorgt, dass sie bis zum Montag über die Runden gekommen wären, wenn keiner nachgeschaut hätte.«

»So ein treuloser Wicht«, sagte Käthe. »Da nimmt man die Leut in Lohn und Brot, und dann danken sie's einem so!«

»Ja, und wer fährt uns dann morgen Abend in die Oper nach Nürnberg?«, fragte Emma und sah Carl empört an. Der zuckte mit den Schultern.

Sophie wurde schlecht.

Kapitel 15

Dear diary,
Leo ist weg. Ich bin so durcheinander. Er hat mich verlassen ohne ein Wort. Ich verstehe es einfach nicht. Warum? Warum hat er das getan? Wie konnte er einfach so gehen? Was, lieber Gott, ist falsch an mir, dass mich keiner wirklich liebt? Bin ich so abstoßend? Was hab ich denn so Schlimmes an mir? Bin ich schuld? Einer muss doch schuld sein.

Gestern haben sie einen der Lehrbuben in die »Kanne« geschickt, weil Leo dort immer bei seinen Freunden geholfen hat. Die wissen auch nicht, wo er hin ist. Fritz hat schon eine Annonce im Intelligenzblatt aufgegeben, nach einem neuen Privatkutscher. Er hat immer große Stücke auf Leo gehalten, wegen seiner Zuverlässigkeit und seinem guten Umgang mit den Pferden.

Ich darf meinen Kummer nicht zeigen. Niemand darf wissen, wie es in mir aussieht. Wenn ich weine, dann heimlich in der Wäschekammer oder im Schlafzimmer, wenn Fritz nicht da ist. Vorhin hat mich Rosa dabei überrascht; sie hat mich ganz merkwürdig angeschaut, und dann hat sie mich in den Arm genommen. Ich hab ihr nichts gesagt, und sie hat auch nicht gefragt. Jetzt ist ohnehin alles vorbei.

Ich sage mir dauernd: Es ist besser so. Auch wenn ich es nicht wahrhaben wollte, es war doch alles nur eine Frage der Zeit. Der Leo hätte irgendwann eine Frau zum Heiraten gefunden, so, wie es sich gehört. Oder irgendjemand hätte alles entdeckt. Ja, auch wenn ich manchmal davon geträumt habe, mit ihm fortzulaufen – ich hätte doch die Kinder nicht alleinlassen können. Und dem Fritz das antun. Was ich getan habe, war schlecht. Unverzeihlich. Aber all das hat jetzt ein Ende, und trotz all meiner Trauer spüre ich auch eine Art Erleichterung.

Ich schwöre dir, mein Tagebuch, ich werde nie wieder einen Mann anschauen. Ich will das nicht mehr. Es bringt nur Unglück und Schmerz. Warum müssen wir Frauen immer glauben, unser Glück hinge von einem Mann ab? Warum können wir es nicht anderswo finden. So, wie Fritz in seiner Arbeit?

Ich will mich ändern. Ich will es Fritz gegenüber wiedergutmachen. Er ist doch der Vater meiner Kinder, und er war ja immer gut zu mir, so gut er es eben konnte. Ich will ihm eine liebende Frau sein, ihn glücklich machen. Das ist doch meine Pflicht. Auch wenn ich für ihn erst an zweiter Stelle komme.

Lieber Gott, bitte hilf mir dabei, dass alles wieder gut wird! Das ist mein einziger Wunsch an dich.

Kapitel 16
1891

»Das schaut bös aus«, murmelte Trudel kopfschüttelnd, während sie Christian beim täglichen Säubern und Verbinden seiner Armwunde half. Sie saßen in der Küche; gerade hatte Trudel die Leinenstreifen abgewickelt und vorsichtig das Stück Gaze von der offenen Stelle abgehoben. Dort, wo vor über einem Jahr die Knochenspitzen durchgespießt hatten, hatte immer noch keine Heilung eingesetzt. Eine faulige, eitrige, nässende Wunde war geblieben, die einfach nicht zuwuchs. Anfangs war noch regelmäßig Doktor Faulhaber vorbeigekommen, der »Armeleutedoktor«, wie man ihn nannte. Jeder wusste, dass er am besten arbeitete, wenn er besoffen war, und das war er meistens; wenn nicht, bekam er bei seiner Ankunft zuallererst einmal einen Schnaps. Aber ganz egal, welche Salbe er Christian verschrieb, ob er mit Alkohol desinfizierte oder mit essigsaurer Tonerde, die Haut heilte nicht zu. Auch Trudels Hausmittel Honig und Knoblauch hatten nicht geholfen.

»Die sollen doch jetzt in der Klinik diese neuen Strahlen haben«, sagte Trudel, während sie das Wundsekret mit einem sauberen Lappen abtupfte. »Röntgen heißen die. Vielleicht können die helfen?«

Christian verzog das Gesicht. »Die können bloß den Körper durchleuchten. Da sieht man dann, ob ein Knochen gebrochen ist. Heilen tun die nicht.«

»Ja so.«

Draußen in der Gaststube rief jemand. »Ach du lieber Gott, ich hab den Bomhards Heinz ganz vergessen«, sagte Trudel und stand auf. »Ich bring dem schnell seine Stadtwurst mit Musik, bin gleich wieder da!«

Christian blieb sitzen, den Arm auf der Stuhllehne. Müdigkeit überkam ihn, seit sechs Uhr früh war er schon auf den Beinen. Er schloss die Augen und war von einer Sekunde auf die andere weggedämmert.

Ein paar Motten flatterten um das Petroleumlicht herum, das über dem Küchentisch hing. Nie wurde man dieser Viecher Herr, sie versteckten sich in der Mehlschublade, in den Gewürzen, in den

Ecken der Speisekammer, wo keiner hinkam. Vor allem im Sommer vermehrten sie sich und wurden zur richtigen Plage. Jetzt landete eine von ihnen auf Christians Arm. Mit ihrem winzigen Saugrüssel betupfte sie gierig das Sekret, das die offene Wunde absonderte. Sie flog erst weg, als Trudel zurückkam, um den Verband zu erneuern.

Eine Woche später hatte sich Christians Wunde vergrößert; sein Arm war gerötet und angeschwollen. Doktor Faulhaber verschrieb ihm kolloidales Silber, um die Entzündung einzudämmen. Es schlug nicht an. Nach einer weiteren Woche war der Arm doppelt so dick und die Schmerzen unerträglich geworden. Fieber kam dazu. Als Trudel schließlich sah, dass sich die Wundränder über Nacht schwarz verfärbt hatten, bestand sie darauf, dass Christian mit ihr ins Krankenhaus ging. Dort warf der Chirurg vom Dienst einen kurzen Blick auf den Arm und sagte dann: »Gangrän.«

»Was bedeutet das, Herr Doktor?«, fragte Christian.

Der Arzt blickte ihn über die Ränder seiner Brille hinweg an. »Das bedeutet, Herr Beck, dass wir Ihnen den Unterarm oberhalb des Ellbogens abnehmen müssen, wenn Sie nicht am Wundbrand sterben wollen. Es tut mir leid, aber wir haben keine andere Möglichkeit.«

Trudel schluchzte auf.

»Aber Herr Doktor«, sagte Christian, »ich muss doch arbeiten. Wie soll ich …«

»Sie müssen erst einmal am Leben bleiben«, erwiderte der Chirurg. »Und wenn der Brand sich noch weiter ausbreitet, tun Sie das nicht.« Er legte Christian mitfühlend die Hand auf die Schulter. »Es wird schon weitergehen, Herr Beck. Aber wir müssen amputieren, und zwar am besten heute noch. Geben Sie Ihr Einverständnis?«

Christian wurde ganz schwarz vor Augen. Er schluckte, konnte nichts sagen, drückte nur Trudels Hand so fest, dass sie beinahe aufgeschrien hätte. Schließlich sprach sie für ihn. »Herr Doktor, ich will meinen Mann behalten. Machen Sie, was nötig ist.«

Noch am selben Tag nahmen die Ärzte Christian den rechten Arm ab.

Kapitel 17

Aus den Lebenserinnerungen von Fritz Ribot, begonnen 1921

Die Ray-Seife übertraf alle unsere Erwartungen. Bei ihrer Einführung im Januar 1891 wurden wir von der Nachfrage regelrecht überrollt. Es war ein einziger Triumph. Schon im Februar veröffentlichte der Wiener Universitätsdozent Dr. Paschkis einen Artikel in einer Fachzeitschrift, in dem er die Ray-Seife als dermatotherapeutisches Mittel bei aufgesprungener Haut, Ekzemen und Schuppen empfahl. Ab da kamen Bestellungen aus Kliniken und Sanatorien in ganz Deutschland. Wir mussten Nachtschichten einführen, was nur möglich war, weil wir im vergangenen Jahr die Firma auf Carls Rat hin komplett an das Versorgungsnetz des Schwabacher Gaswerks angeschlossen hatten. Im März und April stellten wir zwölf neue Arbeiter ein, dazu fünf Frauen, die von morgens bis abends unablässig Eier aufschlugen. Ich machte mir unermüdlich Gedanken, wie die Produktion zu optimieren sei, damit wir alle Bestellungen ausliefern konnten. Durch etliche Verbesserungen (wie die Anschaffung einer neuen Knet- und Mischmaschine von den Gebr. Fey in Meisenheim an der Glan) entspannte sich schließlich die Lage. Die Herstellung sah nun so aus: Zu der Kokosöl-Talg-Mischung im Siedekessel kam unter ständigem Einsatz des Rührwerks kalte Ätznatronlauge. Nach der Verseifung und dem Aussalzen wurde die Grundseife getrocknet, in Späne gehobelt und im Mischkessel mit den frischen Eiern zu einem homogenen Teig geknetet. Dieser kam in die Kühlpresse zur Wasserkühlung. Die erkalteten Platten wurden entnommen und in den Trockenschrank gegeben und nach weiterem Entzug von ca. 20 % Feuchtigkeit erneut zerspant. In der Fey'schen Mischmaschine erfolgte die Zugabe von Farbe und Parfümölen. Danach kam die Masse in die Piliermaschine, wo sie mehrmals über die Walzen geschickt wurde. Anschließend folgte die Seifenstrangpresse, deren Mundstück die Ray-Seifenmasse in Gestalt eines homogenen, dichten und festen Seifenriegels verließ. Schneiden mit heißem Draht, Trocknen auf Horden, Prägen mit der Kniehebepresse folgten. Heute ist die

Produktion freilich viel moderner, aber damals erfüllte diese Methode ihren Zweck.

Unsere Stimmung war trotz der hohen Arbeitsbelastung euphorisch. Die Gewinne der Firma stiegen, der Kapitalstock erhöhte sich. Carl, stets gepiesackt von seiner Frau, erbat sich eine Sonderausschüttung, die Konrad und ich ihm gerne gewährten. Mit dem Geld finanzierte er für sich und Emma eine dreiwöchige Reise in die Schweiz, von der Emma mit komplett neuer Kleiderausstattung zurückkam – Kleider, die sie, wie Sophie und Mutter bemerkten, in Schwabach nie würde anziehen können. Konrad, sparsam, wie er immer war, wollte kein Extra-Geld, und seine brave Gusti hatte überhaupt kaum Ansprüche für sich selber. Auch Sophie verlangte nichts von mir, sie war überhaupt den ganzen Frühling über sehr still und ritt auch nicht mehr aus. Ich hielt es deshalb für eine gute Idee, für Käthchen und Tilly zwei allerliebste gescheckte Ponys zu kaufen, damit die beiden reiten lernten und gemeinsam mit ihrer Mutter schöne Stunden auf dem Pferderücken genießen konnten. Das freute alle drei sehr, und im Sommer ritt sogar ich manchmal mit ihnen durch die grüne Maisenlach. Das tat mir Sesselhocker recht wohl; ich muss zugeben, dass ich in den letzten Jahren doch ein Bäuchlein angesetzt habe, und manchmal zwickt der Hosenbund schon arg. Bewegung, sagt mein Freund Doktor Lochner immer, ist der Schlüssel zur körperlichen Gesundheit. Und Erfolg, so darf ich hinzufügen, der Schlüssel zum geistigen Wohlbefinden. Und eine harmonische Ehe, um dies auch noch zu sagen, der Schlüssel zu einem zufriedenen Leben.

Kapitel 18
1891

»Hier muss es sein!«, sagte Rosa zu sich selber und hielt schnaufend vor einem Torbogen in der Nürnberger Ackerstraße inne. Über der steinernen Rundung war deutlich sichtbar die Zahl 5 aufgemalt. Entschlossen betrat sie den winzigen gepflasterten Innenhof und ging weiter bis zur Tür des Hinterhauses 5b. Ein alter Mann schlurfte ihr entgegen, ein Bündel mit Anschürspreißeln unter dem Arm.

»Verzeihung, wohnt hier ein Herr Gruber?«, fragte Rosa.

Der Alte nickte und deutete hinter sich: »Der ist Schlafgänger bei den Riedels im ersten Stock. Ist aber grad keiner da.«

Rosa trat ins Haus und ließ sich mit einem Seufzer auf die ausgetretene Holztreppe sinken. Dann würde sie eben warten. Eine graue Katze schlich heran, sprang auf ihren Schoß und leistete ihr eine Zeitlang schnurrend Gesellschaft. Erst als es draußen schon langsam dunkel wurde, ging unten die Tür auf.

Leo stapfte die Treppe nach oben, den Blick gesenkt, einen Eimer mit Kohlen in der Hand. Rosa stand auf, und er erschrak. »Wie hast du mich gefunden?«, fragte er dann kopfschüttelnd. Er schämte sich vor ihr dafür, dass er so einfach davongelaufen war.

»In der ›Kanne‹ sind immer wieder Sozis aus Nürnberg und halten Vorträge. Die hab ich gefragt. Ich hab mir schon gedacht, dass du in Arbeiterwirtschaften gehst oder auf politische Abende. Einer von denen hat dich gekannt.«

Leo sperrte die Wohnungstür auf, und die Katze schoss hinein. »Setz dich«, sagte er und deutete auf einen der drei Küchenstühle. »Und dann sag, warum du gekommen bist.«

Sie sah ihm zu, wie er umständlich altes Zeitungspapier zerknüllte und dann mit einem Fidibus den Herd anschürte. Das Schweigen dehnte sich und wurde unangenehm. Keiner wollte etwas sagen, und schon gar nichts Falsches. Rosa glättete mit beiden Händen ihren Rock, wischte dann einen Brösel vom Tisch und meinte schließlich vorsichtig: »Könntest dich erst einmal ein bisschen freuen, dass ich dich besuchen komm.«

Er schloss das Ofentürchen. »Freu mich ja auch«, brummte er verlegen und stellte zwei Gläser und eine Flasche Bier auf den Tisch. »Aber ich kenn dich. Du willst doch was.«

Rosa trank durstig von ihrem Bier. »Wie geht's dir?«, fragte sie.

»Ich hab Arbeit in der Beckh'schen Drahtfabrik am Kornmarkt«, sagte er. »Bin zufrieden.« Nachdenklich strich er seinen Schnurrbart glatt. Dann fragte er leise: »Wie geht's der Sophie?«

»Sie geht seit dem Sommer wieder reiten, mit Fritz und den Mädchen.«

»Gut so.« Er sah Rosa zum ersten Mal in die Augen. »Hast recht gehabt mit allem.«

»Aber einfach so bei Nacht und Nebel auf und davon gehen hättst nicht müssen«, meinte Rosa.

Leos Mundwinkel sackten nach unten, und Rosa sah den Schmerz in seinem Blick. Er hob die Hände. »Was hätt ich denn tun sollen? In der Firma hab ich doch nicht bleiben können, und in Schwabach? Ich wollt einfach bloß noch weg, das war für alle doch am einfachsten. Und dir passt gar nix, ganz wurscht, was ich mach.«

»Schon recht«, beschwichtigte Rosa. »War gut so.«

Sie sprachen eine Weile über alles Mögliche; während es in der Küche immer dunkler wurde. Schließlich zündete Leo die Petroleumlampe an. »So«, sagte er. »Und jetzt sagst du mir endlich, was los ist.«

Rosa schnaufte einmal tief durch. »Du musst heimkommen, Leo«, sagte sie ernst. »Die brauchen dich in der ›Kanne‹. Der Christian … sie haben ihm den Arm amputiert. Wundbrand. Wie soll er so die Wirtschaft führen? Die Anna hat beim Staedtler aufgehört und macht zusammen mit der Trudel, was sie kann, aber eine Wirtschaft braucht doch ein Mannsbild für die schweren Arbeiten. Letzte Woche ist die Trudel gestürzt, weil sie ein Fass aus dem Keller hochwuchten hat wollen. Die beiden schaffen das nicht allein.«

»Lieber Gott.« Leo fuhr sich mit allen zehn Fingern durch das Haar.

»An Christians Geburtstag im August sind sie beisammengesessen, ganz gedrückt, und die Trudel hat gesagt: ›Ach, wenn nur der Leo noch da wär!‹ Da hab ich mir gedacht, ich find schon heraus, wo du hin bist. Ja, und jetzt bin ich da.«

»Wissen die anderen, dass du hier bist?«

Sie schüttelte den Kopf. »Ich wollt erst mit dir reden.«

Leo massierte mit Daumen und Zeigefinger seine Nasenwurzel.

Wie konnte er denn zurückkehren? Wie sollte er Sophie wieder in die Augen sehen? Er fühlte sich zerrissen zwischen dem Drang, vor seiner unmöglichen Liebe zu flüchten und dem Bedürfnis, seinen Freunden zu helfen. Was sollte er tun? »Das gibt doch nur böses Blut, wenn ich wieder auftauche«, sagte er lau. »Direkt neben der Fabrik, wo ich hingeschmissen hab, und neben dem Haus, in dem die Sophie lebt.«

»Die Sophie ist drüber weg«, sagte Rosa. »Sie hat sich mit dem Fritz wieder zusammengefunden.«

Leo zuckte innerlich zusammen. So war das also. Es tat ihm beinahe körperlich weh. So schnell hatte sie sich also getröstet. Hatte ihn wohl schon vergessen. Kein Wunder, dachte er, ich bin ja auch nur ein Domestik. So einem trauert man nicht lang nach. Er stand auf und ging zum Herd, schürte nach, setzte sich wieder. »Ich kann da nicht wieder hin«, sagte er gequält.

Da nahm Rosa auf dem Tisch Leos Hände. »Leo«, sagte sie. »Deine Familie braucht dich.«

Eine Woche später, an einem windigen Oktobersamstag, stand Leo mit seinem Sack voller Habseligkeiten unter dem Arm vor der »Silbernen Kanne«. Er legte die rechte Hand auf die Klinke, zögerte, nahm die Hand wieder weg und warf einen Blick hinüber zum Ribot-Haus. Dann atmete er durch, gab sich einen Ruck und trat ein. Anna, die hinter der Theke werkelte, ließ ihr Spültuch fallen und lief mit einem Juchzer in seine Arme. Lachend wirbelte er sie einmal herum und stellte sie wieder ab. »Mama«, rief sie, »der Leo ist wieder da!«

Trudel kam aus der Küche und drückte ihn stumm an sich.

»So«, sagte er schließlich, schob Trudel weg, zog seine Joppe aus und rieb sich die Hände. »Was gibt's zu tun?«

Kapitel 19
1892

Im Nebenzimmer des Café Ziegler brannte noch Licht, alle Vorhänge waren zugezogen. Mitten im Raum, genau unter dem Porzellanschirm der Hängelampe, stand ein langer Tisch, auf dem bäuchlings und splitterfasernackt eine junge Frau lag. Um sie herum saßen sieben Schwabacher Honoratioren in Weste und Anzug: Zichorienfabrikant Paul Goppelt, Drahtfabrikant Rudolf Kern, Silberschlägermeister Friedrich Knöllinger, Apotheker Adam Heim, Magistratsrat Emil Schrödel und die Mühlenbesitzer Ludwig und August Eckstein. Man traf sich seit zwei Jahren jeden dritten Freitag im Monat in immer derselben Runde zum Karteln. Als die Wanduhr achtmal schlug, ging die Tür auf, und der Letzte, der gefehlt hatte, trat ein: Fritz Ribot.

»Wird auch Zeit«, sagte der jüngere der Eckstein-Brüder und holte aus der Schublade unter dem Tisch eine weiße Kerze, die er sorgfältig zwischen die Pobacken der Nackten klemmte. Derweil mischte der Apotheker die Karten, und Fritz setzte sich auf den letzten freien Platz. Es spielten jeweils die vier vordersten Herren Schafkopf auf dem Rücken der Dame, nach sieben Partien wurde gewechselt. Das Ganze ging jedes Mal so lange, bis die Kerze niedergebrannt war, dann machten sich alle Teilnehmer der frivolen Veranstaltung brav auf den Heimweg.

Der Apotheker zündete feierlich die Kerze an, und das Spiel begann. Fritz gehörte zu den Nichtkartlern, die sich derweil unterhielten und Rheinwein tranken. Man erzählte sich die neuesten Herrenwitze, diskutierte die Lokalpolitik und ließ sich Häppchen mit Räucherforelle und Hering in Gelée schmecken. Schließlich brachte Drahtfabrikant Kern ein Thema auf, das ihn schon länger beschäftigte. »Horcht her«, sagte er, »überall in Deutschland werden seit Jahren Privatbanken gegründet. In letzter Zeit ist das eine richtige Mode geworden. Da wird verdammt viel Geld gemacht. Bloß wir in Schwabach hocken da und legen die Hände in den Schoß.«

Der alte Friedrich Knöllinger schürzte die Lippen. »Wie soll so was denn gehen, eine Bank gründen?«

»Na, ganz einfach«, erklärte Kern. »Leute mit Geld, also praktisch Männer wie wir, tun sich zusammen und gründen ein Art Verein. Jeder bringt eine Einlage in gewisser Höhe mit. Das ist die finanzielle Grundlage der Bank, zusammen mit dem Geld, das dann bald ganz viele Menschen bei dieser Bank anlegen.«

»Und der Zweck dieses ›Vereins‹ ist die gegenseitige Gewährung von Krediten, nehme ich an?« Das war Fritz, auf einem Heringshäppchen kauend.

»Ganz recht.« Kern redete sich in Schwung. »Das ist doch genial: Jeder von den, sagen wir, zehn oder fünfzehn Gründungsmitgliedern investiert, sagen wir, fünfzehntausend Mark, macht 225 000. Von diesem Grundstock zahlen wir Zinsen für die ›normalen‹ Anleger und vergeben die ersten kleinen Darlehen. Mit dem Geld der Anleger spekulieren wir und vermehren es. Wenn jetzt einer von uns einen Kredit braucht, bekommt er ihn von seiner eigenen Bank zu niedrigen Zinsen. Und die erwirtschafteten Überschüsse werden regelmäßig ausgeschüttet. Risiko: fast null!« Kern sah sich beifallheischend um.

»Stimmt schon«, meinte Paul Goppelt, der ›Muckefuckbaron‹ von Schwabach. »Wieso sollten wir unser Geld bei einer fremden Bank anlegen, wenn wir selber damit was anfangen könnten?«

»Wenn wir welches übrig haben …«, warf Fritz ein.

»Hast du wohl keines übrig?«, grinste Goppelt zurück.

Fritz fühlte sich in seiner Ehre gekränkt. »Natürlich hab ich«, sagte er beleidigt. »Aber eine Bank aufmachen, das ist nicht so einfach. Da muss sich einer schon auskennen mit Geld.«

Kern schlug mit der flachen Hand auf den Tisch. »Ja, wer soll sich denn in Schwabach besser mit Geld auskennen als wir? Ich sag euch, da sind riesige Gewinne drin! Mein Schwager Egon ist in Heidelberg seit Jahren Vorstandsmitglied einer Privatbank. Der schwimmt seitdem im Geld, und der ganze Vorstand mit. Das brummt nur so! Die geben sich gegenseitig Darlehen zu ganz anderen Bedingungen als bei normalen Banken. Da hat man tausend Möglichkeiten!«

»Klingt gar nicht schlecht«, nuschelte Knöllinger in seinen grauen Spitzbart.

»Würde uns denn dein Schwager dabei beraten?«, fragte Fritz.

Kern warf sich in die Brust. »Selbstverständlich.«

»Dann lad ihn doch einmal ein. Der soll uns erzählen, wie das funktioniert, und dann können wir uns überlegen, ob das was für uns ist.« Fritz war skeptisch, aber andererseits wusste er auch, dass Privatbanken in den letzten zehn Jahren aus dem Boden geschossen waren wie die Pilze. Und wenn die Firma irgendwann einmal Geld für eine größere Erweiterung oder teure Maschinen brauchte, dann würde mit einem Kredit bei der eigenen Bank auch noch ein Geschäft daraus. Er beschloss, darüber mit Carl zu reden, der hatte schließlich bei der Bank gearbeitet.

»Halbzeit!«, rief der Apotheker Heim. Die Nackte stand auf, räkelte sich und ging hinaus. Nach ein paar Minuten kam sie wieder, legte sich hin, und die Herren tauschten Plätze.

Vier Wochen später saß der Schwager des Drahtfabrikanten mit am Tisch und erläuterte die Vorteile einer Privatbank. Drei Monate später erfolgte die Gründung des Schwabacher »Vorschussvereins«. Mit im Vorstand bei einer Einlage von 15 000 Mark saßen sämtliche Mitglieder der pikanten Kartelrunde, dazu etliche Honoratioren der Stadt, die sich mit einer Einlage von 15 000 Mark beteiligen wollten. Das »Intelligenzblatt« brachte sofort nach der Vereinsgründung einen enthusiastischen Bericht über die neue Bank, was zur Folge hatte, dass Hunderte Schwabacher ihre Ersparnisse einzahlten. Das Unternehmen war ein voller Erfolg.

Zu den ersten Darlehensnehmern des Vorschussvereins zählte Hans Rühl. Am 16. September heirateten er und Hermine und bekamen zur Hochzeit von Hans' Onkel die Rühl'sche Goldschlägerei überschrieben. Gleich nach dem Standesamt ging das junge Paar zum Drahtfabrikanten Kern – der der Bank einen leerstehenden Kontorraum für den Publikumsverkehr zur Verfügung gestellt hatte – und nahm ein Kleindarlehen von fünfzig Mark auf, um einen ordentlichen neuen Hausstand zu gründen.

Am selben Tag um halb acht Uhr abends, während Hans und Hermine daheim eine bescheidene Feier für Freunde und Verwandte ausrichteten, sprach ein Parteifunktionär aus Leipzig im überfüllten Bärensaal vor mehr als dreihundert Zuhörern zum Thema »Die wirtschaftliche und soziale Lage und die Sozialdemokratie«. In der Menge standen Leo und Anna und ließen sich wie alle anderen zu Begeisterungsstürmen hinreißen. Das, wovon dieser Mann redete, war die Zukunft, die sie sich wünschten. Was er der herrschenden Klasse vorwarf, das fühlten auch sie. Und wie er glaubten sie daran, dass es der Partei gelingen würde, die Ungerechtigkeit abzuschaffen, unter der Millionen Arbeiter und ihre Familien litten. Liebknecht zeichnete das Bild eines idealen Staates, in dem niemand mehr Hunger leiden, niemand mehr Angst vor Krankheit oder dem Alter haben musste. In der die Besitztümer gerecht verteilt waren und alle Kinder zur Schule gehen konnten. Die Menge jubelte, Hüte flogen.

Anna und Leo hätten hinterher nicht mehr sagen können, wann es geschehen war, aber irgendwann standen sie mit leuchtenden Augen Hand in Hand da. Und am Ende der Rede, als der Schlussapplaus aufbrandete, nahm Anna all ihren Mut zusammen, schlang ihre Arme um Leos Hals und küsste ihn.

Eine Woche später bestellte Leo im Rathaus das Aufgebot.

Kapitel 20
1892

»Das Wichtigste, hören Sie, ist ein schönes großes Chefkontor im Parterre!« Fritz hatte den Architekten zur Seite genommen, nachdem die Damen gegangen waren. Man hatte den renommierten Baumeister Johann Carl kommen lassen, um mit ihm die Entwürfe für den Umbau des Ribot'schen Wohnhauses zu besprechen. Carl entstammte einer Schwabacher Architektendynastie; er war der führende Baufachmann der Stadt. Jetzt zwinkerte er Fritz verschwörerisch zu. »Weiß ich doch, keine Sorge. Sie kriegen was Ordentliches.«

Es war Zeit geworden. Die Nürnberger Straße 10 stand immer noch so da wie vor hundert Jahren. Nicht nur, dass das Haus für die große Familie längst viel zu klein war – inzwischen war das Dach baufällig geworden, die Holztreppe war so marod, dass im Winter eine Stufe durchgebrochen war, an den Außenmauern zeigten sich

Risse. Zwar hatte Carls Frau Emma unbedingt durchsetzen wollen, dass man gleich eine repräsentative Villa am Stadtrand bauen sollte, in der dann alle Platz hatten. Aber da hatte Fritz die Wut gekriegt. »Nur über meine Leiche«, hatte er gefaucht. »Ich wohn da, wo meine Fabrik ist.«

Also hatte man sich entschlossen, das Haus zu renovieren, und zwar mit allen Annehmlichkeiten: geflieste Badezimmer, Toiletten mit Wasserspülung anstatt des bisherigen Plumpsklosetts im Hof. Kachelöfen in allen Wohnstuben. Corridor-Türen aus geätztem Glas, feine Parkettböden, Stuckdecken, Eichenpaneelverkleidungen. Ein Lichthof mit Marmortreppe und schmiedeeisernem Geländer.

Sophie war selig. Endlich, endlich würden sie, Fritz und die Kinder ein Stockwerk für sich bekommen. Damit ging ihr größter Wunsch in Erfüllung. Alles würde gut sein, wenn Fritz und sie ein wenig Freiraum füreinander hätten. Das war es doch, was ihnen immer gefehlt hatte. Sie freute sich wie ein Kind auf die neuen Räume, die endlich ihr allein gehören würden.

Jetzt, im Sommer, waren die Umbauarbeiten in vollem Gang. Bis auf Käthe, die keine zehn Pferde aus ihrem Haus brachten, und die Dienstboten, die sich mit der Küche und einer Kammer im Hinterhaus behalfen, waren alle ins Hotel »Zum Schwarzen Bären« in der Ludwigstraße gezogen, wo man zunächst einmal auf drei Monate einen ganzen Trakt gemietet hatte. Rosa blieb in der Nürnberger Straße und wurde bald wahnsinnig vom beständigen Hämmern und Sägen der Arbeiter, dem Durcheinander und dem Dreck, den sie verursachten. Sie putzte und werkelte von früh bis spät und betete jeden Tag zu ihrem Herrgott, dass dies alles bald vorübergehen möge.

Eines Vormittags fuhrwerkte sie in der Küche herum, als die Tür aufging und einer der Hilfsarbeiter mit einem Eimer hereinkam. »Entschuldigung«, sagte der junge Bursche und nahm seine Kappe ab. »Könnte ich wohl heißes Wasser haben?«

Rosa drehte sich um, blinzelte – und erstarrte. Vor ihr stand der leibhaftige fünfzehnjährige Fritz! Das blonde Haar, die hellen Augen, Kinn- und Wangenpartie, die Statur, nur vielleicht ein bisschen größer! »Grundgütiger! Das gibt's doch nicht!«, rief sie entgeistert. »Wer bist denn du?«

Der junge Arbeiter stellte seinen Eimer ab, erstaunt über Rosas

Reaktion. »Ich bin der Viktor«, sagte er mit rollenden R's. »Ich helf den Maurern im dritten Stock.«

Rosa war immer noch, als sähe sie ihren Fritz als Buben vor sich. Das war ja unglaublich! Kopfschüttelnd füllte sie Wasser aus dem Wasserschiff vom Herd in den Eimer. »Da, nimm.«

Der Junge ging wieder, und Rosa ließ sich fassungslos auf der Eckbank nieder. So eine Ähnlichkeit, das konnte doch kein Zufall sein! Da musste sie doch … Sie stand auf, richtete ihre Schürze und lief, so schnell sie konnte, hinüber ins Kontor.

Zehn Minuten später kletterte Fritz die Leiter zum dritten Stock hoch. Da hinten, der Bursche mit der Maurerkelle, der sich gerade über eine Mörtelwanne bückte, das musste er sein. Lieber Gott, Rosa hatte recht gehabt! Der Junge war wirklich sein Ebenbild. Ein merkwürdiges Gefühl war das, plötzlich sich selbst in einer verjüngten Ausgabe gegenüberzustehen. Fritz war verblüfft, ja beinahe erschrocken. Er rief den Burschen an. »He, du!«

Viktor richtete sich auf.

Und da traf es Fritz wie ein Schlag! Um den Hals des Jungen, der wie die anderen angesichts der Augusthitze im Unterhemd arbeitete, baumelte ein Ring an einem Lederbändchen. Und, Gott im Himmel, Fritz kannte diesen Ring. Kreidebleich ging er auf Viktor zu und nahm den Silberreif mit dem kleinen violetten Stein zwischen Zeigefinger und Daumen. »Wo hast du den her?«, krächzte er heiser.

Viktor war verwundert. »Von meiner Mutter.«

Fritz schloss die Augen. Sascha, dachte er, meine Sascha! Das kann doch gar nicht wahr sein. Bilder tauchten in seinem Kopf auf. Sascha im Schnee, wie sie lachend einen Schneeball warf. Sascha auf dem Roten Platz mit ihrem Pelzmantel und der dicken Zobelmütze auf dem Kopf. Sascha im Park, einen Strauß Narzissen in der Hand. Sascha nackt auf der Decke unter der Trauerweide am See … Er hörte ihre Stimme: »Fedja, mein Fedja …«, hörte sie russische Koseworte murmeln …

»Ist Ihnen nicht gut?« Viktors Stimme riss Fritz aus seinen Erinnerungen. Er ließ den Ring los und schüttelte langsam den Kopf. Dann sagte er: »Komm mit.«

Sie setzten sich auf zwei hölzerne Bierkisten in einem leeren Nebenraum, wo sich Steine, Zementsäcke und Bretter stapelten.

»Erzähl mir von deiner Mutter«, sagte Fritz.

Viktors Blick verdüsterte sich. »Sie ist schon lange tot«, erwiderte er.

»Wie hieß sie?«

»Aleksandra Pawlowa. Sie war Russin.«

»Und dein Vater?«

Viktor sah Fritz forschend in die Augen. Er antwortete nicht, aber an seinem Blick erkannte Fritz, dass auch er es wusste.

»Mein Gott«, sagte er und schämte sich der Tränen nicht, die ihm übers Gesicht liefen. »Mein Gott.« Es schüttelte ihn; die Trauer kam mit einer Macht, die er niemals für möglich gehalten hatte, nach all den Jahren.

Viktor saß ihm still gegenüber und wusste gar nicht, was er sagen sollte. Auch er war überwältigt. Da saß ihm endlich der Vater gegenüber, den er so lange gesucht hatte. Der ihn zurückgewiesen hatte, als er damals hierhergekommen war. Und jetzt? Was war jetzt? Er verstand nicht.

»Warum bist zu nicht zu mir gekommen?«, fragte Fritz schließlich.

»Ich bin doch gekommen, damals, vor vier Jahren«, sagte Viktor verwundert. »Aber man hat mich fortgeschickt.«

Fritz rang um Fassung. »Hast du die ganze Zeit hier in der Stadt gelebt?«

Viktor nickte. »Im Kinderasyl. Bis ich vierzehn war. Seitdem arbeite ich auf dem Bau als Helfer. Ich wollt schon nicht herkommen, in dieses Haus, wo ich nicht willkommen bin. Aber ich hab doch nicht Nein sagen können. Der Meister hätt mich sofort hinausgeworfen.«

Fritz schluckte. »Nein, nein, Junge. Es ist gut, dass du da bist. Man hätt dich damals nicht wegschicken dürfen. Ich hab das nicht gewusst, glaub mir.«

Viktor überlegte. Dann sah er Fritz vorwurfsvoll an. »Warum hast du damals in Moskau meine Mutter nicht mitgenommen? Du hattest es versprochen!«

»Aber sie ist doch nicht gekommen!« Fritz schrie es beinahe. »Ich hab auf sie gewartet, bis es nicht länger ging!«

»Sie hat erzählt, dass sie die halbe Nacht am Nikolajeski-Bahnhof gestanden hat. Aber du bist nicht da gewesen.«

»Himmel!« Fritz fiel es wie Schuppen von den Augen. War das die Erklärung? Sie war zum falschen Bahnhof gegangen. Heilige Muttergottes, warum hatte er nicht daran gedacht? Was sollte ein behütetes russisches Mädchen, das kaum das eigene Haus verlassen durfte, von den Moskauer Bahnhöfen wissen? Sie war noch nie an einem Bahnhof gewesen. Sie hatte nicht gewusst, dass die Züge nach Westen nur vom Brestskij-Bahnhof abgingen; sie war einfach zum nächstgelegenen Bahnhof gekommen, dem Nikolajeski. Er hätte es ihr sagen müssen. Aber für ihn war es doch selbstverständlich gewesen …

»Wir haben uns verpasst«, murmelte Fritz. »So einfach war das.« Er breitete die Arme aus. »Sie war am falschen Bahnhof, Junge!« Wieder hatte er Tränen in den Augen. »Ich hab gedacht, sie hätte es sich anders überlegt und mich versetzt. Da bin ich gefahren.« Mit einem Aufseufzen vergrub er das Gesicht in den Händen. »Und ich hab mich so viele Jahre gefragt, warum.«

Viktor umschloss den kleinen Ring mit seiner Faust. »Und sie hat sich dieselbe Frage gestellt. Das ist traurig, aber ich bin froh. So hat keiner Schuld.«

Fritz atmete tief durch. »Was ist dann passiert? Du musst mir alles erzählen!«

»Mama war guter Hoffnung: Ich war unterwegs. Als mein Großvater Mischkin davon erfuhr, hat er Mama aus dem Haus gejagt. Verstoßen. Ich habe keine Tochter mehr, hat er gesagt, komm niemals wieder. Sie ist zu ihrer Tante geflüchtet, nach Sankt Petersburg, dort bin ich geboren. Sie hat mich auf die deutsche Schule geschickt, bestimmt, weil sie wollte, dass ich die Sprache meines Vaters spreche. Aber zu mir und zu allen anderen hat sie immer gesagt, mein Vater sei tot. Dann kam der schwere Winter von 1887, als viele an der Grippe starben, auch meine Tante. Im April wurde meine Mutter auch krank. Erst ging es ihr wieder besser, aber dann kam eine Lungenentzündung dazu. Als sie wusste, dass sie sterben muss, hat sie mir einen Brief gegeben. Du kannst nicht nach Moskau, sagte sie, dein Großvater würde dich nicht aufnehmen. Geh nach Deutschland, nach Schwabach, und frag dort nach der Seifensiederei Ribot. Ich hab dir nicht die Wahrheit gesagt. Dein Vater lebt, er heißt Fritz Ribot. Gib ihm den Brief, und er wird sich um dich kümmern.«

»Wo ist dieser Brief?«

Viktor hob die Hände. »Ich habe ihn nicht mehr. Ich musste ihn dieser Frau lassen, die mich dann weggeschickt hat. Sie hat gesagt, du willst mich nicht sehen.«

Was musste er hier erfahren? War das Sophie gewesen? »Eine junge, blonde Frau, schlank und hübsch?«

»Nein«, wehrte Viktor ab. »Eine ältere, mit grauem Haar. Die, die unten im ersten Stock im kleinen Zimmer wohnt. Ich hab mich vor ihr versteckt, damit sie mich nicht sieht. Ich wollte doch nicht wieder fortgeschickt werden, da hätt ich doch meine Arbeit verloren.«

Fritz war fassungslos. Es gab keinen Zweifel. Seine eigene Mutter! Sie hatte ihm alles verschwiegen, sie hatte seinen Sohn vertrieben! Er spürte, wie der Zorn ihn packte. Dazu hatte sie kein Recht gehabt! Er sah Viktor an, wie er da auf seinem Bierkasten saß, genauso fassungslos wie er selbst. »Kann ich jetzt bei dir bleiben?«, fragte der Junge leise.

Fritz schluckte. Ein Sohn, dachte er, ich habe einen Sohn! Der Zorn verebbte, und an seiner Stelle spürte Fritz ein unbändiges Glücksgefühl in sich aufsteigen, das ihn wie eine Woge erfasste. Er stand auf, zog Viktor hoch, und dann fielen sich die beiden in die Arme.

Schließlich schickte Fritz seinen neugewonnenen Sohn nach Hause. »Ich regle das mit deinem Meister. Aber ich will nicht, dass du gesehen wirst. Ich muss erst mit der Familie reden, Bub. Das ist nicht so einfach.«

»Was werden sie sagen?«, fragte Viktor ängstlich.

Fritz hob die Hände. »Ich weiß es nicht. Aber du musst dir keine Sorgen machen. Ich lass dich nicht im Stich. Ich werde eine Lösung finden. Du bekommst Nachricht von mir, wenn es so weit ist. Vertrau mir.«

Der Junge nickte und ging.

Langsam ließ sich Fritz zurück auf die Holzkiste sinken. In seinem Kopf überschlugen sich die Gedanken.

Kapitel 21
1892

Zwei Tage später kam die Familie bei Carl und Emma in der »Alten Farb« zusammen. Die beiden hatten zum sonntäglichen Gabelfrühstück eingeladen, das war ungewöhnlich. Keiner wusste, warum, aber alle vermuteten, dass die beiden angesichts der großen Renovierung nun ähnliche Forderungen für ihre Wohnung stellen wollten. Fritz war geneigt, ihnen eine Summe zur Verfügung zu stellen. Die »Alte Farb« war zwar nicht baufällig, aber Bruder und Schwägerin sollten bei der Sache auch nicht zu kurz kommen. Sonst hätte Carl bei seiner anspruchsvollen Frau keine ruhige Minute mehr.

Und Fritz hatte sich noch mehr vorgenommen. Das Frühstück war die Gelegenheit, der Familie zu offenbaren, dass er einen Sohn hatte. Eigentlich hatte er vorher mit Sophie allein reden wollen, aber gestern Abend, als sie in ihrem Zimmer im »Bären« endlich alleine waren, war Tilly mit Bauchweh zu ihnen gekommen und hatte im »Gräbele« schlafen dürfen. Da war es nichts gewesen mit einem Gespräch. Und am Morgen waren alle gemeinsam in die Nürnberger Straße spaziert, da hatte sich auch keine Möglichkeit mehr ergeben. Trotzdem wollte Fritz die Sache heute unbedingt hinter sich bringen. Das war er Viktor schuldig. Es würde schon gutgehen …

Beim Frühstück hatte man noch über belanglose Dinge gesprochen. Hinterher, nachdem die beiden Mädchen in den kleinen Garten am Schwabachufer zum Spielen gegangen waren, gab es Likör und Cognac für die Erwachsenen. Carl hob sein Glas und zwirbelte seinen Schnauzbart noch ein wenig spitzer. »Geschätzte Verwandtschaft«, sagte er mit breitem Grinsen, »ich möchte euch eine wunderbare Neuigkeit verkünden: Emma und ich, wir werden Eltern!«

Käthe erhob sich und nahm die werdende Mutter in die Arme. »Ich gratulier euch«, sagte sie. Die anderen schlossen sich mit Umarmungen und Wangenküssen an.

»Auf dass alles gutgeht und ein gesunder, munterer kleiner Ribot herauskommt«, rief Konrad und trank seinen Cognac in einem Zug aus. »Und, na ja, eigentlich wollten wir mit der Nachricht noch ein bisschen warten, aber weil wir schon dabei sind: Bei der Gusti und mir wird's auch bald Nachwuchs geben.«

Ein fröhliches Durcheinander hob an. Die Frauen lagen sich in den Armen, die Herren schenkten sich noch mehr Cognac ein. Fritz nippte nur an seinem. Ob es gut war, jetzt etwas zu sagen? Andererseits: Die Stimmung war so gelöst und fröhlich, da war der Zeitpunkt vielleicht genau richtig. Er zögerte noch eine Weile, aber als alle dann wieder um den Tisch saßen, fasste er sich ein Herz, nahm das Messer und klopfte gegen sein Wasserglas. »Ja also«, begann er, »ich hätte da auch noch etwas mit euch zu besprechen.«

»Hört, hört«, grinste Carl, »jetzt kommt der Onkel Fritz dran!«

Fritz legte alle zehn Fingerspitzen aneinander und tat einen tiefen Atemzug. »Ich muss euch etwas sagen, was ich auch erst vor zwei Tagen erfahren hab. Etwas sehr Wichtiges.« Er räusperte sich.

»Kaiser Wilhelm wäscht sich mit unserer Ray-Seife!«, mutmaßte Konrad und bekam einen Klaps von Gusti.

Fritz blieb ernst. Er suchte nach den Worten der kleinen Rede, die er im Kopf vorbereitet hatte, aber dann sagte er nur ganz einfach: »Ich habe einen Sohn.«

Aus Sophies Kehle kam ein kleiner Laut. Fritz nahm ihre Hand und drückte sie fest.

»Ihr wisst alle, dass ich vor vielen Jahren in Moskau war«, fuhr er stockend fort. »Na ja, ich hab dort nicht nur gearbeitet. Ich hatte da … Da war ein junges Mädchen, Sascha. Sie und ich … wir wurden ein Paar. Wir wollten heiraten. Als ich zum Militärdienst eingezogen wurde, wollte ich sie als meine Braut mit nach Hause nehmen. Da gab es ein … Missverständnis … sie kam nicht zum Bahnhof, und ich fuhr allein. Ich glaubte, sie hätte es sich anders überlegt. Ich hab nie wieder von ihr gehört.«

Sophie blickte starr auf die weiße Tischdecke. »Das war lange bevor ich dich kennenlernte«, sagte er zu ihr. Dann wieder zu allen: »Ich hab das euch gegenüber nie erwähnt. Es war eine abgeschlossene Sache für mich. Was ich all die Jahre nicht gewusst habe: Sascha war schwanger. Sie brachte ein Kind zur Welt, einen Sohn.«

»Und diesen Sohn hat sie, als sie im Sterben lag, zu mir geschickt.« Fritz richtete seinen Blick auf Käthe, die ihm nicht in die Augen sehen konnte. »Er stand vor vier Jahren schon vor meiner Tür, aber du, Mutter, hast ihn verjagt. Jetzt habe ich ihn getroffen. Er heißt Viktor und ist heute fünfzehn Jahre alt. Wenn ihr einverstanden seid, möchte ich so schnell wie möglich die Vaterschaft anerkennen und ihn in die Familie aufnehmen.« Schweißtropfen glitzerten auf Fritz' Stirn.

Sophie fuhr von ihrem Platz hoch, drückte mit einem Aufschluchzen die Serviette vor den Mund und lief mit wehenden Röcken aus dem Zimmer. Gusti folgte ihr.

Auf den Raum hatte sich eine lähmende Stille herabgesenkt. Fritz kippte seinen Cognac und tupfte sich mit dem Schnupftuch den Schweiß ab. Emma stieß Carl mit dem Ellbogen in die Seite. Konrad und Gusti saßen mit schockierten Gesichtern da, Käthes Lippen waren zu einem schmalen Strich geworden. Eine Zeitlang sagte niemand ein Wort.

Dann drosch Carl plötzlich mit der Faust auf den Tisch. »Ja, bist du denn von allen guten Geistern verlassen?«, rief er. »Das ist doch ein Erbschleicher! Ha, und du gehst dem auf den Leim!«

»Wer sagt denn, dass das dein Sohn ist«, zischte Emma. »Vielleicht hat die ja noch andere Männer gehabt, und der ist ein Kuckuckskind!«

»Genau, ein Betrüger!«, pflichtete Konrad bei. »Der will doch bloß unser Geld!«

»Das stimmt nicht!« Fritz war entsetzt.

»Hat der denn Beweise?«, wollte Konrad wissen.

Fritz senkte den Kopf. »Nur seine Ähnlichkeit mit mir. Und dass er Dinge weiß, die er nur von Sascha wissen kann.«

»Das hat keinen juristischen Bestand!«, ereiferte sich Carl.

Dass seine Brüder so reagierten, hatte Fritz nicht erwartet. Sophie, ja, die musste sich erst einmal fassen. Aber die anderen?

»Wer weiß, was das für einer ist!«, sagte Emma gehässig. »So ein dahergelaufener Russe! Und der will sich jetzt in unsere Familie einschleichen!«

»Das hab ich mir auch gedacht, als der Bub damals zu mir gekommen ist«, sagte Käthe. »Das ist doch ein Fremder, Fritz! Selbst wenn der wirklich das Ergebnis deiner Liebschaft sein sollte, was niemand weiß. Der gehört doch nicht zu uns.«

»Das ist kein Fremder«, brauste Fritz auf. »Das ist mein Sohn! Und du hattest das nicht zu entscheiden, Mutter!«

Käthes Miene wurde eisig. »Ich hab's nur gut gemeint!«, erwiderte sie. »Ich wollte nicht, dass unser Familienzusammenhalt durch einen Eindringling auf die Probe gestellt wird. Ich hab den Brief zerrissen, jawohl. Du hast von dem nichts gewusst, und warst die ganze Zeit glücklich und zufrieden, oder nicht? Du bist verheiratet und hast zwei Töchter! Deiner Frau ging es damals schlecht. Da hätt ich diesen … Russen … zu dir lassen sollen?«

»Ganz genau!«, fauchte Fritz aufgebracht.

Gusti kam wieder herein. »Die Sophie ist im Schlafzimmer und weint.«

Fritz machte Anstalten, aufzustehen, aber Gusti hielt ihn zurück. »Lass sie eine Weile allein, Schwager. Sie muss sich erst wieder fassen. Schau, sie leidet doch so darunter, dass sie dir keinen Sohn hat schenken können. Und jetzt das.«

»Das kannst du deiner Frau nicht antun, dass du einen fremden Bankert als Sohn ins Haus nimmst!« Carl hatte einen hochroten Kopf bekommen. »Wie hast du dir das überhaupt vorgestellt?«

»Du hast doch bloß Angst, dass dein Kind dann weniger erbt!«, sagte Konrad. »Und dass für euch weniger bleibt.«

»Ach, und du?« Emma kniff die Augen zusammen. »Bei dir ist das wohl anders?«

Gusti holte Luft. »Ihr seid gemein!«

Käthe stand auf. »Schluss jetzt! Siehst du, Fritz, was dieser Fremde anrichtet? Streit und Unfrieden in der Familie. So was war noch nie da. Und der ist eine Bedrohung für die Firma. Alles, was wir uns aufgebaut haben, richtet der zugrunde! Das kann alles nicht dein Ernst sein!«

»Ich weiß, es ist nicht leicht«, sagte Fritz. »Aber es muss sich doch eine Lösung finden lassen.«

Emma flüsterte Carl etwas ins Ohr. Der stand ebenfalls auf. »Wenn du den als Sohn annimmst und womöglich auch noch testamentarisch als Erben einsetzt, dann fecht ich alles an. Dann soll der erst einmal beweisen, wer er ist. Das gibt einen Prozess, den die ganze Stadt mitbekommt!«

Konrad legte Fritz die Hand auf die Schulter. »Fritz, ich fürchte, da muss ich mich Carl anschließen. Menschenskind, überleg doch! Das würde alles zerstören. Es war doch gut bisher. Alle haben sich verstanden, wir drei führen die Firma gemeinsam, und wie erfolgreich, das weißt du selber am besten! Willst du das alles aufs Spiel setzen?«

Fritz hielt es jetzt auch nicht mehr auf seinem Stuhl. Wie ein Tier im Käfig lief er mit auf dem Rücken verschränkten Händen vor den Fenstern auf und ab. »Ja, versteht mich denn hier keiner?«, rief er verzweifelt. »Kann sich keiner in mich hineinversetzen? Da geht es um meinen Sohn! Denn das ist er: mein einziger Sohn! Einen andern werde ich nicht mehr haben. Ihr könnt euch das nicht vorstellen, wie es ist, wenn man nur Töchter hat und eine Frau, die nicht mehr gebären kann.«

Gusti versuchte, Fritz ein Zeichen zu geben, aber er redete weiter. »Ich hab damals schon die einzige Frau verloren, die ich wirklich geliebt habe! Jetzt will ich nicht auch noch meinen Sohn verlieren!«

Im selben Augenblick sah er Sophie an der Tür stehen. In ihrem Gesicht lag ein Ausdruck unsäglichen Entsetzens – sie hatte alles gehört. Ihre Augen waren geweitet, die Lippen geöffnet zu einem lautlosen Schrei, der nicht aus ihrer Kehle wollte. Ihre Hand krampfte sich so fest um die Klinke, dass die Knöchel weiß hervortraten. Wortlos drehte sie sich um, trat einen Schritt in den Gang hinaus, wankte und sackte dann ohnmächtig zusammen.

Kapitel 22

Aus den Lebenserinnerungen von Fritz Ribot, begonnen 1921

Ich kämpfte mit mir. Ich zermarterte mir das Hirn nach einer Lösung. Sophie, die arme Sophie, die mit angehört hatte, was ich nie hätte sagen sollen, zog aus unserem Schlafzimmer aus und schlief bei den Mädchen. Ich tat alles, um sie zu versöhnen. Ich sagte: »Das war doch nicht so gemeint. Ich hab's halt so dahingesagt. Sie war eine Jugendliebe, die vergisst man halt nicht.« Aber kein Wort hat sie mir geglaubt.

Meine Brüder verhielten sich in den nächsten Tagen mir gegenüber

so feindselig, wie ich es nie für möglich gehalten hatte. Kam ich ins Kontor, ging Carl, und Konrad tat so, als sei er mit hochwichtigen Dingen beschäftigt. Bei Tisch redeten wir nicht. Mutter lief mit Leichenbittermiene herum, Emma beschoss mich mit giftigen Blicken. Ich kam mir vor wie ein Aussätziger. Nur Gusti sah mich wenigstens noch mitleidig an, wofür ich ihr dankbar war.
Schließlich fuhr ich nach Nürnberg zu Lisette und Eduard, der mir stets ein väterlicher Freund gewesen war. Von ihm erhoffte ich mir Rat. Er hörte sich alles an, dachte lange nach, wie es seine Art ist, und sagte dann: »Fritz, ihr lebt alle unter einem Dach. Willst du den Zusammenhalt in der Familie wirklich aufs Spiel setzen, indem du diesen Jungen ins Haus nimmst? Willst du Unfrieden auf Jahre hinaus? Und es ist ja nicht nur das Private, du musst ja auch ans Geschäft denken. Wenn deine Brüder ihre Drohungen wahrmachen – das würde die Firma Ribot womöglich ruinieren. Vielleicht noch nicht gleich, aber im Erbfall …« Und Lisette mahnte: »Was ist mit Sophie? Wie ginge es in eurer Ehe weiter? Ihr habt zwei Kinder, was würden die denken?« Ich wusste keine Antwort. Schließlich meinte sie mit bitterem Unterton: »Ja, Fritz, manchmal muss man im Leben seine eigenen Wünsche hintanstellen.« Ich verstand sehr wohl, was sie damit sagen wollte. Sie hatte auf Druck der Familie einen ungeliebten Mann heiraten müssen. Plötzlich fühlte ich mich schuldig, weil ich ihr damals nicht geholfen hatte, sondern wie die anderen hart geblieben war. Ich wollte ihre Hand drücken, aber sie entzog sie mir. Was sie nach langem Schweigen dann sagte, überzeugte mich schließlich. »Fritz«, sagte sie, »du bist mein Bruder. Glaube mir, du würdest dich und alle anderen unglücklich machen, wenn du deinen Kopf durchsetzt. Sorg für den Jungen, wenn du willst. Gib ihm Geld, schick ihn irgendwohin, unterstütz ihn in seinem weiteren Leben. Aber nimm ihn nicht zu dir.«
Ich fuhr wieder heim und war todtraurig. Die Entscheidung schmerzte, aber es war wohl das Beste so.
Also suchte ich Viktor auf, er wohnte als Schlafgänger in einem winzigen Kämmerchen in der Glockengießergasse. Ich redete mit ihm. Ich versprach, mich immer um ihn zu kümmern, und dass ich ihn wie einen Sohn lieben würde. Aber dass es unmöglich sei, ihn zu mir zu nehmen. »Ich kann dir alles ermöglichen«, sagte ich. »Ich

habe schon mit einer Privatschule im Schwarzwald telegraphiert. Dort gehst du hin und bekommst eine erstklassige Ausbildung.«

Mein Sohn sollte kein Hilfsmaurer sein! Sankt Blasien hatte einen hervorragenden Ruf. Wer dort seinen Schulabschluss machte, der hatte eine Karriere vor sich.

Es zerriss mir das Herz, Viktors enttäuschte Augen zu sehen. »Ich verstehe«, sagte er nur leise. Aber ich konnte doch nicht anders entscheiden! Ich bin ein streitbarer Geschäftsmann, ich kann mit jedem hart verhandeln und bin gewohnt, am Ende Sieger zu bleiben. Aber wenn es ums Private geht – da bin ich unbeholfen und kann mich nicht durchsetzen. Da gebe ich einfach auf. So bin ich, und ich bin nicht stolz darauf.

Jedenfalls brachte ich Viktor, nachdem ich ihn mit allem ausgestattet hatte, was er brauchte, einen Monat später zum Zug. Wir versprachen, uns regelmäßig zu schreiben. Der Abschied war für mich das Schlimmste, aber ich sagte mir, dass dies das einzige Richtige war.

Kapitel 23

Dear diary,

jetzt weiß ich es endgültig: Meine Ehe war von Anfang an eine Lüge. Vielleicht war es das, was ich immer gespürt habe. Für Fritz war ich nur ein Lückenbüßer, eine Ersatzlösung. Er hat immer nur diese Russin geliebt. Und dann hat sie ihm auch noch einen Sohn geschenkt, nach all den Jahren. Denn ja, ich glaube ihm, dass dieser Junge von ihm ist. Wir haben viel miteinander gesprochen seitdem, und er sagt, es tut ihm unendlich leid. Er hat diesen Sohn sogar weggeschickt, für mich – sagt er. Aber das stimmt nicht. Das hat er für den Familienfrieden getan und für die Firma.

Ich weine viel und lausche in mich hinein. Was fühle ich? Von meiner Liebe zu Fritz ist nichts mehr übrig. Er hat mich zu sehr enttäuscht. Ich rede mit ihm, ich esse mit ihm, ich tue nach außen hin so, als sei ich seine Frau, aber ich bin es nicht mehr. Vielleicht war ich es nie. Er ist froh, wenn ich ihm keine Unannehmlichkeiten bereite. Inzwischen vermeiden wir jedes schwierige Thema, sprechen nur noch über Oberflächlichkeiten. Als wir letzte Woche in das fertig umgebaute Haus eingezogen sind – wie hatte ich mich darauf gefreut? –, habe ich meine Sachen in die Kammer neben dem Mädchenzimmer bringen lassen. Ich kehre nicht ins Ehebett zurück. Fritz hat das akzeptiert, und was die anderen sagen, ist mir gleich. Den Mädchen haben wir erzählt, es sei, weil ihr Papa so laut schnarcht. Sie sind arglos.

Alle gehen befangen miteinander um. Fritz' Mutter und seine Brüder haben bekommen, was sie wollen, aber dennoch bleibt die Stimmung im Haus düster, obwohl es doch jetzt durch den Lichthof so viel heller ist. Die schöne Harmonie, auf die alle immer so stolz waren, ist dahin. In der Familie ist ein Riss entstanden, der so schnell nicht mehr zuwächst. Einzig die Mädchen und Gusti machen mein Leben erträglich, und vielleicht noch Rosa, die immer noch unermüdlich ihren Dienst tut und die gute Seele des Hauses ist.

Emma und Gusti bekommen in ein paar Monaten bestimmt Söhne – sie haben beide spitze Bäuche, und dann wird es ein Junge, sagt meine Schwiegermutter. Carl und Konrad triumphieren, weil Fritz nur Mädchen hat, die mit einer Mitgift ausbezahlt werden können, und dann gehört die Firma ihren Nachkommen. Fritz hat jedenfalls hoch und heilig versprochen, seinen Sohn nicht offiziell anzuerkennen und ihm auch erbrechtlich keinen Anteil an der Firma zu sichern. Alles um des lieben Friedens willen. Er ist in die Knie gegangen vor der Gier seiner Brüder.

Liebes Tagebuch, und noch etwas muss ich dir anvertrauen: Leo ist wieder in der Stadt. Als ob das allein nicht genügen würde, mich zu quälen, hat er auch noch die »Silberne Kanne« als Wirt übernommen. Er hat die Tochter des unglücklichen Beck geheiratet, der im letzten Jahr seinen Arm verloren hat. Und noch mehr: Die beiden haben vor zwei Tagen ein kleines Mädchen bekommen. Es tut mir weh, aber dennoch wünsche ich Leo Glück mit seiner jungen Frau. Auch wenn er mich verlassen hat – wir haben beide mit unserer Geschichte einen Fehler gemacht.

Und als ob dies alles nicht genug wäre an Kindersegen – heute morgen habe ich Lisettes jungen Goldschläger gesehen. Er ging Arm in Arm mit einer jungen Frau über den Marktplatz, und sie schob einen Kinderwagen. Arme Lisette, auch sie ist unglücklich in ihrer Ehe, und sie wartet bisher vergeblich auf eine Schwangerschaft. Ich bin also nicht die Einzige, die leidet.

Am liebsten würde ich weit, weit weggehen.

Kapitel 24
1893

»Ich komme nicht mit zur Taufe«, sagte Sophie. »Es geht mir nicht gut.« Sie hatte Hut und Handschuhe schon wieder abgelegt und ließ sich auf das Chaiselongue sinken. Ihr Gesicht war noch blasser als sonst.

Fritz sah nervös auf seine goldene Taschenuhr. »Das kannst du doch nicht machen. Sie werden das missverstehen, das weißt du. Und die Leute …«

»Ja, ich weiß, die Leute.« Sophie schloss die Augen. »Fritz, ich schaff das nicht. Mir ist schon den ganzen Morgen schwindlig.«

»Weil du nie etwas isst.« Er läutete, und das Dienstmädchen erschien.

»Bringen Sie meiner Frau einen Zwieback, Elli. Und ein Gläschen Melissengeist.«

Folgsam aß Sophie den Zwieback und trank dazu den verdünnten Kräuterschnaps, der in der Familie als Allheilmittel hochgeschätzt wurde. Tatsächlich nahmen ihre Wangen etwas Farbe an. »Also«, sagte Fritz, »jetzt geht's doch!«

Man fuhr vierspännig zur Stadtkirche, wo für die Ribots die ersten beiden Kirchenbänke reserviert waren. Sophie war froh, Lisette neben sich zu haben, die auf gewisse Art ihre Leidensgenossin war.

Sie und Eduard hatten immer noch keine Kinder. Sophie sah, wie Lisette wässrige Augen bekam, als man die beiden Säuglinge über den Taufstein hielt: Emma und Carl hatten eine Tochter bekommen, ein putziges schwarzhaariges Püppchen, und Gusti und Konrad waren drei Wochen später glückliche Eltern eines Söhnchens geworden. Mary und Eugen.

Nach der Kirche wurde im Ribot-Haus Kaffee getrunken; Gustis Wohnzimmer im zweiten Stock war ein Meer von Blumen, halb Schwabach hatte gratuliert. »Zum ›Thronerben‹«, wie Carl säuerlich anmerkte, dessen Frau deutlich kleinere Blumengebinde erhalten hatte.

Sophie saß vor einem Bukett mit roten Nelken, deren süßlicher Duft ihr unangenehm in die Nase stieg. Sie versuchte ja, fröhlich zu sein. Sie plauderte mit dem Pfarrer, der ihr gegenüber ein Stück Torte nach der anderen vertilgte, schenkte Tee nach, reichte Petits Fours weiter. Sie trug sogar erst Mary und dann Eugen in ihren hübschen weißen Taufkleidchen herum. Fritz, der beobachtet hatte, wie liebevoll sie mit den beiden umging, drückte ihr hinterher die Hand. »Du machst das wunderbar«, flüsterte er ihr zu. »Siehst du, es war doch gar nicht so schlimm.«

Später brachte Rosa die Kleinen ins Nebenzimmer zum Schlafen. Sie sah traurig aus, fand Fritz, aber das war schließlich kein Wunder. Man hatte ihr zu verstehen gegeben, dass sie für den neuen Nachwuchs nicht mehr die Aufgabe des Kindermädchens übernehmen würde. Bei Emma und Carl war schon eine »Nanny« mit besten Referenzen aus Nürnberg eingezogen, und Gusti hatte ein junges Mädchen engagiert, das ihr die Gattin des Bürgermeisters empfohlen hatte. Natürlich tut der Rosa das weh, dachte Fritz. Sie hat uns alle großgezogen. Aber mit über sechzig ist man halt schon ein bisschen alt für die Kinderaufzucht. Und dass sich die Rosa nicht mehr so leichttut, das merkt man schon lang. Die Zeit bleibt halt nicht stehen, und wir werden alle nicht jünger.

»Ach übrigens, lieber Ribot«, riss ihn der Drahtfabrikant Hüttlinger aus seinen Gedanken. »Man hört, Sie haben eine neue famose Dampfmaschine angeschafft, stimmt das?«

Fritz warf sich in die Brust. »Die größte Dampfmaschine Schwabachs mit 25 PS«, bestätigte er. »Von der MAN in Nürnberg gebaut. Die treibt einen leistungsstarken Schuckert-Gleichstromdynamo an.«

»Respekt«, sagte der alte Michael Staedtler, der sich mit einer Zigarre in der Hand dazugesellt hatte. »Sind Sie damit zufrieden? Ich denke auch gerade über Neuanschaffungen nach.«

»Phänomenal«, lächelte Fritz. »Das vergrößert unsere Produktionskapazitäten ungemein. Sehen Sie, wir liefern inzwischen nach ganz Europa, sogar nach Frankreich! Die Schwalbenseife und die Ray-Seife werden in Millionenstückzahlen verkauft.«

»Nicht so viel wie meine Nadeln«, schmunzelte Staedtler und streichelte zufrieden über seinen dichten weißen Rauschebart. »Aber man muss Ihnen schon zu Ihrem Erfolg gratulieren, mein Lieber. Schließlich ist die Firma Ribot inzwischen einer der größten Seifenproduzenten Deutschlands. Chapeau!«

Fritz wurde gleich ein paar Zentimeter größer. Ein solches Kompliment vom bedeutendsten Fabrikanten der Stadt!

»Und Freimaurer sind Sie auch kürzlich geworden«, stellte Hüttlinger fest.

»Nun ja, die Loge ›Zu den drei Pfeilen‹ in Nürnberg hat mir die Mitgliedschaft angetragen. Da sagt man nicht Nein.«

In diesem Augenblick kam ein kleiner Schrei vom Damentisch. Die Männer drehten sich um – gerade noch rechtzeitig, um zuzusehen, wie sich Sophie über ihrem Teller erbrach. Fritz lief zu ihr und hielt ihr eine Serviette unter. Dann nahmen er und der Pfarrer Sophie hoch und stützten sie beim Hinausgehen.

»Das kann nicht so weitergehen«, sagte Fritz, als er nach der Feier an Sophies Bett kam. »Wir müssen etwas gegen deine angegriffenen Nerven tun.«

Sophie fühlte sich nur elend. »Ich hab einfach die Charlotte russe nicht vertragen«, flüsterte sie. »Zu viel Sahne.«

»Ach was«, erwiderte Fritz. »Das sind die Nerven.« Er setzt sich zu ihr aufs Bett und meinte, schon etwas milder: »Schau, Sophie, das geht jetzt schon viel zu lange so. Du isst nichts, du verträgst nichts. Sieh dich doch an, du bist nur noch Haut und Knochen. Und das kommt alles vom Gemüt her, glaub mir.« Er seufzte schwer. Sie tat ihm leid.

Sophie fing an zu weinen. »Ich kann doch nichts dafür«, schluchzte sie. »Ich wollt, es wär anders mit mir … mit uns … mit allem. Mir ist, als würde ich in einem schwarzen Loch hocken, aus dem ich nicht herauskomme. Alles ist bleiern. Manchmal denk ich …«

Er nahm sie in die Arme und wiegte sie. »Sophie, ich hab vorhin mit dem Doktor Lochner gesprochen. Er meint, eine Kur wäre gut. Die Bäder damals in Nürnberg haben dir doch auch wohlgetan. Er hat einen Kollegen in Cannstatt, der auf solche Fälle spezialisiert ist, zu dem könnte er dich schicken. Was sagst du, hm?«

Sie wischte sich die Tränen von der Wange. »Kann ich denn die Mädchen alleine lassen?«

»Das Käthchen geht sowieso ab Mai ins Pensionat nach Ansbach, und um die Tilly kümmern sich die Rosa und die Gusti. Außerdem ist die Tilly doch jetzt schon ganz vernarrt in die zwei Winzlinge, mit denen hat sie nach der Schule ihre Ablenkung.«

Sophie versuchte ein Lächeln. »Wenn du meinst. Vielleicht wäre das wirklich das Beste. Ach Fritz, ich wollt so gern, dass alles wieder gut wird.«

Er küsste sie auf die Wange. »Das wird schon wieder«, sagte er. »Ich lasse den Doktor Lochner alles in die Wege leiten.«

Zwei Wochen später begann Sophie eine Kur in Cannstatt.

Kapitel 25

Cannstatt, 5. Mai 1893

Mein lieber Fritz, liebstes Käthchen und Tilly!

Hier in Cannstatt ist der herrlichste Frühling. Alles grünt und blüht, der Kurpark ist ein einziges Blumenmeer. Da geht einem das Herz auf, auch wenn man traurig ist.

Ich wohne in einer hübschen Villa in der Nähe der Wilhelmina, die einer Witwe gehört, Frau Mühlhäuser. Sie vermietet Zimmer für

Kurgäste und verwöhnt mich nach allen Regeln der Kunst. Außer mir wohnen hier noch eine ältere Dame, Frau Oberst Witt, die es an den Nieren hat, und ein sehr dicker Herr namens Müller-Klopp, der eine Art Hungerkur macht. Die Villa allein ist schon ein Ort der Erholung, sie ist im Zuckerbäcker-Stil erbaut, strahlend weiß, und umgeben von einem Garten voller Rosen. Ich habe ein Zimmer mit Balkon, Blümchentapeten, Blümchenvorhängen, Blümchenkissen, alles ist rosa – in deiner Lieblingsfarbe, Tilly. Hier würde es dir gut gefallen, meine Süße.

Jeden Morgen nach einem üppigen Frühstück mit Eiern und Schinken und Marmelade spaziere ich hinüber zum Kurhaus, um brav meinen Sauerbrunnen zu trinken. Danach geht es in die Ordination zu Doktor Werle, der mich wiegt (und dabei jedes Mal missbilligend mit der Zunge schnalzt, weil ich, so sagt er, leichter bin als ein Floh). Ich muss Lebertran und ähnliche furchtbare Dinge schlucken, die den Appetit anregen sollen. Anschließend gibt es kalte Güsse, heiße Wickel, Kräuterbäder und Massagen. Mittags esse ich im Kurhaus – eigentlich würde mir etwas Leichtes genügen, aber der Doktor hat dicke Fleischsuppen, Grießbrei und Aufläufe angeordnet. Ich esse, so viel ich kann, denn, meine Lieben, ich will ja gern so schnell wie möglich wieder gesund werden.

Nachmittags wieder Sauerbrunnen, Spaziergänge im Kurpark oder dem schönen botanischen Garten der »Wilhelmina«, ein Schläfchen dick eingepackt im Liegestuhl, Tee (Kaffee ist verboten) mit Kuchen, danach Bewegungsübungen bei Fräulein Thiele. Das ist lustig, wir sind sieben Damen, stellen uns im Kreis auf, in dessen Mitte das Fräulein steht. Sie macht vor, wir machen nach: Arme hochheben, Hände kreisen lassen, mit dem Kopf rollen, das nennt sich Gymnastik und soll sehr gesund sein.

Abends dann ein üppiges Menü bei Frau Mühlhäuser mit Spätzle, Sauerbraten und anderen schwäbischen Spezialitäten. Natürlich habe ich immer noch keinen Hunger, aber ich versuche trotzdem zu essen, denn Doktor Werle sagt, ich darf erst wieder nach Hause, wenn ich dick bin wie eine Trudelmadam. Um acht Uhr abends nehme ich meine Nachtmedizin und sinke dann schwer wie ein Walfisch ins Bett.

Lieber Fritz, du siehst, ich gebe mir Mühe. Und ihr, liebe Mädchen, ich vermisse euch ganz schrecklich. Ich hoffe, Käthchen, dass es dir im Pensionat gut gefällt, und Tilly, dass du recht brav bist und immer schön der Rosa und deiner Tante Gusti folgst.

Ich küsse euch alle,

Eure euch liebende Mama

Kapitel 26
1893

Fritz war unendlich erleichtert, dass seine Frau der Kur zugestimmt hatte. Jetzt lag alles in den Händen der Ärzte, und die würden schon tun, was gut für Sophie war. Er selber war mit seinem Latein am Ende gewesen. Schuldig hatte er sich gefühlt. Immer wieder hatte er versucht, mit ihr zu reden. »Was soll ich mit Viktor machen?«, hatte er sie gefragt. »Ich bin doch nicht wichtig«, hatte sie geantwortet, »was fragst du mich? Er ist dein Sohn von deiner großen Liebe, es ist dein Leben und deine Firma. Dann ist es auch deine Entscheidung!« Wochenlang war Fritz herumgelaufen wie ein geprügelter Hund. Und obwohl er schließlich von Viktor gelassen und ihn weit fortgeschickt hatte, war sie ihm gegenüber kalt und abweisend geblieben. Das war keine Bösartigkeit – wie sehr sie selber unter all dem litt, konnte jeder sehen. Sie wurde ja täglich weniger. Aber sie konnte eben auch nicht aus ihrer Haut. Fritz hatte es nur noch schwer ertragen, ihr Anblick war für ihn ein einziger Vorwurf. Jetzt würden, Gott sei Dank, die Ärzte helfen.

Die Kinder kamen entgegen allen Befürchtungen gut mit der Situation zurecht. Käthchen war bald nach Abreise ihrer Mutter nach Ansbach gezogen. Sie lebte sich offenbar recht gut in ihrer neuen Umgebung ein; das Mädchenpensionat der Schwestern Dubellier genoss ja auch einen ausgezeichneten Ruf. Käthchen würde dort bestens auf ein Leben als Dame vorbereitet. Vornehme Manieren, Sinn für Eleganz, gewandte Konversation, ja sogar Französisch, all das würde sie laut Stundenplan im Pensionat lernen. Tilly, die vormittags noch in die Mädchenschule in der Friedrichstraße ging, fühlte sich bei Gusti und Rosa augenscheinlich wohl und spielte wie eine begeisterte Puppenmama täglich stundenlang mit den beiden Säuglingen. Fritz sah sie nur beim Abendessen und an den Sonntagen, wo sie zusammen ausritten – Fritz auf einer seiner Orlow-Stuten und die Kleine auf ihrem dicken Pony hinterdrein.

Die Arbeit für den Vorschussverein – er war dort Kassenprüfer – erledigte Fritz an den Abenden. Die Bankgeschäfte machten ihm Vergnügen, oft saß er noch bis spät in die Nacht im neuen Kontor, brütete über Wechseln und Auszügen und entschied über die Kreditwürdigkeit des einen oder anderen Kunden. Manchmal hätte er gern seinen Bruder Carl um Rat gefragt, doch der verbrachte seine Abende ganz anders. Jeden Mittwoch fuhr er mit der Eisenbahn nach Nürnberg, um dort in einer Runde, über die er nicht viel sprach, zu speisen und irgendwelchen Vergnügungen zu frönen. Dann war er erst am Donnerstagmittag wieder im Geschäft. Freitags ging es zusammen mit Emma ebenfalls nach Nürnberg, ins Opernhaus oder einfach nur zum Diner mit Freunden, die er in Schwabach noch nie vorgestellt hatte. Und an mindestens einem Wochenende im Monat fuhr das Paar nach München, um, so sagte Emma, wenigstens ein bisschen Kultur und Raffinesse zu erleben. Oft kam sie dann mit verrückten neuen Hüten, auffallenden Modekreationen oder teuren Accessoires zurück, neulich sogar mit einem weißen Königspudel namens Plüsch, den sie allerdings nach einer Woche wieder weggab, weil er nicht stubenrein war. Carl zuckte dann jedes Mal die Schultern und sagte: »Man muss die Weiber halt verwöhnen!« Fritz ärgerte das, aber er sagte nichts. Wenigstens konnte er sich auf Konrad verlassen, der seine Arbeit mit der Genauigkeit eines Uhrwerks verrichtete.

Fritz' größte Freude waren – neben den »Herrenabenden« im Café Ziegler – die monatlichen Treffen der Loge »Zu den drei Pfeilen« im Nürnberger Logenhaus an der Hallerwiese. Hier fühlte er sich unter Seinesgleichen, rauchte seine Lieblingszigarren, trank erlesenen Cognac und knüpfte dabei Verbindungen, die gut fürs Geschäft waren. Man achtete ihn dort hoch, und das allgemein bekundete Interesse an der Firma schmeichelte ihm. So lud er seine »Brüder«

eines Tages nach Schwabach ein. Stolz wie Graf Koks führte er die Herren durch die Firma. Sie standen staunend im Maschinenhaus und bewunderten die neue Dampfmaschine, ein acht Meter langes, längliches Ungetüm, das mit ohrenbetäubender Lautstärke arbeitete und einen riesigen Gleichstromdynamo der Type Z 5 antrieb. Herz und Lunge der Fabrik, wie Fritz erklärte. Dann ging es in die Siederei. »Hier in diesen Kesseln werden die Rohstoffe mit der Lauge vermischt und durch direkte Dampfzufuhr erhitzt«, dozierte Fritz. Er lachte. »Zu meines Großvaters Zeiten hat es hier furchtbar gestunken, wir Kinder haben uns immer die Nase zugehalten. Damals wurden noch tierische Fette verarbeitet, meist vom Hammel. Heute nimmt man für die feinen Toilettseifen nur noch beste Öle. Na, Hermann, wie läuft's?«, fragte Fritz und schlug einem seiner Arbeiter, der mit einem langen hölzernen Paddel in der Seifenmasse rührte, auf die Schulter. »Passt scho'!«, meinte der und nickte den Herren verlegen zu. Fritz führte anschließend die modernen dampfbetriebenen Schneidemaschinen vor, die mittels heißem Draht die durchgetrockneten Seifenstangen in kleine, rechteckige Quader schnitten. Danach ließ er einen seiner Besucher mit der großen Kniehebelpresse »Ribot's Fettseife« in die Seifenstücke stanzen und schenkte jedem eines. Am Schluss ging es noch in die Ray-Seifen-Abteilung. Die Herren schmunzelten beim Anblick der inzwischen zwölf »Eierfrauen«, die, angetan mit weißen Schürzen über ihren dunklen langen Röcken, hinter riesigen Körben mit Hühnereiern standen. »Grüß Gott, Herr Direktor«, riefen sie wie aus einem Mund und knicksten, bevor sie wieder mit virtuoser Behändigkeit ein Ei nach dem anderen in ihre Schüsseln aufschlugen und die Schalen dann in Zinkeimer warfen.

Hinterher gab es eine fränkische Brotzeit im Besprechungszimmer, das sich ans neue Kontor anschloss. Nachdem man die schweren Ledersessel und die geschnitzte Eichenholzdecke bewundert hatte, berichtete Fritz von seiner neuesten Werbemaßnahme, großen bunten Plakaten für die inzwischen überall verbreiteten Litfaßsäulen. Er zeigte seinen neuesten Entwurf, auf dem eine leichtgekleidete Wäscherin ein Laken aus einem schäumenden Zuber zog. Auf dem Zuber stand der Name Ribot in Großbuchstaben, darunter: »Die Kunst zu waschen«. »Das ist brillant«, meinte Otto Gehring, einer der großen Nürnberger Immobilienmakler. »Kurz und knapp, und sagt doch alles.« – »Na ja, mir sagt die hübsche Dame mit dem Mieder mehr«, grinste der Großmeister der Loge, und alle lachten. Fritz hakte die Daumen in die Armausschnitte seiner Weste und fing an zu dozieren: »Ja, meine Herren, man muss mit der Zeit gehen. Das bedeutet heute: Modernste Produktionsmethoden und neue Möglichkeiten, den Verkauf anzukurbeln. Wir alle sind Rädchen in einem riesigen Getriebe, Teil einer großartigen Entwicklung. Ja, wir leben in goldenen Zeiten! Es geht aufwärts, überall in Deutschland, der technische Fortschritt lässt uns in neue Dimensionen vorstoßen. Nehmen Sie Schwabach zum Beispiel: Noch in der Mitte unseres Jahrhunderts war die Stadt wirtschaftlich am Boden. Keine Innovationen, Betriebe und Werkstätten mussten schließen, hohe Arbeitslosigkeit. Dann der Aufschwung in den letzten Jahrzehnten. Heute nennt man Schwabach die ›Stadt der tausend Schlote‹. Wir sind eine Industriestadt geworden, eine Fabrik- und Arbeiterstadt. Und die Firma Ribot ist ein Teil dieser Entwicklung, darauf sind wir stolz. Früher ist mein Großvater noch selber auf den Kutschbock gestiegen, um seine Seifen auf den Dörfern zu verkaufen. Heute schätzt die ganze Welt unsere Produkte.« Die Logenbrüder klatschten pflichtschuldigst. »Früher haben wir noch in der Waschküche Seife gesotten, heute gehört uns das komplette Areal von der Schwabach bis zur Friedrichstraße. Früher haben wir Soda, Farben und andere chemische Zutaten bei einem kleinen Händler in Nürnberg gekauft – heute sind wir Großkunde bei einem der größten Chemiewerke der Welt, der BASF in Ludwigshafen! Mein Großvater war froh, wenn er im Monat hundert Seifen verkauft hat – heute produzieren wir allein über zwanzigtausend Ray-Seifen in der Woche.«

»Hört, hört!« Carl war hereingekommen und grüßte nach allen Seiten. »Mein Bruder leibt und lebt für die Firma, müssen Sie wissen«, lächelte er. »Er ist die fleischgewordene Euphorie des Unternehmers! Er arbeitet mit Seife, erfindet Seife, träumt von Seife – irgendwann wird er sich noch von Seife ernähren.«

»Einer muss ja das Geld verdienen, das du ausgibst«, grinste Fritz gutgelaunt und schlug Carl auf die Schulter, der sich schnell verabschiedete und wieder im anderen Büro verschwand. »Dabei fällt mir ein, lieber Freund Gehring, Sie besitzen doch eine ganze Menge Mietshäuser?«

Gehring warf sich in die Brust. »Überall in Nürnberg und Fürth.«

»Wäre es da nicht möglich, an den Fassaden Schriftzüge als Werbung anzubringen? Zum Beispiel: ›Ribot's Seifen waschen weißer‹?«

»Selbstredend. Natürlich gegen einen kleinen Obolus …«

»Dann komme ich demnächst auf Sie zu.«

Der Makler lächelte. »Jederzeit, lieber Ribot, jederzeit.«

In diesem Augenblick hörte man draußen ein Rumpeln, Klirren und Scheppern. Fritz entschuldigte sich und lief aus dem Zimmer. Auf dem Treppenabsatz im Lichthof sah er mit aschfahlem Gesicht Rosa kauern. Sie atmete schwer, Rock und Unterrock waren hochgeschoben und enthüllten ein blutendes Knie. Überall auf der Stiege lagen Glassplitter und ein zerbrochenes Tablett. Fritz nahm zwei Treppen auf einmal, dann war er bei ihr und kniete sich neben sie. »Ja, Rosa, was machst du denn für Sachen?«

Sie stöhnte. »Ich weiß auch nicht, mir war auf einmal so schwindlig.«

Das Hausmädchen kam gerannt und begann, die Splitter aufzukehren, während Rosa Fritz' blütenweißes Taschentuch auf ihr Knie drückte. »So ein Malheur«, jammerte sie. »Das waren die schönen Rosenthal-Gläser, die du deiner Sophie zum Geburtstag geschenkt hast. Es tut mir so leid.«

»Hauptsache, dir ist nichts passiert«, tröstete Fritz. »Kannst du aufstehen?«

Er half ihr hoch. Sie schwankte, aber sie stand.

»Geht's?«

Sie nickte. »Den Schaden ersetz ich!«

»Kommt überhaupt nicht in Frage!«, sagte Fritz. »Hast du das mit dem Schwindel öfter?«

Sie vermied es, ihn anzusehen; stattdessen richtete sie ihr Häubchen. »Aber wo!«, brummte sie. »Bin doch keine alte Frau!« Dann raffte sie die Röcke und half dem Hausmädchen beim Wegräumen der Splitter.

Fritz ging kopfschüttelnd wieder nach unten. Am Treppenabsatz drehte er sich noch einmal um und beobachtete Rosa beim Fegen. Graue Strähnen lugten unter ihrer Haube hervor, in die Stirn hatten sich tiefe Falten eingegraben. Dick war sie geworden, ihr ausladendes Hinterteil wölbte sich beim Bücken wie ein Ballon. Fritz musste unwillkürlich an den Spruch denken, den er neulich in seiner Herrenrunde gehört hatte; Fabrikant Kern hatte zum Gaudium aller gefeixt: »Der Schatten vom Arsch meiner Nachbarin wiegt mehr als der Schäferhund vom alten Heringslehner.« Aber das Schmunzeln blieb Fritz bei Rosas Anblick im Hals stecken. Liebe Güte, dachte er, die Rosa hat die sechzig ja schon längst hinter sich. Nie hatte er sie sich anders vorstellen können als drall, rosig und voller Lebenskraft. Und nun? Sein Kindermädchen war alt geworden. Zum ersten Mal dachte Fritz daran, dass auch seine Jugend vorbei war. Und dass auch er einmal alt und schwach sein würde.

Kapitel 27
1893

Es ratterte und knatterte und puffte und knallte. Ein ohrenbetäubender, nie gehörter Lärm war das, mitten an einem stillen Sonntagvormittag! Sophie schrak in ihrem Korbstuhl hoch und brachte dabei den kleinen Frühstückstisch bedenklich zum Wackeln. Tee schwappte in ihre Untertasse. Frau Mühlhäuser, die ihr auf einen Plausch Gesellschaft geleistet hatte, lachte und legte ihr beruhigend die Hand auf die Schulter. »Keine Angst, meine Liebe, das ist nur mein nichtsnutziger Neffe, der am Wochenende gerne mit seinen seltsamen Erfindungen Leute erschreckt.«

Und da kam auch schon ein junger Mann den Gartenweg herauf. Er war leger gekleidet, trug helle gestreifte Hosen und eines dieser flotten Sakkos, die jetzt so modern waren. Auf seinen blonden Locken saß eine Art Strohhut mit breiter Krempe, die Sophie an die Cowboyhüte in ihrer Heimat erinnerte. »Tantchen!«, rief er fröhlich und drückte der gewichtigen Pensionswirtin ein Küsschen auf die Wange. Sie drehten sich zu Sophie um. »Darf ich vorstellen«, sagte Frau Mühlhäuser, »mein Neffe Robert – der Verursacher all dieses Lärms von vorhin. Er ist Ingenieur und erfindet gefährliche Dinge.«

Robert Mühlhäuser verbeugte sich und deutete einen Handkuss an. »Glauben Sie ihr kein Wort, Gnädigste. Ich erfinde keine gefährlichen Dinge, sondern faszinierende neue Maschinen und Motoren zum Nutzen der Menschheit.«

»Ah, das ist interessant«, lächelte Sophie. »Erfinden Sie dafür auch die passenden Ohrenschützer?«

Er lachte laut auf. »Der Fortschritt kommt eben nicht auf leisen Sohlen.«

»Setzen Sie sich doch zu uns, Herr Mühlhäuser, und trinken Sie einen Tee mit uns.«

»Wenn ich darf?«

Robert Mühlhäuser erwies sich als launiger Unterhalter, der Vormittag verging wie im Flug. Sophie fand seinen schwäbischen Dialekt drollig und die Art, wie er beim Reden manchmal unfreiwillig die Nasenspitze bewegte. Er erzählte von seiner Kindheit als Pfarrerssohn am Bodensee, seinem Studium an der Technischen Hochschule in Darmstadt. »Mein Lehrer war der berühmte Professor Erasmus Kittler«, berichtete er stolz, »Inhaber des weltweit ersten Lehrstuhls für Elektrotechnik.«

Sophie überlegte; der Name kam ihr bekannt vor. Dann fiel es ihr wieder ein. »Den kenne ich«, rief sie schließlich. »Das ist ein gebürtiger Schwabacher.«

»Sie kennen ihn?«

»Der Professor hat noch Verwandte in Schwabach, die er ab und zu besucht. Da kann man ihn dann auf langen Spaziergängen durch die Stadt treffen. Eine imposante Erscheinung.«

»Und schon haben wir einen gemeinsamen Bekannten!« Robert war begeistert. »Die Welt ist klein.«

Frau Mühlhäuser schnalzte mit der Zunge. »Sag das nicht zu einer Amerikanerin, Junge! Die kann dir erzählen, wie groß allein der Ozean zwischen unseren Erdteilen ist. Nicht wahr, Frau Sophie?«

»Ach, Sie kommen aus den Vereinigten Staaten? Dem Land der unbegrenzten Möglichkeiten! Oh, bitte, davon müssen Sie mir mehr erzählen!«

»Nichts da!«, wehrte Roberts Tante ab. »Mein Logiergast muss jetzt die vom Arzt verordnete Ruhestunde einhalten, bevor das Mittagessen auf den Tisch kommt. Und du reparierst die kaputte Spätzlepresse – deshalb solltest du schließlich vorbeikommen!«

»Zu Befehl, Herr General!« Robert sah Sophie bedauernd an und zog die Schultern hoch. »Tja, da kann man nichts machen.«

Sie stand auf und reichte ihm die Hand. »Es hat mich sehr gefreut, Herr Ingenieur.«

»Vielleicht ein andermal?«, fragte er. »Ich würde so gerne von Amerika hören.«

»Aber nur, wenn Sie mir dann diese gefährliche Maschine zeigen, mit der Sie hergekommen sind.«

Er breitete die Arme aus. »Jederzeit!«

»Nun aber husch, husch ins Bett«, befahl Frau Mühlhäuser streng. »Und pünktlich um zwölf wieder bei Tisch!«

»Zu Befehl, Herr General!«, lachte Sophie und ging davon.

Der Ingenieur sah ihr nach, bis sie durch die Glastür des Wintergartens verschwand.

Drei Tage später kam Sophie von ihrer Nachmittagsgymnastik zurück, und als sie um die Ecke bog, sah sie ein merkwürdiges Gefährt vor der Villa stehen. Es war eine kleine Kutsche, sie sah ähnlich aus wie der offene Phaeton, den ihr Schwager Carl im letzten Jahr gekauft hatte: vorne zwei kleine, hinten zwei große Räder, darüber eine lederbezogene Bank mit niedriger Rückenlehne. Nur, wo war das Pferd? Langsam ging sie um das Ding herum. Merkwürdig, da war auch keine Deichsel! Plötzlich nahm sie eine Bewegung neben sich auf dem Boden wahr – da lag doch tatsächlich der Ingenieur rücklings im Kies! Allerdings nahm sie nur an, dass es der Ingenieur war, denn sie sah nur seine Beine in den bekannten gestreiften Hosen, der Rest verbarg sich unter der Kutsche.

»Verzeihung?«, sagte sie und klappte ihren Sonnenschirm zu. »Kann ich Ihnen irgendwie helfen?«

Ein hochroter Kopf mit verstrubbelten Haaren und einem öligen Schmutzfleck auf der Wange kam zum Vorschein. Der Ingenieur rappelte sich auf. »Ach, du meine Güte, Frau Ribot!«, rief er. »Entschuldigen Sie meinen Zustand, aber der Vergaser hat vorhin Sperenzchen gemacht und ich musste nachsehen, was los ist.« Er wischte sich die Hände an einem Lumpen ab. »Ja«, meinte er verlegen und deutete auf das Kutschending. »Darf ich vorstellen: Das ist mein ›Baby‹. Offiziell: Prototype M 4.«

Sophie runzelte die Stirn. »Eine Kutsche ohne Pferd?«

Er lachte. »Sie sagen es! Ein sogenannter Petroleummotorwagen. Selbstfahrend. Wir in der Daimler-Motorengesellschaft planen gerade, dieses Modell in größeren Mengen zu produzieren. Dann könnten Sie es kaufen und damit herumfahren!«

»Ja, aber – was bringt das Ding dazu, sich zu bewegen?« Sophie kannte die riesigen Dampfmaschinen in der Seifenfabrik, die wurden mit Kohle betrieben. Aber an diesem Gefährt war nirgends ein Heizofen zu sehen. »Und wie lenkt man es in die Richtung, die man will?«

»Oho, Sie stellen ja gleich die richtigen Fragen!« Robert Mühlhäuser war in seinem Element. Er deutete unter den Kutschensitz. »Hier sehen Sie den Antrieb. Ein Verbrennungsmotor, der nach dem Zweitaktprinzip von Nikolaus August Otto funktioniert. Inzwischen können wir den Motor so klein bauen, dass er nur noch 60 Kilogramm wiegt, da sind wir weiter als die Konkurrenz bei Benz. Und da ist der Behälter für den Kraftstoff, der im Motor verbrannt werden muss. Verstehen Sie, in einem Motor geht es darum, wie man am besten Treibstoff in Bewegung umsetzt. Derzeit experimentieren wir mit Ligroin – das kennen die Damen als Waschbenzin für Reinigungszwecke.«

»Da brennt dann also etwas im Motor?«

Er nahm sie mit nach hinten und griff nach einer Art Kurbel. Ein paar schnelle Umdrehungen, und plötzlich knallte und puffte es. Eine schwarze Rauchwolke quoll aus einem Rohr. Sophie zuckte zusammen und hielt sich die Ohren zu.

»So starten wir die Verbrennung!«, schrie ihr der Ingenieur zu. »Gerade haben wir eine neue Version der Glührohrzündung entwickelt, aber da gibt es noch Patentstreitigkeiten mit Benz. Durch das Betätigen der Kurbel wird ein Platinröhrchen im Verbrennungsraum des Zylinders zum Glühen gebracht. Das entzündet ein Gemisch aus Brennstoff und Luft, das im Vergaser entsteht. Im Zylinder bewegt sich nun ein Kolben auf und ab. Das Volumen zwischen dem höchsten und dem niedrigsten Punkt des Kolbens nennt man Hubraum. Über dem Zylinder befindet sich die Nockenwelle, und nach unten hin ist der Zylinder mit der Kurbelwelle verbunden, die die Antriebsachse bewegt. Und die Antriebsachse wiederum bewegt die Räder. Und: Das Automobil fährt!«

Ein Tuckern und Spucken, dann trat wieder Stille ein. Sophie hatte zwar nichts von Roberts Fachchinesisch verstanden, war aber tiefbeeindruckt. »Wie schnell fährt so ein Ding?«

»Nun, die Geschwindigkeit bewegt sich zwischen fünf und zwanzig Kilometern in der Stunde. Und es können Steigungen bis zu 15 Prozent bewältigt werden. Sie können sich nicht vorstellen, wie das ist, ganz frei dahinzufahren und den Fahrtwind zu spüren. Und man braucht gar nicht so viel Treibstoff! Derzeit benötigt ein Wagen pro Pferdekraft und Stunde nur ein halbes Kilo Ligroin. Und unser Motor hier hat anderthalb Pferdekräfte. Das heißt, er kann anderthalb Pferde ersetzen.«

Das verstand Sophie wiederum. Mit Pferden kannte sie sich aus. »Aber das ist ja großartig«, sagte sie. »Man braucht also keine Pferde mehr, um weite Strecken zurückzulegen, keine Ställe, kein Futter, keinen Misthaufen und keinen Kutscher. Und man muss auch nicht die vorgegebenen Wege der Eisenbahn nehmen. Man steigt einfach in so einen Wagen und fährt, wohin man will! Jeder kann sich frei und schnell bewegen!«

Roberts Augen leuchteten. »Sie haben es begriffen! Stellen Sie sich eine Welt vor, in der jeder so ein Automobil besitzt. Das ist das Transportmittel der Zukunft!«

»Es muss Sie sehr stolz machen, an solch einer Entwicklung mitzuarbeiten.« Sophie war ehrlich beeindruckt.

Der Ingenieur schluckte. Diese Frau verstand ihn. Alle anderen hatten ihn entweder als verrückten Spinner angesehen oder keinerlei Interesse gezeigt und sich gelangweilt abgewendet. Er fragte sich, ob … Aber nein, das war zu gewagt! Schließlich fasste er sich doch ein Herz. »Frau Sophie, was würden Sie sagen, wenn … Ich meine, hätten Sie Bedenken … es ist aber wirklich nicht gefährlich. Also, was ich sagen will: Würden Sie einmal mitfahren wollen?« Er sah sie fast flehentlich an.

Sie klatschte in die Hände. »Soll das heißen, Sie würden mich mitnehmen? Ach bitte, ja!«

»Jetzt gleich?«

»Warum nicht? Ich hole mir nur schnell etwas zum Überziehen.«

Zehn Minuten später saß sie neben Robert Mühlhäuser auf dem Kutschbock. Sie spürte die Vibrationen des Motors überall in ihrem Körper, alles rüttelte und schüttelte. »Halten Sie sich gut fest«, rief er, und dann ging es los. Mit beiden Händen klammerte sie sich an Sitz und Seitenlehne, als sich das Gefährt wie von Zauberhand in Bewegung setzte und voranzockelte. »Sehen Sie, so lenkt man das Automobil«, erklärte der Ingenieur und drehte mit einer Art Handkurbel ein kleines Metallrad, das horizontal auf einem Rohr in Sitzhöhe montiert war. Das Automobil legte sich in die Kurve und rollte in die Mitte der Straße. »Und mit diesem Hebel hier regle ich die Treibstoffzufuhr und bestimme damit, wie schnell wir fahren.« Er gab Gas, und das Gefährt schoss vorwärts. Sophie stieß einen kleinen Schrei aus, während ihr Rücken gegen die Lehne gedrückt wurde. Beinahe hätte sie ihren Hut verloren. Er sah zu ihr hinüber, bereit, ihr beruhigend zuzureden. Aber da saß sie, lachend, eine Hand am Hutrand. Ihre Augen blitzten. »Das ist ja schneller als ein Galopp!«, rief sie.

»Gefällt's Ihnen?«

»O ja!«

»Achtung, jetzt kommt eine Kurve!« Er drosselte die Benzinzufuhr, und das Automobil legte sich leicht auf die linke Seite.

Sophie fühlte sich, als könne sie fliegen. Es war herrlich, noch schöner als auf dem Pferderücken. Nicht einmal das Motorengeräusch störte sie mehr. »Hoppla, hier kommen wir!«, rief sie und winkte zwei Jungen zu, die vor ihnen über die Straße liefen.

Der Ingenieur konnte es kaum fassen. Diese Frau hatte ja gar keine Angst! Im Gegenteil, sie genoss die Geschwindigkeit. Lachend saß sie neben ihm, hielt ihren Hut fest und stieß kleine Jauchzer aus. »Wollen Sie mal ans Steuer?«, fragte er.

Sie riss überrascht die Augen auf. »Meinen Sie, ich kann das?«

Er nickte.

»Ich weiß nicht …«, sagte sie.

»Probieren Sie's! Es ist nicht schwer!«

Zögernd griff sie nach der Kurbel, drehte sie nach links. Der Wagen schlingerte, und sie schrie auf. »Nicht so viel«, mahnte er und legte seine behandschuhte Hand über ihre. »Langsam und mit Gefühl. Sehen Sie, so geht's!«

Gemeinsam lenkten sie das Automobil, fuhren ein paar leichte Schlangenlinien. Sie spürte den Druck seiner Finger und dachte keine Sekunde daran, dass er mit dieser Berührung eigentlich eine Grenze überschritt. Es war selbstverständlich, musste so sein.

Sie drehten eine kleine Runde um den Rosensteinpark, bevor der Ingenieur wieder den Weg nach Hause einschlug. Vor der Apotheke hielten sie kurz an, er kaufte einen Kanister Ligroin und füllte den Tank auf. Dann setzte Mühlhäuser Sophie vor der Villa ab.

»Hat es Ihnen gefallen?«

»Es war wunderbar!«, rief Sophie ehrlich begeistert. »Ich danke Ihnen sehr!«

Er half ihr beim Aussteigen. »Frau Sophie«, sagte er, »fänden Sie es vermessen von mir, wenn ich Sie am Sonntag zu einer kleinen Landpartie einladen würde? Ich will die Reichweite einer Tankfüllung bei einem besonderen Luft-Benzin-Mischungsverhältnis testen ...« Kaum hatte er es ausgesprochen, errötete er. Du lieber Gott, das war ein Angebot, das eine Dame wie sie niemals annehmen konnte! Jetzt hielt sie ihn bestimmt für unverschämt.

Sophie war das Unmögliche dieses Ansinnens bewusst. Sie schlug die Augen nieder. Das durfte sie nicht. Sie war eine anständige Frau, hatte Mann und Kinder. Schon öffnete sie den Mund, um abzulehnen. Doch im selben Augenblick spürte sie in sich eine wilde Sehnsucht aufsteigen, den brennenden Wunsch, einmal auszubrechen, einmal etwas Verrücktes zu tun, einmal alle Zwänge zu vergessen.

Da sagte sie zu.

Eine Woche später verlängerte Doktor Werle Sophies Kur. »Sie haben zugenommen, gnädige Frau«, sagte er, »und ich finde, auch sonst haben Sie Fortschritte gemacht. Dennoch möchte ich Sie noch gerne eine Zeitlang unter meinen Fittichen haben, damit sich Ihre Gemütslage stabilisiert, ihr Körper noch widerstandsfähiger wird und Ihre Melancholie gänzlich verschwindet. Es wäre noch zu früh, jetzt die Behandlung zu beenden.«

»Ich denke, mein Gatte wird nichts dagegen haben«, erwiderte Sophie.

Kapitel 28

Meine liebe Sophie!

Ich freue mich, zu hören, dass Du auf dem Wege der Besserung bist. Es war eine gute Entscheidung, die Kur in Cannstatt anzutreten. Du sollest in jedem Falle so lange bleiben, wie Dein behandelnder Arzt es für nötig hält. Dass Du Sehnsucht nach daheim hast, glaube ich Dir gerne, doch um uns musst Du Dir gewiss keine Sorgen machen. Das Käthchen will Dir bald selber einen Brief schreiben, und die Tilly schickt Dir ein Küsschen mit. Beiden geht es gut und sie lassen Dich grüßen.

Hier in Schwabach geht alles seine gewohnten Wege. In der Firma ist alles à la bonheur, wir haben einen neuen Siedemeister eingestellt und für Berlin einen ersten Reisenden. Ich bin viel im Labor, das neue Rezept für die Koloss-Seife nimmt Gestalt an. Außerdem sitze ich mit Konrad über den Plänen für eine Sodamühle …

Sophie legte den Brief weg, ohne ihn zu Ende zu lesen.

Kapitel 29
1893

»Erzählen Sie von Amerika«, bat Robert. Er und Sophie saßen auf einer Decke im Gras am Ufer des Neckar. Hinter ihnen plätscherte das Wasser, und über ihnen in den Ästen einer Trauerweide gurrte ein Pärchen Ringeltauben.

Sophie legte den Kopf schräg. »Was wollen Sie hören? Dass es ein riesiges, weites Land ist, wo man Entfernungen nicht in Kilometern misst, sondern in Tagesreisen? Dass dort Menschen aus aller Herren Länder leben: Deutsche, Iren, Italiener, Russen, Chinesen? Dass es dort noch Wildnis gibt mit Büffeln und Bären und Reservate mit Rothäuten? Oder soll ich ihnen von den Wolkenkratzern erzählen, die ich bei meinem letzten Aufenthalt drüben in Chicago gesehen habe? Von den Hunderten Fabriken und den Kohlewerken in Pittsburgh, wo ich aufgewachsen bin? Ich weiß gar nicht, wo ich anfangen soll …« Und dann redete sie und redete.

Er hing fasziniert an ihren Lippen. »Amerika war schon immer mein Traum«, sagte er, als sie irgendwann innehielt. »Schon als Junge habe ich alle Bücher verschlungen, die damit zu tun hatten. Ich meine, es muss doch großartig sein, in einem Land zu leben, wo es keine engen Grenzen, überholte Traditionen und verstaubte Monarchen gibt. Wo jeder sein Glück machen kann, egal wer er ist und woher er kommt – so wie Ihr Vater. Und wie großartig muss es im Wilden Westen sein!«

Wie recht er hatte! Sophie wurde in diesem Augenblick schmerzlich bewusst, wie sehr sie diese Freiheit, die in Amerika herrschte, in Deutschland vermisste. »Ja«, lachte sie, »der Wilde Westen! Da können Sie hundert Meilen reiten, ohne jemals einem Menschen zu begegnen! Aber für das ›Baby‹ gibt's dort keine Straßen und keine Apotheken, wo man Ligroin kaufen kann …«

Er überlegte. »Na gut, dann eben die großen Städte: New York! Chicago! San Francisco! Da kann ein Mann ganz groß werden! Denken Sie an Thomas Alva Edison! Dieser Pioniergeist! In Amerika, da tut sich was, da ist alles möglich!«

Sie ließ sich von seiner Begeisterung anstecken. »Und wenn man von einer Stadt genug hat, dann geht man einfach in den Westen und gründet eine neue. Oder man wird Viehzüchter. Da gibt es Land ohne Grenzen. Man kauft eine Ranch, die man in einer Woche nicht umreiten kann, hält sich riesige Herden Longhorns, die dann von Cowboys zur nächsten Verladestation getrieben werden und mit der Eisenbahn in die großen Schlachthöfe des Nordens transportiert werden.«

»Oder man gründet eine Eisenbahngesellschaft!«

Sie wiegte den Kopf hin und her und dachte nach. »Wäre es nicht noch besser, wenn man Straßen bauen würde? Da könnten dann Automobile fahren.«

»Und diese Straßen würden alle Städte miteinander verbinden!«, spann Robert den Faden weiter.

»Dann würde jeder in Amerika so ein Automobil kaufen wollen!«, rief Sophie.

»Und man bräuchte Fabriken, in denen diese Automobile gebaut werden!«

»Jeder könnte dann überallhin fahren, von Boston nach San Francisco, von New Orleans nach Detroit, wie und wann er will!«

Er starrte sie an, verzückt, freudetrunken. »Sophie, das ist …« Und dann riss er sie jäh an sich, küsste sie wild und ungestüm. Und Sophie erwiderte diesen Kuss, ihre Finger gruben sich in sein Haar, ihr Körper wölbte sich ihm entgegen. Er bedeckte ihr Gesicht mit Küssen, ihren Hals, ihre Hände. Seine Lippen waren überall, und sie spürte etwas in sich aufsteigen, das so tief und überwältigend war wie nichts jemals zuvor.

Dann stieß sie ihn von sich und sprang auf. »Das … das dürfen wir nicht«, keuchte sie und lief einfach los, egal wohin.

Er kam ihr nach. »Es tut mir leid«, stammelte er. »Es ist meine Schuld. Ich hätte nicht … Bitte …«

Sie drehte sich zu ihm um. »Fahren Sie mich nach Hause«, sagte sie.

An diesem Abend ging Sophie früh zu Bett. Sie war müde und gleichzeitig aufgewühlt, in ihrem Kopf spukten die verrücktesten Gedanken herum. Was hatte sie getan? Sie hatte zugelassen, dass Robert sie küsste. O Gott! War sie denn ein Geschöpf ohne Moral und Anstand? Erst der Ehebruch mit Leo, und dann … Sie versuchte sich zu beruhigen, indem sie in einem Buch über Gartenkunst las, aber es gelang ihr nicht. Hatte sie sich nicht geschworen, sich nie mehr auf einen Mann einzulassen? Es tat doch immer nur weh. Und nun hatte sie wieder einem Gefühl nachgegeben, schwach wie sie war. Hatte Fritz erneut betrogen, wenn auch nur mit einem Kuss. Einmal der Sünde verfallen, immer verfallen, dachte sie bitter. Sind wir Frauen so? Bin nur ich so? Aber mit Robert war alles so ganz anders. Er war wie ein Seelenverwandter. Mit ihm fühlte sie sich ganz, spürte eine Nähe, die sie noch nie erlebt hatte. Seit sie ihn kennengelernt hatte, dachte sie Tag und Nacht an ihn. Er war der Mittelpunkt all ihres Sehnens geworden. Sie hatte wieder Freude am Leben, sie hatte langsam begonnen, wieder zu essen, zu lachen, wieder sie selber zu sein. Welche Macht hatte er über sie, dieser Mann, der so ganz anders war als alle, die sie bisher gekannt hatte?

Es war warm drinnen, sie hatte deshalb die Balkontür offen gelassen und nur den Vorhang vorgezogen. Plötzlich hatte sie das Gefühl, als ob sich draußen etwas bewegt hätte. Sie schrak hoch und zog hastig ihren Hausmantel über. Dann spähte sie vorsichtig durch den Vorhang, und ihr war, als habe sie der Blitz getroffen. Draußen stand der Ingenieur, Blätter im Haar und einen Riss im Hemd vom Hinaufklettern über die alte Glyzinie. »Sie wagen es …«, begann sie.

Er breitete hilflos die Arme aus. »Ich kann nicht anders, Sophie«, flüsterte er heiser. »Ich liebe Sie. Wie nichts sonst auf der Welt. Ich sterbe, wenn ich Sie nicht haben kann.«

In dieser Nacht wurde Sophie Roberts Geliebte.

Kapitel 30
1893

Der Sommer kam, und Sophie war, als lebe sie in einem Traum. Es war, als ob sie aus einem dunklen Raum ins gleißende Licht getreten wäre. Sie konnte wieder atmen, essen, sich bewegen, die alte Starre war von ihr abgefallen. Sie fieberte den Abenden entgegen, wenn Robert an ihre Balkontür klopfte. Und dann liebten sie sich wie im Rausch, mit einer Intensität, die Sophie niemals für möglich gehalten hatte. Es war nicht nur körperliche Leidenschaft – in Robert hatte sie endlich einen Menschen gefunden, mit dem sie in Körper und Geist eins war. Jede Stunde, in der er nicht da war, vermisste sie ihn. Jeder Augenblick mit ihm war kostbar wie ein Stück vom Paradies. Wenn er am Sonntag nach dem Mittagessen pünktlich um halb zwei vor der Villa hupte, klopfte ihr Herz so wild, dass sie kaum noch Luft bekam. Dann lief sie mit wehenden Röcken hinaus, stieg zu ihm ins Automobil und sie fuhren hinaus ins Grüne. Liebten sich in versteckten Winkeln am Neckarufer, redeten Stunden über Stunden, konnten nicht genug voneinander bekommen.

Aber es gab auch dunkle Momente. Wenn sie nebeneinanderlagen, und er sagte: »Ich will mit dir leben, Sophie!« Und sie dann antwortete: »Wie soll das gehen? Ich habe einen Ehemann und zwei Kinder, ich bin nicht frei.« Und irgendwann, als die nackte Verzweiflung wie ein dritter Körper zwischen ihnen lag, packte er sie und rief: »Lauf mit mir weg! Wir gehen irgendwohin, wo uns keiner kennt. Wir gehören zusammen, spürst du das denn nicht?«

O Gott, und wie sie es spürte. Wie sie sich wünschte, zu ihm zu gehören. Wie sie sich sehnte, jede Sekunde ihres Lebens mit ihm zu verbringen. »Aber ich kann doch meine Mädchen nicht verlassen«, sagte sie dann. »Ich kann nicht einfach mit dir irgendwohin gehen und ein neues Leben anfangen.«

»Dann sprich mit deinem Mann. Vielleicht lässt er mit sich reden und du kannst die beiden zu uns holen. Wenn er so ist, wie du erzählt hast, wird er uns vielleicht verstehen.«

»Und die Schande einer Scheidung auf sich nehmen? In der kleinen Stadt, wo er ein angesehener Bürger ist? Mir dann auch noch die Kinder überlassen? Das kann ich nicht glauben. Und du, willst du dann mit einer ehrlosen Frau in ›wilder Ehe‹ zusammenleben?«

»Wir gehen nach Amerika! Da kennt uns keiner. Ich finde Arbeit bei einer der großen Eisenbahngesellschaften, die suchen Ingenieure. Ich kann dich ernähren, Sophie, und deine Kinder auch. Komm mit mir, geschieden oder nicht. Ich brauch dich!«

Amerika! Wie sehr hatte sie sich in ihren finsteren Stunden dahin zurückgewünscht. Himmel, und nun schien diese Rückkehr plötzlich ganz nah! Die Rückkehr in ihre Heimat mit dem Mann, den sie liebte, der sie liebte! Vielleicht sogar mit den Mädchen! Es war eine unglaubliche, verrückte, tollkühne Vorstellung, das Ziel aller ihrer Wünsche! Ich muss es versuchen, dachte sie. Ich schreibe an Fritz. Er muss mich freigeben. Er muss mich einfach freigeben. Er muss.

Kapitel 31
1893

»Was um Himmels willen ist so dringend, dass du mich hierhergerufen hast?« Fritz stand mit einem Köfferchen in der Hand vor Sophie im Salon der Villa Mühlhäuser. Er war gleichzeitig erleichtert und wütend, dass sie so frisch und gesund wie das blühende Leben vor ihm stand. Er hatte ja schon das Schlimmste befürchtet. »Was hat dieses ominöse Telegramm zu bedeuten«, fragte er: »›Komm nach Cannstatt. Dringend. Ich bitte dich. Sophie.‹«

Er sah, wie sie schluckte. »Es tut mir leid, wenn ich dich beunruhigt habe«, sagte sie. »Aber … Fritz, ich muss dir etwas sagen, und es kann nicht warten. Es geht um uns und unsere Kinder … unser aller Leben. Bitte, du musst mich anhören.«

Fritz stellte das Köfferchen ab und runzelte die Stirn. »Hätte das nicht Zeit gehabt bis übernächste Woche? Da wäre deine Kur sowieso zu Ende gewesen.«

»Bitte setz dich«, sagte sie. Und dann: »Fritz, ich komme nicht zurück.«

Er begriff erst nicht. Dann kroch langsam die Erkenntnis in ihm hoch. Er starrte sie an. Schüttelte den Kopf. Die Finger seiner linken Hand umklammerten die goldene Uhr in seiner Westentasche so fest, dass das Scharnier ausriss. Plötzlich war ihm, als gäben seine Füße unter ihm nach. Er ließ sich auf einen der Flechtwerkstühle des Wintergartens sinken. »Was soll das heißen, du kommst nicht zurück?«

Sie setzte sich ihm gegenüber. »Ich habe einen Mann kennengelernt. Und ich liebe ihn. Wir lieben uns. Ich wollte das nicht, Fritz, aber es ist passiert. Er hat mich gesund gemacht, nicht die Kur. Mit ihm möchte ich leben. Darum bitte ich dich: Gib mich frei.«

Fritz vergrub das Gesicht in den Händen. O Gott, dachte er, o Gott! Es war, als fiele ihm gerade sein ganzes Leben in Trümmern vor die Füße. Er fühlte sich wie gelähmt, war unfähig, etwas zu sagen oder sich zu bewegen.

Sophie sah seine Verzweiflung und fühlte sich wie eine Verbrecherin. »Fritz«, sagte sie sanft, »du musst doch auch längst gemerkt haben, dass unsere Ehe nicht glücklich ist.«

Er sah sie an, in seinem Blick lagen Fassungslosigkeit und Schmerz. »Hab ich dich so schlecht behandelt? Hab ich nicht immer für dich gesorgt, in all den Jahren?« Und im selben Augenblick wurde ihm klar, nein, das war nicht genug gewesen. Er fragte sich, ob er denn je gewusst hatte, was Sophie dachte, was sie bewegte. Und was sie brauchte. O Gott, es kann doch nicht so enden, dachte er voller Verzweiflung.

»Ich soll dich einfach so gehen lassen?«, sagte er schließlich leise. »Nach all der gemeinsamen Zeit? Bin ich dir so zuwider, dass du ein Leben mit mir nicht mehr erträgst?«

»Fritz, ich …« Sie atmete tief durch. »Nein, du bist mir nicht zuwider. Du warst mir immer ein guter Mann, und ich danke dir dafür.«

»Was ist dann der Grund? Was gibt er dir, das ich nicht habe?«

Ihr stiegen die Tränen in die Augen, und ihre Stimme zitterte. »Als wir geheiratet haben, du und ich, da war ich ein junges, schwärmerisches Ding und unendlich in dich verliebt. Das weißt du. Aber dann … das Leben hier, die Enge, die Allgegenwart deiner Familie. Deine Arbeit. Der Tod unseres neugeborenen Sohnes. Dein großer Sohn, der gekommen ist. Am Ende dein Bekenntnis, dass du immer nur diese Russin geliebt hast. Ich konnte das alles nicht mehr aushalten, Fritz. Es hat mich krank gemacht. Und wie sehr hast auch du unter meinem Zustand gelitten. Ich war doch nur noch eine Last für dich. Und als ich auf diese Kur gefahren bin – mein Gott, wie sehr wollte ich wieder gesund werden. Für dich und die Kinder da sein. Ich wollte das Vergangene vergessen, neu anfangen. Und dann ist alles anders gekommen.«

»Denn dann hast du deinen Liebhaber getroffen«, ergänzte er sarkastisch.

»Er ist nicht mein Liebhaber«, sagte sie sanft. »Er ist die Liebe meines Lebens.«

Irgendwo in Fritz flammte rotglühender Zorn auf, aber dieses heiße Flackern verging so schnell, wie es gekommen war. Er wäre so gerne wütend auf sie gewesen, aber ihre Ehrlichkeit nahm seiner Wut jede Kraft. Er ballte die Fäuste, öffnete sie, schloss sie wieder. In seiner Kehle saß ein Kloß. Am liebsten wäre er mit dem Kopf gegen die Wand gelaufen.

»Fritz, ich will gar nicht, dass du mich einfach so gehen lässt. Ich möchte, dass du dich wegen Ehebruchs von mir scheiden lässt.«

Himmel, war das ihr Ernst? »Du willst in Schande öffentlich verstoßen werden?«, fragte er ungläubig.

»Ja, das will ich«, sagte sie ruhig. »Dann hättest du die Möglichkeit, wieder zu heiraten. Eine Frau, die dir Söhne geben kann, einen Erben für die Fabrik. Es wäre das letzte Geschenk, das ich dir machen könnte. Das bin ich dir schuldig, bei all dem Unrecht, dass ich dir tue.«

»Und die Mädchen?«

»Ich weiß, dass sie nach Recht und Gesetz bei dir bleiben müssen. Vielleicht hassen sie mich sowieso. Aber ich würde dich bitten, zu erlauben, dass ich mit ihnen rede und ihnen alles erkläre. Und dass sie mich besuchen dürfen, wenn sie wollen. Es sind doch meine Kleinen.« Ihre Stimme brach.

Fritz hatte nicht mehr die Kraft, weiterzureden. Langsam, müde wie ein alter Mann, stand er auf. »Ich kann jetzt keine Entscheidung treffen, Sophie, das wirst du verstehen. Ich muss nachdenken. Ich werde mit dem nächsten Zug nach Hause fahren.«

Sie erhob sich ebenfalls. Blass war sie geworden, aber sie stand gefasst und ruhig vor ihm. »Lass mich wissen, wenn du dich entschieden hast«, sagte sie.

Er ging zu Fuß den langen Weg zum Bahnhof; er hätte jetzt nicht einmal die Gegenwart eines Mietkutschers ertragen. Mechanisch, mit steifen Bewegungen setzte er Schritt um Schritt, wie ein Aufziehspielzeug, als gehöre sein Körper gar nicht ihm. Nur in seinem Kopf, da überschlugen sich die Gedanken. Seine Ehe war zerstört und zu Ende. Sophie hatte ihn betrogen. Verraten und verletzt. Sophie, die sich nie gewehrt hatte. Die immer seinen Wünschen nachgegeben und ihre eigenen hintangestellt hatte, wie es sich für eine Ehefrau gehörte. Und jetzt stellte sie ihn vor vollendete Tatsachen! Ihn, der das Verlieren nicht gewohnt war! Zitierte ihn nach Cannstatt, um ihm ins Gesicht zu sagen, dass sie mit einem anderen Mann ein Verhältnis hatte! Und wollte auch noch die Kinder haben, du lieber Gott! Niemals würde er das mit sich machen lassen! Sollte sie doch davonlaufen mit ihrem, ihrem … Sollte sie in ihr Unglück rennen! Er würde kein Mitleid mit ihr haben, o nein, sie hatte es so gewollt. Und sie sollte bloß nicht glauben, sie könne wieder zurückkommen. Er würde sie nie wieder aufnehmen, ganz bestimmt nicht. Leiden sollte sie, so wie er. Wie konnte sie ihm das nur antun?

Er erreichte den Bahnhof, löste ein Billett und setzte sich auf die lange Wartebank. Eine Scheidung? Damit sie ihren Casanova heiraten konnte? Nicht mit mir, dachte er, nicht mit mir!

Erst als er im Zug saß, merkte er, dass ihm die Tränen übers Gesicht liefen.

Kapitel 32

Schwabach, den 28. September 1893

Liebe Sophie!

Nach reiflicher Überlegung schreibe ich Dir diese Zeilen. Es ist ein schwerer Schritt für mich, denn er hat Konsequenzen für unser aller Leben. Ich weiß, dass ich Dich arg gekränkt habe. Am Scheitern unserer Ehe trage auch ich ein gerüttelt Maß an Schuld. Ich hätte Dir von Sascha erzählen müssen; als Ehefrau hattest Du ein Anrecht darauf, mein Vorleben zu kennen. Ich glaubte damals, das sei nicht notwendig, heute sehe ich ein, es war falsch. Und ich habe Dich vernachlässigt. Ich hätte wissen müssen, dass eine Frau Zuwendung und Aufmerksamkeit braucht, Liebe und Hingabe. Ich hätte manchen Deiner Wünsche berücksichtigen sollen. Eine eigene Wohnung, Ausflüge ins Wochenende, gemeinsame Abende. Wie schnell doch die Jahre verfliegen, und irgendwann, wenn es viel zu spät ist, merkt man erst, was man falsch gemacht hat.

Dass der liebe Gott uns keinen Sohn geschenkt hat, habe ich Dir nie zum Vorwurf gemacht. Dafür hat er uns mit zwei wunderbaren Mädchen gesegnet, die meine größte Freude und mein ganzer Stolz sind. Dass Du das Risiko eingehst, sie zu verlieren, kann ich nicht begreifen. Liebst Du diesen anderen Mann so sehr? Oder hasst Du mich so sehr?

Ich kann Dich nicht hassen, ich habe es versucht. Es wäre leichter für mich. Ich glaube, dass Du von Anfang an unglücklich in unserer Ehe warst. Stets habe ich gehofft, Du würdest dich an das Leben mit mir und meiner Familie gewöhnen. Aber Du hast nur aufgehört, dich zu beklagen. Ich habe Dich nicht ernst genommen, und dafür bitte ich Dich um Verzeihung. Jetzt ist es wohl zu spät dafür. Auch ich bin nur ein Mensch mit Fehlern und Unzulänglichkeiten, und auch ich habe Grenzen dessen, was ich aushalten kann. Selbst wenn Du Dich noch anders entscheiden würdest, ich könnte dich nicht mehr zurücknehmen. Ein Mann hat schließlich moralische Ansprüche an seine Ehefrau. Du hast mich zu sehr enttäuscht.

Nach allen Überlegungen bin ich zu dem Schluss gekommen, dass es nur eine Lösung für uns alle gibt. Es ist die, worum Du mich gebeten hast. Ich gebe Dich frei. Wenn Du eine Ehescheidung wünschst, werde ich mich nicht dagegen sträuben. Es ist für mich sehr schwer – die Schande fällt ja auch auf mich zurück –, aber ich sehe keine bessere Möglichkeit. Eine Rückkehr deinerseits ist nicht mehr denkbar, und wenn Du nicht zurückkehrst, werden alle mich fragen, warum. Ich bin schließlich eine Persönlichkeit des öffentlichen Lebens und ein angesehener Geschäftsmann, auf meinen Ruf darf kein Makel fallen. Du musst nicht glauben, ich will eine juristische Trennung aus Eigennutz, damit ich wieder heiraten kann. Daran denke ich weiß Gott nicht. Aber wir brauchen eine saubere Lösung.

Was die Mädchen angeht: Ich habe lange mit mir gerungen. Du wünschst dir ein Besuchsrecht. Doch eine Frau, die schuldig geschieden ist, übt auf ihre Kinder womöglich einen schlechten Einfluss aus und gibt ein schlechtes Beispiel. Dennoch möchte ich glauben, Sophie, dass Du trotz allem kein schlechter Mensch bist. Und ich bin außerdem der Meinung, dass Kinder ihre Mutter brauchen. Du hast also mein Einverständnis, mit ihnen zu reden, und wenn sie es wünschen, dann sollen sie Dich in Zukunft auch besuchen können. Ich möchte Käthchen und Tilly nicht weh tun, sie werden ohnehin unter Deiner Entscheidung genug zu leiden haben.

Was Deine Mitgift angeht, so betrachte ich diese als verwirkt. Also erwarte von mir keine weitere finanzielle Unterstützung.

Was gibt es noch zu sagen? Ich weiß nicht, ob ich Dir jemals verzeihen kann, Sophie. Aber ich will, schon wegen der Mädchen, Frieden mit Dir. Wir haben lange gemeinsame Jahre verbracht, miteinander Glück und Leid erlebt. Lass uns für das Gute dankbar sein und das Schlechte hintanstellen.

Ich gebe Dir noch eine Bedenkzeit von vier Wochen. Teile mir mit, ob Du wirklich bei deiner Entscheidung bleiben willst. Wenn ich bis zum Oktober nichts von Dir höre, werde ich Dr. Schwenk damit beauftragen, alle nötigen rechtlichen Schritte in die Wege zu leiten. Bis alles erledigt ist, werde ich die Kosten Deines Aufenthalts in Cannstatt weiterhin übernehmen. Ich hoffe, das ist in Deinem Sinne.

Ich verbleibe voller Enttäuschung, Trauer und Fassungslosigkeit
Dein Fritz

Kapitel 33
1893

Langsam ließ sie den Brief sinken und schloss die Augen. Es war, als ob ein Mühlstein sich von ihrer Brust hob. Sie spürte, wie trotz aller Trauer eine grenzenlose Erleichterung ich ihr hochstieg. Danke, Fritz, dachte sie. Du schenkst mir ein zweites Leben. Du erlaubst mir, wieder glücklich zu sein. Das ist mehr, als ich zu hoffen gewagt habe. Sie trat ans offene Fenster, es roch nach Rosen und Lavendel. Heute in einem Jahr, dachte sie, werden wir in Amerika sein. Robert wird eine Arbeit als Ingenieur gefunden haben, wir werden zusammen in einer kleinen, gemütlichen Wohnung leben, vielleicht in San Francisco, oder in New York, oder in Cincinnati. Ich werde kochen lernen, Wäsche waschen, unser kleines Reich sauberhalten. Die Mädchen werden uns besuchen kommen, und dann fahren wir mit ihnen zu den Großeltern nach Pittsburgh. Sophies Herz weitete sich.

Sie ging nach oben, holte ihr Schreibzeug aus der Schublade, setzte sich an das kleine Tischchen und schrieb etwas auf ein Billet. Es war ihre eigene deutsche Übersetzung der Worte, die auf dem Sockel der neu errichteten, riesigen Freiheitsstatue im Hafen von New York standen: »Gebt mir eure Müden, eure Armen, / eure geknechteten Massen, die frei zu atmen begehren, / Die bemitleidenswerten Abgelehnten eurer gedrängten Küsten / Schickt sie mir, die Heimatlosen, vom Sturme Getriebenen, / Hoch halt ich mein Licht am goldnen Tore!« Und darunter schrieb sie: »Du und ich. Für immer dort.« Sorgsam faltete sie das Billett und steckte es in ihre Rocktasche. Sie konnte es nicht erwarten, bis die große Standuhr im Salon viermal schlug. Es war Samstag, und sie hatten vereinbart, sich um fünf Uhr nachmittags an ihrer geheimen Stelle am Neckarufer zu treffen. Er würde direkt vom Daimler-Werk in der Ludwigstraße hinfahren, sie wollte einen langen Spaziergang dorthin machen. Es wäre zu auffällig gewesen, wenn er sie jedes Mal abgeholt hätte; solange es möglich war, wollten sie jedes Aufsehen und jedes Gerücht vermeiden.

Sie setzte ihren Sommerhut auf und band ihn unter dem Kinn fest, nahm sich das gelbe Pompom-Täschchen, und dann ging sie hinaus in den Sonnenschein. Mit jedem Schritt wurde ihr leichter, sie lief ja in ihr Glück hinein. Vorbei an den Rhododendron-Büschen der Villensiedlung, dann quer durch den Schlossgarten. Sie stellte sich vor, wie sie ihm ohne ein Wort das Billet geben würde. Wie er es auffalten würde, lesen, erkennen, was die Worte bedeuteten. Wie seine Grübchen sich vertiefen, die Spitzen seines dünnen Schnurrbarts sich heben würden, wenn er dann lachte. Sie würden sich in die Arme fallen, und alles würde gut sein.

Als sie zu ihrer Stelle am Neckar kam, stand das »Baby« schon am Rand der schmalen Uferstraße. Sie lief zur Trauerweide am Wasser – Robert war schon da. Er hatte die blaue Picknickdecke ausgebreitet und einen Picknickkorb aufgestellt. Jetzt lag er da, die Arme unter dem Hinterkopf verschränkt, und schlief. Sie lächelte, trat auf Zehenspitzen näher, beobachtete, wie sich seine Brust hob und senkte. Und dann kam ihr ein übermütiger Gedanke. Sie drehte sich um und ging genauso leise, wie sie gekommen war, zum Automobil.

Er hatte ihr Fahrunterricht gegeben. Sie war noch nie alleine gefahren, aber sie war sicher, dass sie es schaffte. Sie konnte starten, Gas geben, bremsen, lenken. Wäre das eine Überraschung! Wenn sie auf ihn zufahren würde, ganz alleine, wie die mutige Bertha Benz auf der ersten Überlandfahrt eines Motorwagens vor fünf Jahren. Sie würde hupen, ihm zeigen, was sie konnte und direkt vor ihm stehen bleiben. Dann würde sie aussteigen und ihm die gute Nachricht überbringen.

Sie drehte an der Heckkurbel, und der Motor sprang an. Dann

stieg sie ein. Sie sah, dass Robert aufgewacht war, er beschattete seine Augen mit der Hand und schaute zu ihr hin. Sie lachte und winkte ihm zu. Dann löste sie die Feststellbremse und tuckerte los.

Es war herrlich. Ganz alleine lenkte sie das »Baby« die Straße entlang. Es fuhr wunderbar, der Motor schnurrte wie ein Kätzchen. Sie hörte Robert hinter sich rufen, hob noch einmal die Hand zum Gruß, ohne sich umzudrehen. Nach einem halben Kilometer beschloss sie, es sei genug. Sie fand eine Stelle zum Umkehren, lenkte das »Baby« auf die Wiese und fuhr eine Schleife zurück auf die Straße. Dort vorne sah sie schon Robert stehen, kopfschüttelnd, die Hände in die Hüften gestützt. Sie gab Gas. Der Hut flog ihr vom Kopf, sie lachte, ihr Haarknoten hatte sich gelöst, blonde Locken flatterten im Wind. Er rief ihr etwas zu.

Dann ging alles rasend schnell. Ein rotes Eichhörnchen flitzte vor ihr über die Straße, sie versuchte, auszuweichen, verriss das Lenkrad. Sie schrie. Das »Baby« schlingerte, geriet mit dem rechten Vorderrad in den kleinen Straßengraben, legte sich schräg, kippte und überschlug sich.

Robert Mühlhäuser rannte wie noch nie in seinem Leben. Er erreichte das Auto, dessen Räder sich surrend in der Luft drehten. Sophie lag darunter, er konnte nur ihren gelben Rock sehen, der von der Taille abwärts wie ein Fächer ausgebreitet war. Mit aller Kraft stemmte sich Robert gegen den Wagen, es gelang ihm, das Chassis so weit hochzudrücken, bis es auf die andere Seite fiel. Keuchend sank er neben Sophie auf die Knie. Ihr Kopf war seltsam verdreht, aus ihrem Mundwinkel rann ein dünner roter Blutfaden. Er nahm ihre Hand, rief ihren Namen, immer wieder, bis er endlich begriff. Sie war tot.

Als es dunkel wurde und die Sanitäter Sophie mitgenommen hatten, saß Robert immer noch neben dem Auto, den Rücken an eines der Räder gelehnt. Mit blinden Augen starrte er über den Fluss, irgendwohin. Seine Finger krampften sich um das Billet mit dem Willkommensgruß der Statue of Liberty.

Viertes Buch

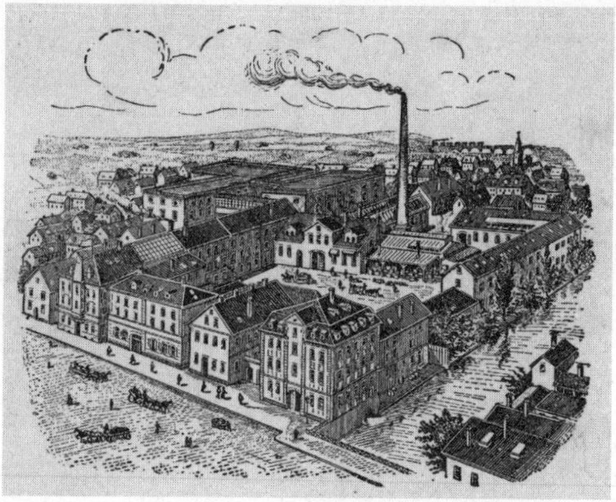

Kapitel 1
1896

An der Tür der »Silbernen Kanne« hing ein großes Plakat: *»Dienstag, 26. Mai 1896 Abends 7 Uhr findet dahier eine Wähler-Versammlung zur bevorstehenden Reichstagswahl statt, in welcher Michael Hierl, Vorsitzender des Wahlvereins, über das Programm der sozialdemokratischen Partei sprechen wird. Hierzu werden die Wähler aller Parteien höflichst eingeladen. Das Wahlkomité, i. A. Georg Baum.«*

Die Wirtschaft war brechend voll. Leo stand hinter der Theke und kam mit dem Zapfen kaum nach. Trudel und Anna liefen mit überschwappenden Bierkrügen zu den Gästen, während Christian sich um die kleine Clara kümmerte. Die Kleine war ein Wirbelwind, den man nie aus den Augen lassen durfte, sonst stellte sie unweigerlich etwas an. Gerade warf sie in der Küche mit rohen Kartoffeln auf ihre blecherne Trudelmadam, die gefährlich ins Schlingern kam. »Die nächste Versammlung müsst ihr im Bären-Saal machen«, rief Leo dem Redner Hierl zu, »wir kriegen so viele Leute nicht mehr unter!«

Hierl lachte. »Ja, die Zeiten ändern sich, was? Früher hat das Nebenzimmer genügt, und jetzt stehen sie noch draußen vor den Fenstern!« Hierl war gelernter Goldschläger, und er hatte mindestens zehn seiner Kollegen mitgebracht, die man alle an ihren muskulösen Oberkörpern erkannte. Die Arbeiterbewegung bestand längst nicht nur aus Fabrikarbeitern.

Jetzt sprang Hierl auf einen Tisch, den man vor die Theke gestellt hatte. »Männer!«, rief er, »In vier Tagen gilt's! In vier Tagen werden wir Sozialdemokraten dem ganzen Land beweisen, dass man an uns nicht mehr vorbeiregieren kann! Wir werden die Kartellparteien das Fürchten lehren, das sag ich euch! Deutschkonservative: bei der letzten Wahl 13,5 %!«

Allgemeines Abwinken im Publikum.

»Nationalliberale: 13 %!«

Buhrufe.

»Freikonservative: 5,7 %!«

Gelächter.

»Sozialdemokraten: 23,3 %!«

Jubel unter den Zuhörern. Vor den Fenstern erklang Hurrageschrei.

»Und die wollen uns regieren?« Hierl begann, zu Form aufzulaufen. »Uns? Als stärkste Partei im Reich? Ich sage: Das dürfen wir nicht zulassen! Keine Regierung darf in Zukunft mehr ohne uns gebildet werden! Niemand soll mehr an der Sozialdemokratie vorbeikommen, und dafür werden wir sorgen!«

Hierl wischte sich mit einem großen Taschentuch über die Stirn. »Das verbrecherische Sozialistengesetz hat uns lange genug am Boden gehalten, Freunde! Jetzt ist es Vergangenheit, und die Sozialdemokratie hat sich wie Phönix aus der Asche erhoben! Und wo ist derjenige, der uns geknechtet hat, der uns vernichten wollte, jetzt?«

»Von Bord!«, schrie einer.

»Genau! Der Lotse ist von Bord, Männer! Bismarck dreht seine Junkerdäumchen. Und der einzige Lotse, den wir jetzt brauchen, ist die Sozialdemokratie! Wir wollen den nächsten Kanzler stellen! Denn, Freunde, es gibt viel zu tun! Die Technisierung der industriellen Produktion hat den Arbeitern keine Fortschritte gebracht. Sie hat nur die Fabrikanten reich gemacht! Wir haben immer noch eine durchschnittliche Arbeitszeit von elf Stunden am Tag. Immer noch können viele, besonders die wachsende Zahl der ungelernten Arbeitskräfte, nicht von ihrem erbärmlichen Lohn leben! Immer noch gibt es nicht genug anständige Wohnungen für einen redlichen Mietpreis. Immer noch muss ein Arbeiter mehr als sechzig Prozent seines Lohns für Grundnahrungsmittel ausgeben. Müssen Kinder in die Fabrik. Gibt es für viele keinen einzigen freien Tag im Jahr. Das alles muss sich ändern, meine Freunde, und es wird sich ändern!«

Beifall brandete auf; Leo hämmerte mit einem Löffel gegen den Zapfhahn. Er hatte seine Tochter Clara, die tapsig ihre Patschhändchen gegeneinanderschlug, auf die Theke gestellt.

»Es kommt auf jede einzelne Stimme an«, schrie Michael Hierl, jetzt schon ein bisschen heiser. »Jeder Mann über 25 hat am Freitag sein Kreuz zu machen! Keiner bleibt daheim! Wir wählen die SPD und unseren Kandidaten für den Reichstag. Hier ist er: Ferdinand Baumeister aus Spalt.« Hierl streckte die Hand aus und half dem ehemaligen Schwabacher Schreinermeister auf den Tisch. Baumeister, ein rundlicher Mittfünfziger mit Halbglatze und Backenbart, begann mit einer kämpferischen Rede. Die Stimmung stieg. Das Bier floss in Strömen. Als nach der Rede die Diskussion einsetzte, waren etliche Männer betrunken und die Atmosphäre aufgeheizt. Sätze flogen hin und her, einer wollte den anderen mit Parolen übertrumpfen. Es ging hoch her, und Leo machte sich langsam Sorgen, dass der Abend aus dem Ruder lief.

»Ich arbeite jetzt schon seit drei Jahren drüben beim Ribot«, rief einer. »Jeden Tag schippe ich von früh bis spät Kohle für die Dampfmaschine. Krüppelkrumm wird einer davon. Wir Heizer sind die ärmsten Schweine. Und unser Lohn reicht nicht einmal fürs Nötigste. Die Seifen, die in der Fabrik gemacht werden, kann sich keiner von uns leisten!«

Ein Kollege fiel ein. »Meine Erna ist Eieraufschlägerin, und ich bin in der Siederei. Miteinander verdienen wir nicht so viel, dass es für mehr als ein Zimmer Untermiete reicht, ein besseres Loch. Selbst wenn die Meinige alles im Konsumverein kauft, können wir unsere Kinder kaum ernähren. Brot, Rüben, Kartoffeln – die wissen gar nicht, wie Fleisch aussieht. Unser Hansi hat die Rachitis, und die Gretl ist schwer lungenkrank. Der Doktor sagt, sie braucht Fleischsuppe und Milch und Eier. Aber die Eier, die muss meine Erna in die verdammte Seife tun! Damit die Damen und Herren im Chefkontor jeden Tag Gebratenes und Gesottenes fressen können! Und unser Kind verreckt …« Er begann zu schluchzen. Einer schrie: »Schmeißt denen doch mit ihren eigenen Eiern die Fenster ein! Fabrikantenschweine!«

Ein Tumult entstand. Männer liefen nach draußen auf die Straße, der erste Stein flog gegen die Fassade des Ribot-Hauses.

»Ich weiß, wo sie ihre Eier lagern!«

»Los, kommt mit!«

Leo versuchte vergeblich, die Betrunkenen davon abzuhalten, durch die Küche in den kleinen Hinterhof zu laufen. Der Erste kletterte schon auf einen Stapel Bierkästen und sprang über die Mauer hinüber ins Ribot-Areal. Andere folgten ihm. Leo rief: »Bleibt da, ihr Deppen! Ihr kriegt doch bloß Ärger!«

Keiner hörte auf ihn. Schließlich kletterte auch er über die Mauer, um vielleicht noch Schlimmeres zu verhindern. Er war ja froh, dass es, nach allem, was geschehen war, keine Probleme mit der Ribot-Nachbarschaft gab.

Fritz fuhr aus dem Schlaf hoch, als der erste Stein das Kontorfenster durchschlug. Er zündete die Nachtlampe an und sah hinaus. »Ja Kruzitürken!«, brüllte er. »Haut ab, sonst ruf ich die Polizei!«

Die Unruhestifter schüttelten die Fäuste nach droben, aber dann nahmen sie die Beine in die Hand. Fritz ging hinunter, um sich den Schaden zu besehen, da hörte er Stimmen und Getümmel im Hof. Auch Konrad kam jetzt herunter, schon in Hose und Hemd. »Menschenskind, das ist ein Aufruhr!«, rief er. »Die sind schon im Hof und richten Schaden an!«

Fritz machte Anstalten, hinauszugehen, aber Konrad hielt ihn zurück. »Spinnst du? Bleib da, die hauen dich sonst windelweich!«

Derweil brachen die Eindringlinge den Eierschuppen auf. Johlend warfen sie rohe Eier gegen die Hauswand. Dann plötzlich tauchte Carl im Hof auf, er kam von der »Alten Farb« her. Fluchend riss er einen Mann am Arm zurück und rang mit ihm. Ein anderer packte Carl von hinten, Fäuste flogen. Da hielt es Fritz auch nicht mehr. Er sperrte die Hintertür auf, stürmte in den Hof und kam Carl zu Hilfe. Leo versuchte, die Streithähne zu trennen, aber auch ihn trafen Schläge. Am Ende war eine Prügelei im Gange, bei der im Dunkeln kaum mehr einer wusste, gegen wen er überhaupt kämpfte.

Endlich stürmten, alarmiert von einem der Nachbarn, Schutzleute in den Hof und schwangen drohend ihre Schlagstöcke. »Auseinander! Polizei!«

Alles rannte durcheinander, etliche Männer setzten über die Mauer und flüchteten durch die »Silberne Kanne«. Einer lehnte am Maschinenhaus und hielt sich die blutende Nase, ein anderer taumelte benommen zum Kohlenlager, um sich dort zu verstecken. Carl hockte keuchend auf einer umgedrehten Schubkarre und rieb sich die schmerzende Rechte, neben ihm kauerte erschöpft Fritz, dessen Haare nach allen Seiten wirr abstanden; sein Schlafanzug war blutbefleckt. Die Polizisten hatten einige der Schläger am Schlafittchen, zwei der Übeltäter wehrten sich noch erbittert. »Ach, da schau her«, sagte einer der Schutzmänner, »der Wirt von der ›Kanne‹! Hast wohl die anderen rübergeführt, was? Na, dann geh mal mit, Freundchen!«

Leo protestierte. Vergebens. Man führte ihn gemeinsam mit den anderen ab.

Am nächsten Tag kehrte Rosa die Scherben im Kontor zusammen, während der Glaser schon für die Ersatzscheiben Maß nahm. Die Aufräumarbeiten im Hof übernahmen der Hausknecht und ein paar Lehrlinge; was noch an Eiern brauchbar war, wurde in die Küche und die Aufschlägerei gebracht.

Rosa schnaufte, während sie die Glassplitter in die Kehrichttonne warf. Das Bücken strengte sie furchtbar an, und manchmal bekam sie bei der Arbeit kaum noch Luft. In ihrer Brust stach es, weil sie sich so aufgeregt hatte. Der Leo war einer der Krawallbrüder gewesen, und das machte sie traurig. Dass der Bursche seine Wut gegen die Ribots gar nicht loswurde! Er konnte jetzt doch zufrieden sein mit seinem Leben, hatte eine liebe Frau und ein goldiges Kind. Der alte Strunz war tot, die arme Sophie lebte nicht mehr, es gab doch keine Rechnungen mehr zu begleichen.

Rosa schüttelte den Kopf und schob ein paar graue Strähnen zurück unter ihr Kopftuch. Sie wartete bis zum späten Nachmittag, dann schlich sie sich aus dem Haus hinüber in die »Kanne«.

In der Wirtsstube saßen Trudel und Anna am Tisch und schälten Kartoffeln, die rotlockige Kleine spielte auf dem Boden mit einer Puppe, die aus einem Kochlöffel mit aufgemaltem Gesicht, Wollfäden und einem Taschentuch gebastelt war.

»Gibt's was Neues?«, wollte Rosa wissen.

Trudel ließ eine geschälte Kartoffel in die Schüssel mit Wasser plumpsen. »Diese vermaledeiten Saufköpfe!«, schimpfte sie. »Ich geb denen kein Bier mehr! Der Seidels Wastl hat ab heut Hausverbot, und der Hofers Max braucht sich auch nicht mehr blicken lassen.«

»Und was ist mit dem Leo?«

»Im Kittchen sitzt er«, seufzte Anna. »Ich war heut Mittag dort und hab ihm was zu Essen gebracht. Grün und blau ist er im Gesicht!«

»Geschieht ihm recht«, ereiferte sich Rosa. »Ich hätt nicht gedacht, dass er so dumm ist und bei dem Blödsinn mitmacht.«

»Hat er doch gar nicht«, verteidigte ihn Anna. »Er wollt die anderen zur Vernunft bringen. Und dann war er halt mittendrin.«

»Ja so.« Rosa schnaufte durch. Es freute sie, dass sie sich getäuscht hatte. Leo war doch kein schlechter Kerl. »Und lassen sie ihn jetzt wieder frei?«

Trudel bearbeitete ihre Kartoffel, als sei das Gemüse an allem schuld. »Du glaubst doch nicht, dass der Leo sagen würde, er hätte die anderen zurückhalten wollen! Dazu ist der doch viel zu stolz. Lieber lässt er sich wegen Sachbeschädigung und Körperverletzung und wasweißich noch einsperren. Der hält zu seinen Freunden.«

»Schöne Freunde«, brummte Rosa. »Der Carl hat eine geschwollene Hand, und der arme Fritz erst! Der Ärmste trauert doch noch so arg um seine Frau, und jetzt muss er auch noch Schläge einstecken und sitzt da mit einem blauen Auge. Die Kinder haben die ganze Nacht vor Angst nicht mehr geschlafen. Der Kleinste, der Julius, der ist ja noch kein Jahr alt, der war gar nicht mehr zu beruhigen. Und die arme Gusti hat sich zu Tod erschreckt!«

»Ja, sorg du dich nur um deine Leut!«, knurrte Trudel. »Denen geht's doch gut! Die brauchen sich um nix Sorgen machen. Vielleicht bringt die ein blaues Auge und eine wehe Hand wenigstens zum Nachdenken, und die überlegen sich, warum die armen Leut so zornig sind.«

»Mit Gewalt kommt man nirgends hin«, erwiderte Rosa würdevoll.

»Wenn man gar nichts unternimmt, auch nicht«, sagte Anna und hob Clara auf ihren Schoß. »Wenn ich denk, dass mein Kind sterben müsste – ich würd auch rabiat werden.«

Rosa seufzte. Sie holte ein Praliné aus ihrer Rocktasche, das sie in der Küche stibitzt hatte, und steckte es der Kleinen in den Mund. »Ich geh wieder.«

Sie stand schon an der Haustür, als sie der Schwindel packte. Alles drehte sich, sie suchte Halt, fand aber den Türknauf nicht. Ihr wurde schwarz vor Augen, und sie fiel.

»Ja, was machst denn du für Sachen, Rosa!« Sie hörte die Stimme des alten Morneburg, der auf seinem Heimweg vom Zigarrenkaufen hinter ihr gegangen war. Er tätschelte Rosas Wange und fächelte ihr mit seinem Hut Luft zu. »Geht's wieder?«

Sie nickte und ließ sich hochhelfen. »Dank schön, Willi«, sagte sie und hielt sich am Türstock fest. »Man wird halt alt.«

Der Nachbar lachte. »Wenn du nächstes Mal hinfliegst, sag einfach vorher Bescheid.«

Drinnen hockte sich Rosa wie ein Häuflein Elend auf die Küchenbank. Es war schon das zweite Mal in dieser Woche gewesen, dass sie gefallen war. Wie soll das bloß weitergehen?, dachte sie. »Ach Gott, die schönste Krankheit taugt nix«, murmelte sie nach einer Weile. Dann raffte sie sich auf und ging in die Waschküche. Die Windeln von Mary mussten noch ausgekocht werden.

Kapitel 2
1896

Willy Büttl stand um halb acht Uhr früh vor der Engel-Apotheke und wunderte sich, dass die Tür zur Apotheke noch geschlossen und das Gitter versperrt war. Er wollte nur schnell vor der Arbeit sein Schmerzmittel gegen das böse Rheuma holen, das ihn plagte. Er rüttelte am Gitter. Nichts. Dann wartete er eine Weile, aber nach fünf Minuten tat sich immer noch nichts. Büttl rief laut den Namen des Apothekers. Daraufhin sah die Nachbarin aus dem Fenster, die, wie sich herausstellte, einen Schlüssel für die Hintertür zum Innenhof hatte. Sie putzte nämlich das Häuschen, in dem Heim vor kurzem ein Herren-Dampfbad eingerichtet hatte, das mit der heißen Abluft aus der angrenzenden Drahtfabrik Kern betrieben wurde und sich großer Beliebtheit erfreute. Büttl und die Nachbarin betraten über den Umkleideraum das Arzneilager der Apotheke, schauten in den leeren Verkaufsraum und gingen dann nach oben in Heims Wohnung. Und da fanden sie den Apotheker. Er lag im Bett, das Gesicht dunkelblau angelaufen. Neben ihm auf dem Nachtkästchen standen ein leeres Wasserglas und ein Arzneifläschchen. Das Fläschchen beschwerte einen handgeschriebenen Abschiedsbrief.

»Ich hol die Polizei«, sagte der Nachbar.

Die Vorstandsmitglieder des Vorschussvereins, dessen Direktor Adam Heim in den letzten sechs Jahren gewesen war, trafen sich vier Tage später im Ribot'schen Kontor. Mit Grabesmienen saßen sie um den schweren Besprechungstisch aus Eichenholz. Der Platz des Apothekers war frei, ebenso der des Drahtfabrikanten Kern und des Kassiers Palemba, der sich krankgemeldet hatte.

»Das ist eine Katastrophe«, sagte einer der Eckstein-Brüder und fuhr sich mit der Hand über die Augen. »Eine absolute Katastrophe!«

Hauptlehrer und Kassenprüfer Konrad Leidig schüttelte wieder und wieder den Kopf. »Wie konnte das nur passieren? Wir haben doch immer ordentlich Revision gemacht!«

»Ja, wenn der Adam die Unterlagen gefälscht hat …«

»Das muss er schon seit mindestens drei Jahren gemacht haben«, warf Johann Georg Wießner ein, der eine der größeren Metallschlägereien in der Stadt betrieb.

»Unfassbar!« Paul Goppelt, der Zichorienfabrikant, stützte den Kopf in beide Hände. »Wir sind erledigt.«

Die Tür ging auf, und Bäckermeister Westphal kam als letzter der Vorstände herein. Er sah grimmig aus, sein Blick unter den dunklen Augenbrauen war finster. Schwer ließ er sich neben Goppelt auf seinen Stuhl fallen. »Ich hab mit meinem Schwiegersohn geredet.« Goppelts Schwiegersohn arbeitete auf dem Amtsgericht. »Der Gottlieb sagt, sie haben vor drei Wochen eine Anzeige bekommen, von wem, darf er nicht sagen. Aufgrund dieser Anzeige hat der Adam als Direktor am Tag vor seinem Tod eine Vorladung erhalten. Da hat er wohl keinen Ausweg mehr gesehen …«

»Zyankali soll's gewesen sein«, verkündete Hauptlehrer Leidig. »Die Leichenfrau hat meiner Herta erzählt, er hat nach Mandeln gerochen.«

Betretenes Schweigen.

Fritz schenkte allen Cognac ein. »Wo bleibt eigentlich der Rudolf?«, fragte er.

»Das wollt ich ja grad noch sagen«, erklärte Westphal. Dann ließ er die Bombe platzen. »Den haben sie heut Mittag verhaftet.«

Silberschlägermeister Knöllinger lief rot an und kippte seinen Cognac. »Das gibt's doch alles gar nicht«, murmelte er.

»Ja, hast du denn gedacht, der Adam hat das alles alleine machen können? Den ganzen Betrug?«

»Was heißt hier denn Betrug?«, ereiferte sich Goppelt. »Wir wissen doch noch gar nichts!«

»Doch, wissen wir.« Fritz stand auf, es hielt ihn nicht mehr auf seinem Stuhl. »Deshalb hab ich die Sitzung heute anberaumt.« Er holte einen Stapel Papiere von der Anrichte, legte ihn auf den Tisch und klopfte darauf. »Hier, das sind Duplikate, die ich gestern vom Amtsgericht abgeholt habe. Der Carl und ich sind alles durchgegangen und haben es mit den Kassenbüchern verglichen. Der Adam und der Kern haben hinter dem Rücken des Vorstands spekuliert, und zwar seit spätestens Sommer '91. Es hat Wechsel hier und Accepte dort auf den Namen des Vereins gegeben, alles haben wir nicht verstanden, weil die Unterlagen lückenhaft sind. Jedenfalls hat seit Jahren die Deckung für diese – ich kann's nicht anders nennen – betrügerischen Transaktionen gefehlt. Dazu kommt, dass die beiden hinter dem Rücken des Vorstands einen Großkredit in Höhe von 170000 Mark ...«

Allgemeines Entsetzen am Tisch. Bäcker Westphal murmelte etwas, was sich wie »gottverdammte Arschlöcher!« anhörte.

»... 170000 Mark«, fuhr Fritz fort, »an einen Augsburger Vetter vom Kern vergeben haben. Der ist geplatzt. Die Kassenbücher sind scheint's seit langem getürkt, und der Palemba, der ja erst seit kurzem Kassier ist, hat nichts gemerkt. Tja.« Fritz massierte sich die Nasenwurzel mit Daumen und Zeigefinger. »Was Besseres kann ich euch nicht berichten.«

»Wir sitzen in der Scheiße«, sagte August Eckstein und zog damit einen missbilligenden Blick des Hauptlehrers auf sich, der stets auf korrekte Ausdrucksweise achtete.

»Wie hoch ist denn das Defizit, kannst du das schon einschätzen, Fritz?«

Fritz ließ sich wieder auf seinen Stuhl sinken. »Achthunderttausend«, sagte er. »Mindestens.« Und dann kippte auch er seinen Cognac.

»Das ist das Ende«, flüsterte Wießner.

Kapitel 3
1896

»Hast du's schon gelesen?« Michael Hierl, der Vorsitzende des Wahlvereins, lehnte in der offenen Tür der Goldschlägerei und wedelte mit dem »Intelligenzblatt«. Hans ließ seinen Hammer sinken und runzelte die Stirn. »Was denn?«

»Der Vorschussverein ist pleite! Konkurs!«

»Komm rein!« Hans riss dem Freund die Zeitung aus der Hand und las laut: ›Skandal um den Vorschussverein! Betrügerische Machenschaften führen zu Millionenbankrott! Anleger bangen um ihr Geld!‹ Heiliger Strohsack!«

Die beiden Männer verließen die Werkstatt und setzten sich an den Küchentisch. »Und ich wollt noch bei denen den Kredit für den Bau der neuen Werkstatt aufnehmen!«, sagte Hans kopfschüttelnd.

Hierl nickte. »Kannst gottfroh sein, dass du zur Raiffeisenbank gegangen bist.«

Hans langte nach einem Handtuch und wischte sich den Schweiß von Hals und Nacken. »Menschenskind, das reißt bestimmt viele mit in den Abgrund«, sagte er. »Da ist doch die halbe Stadt betroffen. Alle, die ihr sauer verdientes Geld dort angelegt haben. Die sehen doch jetzt keinen Knopf mehr davon wieder.«

»Vielleicht doch – oder wenigstens einen Teil. Erstens wird das Vermögen vom Heim eingezogen. Der und der Drahtfabrikant Kern sind offenbar die Schuldigen. Zweitens ist das Haus vom Kern inzwischen beschlagnahmt, und die Fabrik haben sie ihm auch geschlossen. Wird vermutlich alles verkauft, und das Geld kommt den Gläubigern zugute. Nachteil: Die ganze Belegschaft ist von heut auf morgen arbeitslos.«

»Arme Kerle. Und die sauberen Herren von der Bank, denen passiert wieder nichts! Wie halt immer.«

»Na ja, jedes Vorstandsmitglied haftet mit jeweils 50 000 Mark.«

»Als ob das für die ein Problem wäre!« Hans schnaubte. »Die zahlen das aus der Trinkgeldkasse! Und außerdem langt das bei einer Millionenpleite nicht weit.«

Hierl zuckte die Schultern. »Vielleicht kann der Ribot noch was retten. Der soll die Vergleichsverhandlungen leiten. Und der ist ja wenigstens einer von den anständigen Fabrikanten in der Stadt.«

»Ach, meinst du?«, fragte Hans sarkastisch. Er dachte an Lisette, und es versetzte ihm einen Stich. »Die sind doch alle gleich.«

Hierl erhob sich. »Ich muss weiter. Kommst du heut Abend zum Stammtisch in die ›Kanne‹?«

»Logisch. Da wird's dann wohl hoch hergehen.«

Die beiden wechselten einen Händedruck, und Hans ging zurück an seinen Schlagstein. Er kannte etliche Leute, die ihr Sparbuch beim Vorschussverein hatten. Ehrliche Menschen, die von Betrügern übers Ohr gehauen wurden. Und der Ribot steckte mit drin! Wenn er den Namen schon hörte! Dass er sich überhaupt damals mit einer von ›denen‹ abgegeben hatte! Schön blöd, dachte er. Schön blöd war ich. Da hat mich erst der Onkel mit der Nase auf die Hermine stoßen müssen. Und jetzt haben wir die Zwillinge, ziehen bald in die größere Werkstatt um und können uns Gesellen, Lehrling und Zurichterin leisten. Schlag um Schlag ließ Hans den Hammer auf das Bündel mit den Goldblättchen fallen. Meine Hermine, die war schon ein Glücksgriff, überlegte er. Die kann hinlangen wie keine Zweite, zieht die Kinder groß und kümmert sich auch noch um den Haushalt und die zwei alten Leute. Und die paar Pfunde mehr, die sie seit der Geburt der Zwillinge mit sich herumträgt, stehen ihr auch gut. Ja, seit zwei Jahren hatte Hermine Rundungen an den richtigen Stellen, und auch ihr Gesicht war voller geworden. Stolz kann ich sein auf meine Frau, dachte Hans. Nur merkwürdig, dass er, während er den Hammer fliegen ließ, ein anderes Gesicht sah: das von Lisette.

Als Hans zu Hause ankam, war alles ruhig, und nirgends brannte Licht. Gott sei Dank, dachte er, die Zwillinge schlafen. Das war nicht immer so, besonders Anton hatte nachts oft Bauchweh, und die Ilse wachte meist auf und weinte, sobald ihr der Gummischnuller aus dem Mund fiel. Hans sperrte leise die Tür auf, trat in den Flur und zog die Schuhe aus. Auf Socken tappte er in die Küche, um sich ein Glas Wasser mit ins Schlafzimmer zu nehmen. Und erschrak.

Das schwache milchweiße Licht der Gaslaterne fiel durchs Küchenfenster auf die zusammengesunkene Gestalt von Hermine. Sie kauerte im Nachthemd auf einem Küchenstuhl, die Unterarme ruhten auf den Knien, das nasse Haar fiel ihr in langen, wirren Strähnen auf die Brust. Vor ihr auf dem Boden stand ein Eimer mit Wasser.

»Hermine! Was ist denn mit dir?« Mit zwei Schritten war er bei ihr und hatte sie an den Schultern gefasst.

Sie hob den Kopf und sah ihn ganz merkwürdig an.

»Ja, sag doch was!« Er rüttelte sie.

»Ich hab doch Haare waschen müssen«, murmelte sie.

»Jetzt? Mitten in der Nacht?« Er holte ein Handtuch und legte es ihr um den Kopf. »Weißt du, wie spät es ist?«

Mechanisch wickelte sie das Tuch zum Turban. Irgendetwas war mit ihr. Nur was? Hans legte den Arm um sie und half ihr auf. »Geht's dir gut?«

Sie antwortete nicht, ging langsam vor ihm die Treppe hoch und ins Schlafzimmer. Dann kroch sie ins Bett und drehte sich zur Wand. Er sah noch schnell ins Bettchen der Kinder – beide schliefen. Leise zog er sich aus und legte sich neben seine Frau. »Willst mir jetzt nicht erzählen, was los ist?«, raunte er.

Sie wickelte sich in das Federbett ein, schloss die Augen und gab keine Antwort.

Hans war ganz durcheinander. So hatte er sie noch nie erlebt. Wer in aller Welt wusch denn mitten in der Nacht Haare? Das war doch … Und dann fiel es ihm ein: Sie musste schlafgewandelt sein. Natürlich. Mit einem erleichterten Seufzer streckte er sich auf dem Rücken aus und war im nächsten Augenblick eingeschlafen.

Am nächsten Morgen fragte er sie gleich beim Aufwachen: »Was hat dich denn heut Nacht umgetrieben? Bist am Ende mondsüchtig?«

»Weiß auch nicht«, erwiderte sie und lachte. Dann fasste sie sich an den Kopf und runzelte die Stirn. »Was ist denn mit meinen Haaren?«

Als er später vor seinem Schlagstein stand, fiel es ihm ein: Es hatte gar keinen Mond gegeben in der letzten Nacht. Er sah aus dem Fenster. Wie seit Tagen versteckte sich der Himmel unter einer dichten grauen Wolkendecke …

Kapitel 4

Aus den Lebenserinnerungen von Fritz Ribot, begonnen 1921

Manchmal muss der Mensch durch schwere Zeiten gehen. Die ersten Monate nach Sophies Tod waren wohl die schlimmsten meines Lebens. Ja, sie hat mich betrogen und sie wollte mich verlassen – aber sie war doch meine Frau, und ich habe sie trotz allem geliebt. Am furchtbarsten war für mich, die Mädchen leiden zu sehen und doch nicht helfen zu können. Ich hatte ja wenigstens meine Arbeit, die mich ablenkte und mir ein Trost war, aber Käthchen und Tilly … Sie am Grab ihrer Mutter zu sehen war kaum zu ertragen. Dieser Mensch aus Cannstatt hatte noch die Stirn, zu fragen, ob er Sophie einmal auf dem Friedhof besuchen dürfte. Das habe ich mir verbeten. Man stelle sich vor, jemand sieht einen fremden Mann an ihrem Grab! Das gäbe Anlass zu Gerede! Noch wusste ja niemand davon, dass Sophie gehen wollte, und dabei habe ich es auch belassen. Dann müssen die Mädchen nicht auch noch diese Schande aushalten. Allerdings habe ich der Bitte dieses Herrn um ein Andenken entsprochen und habe ihm eine Fotografie von Sophie geschickt. Ich bin ja kein Unmensch.

Im darauffolgenden Frühjahr war unsere Tilly dann mit ihren zehn Jahren alt genug, auch ins Pensionat nach Ansbach zu gehen, so waren die Mädchen wenigstens beieinander und konnten sich gegenseitig Trost spenden.

Mein Trost war das Blühen und Gedeihen der Fabrik. Es wurde mir zur Gewohnheit, an meinen einsamen Abenden bis spätnachts im Labor zu bleiben, alte Rezepturen zu verbessern und neue auszuprobieren. Bei der Lavendelseife, die mir immer von der Farbe her zu blass war, probierte ich das Färben mit Indigopulver und stellte fest, dass dieses die Masse erst grün und dann nach der Gelphase wunderbar blau machte. Ich erfand eine neue Rasierseife mit Rizinusöl, weißer Tonerde, Zedern- und Zitrusöl. Eine neue Haarseife für blondes Haar mit Zitronensäure und Melissenöl; die Lauge wird statt mit Wasser mit Brennnessel-Melissen-Tee angerührt. Und Rosa brachte mich auf die Idee mit der Kaffeeseife: Man nehme starken Kaffee und Kaffeesatz dazu, und Benzoe. Das ist ideal gegen Gerüche wie Zwiebel oder Knoblauch – für Köchinnen das Beste.

Eine schöne Überraschung zu Weihnachten fand ich dann auch noch für die Mädchen: eigene Ribot'sche Wunderkerzen! 25 Teile fettfreie Eisenteilspäne, 5 Teile Aluminiumpulver, 55 Teile salpetersaures Barium für die grüne oder salpetersaures Strontium für die rote Flamme. Alles mit Wasser zu einem zähen Brei gerührt und dann auf dünne, flache Eisenbänder in mehreren Schichten aufgetragen. Das gab ein großes Hallo, und auf dem Markt laufen die Wunderkerzen besser, als ich dachte.

Nach Sophies Tod ging ich auch wieder öfter nach Nürnberg in die Loge. Besonders mein Freund Gehring, der inzwischen Meister vom Stuhl ist, war mir in meiner Trauer eine Hilfe. Auch er hat seine Frau früh verloren. Die »Tempelarbeit« mit ihren rituellen Handlungen wurde mir zur lieben Gewohnheit, das Absingen der Freimaurerlieder, die Almosensammlung für gemeinnützige Zwecke, die Vorträge, all das gemeinsam mit den Brüdern – das gab mir ein wohltuendes Gefühl der Zugehörigkeit.

So lernte ich also, als Witwer zu leben. Ja, solange der andere da ist, findet man kaum Zeit, macht sich keine Gedanken, schätzt das Zusammensein nicht genug – aber dann, wenn man alleine ist, spürt man die Leere.

Auf den nächsten Schlag, der mich im Jahr darauf aus heiterem Himmel traf, war ich genauso wenig vorbereitet wie auf Sophies Tod. Der Vorschussverein musste aufgrund betrügerischer Machenschaften Konkurs anmelden. Obwohl mich und die anderen Aufsichtsräte keine Schuld traf, schämte ich mich dennoch in Grund und Boden vor all den Leuten, die uns in gutem Glauben ihr Geld anvertraut hatten. Ich wurde zum Konkursverwalter bestimmt und arbeitete monatelang Tag und Nacht. Ich konnte kaum noch schlafen, so viele Sorgen trieben mich um. Mit jedem einzelnen Gläubiger verhandelte ich, jeden einzelnen Kreditnehmer bezog ich mit ein, um am Ende wenigstens zu erreichen, dass die großen Gläubiger mindestens 20 % zurückerhielten, die kleinen wesentlich mehr. Das war alles, was noch herauszuholen war, ich konnte das Schlimmste verhindern, aber stolz bin ich nicht wirk-

lich darauf. Dennoch war man in der Stadt so froh, dass man mich nach Abschluss des Vergleichs als Retter der kleinen Anleger feierte und dafür zum Kommerzienrat ernannte. Ich habe mich beinahe dafür geniert.
Kaum hatte ich die höheren Weihen dieses Titels, standen die Politiker der Nationalliberalen Partei bei mir vor der Tür. Sie haben mich davon überzeugt, dass ich als bedeutende Persönlichkeit etwas für meine Heimatstadt tun sollte. Nach einigen Überlegungen habe ich schließlich zugesagt, bei der Gemeinderatswahl im November für die Liberalen zu kandidieren. Und was geschah? Ich bekam mit 518 die meisten Stimmen und wurde nicht nur zum Gemeindebevollmächtigten, sondern zum Vorstand des Kollegiums aller Gemeindebevollmächtigten gewählt. Ich muss schon sagen, das war ein großer persönlicher Erfolg für mich, an den ich vorher nie geglaubt hätte. So viel Vertrauen und Zuneigung zu erfahren hat mich wirklich sehr gerührt, und ich war und bin entschlossen, dieses Vertrauen meiner Wähler nicht zu enttäuschen und vor allem für die Modernisierung meiner Vaterstadt einzutreten. Meine große Idee, die ich schon seit längerem gehegt habe, ist der Bau einer Bahnlinie von Schwabach über Abenberg bis nach Spalt.

Im selben Jahr '96 gab es noch einen großen Erfolg, denn ich ohne Einschränkung genießen konnte: Die Firma Ribot gewann bei der Bayerischen Landesausstellung in Nürnberg die Goldene Staatsmedaille für hervorragende Leistungsfähigkeit. Unter allen Ausstellern der Seifenbranche waren wir die Einzigen, die diese Auszeichnung erhielten. Unser Ausstellungspavillon fand ebenfalls großen Beifall. In der Zeitung stand später: »Die Seifenfabrik Ph. Benj. Ribot aus Schwabach schien auf der Ausstellung nicht nur zeigen zu wollen, dass sie Seife produziert, sondern sie wollte durch Prunk und Pracht und großartige Darstellung bestätigen, dass die Kultur eines Volkes proportional zu seinem Verbrauch an Seife ist. Professor Schwabe formte die ungeheuren Seifenblöcke zu einem Aufbau, von dessen höchster Höhe eine blonde Maid in voller Nacktheit auf die Menschlein da unten herabblickt. Massige, überlebensgroße Tritonen und Najaden stehen im Begriff, die Vorübergehenden mit Felsbrocken aus Seife zu bewerfen. Vielfarbig bunt und bewegt ist das Ganze ...« Wie ich schon immer gesagt habe: Die Selbstdarstellung einer Firma nach außen ist in ihrer Wichtigkeit nicht hoch genug einzuschätzen!

So neigte sich das Jahr 1896 mit einem rauschenden Erfolg seinem Ende zu. Und ich, ich war nun ein Witwer.

Kapitel 5
1897

»Aaaaah!« Das Licht ging an, und die Herren in den dunklen Anzügen brachen in Begeisterung aus. Gleißend hell war es mit einem Mal in der Fabrikhalle, man konnte jedes Schmutzkörnchen auf dem Boden sehen, jede Fliege an der Wand, jede Schuppe auf den Sakkokrägen der Männer!

»Kolossal!« Nadelfabrikant Staedtler klopfte Fritz anerkennend auf die Schulter. »Sie sind immer für eine Überraschung gut, mein Bester.«

Filzfabrikdirektor Moll war ebenfalls beeindruckt. »Ich muss sagen, ich war ja anfangs skeptisch, aber wenn ich das so sehe: Die Investition hat sich gelohnt, das wage ich jetzt schon zu behaupten!«

»Elektrisches Licht, das ist schon ein Wunderwerk!« Der Bürgermeister zupfte sich ein graues Haar vom Revers, das er jetzt erst entdeckt hatte.

Konrad deutete auf die gefüllten Champagnergläser, die auf einem Tischchen neben den Siedekesseln standen. »Bedienen Sie sich, meine Herren!«

»Zweihundert Glühlampen und vier Bogenlampen«, dozierte Carl stolz. »Bringen mindestens die doppelte Helligkeit wie das herkömmliche Gaslicht. Müsste doch gerade in der Nadlerei, wo man so genau hinsehen muss, enorme Vorteile haben.«

Traumüller schürzte die Lippen. »Dafür bräuchte ich eine Dampfmaschine mit mehr PS und einen größeren Dynamo.« Er schien im Kopf nachzurechnen, was das alles kosten dürfte und meinte dann: »Vielleicht im nächsten Jahr, wenn alles gut läuft.«

»Herr Kommerzienrat, wollen Sie nun dauerhaft Nachtschichten einführen?« Ein Journalist vom »Schwabacher Intelligenzblatt« stand mit gezücktem Bleistift vor Fritz.

Der lächelte. »Nun, das ist einer der Gründe, warum wir uns zu dieser Maßnahme entschlossen haben. Nacht- oder auch nur Spätschichten führen zu einer besseren Auslastung der Maschinen und der Energie. Auch unter den Arbeitern und Arbeiterinnen wird die Nachtarbeit immer beliebter, sehen Sie nur die Fabriken im Ruhrgebiet und in Berlin an.«

»Sie planen also die Neueinstellung von Arbeitskräften?«

»Gut möglich«, schmunzelte Fritz.

Während Fritz das Interview gab, stellte sich Carl zu Konrad neben das große Rührwerk. »Uns fragt wieder mal keiner«, sagte er verkniffen. »Man könnte meinen, die Fabrik gehöre allein Fritz.«

Konrad zuckte mit den Schultern. »War doch schon immer so.«

»Wird sich aber in der nächsten Generation ändern«, meinte Carl. »Da sind dann deine Söhne dran.«

»Na, vielleicht ja auch deine ...«

Carl biss sich auf die Unterlippe. »Eher nicht. Die Emma will keine Kinder mehr. Sie will lieber reisen, ausgehen, na ja ...«

Konrad hob die Augenbrauen. »Und das lässt du dir gefallen? Du lässt dir doch sonst von niemandem was sagen!«

»Ach Gott, die Weiber! Was willst du da machen?« Carl überspielte seine Verlegenheit mit einem schiefen Lächeln. »Außerdem – der Fritz könnte ja auch dran denken, noch einmal zu heiraten.«

»Hm«, machte Konrad. »Hast auch wieder recht. Er ist ja grad erst fünfundvierzig, da könnte er sich schon noch eine Junge nehmen.«

»Tja, warten wir's ab.« Carl schlenderte hinüber zu Fritz und dem Journalisten.

»Ah, Herr Carl Ribot!«, wandte sich eifrig der junge Mann an ihn. »Meinen Sie nicht, dass es womöglich zu gesundheitlichen Schäden führen kann, wenn der Mensch so viele Stunden dieser unglaublich hellen Lichteinstrahlung ausgesetzt ist?«

Carl warf sich in die Brust und hakte die Daumen in seine Westentaschen. »Da müssen Sie schon die Herren Mediziner fragen. Ich habe allerdings Derartiges noch nicht gehört. Man kann, anders als in die Sonne, direkt in die Glühbirne hineinschauen, ohne geblendet zu sein. Das elektrische Licht ist nicht heiß, man spürt es nicht, es riecht nicht, und der Strom ist geräuschlos. Machen Sie die Augen zu, und Sie merken gar nicht, dass es da ist. Was soll es also schaden?«

»Darf ich abschließend eine Fotografie von den Herren machen?«

»Aber selbstverständlich gerne.«

Die Honoratioren und Fabrikanten formierten sich zur Reihe, zwirbelten ihre Schnurrbärte zurecht und machten wichtige Gesichter, während der Journalist seine Kodak 1 auf ein dreibeiniges Gestell hievte, alle ins Visier nahm und dann auf den Auslöser drückte.

Zur selben Zeit saßen drüben in der guten Stube im ersten Stock die Damen des Hauses. Als auch dort wie von Zauberhand das Licht anging – eine Viertelstunde später als in der Fabrik, weil Konrad in der Aufregung vergessen hatte, auch den zentralen Schalthebel für das Wohnhaus umzulegen – war weit weniger Euphorie zu spüren. Käthe, die es im Alter zunehmend mit den Nerven hatte, zuckte beim Aufflammen der Glühbirnen so sehr zusammen, dass sie fast vom Stuhl fiel und ihr Pompadour auf dem ergrauten Kopf in Schieflage geriet. Rosa, die hinter ihr stand, schrie vor lauter Schreck auf.

»Kinder, macht die Augen zu!«, kommandierte Gusti, die ganz blass um die Nase geworden war. »Käthchen, du läufst hinüber in die Fabrik. Frag, ob das so gehört, oder ob etwas schiefgegangen und diese blendende Helligkeit ein Versehen ist.«

Käthchen sprang auf und lief, die Augen zu Schlitzen zusammengepresst, aus dem Zimmer. Alle saßen mit gesenkten Lidern da, bis sie wieder zurück war. »Alles hat seine Ordnung«, rief sie. »Ihr könnt euch nicht vorstellen, wie hell es drüben erst ist.«

Tilly riss die Augen auf. »Ist ja waaaaahnsinnig«, rief sie. »Wie am helllichten Tag.«

»Müssen wir jetzt abends nicht mehr ins Bett?«, fragte Eugen mit erwartungsvoller Miene.

»Papperlapapp, kleiner Herr Siebengescheit«, sagte Gusti. »Wenn das Licht ausgeschaltet ist, ist es ja wieder finster.«

»Oooch«, maulte Mary und machte einen Flunsch. »Wozu brauchen wir das neue Licht dann?«

Käthe schüttelte voller Unverständnis den Kopf. »Gar nicht hätten wir's gebraucht hier im Haus. Drüben in der Fabrik, das ist was anderes. Aber hier. So grell! Das tut ja in den Augen weh. Und schaut nur, wie käsig wir alle auf einmal ausschauen.«

Käthchen blickte auf ihre Hände herunter und auf Emmas Dekolleté. »Bei diesem Licht sieht man bestimmt jeden einzelnen Mitesser im Gesicht«, jammerte sie.

Lisette, die zur Feier des Ereignisses mit ihrem Mann aus Nürnberg gekommen war, pflichtete ihrer Mutter ebenfalls bei. »Richtig krank sehen wir aus in dieser Helligkeit.«

»Müssen wir eben in Zukunft mehr Puder benutzen«, meinte Emma und schlug dem zweijährigen Julius auf die Finger, der auf Gustis Schoß saß und zu ihrer Perlenkette herüberlangen wollte. »Aber die Farben der Kleiderstoffe leuchten dafür schöner.«

Mary sah an ihrem rosa Traum von Rüschenkleidchen herunter und strahlte.

»Ach, wir werden uns schon daran gewöhnen«, sagte Lisette und holte Fritz auf ihre Knie, wo er fröhlich die Schluppe ihrer Bluse aufzog. »Das ist halt der Fortschritt. Mit der Eisenbahn hat ja zuerst auch keiner fahren wollen. Und ich weiß noch, wie zu Tod erschrocken ich fortgelaufen bin, als unsere erste Dampfmaschine anfing, zu rumpeln und zu dröhnen.«

Die Männer kamen herein; Rosa eilte hinüber in die Küche, um Bescheid zu sagen, dass serviert werden konnte.

»Na?«, fragte Fritz und sah erwartungsvoll in die Runde.

»Mir gefällt's nicht«, brummte Käthe. »Tag ist Tag, und Nacht ist Nacht. Wenn der liebe Gott das anders gewollt hätte, hätte er es anders gemacht.«

»Aber das Gaslicht war doch auch schon da, und das hat dich nicht gestört.«

»Das Gaslicht war schön gelblich und nicht so hell. Da hat man gewusst, es ist trotzdem Nacht. Jetzt kommt man ja ganz durcheinander«, beharrte Käthe.

»Ich find's doll!«, sagte Tilly.

»Ts, was ist denn das für ein Wort?«, sagte Emma missbilligend.

»Das ist französisch und heißt wunderbar«, erklärte Käthchen und zwinkerte Tilly zu. »Das lernen wir im Pensionat.«

»Ah so, na dann!«

Die Mädchen grinsten. Sie fanden ihre Tante Emma »affig«.

Die Suppe wurde serviert. Nach dem ersten Löffel verlangte Fritz nach einem Fläschchen Maggi. »Die neue Köchin kocht mir viel zu fad«, sagte er missgelaunt, als das Dienstmädchen draußen war.

»Jetzt hört aber auf«, ärgerte sich Emma. »Die Frau Braun hat im Grand Hotel in Nürnberg gelernt!«

»Das ist mir wurscht, wo die gelernt hat«, konterte Fritz. »Mir schmeckt's bei der nicht. Dieses ganze überkandidelte Zeug, das die kocht. Blut- und Leberwürste mit Kraut, oder ein ordentliches Kotelette mit Kartoffelsalat, das wär mir recht. Ich brauch keine gratinierten Filetspitzchen und keine Austern à la G'schmarri, und am Süßspeisentag will ich kein Orangensoufflé, sondern mir langt ein schöner Grießbrei mit Zimt und Zucker.«

Leider war Fritz bei der Einstellung von Frau Braun – auch noch eine Köchin, die er mit Nachnamen anreden sollte! – von Emma, Carl und den Mädchen überstimmt worden. Er ärgerte sich, dass er vor vier Wochen nicht sein Veto eingelegt hatte. Als Rosa ihm das kleine braune Fläschchen mit der Flüssigwürze hinstellte, sagte er wehmütig zu ihr: »Weißt, Rosa, wenn ich an die schöne Schwemmklößchensuppe denk, die du mir als Kind immer gekocht hast, da läuft mir das Wasser im Mund zusammen. Deine Suppen, die haben einen Toten aufgeweckt!«

Rosa wurde ganz rot vor Freude. Sie sammelte noch ein paar Spielsachen von Julius auf, die auf dem Teppich lagen, kam aber dann so schlecht wieder hoch, dass Konrad aufstand und ihr half. »Auweh«, sagte sie, »ich hab's heut ein bisschen im Kreuz.« Dann quetschte sie sich zwischen der Anrichte und den Stuhllehnen zur Tür hinaus.

»Arme alte Rosa, kann sich kaum noch bücken«, registrierte Carl. »Neulich hab ich beobachtet, wie sie die Treppe hinaufgegangen ist. Dreimal hat sie verschnaufen müssen. Vielleicht sollte man ihr bloß noch leichtere Arbeiten geben.«

»Die macht doch sowieso nicht mehr viel«, sagte Emma.

»Ich mach auch nicht mehr viel, Emma.« Käthe legte ihren Löffel hin. »Aber früher, da haben die Rosa und ich geschuftet, das kannst du mir glauben. Wir sind nicht den ganzen Tag auf der Chaiselongue herumgesessen und haben Romane gelesen.«

Emma schob beleidigt die Unterlippe vor.

Konsul Bock, der bisher schweigend neben Lisette gesessen hatte, versuchte, die Stimmung mit einem Witz aufzulockern: »Ach übrigens, kennt ihr schon den? Treffen sich ein Pfarrer, ein General und ein Schornsteinfeger vor der Kirche …«

Nach dem Hauptgang – zu Fritz' Leidwesen gab es glacierte Perlhuhnbrüstchen mit Estragonjus und Gemüsejulienne – stahl sich Lisette hinaus.

Sie fand Rosa im Bügelzimmer, wo sie nach sauberen Geschirrtüchern kramte.

»Rosa, wie geht's dir denn?«, fragte sie und zog ihr altes Kindermädchen auf die große Wäschetruhe.

»Mir? Mir geht's gut«, erwiderte Rosa. »Na ja, langsam merkt man schon das Alter. Bin ein bissle dick geworden, gell? Und manchmal zwickt's schon hier und da. Aber ich lass mich nicht unterkriegen.«

»Ist dir die Arbeit zu viel?«

Rosa fuhr auf. »Ich schaff noch immer, was ich schaffen muss!«

Lisette umarmte sie, wie sie es als Kind immer getan hatte. »Ich wollt dich nicht beleidigen, sei mir nicht bös. Mir ist bloß wichtig, dass es dir gutgeht.«

»Und dir? Wie geht's dir?« Rosa sah Lisette in die Augen.

»Oh, alles bestens«, sagte Lisette leichthin und konnte doch nicht verhindern, dass ihre Stimme leicht zitterte.

Rosa fasste ihre Hand. »Kindchen, glaubst du, deine alte Rosa merkt nicht, dass du unglücklich bist? Jedes Mal, wenn du uns besuchst, bist du wieder ein bisschen stiller. Und ich seh doch, wie du neben deinem Mann sitzt. Streitet ihr euch?«

Lisette schüttelte den Kopf. »Wenn es das nur wäre. Der Eduard behandelt mich wie ein rohes Ei. Er ist so gut zu mir, besser, als ich es verdiene. Ich kann es ihm nie vergelten, dass er mich geheiratet hat – schließlich war ich, wie sagt man so schön, ›beschädigte Ware‹.«

»Was ist es dann?«

»Ach, Rosa.« Tränen standen in Lisettes Augen. »Alle haben gesagt, die Liebe kommt schon. Aber das stimmt nicht. Obwohl ich mir so viel Mühe gebe. Ich hab ihn gern, ja, aber er ist wie ein Vater, er … Wenn er mich anfasst, spür ich nichts. Einfach nichts. Ich bin wie taub. Und dann … Weißt du, ich hab gedacht, wenn erst Kinder da sind, dann wird alles gut. Ich wünsch mir doch so sehr Kinder. Wenn ich drüben die Kleinen anschau, dann geht mir das Herz auf. Und gleichzeitig bin ich so traurig. Jetzt sind wir schon sieben Jahre verheiratet. Ach Rosa, ich glaub, wir können keine Kinder miteinander haben.« Sie begann zu schluchzen.

Rosa wiegte sie in ihren Armen, so wie früher. Armes Ding, dachte sie. Vielleicht wär sie glücklich geworden mit ihrem Goldschläger. Da haben's die einfachen Leute leichter, die können heiraten, wen sie wollen. »Das mit den Kindern«, sagte sie, »das liegt in Gottes Hand. Manchmal dauert's halt. Du kennst doch die Betty vom Ingenieur Appeltauer – die ist nach zwölf Jahren Ehe zum ersten Mal schwanger geworden und hat dann noch vier Kinder geboren.«

»Aber wir versuchen's dauernd, und …«

»So was lässt sich nicht erzwingen, Lisi. Hab einfach Geduld. Sei gut zu deinem Eduard, der hat dich nämlich lieb, das sieht man. So, und jetzt lässt du dir drüben die Nachspeis schmecken und haderst nicht mehr.«

Kapitel 6

Schwabach, 26. April 1897

Lieber Viktor!

über Deinen letzten Brief habe ich mich sehr gefreut. Dass Du Klassenbester geworden bist, höre ich gern. Du weißt ja, dass ich mit Kollegsdirektor Pater Theodor in regelmäßigem Briefkontakt stehe, und auch er hat mir geschrieben, dass Du seit deiner Ankunft vor über zwei Jahren erstaunliche Fortschritte gemacht hast. In seinen Augen hast Du eine außerordentliche Begabung. Du solltest tatsächlich sein Angebot annehmen und ein Schuljahr überspringen, er meint, Du seiest sonst unterfordert. Aber ich will Dir nichts vorschreiben, es ist Deine Entscheidung.

Du schreibst, dass Du jetzt beim Chor in den Bass gewechselt bist und dass das Singen Dein liebstes Hobby ist. Brav! Das ist Deine russische Seele! Ich erinnere mich gern an die Abende in Moskau, an denen ich mit den Arbeitern auf dem Ofen saß und wir die schönen russischen Volkslieder sangen. Manche kann ich heute noch. Im Übrigen war auch Dein Großvater Philipp zeitlebens im Männerchor, allerdings als Bariton. Ich selber habe da weniger Talent, ich brumme eher, als dass ich singe.

Eine traurige Nachricht muss ich Dir berichten. Ende Februar musste ich meine gute Mutter zu Grabe tragen, das hat mich schwer getroffen. Jeder Mensch hat nur eine Mutter, und wenn sie geht, stirbt ein Stück von einem selber. Jetzt erst kann ich wirklich verstehen, wie Dir zumute gewesen sein muss, als meine liebe Sascha starb. Und Du warst auch noch ein Kind und ganz allein. Viel Unglück hast du damals aushalten müssen, mein Junge, und ich bin untröstlich, dass ich Dir damals nicht zur Seite stehen konnte. Was habe ich alles an Dir gutzumachen!

Das Osterfest habe ich mit Käthchen und Tilly in München verbracht, wo wir schön ins Bayerische Staatstheater gingen (»Der Freischütz«) und tags darauf zu meinem Leidwesen bei allen möglichen Modeschneidern stundenlang Kleider anmessen lassen und Hütchen bestellen mussten. Aber ich will gern alles tun, was meine beiden Töchter glücklich macht. Auch sie haben ihre Mutter verloren, das ist schlimm genug, und ich freue mich über jedes unbeschwerte Lachen, vor allem von Käthchen, die empfindsamer ist als ihre kleine Schwester. Im Englischen Garten haben wir die ersten Krokusse gesehen, dann sind wir mittags ins Hofbräuhaus, wo die Mädchen den ersten Schluck Bier ihres Lebens trinken durften. Geschmeckt hat es ihnen nicht.

Ich will Dir noch eine schöne Neuigkeit erzählen: Denk Dir – ich habe einen Hund gekauft! Wie Du ja weißt, gab es im letzten Jahr diesen schlimmen Krawall bei uns im Hof. Die Sozi-Bande wollte uns tatsächlich an den Kragen. Sogar eigene Arbeiter haben gegen uns, ja gegen mich die Hand erhoben! Dabei sorge ich mich unentwegt um das Wohl meiner Leute! Stets habe ich klaglos die Beiträge zur Sozialversicherung gezahlt. Meine Löhne sind besser als die der hiesigen Nadelfabrikanten. Ich bin der Letzte, der einen Arbeiter hinauswirft, wenn er einmal zu spät kommt. Wir sind ja alle bloß Menschen, nicht wahr? Neulich, als der Seidel aus der Trockenabteilung krank war, hab ich für ihn den Arzt bezahlt. Zu Weihnachten gibt es jedes Jahr für alle eine Bescherung mit Geschenken. Ich kenne sämtliche Kinder meiner Arbeiter beim Namen! Ich sage immer, wir sind alle eine große Familie. Aber natürlich muss man als Fabrikherr auch mit der nötigen Strenge auftreten. Wenn die Arbeiter keinen Respekt vor dir haben, tanzen sie dir auf der Nase herum. Ist einer renitent, wird gekündigt. Und die Sozis, die machen die Leute renitent. Sie wiegeln die braven Arbeiter auf, zu ihrem und unserem Unglück! Dass ausgerechnet die Stammwirtschaft der SPD gleich neben der Fabrik liegt, lenkt natürlich die Aufmerksamkeit der Unzufriedenen auf uns. Im vorigen Monat hat es schon wieder einen Einbruch gegeben. Ich fand am Morgen ein Fenster im Rohstofflager aufgebrochen, und beim Nachzählen stellte sich heraus, dass zwei Kanister bestes Sonnenblumenöl für die Goldseife, ein Sack Soda und ein paar Werkzeuge fehlten. Außerdem haben diese Lumpen versucht, ins Kontor zu gelangen, wo sie vermutlich den Tresor hätten aufbrechen wollen. Nicht auszudenken, wenn ihnen das gelungen wäre; darin lagen die Wochenlöhne für die gesamte Belegschaft zur Auszahlung bereit!

Jetzt habe ich meinen ganzen Unmut vom Herzen geschrieben, lieber Viktor, und ich hoffe, Du nimmst mir das nicht übel. Eigentlich wollte ich Dir ja von meinem neuen Freund erzählen. Es ist ein Irischer Wolfshund, also eine Rasse, die besonders groß wird und so recht gefährlich ausschaut. Na, gefährlich ist unser kleiner Bonnie noch nicht (den Namen hat Tilly nach ihrem Lieblingslied »My Bonnie is over the Ocean« ausgesucht, und obwohl unsere »Amerikanerinnen« Gusti und Emma ihr versichert haben, dass dies ein Mädchenname sei, war sie nicht davon abzubringen), Ich befürchte, wenn die Mädchen das schwarze Zotteltier weiter so verhätscheln, wird kein Wachhund, sondern ein Schoßhündchen draus. Ich hoffe, dass es wenigstens später einmal bellt, wenn ein Fremder ins Haus will.

Nun wünsche ich Dir erfolgreiches Lernen und eine schöne Maienzeit. Schreibe mir bald wieder, denn ich freue mich über jede Nachricht von Dir.

Dein Dich liebender Vater
Fritz Ribot

PS. Ich schicke Dir mit selbiger Post ein Päckchen mit zehn Carnauba-Seifen, die Du an Deine Freunde verteilen kannst. Dazu – weil Du schreibst, dass Du vom Rasieren schlechte Haut bekommst – einen dieser neuen Rasierer mit Wechselklingen von der Firma Gillette, die ich selber benutze. Die gibt es nur in Berlin, von wo mein Reisender, Herr Thürauf, mir sie besorgt. Die Klingen tausche aus, bevor sie richtig stumpf sind, Du musst nicht sparen. Ich schicke Dir Nachschub von meinen eigenen. Und benutze hinterher medizinischen Alkohol, das hilft.

Kapitel 7

Sankt Blasien, 28. Juli 1897

Lieber Vater!
Der neue Rasierer mit den Austauschklingen ist eine Wucht! Vielen Dank dafür! Ich schneide mich jetzt viel seltener, und auch die dummen Pusteln werden weniger. Den Alkohol wende ich nach Deinem Ratschlag täglich an, auch wenn mein Bettnachbar sagt, dass ich dann stinke wie eine Schnapsdrossel.

Heute habe ich mein Jahreszeugnis erhalten, eine Abschrift davon lege ich diesem Brief bei. Ich glaube, Du wirst mit mir zufrieden sein. Tatsächlich will ich nun eine Klasse überspringen und im Herbst in die Obersekunda gehen.

Ich habe ja schon so viel Zeit verloren, weil ich nach der Volksschule arbeiten musste. Jetzt, wo alles nachgeholt ist, soll es mein Ehrgeiz sein, nicht als der Älteste meines Jahrgangs die Reifeprüfung zu machen.

Am meisten Spaß macht mir die Mathematik. Zahlen sind etwas Herrliches. Was man doch alles berechnen kann! Die Höhe von Pyramiden, ohne sie besteigen zu müssen! Entfernungen, Geschwindigkeiten, wie krumm eine Kurve ist! Wie viel Zins man auf einen bestimmten Geldbetrag über soundso viel Jahre bekommt! Es ist fas-

zinierend, auf dem Papier so viele Antworten auf bedeutsame Fragen zu finden, ohne auch nur einen Fuß vor die Tür zu setzen. Pater Xaver, der uns in Mathematik unterrichtet, gibt mir manchmal Zusatzstunden, wenn mich etwas besonders interessiert.

Beim Sport haben alle Respekt vor mir, weil ich so stark bin. Im Laufen und Ringen schlage ich sogar Gegner aus der Oberprima! Recht viel Vergnügen habe ich am Tennisspiel. Seit dem Frühling gibt es im Internat einen Rasenplatz mit Netz, und bei schönem Wetter spielen wir fast täglich in der Nachmittagsfreizeit. Manche Patres sehen das nicht gerne, sie meinen, wir sollten in den Pausen lieber Kontemplation pflegen. Aber Pater Theodor hielt ihnen den alten römischen Spruch »mens sana in corpore sano« entgegen, und so dürfen wir den Ball weiter schlagen.

Zum Schluss habe ich noch eine Bitte: Mein bester Freund Gottfried von Zechel hat mich über die Sommerferien zu sich nach Hause eingeladen. Seine Familie besitzt ein kleines Wasserschloss im Hessischen.

Wäre Dir das recht? Du müsstest dann die Feriengebühr nicht bezahlen.

Ich hoffe, bald wieder von Dir zu hören und verbleibe Dein gehorsamer Sohn

Viktor

Postscriptum: Lieber Vater, kannst Du mir nicht eine Fotografie von Dir und Bonnie schicken? Ich hätte auch gern einmal einen Hund als guten Kameraden.

Kapitel 8
1897

Rosa vermisste Käthe, die ihr in den letzten Jahren eher eine Freundin als eine gnädige Frau gewesen war. Unangefochten stand sie trotz ihrer schwachen Gesundheit allein an der Spitze der Hierarchie der Ribot'schen Dienstboten. Niemand kannte sich überall so gut aus, wusste so viel über Vorlieben und Abneigungen der Herrschaft. Sie war die Seele des Hauses. Die Arbeit als Kindermädchen hatte sie an die beiden »Nannies« abgegeben, aber dafür werkelte sie überall mit herum und war Mädchen für alles. Bis zu dem Tag, als Emma sie im Salon überraschte, als sie sich müde auf das grüne Plüschsofa gesetzt hatte und eingenickt war.

»Jetzt reicht's aber!«

Rosa schrak hoch. »Ach du lieber Gott«, murmelte sie. »Hab mich bloß einen Moment ausruhen wollen …«

Emma stemmte erbost die Fäuste in die Hüften. »Unerhört ist das! In fünf Minuten kommen der Herr Pfarrer und seine Frau, und hier ist noch kein Kaffeetisch eingedeckt! Stattdessen schnarchen die Dienstboten auf dem Damensofa!«

Rosa stand auf und richtete fahrig ihr Häubchen. »Verzeihung, Frau Emma. Ich richt sofort alles her.«

Aber Emma war in Rage. »Du brauchst gar nichts mehr herzurichten, Rosa. Bei deinem üblichen Tempo dauert das ja eine Stunde. Sag der Hilde Bescheid. Und dann möchte ich, dass du deine Koffer packst.«

Rosa starrte sie an.

»Ja, du hast schon richtig gehört. Wir haben uns letzthin alle über dich unterhalten. Du schaffst deine Arbeit nicht mehr, Rosa. Du bist zu langsam, musst dauernd Pause machen. Dir fallen Sachen herunter, andere vergisst du. Du bist nicht mehr gesund. So geht das einfach nicht mehr. Wir brauchen Personal, auf das wir uns verlassen können. Ein Dienstmädchen, das hinlangen kann. Du gehst jetzt in deinen verdienten Ruhestand.«

»Aber … aber …« Rosas Lippen begannen zu zittern. Jesus, Maria und Josef, jetzt war es so weit. Jetzt trat das ein, wovor sie sich am meisten auf der Welt gefürchtet hatte. »Wo soll ich denn hin?«, murmelte sie verzweifelt. Ihr Herz klopfte wie wild. »Ich hab doch niemanden …«

Emma hörte sie schon nicht mehr, sie war längst wieder nach draußen gerauscht.

Langsam verließ Rosa den Salon. Alle haben sich über mich unterhalten, dachte sie. Ja, so ist das. Der Mohr hat seine Schuldigkeit getan, der Mohr kann gehen. Und wenn du alt bist, gehörst du der Katz. Wie hatte sie auch denken können, dass die Familie sie auf immer und ewig behalten würde. Sie war halt doch bloß eine Angestellte, nicht mehr und nicht weniger. Und Angestellten konnte man kündigen. Einfach so. Rosa band sich im Gehen die Schürze ab. Sie merkte gar nicht, dass ihr die Tränen über die runzligen Wangen liefen. Sie ging in ihre Kammer, zog ihren Koffer unter dem Bett hervor. Nein, keine Stunde länger würde sie hierbleiben. Sie würde sich nicht mehr anschauen lassen von den anderen, weil sie nicht mehr konnte. Ein paar Handgriffe, dann lagen ihr gutes Kleid, die Sonntagsschuhe, das Nachthemd, die Strümpfe und Unterkleider, Strickjäckchen und Taschentücher im Koffer. Mehr hatte sie nicht. Sie band ihre Schürze ab, legte sie über die Stuhllehne und das Häubchen darauf. Am Schluss langte sie unter ihre Matratze und holte einen zerknitterten braunen Umschlag heraus, den sie seit Jahren dort versteckte. Sie brauchte gar nicht nachzuzählen, es waren dreiundsechzig Mark darin. Ihre gesamten Ersparnisse. Sie zog den Wintermantel und die knöchelhohen Stiefel an, setzte ihr geblümtes Kopftuch auf und nahm den Koffer. Leise schlich sie am Salon vorbei nach unten, sie wollte nicht, dass sie jemand sah.

Die Uhr aus dem Kontor schlug drei Uhr nachmittags, als Rosa das Ribot-Haus verließ, das über vierzig Jahre ihre Heimat gewesen war. Einen Augenblick lang stand sie unschlüssig vor der Tür. Dann straffte sie den Rücken und ging nach links auf die Fleischbrücke zu.

Bis Fritz auffiel, dass im Haus etwas anders war, verging mehr als eine Woche. Am Mittwoch nach Allerseelen saß er mit dem »Intelligenzblatt« am Frühstückstisch. Unter der Woche pflegte er alleine zu frühstücken; er stand vor den anderen um sechs Uhr auf, um in Ruhe seine Zeitung lesen zu können. Das Dienstmädchen brachte seinen geliebten schwarzen Kaffee und stellte das Zuckerdöschen neben seine Tasse. Fritz griff zum Kaffeelöffel, dann sah er leicht irritiert zu dem Mädchen auf. »Sag, Hilde, wo ist denn eigentlich die Rosa? Die bringt mir doch sonst immer das Frühstück.«

Hilde riss die Augen auf. »Ja, aber die ist doch weg«, sagte sie.

»Wie, weg?« Fritz ließ die Zeitung sinken.

»Na, seit fast zwei Wochen schon.«

»Die Rosa? Ja, wo ist sie denn hin und warum?«

»Warum?« Das Mädchen blies die Backen auf. »Ich glaub, weil die Gnädige sie entlassen hat, darum. Davor hat die Rosa schon länger Angst gehabt.«

Fritz saß da wie vom Donner gerührt. »Und warum hat mich keiner gefragt?«

Hilde knickste. »Verzeihung, aber das weiß ich nicht, gnädiger Herr.«

»Und wo ist die Rosa jetzt?«

»Das weiß ich auch nicht. Sie hat ihren Koffer gepackt und ist gegangen.«

»Das ist ja …« Fritz war fassungslos. »Welche von den zwei ›Gnädigen‹ hat der Rosa gekündigt?«

»An dem Tag war nur die gnädige Frau Emma da«, erinnerte sich Hilde. »Die gnädige Frau Gusti ist zu Besuch bei der Konsulin Bock in Nürnberg gewesen.«

»Hab ich mir gedacht.« Fritz' Faust donnerte auf den gedeckten Kaffeetisch, dass die Untertassen klapperten. »Das Weibstück, das miserable!« Er wedelte mit der Hand. »Kannst gehen, Hilde. Und schick mir meinen Bruder und meine Schwägerin herunter. Danach gehst du in die ›Alte Farb‹ und sagst der ›Gnädigen‹ und ihrem Gatten, sie mögen sofort herüberkommen. Lass dich nicht abwimmeln.«

»Sehr wohl.« Hilde war schon draußen.

»Ich verbitte mir Personalentscheidungen ohne meine Mitsprache!« Fritz' Kopf war hochrot. »Das ist nicht dein Haus, Emma! Wieso kann deine Frau eigentlich machen, was sie will, Carl? Und wieso hat niemand etwas gegen diesen Unsinn unternommen? Mich informiert? Gusti? Konrad?«

»Der Konrad war doch grad mit dir zusammen in Düsseldorf, und ich …«, verteidigte sich Gusti lahm.

Emma warf sich in Positur. »Die Rosa kann schon lang nicht mehr ihren Aufgaben nachkommen«, sagte sie. »Dauernd hat sie irgendwelche Schwindelanfälle, muss verschnaufen, vergisst Sachen. Neulich hat sie auf die Kinder aufgepasst, und der Julius wäre fast aus dem Fenster gefallen, weil sie nicht gemerkt hat, dass er aufs Sims geklettert ist. So hat das doch nicht weitergehen können. Wir sind schließlich kein Wohltätigkeitsverein.«

Fritz stellte sich ganz dicht vor seine Schwägerin hin. »Jetzt sag ich dir mal was, Emma. Die Rosa, die hat mich aufgezogen, den Carl, den Konrad, die Frieda und die Lisette. Die hat uns allen den Hintern abgeputzt, uns nachts getröstet, wenn wir geweint haben und uns löffelweise Brühe eingeflößt, wenn wir krank waren. Die hat uns geliebt, als ob wir ihre eigenen Kinder wären. Die hat meine Großmutter und meinen Großvater bis zu ihrem Tod gepflegt. Die Rosa ist schon länger im Haus, als du auf der Welt bist, und sie gehört verdammt nochmal zur Familie. So jemanden im Alter zu entlassen ist unchristlich und schäbig und gemein.«

Carl legte demonstrativ den Arm um Emmas Schultern. »Hör mal, wie redest du denn mit meiner Frau, Fritz?«

»So, wie sie's braucht. Du tust's ja offensichtlich nicht.« Fritz war wütend wie selten in seinem Leben. »Und wenn wir schon beim Thema Wohltätigkeitsverein sind, Emma: Wer, glaubst du, zahlt deine teuren Pelzmäntel, deinen Schmuck und deine Ausflüge nach München?«

»Mein Carl!«, fauchte Emma.

»Ganz recht! Und zwar vom gleichen Geld, mit dem auch die Rosa bezahlt wurde. Dem Geld nämlich, das die Firma erwirtschaftet. Und im Gegensatz zu dir hat die Rosa ihr Leben lang dafür gearbeitet.«

Gusti mischte sich ein. »Fritz, ich glaube, ich kann mir denken, wo die Rosa hin ist.«

»Ach ja?« Fritz war auch auf Gusti wütend.

»Ins Pfründnerhaus am Pinzenberg, du weißt schon …«

Fritz schnaubte durch die Nase. Dann schnappte er sich Stock, Mantel und Hut und verließ das Haus. Er knallte die Tür so laut hinter sich zu, dass die Glasscheiben der Kontorfenster wackelten.

Das Pfründnerhaus war ein großes mehrstöckiges Eckhaus in der Glockengießergasse. Hier kamen Alte, Gebrechliche und Kranke unter und wurden auf städtische Kosten beherbergt und versorgt.

Menschen, die keine Familie hatten, die sich um sie kümmerte und kein Geld, um sich andere und bessere Unterkunft zu leisten. Das städtische Altersheim war die Endstation für die Ärmsten.

Als Fritz das Gebäude betrat, roch es nach einer Mischung aus gekochtem Kohl, Schimmel und Urin. Gleich beim Eingang war eine kleine Portiersloge, in der hinter einem Gitterfenster eine von den Hensoltshöher Schwestern saß.

»Ich such die Rosa Adel. Ist die hier untergebracht?«

Die Nonne blätterte in einer Kartei. »Saal eins im dritten Stock rechts«, sagte sie. »Da sind die Rüstigeren untergebracht.« Sie rief ihm etwas nach, aber da hatte er schon die erste Treppe genommen.

Droben klopfte er und betrat er den Saal eins. Der Raum war unbeheizt und roch nach Krankheit und Alter und menschlichen Ausdünstungen. Zwölf einfache Betten standen darin, ein paar Nachtkästchen und Stühle, zwei wacklige Tische, das war alles. An der Wand entlang zog sich ein Einbauschrank, von dem die Farbe abblätterte, an den einzelnen Abteilen standen die Namen der Zimmerinsassen. Er öffnete Rosas Fach, holte ihren Mantel und das alte geblümte Kopftuch heraus. Dann ging er wieder nach unten. Die Nonne kam ihm schon entgegen. »Sie sind ja schneller, als die Polizei erlaubt«, lächelte sie. »Ich wollte Ihnen noch sagen, wenn sie die Frau Adel besuchen wollen – grad wird sie da hinten im Aufenthaltsraum sein. Unsere Schützlinge sitzen gern nach dem Frühstück noch ein bisschen im Warmen.«

»Danke!« Fritz ging durch den langen Flur bis zu einer Doppeltür, hinter der er Geschirrgeklapper und Gemurmel hörte. Er trat ein.

Drinnen waren Tische in vier langen Reihen aufgestellt, an denen noch einige Bewohner des Heims saßen. Ein junges Mädchen mit dünnen dunklen Zöpfen räumte die Reste des Frühstücks weg, Schnabeltassen, Breinäpfe, blecherne Kaffeekannen. Draußen in der Küche wurde laut mit Geschirr geklappert. Vor dem großen Kachelofen in der Ecke hatte man Rollstühle aufgestellt, in denen zittrige Greise mehr hingen als saßen, einer mümmelte zahnlos an einem Kanten Brot. Alle Heiminsassen trugen graue sackartige Kittelschürzen, auch die Männer. Manche hockten am Tisch, andere auf der langen Bank, die sich über die ganze Außenseite des Raumes zog. Die einen schienen zu dösen, andere murmelten vor sich hin, viele sahen ungepflegt, verwahrlost und krank aus. Eine alte Frau fuchtelte mit ihrem Stock herum und schimpfte und kreischte, bis sie von einer anderen an Fritz vorbei hinausgeführt wurde. Zwei Männer schlurften orientierungslos durch den Raum, einer verlor durch das Hosenbein etwas, das aussah wie … Fritz konnte es riechen. Er war entsetzt. So sollte niemand leben müssen! Er sah sich suchend um, konnte aber Rosa nirgends finden. Schließlich entdeckte er sie doch – sie kam gerade aus der Küche, natürlich! Sie half mit, wie sie es ihr Leben lang gewohnt war. Zum ersten Mal fiel Fritz auf, wie weiß ihr Haar, wie fahl ihr Gesicht, wie gebeugt ihr Gang, wie tippelig ihre Schritte waren, aber sie arbeitete dennoch. Ja, dachte Fritz, die Jahre fordern ihren Tribut, da ist keiner von uns gefeit. Gerade griff sie nach einem leeren Milchkrug, als er auch schon bei ihr war.

Sie sah ihn, und ihre Miene verschloss sich. »Willst am End sehn, wie's mir geht, Fritz?« Er spürte, wie verletzt sie war, und es tat ihm so leid.

»Nein, Rosa«, sagte er, nahm ihr den Krug aus der Hand und stellte ihn auf den Tisch zurück. »Ich komm dich holen.«

»Du und deine Familie, ihr habt mich doch entlassen«, erwiderte sie. Ein Anflug von Stolz flackerte in ihren Augen auf. »Jetzt brauchst du auch nicht mehr nach mir schauen. Ich komm schon zurecht.«

»Rosa«, sagte er. »Ich hab nichts davon gewusst, das musst du mir glauben.« Fritz schämte sich so sehr. Ich hätt es eher merken müssen, dachte er, aber wenn man mit dem Kopf dauernd im Geschäft ist … »Zieh den garstigen Kittel aus«, sagte er, und dann half er ihr in den Mantel.

Rosa protestierte schwach. »Aber die anderen …« Ihre Augen füllten sich mit Tränen. Ihr Fritz holte sie nach Hause!

»Die lass getrost meine Sorge sein«, knurrte Fritz. Er führte Rosa zur Eingangstür, vorbei an der verdutzten Hensoltshöher Schwester in ihrer Pförtnerloge. »Die Frau Adel zieht wieder aus«, sagte er zu ihr. »Ich schick später noch jemanden, der ihre Sachen holt.«

Dann wandte er sich an Rosa. »Und wir zwei gehen jetzt heim.«

Kapitel 9
1898

Im Jahr 1898 schloss Großbritannien mit China einen Pachtvertrag für Hongkong über 99 Jahre. Deutschland bekam endlich das Flottengesetz, mit dem Kaiser Wilhelms II. Lieblingsprojekt, der Aufbau einer Kriegsflotte, vom Reichstag in Auftrag gegeben wurde und so ein Wettrüsten mit England in Gang setzte. Die USA annektierten Hawaii, Österreich verlor durch ein Attentat mit einer spitzen Feile seine geliebte Kaiserin Sisi. Bei den Reichstagswahlen im Juni wurde die SPD die mit Abstand stärkste Partei vor dem Zentrum und den Nationalliberalen, konnte jedoch aufgrund einer ungünstigen Wahlkreiseinteilung nur die zweitgrößte Fraktion bilden. In Berlin wurde die Einkaufsgenossenschaft für Kolonialwarenhändler »Edeka« gegründet, in München nahm das erste Unternehmen zur industriellen Mülltrennung seine Arbeit auf. Schwabach bekam mit dem Juristen Wilhelm Dümmler einen neuen Ersten Bürgermeister, der Fritz Ribot bald ein guter Freund wurde. Im Juli trat nach einem zwei Tage dauernden Starkregen die Schwabach über die Ufer; ein dreijähriger Junge ertrank an der Wöhrwiese. Ein nach dem Regen einsetzender Pilzbefall vernichtete die gesamte Tabakernte im Umland; der festliche Einzug der Tabakwagen im Herbst fiel zum ersten Mal, seit die Schwabacher sich erinnern konnten, aus.

Der Firma Ribot bescherte das Jahr eine Palette neuer Duftseifen, die Fritz zusammen mit Konrad im Labor kreierte: Die Ringelblumenseife mit Zitrusöl, Benzoe und echten Ringelblumenblüten, die für eine schöne orange Farbe sorgten. Die Ideal-Badeseife mit Litsea Cubeba, Amyris, Benzoe und Patchouli. Und die Wasservogel-Seife mit Rosengeranie, Palmarosa, Cananga und Zeder. Außerdem verbesserte man die beliebte alte Rosenseife entscheidend durch die Zugabe des künstlichen Duftstoffs Mairose, der von der Schweizer Firma Firmenich & Cie. bezogen wurde – in der Folge verdoppelten sich die Verkaufszahlen. Im September kam ein von Fritz neuentwickelter Allesreiniger namens »Savonal« auf den Markt, eine Art Seifenflocken zur Behandlung von Stahlwaren, Eisen- und Kupfergeschirren, Fenstern, Spiegeln und Fußböden. Carl sorgte durch eine neue Innenaufteilung der Fabrik für verbesserte Arbeitsabläufe. Es gab jetzt die Abteilungen »Feinseifen«, »Kernseifen«, »Schwalbenseife«, »Ray-Seife«, »Waschpulver« und »Kartonagen«, dazu den Trockensaal, die Schneideräume, die Stanzerei und die Packerei. Mit der Einstellung eines Schreinergesellen begründete man eine eigene kleine Schreinerei für die Versandkisten. Im Fuhrpark standen inzwischen vier schwere Transportfuhrwerke – das meiste wurde mit der Eisenbahn befördert – und acht Kaltblüter neben dem privaten Landauer, Carls leichtem Phoenix und den dazugehörigen Pferden.

In der »Silbernen Kanne« hatte sich hingegen kaum etwas verändert. Bei Christian und Trudel machte sich langsam das Alter bemerkbar; Trudels Ohren waren nicht mehr gut, aber sie weigerte sich stur wie ein Ziegenbock, ein Hörrohr zu verwenden. Christian plagten immer ärgere Nackenschmerzen, wohl wegen der Fehlbelastung durch den amputierten Unterarm. Leo hatte inzwischen graue Schläfen, war aber immer noch der »hübscheste Sozi von ganz Schwabach«, wie Anna stets behauptete. Die beiden liebten sich trotz des Altersunterschieds innig und waren glücklich, auch wenn sich nach der kleinen Clara kein weiterer Nachwuchs mehr einstellte. Das lebhafte Mädchen war ein wahrer Sonnenschein, bei ihr wurde selbst der bärbeißigste Wirtshaushocker weich, wenn sie auf seinen Schoß kletterte und frech den Schaum von seinem Bier pustete. Sie sagte zu jedem Gast Onkel, und wenn Leo sie manchmal auf einen Bierkasten hob und sie ein Lied singen ließ, applaudierte die ganze Wirtschaft. Dann platzte Leo schier vor Stolz. Er war viel ruhiger geworden, dank Anna und der Wirtschaft schien er im Leben angekommen.

»Hans? Hermine? Seid ihr da?« Leo klopfte und lugte durch das kleine Fensterchen in der Haustür. Er hatte mit Anna einen Spaziergang gemacht, und dabei waren sie an der Goldschlägerei vorbeigekommen. Von drinnen war nichts zu hören, und sie wollten schon wieder weiter, als die Tür doch aufging.

Hans stand auf der Schwelle, die kleine Ilse auf dem Arm und Anton an der Hand. Er sah müde und angestrengt aus, so als ob er die

Nacht nicht geschlafen hätte. »Ihr seid's«, sagte er und brachte ein schwaches Lächeln zustande.

»Was ist los?«, fragte Leo. »Warum warst du nicht bei der Versammlung gestern? Mensch, du hast vielleicht was verpasst: Stell dir vor, der Wahlverein hat sich in ›Sozialdemokratischer Verein‹ umbenannt! Damit tritt die SPD erstmals offen in der Stadt auf, nach all den Schikanen und Verboten!«

Hans setzte sein Töchterchen ab. »Kommt rein«, sagte er nur.

Sie setzten sich um den Küchentisch, während die Kleinen zur Spielkiste in der Stube liefen. Anna sah sich suchend um. »Wo ist denn die Hermine?«

»Droben.« Hans stellte drei Flaschen Bier auf den Tisch. »Sie schläft.«

»Ist sie krank? Soll ich mal nach ihr schauen?« Anna wollte aufstehen, aber Hans hielt sie zurück. »Bleib. Sie braucht Ruhe, sagt der Doktor.«

»Überall geht die Grippe um«, sagte Leo und nahm einen Schluck aus der Flasche.

»Es ist nicht die Grippe.« Hans rieb sich die Augen. »Es ist ... Wenn ich das nur wüsste. Sie hat heut früh eine Art ... Zusammenbruch gehabt.« Er hob in einer hilflosen Geste die Hände. »Ich weiß nicht mehr, was ich machen soll. Bis die Zwillinge auf der Welt waren, war alles gut. Aber seitdem ... Die Hermine hat immer wieder seltsame Anwandlungen. Nichts Schlimmes, aber, na ja, manchmal, da sitzt sie stundenlang einfach nur da und starrt vor sich hin. Oder sie sperrt mitten in der Nacht alle Türen im Haus ab. Sie stellt Kartoffeln auf den Herd und steht einfach bloß daneben, bis das Wasser verkocht ist und alles angebrannt. Manchmal redet sie Zeug, das ich nicht verstehe.«

»Das ist uns nie aufgefallen«, sagte Leo betreten. Anna legte Hans die Hand auf den Arm. »Ja, warum hast du denn nie was gesagt?«

Hans zuckte ratlos mit den Schultern. »Ich hab halt gedacht, das wird schon wieder. Aber es wird immer schlimmer. Neulich Nacht wollte sie die Kinder aus dem Bett holen und mit ihnen unbedingt zu irgendwelchen Leuten gehen. Und heut Mittag – ich war bis halb zwölf beim Frühschoppen mit dem Gesangsverein, und als ich heimkomm, sind die Kinder ganz allein. Ich hab zuerst gedacht, die Hermine wär droben bei meiner Tante Wally, aber da war sie nicht. Dann hab ich sie bei den Nachbarn gesucht, auch nichts. Am Schluss bin ich durchs ganze Haus, und schließlich hab ich sie gefunden. Auf dem Dachboden. Sie ist in dem Schrank gehockt, wo die alten Anzüge vom Onkel Heiner drin hängen. Gezittert hat sie vor Kälte, und geschrien vor Angst, als ich sie herausziehen wollte. Mit Händen und Füßen hat sie sich gewehrt, gekratzt, getreten und gebissen.« Er zeigte auf eine Schramme, die ihm quer über die Wange lief. »Sie hat mich sogar angespuckt. Gekämpft hat sie, als ob es um ihr Leben ging. Wie eine Furie. Ich hab sie erst herausgebracht, als ich ihr eine Ohrfeige gegeben habe. Dann hab ich sie festgehalten, und da erst hat sie mich erkannt. Glaub ich jedenfalls. ›Herrgott, Hermine, was ist denn los?‹, hab ich gefragt, und sie hat gesagt: ›Ich hab so Angst gehabt!‹ – ›Ja, vor wem denn?‹ – Das hat sie dann nicht erklären können. Sie hat sich Stein und Bein geweigert, mit nach drunten zu kommen. Ich hab sie einfach auf dem Dachboden sitzen lassen müssen. Ich hab ihr eine Decke übergeworfen, hab die Kinder zur Tante Wally – die waren ganz durcheinander – und dann bin ich zum Doktor Faulhaber. Der ist auch gleich mitgekommen. Von ihm hat sich die Hermine dann ins Bett bringen lassen, und er hat ihr was zur Beruhigung gegeben. Seitdem schläft sie.«

»Vielleicht braucht sie einfach nur ein bisschen Ruhe«, meinte Leo lau.

»Das hat der Doktor auch gesagt.« Hans sah seine beiden Freunde verzweifelt an. »Ich glaub das nicht mehr. Die Hermine hat sich verändert. Das ist nicht mehr mit irgendwas zu erklären. Ich versteh sie nicht mehr. Ich hab versucht, mit ihr zu reden, aber dann wird sie bös und meint, sie sei doch nicht verrückt. Mir geht's gut, sagt sie dann, ich weiß gar nicht, was du willst! Manchmal fängt sie auch bloß an, zu weinen und bittet mich um Verzeihung, es tät ihr alles so leid. Und ich soll sie nicht im Stich lassen. Dann komm ich mir vor wie ein Lump. Manchmal frag ich mich schon selber, ob ich noch ganz bei Trost bin.«

Anna überlegte. »Mir ist eigentlich nur aufgefallen, dass die Hermine manchmal schlecht ausschaut. Und dass sie früher gesprächiger war und fröhlicher. Na ja, ehrlich gesagt, ich hab mir gedacht, vielleicht versteht ihr euch zwei nicht mehr so gut.«

Hans tat einen tiefen Atemzug. »Stimmt ja auch. Wenn sie ihre Anwandlungen hat, dann ist das nicht mehr die Hermine, die ich kenn. Es ist, als sei sie ein anderer Mensch. Wenn ich nur wüsst, was ich tun soll.«

»Hat sie nicht noch Verwandtschaft auf dem Land?«

Leo nickte. »In Günzersreuth, eine Tante.«

»Schick sie doch für ein paar Wochen dahin«, meinte Leo. »Zur Erholung.«

»Ja, und wer passt auf die Zwillinge auf? Die Tante Wally schafft das nicht den ganzen Tag, die ist doch schon fast achtzig! Und ich muss doch arbeiten.«

»Bring die zwei doch einfach zu uns«, schlug Anna vor. »Die Clara freut sich, und wir sind vier Leute in der Wirtschaft. Einer kann immer nach den Kindern schauen. Das geht schon eine Zeitlang.«

Hans schluckte. »Meint ihr wirklich?«

Die beiden nickten. »Die lassen wir mittags kellnern«, grinste Leo. »Und dem Anton bring ich das Bierzapfen bei!«

»Ich tät's nicht annehmen, wenn ich mir einen anderen Rat wüsst«, sagte Hans. Ein Lächeln brach sich in seinem Gesicht Bahn. »Schön, wenn man solche Freunde hat.«

»Also, dann ist das abgemacht.« Leo stand auf.

»Bring die Kinder, wann du willst.« Anna holte Clara aus der Stube und die beiden folgten Leo Mann zur Tür. »Jederzeit.«

Hans schloss die Haustür hinter den beiden. Dann machte er den Zwillingen eine Milchsuppe zum Abendessen und brachte sie ins Bett. Hermine lag immer noch so da, wie er sie zurückgelassen hatte. Das Morphium wirkte. Lieber Gott, dachte er, mach, dass alles wieder gut wird.

Kapitel 10
1898

»Den Teppich im Salon kann ich nicht jeden Tag zum Ausklopfen in den Hof tragen, und zum Ausschütteln aus dem Fenster ist er zu groß.« Gerda, sechzehn Jahre alt und seit kurzem zweites Hausmädchen neben Hilde, seufzte. »Aber wenn die Frau Emma auch nur ein Stäubchen drauf findet, krieg ich geschimpft.«

Rosa saß mit Gerda am Küchentisch und schälte einen Apfel. Es war Sonntag, und die Dienstboten hatten frei. Die kleine Gerda erinnerte sie schmerzhaft an Mina – jung, unerfahren, das erste Mal in Stellung, voller Angst, etwas falsch zu machen. »Du musst angefeuchtete Teeblätter für die Teppiche nehmen«, sagte Rosa. »Einfach alle aufgegossenen Teeblätter aus der Kanne sammeln, damit du immer welche vorrätig hast. Die machst du dann nass, streust sie auf den Teppich und kehrst sie anschließend wieder zusammen. Das nimmt allen Staub mit.«

»Am schönsten werden die Teppiche im Winter. Einfach mit der schönen Seite auf den Schnee legen und auf die Rückseite ordentlich klopfen, dann umdrehen, Schnee drauf streuen und abkehren. So haben sie's im Grand Hotel immer gemacht.« Frau Braun hatte sich dazugesetzt, eine Tasse Zichorikaffee in der Hand.

»Die einfachen Holzböden wischst du mit Savonalwasser, und einmal im Jahr gehören sie mit Leinöl eingelassen«, fuhr Rosa fort. »Und für das Parkett hat mir vor langer Zeit einmal eine Pfarrershaushälterin ihr Geheimnis verraten: Du kaufst in der Eisenwarenhandlung mittelfeine Stahlspäne, damit wird die ganze Fläche abgerieben. Dann kommt mit einem Läppchen ganz dünn die Wichse drauf, die lässt du dir in der Siederei vom alten Franz machen: weißes Wachs und Regenwasser werden eine Stunde gekocht, dann Pottasche dazu, am Schluss noch Spiritus, fertig. Die Wichse muss weich wie Sommerbutter sein, das weiß der Franz schon. Die aufgetragene Schicht lässt du einen Tag trocknen, dann gehst du mit dem Blocker drüber.«

Gerda staunte. Sie kam vom Land und hatte von nichts eine Ahnung, aber sie war ein liebes Ding, fleißig und anstellig und dankbar für jede Anleitung.

»Jaja«, lächelte Rosa, wobei sich ihr Gesicht in tausend kleine Fältchen legte, »wir Alten wissen schon auch noch was!«

Frau Braun grinste. »Sogar Sachen, die wir der Herrschaft nicht auf die Nase binden, gell, Rosa?«

»Was denn zum Beispiel?« Gerda spitzte die Ohren.

»Na ja, zum Beispiel wenn ein Stück rohes Fleisch im Sommer einen Tag zu lang im Keller gelegen hat und zu riechen anfängt ... Dann holst du dir übermangansaures Kali aus der Apotheke, gibst ein Messerspitzchen davon in eine Schüssel Wasser und wäschst das Fleisch gründlich damit ab. Das merkt kein Mensch, und du musst dich nicht dumm anreden lassen, weil du schlecht gewirtschaftet hast.«

»Und wenn Fleischbrühe ein bisschen zu lang gestanden hat und ins Säuerliche geht, dann kochst du sie mit einem Stückchen Holzkohle auf. Wirkt Wunder!«, vermeldete Rosa.

»Ja, so was!«, rief die Köchin. »Woher weißt denn du das?«

Rosa lachte und teilte ihren Apfel in Achtel. »Bin schließlich auch nicht auf der Brennsuppe dahergeschwommen! Früher, unter den alten Ribots, da hab ich noch selber gekocht.« Sie schnitt jeden Apfelschnitz mehrmals ein; dann ließ es sich besser mümmeln – im letzten Jahr hatte ihr der Bader etliche schlechte Zähne gezogen.

»Da hab ich noch ganz schön viel zu lernen«, meinte Gerda respektvoll.

Im selben Augenblick fiel das Messer klirrend auf den Teller, Apfelschnitze und Schalen landeten auf dem Boden. Rosa war auf der Eckbank zusammengesackt.

Gerda sprang auf und stützte sie, damit sie nicht ganz herunterfiel. Frau Braun lief in den Flur und rief den Hausknecht Xaver um Hilfe. »Sie hat einen Schwächeanfall«, sagte sie zu dem jungen Mann. »Du musst sie ins Bett tragen. Gerda, du gehst zur Herrschaft und fragst, ob wir den Doktor holen dürfen.«

Als Dr. Lochner die Stiege herunterkam, wartete Fritz schon auf ihn und bat ihn ins Kontor.

»Zigarre?« Fritz klappte den Deckel der Kiste hoch. »Steinmeyer & Wellensiek, die Besten, die man hierzulande kriegen kann. Müssen Sie probieren.«

»Danke.« Der Arzt winkte ab. »Hab vor einem halben Jahr aufgehört. Die Bronchien.« Stattdessen zog er ein Blechdöschen mit Brustkaramellen aus der Hosentasche und steckte sich eine davon in den Mund, während Fritz seine Zigarre köpfte.

»Wie geht's ihr?«, fragte er und paffte die Zigarre an.

Lochner presste die Lippen zusammen und schüttelte den Kopf. »Nicht gut, Fritz. Es war ein Schlaganfall. Sie kann die eine Körperhälfte nicht mehr bewegen.«

»Wird das wieder?«

»Ich fürchte, nein.«

Fritz legte die Zigarre wieder hin, sie schmeckte ihm nicht mehr. Arme Rosa.

»Ich fürchte sogar«, sprach Lochner weiter, »dass sie die Nacht nicht überleben wird.«

Fritz erschrak. Ach Gott, dass es so schlimm stand! Die Kehle wurde ihm eng, und er schluckte. »Kann man irgendwas für sie tun?«, wollte er wissen.

Der Arzt schüttelte den Kopf. »Ich hab ihr Tropfen zur Stärkung verabreicht. Jetzt schläft sie.« Er nahm seine Tasche und wandte sich zur Tür. »Lassen Sie mich holen, wenn es nötig ist.«

Um halb elf Uhr, als Fritz gerade den Hausmantel ausziehen und zu Bett gehen wollte, klopfte es an die Schlafzimmertür. Es war Hilde. »Herr Kommerzienrat«, flüsterte sie, »die Rosa ist aufgewacht. Und sie möchte Sie sehen.« Sie schniefte und tupfte sich mit dem Schürzenzipfel eine Träne weg. »Ich glaub, es geht zu Ende.«

In der Stube roch es durchdringend nach dem Melissengeist, mit dem Hilde Rosa abgerieben hatte. Fritz trat zögernd ein. Noch nie war er hier droben unterm Dach gewesen, das war Dienstbotenreich. Er sah sich um. Links von der Tür stand eine Waschkommode, auf die Hilde zwei Kerzen gestellt hatte – das elektrische Licht war ihr zu unbarmherzig, zu kalt und grell für die Sterbende vorgekommen. Auch auf dem Nachttischchen stand auf einem angeschlagenen Tellerchen ein Kerzenstumpen, der schon fast heruntergebrannt war. Er warf flackernde Schatten auf Rosas wachsbleiches Gesicht. Sie lag halb aufrecht, man hatte etliche Kissen in ihren Rücken gestopft, damit sie besser Luft bekam. Ihre Wangen waren eingefallen, die Lippen bläulich, ein paar graue Strähnen spitzten unter der Nachthaube hervor. Die Umrisse ihres Körpers zeichneten sich deutlich unter der

Bettdecke ab, und Fritz wunderte sich, wie klein und schmal sie auf einmal wirkte.

Er setzte sich auf die Bettkante und nahm Rosas runzlige Hand, die nur mehr aus Knochen und Haut zu bestehen schien. »Ja, Rosa, was machst du denn für Sachen?«, fragte er.

Sie wandte ihm das Gesicht zu und öffnete das rechte Auge, das andere blieb halb geschlossen. Der linke Mundwinkel hing herunter.

»Ja, Fritz«, flüsterte sie undeutlich, »jetzt geht's ans Sterben.«

Er konnte sie nur schlecht verstehen. Sein Herz krampfte sich zusammen, und er hatte das Gefühl, der Tod hockte mit ihm am Bett. Da war kein Platz mehr für ein gutgemeintes »Das wird schon wieder«. Er suchte nach ermutigenden Worten, fand aber keine. »Hast Schmerzen?«, fragte er schließlich.

Sie schüttelte den Kopf. »Muss dir was sagen.«

Er neigte sich zu ihr, während sie mühsam und leise weitersprach. »Ich hab lang überlegt, ob's richtig ist, aber ich kann nicht gehen und die Sach mit ins Grab nehmen.« Ihre rechte Hand auf dem weißen Laken zuckte. »Ich hab gebetet, und die Engel haben mir gesagt, ich soll kein Schweigen auf mein Gewissen nehmen.«

»Dann sag mir halt, was du loswerden musst. Wird schon nicht so schlimm sein.« Fritz versuchte ein Lächeln.

Sie sog qualvoll lang Atem ein. »Als du noch ein ganz kleiner Bub warst, da … da ist eine neue Hausmagd gekommen, die Mina. Ein junges Ding war die … ganz brav und unschuldig. Im Jahr drauf ist sie entlassen worden, weil sie in anderen Umständen war. Hat sich nicht gewehrt … ist einfach gegangen.«

Rosa hielt inne und rang röchelnd nach Luft. Die Hand auf dem Laken machte immer noch unkontrollierte Bewegungen. Ihre Sätze klangen jetzt abgehackt. »Hat später einen Buben auf die Welt gebracht, die Mina. War eine bitterarme Frau … ist dann bald gestorben … der Bub ist allein zurückgeblieben.«

Fritz verstand gar nichts. War Rosa nicht mehr ganz bei sich? Diese Mina, an die er sich nicht einmal erinnerte, ging ihn doch nichts an. »Und warum erzählst du mir das?«, fragte er.

Rosas Hand ballte sich zur Faust. Sie rang nach den rechten Worten. »Weil … weil der Vater des Buben … das war dein Großvater.«

»Was?«, flüsterte Fritz.

»Hast schon recht gehört. Der Altmeister, der alte Strunz, der war's. Er hat die Mina … gezwungen.«

Es fuhr Fritz durch Mark und Bein. Das war ungeheuerlich, unvorstellbar. Vor seinen Augen erschien das Bild seines Großvaters. Sein geliebter Opa, der mit ihm Tierchen geschnitzt und Hoppereiter gespielt hatte, der ihn zwinkernd den ersten Zug aus seiner Pfeife hatte machen lassen. Der ihm beigebracht hatte, wie man sich rasierte, mit ihm in der alten Werkstatt die erste Seife gekocht hatte. Fritz war erschüttert. »Das kann doch gar nicht sein, Rosa!«

»Glaubst du, ich lüg auf meinem Sterbebett?« Rosas Brust hob und senkte sich.

Um Gottes willen, dachte Fritz, nein. »Und warum sagst du mir das jetzt?«

Aus Rosas linkem Augenwinkel löste sich eine Träne. »Fritz, mein Fritzle, ich kann doch kein Geheimnis mit in den Tod nehmen, sonst hab ich im Grab keine Ruh. Und es bringt Unglück für die Lebenden.« Fritz nahm sein Taschentuch und tupfte die Träne unbeholfen weg. Er war so betroffen, dass er kein Wort herausbrachte. Tief in seinem Inneren wusste er, dass Rosa die Wahrheit sagte. Und er sah auch, wie viel Kraft und Überwindung es Rosa kostete, als sie weitersprach. »Ich bin die Einzige, die von der Sache weiß«, flüsterte sie. »Und die ganzen Jahre hab ich mir gedacht, Schweigen ist Gold. Ich wollt nix durcheinanderbringen. Aber jetzt, da glaub ich, du sollst das wissen. Dass da noch einer ist. Einer, der zur Familie gehört, mein ich. Der Bub, den die Mina geboren hat … der ist ein anständiger Kerl.«

»Du kennst den?«

Sie nickte kaum merklich. »Du kennst ihn auch.« Sie holte tief Luft. »Es ist der Gruber Leo von der ›Kanne‹.«

Fritz war, als habe er einen Schlag in die Magengrube bekommen. Sein erster Impuls war Wut, dann Entsetzen. Dieser Kerl, dieser Sozi, dieser Aufrührer … war sein Verwandter! Ein unerträglicher Gedanke. »Und dieser Mensch hat sich bei uns als Kutscher eingeschlichen!«, polterte Fritz los. Sein Gesicht war bald so weiß wie das von Rosa. »Der wollte sich vielleicht rächen …«

»Er wollt doch nur seinen Vater kennenlernen«, keuchte Rosa. Das Atmen wurde ihr immer schwerer. »Und er hat ihn gesehen …

schwach und altersblöd … gewindelt wie ein Kind. Da war keiner mehr, den er hätt strafen können.«

»Und dieser Kerl hat meine Kinder kutschiert. Und meine Sophie, die hab ich jeden Sonntag zu dem hingeschickt, mein Gott.« Fritz schlug sich mit der Hand vor die Stirn.

Rosa öffnete den Mund, wollte etwas sagen, schloss ihn dann wieder. Fritz schien es, als fechte sie in ihrem Inneren einen Kampf aus. Wieder machte sie den Mund auf, es schien, als wolle sie etwas Wichtiges sagen. Ihre Lippen zitterten. Dann holte sie tief Luft. »Die Sophie …«, flüsterte sie schwach. »Der Leo …«

»Ja?« Fritz beugte sich noch näher zu ihr.

Rosa wich seinem Blick aus. Sie brachte es nicht übers Herz, ihm das Schlimmste zu offenbaren. Lieber nahm sie es doch mit ins Grab. »Er wollt halt nur sehen, wie ihr lebt«, sagte sie. »Die Leut, zu denen er nicht hat gehören dürfen. Wie reich ihr seid … wie ihr wohnt … was ihr esst … wie ihr euch anzieht. Das wollt er wissen … Der Bub, der ist ja in blankem Elend aufgewachsen.«

»Und jetzt ist er mein Nachbar.« Fritz vergrub das Gesicht in den Händen.

Rosa sah ihn ängstlich mit ihrem guten Auge an. »Bist mir jetzt bös? Hab ich's falsch gemacht? Hätt ich nix sagen sollen?«

Er drückte ihre Hand. »Nein, Rosa, es ist schon recht so. Gut, dass du's mir erzählt hast. Einer muss es ja wissen.«

Rosa lächelte ein halbes Lächeln. »Weißt, Fritz … als du mich aus dem Pfründnerhaus geholt hast, da hast du zu mir gesagt: ›Rosa, du gehörst doch zur Familie‹. Das war für mich das Schönste.« Sie holte rasselnd Atem. »Ihr wart immer meine Kinderchen, du und deine Geschwister … Einmal, da hat die Lisi sogar Oma zu mir gesagt …« Sie schloss die Augen.

Eine Fliege setzte sich auf ihre Stirn. Fritz wedelte sie fort.

»Fritz, mein Fritzle …« Sie war kaum noch zu verstehen, die Worte kamen nur noch mühsam und stockend. »Dank schön … will ich dir noch sagen … dafür … dass ich daheim sterben darf …«

»Ach, Rosa.« Er streichelte ihre Wange. Tränen stiegen ihm in die Augen. Er kniff sie zu. Sie sollte ihn nicht weinen sehen. Er hörte ihr leises Röcheln, ihren pfeifenden, flachen Atem. Ihre Hand lag ganz leicht in seiner. Ihre Brust hob und senkte sich, hob und senkte sich, immer langsamer, immer schwächer …

Als Hilde um Mitternacht hereinkam, saß Fritz immer noch so da. Hilde legte ihm sachte die Hand auf die Schulter. »Gehen S' ins Bett, Herr Kommerzienrat«, sagte sie. »Ich geb der Leichenfrau Bescheid.«

Kapitel 11
1898

Am nächsten Tag – nachdem er eine schlaflose Nacht verbracht hatte – fasste Fritz einen Entschluss. Er leinte Bonnie an und ging hinüber zur »Kanne«. Vor der Tür zur Wirtschaft hielt er kurz inne, sah das »Geschlossen«-Schild noch an der Tür hängen und ging dann notgedrungen weiter. Weil er nicht recht wusste, wohin, spazierte er mit dem Hund zum Zigarrenladen und kaufte sich eine Packung Pfeifenputzer, die er in die Innentasche seines Paletots steckte.

Als er über die Fleischbrücke ging, sah er schon von weitem Leo vor der Wirtschaft stehen, eine Tafel unter dem Arm. Fritz blieb stehen, eine Hand am Geländer. Mein Gott, dachte er, das ist also mein Onkel. Halbonkel, um genau zu sein, falls es so was gibt. Jünger als ich. Er suchte nach Ähnlichkeiten, fand aber keine. Leo sah überhaupt nicht aus wie ein Ribot. Die waren alle blond und blauäugig, mittelgroß und neigten zur Stämmigkeit. Leo hingegen war großgewachsen, schlank und sehnig, und hatte schwarzes Haar, das inzwischen an den Schläfen grau war. Keiner wäre je auf die Idee gekommen, der sei ein »nebennaus Gemachter« vom alten Strunz. Jetzt holte Leo eine Leiter und stellte sie auf. Fritz ließ den Hund in Ruhe schnüffeln und beobachtete von der Brücke aus, wie Leo mit der Tafel in der Hand die Stufen hochstieg. Dann gab er sich einen Ruck. Mit festen Schritten marschierte er auf die »Silberne Kanne« zu.

Als er hinkam, hielt Leo grad mit der linken Hand die Tafel an ein Holzbrett neben der Tür, in der Rechten hatte er einen Hammer und einen langen Nagel zwischen den Zähnen. Die Leiter wackelte, und im selben Augenblick rutschte ihm die Tafel aus der Hand. Fritz sprang gerade noch rechtzeitig hinzu und fing sie auf.

Leo sah zu ihm hinunter. »Danke.«

Fritz hielt die Tafel und studierte die Preise für Bratwürste mit Kraut, garniertes Brot und Bismarckhering mit Beilage, während Leo den Nagel in das Brett klopfte. Dann reichte er ihm die Tafel hoch.

»Hätt was mit dir zu reden, Leo Gruber«, sagte er, als Leo von seiner Leiter stieg.

Leo erschrak. Was wollte der Ribot von ihm? Kam jetzt eine Abrechnung? Für seine Geschichte mit Sophie? War alles ans Licht gekommen, so spät noch? Oder wollte der reiche Nachbar wieder einmal die Wirtschaft kaufen? »Was gibt's?«, fragte er vorsichtig und deutete auf die Holzbank, die sich unter den Wirtshausfenstern entlangzog. Die beiden setzten sich umständlich, mit gehörigem Abstand zueinander. Bonnie ließ sich zu Füßen seines Herrn nieder und legte die Schnauze auf die Pfoten.

Fritz suchte nach Worten, fand aber keinen guten Anfang. Schließlich raunzte er: »Warum hast nie was gesagt?«

Leo überlegte fieberhaft. Es ging also nicht um die Wirtschaft. Was meinte der andere? Das mit Sophie oder seine Herkunft? Er wusste nicht, was er antworten sollte und blieb stumm.

»Ich weiß es seit gestern Nacht«, fuhr Fritz schließlich fort. »Die Rosa hat's mir erzählt, bevor sie gestorben ist. Dass du von meinem Großvater bist. Also, warum hast nie was gesagt?«

Aus Leos Kehle kam ein verächtlicher Laut. »Und? Hättet ihr mich freudig als verlorenen Sohn in die Familie aufgenommen?«

Fritz schürzte die Lippen. »Wohl nicht.«

»Bin schon immer allein zurechtgekommen«, brummte Leo. »Brauch die Ribots nicht.«

»Hast deinen Stolz, gell?« Fritz betrachtete angelegentlich die beiden Tauben, die im Rinnstein ihr Balzritual abhielten. Eine Zeitlang saßen die Männer stumm nebeneinander. Dann sagte Leo: »Was wollen wir jetzt machen?«

Der Täuberich gurrte mit aufgeblasener Brust hinter dem Objekt seiner Begierde her, interessiert beobachtet von Bonnie. Ein kleiner Bub trieb auf der Straße seinen Kreisel an den Männern vorbei, drüben beim Metzger steckten zwei Dienstmädchen kichernd die Köpfe zusammen. Vom Kirchturm schlug es elf Uhr.

Leo schnaufte hörbar. »Ich will nix von euch, wenn's dich beruhigt. Ich will auch nicht, das die Sache herauskommt.«

»Keiner von uns will, dass die Schand öffentlich wird«, nickte Fritz. »Du willst nicht als uneheliches Bankert dastehen, und wir wollen nicht, dass unser Großvater als Ehebrecher und Sünder gilt.«

»Würde dem Ruf der Familie schwer schaden, was?«, erwiderte Leo zynisch. »Die feinen Ribots haben Dreck am Stecken, ha, wer hätte das gedacht!«

Fritz ärgerte sich, aber er riss sich zusammen. »Hör zu, Leo«, sagte er, »lass uns vernünftig reden. Die Betroffenen sind lang tot – deine Mutter und mein Großvater. Es ist zu spät zum Hadern, zum Strafen oder Wiedergutmachen. Aber wir müssen einmal darüber gesprochen haben.«

»Mir liegt nichts dran, alte Wunden aufzureißen«, sagte Leo. »Früher vielleicht. Jetzt nicht mehr.« Er fegte ein Staubkorn von seinem Ärmel. »Ich hab mein Leben, ihr habt eures. Lassen wir's einfach so, wie es ist.«

»Von mir erfährt keiner was«, sagte Fritz.

Leo nickte. »Von mir auch nicht.«

Fritz beobachtete Leo von der Seite her. War da Schmerz in seinem Gesicht? Verletzlichkeit in seiner Haltung? Er sah plötzlich einen traurigen kleinen Jungen vor sich, in Armut aufgewachsen, ohne Mutter. Leo tat ihm leid. »Wenn du Geld brauchst ...«, begann er.

Leo brauste auf: »Biet mir bloß keine Almosen!«

»So war's nicht gemeint.« Fritz hob beschwichtigend die Hand.

»Sonst noch was?«, fragte Leo.

Fritz stand auf. »Lassen wir also das Ganze ruhen«, sagte er. »Und nix für ungut.«

Leo erhob sich ebenfalls. »Schon recht.«

Und der Metzger Pfand von gegenüber beobachtete kopfschüttelnd durch sein Ladenfenster, wie sich der Kommerzienrat Ribot und der Gruber Leo von der »Kanne«, die doch, wie jeder wusste, zueinander standen wie Hund und Katz, augenscheinlich in bestem Einvernehmen die Hand reichten.

Langsamen Schritts ging Fritz mit Bonnie heim, betrat das Kontor und setzte sich auf seinen großen Sessel hinter den Schreibtisch. Er stützte die Ellbogen auf und legte das Kinn auf die Hände. Er spürte Erleichterung, aber auch Trauer. Das Bild, das er von seinem Großvater gehabt hatte, war zerstört, die Erinnerung beschmutzt. Aber zumindest war die Sache jetzt vom Tisch. Und Leo Gruber? Der hatte vom Leben viel einstecken müssen. Kein Wunder, dass er einen Hass auf die Reichen hatte und Sozi geworden war. Ja, die Welt war ungerecht. Die einen standen im Licht und die anderen im Schatten. Fritz sah auf das schöne Familienfoto, das vor Jahren der Fotograf Hirthe gemacht hatte, und stellte sich vor, dass da zwischen den Ribot-Geschwistern Leo stünde. Ein Gesicht, das nicht dazupasste. Und dann, ganz langsam, begriff er, dass noch ein Gesicht auf dem Bild fehlte: das von Viktor.

Fritz fuhr sich über die Augen. Dass er darüber noch nie nachgedacht hatte! Wie war denn Viktors Leben gewesen? Auch er hatte ein ähnliches Schicksal hinter sich wie Leo. Ein uneheliches Kind, das seine Mutter früh verloren hatte, ein einsamer Bub, der nicht wusste, wohin. Und der abgewiesen worden war, als er Hilfe gesucht hatte. Gott, was hatte seine Mutter dem Jungen damals nur angetan? Ihn wegzuschicken wie einen streunenden Hund! Das hatte Viktor nicht verdient. Aber er selber war ja keinen Deut besser. Er hatte nicht zu seinem Sohn gestanden. Hatte ihn abgelehnt und weit weggeschoben um des Familienfriedens und der Firma willen. Ich bin ein schlechter Mensch, dachte Fritz. Er spürte, wie sich ein Knoten in seinem Hals bildete, der wuchs und wuchs. Und dann wurde er plötzlich von einem trockenen Schluchzen geschüttelt, das gar nicht mehr aufhören wollte.

Kapitel 12

Schwabach, 30. Juli 1899

Mein lieber Viktor!
Mit Deiner so gut bestandenen Reifeprüfung hast Du mir eine große Freude gemacht! Jahrgangsbester, das ist doch was! Ich gratuliere Dir und bin so recht stolz auf Dich! Ja, nun ist ein wichtiger Abschnitt Deines Lebens zu Ende, und Du musst nun die Flügel ausbreiten und Dir neue Aufgaben suchen. Du schreibst in Deinem letzten Brief, dass Du nicht nach Schwabach kommen und einen Platz in der Firma finden möchtest. Du schreibst, Du wollest den Familienfrieden nicht stören. Wiewohl ich Dir gerne meine Tür geöffnet hätte – ich hätte das schon gegen meine Brüder durchgefochten –, so verstehe ich doch, dass Du Deinen Stolz hast.
Trotzdem – es wäre schön gewesen, Dich bei mir und um mich zu haben. Ich bin Dir so vieles schuldig. Du bist mein Sohn, das sage ich Dir einmal mehr mit großem Nachdruck, und ich will alles tun, was Dich glücklich macht.

Du schreibst weiter, dass Du Dich gegen ein Studium entschieden hast. Damit trittst Du in meine Fußstapfen! Auch ich sollte, wenn es nach meinem Vater gegangen wäre, zur Universität, aber ich steckte damals als junger Mensch so voller Tatendrang, ich wollte mich nicht in der Studierstube langweilen. Wenn es Dir genauso geht, soll es mir recht sein.

Nun habe ich Dir ein Angebot zu machen. Mein Logenbruder Otto Gehring besitzt in Nürnberg ein angesehenes Bauunternehmen, handelt in großem Umfang mit Immobilien und ist auch im Bankgeschäft tätig. Ich habe mit ihm gesprochen, er würde Dich ab März nächsten Jahres als Volontär einstellen. Anfangs 18 Mark die Woche bei freier Kost und Logis in seinem Hause. Gehring ist ein hochachtbarer Geschäftsmann von ausgezeichnetem Ruf, bei ihm könntest Du alles lernen, was ein Kaufmann braucht. Außerdem ist er Witwer und alleinstehend und würde sich über Gesellschaft auch privatim freuen, deshalb das Logis-Angebot.

Wenn Du Dich zu diesem Schritt entschließen könntest, würde mich das sehr froh machen, denn dann hätte ich Dich in meiner Nähe und wir könnten uns recht oft sehen. Falls nicht, könnte ich

Dich möglicherweise bei der Firma Schuckert empfehlen oder aber bei unserem größten Zulieferer von chemischen Stoffen, der BASF in Ludwigshafen am Rhein.

Bitte schreibe mir bald!

Es umarmt Dich Dein Dich liebender Vater

Kapitel 13
1900

»Prosit Neujahr!«

Zum Klang aller Schwabacher Kirchenglocken hoben die Ribots ihre Gläser. Sogar die Kinder hatten ein Schlückchen Champagner bekommen, schließlich feierte man die Jahrhundertwende! In einem Anfall von Übermut goss Fritz dem guten Bonnie ebenfalls eine Ration Schaumwein in den Napf, die begeistert aufgeschlabbert wurde. Schon früher am Abend hatte er als Familienoberhaupt eine wohlgesetzte Rede gehalten, die darin gipfelte, dass er stolzgeschwellt verkündete: »Meine Lieben, ich darf vermelden: Nunmehr gehört auch China zu den Ländern, in denen man sich mit Ribot-Seife wäscht! Ribot erobert die ganze Welt!« Eine Schweigeminute für die Verstorbenen, die das neue Jahrhundert nicht mehr erleben durften, war auf die Ansprache gefolgt; stumm gedachte man Sophies, Käthes und Philipps, die nun alle beieinander im Familiengrab lagen, und auch Rosas, die ihre letzte Ruhe nicht weit entfernt in einem kleinen Grab an der Südmauer des Friedhofs gefunden hatte. Trotz aller traurigen Erinnerungen, die besonders Fritz befielen, genoss er den Silvesterabend, zu dem neben Lisette und Eduard diesmal auch die Reitzensteins mit ihrer fünfköpfigen Kinderschar angereist waren. Emma und Gusti hatten sich ausbedungen, dass man am letzten Abend des Jahres '99 einmal nicht über die Firma reden sollte, und bis auf die Erwähnung der neuen China-Kontakte hielt sich sogar Fritz daran. Man sprach über das große neue Haus des Eisenwarenhändlers Eisentraut an der Südlichen Ringstraße, den kürzlichen gemeinsamen Besuch einer kinematographischen Vorführung auf der Bühne des Bärensaals, bei der man erstens nicht viel auf der Leinwand erkennen hatte können und außerdem der Klavierspieler nach der Pause betrunken von seinem Hocker gekippt war. Eduard und Lisette erzählten von ihrer Sommerreise in die Schweiz, die Reitzensteins berichteten von einem hochfürstlichen Familientreffen im gleichnamigen Schloss, von wo man wegen einer eitrigen Angina der jüngsten Tochter Henriette vorzeitig hatte abreisen müssen. Schließlich sprachen die Damen über dieses neue, unglaublich wirksame Kopfschmerzmittel namens Aspirin, während die Männer über die Flottenbaupolitik des Kaisers diskutierten. Sie waren sich einig, dass diese früher oder später unweigerlich zu einem Konflikt mit den Briten führen würde. »Hat dich aber nicht davon abgehalten, deine zwei Buben heute in Matrosenanzüge zu stecken«, brummte Fritz und stieß seinen Bruder Konrad in die Seite. »Macht alles die Gusti, und die versteht nix von Politik«, gab Konrad zurück und ärgerte sich. England war einer der wichtigen Exportmärkte der Firma Ribot, den wollte man wegen des blödsinnigen kaiserlichen Kriegsgehabes nicht verlieren.

Dann schoss Carl den Vogel ab. Er war kurz verschwunden und kam dann mit einem unförmigen, mit schwarzem Stoff verhängten Ding zurück, das er vorsichtig auf dem Tisch absetzte. »Nicht anfassen!«, befahl er, ging noch einmal hinaus und kam mit drei ganz flachen, runden schwarzen Scheiben zurück. »Allez hopp!«, rief er und enthüllte das geheimnisvolle Ding mit schwungvoller Bewegung. Es entpuppte sich als ein glänzender hölzerner Kasten mit einer Kurbel an der Seite, auf dem ein goldfarbenes, trichterähnliches Ding saß. Alle waren ratlos bis auf den ältesten Reitzenstein-Spross Philipp, der rief: »Ein Grammophon! Das ist ein Grammophon! Ich werd verrückt!« Carl nahm mit triumphierendem Grinsen eine der Scheiben und legte sie auf den Kasten. Er kurbelte kräftig, und die Scheibe begann sich zu drehen. Dann nahm er eine Art Hebel und legte ihn auf die rotierende Scheibe. Gespannte Stille folgte. Aus dem Trichter hörte man Knistern und Knacken. Und dann … erklang laut und deutlich der Armeemarsch »Preußens Gloria«! Staunend hörte die Familie zu. Das war ja Geistermusik! Da hörte man ein ganzes Orchester im Raum, obwohl es gar nicht da war! »Ein Wunderwerk der Technik«, sagte Ferdi von Reitzenstein ergriffen. »Wie kann das nur gehen?«

»Die Musik ist praktisch auf dieser runden Platte«, erklärte Philipp aufgeregt. »Die hat Rillen. Und in diesen Rillen läuft die Grammophonnadel und tastet die Töne ab. Die hört man dann aus dem Trichter.«

»Aber wie kommt die Musik auf die Platte?«, wollte Gusti wissen.

Da war selbst Carl überfragt. Er legte die nächste Schellackplatte auf, kurbelte, und man hörte einen Chor mit »Am Brunnen vor dem Tore«. Als drittes kam ein Walzer von Johann Strauß, zu dem Bonnie ein champagnergeschwängertes Dauergejaule beitrug.

Am Ende waren sich alle einig, dass diese Feier das neue Jahrhundert würdig eingeleitet hatte. Um halb zwei Uhr nahm Carl das Grammophon unter den Arm und mahnte zum Aufbruch. »Ach ja«, sagte er beim Hinausgehen zu Fritz und Konrad, »Emma und ich sind die nächsten Tage in Stein zum Neujahrstreffen eingeladen, bei den Faber-Castells. Ihr wisst ja, dass ich mit Graf Alex gut bekannt bin, er bestellt für seine Frau immer unsere Rosenseife. Spätestens am 5. Januar abends bin ich wieder da. Ihr fangt doch nicht ohne mich mit der Jahresbilanz an?«

»Wieso? Die machen wir doch immer erst an Dreikönig«, erwiderte Konrad.

»Wollte ja nur sichergehen«, meinte Carl.

Dann begaben sich alle zu Bett, Carl, Emma und Mary in die »Alte Farb«, die Reitzensteins, Lisette und Eduard in die Ribot'schen Gästezimmer.

»Ich muss mit dir reden!« Konrad polterte, ohne anzuklopfen, ins Schlafzimmer, wo Fritz die ersten drei Tage des neuen Jahres mit einer Erkältung im Bett verbracht hatte.

Fritz setzte sich auf. »Ja, um Himmels willen, wie siehst du denn aus? Bist du jetzt auch krank?«

Konrad war bleich wie die Wand, die schütteren dunkelblonden Haare standen ihm wirr vom Kopf ab. »Lieber wär ich krank, das kannst du mir glauben.«

Er ließ sich neben dem Bett auf einen Hocker sinken und starrte eine Weile ins Leere. Dann straffte er den Rücken, und es platzte aus ihm heraus: »Der Carl ist ein Lump!«

Fritz verschluckte sich beinahe an seinem Kamillentee. »Was?«

Konrad sah ihn mit gequälter Miene an. »Du warst krank, der Carl nicht da, die Gusti und die Kinder dauernd unterwegs zum Neujahrswünschen, und ich hab mich gelangweilt. Da hab ich mir gedacht, fang halt doch schon mit der Jahresbilanz für '99 an. Ich bin ins Kontor und hab einfach mit dem begonnen, was der Carl sonst immer macht.«

»Den Bankunterlagen und Kontenbüchern?«

»Genau.« Konrad atmete tief durch, um ruhiger zu werden. »Und dabei sind mir merkwürdige Sachen aufgefallen. Überweisungen auf Konten, von deren Inhabern ich noch nie etwas gehört habe. Große Summen, kleinere Summen, unregelmäßig, mal hier, mal da. Ich hab dann nach den dazugehörigen Rechnungen und Belegen gesucht ... Kennst du beispielsweise eine Firma Egon Schmidthammer in Fürth, die uns angeblich Kartonagen geliefert hat? Im Wert von 459 Mark 80? Oder die Brüder Lüttich & Cie. in Duisburg, Kokosöl für 1096 Mark?«

Fritz starrte seinen Bruder an. »Wie viel?«, fragte er tonlos.

»Insgesamt über elftausend im vergangenen Jahr.«

Mit einem Satz war Fritz aus dem Bett. Er schlüpfte in Schlappen und Hausmantel und stürmte aus dem Zimmer, die Treppe hinunter und ins Kontor, dicht gefolgt von Konrad.

Auf dem großen Tisch im Besprechungszimmer lagen wild durcheinander Rechnungskladden, Bände mit Durchschriften, Leitz-Ordner, aufgeschlagene Kassenbücher und geöffnete Schuber. »Schau dir das an«, sagte Konrad und deutete auf einzelne Einträge. »Und das!«

Fritz setzte sich und platzierte seinen Kneifer auf der Nase. Seit einem Jahr sah er auf die Nähe nicht mehr so gut. Er fuhr mit dem Finger Zahlenreihen ab, blätterte, las, verglich, suchte ... Schließlich ließ er den Kopf auf die Arme sinken, fassungslos.

Konrad schenkte zwei Cognac ein und stellte einen vor Fritz auf den Tisch. Fritz nahm das Glas und kippte den Inhalt auf einmal. »Er hat uns betrogen«, sagte er mit zitternder Stimme. »Er hat die Firma und uns alle betrogen. Mein Gott!«

Zwei Stunden später hatten sie die Jahresabschlüsse für 1898 geprüft. Sie arbeiteten ohne Pause weiter bis spätabends; um halb elf Uhr waren sie mit den Bilanzen der letzten sechs Jahre durch. Überall das gleiche Bild, nur die veruntreuten Summen steigerten sich von Jahr zu Jahr. Erst ab 1893 waren die Bilanzen wieder sauber. Insgesamt errechnete sich ein Verlust von knapp über 40000 Reichsmark.

»Was machen wir jetzt?«, fragte Konrad ratlos.

Fritz schüttelte den Kopf. »Ich weiß es nicht. Er ist unser Bruder.«

Stumm saßen sie eine Weile mitten in dem ganzen Durcheinander von Papieren.

»Was würden wir machen, wenn es nicht der Carl wäre?«, fragte Konrad schließlich.

Ein kleiner, klagender Laut kam aus Fritz' Kehle. »Polizei, Verhaftung, Anklage, Urteil, Gefängnis.«

»Heiliger Strohsack, das geht nicht!« Konrad schrie es fast. »Der Leumund der Firma! Der Ruf der Familie! Unmöglich!«

Fritz nickte. »Du hast recht. Wir müssen eine andere Lösung finden.« Müde stand er auf. »Lass uns eine Nacht drüber schlafen, Konrad. Ich bin fix und fertig. Carl kommt ohnehin erst morgen Abend zurück.«

Konrad drehte das Licht ab, und die beiden Brüder gingen nach oben. Fritz war völlig erschöpft, und trotzdem fand er in dieser Nacht keinen Schlaf.

»Morgen, die Herren!« Carl betrat vergnügt das Kontor und warf seinen Hut geschickt auf den Haken, wie er es immer tat. Er legte den Mantel mit dem Nerzkragen ab, drehte sich zu seinen Brüdern um und rieb sich voller Tatendrang die Hände. »Also, womit fangen wir an?«

»Setz dich!«, befahl Fritz.

Das Lächeln auf Carls Gesicht erstarb. »Was ist los?«, fragte er und blickte unsicher von einem zum anderen. Langsam ließ er sich auf dem Besucherstuhl vor Fritz' Schreibtisch nieder. Fritz schob ihm wortlos eine Aufstellung mit den gefälschten Transaktionen des letzten Jahres hin. Carl schloss die Augen. »Es ist nicht so, wie ihr denkt«, sagte er lau.

»Ach!« Fritz stand auf und stützte beide Arme auf die Tischplatte. »Wie ist es denn?«

»Ich wollte das Geld zurückgeben!«, rief Carl verzweifelt. »Ich schwör's!«

»Aber natürlich!« Konrad schnaubte verächtlich. »Dann ist ja alles nicht so schlimm, wie?«

»Nein … doch … es war doch nur …« Carl hob flehend die Hände.

»Betrug«, ergänzte Fritz. »Diebstahl. Noch schlimmer: Verrat! Verrat an der Firma und an der Familie.«

»Unser eigener Bruder!«, sagte Konrad aufgebracht. »Bestiehlt uns. Hintergeht uns.« Er stellte sich dicht neben Carl hin. »Du bist ein Lump, ein Gauner, ein hinterfotziger!«

Carl hockte zusammengesunken auf seinem Stuhl und verbarg den Kopf in den Händen, ein Häuflein Elend.

»Vierzigtausend!«, rief Fritz. »In sechs Jahren. Verdammt, Carl, warum?«

Carl sah zu ihm hoch. »Ich … ich hab's gebraucht.«

Konrad hieb mit der Faust gegen die Wand. »Ja, wofür denn, Menschenskind?«

Carl wand sich. »Die Emma … na ja, ihr wisst doch, wie sie ist. Braucht immer was Neues, immer was Teures …«

»Für vierzigtausend?« Fritz war fassungslos. »So viel kann selbst die Emma in sechs Jahren nicht ausgeben. Herrgott nochmal, hör auf zu lügen, Carl. Was hast du mit dem Geld gemacht?«

Carl rang mit sich. Er holte Luft, blickte zur Decke, als ob er sich von dort droben Hilfe erwartete. Dann sagte er fast unhörbar: »Ich hab's verspielt.«

Konrad breitete die Arme aus und ließ sie wieder fallen. »Das gibt's doch alles gar nicht.«

Fritz schlug sich mit der Hand vor die Stirn. Jetzt begriff er endlich. »Die Herrenabende, zu denen du schon so lange nach Nürnberg fährst – das waren Treffen zu Glücksspielen, ja?«

Carl weinte lautlos. Fritz stellte sich seinen Bruder vor, wie er in irgendeinem geheimen Hinterzimmer mit seinen reichen »Freunden«, von denen er so wenig erzählt hatte, um einen Spieltisch saß und Jeton um Jeton verlor.

»Glücksspiel ist illegal«, bemerkte Konrad, als ob das nicht jeder im Raum gewusst hätte.

»Ich zahl euch alles zurück«, sagte Carl verzweifelt. »Jeden Pfennig!«

Jetzt reichte es Fritz. »Ja, wie denn?«, brüllte er. »Du hintergehst uns jahrelang, wirfst unser sauer verdientes Geld sinnlos zum Fenster hinaus, und dann meinst du, wenn du's wieder zurückgibst, ist alles gut?«

Carl schluchzte lauter.

»Herrgott, wir haben dir vertraut!« Konrad durchmaß das Kontor mit großen Schritten. »Wenn uns einer das gesagt hätte, dass du Gelder veruntreust, wir hätten den verklagt! Wir hätten unsere Hand für dich ins Feuer gelegt!« Er blieb vor Carl stehen, packte ihn am Revers und schüttelte ihn. »Wie konntest du uns das antun? Wir sind immer zusammengestanden, in all den Jahren. Und du, du hast alles kaputtgemacht!« Jetzt weinte Konrad beinahe auch. Er ließ Carl los und setzte sich auf seinen Bürostuhl.

Fritz ging zum Fenster und sah hinaus, die Hände auf dem Rücken. Er brauchte ein paar Augenblicke, um sich zu fassen. Als er sich umdrehte und sein Urteil verkündete, lag in seiner Stimme eisige Härte. »Du weißt selber, dass du das nie und nimmer zurückzahlen kannst. Und du weißt auch, dass ein solcher Vertrauensbruch gegenüber der Firma und uns unverzeihlich ist. Nicht wiedergutzumachen.«

Carl nickte schicksalsergeben.

»Deshalb«, fuhr Fritz fort, »wirst du ab sofort aus der Firma ausscheiden. Du hast bis zum ersten Februar, um aus der ›Alten Farb‹ auszuziehen. Geh mit Emma und Mary irgendwohin, möglichst weit weg, dahin, wo man dich und uns nicht kennt. Über die ganze Sache wird kein einziges Wort geredet, auf die Firma und die Familie Ribot darf kein schlechtes Licht fallen. Unser Ruf muss untadelig bleiben. Offiziell bist du auf eigenen Wunsch von deiner Teilhaberschaft zurückgetreten. Wenn du dich an diese Vorgaben hältst, dann verbuchen wir die vierzigtausend als Verlust und unternehmen keine weiteren Schritte. Und wir geben dir zur Überbrückung zweitausend Mark mit, damit du dich einrichten und Arbeit finden kannst. Wir sind ja keine Unmenschen.«

Carl begriff erst nicht. Dann stand er langsam auf. »Herzlichen Dank auch«, sagte er mit beleidigtem Unterton. »Das ist sehr großzügig von euch. Und ich muss mich wohl außerdem bedanken dafür, dass ihr mich nicht ins Gefängnis bringt. Schön, dass ich solche Brüder habe. Wie dumm ich war. Einen Augenblick lang habe ich geglaubt, ihr würdet mir helfen.« Er straffte den Rücken. »Also gut. Ich werde gehen.« Mit zusammengebissenen Zähnen nahm er Hut und Mantel und ging dann langsam zur Tür, als wolle er Fritz und

Konrad Zeit lassen, ihn noch einmal zurückzurufen. Aber sie taten es nicht. Stattdessen sagte Fritz: »Komm nicht mehr zurück, Carl. Du hast der Familie Schande gemacht. Ab jetzt bist du keiner mehr von uns.«

Carl hielt inne, drehte sich aber nicht um. Fritz zuckte zusammen, als hinter seinem Bruder die Tür krachend ins Schloss fiel.

Es war der Dreikönigstag 1900. Das neue Jahrhundert hatte mit einer Katastrophe begonnen.

Kapitel 14

Aus den Lebenserinnerungen von Fritz Ribot, begonnen 1921

Als ich vom Fenster des Salons aus zusah, wie die Pferdewagen vor der »Alten Farb« mit Möbeln und Koffern beladen wurden, wäre ich am liebsten hinübergelaufen und hätte gerufen: »Bleibt da! Wir vergessen, was war!« Aber da stand auf einmal Konrad hinter mir und legte mir die Hand auf die Schulter. Er ahnte, was in mir vorging und sagte: »Er hat sich gegen alles versündigt, was für uns auf dieser Welt zählt. Wir hätten ihm nie mehr vertrauen können.« Ich hätte niemals gedacht, dass mein kleiner Bruder härter sein könnte als ich, aber da ging mir auf, wie sehr auch er für die Firma lebte. Der Familie – außer natürlich den beiden kleineren Buben – erklärten wir die Sache unter dem Siegel der absoluten Verschwiegenheit. Auch bei ihnen war die Empörung groß, und alle fanden Konrads und meine Entscheidung das einzig Richtige. Nur Gusti weinte um ihre Schwester und die kleine Mary, die ja unseres Bruders Schicksal teilen würden. Sie ahnte wohl, dass sie die beiden niemals wiedersehen würde. Wir wollten gar nicht wissen, wohin Carl mit ihnen ging. Und wir kamen überein, seinen Namen nie wieder zu erwähnen. Bis heute hat sich jeder und jede einzelne

Ribot daran gehalten. Die alten Römer nannten das, so habe ich es in der Schule gelernt, »damnatio memoriae«. Auch für sie war vor zweitausend Jahren die Verbannung eine angemessene Strafe für schwere Übeltäter.

Dennoch fühlte ich mich wie ein Tyrann.

Kapitel 15
1900

Zwei Männer, ein mittelgroßer Herr im schwarzen Anzug und sein jüngeres, größeres Pendant in gestreifter Hose und hellem Sommersakko, gingen am 4. Mai 1900 einträchtig im Nürnberger Kontumazgarten spazieren, fröhlich bellend umschwänzelt von einem riesigen schnauzerähnlichen Hund. Es war ein herrlich warmer Frühlingstag, die Bäume standen in hellem Grün, die Tulpen in den runden Beeten, die noch vom alten Barockgarten her übrig waren, leuchteten in allen Farben.

»Allmählich hört es auf zu wintern / die Hunde riechen sich am Hintern / die Vöglein zwitschern im Revier / die Jungfrau spricht: Wer tut es mir? / die Nonnen seufzen in den Klostern / es wird Ostern!«, deklamierte Fritz fröhlich.

»Wusste gar nicht, dass du auch unanständige Gedichte kennst!«, lachte Viktor.

»Unanständig? Na, hör mal, das sind pädagogisch wertvolle Verse aus meiner Schulzeit!«

»So was solltest du einmal bei den Jesuiten in Sankt Blasien zitieren! Die würden dich glatt der Inquisition übergeben!«

»Gott sei Dank bist du jetzt hier im aufgeklärten Nürnberg«, grinste Fritz.

Seit über zwei Monaten schon lebte Viktor bei Fritz' Logenbruder Otto Gehring in dessen Haus in der Rosenau – wobei das

Wort Haus es nicht ganz traf, denn das Gebäude sah aus wie ein griechischer Tempel im Miniaturformat. Vater und Sohn trafen sich jetzt regelmäßig; meist fuhr Fritz am Samstagabend nach Nürnberg zum Brudertreffen, übernachtete im Logenhaus und verbrachte dann den Sonntag mit Viktor.

An diesem Tag – es war außerplanmäßig ein Freitag, weil Fritz am Wochenende nach Berlin reisen musste – gingen sie wegen des schönen Wetters »nur« spazieren. Sie waren vom Logenhaus an der Hallerwiese stadtauswärts gelaufen, durchquerten den Kontumazgarten und steuerten auf die Deutschherrenwiese zu. An ihnen vorbei rollten Landauer und Einspänner, sie begegneten Damen mit Hüten wie Mühlrädern, die an den Armen ihrer Ehemänner daherstolzierten, Dienstmädchen in gestärkten Schürzen auf ihren Besorgungsgängen und gesetzten älteren Herren, die ihren Spätnachmittagsspaziergang machten. Bonnie schnüffelte an jedem Baum und jeder Ecke, lief hinter anderen Hunden und her und jagte Eichhörnchen. Fritz und Viktor blieben jedes Mal stehen und warteten, bis Bonnie wieder zurückgehechelt kam. Mit einem Mal wurden sie von einer Horde junger Burschen in seltsamer Aufmachung überholt. Sie trugen lange Turnhosen, bunte Sportleibchen und Käppis. Ein paar von ihnen schleppten Stangen und Netze, einer hatte einen Ball unter dem Arm. Auf der angrenzenden Wiese, die eher einer festgestampften Dreckfläche glich, bauten sie die Stangen und Netze auf. Fritz und Viktor sahen zu, wie sie zwei Mannschaften bildeten, und dann ging das Spiel los. Der Ball wurde geworfen, getreten, im Rennen von einem zum anderen abgegeben, er flog hoch durch die Luft, wurde an die Brust von Spielern gepresst, fiel zu Boden – kurz, es war ein wildes Durcheinander. Der Ball zog, ganz gleich, wo immer er sich auf dem Spielfeld befand, alle Spieler auf sich, die um das runde Ding kämpften wie ein Rudel Hunde. Bisweilen war vor lauter Staub auf dem Platz kaum noch etwas zu sehen, dann flitzte plötzlich einer der Spieler mitten aus der Meute los, den Ball unter dem Arm, rannte damit zwischen zwei parallel aufgestellten Stangen durch und jubelte.

Anfangs sahen Viktor und Fritz etwas verwirrt zu, bis sie langsam begriffen, worum es ging. Es war nicht nur eine Art Rauferei mit Ball. Offenbar musste eine Mannschaft versuchen, einen Spieler samt Ball hinter das gegnerische »Tor« zu bringen. Wer die meisten »Tore« erzielte, hatte gewonnen.

»Jetzt hab ich's! Das muss Rugby sein!«, rief Viktor. »Davon hab ich schon erzählen hören. Das Spiel kommt aus England, da gilt es als exklusiver Sport für ›Gentlemen‹. Bei uns heißt es ›Fußball mit Aufnehmen‹.«

»Damit die feinen Herren eine Entschuldigung haben, sich zu schubsen und zu keilen und zu prügeln, oder was?« Fritz schüttelte den Kopf.

Nach einer Weile gingen Fritz und Viktor weiter, Letzterer beinahe euphorisch. »Tolles Spiel«, sagte er. »Ein Heidenspaß! Das ist nichts für halbe Hemden und Feiglinge.«

»Komm bloß nicht auf die Idee, da mitzuspielen«, sagte Fritz.

»Aber wo! Ich bleib bei meinem Tennis. Herr Gehring hat mich schon beim Nürnberger Cricket & Lawn Tennis Club angemeldet. Für mehr hab ich gar keine Zeit!«

»Recht so! Tue deine Arbeit ordentlich, dann wird was aus dir, mein Sohn. Mein Freund Gehring hat mir beim letzten Logentreffen übrigens erzählt, dass er sehr zufrieden mit dir ist. Er sagt, du hättest ein Näschen fürs Geschäft.«

Sie machten sich auf den Rückweg und beschlossen unterwegs, noch etwas zu Abend zu essen, bevor Fritz sich vom Logenhaus aus wieder heim nach Schwabach kutschieren ließ. Zufällig führte ihr Weg an einem kleinen, unscheinbaren Häuschen vorbei, aus dessen geöffneten Fenstern es verheißungsvoll nach Bratwürsten roch. Auf der Fassade über der Eingangstür stand »Burenhütte«, darunter »gutbürgerl. Küche. Tucher Biere«.

Sie gingen hinein und setzten sich an einen Ecktisch. Es war noch kein Gast da, aber auf zwei langgezogenen Tafeln in der anderen Hälfte des Raums standen »Reserviert«-Schilder.

Noch während sie auf ihre Bratwürste warteten, ging plötzlich die Tür auf. Einer nach dem anderen stapften die Rugby-Spieler herein, die vorhin auf der Deutschherrenwiese trainiert hatten. Irgendwo mussten sie sich die Gesichter gewaschen haben, aber sie trugen immer noch ihre schmutzigen Hosen und Leibchen. Im Nu hatten die Burschen die reservierten Plätze besetzt und riefen lautstark nach Bier.

»Das sind Schüler vom Melanchthon-Gymnasium und noch ein paar andere Verrückte«, raunte der dicke Wirt Fritz im Vorbeigehen zu. »Die schlägern scheint's vorher irgendwo, so wie die ausschauen, und dann haben sie einen Mordsdurst. Keine Angst, die sind ganz friedlich.«

Während Fritz und Viktor aßen, ging es an den Tischen drüben rund. Man prostete sich zu, fachsimpelte über das Spiel, stritt über Regeln und ihre Auslegung. Der Wirt lief unermüdlich mit Bierseidlein, Brotkörben und Tellern mit Stadtwurst, Presssack und Backsteinkäse hin und her. Alle langten hungrig zu; die Stimmung war prächtig. Schließlich stand einer der Sportler auf – ein junger Mann mit dunklem Schnauzer und einem Kreuz wie ein Ochse – und rief: »Hört alle her! Wir gründen einen Verein!«

Alles schrie, pfiff, klatschte Beifall und trampelte mit den Füßen. Es folgte eine kurze, aber heftige Diskussion, der Viktor und Fritz kaum folgen konnten, weil es völlig durcheinanderging. Dann aber wurden Bierfilze und Stifte für eine ordentliche Wahl verteilt. Man wählte einen »Präsidenten«, dann Kassier, Schriftführer und Zeugwart. Noch bevor Fritz und Viktor ihre Zeche beglichen hatten, war der neue Verein geboren. Als die beiden gingen, stand einer der älteren Rugby-Spieler auf und kam auf sie zu. »Entschuldigen Sie bitte, dass es so laut zugegangen ist«, sagte er. »Wir wollten Sie nicht beim Essen stören. Aber das hier war sozusagen ein historischer Moment: Wir haben gerade den Ersten Fußballclub Nürnberg gegründet!«

»Na dann, Gratulation!«, sagte Fritz und lüpfte grüßend seinen Hut. »Gebt Bescheid, wenn ihr deutscher Meister seid!«

Kapitel 16
1900

»Nein, mit goldenen Rahmen und seidenen Vorhängen zieht der feine Ton nicht in unser Haus, und er manifestiert sich nicht durch reiche Soupers und befrackte Dienerschaft. Von einem solchen Hause wird man, wenn ihm jenes ›Etwas‹ des feinen Tones fehlt, wohl sagen: ›Das ist ein reiches Haus‹, nicht aber ein ›feines‹, ein ›vornehmes‹, ein ›elegantes‹. Dies aber wird man von dem und jenem Hause sagen, das zwar statt der Livreediener nur die nötigste Bedienung hat, dessen Herrin aber nicht nur eine richtige Hausfrau, sondern eine Dame ist.«

»Lass mich auch mal!«, rief Tilly und griff nach dem Buch, das Käthchen schnell hochhielt, damit ihre Schwester es nicht erwischen konnte. Bei den beiden 19- und 15-jährigen Mädchen saßen noch zwei der Reitzenstein-Töchter, Emilie und Marie, die heuer die Schulferien in Schwabach verbringen durften, weil daheim wieder einmal das Geld knapp war. Alle vier waren aufgeregt, weil heute endlich die neue Auflage des Buchs »Die elegante Hausfrau« der bekannten Gesellschaftsautorin Isa von der Lütt geliefert worden war – der wichtigste Ratgeber für junge Damen, der in keinem bürgerlichen Bücherschrank fehlen durfte. Von Fragen des Benimms über Wohnungseinrichtung, Kleidung, Umgang mit Dienstboten bis hin zur Gestaltung von Festen und Feiern behandelte dieses Werk alles, was eine jungverheiratete Frau wissen musste, um einen eigenen Haushalt zu führen.

Lisette, die am Fenster in einem Fauteuil saß und an einem ihrer Scherenschnitte arbeitete, amüsierte sich über die kleine Mädchenschar. Sie selber verbrachte diese Woche in Schwabach, weil ihr Mann wegen einer hartnäckigen Bronchitis zur Kur in Bad Kissingen weilte. Jetzt hörte sie zu, wie Käthchen deklamierte: »›… ein Knie über das andere schlagen? Oh, oh, mein Fräulein, ich bitte doch! Das tut eine Dame nie – niemals!‹ Und du hast das gestern Abend gemacht, als die Frau Pfarrer da war, Tilly!« – »Das hat im Pensionat niemand verboten«, verteidigte sich Tilly. »Und überhaupt, dafür hast du letzte Woche beim Spazierengehen deine goldene Halskette getragen. Dabei ist Schmuck auf der Straße nicht gestattet!« – »Bist ja bloß neidisch!« – »Bin ich gar nicht!«

»Das allererste Gebot ist: Damen dürfen niemals streiten«, mischte sich Lisette lächelnd ein.

»Ach, Tante Lisi, Schwestern dürfen schon«, erwiderte die altkluge Tilly. »Sonst wär das Leben doch langweilig.«

Derweil hatte sich das ältere der Reitzenstein-Mädchen das Buch geschnappt und blätterte nun darin. »Hört her, hier geht's ums

Schminken«, rief sie und las: »›Zu den für die Dame unerlaubten Toilettenkünsten gehört die Schminke, deren sie sich nur bei Theaterspiel und Ähnlichem bedienen darf; der Puder hingegen (unschädlich ist nur feinstes Reismehl ohne jeden den Teint verderbenden Bleiweißzusatz) ist ihr gestattet. Alle zur Teintverschönerung angewendeten Salben, Milchen und so weiter sind selbstverständlich erlaubte Toilettenrequisiten. Um einen guten Teint zu erhalten, genügt es, Gesicht und Hals nur mit Wasser zu waschen, dem man etwas Benzoetinktur und reinen Alkohol beimischt, so dass dasselbe eine weißliche Milch gibt. Bei fettigem und dunklen Teint wird Borax hinzugefügt, etwa einen Esslöffel auf einen halben Liter Wasser (Borax bleicht, während Benzoe rosig macht). Nach der Waschung ist unbedingt davon abzuraten, an die freie Luft zu gehen.‹«

»Aber Tante Lisi, du nimmst doch eine Salbe fürs Gesicht, nicht war?«

Lisette nickte. »Ich schwöre auf meine Crème Simon«, sagte sie. »Und für die Lippen nehme ich Vaseline. Und einmal im Monat macht mir mein Mädchen eine Maske aus Eiweiß mit einem Teelöffel Alaun, das vermischt und über schwacher Flamme verdampft wird. Das gibt eine Art Brei, der mit Olivenöl verrührt und eine Stunde lang auf dem Gesicht gelassen wird. Hinterher ist die Haut ganz zart.«

»Tante Lisi, wie alt bist du jetzt eigentlich?«, fragte Tilly.

Lisette lachte laut auf. »Das ist das zweite Gebot, meine Hübsche: Frag niemals eine Dame nach ihrem Alter! Aber ich verrat's euch trotzdem: Stellt euch vor, ich bin schon uralte einunddreißig.«

Das jüngere Reitzenstein-Mädchen lief zu Lisette hinüber und sah ihr angestrengt ins Gesicht. »Aber Falten hast du noch keine.«

Lisette nahm den Handspiegel, der auf dem Seitentischchen lag, und betrachtete sich nachdenklich. Nein, Falten sah man noch nicht. Ihr Gesicht war immer noch frisch, die feinen, schmalen Lippen rosig, das kastanienbraune Haar glänzend. Seit neuestem zupfte sie sich die Brauen, das brachte ihre blauen Augen besser zur Geltung. Aber wofür, dachte sie sich. Ich bin eine verheiratete Frau, und Eduard liebt mich auch so. Ich muss mich für niemanden mehr schön machen. Und wenn man keine Kinder ausgetragen hat, behält man auch einen festen, straffen Körper. Ein Anflug von Bitterkeit überkam sie.

»Wenn du schon so alt bist, Tante Lisi, warum hast du dann keine Kinder?«, fragte die zehnjährige Marie.

»Schscht!«, machte Käthchen. »So was fragt man auch nicht.«

»Na gut«, maulte Marie. »Dann frag ich dich, Käthi: Wie viele Kinder willst du denn einmal haben?«

Käthchen seufzte. »Dafür müsste ich ja erst einmal heiraten. Einen hübschen jungen Mann aus gutem Haus, der Manieren hat und mir Komplimente macht. Groß muss er sein und elegant, und tanzen muss er können! Und dumm darf er auch nicht sein, man will sich ja unterhalten können. Und das Wichtigste: Er muss rasend in mich verliebt sein, und ich in ihn.«

Ja, dachte Lisette traurig. Mach nur nicht den Fehler und such dir den Falschen aus. »Dein Prinz wird schon noch kommen, wart's ab«, sagte sie, legte Schere und Papier weg und stand auf. »Wer geht mit auf die Kirchweih?«, rief sie mit gespielter Fröhlichkeit.

Alle riefen: »Ich, ich, ich!«

»Dann ziehen wir uns jetzt um und treffen uns in einer Stunde auf dem Flur. Sagt auch den Buben Bescheid. Und, Tilly, Käthchen: Vergesst die Handschuhe nicht! Immer einen Ton heller als das Kleid!«

Eine Stunde später liefen sie los. Während die Mädchen mit ihren Schillerlockenfrisuren barhäuptig gingen, hatte Lisette einen sommerlichen Strohhut mit Seidenfutter und Kunstblumen gewählt, der gut zu ihrem veilchenfarbenen Kleid mit der schmalen Tournüre passte. Ihre Stimmung hatte sich wieder gebessert. Es war schließlich ein herrlicher Septembertag, und sie führte die fröhlichste kleine Gesellschaft an, die man sich denken konnte. Außerdem hatte sie schon als Kind die Schwabacher Kirchweih geliebt. Also lief sie fröhlich inmitten ihrer jungen Verwandtschaft zum Festplatz am Ostanger hinaus.

Auf dem Kirchweihplatz war viel los; am Sonntag kamen auch viele Bauern aus dem Umland. Überall wuselten aufgeregt Kinder, man sah noch ein paar alte Trachten, aber auch die elegante Mode der Schwabacher Hautevolee. Fähnchen und Luftballons flatterten im Wind, es roch nach Waffeln, Zuckerzeug und Fischbrötchen. Der Lieblingsduft meiner Kindheit, dachte Lisette und schloss für einen Moment die Augen. Aber ihr blieb keine Zeit zum Schnuppern, die Kinder zogen sie übermütig mit sich. Als Allererstes ging es zum

Karussell, der großen Hauptattraktion für Jung und Alt. Eine kleine Menschentraube drängte sich um das Kassenhäuschen; Lisette stellte sich an und kaufte zwei Zehnerkarten. Der siebenjährige Eugen und sein kleiner Bruder Julius stürmten mit Geheul auf zwei feurige Rappen zu, Käthchen und Tilly wählten natürlich Schimmel, und die Reitzenstein-Mädchen – Adel verpflichtet – setzten sich ganz damenhaft in eine wippende Kutsche. Die Orgel klimperte in den höchsten Tönen, und auf ging's im Kreis herum. Später, an der Losbude, zückte Lisette wieder ihren Geldbeutel und jedes Kind bekam ein Los. Alle gewannen einen Trostpreis, bis auf Eugen, der jetzt unbedingt zur Schießbude wollte. Eine Weile standen sie davor, und Lisette sah wehmütig zu, wie jungverliebte Männer unverdrossen Schuss für Schuss setzten, um ihren Damen schließlich eine Kunstblume oder einen Strohfächer überreichen zu können. Wie sich die Pärchen umturtelten! Nachdem Eugen, wie sich herausstellte, noch viel zu jung zum Schießen war, ging es weiter zum Zuckerwarenstand. Jedes Kind durfte sich eine Süßigkeit aussuchen, und sogar Lisette kaufte sich einen dieser riesigen roten Lutscher, die sie sich früher immer gewünscht und nie bekommen hatte. Dann zogen die Kinder Lisette am Leierkastenmann vorbei zur Schiffschaukel. Die Mädchen nahmen jeweils zu zweit einen bunten Kahn, die Buben wollten unbedingt alleine und ohne Anschubsen. Die letzte freie Schaukel war schon besetzt von einem Mädchen und einem Buben, die fröhlich mit Knieschüben ihr Gefährt antrieben. Als der Bremser auf sie zukam, riefen sie wie aus einem Mund: »Noch mal, bitte, Papa!«

Lisette knabberte genüsslich an ihrem Lutscher und drehte sich nach dem Papa um – und das Lächeln erstarb ihr auf den Lippen. »Hans!«, entfuhr es ihr leise. Ihr Herz begann, wie wild zu klopfen.

Er lächelte verlegen zurück. Fast ein bisschen spöttisch, so kam es ihr vor, und sie beeilte sich, den Lutscher hinter ihrem Rücken verschwinden zu lassen. O Gott, da traf sie ihre Jugendliebe nach so vielen Jahren wieder und leckte dabei an einem Zuckerlolli wie ein Kind!

Die beiden standen sich einen Augenblick lang stumm und befangen gegenüber. Schließlich fragte Lisette, auf die Kinder in der Schaukel deutend: »Sind das deine?«

Er nickte. »Und welche von den anderen gehören dir?«

Betroffen sah sie zu Boden. »Keins«, sagte sie und versuchte ein unbefangenes Lächeln, das ihr misslang. »Alles Nichten und Neffen.«

Wieder Schweigen. Der Schiffschaukelmann sah, dass die beiden beschäftigt waren, und ließ die Kinder durchschaukeln. Die würden schon nachzahlen.

»Bist du auf Besuch daheim?«, wollte Hans wissen.

»Ja, auf ein paar Tage.« Sie musterte ihn verstohlen. Er sah immer noch gut aus mit seinem inzwischen etwas kürzer gestutzten Bart und dem dichten braunen Haar. Es gefiel ihr, dass er jetzt Koteletten trug. Ein Gefühl kam in ihr hoch, das viel zu vertraut war und das sie verwirrte. Das konnte doch nicht sein, nach all der Zeit … »Wie geht's dir?«, fragte sie, weil ihr nichts Besseres einfiel.

»Gut«, sagte er. »Ich hab jetzt eine neue, größere Werkstatt und sechs Angestellte. Die Geschäfte laufen prima, wir liefern sogar bis nach Berlin.«

»Das hab ich nicht gemeint.«

Er sah sie unsicher an. »Na ja, geheiratet hab ich auch. Die Zwillinge sind grad sechs geworden, und der Kleine ist fast zwei.«

»Das freut mich für dich«, erwiderte sie. »Singst du immer noch bei der Liedertafel?«

»Bin zur ›Lyra‹ gewechselt …«

»Ach so.« Jetzt wussten beide nicht mehr, was sie sagen sollten. Lisette wandte sich zum Gehen. »Ich glaub, die Kinder sind gleich fertig.«

Da griff er nach ihrer behandschuhten Hand. »Warum hast du mich damals verlassen, Lisi?«

O Gott, dachte sie, nicht das. Sieh mich nicht so an, fass mich nicht an. Sonst … Ein winziger Seufzer drang aus ihrer Kehle. »Ach Hans, ich wollte doch nicht. Sie haben mich gezwungen, mich eingesperrt. Ich weiß, ich hätte mich wehren müssen … Aber ich war doch ein dummes junges Ding … Und da war dieser Heiratsantrag …« Sie senkte den Kopf. »Jetzt ist es sowieso zu spät.«

Er nickte, in seinem Blick lagen Trauer und Bitterkeit. »Ja, es ist zu spät. Bist du wenigstens glücklich?«

Was sollte sie antworten? Es spielte doch keine Rolle, ob sie glücklich war. Sie war in einer Ehe gefangen. In ihrem Hals bildete sich ein Knoten. Himmel, nur jetzt nicht weinen müssen. »Und du, bist du glücklich?«, presste sie hervor.

Er zögerte.

In dem Augenblick kam der Schiffschaukelmann heran. »'tschuldigung, die Herrschaften«, sagte er und tippte an den Rand seiner Schiebermütze. »Wie lang soll ich die Kinder noch schaukeln lassen? Da warten schon etliche …«

»Ach herrje!« Lisette griff nach ihrem Zugbeutel. »Nein, nein, es reicht schon! Augenblick, ich zahl gleich!« Sie drückte ihren Lutscher schnell einem kleinen, ärmlich gekleideten Buben in die Hand und zählte einige Geldstücke ab. »Reicht das?«

Der Mann bejahte und wandte sich dann Hans zu, der in seiner Hosentasche kramte. Im Nu waren sie von den Kindern umringt; die Zwillinge zogen Hans in die eine Richtung, die Mädchen Lisette in die andere. Sie hatten gar keine Zeit mehr, sich zu verabschieden.

Später, auf dem Nachhauseweg, war Lisette still und ließ die anderen vorauslaufen. Langsam ging sie an der Südseite der Stadtkirche entlang und am Rathaus vorbei. Auf der Fleischbrücke blieb sie stehen, drückte sich ans Geländer und sah nach unten. Die Schwabach floss träge dahin, am Ufer steckte ein schlafendes Entenpärchen in trauter Zweisamkeit die Köpfe unter die Flügel. Lisette versuchte, ihre Tränen wegzublinzeln. Ob ich glücklich bin?, dachte sie. Gott sei Dank hatte sie nicht mehr antworten müssen. Denn die ehrliche Antwort auf Hans' Frage hätte »Nein« gelautet.

Aber er, dachte sie dann – und eine Mischung aus verrückter Hoffnung und hilfloser Verzweiflung blitzte eine Sekunde lang in ihr auf – er hat mir auch keine Antwort gegeben.

Kapitel 17

Aus dem »Schwabacher Intelligenzblatt«, 12. November 1900

Am Ersten dieses Monaths gründete der allseits bekannte und beliebte Kommerzienrat Fritz Ribot, Eigenthümer der Seifenfabrik Ph. Benj. Ribot dahier und liberaler Gemeindebevollmächtigter, die »Vereinigung Bayerischer Seifensieder«, zu deren Vorsitzendem er in der Gründungsversammlung zu Nürnberg gewählt wurde. Zweck der Vereinigung ist laut Herrn Kommerzienrat die »Hebung der Geschäfte der süddeutschen Seifensiedereien durch gemeinsame Einkäufe, Absprachen und fruchtbare Zusammenarbeit« sowie deren »erfolgreiche Behauptung im beginnenden Preiskampf mit rheinischen Firmen wie dem Unternehmen Henkel in Düsseldorf und der englischen Sunlight AG in Mannheim.

Sitz des neuen Seifensiederverbandes wird Schwabach sein. Bürgermeister Dümmler wünschte gestern nach der Magistratssitzung dem frischgebackenen Vorsitzenden und seinem Verein Glück auf und Erfolg.

Kapitel 18
1901

»Das ist doch eine Schnapsidee, eine Pferdebahn vom Bahnhof zum Marktplatz! Womöglich noch eine Bahnlinie bis nach Abenberg!« Bürgermeister Dümmler schüttelte den Kopf. Wieder einmal eines dieser wilden Hirngespinste seines Freundes Fritz.

»Warum? Andere Städte haben ihren Bahnhof mitten in der Stadt – unserer liegt weit draußen.« Fritz gab nicht auf.

»Was glaubst du, was das kostet!« Dümmler winkte ab. Der Bürgermeister und sein Gemeindebevollmächtigter waren nicht immer einer Meinung, was ihrer Freundschaft jedoch keinen Abbruch tat.

An diesem Samstagabend im Juni des Jahres 1901 saßen die beiden inmitten einer kleinen, aber feinen Honoratiorenrunde im Garten der »Rose«, tranken Bier aus Porzellankrügen mit Zinndeckel und ließen sich dazu Saure Bratwürste schmecken.

»Fräulein, noch ein Bier«, rief der allseits hochverehrte Dekan Max Herold und hob seinen leeren Krug. Die Bedienung nahm ihn und brachte ihn gefüllt wieder. Fritz sah ihr nach, wie sie zurück in die Wirtschaft ging. Eine schlanke Brünette Ende dreißig, schätzte er. Sehr freundlich, immer fix, immer aufmerksam, nicht wie die andere Bedienung, die sonst immer da war und der man beim Laufen die Schnürsenkel binden konnte. Irgendwie kam ihm die Frau bekannt vor, und er überlegte, wo er sie schon einmal gesehen haben könnte. Sie war nicht schön, hatte aber einen eigenen, herben Reiz mit ihrem zum Knoten aufgesteckten Haar und dem hochgeschlossenen schwarzen Kleid mit Schürze. Fritz ließ sich auch noch ein Bier bringen und sah sie genauer an, aber er kam nicht darauf.

Die Runde löste sich bald auf, Fritz und der geistliche Herr waren die Letzten, die gingen. Bis zum Dekanat hatten sie denselben Weg.

»Zigarre?«, fragte Fritz.

»Gern.« Herold kannte die guten Dicken, die Fritz immer rauchte. Genießerisch paffte er die Zigarre an und blies dann den Rauch in gleichmäßigen Kringeln Richtung Himmel. »Dein Burley-Tabak schmeckt süßlicher als der Virginier, den sie im Umland anbauen«, stellte er fest.

»Sagen alle«, meinte Fritz und ging langsam neben Herold her die Ludwigstraße hinunter. Die Straßenlaternen, von Motten umtanzt, beleuchteten die nächtliche Stadt, nirgendwo waren mehr Leute unterwegs. Ein paar von den Fledermäusen, die unter dem Dach der Stadtkirche hausten, jagten in wildem Zickzack durch die Luft, während in der Wohnung über der Bäckerei Langfritz eine Mutter bei offenem Fenster leise ihr Kind in den Schlaf sang.

»Fritz, das wollt ich dich schon lang einmal fragen: Wie geht's dir?«, begann der Dekan mit ernster Stimme.

Fritz zuckte mit den Schultern. »Na, gut. Viel zu tun, wie immer.«

»Das hab ich gar nicht gemeint. Was ich eigentlich sagen wollte:

Du bist jetzt bald fünf Jahre Witwer, ich erinnere mich noch gut, wie wir deine Sophie zu Grabe getragen haben. Aber du bist doch noch jung. Denkst du nicht daran, noch mal zu heiraten?«

Fritz war das Thema unangenehm. Aber mit wem sollte er darüber reden, wenn nicht mit dem Pfarrer? »Na ja«, sagte er, »manchmal überleg ich mir das schon. Man ist ja schließlich ein Mann. Aber ehrlich gesagt, ich find keine, die passt. Die Frauen in meinem Alter sind ja meistens schon verheiratet, und die jungen Dinger, die interessieren mich nicht. Die hätten auch kein Verständnis dafür, dass ich so viel arbeite und oft unterwegs bin. Wissen Sie, Herr Pfarrer, meine Sophie hat immer gesagt, ich wäre nicht mit ihr, sondern mit der Firma verheiratet. Sie war oft unglücklich deswegen. Jeder anderen ginge es vermutlich genauso. Deshalb glaub ich, eine zweite Ehe ist vielleicht keine so gute Idee.«

Max Herold zupfte bedächtig mit Daumen und Zeigefinger an seinem fleddrigen Rauschebart. »Es ist nicht gut, dass der Mensch allein sei«, deklamierte er pathetisch. »Ich wüsste da vielleicht ein paar Kandidatinnen …«

Fritz grinste. »Wollen Sie ins Kuppeleigeschäft einsteigen oder haben Sie zu lange keine Hochzeitspredigt mehr gehalten?«

Der Dekan zwinkerte ihm durch seine runden Brillengläser zu. »Weder noch. Ich mache mir nur Sorgen um meine Schäfchen.«

Sie waren beim Pfarrhaus angelangt. »Lassen Sie's gut sein, Herr Pfarrer«, sagte Fritz. »Es kommt so, wie's kommen soll.«

»Der liebe Gott findet schon seine Wege«, lächelte Herold, und die beiden reichten sich zum Abschied die Hand.

Erst jetzt merkte Fritz, dass er seinen Gehstock mit dem ziselierten Silberknauf in der Wirtschaft vergessen hatte. Seufzend machte er sich noch einmal auf den Weg zurück zur »Rose«. Ja, dachte er unterwegs, manchmal wär's schon schön, wenn jemand daheim auf mich warten würde. Bin schon recht lang allein. Mit lautem Maunzen schoss eine Katze vor Fritz um die Ecke, verfolgt von einer zweiten. Fritz lächelte in sich hinein. Da hieß es ja, allein würde man wunderlich. »Papperlapapp«, murmelte er vor sich hin, »wunderlich bin ich aber noch nicht.« Aber, so überlegte er, man hat schon so seine Bedürfnisse, als Witwer. Ist ja ganz natürlich. Vielleicht sollte ich mich doch umschauen. Ganz dezent. Ich muss es ja nicht eilig haben.

Im Garten der »Rose« saß inzwischen niemand mehr. Die Bedienung räumte Geschirr weg, gerade trug sie ein Tablett mit Aschenbechern ins Haus. Fritz ging zu seinem Platz von vorhin und schaute nach dem Stock. »Ich hab ihn doch gegen den Baumstamm gelehnt«, brummelte er vor sich hin, während er im schwachen Licht der Gasfunzel einmal um die Kastanie herumging. Nichts. Den hatte bestimmt jemand einfach mitgehen lassen. Fritz ärgerte sich. Der Stock war ein Weihnachtsgeschenk von Lisette gewesen.

»Suchen Sie den hier?« Die Kellnerin stand plötzlich neben ihm und hielt ihm den Stock hin.

»Genau den!« Fritz nahm ihn und lächelte erleichtert.

»Ich hab ihn gleich in Sicherheit gebracht, nachdem Sie weg waren. Damit ihn keiner mitnimmt.« Sie hatte eine angenehm melodische Stimme.

Er kramte in seiner Hosentasche und wollte ihr ein Geldstück in die Hand drücken. Sie wehrte ab. »Nein danke, Herr Kommerzienrat, das war doch selbstverständlich.«

Er ließ die Münze in ihre Schürzentasche fallen und wandte sich zum Gehen. Dann drehte er sich noch einmal um. »Sagen Sie«, fragte er, »woher kenn ich Sie bloß? Irgendwo hab ich Sie schon gesehen.«

»Götz Luise«, stellte sie sich vor. »Ich arbeite bei Ihnen in der Fabrik.«

»Ah!« Jetzt erinnerte sich Fritz. »Im Piliersaal, nicht wahr? An der Abfüllstation für das Seifenpulver.«

»Ja«, erwiderte sie einfach.

»Und warum sind Sie hier Bedienung?«

Sie runzelte die Stirn, als ob das eine dumme Frage sei. »Weil ich was dazuverdienen muss. Erst war ich im ›Lamm‹, aber ab jetzt bin ich jeden Freitag- und Samstagabend hier.« Dann erschrak sie und fragte: »Ich hoffe, das ist Ihnen recht?«

Er zuckte mit den Schultern. »In Ihrer freien Zeit können Sie machen, was Sie wollen. Solang Sie bei mir ordentlich ihre Arbeit erledigen.«

Sie begann, Bierfilze einzusammeln. »Tja dann«, sagte er und schwenkte seinen Stock. »Nochmals vielen Dank.«

»Gern geschehen«, rief sie ihm über die Schulter nach.

Fritz nahm den kürzesten Weg nach Hause durch die Rosenberger Straße. Als er an der »Silbernen Kanne« vorbeikam, schloss Leo grade draußen die Fensterläden. Die beiden Männer nickten sich zu. Beide wahrten den vereinbarten Burgfrieden; manchmal stellte sich sogar ein Anflug von Freundlichkeit ein, wenn sie sich grüßten. Fritz war erleichtert, dass die Sache so glimpflich abgetan war. Er sperrte die Haustür auf und wehrte Bonnie ab, der, glücklich über seine Rückkehr, an ihm hochspringen wollte. Hilde kam ihm entgegen und nahm ihm den Mantel ab. »War schon jemand mit dem Hund draußen?«, fragte er.

Sie nickte. »Ja, Herr Kommerzienrat, das Fräulein Käthchen.«

»Gut.«

Fritz ging gleich ins Schlafzimmer. Er drehte das Licht an, zog das Jackett aus und stellte sich vor den ovalen Standspiegel. Na ja, dachte er, ein junger Hupfer bin ich nicht mehr. Aber auch kein garstiger alter Krauterer. Er strich sich über das immer noch blonde Haar. Bisschen weniger als früher vielleicht, aber noch längst keine Andeutung einer Glatze, wie sie sein Vater gehabt hatte. Gut im Futter, aber nicht dick. Wie sagte man doch bei Männern? Stattlich, das war es. Der Schnurrbart gehörte wieder gestutzt, oder sollte er ihn einfach einmal abrasieren? Ohne Bart sah man jünger aus. Er zog Schuhe und Strümpfe, dann Weste, Hemd und Hose aus und stellte sich noch breitbeinig in der Unterhose vor dem Spiegel in Positur. Er hob die angewinkelten Arme, die Hände zu Fäusten geballt, und spannte den Bizeps an. So recht zufrieden war er nicht mit dem, was er sah. Er drehte sich zur Seite, einen Arm gehoben, einen gesenkt, den linken Fuß angestellt. Auch nicht besser. Verdammt, man müsste Sport treiben! Der Hund hockte sich vor ihn hin, legte den Kopf schief und fiepte leise. Fritz deutete ärgerlich mit dem Zeigefinger auf Bonnies Nase. »Sag jetzt bloß nix!«

Dann zog er den gestreiften Schlafanzug an und knipste das Licht aus, während der Hund sich zufrieden grunzend auf seine alte Decke neben dem Bett plumpsen ließ. Wir zwei, dachte Fritz, bevor er einschlief, wir sind so ein Pärchen.

Kapitel 19
1901

»Jetzt sag mir endlich, wohin es geht!«, drängelte Fritz, als sie endlich in ihrem Zugabteil saßen.

»Also gut«, grinste Viktor. »Wir fahren nach Bamberg.«

»Was? Dahin brauchen wir ja ewig! Und was machen wir dort?«

»Wirst schon sehen!«

Fritz ließ sich gottergeben in seinen Sitz zurückfallen.

Vom Bahnhof Bamberg nahmen sie eine Mietkutsche und fuhren ein Stück. Bei einer Art Sportplatz stiegen sie aus. Es war eine schöne, große Wiese, umrahmt von Ulmen, deren Laub schon begonnen hatte, herbstliche Färbung anzunehmen. Auf beiden Seiten der Wiese stand eine Torkonstruktion aus Holzbalken mit Netz, in den vier Ecken des Spielfelds hatte man kleine Fähnchen aufgepflanzt. Auf etlichen Bänken unter der Ulmenreihe saßen schon Leute, Männer mit Schiebermützen und legerer Kleidung, aber auch Herren in Anzügen standen herum. Alle schienen auf etwas zu warten. Viktor steuerte auf ein Grüppchen zu, das hinter einem der Tore stand. Lauter junge Männer, davon einige in unterschiedlich gestreiften langärmligen Hemden und knielangen Hosen. Improvisierte Trikots. Einer von ihnen sah pausenlos auf seine Taschenuhr. Als er Viktor und Fritz bemerkte, kam er ihnen entgegen.

»Vater, darf ich vorstellen: Das ist Hans Hofmann, rechter Außenläufer des FCN«, sagte Viktor.

Jetzt ging Fritz ein Licht auf. »Ich kenn Sie doch! Sie haben sich mit uns unterhalten, damals in dieser kleinen Wirtschaft, als Sie ihren Rugbyclub gegründet haben, stimmt's?«

»Ganz recht!« Hofmann schüttelte erst Fritz die Hand, dann Viktor. »Seid ihr mit der Eisenbahn gekommen?«, fragte er. Und, als Viktor bejahte: »Waren der Heinz und der Felsenstein mit im Zug?«

Viktor schüttelte den Kopf.

»Menschenskind, wo sind die denn nur? In zehn Minuten geht das Spiel an!«

Die Spieler begannen, sich mit Armerudern, Hampelmann und auf der Stelle treten warm zu machen, während Fritz und Viktor sich einen Platz auf einer der Bänke suchten. Plötzlich gab es Unruhe und dann Jubelrufe im Publikum. Aus Richtung Innenstadt kamen drei mit Fähnchen aufgeputzte Fiaker. Aus den Kutschen stieg, wie aus dem Ei gepellt, die Bamberger Mannschaft im schmucken Dress, Sportjacken, weißen Käppis und nigelnagelneu glänzenden Fußballstiefeln. Man konnte förmlich sehen, wie den Spielern aus Nürnberg das Herz in die Hose rutschte. Die Armen blickten an sich herunter auf ihr schäbiges Schuhwerk und ihre zusammengewürfelte Kleidung und kamen sich sichtlich fehl am Platz vor. Und immer noch waren Heinz und Felsenstein nicht da.

Der Schiedsrichter, ein Riesenkerl in schwarzen Hosen, ging zur Platzmitte und blies in seine Trillerpfeife. Die Mannschaften stellten sich auf. »Da!«, schrie auf einmal einer und deutete zur Straße. Da strampelten zwei Kerle auf Fahrrädern daher, schnaufend und keuchend erreichten sie den Platz, schmissen ihre Drahtesel hin, zerrten sich ihre Windjacken herunter und spurteten zum Nürnberger Team. »Ja, verdammt, wo bleibt ihr denn?«, rief einer.

»Wir haben doch kein Geld für den Zug gehabt«, japste Felsenstein. »Und dann hat der Christian mit seinem Rad auch noch einen Platten gefahren!«

Ein zweiter Pfiff ertönte, und das Spiel ging los. Da zeigte sich dann zu Fritz' und Viktors Begeisterung sehr schnell, dass auch die schönsten Stiefel nichts nützen, wenn Kampf angesagt ist. Die Nürnberger legten los wie die Berserker, mit Wucht und Kraft und dem Mut von Kampfstieren. Das Spiel gestaltete sich so, dass dort, wo gerade der Ball war, sich sofort ein Haufen von zwanzig Mann bildete, der wild auf das runde Ding eindrosch, bis es irgendwohin flog.

Unter den Zuschauern auf den Bänken war die Stimmung großartig. »Die spielen aber anders heute«, stellte Fritz irgendwann fest.

»Ja«, schrie Viktor zurück. »Sie spielen nicht mehr nach den alten Rugbyregeln, sondern nach den Regeln der englischen ›Football Association‹. Der Ball darf nur noch mit dem Fuß getreten werden.«

»Ach so«, meinte Fritz. »Ist das besser?«

»Nein, aber dazu braucht man nur elf Spieler auf dem Platz und nicht mehr zwanzig. So viele hat der Verein nicht zusammengebracht. Ist doch so auch ganz spannend, oder?«

Fritz nickte. Es machte wirklich Spaß, den Kerlen zuzuschauen, die auf dem Platz ihr Letztes gaben. Viel System konnte er nicht erkennen, der Ball flog hierhin und dorthin und manchmal sogar aufs Tor zu. Dann brandete jedes Mal Beifall auf. Und dann, mit einem Mal, hatte einer der Nürnberger den Ball und lief damit, lief und lief auf den gegenerischen Torwart zu.

»Hopp, Dürbeck, schiiiiiieß!«, schrie Viktor.

Und Dürbeck schoss. Viktor und Fritz sprangen auf. »Toooooo-or!«

Am Ende gewann der Erste Fußballclub Nürnberg mit 2:0, und der Jubel kannte kein Ende. Irgendjemand schleppte einen Kasten Bier an, und man gab auch den beiden Fans ein Fläschchen ab.

»Na, hat sich das nicht gelohnt?«, lachte Viktor.

»Und wie!« Fritz war ehrlich begeistert. Nicht nur das Spiel hatte ihn mitgerissen. Die ganze Zeit über hatte er kein einziges Mal ans Geschäft gedacht! Aber noch viel wichtiger: Er konnte bei seinem Sohn sein, mit ihm Zeit verbringen. Er war stolz darauf, wie viele Leute Viktor kannte, wie viele ihn freudig begrüßt hatten. Der Viktor kann halt mit allen gut umgehen, dachte er. Der Junge ist wie ich, offen, freundlich zu jedermann und beliebt. Fritz schlug Viktor auf die Schulter. »Danke, dass du mich mitgenommen hast!«, sagte er.

Auf der Rückfahrt beschlossen die beiden, auch das nächste Spiel – in drei Wochen war eine Revanche in Nürnberg auf der Deutschherrenwiese angesetzt – zusammen anzuschauen.

»Und alles drischt auf den Ball ein, das könnt ihr euch nicht vorstellen! Kolossal spannend ist das, sag ich euch!« Voller Begeisterung erzählte Fritz den Freitags-Stammtischlern vom Spiel am letzten Wochenende. »Fünf zu eins haben wir gewonnen«, rief er schließlich. »Denen haben wir gezeigt, wo der Bartel den Most holt! In keinen Anzug haben die mehr gepasst, die Bamberger!«

Die restlichen Honoratioren waren ein wenig verblüfft über Fritz' Sportbegeisterung, aber Johannes Helm, der Rektor des Lehrerseminars, der an diesem Abend dabei war, versprach, mit dem Sportlehrer zu reden, ob man das Fußballspielen in Schwabach nicht auch einmal versuchen könnte.

Beim Zahlen gab Fritz der freundlichen Bedienung ordentlich Trinkgeld. Tatsächlich war ihm diese Luise Götz nach der ersten Begegnung nicht aus dem Kopf gegangen. Er hatte im Kontor nachgesehen, was sie verdiente: eine Mark siebzig am Tag, genau wie ihre gleichaltrigen Kolleginnen; nur die Frauen unter 25 bekamen etwas weniger. Die Firma Ribot lag mit ihren Löhnen höher als alle anderen Fabriken in Schwabach, also musste mit dem Geld doch auszukommen sein. Fritz imponierte diese Luise Götz, die so fleißig war, dass sie nach einem Zehn-Stunden-Tag abends freiwillig noch arbeitete, und er fragte sich, worauf sie wohl sparte. Er war ein paarmal am Samstag früh im Piliersaal aufgetaucht, um zu kontrollieren, ob sie recht müde war oder zu spät kam, aber sie war immer am Platz und immer gut bei der Sache.

An diesem Abend hatte sie wohl etwas früher Schluss, denn als Fritz durch die Ludwigstraße heimschlenderte, sah er sie vor sich herlaufen. Sie ging langsamer als er und schleppte einen Rupfensack, der recht gewichtig aussah. Als er sie eingeholt hatte, lüpfte er seinen Hut und sagte: »Offensichtlich haben wir denselben Weg, Luise. Darf ich Ihnen den abnehmen? Eine Dame sollte nicht so schwer tragen.«

Sie wehrte ab, überrascht über das Angebot und die Anrede als »Dame«. Aber er nahm ihr die Last einfach aus der Hand. »Ist ja wirklich schwer. Was ist denn da drin?«

»Steckrüben«, sagte sie. »Manchmal, wenn was übrig ist, zahlt mich der Wirt auch in Naturalien aus.«

Fritz verzog das Gesicht. Steckrüben waren nichts, was im Hause Ribot auf den Tisch gekommen wäre. »Haben Sie's denn weit?«, fragte er.

»Ich wohne in der Hördlertorstraße, bei der alten Linde.«

»Zur Miete?«, fragte Fritz, und im selben Augenblick war ihm klar, wie dumm die Frage war. Arbeiter wohnten natürlich zur Miete, was denn sonst?

Sie gab gar keine Antwort darauf. »Mit noch vier anderen Frauen zusammen in zwei Zimmern«, sagte sie stattdessen. »Aber wir können vom Fenster aus in den schönen Schwabachgrund schauen.«

Er wusste nicht recht, was er noch sagen sollte. »Arbeiten Sie eigentlich gern im Piliersaal?«, fragte er schließlich.

»Ja.« Sie lächelte, und Fritz bemerkte, dass sie dabei hübsche Grübchen bekam. »Es ist eine schöne, saubere Arbeit. Und es riecht immer so gut. Ich bin froh, dass ich dort sein kann. Hab vorher in der Kern'schen Drahtfabrik gearbeitet, das war viel schmutziger und anstrengender, und außerdem gab's da einen Elfstundentag. Dann ist die Fabrik geschlossen worden vor ein paar Jahren, Sie wissen ja, wegen des Vorschussvereins. Gott sei Dank hab ich bei Ihnen was gefunden.«

»Freut mich, freut mich, wenn's Ihnen gefällt.« Fritz wechselte den Sack in die andere Hand, und so bogen sie erst in die Kappadozia und dann in die Friedrichstraße ein.

»Darf ich was sagen?«, fragte Luise Götz plötzlich.

»Nur zu!«

»Also, ich denke mir schon die ganze Zeit … wir sind doch drei Packerinnen im Piliersaal. Und jede von uns hat eine Waage, füllt mit der Schaufel die Seifenflocken in eine Tüte, wiegt ab, faltet die Tüte dann oben zusammen, klebt sie zu und stellt sie in die Kiste.«

Fritz nickte. »Genau so.«

»Wenn jetzt aber, sagen wir, jede von uns nur einen Arbeitsgang machen würde, dann ginge alles viel schneller. Ich meine, die Erste greift die Tüte und füllt auf der Waage ab, dann gibt sie die Tüte weiter. Die Zweite faltet zusammen und gibt weiter. Die Dritte klebt zu und stellt weg. Das geht Hand in Hand, und man muss nicht jedes Mal von der Waage weg. Außerdem werden die Hände vom Klebstoff immer pappig und man muss ganz oft Hände waschen gehen. Das könnte man sich dann sparen.«

Fritz hob die Augenbrauen. Menschenskind, die Frau dachte mit! Die hatte die richtige Einstellung! Wenn jeder seiner Leute so auf dem Quivive wäre! Er überlegte schon, wie man die Packstation am besten umstellen konnte, damit die Wege immer eine gute Armlänge betrugen …

»Entschuldigung«, sagte Luise verlegen, weil er so lange nicht antwortete. »Ich wollte mich nicht einmischen.«

»O nein, nein. Ich finde, das ist eine ganz ausgezeichnete Idee«, sagte Fritz. »Wir sollten das unbedingt ausprobieren.«

Er sah, wie sie sich freute. Sie erreichten die Ecke, an der Fritz links in die Nürnberger Straße einbiegen musste und blieben stehen. »Ja, dann«, sagte sie.

»Soll ich Ihnen den Sack nicht …«

»Nein, nein, es ist ja nicht mehr weit.«

»Dann gute Nacht.« Er gab ihr die Steckrüben.

»Gute Nacht, und danke.«

Langsam ging er die letzten paar Meter bis zur Haustür. Bonnie sprang ihm winselnd entgegen und signalisierte, dass er noch nach draußen musste, also ließ er ihn auf die Straße und spazierte mit ihm noch zur Schwabach hinunter. Während der Hund herumschnüffelte, dachte Fritz nach. Mit dieser Frau konnte man sich ja vernünftig unterhalten! Wer hätte das gedacht? Er erinnerte sich an die letzten Hausmusikabende beim Dekan Herold, zu denen er eingeladen war. Tatsächlich hatte der Dekan ihm bei diesen Gelegenheiten »Kandidatinnen« präsentiert, du liebe Güte! Die eine war ein dickliches junges Ding gewesen, das pausenlos gekichert hatte, die zweite eine weitläufige Verwandte Herolds, deren Konversation sich auf die Worte Ja und Nein beschränkt hatte. Die dritte, stattliche Witwe eines Hopfenhändlers aus Spalt, hatte Fritz zwei Stunden lang über das Johannesevangelium aufgeklärt. Danach hatte sie ihn am Kaffeetisch gefragt, was er von den Apokryphen halte. Er hatte den warnenden Blick des Pfarrers ignoriert und geantwortet, dass sich sein Wissen über Inselgruppen im Pazifischen Ozean darauf beschränkte, dass dort Kokospalmen wuchsen und die freie Liebe praktiziert würde. Herold hatte noch versucht, die Situation zu retten, indem er lauthals lachte, Fritz auf die Schulter klopfte und »Immer zu Scherzen aufgelegt, der Herr Kommerzienrat!« rief, während die Hopfenhändlerswitwe pikiert vor sich hin gestarrt hatte. Daraufhin hatte Fritz noch einmal nachgelegt: »Verzeihung, die Dame, über solche Dinge soll man keine Scherze machen«, hatte er mit ernster Miene gesagt. »Das weiß niemand besser als ich, wo doch meine Großmutter selig anno '74 an den Apokryphen gestorben ist.« Ab da hatte Dekan Herold es aufgegeben, Fritz wieder unter die Haube zu bringen.

Ja, es war nicht einfach mit den Frauen. Bonnie kam angetrabt, und Fritz kraulte ihn hinter den zotteligen Ohren. »Aber mit mir ist es auch nicht leicht, was, mein Braver?« Der Hund wuffte. »Hast recht«, sagte Fritz. »Am besten, wir Männer bleiben unter uns.«

Kapitel 20
1901

Carl sperrte die Haustür auf und betrat das Treppenhaus. Eine winzige Zweizimmerwohnung im zweiten Stock eines schäbigen Wohnblocks in der Augsburger Antonervorstadt war sein neues Zuhause geworden. Seit der überstürzten Abreise aus Schwabach hatten er und seine Familie eine Odyssee hinter sich gebracht. Eine standesgemäße Stellung hatte er nirgends gefunden; spätestens an der Frage, warum er aus der eigenen Firma ausgeschieden war, war jedes Bewerbungsgespräch gescheitert. Niemand wollte ernsthaft glauben, dass er sich einfach nur persönlich verändern wollte, und was sonst hätte er antworten sollen? Am Ende war er als Buchhalter bei einer Augsburger Schuhfabrik untergekommen, mit einem Monatsgehalt von 80 Mark. Eine Summe, für die er früher nicht einmal den Stift in die Hand genommen hätte.

Aber die Armut war nicht das Schlimmste. Das Schlimmste waren Emmas Blicke und die Verachtung, die sie ihm mit jeder Geste, jedem Wort entgegenschleuderte. Und die Fragen der kleinen Mary: »Papa, warum gibt's heute keine Schokolade? Papa, warum darf ich nicht ins Kasperltheater? Papa, wann gehen wir wieder heim?«

Er trat durch die Wohnungstür, hängte den Mantel an einen Wandhaken und zog seine Schuhe aus. »Jemand da?«, rief er. »Emma? Mary?«

Keine Antwort. Er betrat die kleine Wohnküche und stolperte dabei fast über eine aufgestellte Ecke des fleckigen Linoleumbelags. Es roch nach Kartoffelsuppe, dem Einzigen, was Emma inzwischen leidlich kochen konnte. Auf dem Tisch stand noch eine Blechtasse mit kaltem Kaffee, daneben lag die Zeitung. Er setzte sich und nahm einen Schluck des bitteren Gebräus. Zucker war schon seit Tagen alle. In der Zeitung stand nichts Besonderes; er kaufte sie sowieso nur, um die Stellenanzeigen zu studieren. Regelmäßig schaltete er Annoncen, von denen Emma nichts wusste: Gut erhaltene Schreibmaschine Marke Smith Premier, Typ 10, full keyboard, zu verkaufen. Neuwertige Manschettenknöpfe, Silber mit Onyx, günstig abzugeben. Herrenmantel, Nerz dunkelbraun, sehr gepflegt, Preis Verhandlungssache.

Er musste Emma und Mary doch wenigstens ein Minimum bieten: Einmal in der Woche ins Café, oder für Mary zum Geburtstag ein Püppchen. Ein Friseurbesuch für Emma. Am Sonntag ein Ausflug in den Stadtwald oder eine Bootsfahrt auf dem Lech. Das waren die kleinen Freuden, die er mit dem Verkauf der Dinge finanzierte, die aus seinem alten Leben übrig geblieben waren. Damit würde wohl auch bald Schluss sein.

Carl stützte den Kopf in die Hände und hing dunklen Gedanken nach. Es war nur noch eine Frage der Zeit, wann er Emma würde bitten müssen, ihre Eltern in Baltimore um Geld anzuschreiben. Bisher hatte sie ihrer Verwandtschaft in Amerika alles verschwiegen, weil sie sich schämte. Ja, dachte er, zugeben müssen, dass der eigene Ehemann ein Spieler und ein Dieb war, dass man deshalb in Armut lebte, das war bitter. Und er war sich nicht einmal sicher, ob sie sich jemals so weit erniedrigen würde.

Wo die beiden nur blieben? Es war doch beinahe schon Zeit fürs Abendessen. Carl stand auf und öffnete das Herdtürchen, steckte ein paar dünne Holzspreißel und ein paar trockene Tannenzapfen hinein und dazu ein paar zusammengeknüllte Zeitungsseiten. Er zündete an, füllte den Blechkessel mit Wasser und stellte ihn auf den Herd. Abends gab es jetzt immer Tee und belegte Brote. Während das Wasser siedete, schüttete er gerebelte Pfefferminze in eine Kanne. Dann deckte er den Tisch. Teller, Tassen, Besteck, die bestickten Stoffservietten mit der Spitzenbordüre – darauf bestand Emma. Er ging zum Fenster, sah auf die Straße hinunter. Vor der Kolonialwarenhandlung gegenüber spielten ein paar Buben mit Murmeln. Eine alte Frau zog einen Leiterwagen mit Kohlestücken über das holprige Pflaster und wich schimpfend einem Pferdefuhrwerk aus. Es begann zu nieseln.

Carl holte den Brotlaib aus dem Küchenbuffet und schnitt Scheiben ab. Im Vorratsschrank suchte er nach Butter, fand aber nur ein Töpfchen Botteram-Margarine. Er stellte es auf den Tisch, zusammen mit einem Glas saurer Gurken, einem Stück Hartwurst und einem Käserest. Dann setzte er sich hin und betrachtete sein Werk. Vom Turm der nahen Kirche schlug es sechs Uhr. Niemand kam.

Um sieben Uhr stand Carl auf und zündete die Petroleumlampe an, die über dem Tisch hing. Er legte eine Brotscheibe auf seinen Teller, nach einer Weile legte er sie wieder zurück. Niemand kam.

Um acht Uhr ging er ins Schlafzimmer hinüber. Er zog die Strickjacke an, die über dem Bettpfosten hing. Auf Marys Bettchen fehlten die Puppen. Er ging zum Fenster und zog die Vorhänge zu. Dann entdeckte er den Brief, der auf seinem Kopfkissen lag. Er nahm ihn und setzte sich damit aufs Bett. Drehte und wendete ihn. Erst nach einer Viertelstunde fand er die Kraft und faltete ihn auf.

»Lieber Carl. Ich kann so nicht leben, und ebensowenig will ich unserer Tochter ein solches Leben zumuten. Sie weiß nicht, was Du getan hast, und soll es auch nie wissen. Du hast alles zerstört. Du hast uns alle in Schande gebracht. Nie hätte ich mir träumen lassen, dass ich einen Betrüger geheiratet habe. Ich fühle mich an mein gegebenes Versprechen nicht mehr gebunden. Deshalb habe ich mir von meinen Eltern das Geld für eine Schiffspassage nach Amerika schicken lassen. Wir gehen zurück nach Baltimore. Wenn Du diesen Brief liest, sind wir schon auf dem Weg nach Bremen. Bitte schreibe uns nicht und suche keine Verbindung zu uns. Ich werde Dir die Scheidungsunterlagen so bald wie möglich zukommen lassen. Ich wünsche Dir alles Gute,

Emma.«

Carl faltete das Papier sorgfältig und steckte es wieder in den Umschlag zurück. Wie um sich zu vergewissern, öffnete er den Schrank. Emmas und Marys Sachen waren weg. Mit schleppenden Schritten ging er wieder in die Küche und räumte den Tisch ab. Den Tee schüttete er in den Ausguss.

Dann ging er in den Keller. Hinter einem der großen Reisekoffer, von denen einer fehlte, zog er ein längliches Futteral hervor und trug es hinauf in die Wohnung. Er schnallte es auf und zog das schöne Sportgewehr von Anschütz heraus, mit dem er zweimal Vizemeister bei den Privilegierten Feuerschützen geworden war. Er lud es mit geübten Griffen. Dann setzte er sich breitbeinig hin, stellte das Gewehr mit dem Kolben auf den Boden und steckte sich den oberen Teil des Laufs in den Mund. Er bewegte sich hin und her, suchte die beste Position.

Dann stand er noch einmal auf und drehte das Licht ab.

Es dauerte noch bis Mitternacht. Kurz nach zwölf Uhr hörten die Nachbarn den Schuss.

Kapitel 21

Aus den Lebenserinnerungen von Fritz Ribot, begonnen 1921

Vom traurigen Ende meines Bruders erfuhren wir erst Wochen später durch ein amtliches Schreiben aus Augsburg. Sie hatten zunächst versucht, Emma ausfindig zu machen; erst als das nicht gelang, wandten sie sich über das Einwohnermeldeamt an unsere Familie. Da war Carl längst begraben – ein Armenbegräbnis, für das man uns die Kosten berechnete. Es war traurig und schwer. Auch wenn Carl selbst Schuld an seinem Schicksal trug und Emmas Brief – den man uns zusammen mit den anderen Hinterlassenschaften zuschickte – wohl den Ausschlag gegeben hatte, so fühlten Konrad und ich uns doch mitverantwortlich. Dass es so endet, hat keiner von uns gewollt. Hätten wir anders handeln müssen? Wieder und wieder habe ich mit Konrad darüber gesprochen. Manchmal lädt man im Leben furchtbare Dinge auf sein Gewissen. Aber es war nun einmal nicht mehr zu ändern.

Wochenlang haderte ich mit mir selber. Ich sprach mit meinem Freund Herold, der mir riet, eine Stiftung in Carls Namen ins Leben zu rufen oder eine große Spende für einen guten Zweck zu tätigen. Ich entschied mich für Letzteres. Schon vor Jahren hatte ich ja durch hartnäckige Verhandlungen erreicht, dass das dritte »Reichswaisenhaus« Deutschlands in Schwabach erbaut wurde. Seitdem hatten dort viele arme elternlose Kinder eine Heimat gefunden. Ich sorgte nun im Gedenken an meinen unglücklichen Bruder mit einer ansehnlichen Geldgabe dafür, dass der Betrieb dieses Hauses auf Jahre hinaus finanziell sichergestellt war. Natürlich hat mir das meine Schuld nicht genommen. Ich bin kein frommer Narr. Daran werde ich tragen bis zu meinem Ende, und Gott wird mich eines Tages richten.

In diesen schweren Stunden hatte ich eine weitere Begegnung mit Luise Götz. Es war im späten Oktober, als ich eines Samstagabends noch spät mit Bonnie um den Stock ging. Dabei kamen wir auch an der »Rose« vorbei, wo alles schon finster war. Auf einmal begann es zu regnen.

Ich spannte den Schirm auf und beschleunigte meine Schritte. An der Ecke Rosenbergerstraße sah ich eine Gestalt, die sich in den leicht zurückversetzten Eingang der Häfnerei Beckstein drückte, um Schutz vor dem Regenguss zu finden. Es war Luise Götz, meine Arbeiterin aus dem Piliersaal. Ich ging zu ihr hin und bot ihr an, sie mit unter den Schirm zu nehmen. Sie akzeptierte nach kurzem Zögern, und so trotzten wir gemeinsam dem schlechten Wetter. Diesmal ließ ich es mir nicht nehmen, sie bis nach Hause zu bringen. Zu meiner Überraschung wohnte sie nicht in einer Wohnung, sondern in einem winzigen Häuschen beim ehemaligen Hördlertor, das aussah wie ein Zwergenheim. Als wir es erreichten, donnerte es auch noch, und Hagel setzte ein. Wir waren in einen ausgewachsenen Herbststurm geraten. Während Luise aufsperrte, drehte mir auch noch ein Windstoß den Schirm um, und Bonnie begann zu jaulen. Er hatte Angst vor Gewitter. Luise zögerte sichtlich, es war ihr unangenehm, aber dann bat sie mich herein. »Kommen Sie, bis das Gewitter vorbei ist«, sagte sie und mied meinen Blick, als ich eintrat. Sie zündete derweil eine Petroleumlampe an und stellte sie auf den Tisch in der Mitte der Stube. Ich blickte mich um.
Nie hätte ich gedacht, das in der heutigen Zeit jemand so leben muss. In dem vielleicht zehn Quadratmeter großen Raum standen außer einem Kochherd noch ein Schrank, ein Tisch mit Hockern und Stühlen und eine Art Waschkommode, alles alt, abgenutzt und wacklig. Hinten im Zimmer führte eine wurmstichige Treppe nach oben, in der Nische unter der Treppe stand ein Bett. Damit war der Raum so voll, dass man sich kaum umdrehen konnte. Über allem schwebten zwei quer durch den Raum gespannte Schnüre, an denen Wäschestücke zum Trocknen baumelten. Es roch nach einer Mischung aus Stocknässe und Kohl. An der Wand hingen Regale mit Geschirr, ein Spiegel mit vielen blinden Stellen und eine kitschige gerahmte Postkarte voller Stockflecken, die eine Gebirgslandschaft zeigte. In einer Ecke ein Lumpenhaufen und eine Kiste mit Kartoffeln neben dem Holzkorb. Alles war ärmlich, elend, die Not glotzte aus jeder Ritze. Ich sah, wie an den Wänden von unten her die Feuchtigkeit hochkroch, und ich bemerkte den Schimmelfleck in der Ecke über der Eingangstür, wo vermutlich die Dachrinne undicht war. Neben dem Schrank stand eine Mausefalle, in der eine kleine pelzige Leiche klemmte.

Luise Götz musste das Entsetzen in meinem Gesicht gesehen haben, denn sie wurde rot. »Entschuldigen Sie, Herr Kommerzienrat«, sagte sie leise. »Das hier ist nicht für vornehmen Besuch gedacht.«

Mir fiel nichts Beschönigendes ein, was ich hätte erwidern können. Ich stand herum, mit triefendem Mantel, und wusste nicht recht, wohin mit mir. Ich wünschte mir, ich sei gar nicht erst mit hereingekommen, aber der Hagel prasselte laut gegen die Scheiben. Bonnie hatte sich, patschnass, wie er war, unter das Bett geflüchtet.

»Und Sie leben hier zu viert?«, fragte ich, um irgendetwas zu sagen.

»Zu fünft«, erwiderte sie und bat mich, Platz zu nehmen. Ich setzte mich auf den nächstbesten Hocker. »Droben«, erklärte sie, »wohnen Ida, Loni und Anna, und hier drunten ich und die Bärbel. Die anderen sind grad nicht da, sie arbeiten alle Nachtschicht beim Staedtler.«

Sie teilte sich also ein Bett mit einer weiteren Frau, und droben schliefen noch einmal drei Personen. Alle hausten auf engstem Raum, wie ich es mir nie hätte vorstellen können. Zugig und kalt war es außerdem hier drin. Ich hatte beim Hereingehen die dünnen Wände bemerkt, und man spürte förmlich bei jedem Windstoß, wie es die Luft von draußen durch die Fensterritzen drückte. »Darf ich Ihnen etwas anbieten?«, fragte sie verlegen. »Es wär Zichorikaffee da, oder, wenn Sie mögen, ein Schlückchen Schlehenwasser. Das brennt der Onkel von der Ida droben selber.«

Ich wollte nicht unhöflich sein und wählte den Schnaps. Sie stellte zwei Wassergläser auf den Tisch – offensichtlich gab es im Haushalt keine Schnapsgläschen – und schenkte fingerbreit ein. Der Schnaps tat gut, er brannte in der Kehle und wärmte den Magen. Sie sagte mit entwaffnender Offenheit: »Es ist mir peinlich. Das alles hier …«, sie machte eine hilflose Geste, »Sie sind so etwas bestimmt nicht gewohnt.«

Ich wusste nicht, was ich sagen sollte, aber alles andere als Ehrlichkeit schien mir nicht angebracht. »Es ist eng für fünf Leute«, sagte ich.

»Die anderen sind ja nur tagsüber da, und da arbeite ich«, erwiderte sie. »Außerdem haben wir nicht viel Auswahl, was Wohnungen betrifft. An alleinstehende Frauen vermietet keiner gern. Alle haben Angst, dass …«, sie zuckte die Schultern, »na ja, wegen Herrenbesuchen. Sie fürchten, dass in ihren vier Wänden die Unmoral Einzug hält.«

Ich kannte natürlich den Ruf der Arbeiterinnen. Sie galten allgemein als liederlich und leichtlebig, lebten in schlampigen Verhältnissen und bekamen ledige Kinder.

»Und außerdem«, sagte sie, »können wir Frauen uns von unserem Lohn keine teuren Mieten leisten. Wir bekommen ja weniger als die Männer.«

Natürlich war das so, auch bei mir in der Firma. Frauen bekamen zwei Drittel oder drei Viertel des Männerlohns. Sie waren ja auch schwächer und ihre Arbeit war die leichtere. »Aber Ihr Lohn reicht doch aus zum Leben, oder nicht?«, fragte ich. »Wir zahlen doch gut in der Fabrik.«

»In Schwabach zahlt keiner besser«, sagte sie.

»Dann sparen Sie wohl auf etwas«, mutmaßte ich neugierig, »weil Sie doch noch in der ›Rose‹ arbeiten.«

Ihre Miene verschloss sich. »Ja«, erwiderte sie in einem merkwürdigen Tonfall.

Ich getraute mich nicht, nachzufragen, worauf sie denn sparte. Eine verlegene Pause setzte ein, und ich war froh, als der Regen hörbar nachließ. Auch Bonnie kroch unter einigen Verrenkungen wieder unter dem Bett hervor. »Wir gehen jetzt besser«, sagte ich und stand auf. »Es hat schon fast aufgehört.«

Ich drehte mich um, und dabei stieß ich mit dem Ellbogen gegen eine Porzellankaffeekanne, die auf der Kommode stand. Sie fiel klirrend zu Boden und zerbrach in tausend Stücke. »Ach du liebe Güte«, rief ich, »das tut mir leid. Ich bin doch wirklich ein ungeschickter ...«

Ich sah, wie unglücklich sie auf die Scherben blickte, und in dem Augenblick wurde mir klar, dass es ihre einzige Kanne war und für sie ein kostbarer Besitz. Ich bückte mich und wollte beim Aufsammeln der Scherben helfen, aber sie ließ es nicht zu. »Ich mach das schon, Herr Kommerzienrat. Sie gehen jetzt besser, bevor das Gewitter vielleicht wieder zurückkommt.« Sie hielt mir die Tür auf.

»Danke für den Schnaps«, sagte ich. »Und den Unterschlupf. Und Verzeihung noch mal ...«

Dann war ich mit Bonnie draußen und ging grüblerisch und mit schlechtem Gewissen heim. Lebten alle Arbeiter so? So … einfach und armselig. So ungesund. Zusammengepfercht auf engstem Raum. Mir war natürlich klar, dass es unterschiedliche Lebensverhältnisse gab, ja, und auch Armut, aber bewusst hatte ich so etwas noch nie gesehen. Und Armut, hatte ich immer gedacht, betraf niemanden, der Arbeit hatte.

Wir kamen heim, und ich sah unser Haus mit neuen Augen. Die geätzten Fenster, die Holzpaneelierung, die teuren Möbel und Teppiche. Das Klavier, das Meißner Porzellan und das Silberbesteck in der Anrichte. Den Luxus einer Innentoilette mit Wasserspülung, eines Badezimmers auf jedem Stockwerk. Und es war warm durch die schönen Kachelöfen, das elektrische Licht erleuchtete jeden Raum. Jetzt erst wurde mir bewusst, in welchem Luxus ich lebte. Ich spannte den Schirm zum Abtropfen auf und ließ ihn im Flur. Morgen früh würde ihn Hilde wegräumen. Was hatte ich es gut!

Kapitel 22
1901

Zwei Tage später, abends eine Stunde nach Arbeitsschluss, klopfte Fritz an die Tür des kleinen Häuschens bei der alten Linde. Luise öffnete und stieß einen kleinen überraschten Laut aus. Ihr Haar war offen und fiel ihr in schweren Wellen bis auf die Schultern; ganz offensichtlich hatte sie gerade erst ihr Arbeitskopftuch abgelegt und die Hochsteckfrisur gelöst.

Fritz zog eine Tüte hervor, die er unter dem Arm geklemmt hatte, und enthüllte eine schöne weiß glasierte Kaffeekanne mit Blümchenmuster. »Ich bin Ihnen noch was schuldig«, sagte er. »Darf ich eintreten?«

Sie machte einen Schritt rückwärts. In der Küche sah es nach Arbeit aus. Auf der Kommode stand ein Zuber mit eingeweichter Wäsche, daneben – so etwas fiel Fritz als Allererstes auf – ein offenes Päckchen Ribotin Waschpulver. Mit schnellem Griff räumte Luise einen Packen zu Toilettenpapier kleingeschnittene Zeitungsblätter samt Schere vom Tisch. »Das wäre nicht nötig gewesen«, sagte sie, aber sie konnte das Leuchten in ihren Augen nicht verbergen, als sie die Kanne entgegennahm.

»Dann laden Sie mich doch im Gegenzug zu einem Kaffee ein«, entgegnete Fritz in einer spontanen Aufwallung. Er wusste, dass sein Verhalten irgendwie fehl am Platz war – der Fabrikdirektor in der Wohnung einer seiner Arbeiterinnen, lieber Himmel! Aber in ihm hatte sich eine Mischung aus Neugier und Hochachtung vor dieser Frau entwickelt, die so ganz allein ihr Leben meisterte. Die Neugier betraf die Lebensumstände der einfachen Leute. Nie vorher hatte er viel darüber nachgedacht, wie seine Angestellten lebten, und jetzt hatte er die Möglichkeit, einen Einblick zu gewinnen. Das interessierte ihn, auch wenn er sich dabei ein wenig wie ein Voyeur fühlte. Und es bot eine willkommene Ablenkung von der Grübelei und Trauer um Carls Tod.

»Sie sind bestimmt echten Bohnenkaffee gewöhnt«, sagte sie zögernd. »Und wir haben grad keinen da ...«

»Soll ich Ihnen was verraten? Als Kind hab ich immer Zichorikaffee mit viel Milch bekommen, den mag ich bis heute.« Das mit dem Mögen war natürlich gelogen.

Sie setzte Wasser auf.

»Außerdem wollte ich Ihnen sagen, dass ich die Idee mit der Arbeitsteilung beim Abfüllen mit meinem Bruder und dem Vorarbeiter Brunner besprochen habe. Wir probieren das ab nächste Woche aus.«

Sie goss den Kaffee ein und stellte Milch und Zucker auf den Tisch. »Hoffentlich geht es gut.«

Fritz schlürfte seine Zichoribrühe. Sie schmeckte süß, nach Kindheit und Geborgenheit. »Ich hab mich übrigens nach diesem Häuschen erkundigt, weil es so klein und besonders ist. Mein Schützenbruder, der Lehrer Helmreich, wusste so einiges darüber. Vor ungefähr hundertfünfzig Jahren hat man den Graben vor der Stadtmauer eingeebnet und die Fläche als Gartenparzellen verkauft. Eine davon erstand der Stadtrichter Greiner und hat darauf dieses Gartenhäuschen gebaut. Darum sind auch die Wände dünner als üblich – es war nie zum dauerhaften Wohnen gedacht.«

»Dann haben also reiche Leute hier drin ihre Freizeit verbracht, wo wir jetzt wohnen«, meinte Luise nachdenklich.

Fritz nickte. »Solche Grabengartenhäuschen hat es früher etliche gegeben, aber das hier ist das einzige, das noch steht.«

»Gott sei Dank«, lächelte Luise. »Sonst hätten wir keine Bleibe, die wir uns leisten können.«

»Hören Sie«, sagte Fritz, »wenn Ihnen das Geld nicht reicht, könnte ich vielleicht ...«

Sie runzelte unwillig die Stirn. »Das ist sehr freundlich, aber ich brauche keine Almosen, Herr Direktor«, unterbrach sie ihn. »Wir kommen zurecht.«

Er hatte ihren Stolz verletzt. »Verzeihen Sie«, sagte er und stand auf. »Ich muss gehen. Vielen Dank für den Kaffee.«

Auf dem Heimweg ärgerte er sich über sich selber. Was war überhaupt in ihn gefahren, dieser Frau Hilfe anzubieten? Wenn das einriss, konnte er ja gleich einen Wohltätigkeitsverein aufmachen!

Zwei Wochen später stand Luise Götz bei ihm im Kontor. Sie sah blass und verhärmt aus und rang verlegen die Hände, gar nicht selbstbewusst und zupackend wie sonst. »Herr Direktor«, sagte sie, »ich möchte Sie um einen Tag unbezahlten Urlaub bitten. Ich muss einen dringenden Krankheitsbesuch machen. Auswärts. Es ist wirklich dringend.«

»Eine Familiensache, hm?«, erwidete Fritz.

»Ja.« Mehr wollte sie offensichtlich nicht sagen.

Er legte seinen Füllfederhalter weg und lächelte sie an. »Nun, dann weiß ich ja, wie ich mich dafür erkenntlich zeigen kann, dass die Abfüllstation jetzt viel besser organisiert ist. Ich gebe Ihnen einen Tag bezahlten Urlaub.«

Sie sah zu Boden.

Fritz stand auf. »Keine Widerrede. Und wenn Sie zwei Tage brauchen, dürfen es auch zwei Tage sein. Wenn das ein Notfall ist, weiß man ja nie ...«

Sie knickste. »Danke, Herr Direktor. Morgen ist ja schon Samstag, und bis zum Sonntagabend bin ich bestimmt zurück.« Ihre Stimme klang rau.

»Alles Gute«, sagte Fritz, und dann war sie schon wieder zur Tür hinaus. Was das wohl für ein Krankenbesuch ist, überlegte er. Vielleicht ein Elternteil, der weiter weg lebte? Nun ja, ganz gleich. Er nahm den Stift wieder in die Hand, drehte die Kappe auf und steckte sie auf das hintere Ende. Mit einem kleinen Seufzer stellte er fest, dass er sich freute, ihr einen Gefallen getan zu haben. Er nahm sich vor, sie am Montag zu fragen, ob alles gutgegangen war.

Kapitel 23
1902

Fritz' 50. Geburtstag im August 1902 wurde standesgemäß ganz groß gefeiert. Er hatte eigens von der Brauerei Forster die Salvatorhalle am Bahnhof gemietet; es gab Ochs am Spieß und Freibier für alle, und die Belegschaft war mit ihren Familien eingeladen. Am Vormittag kam der Magistrat geschlossen zum Gratulieren, und dann setzte ein endloses Defilee der Schwabacher Honoratioren und der Vereine ein. Lisette hatte dafür gesorgt, dass auch alte Schulfreunde und Kameraden aus Fritz' Militärzeit bei den Ansbacher »Bier-Ulanen« nicht fehlten.

Jetzt stand sie bei dem kleinen Kasperltheater, das für die vielen Kinder der Belegschaft gedacht war, und sah besorgt zum Himmel. Es war schon den ganzen Tag Gewitterstimmung, jetzt ging es auf sechs Uhr zu, und sie hoffte, das Fest würde bis zum Ende vom schlechten Wetter verschont bleiben. Fritz trat zu ihr und guckte ebenfalls skeptisch nach oben. »Hoffentlich hält es aus«, sagte er.

»Es muss«, lächelte sie. »Wenn Engel feiern …«

»Na, nur nicht übertreiben! Du kennst mein Sündenregister nicht!«

Sie sahen eine Weile zu, wie die Arbeiterkinder voller Begeisterung über den Kasper lachten und Jubelschreie ausstießen, als endlich das Krokodil mit der Klatsche ordentlich eins übergebraten bekam. Etliche von ihnen sprangen auf und wollten auch mitmachen, aber da waren schon aufmerksame Mütter zur Stelle und beruhigten ihre Sprösslinge.

Fritz drückte kurz Lisettes Hand »Es ist schön, dass so viele alte Wegbegleiter gekommen sind«, meinte er. »Ich höre, dafür bist du verantwortlich.«

Sie nickte. »Einen habe ich mich allerdings nicht getraut einzuladen«, sagte sie vorsichtig. »Deinen Sohn Viktor. Ich dachte, du machst das vielleicht, und wenn nicht, dann wäre es dir wohl auch nicht recht.«

»Ich hab mit Viktor darüber gesprochen. Es ist ihm lieber, mit mir allein zu feiern. Wir fahren am nächsten Wochenende nach München.«

»Er hat seinen Stolz, hm?«

Fritz nickte. »Er will nicht in die Familie, die ihn damals als Kind abgelehnt und fortgeschickt hat. Vielleicht ist es besser so. Ich bin so froh, dass die Dinge mit ihm sich so gut entwickelt haben. Dass wir uns gut verstehen und oft sehen. Ich will das auch nicht aufs Spiel setzen, indem ich noch einmal versuche, ihn in die Familie zu bringen. Womöglich verdirbt das nur alles. Und er möchte seinen eigenen Weg gehen.«

Lisette machte eine bedauernde Geste. »Ich würde ihn gern einmal kennenlernen, weißt du.«

»Das lässt sich bestimmt einmal einrichten«, sagte Fritz. »Ich frag ihn.« Die Vorstellung, seine Schwester mit ihrem Neffen bekanntzumachen, freute ihn. »Ihr werdet euch gut verstehen«, lächelte er, »der Viktor kommt ganz nach mir. Ein Pfundskerl.«

»Eduard hat ihn sogar schon einmal gesehen, bei einer geschäftlichen Einladung. Man sagt, er macht für Gehring inzwischen fast alle Immobiliengeschäfte.«

»Stimmt. Gehring hat ihm sogar eine jährliche Summe zur Verfügung gestellt, mit der er frei schalten und walten kann. Er setzt großes Vertrauen in ihn.«

»Geht ihr immer noch regelmäßig zu diesen Fußballspielen?«

Fritz grinste. »O ja! Auch wenn wir letztes Jahr ganz schön einstecken mussten. Da hat uns der FC Bayern aus München 6:0 vermöbelt. Aber inzwischen ist der Fritz Servas bei uns im Verein, ein ganz famoser Spieler von der Britannia Berlin. Der hat den Jungs endlich mal gesagt, dass nicht derjenige der beste Fußballer ist, der den Ball mit der Spitze am weitesten stoßen kann, sondern dass es auf das Schießen mit der Fuß-Innenseite ankommt. Und auf das Stoppen. Und vor allem hat er das Kopfballspiel eingeführt, das haben wir bis dahin ja überhaupt nicht gekannt.«

»Ich merk schon, du bist ja ganz begeistert. Dass meinen großen Bruder auch mal etwas anderes interessiert als das Seifensieden, ist ja ganz erstaunlich.«

»Und du?«, fragte Fritz zurück. »Ich hab gehört, du machst viel wohltätige Arbeit?«

Ein Windstoß kam, und sie hielt ihr Hütchen fest. »Vor einem Jahr bin ich dem Verein ›Frauenwohl‹ beigetreten. Wir organisieren Abendkurse für junge Frauen in Handarbeiten, Bügeln, Englisch und Französisch. Und wir unterhalten ein Wöchnerinnenheim in der Rieterstraße, da bin ich jeden Dienstag- und Donnerstagvormittag, mache Büroarbeiten und helfe in der Küche. Montags gebe ich einen Kurs in Rechtschreibung in der Frauenarbeitsschule, und freitags habe ich zwei Mädchen aus dem Waisenhaus, denen ich umsonst Klavierstunden gebe.«

»Liebe Güte, da bist du ja bald beschäftigter als ich!«

Ihre Augen verdunkelten sich. »Was soll ich denn sonst machen, Fritz? Ohne Kinder, den Haushalt erledigt die Dienerschaft, und Kaffeekränzchen sind das Sinnloseste auf der Welt. Im Frauenverein werde ich wenigstens gebraucht.«

Er legte ihr den Arm um die Schulter und drückte sie fest. »Ich weiß schon, Lisi. Das Leben macht halt nicht immer das, was wir wollen.«

Sie schwieg einen Moment, in Gedanken verloren. Dann lächelte sie. »Wenn wir schon dabei sind – willst du immer noch nicht wieder heiraten?«

»Ach, hör mir auf mit den Frauen.« Fritz winkte ab.

»Soso. Und wer war die Dunkelhaarige, mit der du dich vorhin so angeregt unterhalten hast?«

»Das? Das war … eine unserer Arbeiterinnen aus dem Piliersaal. Nette, fleißige Frau.« Lisette bemerkte mit Erstaunen, dass ihr Bruder leicht rot wurde. »Oho!«, grinste sie und stieß Fritz in die Seite. »Los, erzähl mir mehr! Komm schon!«

Er seufzte. »Du Nervensäge! Da gibt's nichts zu erzählen. Na gut – die Luise Götz wohnt an der Runde, die ich mit Bonnie immer

Gassi gehe. Da hat es sich zufällig mal ergeben, dass ich mit ihr ins Gespräch gekommen bin. Und jetzt schau ich halt manchmal bei ihr vorbei auf einen Zichorikaffee … Ach, da hinten steht mein Freund Kittler. Entschuldige, aber mit dem muss ich …« Ruckzuck war Fritz weg.

Zichorikaffee? Mein Lieber, das glaubt dir doch kein Mensch, dass du freiwillig Zichorikaffee trinkst, dachte Lisette. Und ich schon gar nicht! Wenn da nicht mehr dahintersteckt! Mit hochgezogenen Augenbrauen sah sie Fritz nach, wie er Richtung Bierausschank ging.

Später saß Lisette neben Eduard am Tisch. Die zwei Buben Eugen und Julius rannten zwischen den Bänken herum, jeder ein hölzernes Schwert in der Hand. »Halt, Schurke!«, schrie Eugen. »Ich krieg dich, Elender!« Julius drehte sich zu seinem Verfolger um. »Attacke!«, rief er, und dann stürzten sie sich aufeinander.

»Du musst so glücklich sein mit deinen Jungen«, sagte Lisette zu Gusti gegenüber. Ihre Schwägerin hatte in den letzten Jahren an Gewicht zugelegt, und im dunklen Haar zeigten sich erste graue Strähnen, aber es stand ihr gut. Jetzt lachte sie. »Richtige Räuber sind das! Konrad meint, es wird Zeit, dass zumindest der Eugen ein bisschen ernsthafter wird. Schließlich sollen die zwei ja einmal die Firma übernehmen.«

»Kinder müssen spielen«, meinte Lisette. »Der Ernst des Lebens kommt früh genug.« Ihr Blick wanderte zu den anderen Tischen – und blieb an einem vertrauten Gesicht hängen. Vor lauter Schreck stellte sie das Glas abrupt ab, aus dem sie gerade trinken wollte. War das tatsächlich Hans? Wie kam er hierher? Sie spürte, dass ihr Herz zu klopfen anfing, wie bei ihrer letzten Begegnung auf der Kirchweih. Es war sinnlos, sich etwas vorzumachen: das alte Sehnen war wieder da. Sie stand auf und ging zu Konrad hinüber, der an der Stirnseite saß.

»Wer hat denn den Hans Rühl eingeladen?«, fragte sie ihn.

»Wen? Ach so, ja, den Goldschläger. Stell dir vor, wir haben vom Königshof in München eine Anfrage bekommen: Die wollen eine Toilettseife mit echtem Gold, ob wir das machen könnten? Zur Zeit probieren wir aus, ob wir in die Rosenseife Blattgold einarbeiten können, in Flittern oder in Streifen, und das liefert uns der Rühl. Netter Kerl. Wollte eigentlich nicht kommen, aber jetzt ist er doch da.«

Lisette schloss die Augen und atmete tief durch. Natürlich, Konrad wusste von damals her nicht einmal Hans' Namen. Fritz und die anderen vermutlich auch nicht. Ihre Eltern hatten diesen Namen nicht einmal in den Mund nehmen wollen, und sie selber hatte nie wieder über das alles gesprochen. Verstohlen schaute sie zu Hans hinüber. Er unterhielt sich offenbar blendend, lachte viel und trank Bier und Schnaps. Er hatte die Jacke ausgezogen, das weiße Hemd spannte über seinen kräftigen Schultern. Kurz trafen sich ihre Blicke, aber verlegen sah sie sofort wieder weg. Warum war es nach all den Jahren immer noch so schwer? Sie gehörte jetzt zu Eduard. Ihr Leben war gut. Warum nur konnte sie nicht vergessen? Zufrieden sein mit dem, was sie hatte?

Pflichtschuldig ging sie wieder zu ihrem Mann zurück, stieß lächelnd mit ihm an. Eduard richtete die verzogene Schluppe ihrer Bluse, eine Geste der Vertrautheit. Sie hielt es kaum aus. Nach einer Weile stand sie auf und wanderte herum, grüßte hier jemanden und da. Als sie an den Tischen für die Belegschaft vorbeikam, fiel ihr Blick wieder auf die dunkelhaarige Frau, mit der Fritz gesprochen hatte, wie hieß sie noch gleich? Sie saß mit anderen Arbeiterinnen zusammen und verteilte gerade Kartoffelsalat. Das Haar hatte sie in Wasserwellen gelegt und im Nacken zum Knoten gesteckt, und sie trug ein schwarzes, vorne mit vielen kleinen Knöpfen geschlossenes Feiertagskleid, das sich wie angegossen um ihren Oberkörper schmiegte. Den Halsabschluss bildete ein schmaler weißer Spitzenkragen. Das Kleid war schlicht, aber es hatte eine überraschende, dezente Eleganz. Ob sie es selber genäht hatte? Die anderen Frauen trugen einfache Sonntagskleider, wie sie der Bleicher-Laden in der Ludwigstraße in der Auslage hatte, billige Standardmodelle, die man nur noch in der Länge oder obenherum änderte.

Eine Weile beobachtete Lisette diese Luise – jetzt war es ihr wieder eingefallen –, an der Fritz ganz offensichtlich interessiert war. Und dann dachte sie an Hans und daran, wie es ihr ergangen war, damals, als sie sich »unter Stand« eingelassen hatte. Gegen alle Konventionen. Sollte ihrem Bruder das Gleiche geschehen? Eine Liebe zu einer Frau, die nicht akzeptiert wurde? Einen Augenblick voll Bitterkeit lang wünschte sie ihm, genauso zu scheitern. Schließlich hatte er ihr damals auch nicht geholfen. Es geschähe meinem Bruder ganz recht, wenn er am eigenen Leib erleben müsste, was ich damals habe durchmachen müssen, dachte sie. Aber dann wurde ihr wieder warm ums Herz. Nein, das hatte Fritz nicht verdient. Und es musste doch möglich sein. Es durfte doch nicht immer so weitergehen. Liebe, dachte sie, Liebe ist doch das Wichtigste. Und sie wünschte sich so sehr, damals gekämpft zu haben. Für ihr Glück und das von Hans. Vorbei, murmelte sie vor sich hin. Vorbei. Das Rad der Zeit ließ sich nicht zurückdrehen. Sie entdeckte Hans jetzt an einem anderen Tisch, wo er ein paar Männern zuprostete. Der Hals wurde ihr eng. Langsam ging sie zurück zu den anderen, aber nach Feiern war ihr nicht mehr zumute.

Um neun Uhr beschloss sie, sich nicht weiter zu quälen und einfach nach Hause zu gehen. »Ich hab Kopfschmerzen«, entschuldigte sie sich bei Fritz.

Eduard sprang sofort auf und bot an, den Kutscher zu rufen. Sie lehnte ab. »Lass nur, bleib du und feiere noch ein bisschen mit. Ich spaziere langsam heim, die frische Luft wird mir guttun.«

Draußen war es immer noch warm, aber der Wind hatte nicht nachgelassen. Lisette zog ihre Wollstola fest um die Schultern und marschierte los. Es war schon dunkel und die Bahnhofstraße menschenleer. Hinter ihr liefen ein paar Festgäste, die ebenfalls auf dem Heimweg waren. Sie hörte ihr Gelächter, bis sie beim Unteren Stadtpark nach links abbogen. Und dann setzte ein Platzregen ein, als hätten dort droben alle Wolken auf einmal ihre Schleusen geöffnet. Sie lief, so schnell sie konnte, am Friedhof entlang. Wenn sie die Dreieinigkeitskirche erreichte, würde sie drinnen Schutz finden. Im Nu war sie bis auf die Haut durchnässt. Sie hörte hinter sich schnelle Schritte, und dann legte ihr jemand eine Jacke über die Schulter. Ein Donnerschlag erschütterte die Nacht. Erschrocken drehte sie sich um – Himmel, es war Hans! Er nahm sie einfach bei der Hand und rannte mit ihr zum Portal des kleinen Kirchleins. Sie rüttelten an der Tür, aber sie war verschlossen. So drückten sie sich unter den kleinen Vorsprung.

»Bist du mir gefolgt?«, fragte Lisette.

»Hab dich den ganzen Abend schon beobachtet«, sagte er mit schwerem Zungenschlag. Er schwankte ein wenig. Du liebes bisschen, offenbar war er betrunken. Lisette runzelte die Stirn. »Du hast ja einen Schwips!«

»Na und?«, lachte er. »Ist doch egal. Schnaps hilft.«

Sie wischte sich mit dem Handrücken einen Tropfen von der Nasenspitze. »Wobei?«

Er sah sie an. »Beim Vergessen.«

Sie wusste, was er meinte. »Ach, Hans«, flüsterte sie.

Da riss er sie an sich, presste seinen Mund auf ihren. Völlig überrumpelt stand sie da, mit hängenden Armen. Sie spürte, wie er alle zehn Finger in ihren Rücken grub, wollte sich wehren, aber es ging nicht. Sie öffnete die Lippen, ließ es zu, dass seine Zunge eindrang, erwiderte diesen rauen, verzweifelten Kuss. Die Leidenschaft packte sie beide, ließ die Zeit stillstehen. Der Regen nässte ihr Haar, lief über ihre Gesichter, ohne dass sie es merkten. Lisette fühlte etwas in sich aufsteigen, etwas Wildes, lang Vermisstes. Sie sehnte sich danach, sich fallenzulassen in diesen Kuss, in diese Umarmung. Dann gewann die Vernunft die Oberhand. Sie stieß ihn weg.

Einen Moment stand er da, triefend, mit hängenden Schultern. Sein Blick brach ihr das Herz. Er breitete hilflos die Arme aus, schüttelte den Kopf und ließ die Arme wieder sinken. »Es tut mir leid«, sagte er.

Dann lief er mit schnellen Schritten davon.

Lisette stand noch eine ganze Zeit unter dem Portal, seine Jacke über den Schultern. Dann ging sie heim. Ihre Tränen mischten sich mit dem Regen.

Kapitel 24
1902

Zwei Monate später tagte in der »Silbernen Kanne« die Führungsriege des Sozialdemokratischen Vereins. Es ging um die Aufstellung der Kandidaten für die Gemeindewahl am 17. November. Leo und Trudel lagen beide mit Influenza im Bett, also arbeitete Anna in der Küche und die inzwischen zehnjährige Clara bediente. Christian stand ganz alleine hinter dem Tresen und war stolz und glücklich dabei. Seit kurzem besaß er eine Prothese mit einem stumpfen Haken am vorderen Ende, der genau so konstruiert war, dass man ihn um den Zapfhahn legen konnte. Pfeifend ließ er das Bier in die Krüge laufen und achtete darauf, dass sich auch eine ordentliche Schaumkrone bildete. Endlich, nach so langer Zeit, fühlte er sich wieder als Wirt.

Kurz nach acht Uhr marschierten die Sportler vom Turnverein 1860 ein. Mit ihnen kam Hans, der zwar nicht regelmäßig, aber sooft er konnte, an den Leibesertüchtigungen teilnahm. Ihm brachte Clara als Erstes ein Bier. »Da, Onkel Hans«, sagte sie, »du hast bestimmt einen ordentlichen Durst.« Er nahm ein paar große Schlucke und sah Clara nach, wie sie weitere Krüge schleppte. Sie war im gleichen Alter wie seine Ilse, aber so ganz anders, viel ernster, wissbegieriger und ehrgeiziger. Er hatte einmal zu Leo gesagt: »Wenn die Clara ein Bub wäre, würde sie bestimmt einmal Universitätsprofessor, so gescheit, wie sie ist.« Aber natürlich blieb ihr eine solche Karriere als Mädchen verwehrt.

Die Kandidatenaufstellung um den Spitzenkandidaten Michael Hierl ging schnell und reibungslos. Doch danach kam es zu einer heftigen Diskussion unter den Nadlern, von denen einige in Streiklaune waren. Es ging darum, einen Tag Urlaub im Jahr zu bekommen, ein Ansinnen, das von den Schwabacher Fabrikanten rundweg abgelehnt wurde mit dem Argument, es gäbe schon genügend Sonn- und Feiertage. Man einigte sich schließlich darauf, vor der Wahl nichts mehr zu unternehmen. Dann stellte sich Clara auf einen Stuhl, um die Versammlung wie üblich mit einem Lied oder Gedicht zu beschließen. Das tat sie jedes Mal, und die Arbeiter liebten sie dafür. Diesmal wählte sie passend zu den Streiküberlegungen das bekannte Bundeslied, und viele, allen voran Hans mit seinem schönen Tenor, sangen mit:

Mann der Arbeit, aufgewacht!
Und erkenne deine Macht!
Alle Räder stehen still,
Wenn dein starker Arm es will.

Brecht das Doppeljoch entzwei!
Brecht die Not der Sklaverei!

Brecht die Sklaverei der Not!
Brot ist Freiheit, Freiheit Brot!

Es war nach zehn Uhr, als Hans schließlich nach Hause kam. Als er um die Ecke zur Goldschlägerei bog, traute er seinen Augen nicht: Die Kinder kauerten in ihren Schlafanzügen vor Kälte zitternd auf der Eingangstreppe bei der Haustür, der kleine Valentin auf Ilses Schoß. Als sie ihn sahen, sprang Anton auf und stürzte sich in seine Arme. »Um Gottes willen, was ist denn los?«, fragte Hans. Er hoffte, dass es nicht das war, was er befürchtete.

»Die Mama ...«, schluchzte Anton. »Sie hat ... sie ist ...«

Jetzt hingen auch Ilse und der Kleine an seinen Beinen, völlig verängstigt. »Die Mama hat den Valentin gegen den Schrank geschubst, und mich hat sie gepackt und fast die Treppe hinuntergeworfen!« Auf Valentins Kopf sah Hans eine große Beule, und Ilse hielt sich weinend die Schulter. »Den Anton hat sie gekratzt und gehauen und getreten!«

Heiliger Gott! Hans' Magen zog sich schmerzhaft zusammen. »Was ist mit dem Tinchen?«, fragte er voller Angst. Die Kinder schüttelten den Kopf. Himmel, was sollte er jetzt tun? »Kommt, wir gehen hinein«, sagte er. »Keine Angst, ich bin ja da.«

Er nahm die Kinder hinter sich und öffnete die Tür. Unten war alles ruhig, aber von droben hörte er Geräusche. Er schob die Kleinen in die gute Stube, machte Licht und befahl ihnen, dort zu bleiben. In der Küche sah es aus, als hätten die Vandalen gehaust. Zerbrochenes Geschirr lag am Boden, Stühle waren umgeworfen, ein Vorhang abgerissen. Vor dem Herd hatte sich aus der umgefallenen Literkanne eine große Pfütze Milch ausgebreitet.

Hans ging nach oben. Aus dem Schlafzimmer drang ein seltsames Stöhnen und Schnaufen. Langsam und geräuschlos öffnete er die Tür.

Da saß sie auf dem Bettvorleger, halbnackt, mit wirrem Haar, eine Schere in der Hand. Ihre Arme und Beine waren blutüberströmt, sie wiegte sich in einem Takt, den nur sie hören konnte. Mit einem dumpfen Aufschrei stürzte Hans zum Kinderbettchen vor dem Fenster – Tinchen lag eingemummelt in ihre blaue Lieblingsdecke und schlief, einen Daumen im Mund. Er schickte ein Dankesgebet zum Himmel.

Dann kniete er sich neben Hermine. Sie sah ihn an mit milchigen

Augen, die nichts erkannten. Mit der Schere hatte sie sich überall Schnitte beigebracht, aber sie schien nichts zu spüren. Wie ein Gespenst sah sie aus, ein Wesen aus einer anderen Welt. Er sprach sie an, schüttelte sie, aber sie reagierte nicht. Als er sie hochheben wollte, kam plötzlich Leben in sie. Abrupt fuhr sie ihm mit allen zehn Fingern ins Gesicht und heulte auf wie ein Tier.

Er ließ von ihr ab, packte stattdessen die Kleine mitsamt Bettzeug und trug sie nach unten. Dann läutete er mit den Kindern bei den Nachbarn. »Bärbel«, sagte er atemlos, »ich brauch eure Hilfe. Die Hermine … ich muss den Doktor holen. Könnt ihr auf die Kinder aufpassen?«

Die Nachbarin nickte erschrocken und ließ die Kleinen zu sich herein. Hans rannte zur Wohnung von Doktor Faulhaber, der sich sofort anzog, seine Tasche packte und mitkam.

Als der Arzt das Schlafzimmer betrat, flüchtete sich Hermine in eine Ecke. »Guten Abend, Frau Rühl«, sagte Faulhaber sanft, »was machen Sie denn für Sachen?«

Hermines Augen hatten sich wieder überzogen mit diesem milchigen Schimmer, der ihren Blick nur nach innen lenkte. »Das Wasser ist überall«, murmelte sie, »überall, überall!«

»Kommen Sie, wir gehen jetzt ins Bett«, sagte Faulhaber und streckte die Hand aus. Da sprang sie unvermittelt auf ihn zu, hob die Hand mit der Schere. Er konnte sie gerade noch am Handgelenk packen, rang mit ihr. Sie kreischte Schimpfwörter. Hans sprang hinzu, entwand ihr die Schere, und gemeinsam schleppten sie sie zum Bett. Während Hans sie hielt, gab der Arzt ihr eine Spritze.

»Das ist erst einmal zur Beruhigung, mehr kann ich nicht machen«, keuchte Faulhaber, »sie muss in die Klinik. Das ist keine einfache Verstimmung mehr, das ist ernst. Da müssen Fachleute behandeln.«

Eine Stunde später waren zwei Männer von der Freiwilligen Sanitätskolonne mit einem Ambulanzwagen da. Hermine lag inzwischen reglos im Bett, nur ihre Augen bewegten sich unruhig hin und her. Widerstandslos ließ sie sich von Hans anziehen und von den Sanitätern auf der Liege im Wagen festbinden.

»Sie muss nach Ansbach in die Kreisirrenanstalt«, befahl Faulhaber. »Ich werde ihre Ankunft per Telegramm ankündigen.«

Die Pferde zogen an, und Faulhaber verabschiedete sich. Hans stand mit hängenden Schultern da und sah dem Krankentransport nach. In ihm war nichts als blanke, hilflose Verzweiflung.

Eine Woche später kam ein Brief aus Ansbach:

»Wir teilen Ihnen mit, dass die Patientin Rühl, Hermine, geb. 12.1.1879 in Schwabach, am 3.11.1902 wegen akuter Paranoia stationär aufgenommen wurde. Sie darf bis auf weiteres keine Besuche empfangen. Gemäß dem ›Gesetz betr. die Krankenversicherung für Arbeiter (KGV)‹ vom 1.12.1884 und dessen Zusatzregelung 1892 übernimmt als Kostenträger die zuständige Ortskrankenkasse. Bitte übersenden Sie uns baldmöglichst einen gültigen Versicherungsnachweis.

Hochachtungsvoll

gez. Dr. Anton Eisenstein, Prof. für Psychiatrie und Neurologie

Kapitel 25
1903

Fritz hatte Lisette eigentlich nicht angelogen. Inzwischen lag das Grabengartenhäuschen tatsächlich an seiner Gassirunde. Mindestens einmal die Woche ging er mit Bonnie abends bis zur alten Linde und ließ den Hund dann im Schwabachtal frei laufen. Und fast jedes Mal schaute er auf einen Plausch bei Luise vorbei, Besuche, die ihm zur angenehmen Gewohnheit geworden waren. Das mit dem Zichorikaffee hatte sich allerdings längst geändert – er brachte regelmäßig ein Päckchen Bohnenkaffee aus dem Kolonialwarenladen am Pinzenberg mit. Wenn ihn jemand gefragt hätte, warum er dies alles tat, hätte er sich mit einer Antwort schwergetan. Vielleicht, weil Luise so ganz anders war als die verzärtelten Damen aus der Bürgerschaft, die zum richtigen Leben kaum Bezug hatten. Weil sie zupackend war und bodenständig. Weil sie klug war, ohne dass sie dazu erst hätte aufs Pensionat gehen müssen. Und weil sie nie um etwas bat, sich aber seine Sorgen anhörte. Weil sie ihm einen Blick eröffnete in Verhältnisse, die er nicht kannte, die er aber kennen wollte, um als Fabrikherr Dinge besser beurteilen zu können. Er hatte sogar schon mit den anderen Mitgliedern des Verbands bayerischer Seifensieder und den Direktoren der Schwabacher Nadelfabriken darüber gesprochen, die Löhne für alleinstehende Frauen vielleicht etwas zu erhöhen, damit der Unterschied zu den Männerlöhnen nicht mehr ganz so eklatant ausfiel. Aber er hatte nur Unverständnis geerntet und war sich dumm vorgekommen.

Der Frühling hatte in diesem Jahr 1903 mit Macht eingesetzt. Es war zwar erst Ende März, aber man brauchte beinah schon keinen Mantel mehr. Im Schwabachtal blühten überall die wilden Krokusse und Hundsveilchen, und am Waldrand leuchteten weiß die ersten Maiglöckchen. Bonnie war zwar schon ein alter Knabe, aber selbst er hatte an diesem Abend Frühlingsgefühle, galoppierte japsend und hechelnd hinter einem Feldhasen her, den er aufgescheucht hatte, und buddelte dann hingebungsvoll an dem Loch herum, in dem das Tier verschwunden war. Fritz musste ihm dreimal pfeifen, bevor er angetrabt kam und sich wieder an die Leine legen ließ. Dann steuerten beide auf das Grabengartenhäuschen zu, Fritz in Vorfreude auf ein angenehmes Gespräch und Bonnie voller Gier nach den Käserinden, die Luise immer extra für ihn aufhob und die er nur hier bekam.

Während Bonnie selig kaute, setzten sich die beiden an den Tisch, wo eine fast fertig genähte Bluse aus feinem weißem Stoff neben dem kleinen Nähkästchen und einer Rolle Garn lag. Luise räumte alles weg.

»Was wird das?«, fragte Fritz.

»Eine Sonntagsbluse für die Schwester meines Mietsherrn«, sagte sie. »Ich brauch nur noch die Puffärmel und ein paar Perlmuttknöpfe.«

Sie erinnerte ihn an seine Mutter, die auch immer alles selbst genäht hatte. Allerdings, wenn er es richtig im Kopf hatte, nicht so kunstfertig. »So was Diffiziles bestellen meine Töchter bei ihrer Schneiderin«, sagte er. »Woher können Sie das so gut?«

Sie tat ein paar Bohnen in die Kaffeemühle, zwickte das Gerät zwischen die Beine und begann zu mahlen. »Mein Vater war Schneider«, erzählte sie. »Ich hab meine ganze Kindheit in seiner Werkstatt verbracht. Bei ihm hab ich alles gelernt, und mein größter Traum war immer, Schneiderin zu werden. Aber er ist gestorben, als ich vierzehn war, und das Geld hat nicht mehr für eine Lehre gereicht. Ich musste in die Fabrik.« Sie goss den Kaffee auf. »Wenn ich nur damals seine schöne alte Singer-Nähmaschine aufgehoben hätte, dann könnte ich abends und am Sonntag Näharbeiten machen und müsste nicht mehr als Bedienung in die ›Rose‹«, sagte sie mehr zu sich selber.

Fritz nahm zwei Tassen vom Wandregal und stellte sie auf den Tisch. »Meine Schwester unterstützt in Nürnberg einen Frauenverein, der jungen Mädchen kostenlos Nähstunden gibt«, sagte er. »Und in Schwabach gehen jetzt viele abends zum Nähunterricht zu den Hensoltshöher Schwestern, hab ich gehört.«

»Stimmt«, sagte Luise und schenkte ein. »Zu meiner Zeit hat's das noch nicht gegeben. Heute haben Mädchen mehr Möglichkeiten.«

»Im Bayerischen Landtag wird inzwischen sogar schon darüber nachgedacht, Frauen das Universitätsstudium zu erlauben«, sagte Fritz. »Na, ich weiß nicht. Wer soll denn dann noch die Kinder kriegen und den Haushalt machen?«

Sie lachte. »Aber elf Stunden am Tag in der Fabrik arbeiten, das dürfen wir?«

Er runzelte die Stirn. Wo sie recht hatte … Diese Luise Götz mit ihrem gesunden Menschenverstand brachte ihn immer wieder dazu, die Dinge anders zu sehen.

Drei Wochen später stand er mit einem riesigen in Stoff eingeschlagenen und verschnürten Paket unter dem Arm vor ihrer Tür. »Ich hab da was für Sie, Luise!«, rief er. Argwöhnisch sah sie zu, wie er das Teil auf ihrer Kommode abstellte und umständlich auspackte. Und dann entfuhr ihr ein kleiner Schrei: Es war eine Type B, eine moderne Tisch-Nähmaschine der Firma Pfaff!

Fritz betrachtete das schwarze Ding mit den aufgemalten goldenen Zierornamenten, als habe er es persönlich gebaut. »Die hat unser Käthchen letztes Jahr zu Weihnachten bekommen«, log er. Natürlich hatte er die Nähmaschine eigens in Nürnberg bestellt. Er wusste aber auch, dass Luise zu stolz gewesen wäre, sie als Geschenk anzunehmen. »Das Käthchen kommt nicht damit zurecht, und seitdem steht sie auf dem Dachboden. Ich hab sie gefragt, ob sie sie herleiht, und sie hat gemeint, sie braucht das ›Mistding‹ nicht.«

»Aber das ist ja …« Luise war hin- und hergerissen.

»Nehmen und benutzen Sie sie«, lächelte Fritz. »Dann brauchen Sie auch auf nichts mehr zu sparen und müssen nicht mehr in der ›Rose‹ arbeiten.«

»Sparen?« Sie verstand nicht.

»Na, Sie haben doch erzählt, dass sie auf etwas sparen. Da haben Sie doch bestimmt eine Nähmaschine gemeint.« Fritz war stolz auf sich.

Ihr Lächeln erstarb. »Nein«, sagte sie schließlich, »keine Nähmaschine.« Sie ließ sich auf einen Küchenstuhl sinken.

»Ja, was denn dann?«

Er sah, wie sich ihr Gesicht verschloss. Hatte er etwas Falsches gefragt? Sie stand auf, ging zum Fenster und zupfte ein paar verwelkte Blüten von dem Fleißigen Lieschen, das dort stand.

»Es tut mir leid«, sagte Fritz schließlich. »Ich war wohl zu aufdringlich. Und es geht mich ja auch nichts an.«

Sie drehte sich zu ihm um. »Nein, nein … es ist schon recht. Ich bin nur …«

Er sah, dass sie mit den Tränen kämpfte. »Wollen Sie mir nicht erzählen, was Sie auf dem Herzen haben?«

Sie setzte sich wieder und wischte sich über die Augen. »Ich wollt's niemandem sagen, und Ihnen erst recht nicht.«

Er setzte sich ebenfalls.

»Ich war einmal verheiratet«, fuhr sie fort, »und aus dieser Ehe ist mir ein Sohn geblieben. Mein Peterle. Er hat sich als kleines Kind mit den Masern angesteckt, ganz schlimm. Fast wär er gestorben, weil noch eine Hirnhautentzündung dazugekommen ist. Ich hab getan, was ich konnte, aber er ist … er hat … sein Gehirn hat einen Schaden zurückbehalten. Er hat nicht mehr reden können, nicht mehr richtig laufen, nicht mehr selber essen, hat immer wieder Krämpfe bekommen. Ja, mein Peterle ist durch die Krankheit das geworden, was die Leute einen Blöden nennen.« Sie hatte wieder Tränen in den Augen. »Erst hab ich ihn noch selber gepflegt, und tagsüber hat meine Mutter auf ihn aufgepasst, bis sie gestorben ist vor zwei Jahren. Seitdem ist er in Bruckberg.«

Bruckberg gehörte zu den Neuendettelsauer Anstalten, wusste

Fritz, einer Einrichtung der Diakonie für geistig oder körperlich zurückgebliebene Menschen. »Und das müssen Sie bezahlen?«, fragte Fritz.

Sie schüttelte den Kopf. »Die Unterbringung kostet mich nichts, dafür kommt die Kirche auf. Aber mein Peterle isst doch so gern. Immer hat er Hunger. Da habe ich mit der Diakonie vereinbart, dass er Extraportionen kriegt, und die zahl ich. Ich bezahl auch zusätzliche Behandlungen, weil sich sonst seine Muskeln wegen der Krämpfe immer mehr verziehen. Und ich fahr einmal im Monat zu ihm hinaus und besuch ihn, da brauch ich Geld für die Eisenbahn. Ich bin doch die Einzige, die er erkennt.« Sie schluckte. »Dafür arbeite ich als Bedienung.«

»Ihn haben Sie auch besucht, damals, als Sie um einen freien Tag gebeten haben«, mutmaßte Fritz.

Sie nickte. »Da war er krank. Ich hab befürchtet, ich seh ihn zum letzten Mal, aber Gott sei Dank ist er wieder gesund geworden.«

Fritz nahm ihre Hand und drückte sie. »Luise Götz, Sie sind eine bewundernswerte Frau.«

Da weinte sie. Erst saß er verlegen daneben, dann beugte er sich zu ihr hinüber, nahm sie in die Arme. Und plötzlich überflutete ihn die Zuneigung wie eine warme Welle, spülte alle Bedenken und alle Zurückhaltung fort. Er strich ihr übers Haar, streichelte ihre Wange, wiegte sie. Ihre Lippen fanden sich, er schmeckte das Salz ihrer Tränen. Es fühlte sich so selbstverständlich an, so einfach und so richtig. Sie ließ ihn gewähren, als er sie zu dem schäbigen alten Bett unter der Treppe trug, half ihm, ihr Kleid aufzuknöpfen und ihr Unterkleid auszuziehen, wartete still, bis auch er nackt war. Er spürte, wie ihn Lust und Verlangen packten, Leidenschaft und Begierde, alles, was schon so lange in ihm darauf wartete, wieder gelebt zu werden. Und sie nahm ihn in sich auf, ohne Scham, hielt ihn fest, blickte ihm in die Augen, während er sich immer schneller auf ihr bewegte, bis er mit einem Aufstöhnen über ihr zusammensackte.

Später lag er neben ihr, seltsam getröstet, in einem Zustand ruhiger Zufriedenheit. Er hatte das Gefühl, endlich, endlich angekommen zu sein.

Kapitel 26
1903

Am nächsten Tag erschien Luise nicht zur Arbeit. Und am Tag darauf erzählte Konrad, der für das Personal zuständig war, Fritz beiläufig, dass eine Arbeiterin aus dem Piliersaal gekündigt habe.

»Wer denn?«, wollte Fritz wissen.

»Die Götz Luise«, antwortete Konrad. »Schade, war eine gute Kraft.«

Und dann sah er verblüfft, wie sein Bruder Hut und Jacke nahm und wortlos aus dem Kontor stürmte.

»Ich kann das nicht«, sagte Luise. »Das passt doch nicht zusammen.«

Fritz zog sie aus dem Haus – in der Küche saßen gerade zwei von Luises Mitbewohnerinnen und schälten Kartoffeln. Sie gingen die paar Schritte zur alten Linde und setzten sich auf ein Mäuerchen.

»Luise, hör mir zu«, sagte Fritz. »Das mit uns, vorgestern ... Ich wollte dich nicht überrumpeln. Ich will dich auch nicht ausnutzen, weil du bei mir in der Fabrik arbeitest. Das musst du mir glauben. Du bist mir wichtig, Luise.«

Sie schüttelte den Kopf. »Ich bin eine einfache Frau. Ich hab keine Bildung und keine Erziehung und kein Geld. Und Sie sind ein Herr. Ein reicher Fabrikbesitzer, der überall etwas gilt. Es war schon ungewöhnlich genug, überhaupt mit Ihnen zu plaudern. Ich hab mich dabei als was Besonderes gefühlt. Aber jetzt ...«

»Du bist auch was Besonderes«, fiel Fritz ihr ins Wort. Er nahm ihre Hand. »Du bist eine Frau mit Herz und Verstand. Du hast kein leichtes Leben und schaffst doch alles mit Bravour. Du zeigst mir so vieles, was ich nicht kenne. Ich bin vielleicht ein reicher Mann, aber ich kann so viel von dir lernen.«

Sie sah zu Boden. Über ihren Köpfen in den Zweigen der alten Linde rauschte es leise.

»Weißt du, alle sagen, ich soll wieder heiraten. Meine Sophie ist schon lang im Himmel droben. Aber ich will keine Frau, deren Lebensinhalt aus Kaffeekränzchen und Modejournalen besteht. Die den ganzen Tag im Salon Tee trinkt und über neue Frisuren und den

Speisezettel für die nächste Woche nachdenkt. Ich will jemanden, der ein Gegenüber für mich ist. Eine wie dich.«

»Und die Leute? Was sollen die Leute sagen? Glaubst du, eine solche Verbindung würde akzeptiert? Alle würden sich das Maul zerreißen. Dein Ruf wäre ruiniert, wenn du dich mit einer Arbeiterin abgibst. Und was ist mit deiner Familie? Deinen Töchtern? Was würden die sagen zu einer wie mir?«

»Die müssten sich eben dran gewöhnen!«, erwiderte er bockig.

»Dran gewöhnen, dass du abends in eine schäbige Arbeiterwohnung gehst und dort mit einer liederlichen Person Unzucht treibst?«, sagte sie bitter.

»Wir könnten ...« Heiraten, wollte er sagen, ließ es aber dann lieber. Er war überrascht über sich selber. An Heirat hatte er bisher nicht gedacht, nicht denken wollen. Aber jetzt spürte er in sich die wachsende Angst, Luise zu verlieren. Und es war verblüffend, wie groß diese Angst war. »Ja, bist du mir denn gar nicht gut?«, fragte er schließlich hilflos.

Sie lächelte, drückte seine Hand. »Doch. Oder glaubst du, ich hätt mich für eine Nähmaschine kaufen lassen?«

Er fuhr hoch. »Um Gottes willen, deswegen hab ich doch nicht ... Ich bin doch kein ...«

»Ich weiß doch.«

Er sah sie an, der reiche Herr Kommerzienrat die einfache Arbeiterin. Er wusste, dass es gegen alle Konventionen verstieß. Schon wie sie da saßen, auf dem kleinen Mäuerchen, ein Herr im Anzug, die goldene Taschenuhr an der Weste, jeder Zoll Reichtum und Macht, und eine Frau im einfachen schwarzen Wollkleid, mit abgearbeiteten Händen und fleckiger Arbeitsschürze. Der Kontrast konnte nicht größer sein. Und dennoch. »Ich will dich nicht verlieren«, sagte er leise. »Sag mir doch, was ich tun soll.«

Sie atmete tief durch. »Ich kann nicht mehr bei dir arbeiten«, sagte sie. »Ich hab schon beim Reingruber nachgefragt, sie nehmen mich in der Verpackung.«

»Also willst du nichts mehr mit mir zu tun haben!« Er senkte den Kopf.

Sie legte ihm eine Hand an die Wange. »Verstehst du nicht? Ich will nicht von dir abhängig sein. Das wäre, als ob ich mich aushalten ließe. Fritz, ich hab nicht gekündigt, weil ich nicht mehr mit dir beieinander sein will, sondern damit ich es sein kann. Ich muss die Achtung vor mir selber behalten.«

Er legte seine Hand auf ihre. »Das heißt, du willst es mit mir probieren?«

»Unter der Bedingung, dass wir alles so lassen, wie es jetzt ist. Niemand braucht etwas zu wissen. Du bist mir zu nichts verpflichtet, und ich gehör dir nicht. Es ist ein Versuch, weiter nichts.«

Ein lang vermisstes Gefühl stieg in ihm hoch. Er hätte sie gern geküsst, aber vom alten Zollhäuschen her bogen zwei Männer um die Ecke, die gemeinsam einen Sack schleppten. »Also darf ich dich wieder besuchen?«, fragte er.

Sie nickte. »Aber jetzt muss ich wieder hinein zu den anderen.«

»Geh nur«, sagte er. »Es soll alles so sein, wie du sagst. Wir probieren quasi ein neues Geschäftsmodell. Zwei gleichberechtigte Firmen mit getrennten Hauptsitzen, Ziel: gemeinsames Wohlergehen.«

Dann hob er den Zeigefinger. »Aber die Nähmaschine behältst du!«

Als Fritz nach Hause ging, fühlte er sich zum ersten Mal seit Jahren wieder lebendig. Auch wenn eigentlich unmöglich war, was sie da vereinbart hatten.

Kapitel 27

Was Luise ihrem Peterle erzählt …

Weißt du, Peterle, ich bin ihm gut. Am Anfang hab ich geglaubt, der will mich bloß rumkriegen. Ausgerechnet eine wie mich. Ich bin doch nicht mehr jung, und hübsch bin ich auch nicht. Der könnt doch ganz andere haben, hab ich mir gedacht. Aber er hat's ernst gemeint. Verstehen tu ich das immer noch nicht. Und mich selber auch nicht so recht. Ich muss mich dauernd für alles genieren, wenn er zu mir kommt. Weil's doch schäbig ist bei mir daheim. Unsereins hat doch nichts. Weißt du noch, Peterle, in unserer alten Wohnung? Wo der Abort hinten im Hof war, und wenn die Schwabach Hochwasser gehabt hat, war alles überschwemmt? Und wie du dich immer vor den fetten Schmeißmücken gegraust hast als Kind? Die hab ich immer vorher aus dem Häusle vertreiben müssen, sonst hast du nicht pieseln wollen. Da warst du noch gesund, und wir haben ein gutes Leben gehabt, trotz der Armut. Da war auch dein Vater noch da … Du hast nie was von dem mitgekriegt, was er mir angetan hat, das hat er bloß gemacht, wenn du bei der Oma warst oder geschlafen hast. Wenigstens hat er dich in Ruhe gelassen, Gott sei Dank, du warst so ein lieber, braver Bub. Ich hab immer gehofft, dass du nicht nach ihm kommst … Ja, und jetzt liegst du da, mein Peterle, und keiner kann mehr sagen, nach wem du kommst.

Da, schau, sperr's Mündle auf, ich hab dir ein Stück Schokolade mitgebracht, eine besondere, nicht die vom Konsum, die ich sonst dabeihab. Gell, die ist gut? Die ist vom Fritz, so was können sich bloß reiche Leute leisten. Nur langsam, kriegst ja noch was. Da hab ich eine Freud, wenn's dir schmeckt. Der Fritz, weißt, der ist ein ganz Weicher, Sanfter. Das möcht einer gar nicht glauben, weil der doch Fabrikdirektor ist. So viele Arbeiter hat er in seiner Fabrik, du müsstest einmal sehen, was die für einen Respekt vor ihm haben, wie sie die Kappen vor ihm ziehen, wenn er in die Fabrik kommt. Aber bei mir, da ist er kein großer Herr. Da ist er ganz vorsichtig, damit er mich nicht spüren lässt, dass ich bloß eine arme Kirchenmaus bin. Da löffelt er meine aufgeschmalzene Brotsuppe, als wär es das beste Essen im Hotel. Stell dir vor, er hat eine Köchin, die extra für ihn kocht. Und Dienstmädchen, die ihm alles bringen, was er sich wünscht. Komisch, da denkt man doch, so jemand müsste jeden Tag glücklich sein und den lieben Herrgott loben. Aber ich hab manchmal das Gefühl, er ist eher ein unglücklicher Mensch. Seine Frau ist gestorben, und er ist traurig, dass er keinen Sohn hat. Weißt du, das ist wichtig, wenn man was hat zum Vererben.

Ach Peterle, da bin ich froh, dass ich dich hab. Auch wenn's bei uns nix zum Erben gibt. Wenn du nur wieder gesund werden könntest, dafür bet ich jeden Tag. Vielleicht hilft der liebe Gott, und einer findet ein Mittel, das dich heilt. Das gibt's doch gar nicht, dass der Mensch Wolkenkratzer baut und Maschinen, die fliegen können und

Schiffe, die unter dem Wasser fahren, und keiner findet eine Medizin für solche wie dich. Manchmal träum ich davon, dass ich dich zu mir heimhol. Da komm ich zur Tür heraus, und du läufst mir entgegen und lachst. So, jetzt ist die Schokolade alle, jetzt geh her, ich putz dir den Mund ab. Kriegst du auch genug zu essen? Ich frag dann noch die Schwester Veronika, ob du was brauchst. Schön hat sie dich hergerichtet, die Haare geschnitten und ordentlich gekämmt.

Du, Peterle, du brauchst aber nicht eifersüchtig sein wegen dem Fritz. Du bist doch mein Kind, und du bist mir das Liebste und Wichtigste. Aber weißt, ich bin halt viel allein, und es ist schön, wenn man jemanden gernhaben kann. Und der Fritz, der ist nicht wie die anderen Männer. Der säuft nicht und randaliert nicht und schlägt mich auch nicht. Das tut gut, wenn einer lieb zu einem ist, gell, Peterle? Schau, jetzt nehm ich dich in den Arm und streichel dich, das gefällt dir doch immer, da brummst du immer, gell? Wie ein Kätzchen, das schnurrt. So bleiben wir jetzt ein bissle, schön ist das. Und später, da fahr ich wieder heim. Der Schwager von der Schwester Veronika nimmt mich mit dem Fuhrwerk bis nach Ansbach mit, da muss ich nicht laufen. Und dann kommt der Zug und fährt mich nach Schwabach. Weißt du, ich wollt dir das mit dem Fritz einfach erzählen. Du sollst ja auch wissen, wenn mir was Wichtiges und Schönes passiert. Und du freust dich für mich, gell, Peterle? Wenn's dir gutgeht, geht's mir gut, und andersherum.

Kapitel 28
1903

Hans stand mit einem flauen Gefühl im Magen vor dem großen Gebäude mit den vielen Sprossenfenstern und den stilvollen altdeutschen Fachwerkgiebeln. Nach über fünf Monaten hatte er auf sein Drängen hin endlich eine Besuchserlaubnis erhalten und sich auf den weiten Weg nach Ansbach gemacht. Die erst im Jahr zuvor neu eröffnete Kreisirrenanstalt lag idyllisch außerhalb der Stadt, umgeben von Wald und Feldern. Eigentlich machte das Haus eher den Eindruck eines Sanatoriums, aber das änderte sich schnell, wenn man die Einrichtung betrat. Man musste läuten, um eingelassen zu werden, und dann sah man überall verriegelte Türen und vergitterte Fenster. Es roch nach Medizin und scharfem Putzmittel.

Eine Frau in weißer Bluse, hellgrauem Kittel und weißem Schwesternkopftuch nahm ihn in Empfang. »Professor Eisenstein erwartet Sie«, sagte sie und führte ihn in eine Art Büro, wo hinter einem riesigen Schreibtisch ein älterer Herr mit Spitzbart und Nickelbrille saß. »Ah ja«, sagte der Professor und lud Hans mit einer Geste zum Sitzen ein. »Sie sind der Gatte der Patientin Rühl, schön, schön. Wie war die Fahrt? Hoffentlich angenehm.« Er schlug die graue Kladde auf, die vor ihm auf dem Tisch lag, und studierte sie kurz. »Nun, ich erinnere mich, dass die Patientin anfangs sehr agitiert war, hier steht es, wir mussten Opiate in hoher Dosis verabreichen. Sie kam vier Tage in eine Einzelzelle zur Beobachtung, danach wurde sie mit anderen Patientinnen zusammengelegt. Seitdem hat sich ihr Zustand insofern gebessert, als sie ruhiger wurde und therapiefähig für eine Dauermedikation.«

»Was hat meine Frau denn nun?«, wollte Hans wissen.

»Das ist bei Geisteskrankheiten nicht immer einfach zu sagen«, erwiderte der Professor und blätterte in der Krankenakte. »Vermutlich handelt es sich um eine Paranoia, eine Spielart der Schizophrenie. Die Patientin fühlt sich zeitweise verfolgt von – hier steht es; sie spricht von ›Inspektoren‹, mehr war nicht zu erfahren. Sie nimmt diese – natürlich nur in ihrem Kopf existenten – Inspektoren als real wahr. Sie hat Angst- und Abwehrattacken, bei denen sie durchaus fremdgefährlich werden kann, weist aber auch selbstschädigende Merkmale auf. Es steht hier vermerkt, dass sie kurz vor ihrer Einlieferung offenbar ihre eigenen Kinder angegriffen und sich dann selber verletzt hat. Der behandelnde Arzt hat Auskunft gegeben, dass er Ihrer Frau schon seit Jahren wiederholt Mittel gegen ›Gemütskrankheit‹ verordnet hat, die offenbar ihre dauerhafte Wirkung verfehlt haben.«

Hans nickte. Er war wie erschlagen von der nüchternen Ärztesprache, deren Fachbegriffe ihm unheimlich vorkamen. »Kann man meiner Frau denn hier helfen?«, fragte er.

Der Professor nahm die Brille ab und massierte sich die Nasenwurzel. »Tja, wir tun natürlich unser Bestes. Aber, das muss ich Ihnen leider sagen, die Krankheit Ihrer Frau ist zwar in ihren Symptomen behandelbar, nicht aber in ihrer Ursache.«

»Das heißt, Sie können sie nicht heilen.« Hans schluckte.

»Nein. Wir können sie sedieren, um möglichst neue Krankheitsschübe zu verhindern, und wir können sie bei Anfällen ruhigstellen. Aber gesund, da will ich ganz ehrlich sein, mein lieber Herr Rühl, gesund wird ihre Frau nicht mehr werden.«

O Gott. Was wird aus mir, was wird aus den Kindern, dachte Hans. Was wird aus Hermine? Er spürte lähmende Eiseskälte seinen Rücken hochkriechen. »Darf ich sie sehen?«, fragte er.

»Natürlich.« Eisenstein klingelte nach einer Schwester. »Führen Sie Herrn Rühl zu seiner Frau, Saal sieben, Bett eins.«

Hans folgte der Frau in Weiß durch Gänge und über Treppen, vorbei an Zellentüren mit vergitterten Gucklöchern, bis sie vor einer verschlossenen Doppeltür standen. Die Schwester holte einen riesigen Schlüsselbund unter ihrer Schürze hervor, suchte nach dem richtigen Schlüssel und sperrte auf. Hans machte einen Schritt vorwärts – und prallte zurück.

In dem Saal standen zwölf Betten. Es roch nach Urin, Kot und Erbrochenem; auf einem Hocker neben der Tür saß eine dicke Pflegerin mit Oberarmen wie ein Faustkämpfer. Sie ließ das Romanheftchen sinken, in dem sie gelesen hatte und stand auf. »Soso, Besuch«, brummte sie. »Für wen?«

»Hermine Rühl«, sagte Hans und ließ seine Augen durch den Raum wandern. Es war wie in einem Albtraum. Da lagen Frauen mit Lederbändern an ihre Bettstatt gefesselt, stöhnend und winselnd, Rotz und Speichel liefen ihnen übers Gesicht. Eine Greisin schlurfte auf ihn zu, packte ihn plötzlich mit ihren krallenähnlichen Fingern am Jackett und zerrte ihn mit sich. Die Schwester sprang hinzu, »Erna, immer dasselbe! Lass los!« Sie zwang der Alten die Finger auf und drehte ihr mit einem Ruck den Arm auf den Rücken. Die Alte wand sich und kreischte dabei obszöne Schimpfwörter, die Hans die Schamröte ins Gesicht trieben. Eine junge Frau saß an dem langen Tisch, der in der Mitte des Saales stand, und rührte selig lächelnd mit den Fingern in einer Schüssel Brei, Gesicht und Haar verschmiert wie die eines Kleinkinds. Eine andere hing am vergitterten Fenster, starrte mit leerem Blick hinaus und summte vor sich hin. Neben ihr kauerte eine verwahrloste Gestalt auf allen vieren am Boden und gab undefinierte Laute von sich.

Hans graute es. Jemand berührte seinen Arm, es war die Pflegerin. »Kommen Sie.«

Sie brachte ihn zum letzten Bett in der linken Reihe und rückte einen Hocker zurecht. »Sie ist schön ruhig in letzter Zeit«, sagte sie. »Isst, gibt Antwort, geht zur Toilette. Vorhin hat sie ihre Tabletten bekommen, deshalb ist sie nicht recht wach. Aber sie ist ganz brav, gell, Hermine?«

Hans starrte Hermine an. Das sollte seine Frau sein? Dieses Gespenst, das apathisch im Bett lag, ganz verkrümmt, die Haare wirr und ungepflegt, die Augen auf irgendein Ziel in der Ferne gerichtet? Entsetzen und Mitleid packten ihn. »Hermine«, sagte er und nahm ihre Hand; die Fingernägel waren sauber gestutzt, wohl, damit sie sich nicht blutig kratzen konnte. »Hermine, wie geht's dir?«

Sie drehte den Kopf, sah ihn an und sah ihn doch nicht.

»Ich bin's, der Hans!« Er strich ihr eine Haarsträhne aus der Stirn.

Sie reagierte nicht. Eine Fliege setzte sich auf ihr Kopfkissen; er verscheuchte sie. Das Insekt kam wieder, setzte sich diesmal auf Hermines Wange. Sie spürte es nicht, und wieder wedelte Hans sie fort. So saß er eine Zeit und betrachtete seine teilnahmslose Frau. In seinem Kopf fühlte sich alles taub an, und er wusste nicht, was er sagen sollte. Schließlich fiel ihm etwas ein. »Ich soll dich schön grüßen von den Kindern.«

Da flackerte ein winziges Lächeln über ihr Gesicht. Ihre Hand bewegte sich auf dem zerknitterten Laken, als ob sie seine suchte. Er griff nach ihr und hielt sie fest. Ihre Lider flatterten. Sie wollte etwas sagen, er konnte es nicht verstehen und brachte sein Ohr ganz nah an ihren Mund. »Müde«, flüsterte sie. »Immer so müde.«

Die Alte kam wieder auf ihn zugeschlurft, zupfte an seinem Ärmel und öffnete den Mund zu einem zahnlosen Kichern. Dann raffte sie den Kittel hoch und entblößte vor ihm ihre grauhaarige Scham. Er schubste sie weg, sie fiel hin, fing an zu schreien, eine andere Patientin brüllte »Hilfe, Verbrecher!«. Die Schwester kam herbeigestürzt, packte die Alte, drückte sie auf ein leeres Bett und schnallte sie fest.

Hans wurde von dem überwältigenden Impuls gepackt, aufzuspringen und aus dem Saal zu laufen. Das hier war die Hölle. So etwas konnte man niemandem zumuten. Übelkeit packte ihn. Er sah, wie Hermine, plötzlich aufrecht sitzend, angstvoll um sich blickte, die Arme schützend um ihren Oberkörper geschlungen. Erst als es wieder ruhig wurde, ließ sie sich zurücksinken und schloss die Augen.

Er setzte sich zu ihr ans Bett, streichelte ihre Hand. »Hier lass ich dich nicht«, sagte er zu ihr. »Ich hol dich heim.«

»Heim«, murmelte sie. Dann war sie eingeschlafen.

Hans verließ den Saal voller Entsetzen, aufgewühlt und zornig. In diesem Raum voller armer, wahnsinniger Kreaturen würde Hermine eingehen wie ein Tier. Das hatte kein Mensch verdient. Das konnte er nicht zulassen. Auf seinem Weg nach draußen kam er wieder am Büro des Professors vorbei. Drinnen sah er die Schwester, die ihn hereingelassen hatte. »Machen Sie die Papiere meiner Frau fertig«, sagte er mit zitternder Stimme. »Ich komme sie nächste Woche holen.«

Als er abends nach Hause kam, hatte die Nachbarin schon die Kinder ins Bett gebracht. Er setzte sich in die Küche, auf dem Tisch lag die Geschäftspost für die Goldschlägerei. Eine Rechnung über ein halbes Kilo Rohgold von der Degussa und eine für den neuen Schlagstein, der letzte Woche geliefert worden war, eine Bestellung über hundert Blatt Gold von einem Restaurator aus Eichstätt und ein ungewöhnlich aussehender Brief ohne Absender in Hellblau. Er riss ihn auf.

Mein lieber Hans!
Ich habe alles verdorben. Damals, als ich zu Dir hätte halten sollen, habe ich die Kraft nicht gefunden. Nichts auf der Welt bereue ich heute mehr als das. Ich hätte zu Dir stehen müssen, aber ich habe unsere Liebe verraten. Seitdem vergeht kein Tag, an dem ich nicht an Dich denke. Ich habe einen Ehemann, den ich als Mensch und Freund nicht höher schätzen könnte. Nur seine Liebe kann ich nicht erwidern. Kinder sind uns nicht vergönnt, es liegt an mir. Ich war bei einem Spezialisten. Das ist meine Strafe. Vielleicht war es doch gut, dass Du eine andere geheiratet hast – so bist Du wenigstens glücklicher Vater. Bist Du auch ein glücklicher Ehemann? Ich habe das

geglaubt und für Dich gehofft bis zu dem Abend vor zwei Monaten, als wir im Gewitter bei der Dreieinigkeitskirche standen. Du warst betrunken. Du hast gesagt, Schnaps hilft beim Vergessen. Nun frage ich Dich: Willst Du mich wirklich vergessen?

Was ich jetzt tue, werde ich mir vielleicht nie verzeihen. Es ist etwas Verbotenes, Undenkbares, und doch denke und tue ich es. Ich gebe mich und meinen Stolz preis, und wenn Du es abstoßend oder billig findest, dann hast Du bestimmt recht und ich muss Dein Urteil ertragen. Ich kann es nicht mit klaren Worten formulieren, nur so viel:

Ich habe immer noch die Jacke, die Du mir als Schutz vor dem Regen übergeworfen hast. Wenn Du sie zurückhaben willst, dann komm am 20. Juli um acht Uhr abends nach Nürnberg ins Hotel Kaiserhof. Ich werde im Zimmer Nummer 9 auf Dich warten.

Du musst mir nicht antworten. Wenn Du bis neun Uhr nicht da bist, werde ich wissen, dass ich Dich für immer verloren habe.

Lisette

Kapitel 29
1903

Am 20. Juli um halb acht Uhr abends betrat Viktor das Foyer seines Lieblingshotels. Vor dem großen Spiegel an der Treppe blieb er kurz stehen und inspizierte sich. Der neue blonde Schnurrbart ließ ihn ein wenig älter aussehen, ebenso wie der kürzere Haarschnitt, den er sich vor einigen Wochen zugelegt hatte. Sein Gesicht war gebräunt, das kam vom Tennisspielen in der Sonne. Der enggeschnittene dunkle Anzug betonte seine breiten Schultern und seine sportliche Figur. Na, er war ganz zufrieden mit sich. Er rückte Hut und Krawatte zurecht und ging weiter in den Speisesaal, wo sich wöchentlich der Montags-Stammtisch Nürnberger Honoratioren und junger Geschäftsleute traf. Die Besetzung wechselte; diesmal waren Martin und Richard Kohn da, Direktoren des größten privaten Bankhauses von ganz Bayern, Ernst Eckert von den Vereinigten Pfeifenfabriken sowie Siegfried Tarrasch, seines Zeichens Arzt und erfolgreichster Turnierschachspieler Deutschlands. Dazu der Anwalt Rudolf Bing aus der Spielwaren-Bing-Dynastie, der junge Max Samuel, zukünftiger Besitzer von Kohn & Samuel, einem der führenden Modehäuser der Stadt. Zuletzt waren noch die beiden Architekten Josef Schmitz und Oberbaurat Otto Seegy dazugestoßen.

Viktor war von seinem Mentor Gehring in den illustren Kreis eingeführt worden, und inzwischen sah man ihn als möglichen Nachfolger des Immobilien- und Bauunternehmers. Dank seiner offenen und fröhlichen Art hatte man ihn gerne aufgenommen, und vor allem mit den Kohn-Brüdern und dem jungen Samuel pflegte er inzwischen eine echte Freundschaft.

»Neuer Anzug?«, fragte Martin Kohn, als Viktor neben ihm Platz nahm. »So förmlich musst du doch gar nicht auftreten!«

»Na ja, wenn man der Jüngste von allen ist, muss man sich äußerlich schon ins Zeug legen, damit man ernst genommen wird«, grinste sein Bruder und stieß Viktor in die Seite. Der grinste zurück. »Du bist auch nicht viel älter als ich, mein Lieber. Und du musst dich doch höchstens zweimal in der Woche rasieren.«

»Spart viel Zeit«, kicherte Kohn. »Außerdem brauch ich keinen Bart. Mit meinen Geheimratsecken sehe ich ohnehin respektabel genug aus.«

Das Gespräch brach ab, als Julius Beißbarth von den Triumph-Fahrradwerken durch die Hoteltür stürmte und sich ungestüm auf einen noch freien Stuhl fallen ließ. »Habt ihr's schon gehört?«, rief er. »Der Sieger der Tour ist disqualifiziert!«

Der Einzige, der wusste, was mit »Tour« gemeint war, war Viktor. In Frankreich hatte man soeben zum ersten Mal die sogenannte Tour de France ausgetragen, die größte Radprüfung der Welt, ein mehrwöchiges Langstreckenrennen, fast zweieinhalbtausend Kilometer quer durch das ganze Land. Sechzig Fahrer, darunter zwei Deutsche, waren zu den sechs Etappen angetreten, nur 21 hatten Paris erreicht. Das Preisgeld von 20000 Francs hatte Hippolyte Aucouturier gewonnen. »Der Schlaumeier hat sich von einem Automobil ziehen lassen«, erzählte Beißbarth. »Aber sie sind ihm draufgekommen. Jetzt haben sie Maurice Garin zum Sieger erklärt, einen Schlotfeger.«

»Und der ist bestimmt heimlich mit der Eisenbahn gefahren«, grinste Viktor.

»Oder er hatte ein Triumph-Fahrrad!«, lachte Siegfried Tarrasch. »Nomen est omen!«

Beißbarth stieß seinen Nachbarn Josef Schmitz an. »Man hört, du bist zum Restaurator für die Lorenzkirche bestellt? Gratulation!«

Schmitz warf sich in die Brust. »Oh, danke. Ist eine ehrenvolle Aufgabe.«

»Deshalb gibt der Josef heute auch einen aus«, grinste Otto Seegy und schlug seinem Kollegen auf die Schulter. Der lächelte säuerlich und bestellte notgedrungen eine Runde. Viktor musste schmunzeln, weil er wusste, dass Schmitz ein Knauser war. »Hätten die Herren Architekten nicht einmal Lust, sich in die Niederungen des Wohnungsbaus zu begeben?«, fragte er.

Seegy sah ihn über den Rand seiner Brille hinweg an. »Pläne?«

»Immer«, entgegnete Viktor. »Die Einwohnerzahl steigt, jeden Tag arbeiten mehr Menschen in den Fabriken, und die müssen irgendwo wohnen. In Berlin ist der Mietshausbau seit Jahren ein lukrativer Markt.«

»Hört, hört«, warf der ältere der Kohn-Brüder ein. »Und wer finanziert das?«

»Reiche Bankhäuser wie ihr zum Beispiel«, erwiderte Viktor.

»Ah, so läuft der Hase. Du willst Partner ins Boot holen, ja?«

»Tja, einer plant, einer baut, einer zahlt. Alle profitieren.«

Schmitz hob sein Glas. »Lasst uns das mal in Ruhe besprechen. Ich hab jetzt frei!«

»Machen wir«, sagte Martin Kohn. »Und ein Prosit auf den Architekten von Sankt Lorenz!«

»Was? Jetzt hab ich doch gedacht, du baust mir ein neues Hotel?« Johann Baptist Zetlmeier war an den Tisch getreten, Besitzer des Kaiserhofs und Nürnberger Hotelkönig.

»Mach ich später«, grinste Schmitz. »Die Herren Kohn hier schießen das Geld vor, und der Viktor erledigt den Rest.«

»Jederzeit!« Auch Viktor hob sein Glas. Er liebte solche Herrenabende, da fühlte er sich in seinem Element. Und er war nicht wenig stolz darauf, dass man ihn so schnell akzeptiert hatte. Schließlich war er als junger, unbekannter Mensch nach Nürnberg gekommen, und von seiner Verbindung zur angesehenen Familie Ribot in Schwabach wusste niemand außer Gehring. Viktor wollte nicht, dass jemand von seinem Makel der unehelichen Geburt erfuhr, er ließ alle in dem Glauben, seine Eltern seien beide in Russland gestorben. Außerdem hatte er seinen Stolz. Allein wollte er es schaffen. Niemand sollte sagen können, er verdanke alles nur dem Geld und Einfluss seines Vaters.

Deshalb hatte er gerade eben nicht Fritz gefragt, als er vor zwei Monaten sein erstes eigenes Bauprojekt finanziert hatte. Lieber hatte er die Pläne der Bayerischen Vereinsbank – seine Freunde Kohn wollte er nicht behelligen – vorgelegt und mit Alexander Wacker von der Elektrizitätsaktiengesellschaft Schuckert gesprochen. Wacker, der schon die Wohnungsbaugenossenschaft Schuckert finanziell förderte. Der Bau des vierstöckigen Wohnblocks in der Nürnberger Südstadt war schon im Gang und würde einmal dreißig Arbeiterfamilien eine Heimat sein. Viktor hatte an alles gedacht, er hatte sogar darauf bestanden, dass der Innenhof nicht nur als Raum zum Wäscheaufhängen konzipiert wurde, sondern auch eine kleine Wiese mit Sandkasten bekommen sollte, und dass auf jeder zweiten Zwischenetage eine Doppeltoilette geplant wurde. Er hatte seine Kinderzeit voll Armut in einer Sankt Petersburger Mietskaserne nicht vergessen.

Zwei Stockwerke über dem Hotelrestaurant stand Lisette an einem der hohen Sprossenfenster und versuchte, mit tiefen, regelmäßigen Atemzügen ihr Herzklopfen zu beruhigen. Es war kurz vor acht Uhr abends, und sie hatte gerade das Zimmer Nummer 9 betreten. Mit zittrigen Fingern schob sie den Spitzenvorhang ein Stückchen auf und sah auf die immer noch belebte Königstraße hinunter. Vor der Mauthalle drängte sich eine Menschentraube um einen Leierkastenspieler, auf dessen Instrument ein Affe in Anzug und Hütchen hockte. Ein Plakatjunge warb für das nahe gelegene Varieté Apollo, wo an diesem Abend der beliebte Humorist Hermann Strebel auftrat, der seit zwei Jahren die Nürnberger zu Begeisterungsstürmen hinriss. Lisette hatte ihn selber schon gesehen und Tränen gelacht.

Jetzt, in diesem Augenblick, war ihr nach allem anderen zumute. Tausendmal hatte sie sich selber verwünscht, weil sie Hans diesen Brief geschrieben hatte. Sie hatte sich geschworen, nicht hinzugehen. Und jetzt war sie doch hier, in diesem luxuriösen Hotelzimmer, und kam sich vor wie in einem schlechten Roman. Er wird ohnehin nicht kommen, beschwichtigte sie sich selber. Er hat eine Familie. Ich war verrückt, auch nur daran zu denken. Völlig verrückt.

Sie öffnete das Fenster, weil sie es stickig im Zimmer fand. Ein leichter Wind bauschte die Vorhänge und drückte sie wie einen Ballon nach innen. Noch war es draußen hell und die Beleuchtung noch nicht eingeschaltet. Mietkutschen rollten vorbei, ein junger Mann schob sein Fahrrad an der Mauthalle entlang. Vom Bahnhof her hörte Lisette das Rattern der Straßenbahn, die alle zwanzig Minuten zum Plärrer fuhr. Sie sah auf die gravierte goldene Armbanduhr, die ihr Eduard zum zehnten Hochzeitstag geschenkt hatte. Er würde ohnehin nicht kommen.

Sie zog Handschuhe und Jäckchen aus und setzte sich auf den Stuhl vor dem kleinen Schreibtisch. Am schmalen Bündchen ihres Spitzenärmels entdeckte sie einen Fleck und rubbelte ihn mit ihrem Taschentuch weg. Sie betrachtete das Bild über dem weiß lackierten Ständer mit Waschschüssel und Porzellankrug. Eine Gebirgsansicht: der Königsee mit Sankt Bartholomä, die Zwiebeldächlein der kleinen Kapelle leuchteten rot im Sonnenlicht. Auf dem Wasser ein Kahn mit Schiffer, der auf den Steg zusteuerte. Sie sah auf die Uhr. Halb neun. Er würde ohnehin nicht kommen.

Sie schloss das Fenster. Strich mit den Händen über den schneeweißen Bettbezug aus feinstem Damast. Er fühlte sich weich und glatt an, und kühl. Sie goss sich aus der bereitstehenden Karaffe ein Glas Wasser ein und nahm einen Schluck. Trotzdem war ihr Mund sofort wieder trocken. Sie sah in den Spiegel über der Kommode. Ein ernstes Gesicht, umrahmt von dunklen Haaren, blickte sie mit melancholischen Augen an. Braunen Augen, die vor langer Zeit einmal hatten strahlen können. Und da waren diese winzigen Fältchen um die Augen! Sie benutzte morgens und abends Crème, und trotzdem sah man ihr an, dass sie mit ihren vierunddreißig Jahren kein junges Mädchen mehr war. Dafür war ihr Bauch noch flach und ihre Brüste straff, darauf war sie stolz. Aber das war ja doch ganz gleich, denn er würde ohnehin nicht kommen. Es war Viertel vor neun.

Wieder ging sie zum Fenster, und auch da blickte sie undeutlich in ihr Spiegelbild. Mein Gott, sie war in einem Hotel und wartete auf ein Stelldichein! Wusste sie überhaupt, was sie tat? Plötzlich spürte sie das dringende Bedürfnis, sich selbst zu ohrfeigen. Dafür, dass sie sich mit dem Brief an Hans so erniedrigt hatte. Sich zum billigen Flittchen gemacht hatte, das sich anbot. Und das verschmäht wurde. Denn er würde nicht kommen.

Um fünf vor neun zog sie ihr Jäckchen und die Handschuhe wieder an. Sie hätte am liebsten geweint, aber das hob sie sich für zu Hause auf. Eduard würde sich wundern; sie hatte ihm gesagt, dass sie zum Nachtdienst im Wöchnerinnenheim eingeteilt war. Noch vier Minuten, noch drei, noch zwei. Jetzt kamen die Tränen doch. Sie wischte sie fort und schickte sich an, zu gehen, als die Tür mit einem Ruck aufflog.

Hans stand im Türrahmen, schwer atmend und abgehetzt. »Der Zug hatte Verspätung«, keuchte er. »Ich hab schon gedacht, du bist nicht mehr da!«

Sie konnte sich nicht bewegen, nichts sagen. Und dann war er bei ihr, riss sie in seine Arme, küsste sie hungrig, gierig, atemlos. »Gott, Lisi«, flüsterte er und stieß mit dem Fuß die Tür zu. Sie riss an seiner Krawatte, seinem Hemd, er zerrte ihr Jäckchen und Bluse vom Leib, sie verlor einen Schuh, dann den zweiten. Er hob sie aufs Bett, nestelte an ihrem Mieder, sie half ihm mit zitternden Fingern. Und dann war er auf ihr, in ihr, ihre Körper bewegten sich erst in verhaltenem, dann in immer schnellerem Rhythmus. Es war, als ob die Jahre ohne ihn nie existiert hätten.

Hinterher lagen sie nebeneinander, stumm, erschöpft und liebessatt. Ihr Kopf ruhte auf seiner Brust, ein Knie lag auf seinem Oberschenkel. Sogar das Schweigen war gut. Sie malte mit der Fingerspitze Muster auf seine Haut. Die Zeit schien angehalten. »Ich hatte solche Angst, dass du nicht kommst«, flüsterte sie irgendwann, viel später.

Er streichelte ihre Wange. »Ich wäre notfalls auch bei Schneesturm zu Fuß hergelaufen«, sagte er. »Vom Nordpol aus.«

Sie musste lachen. »Eskimos küssen mit der Nase, hast du das gewusst?«

Er beugte sich über sie, raunte: »Das müssen wir ausprobieren.« Ihre Nasenspitzen berührten sich. Es kitzelte. Seine Hände umschlossen ihre Brüste, und sie spürten beide die Erregung zurückkommen. Plötzlich sprang er auf. »Halt!«, sagte er. »Ich hab was vergessen!«

Er wühlte in dem Kleiderhaufen neben dem Bett, bis er seine Hose fand und zog einen kleinen Glasbehälter aus der Tasche.

»Goldflitter!«, rief Lisette.

»Wie damals«, lächelte er und streute die winzigen Teilchen auf ihren nackten Körper. »Goldmarie!«

Dann küsste er die Flitter weg, küsste sich langsam vom Hals nach unten. Lisette erstarrte, aber dann gab sie sich hin, und sie liebten sich auf eine neue, andere, wunderbare Weise.

Am nächsten Morgen weckte Hans Lisette bei Sonnenaufgang. »Ich muss los«, sagte er. »Der Zug fährt sonst ohne mich.«

Sie zogen sich an, wortlos, jeder hing seinen Gedanken nach. Sie hatten nicht geredet. Darüber, dass sie beide in einer Ehe gefangen waren. Darüber, wie es weitergehen sollte. Ob es weitergehen sollte. Lisette hatte Angst, ihn zu fragen. Schließlich stand er an der Tür, auch er befangen. »Hier.« Sie hielt ihm seine Jacke hin.

Er zog sie an sich, küsste sie zum Abschied. »Gib sie mir nächste Woche wieder«, sagte er. »Oder übernächste. Wann du willst.«

Sie spürte, wie sich ihr Herz weitete. »Ich will dich nicht noch einmal verlieren«, sagte sie. »Nie mehr.«

Kapitel 30

Aus den Lebenserinnerungen von Fritz Ribot, begonnen 1921

Sapperlot, und schon wieder wurde ich Onkel! Die tapfere Gusti brachte am 11. August mit einer Steißgeburt das langersehnte Mädchen zur Welt. Sie und Konrad waren die glücklichsten Eltern, nachdem ja eine weitere Schwangerschaft sich so lange nicht angekündigt hatte. Die kleine Lisbeth war Gott sei Dank wohlauf, wenn auch recht zart, ein winziges blondes Püppchen. Ich hatte

ganz vergessen, wie kleine Mädchen aussehen, sind doch Käthchen und Tilly inzwischen ganz erwachsen mit ihren 22 und 18 Jahren. An den Kindern merkt man, wie die Zeit vergeht.
Und an der Entwicklung der Firma. Wieder waren wir an einem Punkt angelangt, wo der Platz hinten und vorne nicht mehr reichte. Mein Augenmerk richtete sich wieder einmal auf das an die Fabrik angrenzende Russlerhaus in der Kappadozia 3, das ich nach zähen Verhandlungen mit der alten Russlerin im Herbst endlich kaufen konnte. Ab Januar 04 sollte es an den Umbau gehen, die Pläne lagen schon fertig bei mir in der Schublade. Damit war endlich Platz und Möglichkeit für die Produktion von Waschpulver, die ich so schnell wie möglich aufnehmen wollte.
Außerdem gelang es mir, den nicht verseiften Kokosölanteil bei der Fettseife auf 12 % zu erhöhen, was die Pflegewirkung ganz außerordentlich verbessert. Die Ceresinseife als Reinigungsmittel für Hemden, Krägen und Manschetten lief sehr gut an, und Konrads Idee, Kalibleichlauge in Flaschen als bleichende Zugabe für das Fleihwasser zu verkaufen, schlug ebenfalls ein. Größter Coup des Jahres war allerdings der Vertrag mit der österreichischen K.- u. k.-Kriegsmarine. Ich musste dafür eigens nach Wien und Triest fahren, aber dann war alles unterschrieben und die Firma Ribot Lieferant von monatlich tausend Stück Posko-Fettseife in Sondergröße 100 g. Dagegen erlebten wir einen Rückschlag, als uns die BASF wegen eines dummen Missverständnisses sämtliche Geschäftsbeziehungen aufkündigte. Wir behalfen uns notdürftig mit der Chemiehandelsgesellschaft Staub & Co. in Nürnberg, die die Mengen an Farben und Chemikalien kaum daherbrachte; erst ein gutes Jahr später sollte sich die Angelegenheit mit Viktors Hilfe wieder bereinigen lassen.
Mein Sohn war mir jeden Tag eine größere Freude. Es machte mich stolz, zu sehen, wie er immer mehr zur rechten Hand meines Freunds Gehring wurde, der ihm im darauffolgenden Jahr tatsächlich Prokura erteilen sollte. Im Oktober schließlich führte Viktor mich – nachdem wir, wie so oft, einem Spiel des FCN zugeschaut hatten – in die Nürnberger Südstadt und zeigte mir ein großes brachliegendes Grundstück. »Das gehört der neugegründeten Immobilienfirma Viktor F. Mischkin«, verkündete er triumphierend. »Und hier drauf entsteht ein Block mit modernsten Arbeiterwoh-

nungen.« Wir feierten die Sache im Hotel Wittelsbach, dem vornehmsten Haus Nürnbergs, und tranken Champagner unter Kristalllüstern. Viktor bestellte sogar russischen Kaviar, den er in seiner ärmlichen Kindheit ja nie bekommen hatte, und verspeiste ihn mit Genuss – ich konnte dem salzigen Zeug nie etwas abgewinnen und beschränkte mich auf ein Tatarbrot. Anschließend setzten wir uns nach nebenan ins Apollo-Theater und lachten Tränen über einen Tierstimmen-Imitator. Ganz erstaunlich, wie viele Menschen Viktor an diesem Abend grüßte. Innerhalb kürzester Zeit war er ein »Nürnberger« geworden und bewegte sich dank der Protektion Gehrings und einiger meiner Logenbrüder in den besten Kreisen. Jeder mochte ihn und seine offene, herzliche Art; sein Spitzname überall war »der Russe«, und das war freundlich gemeint. Den Spielern vom FCN galt er beinahe so viel wie ein Maskottchen, in der neuen Stammwirtschaft »Loreley« spendierte er so manche feuchtfröhliche Runde. Ich erkannte mich in so vielen Dingen in ihm wieder, in seinen Gesten, der Art, wie er lachte, sogar daran, wie er oft dastand, ein Bein fest auf dem Boden, das Spielbein leicht abgeknickt – es gab eine Fotografie aus meiner Jugend, in der ich genau die gleiche Haltung einnahm. Und er sah mir ähnlich mit seinen blonden Haaren und dem typischen Ribot-Kinn. Eigentlich seltsam, dass das niemandem um uns herum auffiel.

Was aber, wenn ich ehrlich bin, am allermeisten dazu beitrug, dass ich mich wieder am Leben freute fast wie als Geselle auf Wanderschaft, das war die Zeit, die ich mit Luise verbrachte. Der Freitagabend wurde unser Abend. Nach der Arbeit nahm ich Bonnie an die Leine, der schon ungeduldig wartete, dass ich aus dem Kontor kam, und ging mit ihm durch die Friedrichstraße Richtung Zöllnertor. Schon vor der alten Linde, beim alten Zollhäuschen, begann er, zu ziehen und zu zerren. Versteh einer die Viecher – daheim bekam er die feinsten Sachen, die Kinder fütterten ihn mit Schinken und Knackwürsten, Frau Braun verwöhnte ihn mit Rippchen und Markknochen, aber die alten Käserinden von Luise waren sein Liebstes.

Ja, bei Luise im Grabengartenhäuschen fand ich zu einer Ruhe und Zufriedenheit, die mir bis dahin fremd gewesen waren. Diese stillen Abende in ärmlichster Umgebung waren für mich einmalig. Luise tischte auf, was sie sich selber leisten konnte. Ganz am An-

fang hatte sie geglaubt, sie müsse mich beeindrucken, und hatte ein Stück Rindfleisch als Braten im Ofen gemacht. Es war zäh wie Leder, die Soße völlig missglückt. Sie hatte geweint und mir gestanden, dass sie so etwas Vornehmes noch nie gekocht hatte. Ein Arbeiter konnte sich höchstens Fleischreste vom Schlachthof leisten, und die mussten meist für eine Suppe oder als Krautfleisch herhalten. Daraufhin hatte ich darauf bestanden, nur noch das bei ihr zu essen, was sie gewohnt war. Kartoffeln mit Quark, aufgeschmalzene Brotsuppe, Hühnereintopf. Sie kochte wie meine Großmutter damals. Am meisten liebte ich ihre Süßspeisen: Ofennudeln, Hefeküchlein mit Rhabarber, Reisbrei mit eingemachten Birnen, Kirschenmännle. Das war billig und nahrhaft, und es erinnerte mich an meine Kindheit, in der immer Montag und Mittwoch Mehlspeisentag war. Manchmal brachte ich etwas mit, was es in der Konsumgenossenschaft, wo sie wie die meisten Arbeiterinnen einkaufte, nicht gab, natürlich immer darauf bedacht, Luise nicht zu beschämen. Ein paar englische Fruchtgummis, eine Tafel Mandelschokolade, ein paar Bananen. Einmal schenkte ich ihr eine Maggi-Erbswurst, und wir kochten gemeinsam eine Suppe daraus. Teurere Geschenke durfte ich ihr nicht machen, sonst wurde sie fuchsteufelswild. Ich hätte mir gewünscht, dass sie mit dem Arbeiten aufhört. Die Vorstellung, dass sie bei Reingruber in der Packerei zehn Stunden am Tag Nadelbriefchen steckte, machte mich manchmal ganz wütend. Ich wollte nicht, dass die Frau, der ich in so viel Zuneigung verbunden war, sich in der Fabrik plagen musste. Als ich ihr vorsichtig anbot, ihr so viel Geld zu geben, wie sie zum Leben brauchte, weigerte sie sich rundheraus. »Ich lass mich nicht aushalten, Fritz«, sagte sie gekränkt. »Da wär ich ja nichts anderes als eine Hure.« – »Du weißt genau, dass es nicht so gemeint ist«, erwiderte ich. Sie strich mir liebevoll mit dem Handrücken über die Wange, wie es ihre Gewohnheit war. »Auch wir armen Leute haben unsere Würde«, sagte sie. »Manchmal ist das das Einzige, was uns bleibt. Lass mir das, sei so gut.«
Ja, was soll man machen? Das ist der Stolz der Frauen.

Fünftes Buch

Kapitel 1
1904

»Onkel Fritz, Onkel Fritz, erzähl noch mal, was der Prinzregent gesagt hat!« Eugen und Julius hüpften um den Ohrensessel herum, in den Fritz sich nach seiner Rückkehr aus München hatte sinken lassen. Er war zwar körperlich müde, aber Stolz und Freude hielten ihn hellwach. Jetzt seufzte er und rieb sich zufrieden die Hände.

»Also, hört zu: Ich gehe auf seine Majestät zu, ganz hinten sitzt er in seinem Empfangssalon ...«

»Hatte er eine Krone auf?«, fragte Eugen.

Fritz lachte. »Ein König trägt seine Krone nicht immer, nur zu besonderen Anlässen. Und im Bett hat er einen Schlafanzug an, so wie du! Nein, der Prinzregent trug gestern wie meistens seine geliebte blaue Uniform mit dem roten Kragen und den goldenen Epauletten. Und eine ganze Menge Orden, die man vor lauter Bart fast nicht sehen konnte. Und dann, stellt euch vor, als ich auf ihn zukam, da blieb er nicht sitzen wie bei den anderen Herren vor mir, sondern er erhob sich und trat einen Schritt auf mich zu. Und er reichte mir die Hand.«

»Das ist eine große Ehre, Papa«, sagte Käthchen mit leuchtenden Augen. »Ach, wären wir doch dabei gewesen, gell, Tilly?«

Tilly nickte. »Und was hat er zu dir gesagt, der Prinzregent?«

Fritz machte eine wirkungsvolle Pause. »Zuerst hat er mir die Urkunde überreicht. Und dann hat er gesagt: ›Herr Kommerzienrat Ribot, hiermit ernenne ich die Seifenfabrik Philipp Benjamin Ribot zu Schwabach zur Königlich Bayerischen Hofseifenfabrik. Meinen Glückwunsch!‹«

»Zeig sie her, die Urkunde!«, schrie Julius und hopste um Fritz' Sessel herum.

Fritz lachte. »Die hab ich grad droben deinem Vater gegeben. Er sollte sie als Erster sehen, schließlich hätte er dabei sein sollen.« Konrad lag im Bett; er hatte wegen einer akuten Gallenkolik nicht mitkommen können, worunter er mehr litt als unter den Schmerzen.

»Und was hat er noch gesagt?«, wollte Eugen wissen.

»Er hat gesagt …« Fritz setzte sich in Positur. »›Wos mir an Eanan Ihrer Soafm am besten gfallt, is der Spruch *Wasche Dich!* Dös kennan vui Leit brauchn.‹«

Alle lachten. Vor kurzem hatte die Berliner Compagnie Ray als Patenthalterin ein Reklamebudget von 100 000 Mark zur Verfügung gestellt, und daraufhin hatte Fritz in einem seiner genialen Momente eine Werbung für die Ray-Seife kreiert, die nun überall in Deutschland zu sehen war: Ein dunkelblaues Blechschild mit der Abbildung eines Hühnereis und der Aufschrift »Wasche Dich«, darunter der Markenname der Ray-Seife. Die Werbung war so erfolgreich, dass die Umsätze der Seife um acht Prozent gestiegen waren. Allein im Januar 1904 hatte man reichsweit 83 000 Stück verkauft.

Hilde und die kleine Gerda betraten leise den Salon und deckten den Kaffeetisch. Nach ihnen kam Gusti mit einer Überraschung: Feierlich stellte sie eine riesige Prinzregententorte auf den Tisch, auf der in Zuckergussschrift stand: Kgl. Hofseifenfabrik Ribot 1904. Und zur Krönung des Tages ließ sie das Kindermädchen mit der kleinen Lisbeth holen, die nun als erstes festes Essen nach dem Abstillen ein zerquetschtes Stückchen Torte bekam, das sie mit verzückt aufgerissenen Augen mümmelte.

Ein halbes Jahr später traf bedeutsamer Besuch in Schwabach ein. Kurz vorher hatte der jährliche Kongress des Bayerischen Seifensiederverbands wie üblich in Nürnberg stattgefunden, bei dem Fritz als Vorsitzender wiedergewählt worden war. Als Gast hatte sich der Toilettseifenfabrikant Friedrich Bacheberle aus Renchen im Schwarzwald dazugesellt, zusammen mit seinem Sohn August. Die beiden wollten sich Anregungen für die Gründung eines ähnlichen Verbands im Schwäbischen holen. Und sie baten Fritz, ihnen doch die neue Waschpulverproduktion zu demonstrieren, die die Firma Ribot kürzlich aufgenommen hatte.

Jetzt standen die zwei Herren im umgebauten Russler-Haus, das seit dem Sommer die Waschpulver-Abteilung beherbergte, und bewunderten die riesige Mischmaschine.

»Hier drin wird der fertige Seifenleim mit der benötigten Menge Soda vermischt und gerührt, bis die Masse so gut wie erkaltet ist«, erklärte Fritz.

»Macht ja einen Höllenlärm, mein lieber Ribot!«, rief der alte Bacheberle.

»Tun Sie kein Chlor dazu?«, fragte der Sohn.

Fritz schaltete die Maschine ab. »Chlor ist zu scharf und schädigt mit der Zeit die Wäsche. Ich erhöhe lieber die Sodazugabe, das erspart die Rasenbleiche, die für die Hausfrau so umständlich ist. Kommen Sie, lassen Sie uns nach oben schauen.«

Er führte seine Besucher zum Lastenaufzug.

»Ist so was nicht gefährlich?«, fragte Friedrich Bacheberle stirnrunzelnd.

Fritz lachte. »Fahren Sie mal nach Hamburg, da hat jedes Lagerhaus so einen Paternoster. Funktioniert problemlos. Trotzdem Vorsicht beim Einsteigen.«

Auf der Tenne sahen sie zu, wie Arbeiter das kalte Seifengemisch auf den Boden schütteten. »Beim Trocknen kristallisiert die Soda aus«, dozierte Fritz. »Die Masse wird dabei steinhart, so dass sie später mit Pickeln aufgeschlagen werden muss. Die Brocken kommen dann in einen Vorbrecher – sehen wir gleich – und werden anschließend in einer Mühle – dito – fein zermahlen.«

Die Herren aus Renchen waren schwer beeindruckt. Unten in der Packerei schenkte Fritz ihnen eine Kiloschachtel »Ribot's Seifenpulver mit Adler«. »Im Verkauf nur 15 Pfennig das halbe Pfund«, sagte er. »Reingewinn ca. 20 %.«

»Wo könnten wir so eine Mischmaschine kaufen, wie wir sie oben gesehen haben?«, fragte August Bacheberle.

»Maschinenfabrik Gebrüder Fey in Meisenheim an der Glan«, erwiderte Fritz. »Ich gebe Ihnen im Kontor die Adresse. Oder Lehmann in Dresden, aber die sind teurer. Möchten Sie noch gern das Labor sehen?«

Die Herren bejahten, und so gingen sie ins Siedereigebäude hinüber. Fritz wunderte sich, dass die Labortür offen stand und sah auch gleich den Grund dafür: Es war Käthchen, die sich an den Duftölregalen zu schaffen machte. »Ah«, rief er, »brauchst du wieder ein neues Parfüm?« Und zu den Bacheberles gewendet, sagte er: »Darf ich vorstellen? Mein Töchterlein, Katharina. Sie mischt sich ihr Eau de Toilette gern selber.«

Käthchen hielt den Besuchern damenhaft die Hand zum aufgehauchten Handkuss hin. Oho! Fritz bemerkte sofort den Blick des jungen Bacheberle. »Was mischen Sie denn da gerade, Fräulein Ribot?«, fragte dieser charmant.

Sie sah verlegen zu Boden. »Oh, nur ein bisschen Rose und Patchouli. Das ist mein derzeitiger Favorit.«

»Gute Wahl«, lobte der junge August. »Und was würden Sie für Herren vorschlagen?«

»Hm.« Sie überlegte. »Vielleicht Zeder und Tabak?«

»Käthchen, sei doch so gut und geh zu Frau Braun. Sag ihr, wir haben zwei Gäste für heut Abend. Sie bleiben doch zum Essen, nicht wahr, meine Herren?«

Die Bacheberles sagten erfreut zu.

Beim Abendessen entpuppte sich der junge August Bacheberle als blendender Unterhalter. Tilly und Käthchen lachten Tränen über seine Anekdoten aus dem Schwarzwald und seine schwäbischen Dialektparodien. Die Jungen begeisterte er mit Erzählungen aus seiner Militärzeit als Zahlmeister in Deutsch-Ostafrika, die er allerdings aus gesundheitlichen Gründen nach einem Jahr abbrechen hatte müssen. »Stellt euch vor«, lachte er. »Da zeigte mir eines Tages der Sultan Kigali seine elf Frauen, lauter rabenschwarze Negerweiber. ›Frauen krank‹, jammerte er, ›haben Schlangen in Bauch!‹ Ich überlegte, dann brachte ich ihm aus unserem Medizinschrank in der Station Moschi eine große Flasche Rizinusöl. Ein paar Tage später fragte ich ihn, wie es seinen Frauen denn ginge. ›Großes Wunder‹, sagte er. ›Schlangen mit viel Getöse aus Bäuchen entwichen!‹«

»Ich habe diesen Sommer im Schwarzwald gekurt«, erzählte Gusti. »In Wildbad!«

»Ah, sehr schön!«, rief der alte Bacheberle. »Graf-Eberhard-Bad! Überaus gesund, heilt fast alles.«

Konrad sah Gusti an und schmunzelte. Tatsächlich war Gusti nicht aus Krankheitsgründen, sondern nur zur allgemeinen Stärkung nach Wildbad gereist. Sie war wieder schwanger, und der Arzt hatte ihr dazu geraten, weil sie nun schon über vierzig war.

»Wann geht morgen Ihr Zug?«, fragte Gusti zum Abschied.

»Erst am Mittag; da haben wir den besten Anschluss.«

»Oh, dann könnten Sie ja noch mit uns den Einzug der Tabakbauern anschauen!«, rief Tilly. »Das ist immer ein großer Spaß! Da kommen Hunderte Pferdewagen hochbeladen mit Tabakblättern und fahren die Ernte durch die ganze Stadt zum Bahnhof. Es ist wie ein Volksfest!«

Man kam überein, sich um neun Uhr morgens vor dem »Bayerischen Hof« zu treffen.

»Wenn du mitkommst, Tilly, dann rede ich im ganzen Leben nie wieder ein Wort mit dir!« Käthchen hatte vor Aufregung ganz rote Flecken auf den Wangen

Sie waren wirklich zu zwei ungleichen Schwestern herangewachsen. Die neunzehnjährige Tilly war, wie ihre Mutter, eine blonde Schönheit. Ihr dichtes Haar war beinahe zu schwer zum Aufstecken, ihre Haut schimmerte makellos wie heller Marmor, und ihre Bewegungen hatten Anmut und Grazie. Käthchen hingegen war das, was man im Englischen »plain« nannte. Nicht hässlich, aber einfach nichtssagend. Eine wie sie wurde gern übersehen, nie holte sie einer als Erste zum Tanz. Sie war hochgewachsen und schlank, aber ihr Gang und ihre Gesten waren eckig und wirkten oft unbeholfen, sosehr sie bei den Schwestern Dubellier in Ansbach auch geübt hatte. Klug war Käthchen auch nicht, das wusste sie selber. Es machte ihr nicht so viel aus; sie war nicht ehrgeizig und fand, Frauen brauchten das nicht. Ja, Tilly, die konnte sich alles merken, die wusste so viel. Als im letzten Jahr in Bayern Frauen zum Studium zugelassen worden waren, hatte ihr Vater scherzhaft zu Tilly gesagt: »Na, wär das nichts für dich?« Käthchen hatte er nicht gefragt, aus gutem Grund.

Tilly sah ihre Schwester mit gerunzelter Stirn an. »Und wieso, bitte schön, soll ich nicht mitkommen? Wir gehen doch jedes Jahr zusammen.«

Käthchen suchte nach einer Ausrede, fand aber keine. Schließlich sagte sie es: »Weil der August Bacheberle sonst bloß mit dir redet. Ich hab doch gesehen, wie der dich gestern angeschaut hat!« August Bacheberle war im Labor so galant zu ihr gewesen, aber beim Abendessen hatte er sich fast nur noch mit Tilly unterhalten. Käthchen hatte sich wieder einmal gefühlt wie das sprichwörtliche hässliche Entlein.

Tilly ließ sich mit flatterndem Nachthemd auf die Recamiere fallen. »Also, sag, der gefällt dir?«

Käthchen wurde noch roter im Gesicht. »Ja«, gab sie zu. »Der ist so … lustig. Und charmant. Und er sieht gut aus.« Sie setzte sich neben ihre Schwester. »Ach, Tilly«, druckste sie, »ich wart schon so lang auf einen, der mich heiraten würde. Ich bin halt nicht so hübsch wie du. Bald bin ich eine alte Jungfer …«

Tilly umarmte sie stürmisch. »So ein Unsinn! Du bist die Hübscheste überhaupt! Und der Bacheberle würde schon zu dir passen, der hat Geld und eine Seifenfabrik, was will man mehr! Mir ist er eh zu weit weg, ich will nicht aus Schwabach fort. Und außerdem wüsst ich schon, wer mir gefallen könnte«, setzte sie gedankenverloren hinzu.

Es klopfte; das war Gerda mit dem Morgenkakao. Tilly sprang auf und schlüpfte wieder unter die Bettdecke. »So ein Mist«, jammerte sie und presste theatralisch die Hand gegen die Schläfe. »Ich glaube, ich hab grad wieder meine Migräne bekommen. Gerda, sag bitte den anderen, dass ich unpässlich bin!«

Als Gerda wieder draußen war, umarmte Käthchen die Schwester ganz fest. »Ich hab dich lieb!«, flüsterte sie ihr ins Ohr. »Drück mir die Daumen!«

Noch bevor der letzte Tabakwagen den Marktplatz überquert hatte, hatten sich Käthchen und August hoch und heilig versprochen, einander zu schreiben. Und an Weihnachten 1904 schickte August Bacheberle als Geschenk eine Emaillebrosche mit dem Motiv einer roten Rose. Käthchen schwebte auf Wolken.

Kapitel 2
1905

Ostern 1905 sagten sich die Bacheberles aus Renchen erneut zum Besuch an. Fritz war überrascht, hatte er doch seither nichts mehr aus dem Schwarzwald gehört. »Bin gespannt, was die wollen«, sagte er zu Konrad, nachdem er das Billett gelesen hatte.

»Ich glaub, ich weiß es«, grinste der. »Oder besser gesagt: die Gusti weiß es. Oder noch besser gesagt: dein Käthchen weiß es.«

»Sprich nicht in Hieroglyphen«, brummte Fritz. »Ich kann bloß Deutsch.«

»Ja, ist dir denn gar nicht aufgefallen, dass deine Älteste in letzter Zeit so fröhlich ist wie noch nie?«

»Äh, eigentlich nicht.« Fritz schüttelte ratlos den Kopf.

»Tja, der Gusti schon. Also hat sie mit dem Käthchen geredet, als Muttersatz sozusagen. Und jetzt pass auf: deine Tochter und der junge Bacheberle sind quasi heimlich verlobt!« Konrad zwinkerte Fritz verschmitzt zu.

»Ja, da soll doch ...« Fritz nahm den Zwicker von der Nase, legte den Brieföffner weg und kratzte sich am Kinn. »Das ist ja ...«

Konrad schlug mit der flachen Hand auf seine Schreibtischunterlage. »Ja, nun freu dich doch, Mensch! Das Käthchen gehört doch endlich unter die Haube. Wenn deine Sophie noch leben würde, die hätt das längst in die Hand genommen. Und ein junger Seifenfabrikant – besser geht's doch gar nicht.«

»Hm.« Fritz fühlte sich überrumpelt. Da wussten alle etwas Wichtiges, nur ihm hatte man nichts gesagt. Das wurmte ihn.

Er stand auf und ging zu Gusti in den Salon. »Musst dich nicht ärgern«, sagte die. »Mit Männern redet man über solche Sachen erst zum Schluss. Und mit Vätern sowieso.«

»Ja, meinst du denn – ist die Käthe denn nicht noch ein bisschen jung?«

Gusti sah ihren Schwager mitleidig an. »Das Käthchen wird heuer vierundzwanzig. Da haben andere schon drei Kinder.« Sie strich lächelnd über ihren gewölbten Leib; bald würde es so weit sein.

»Dann müsste sie ja nach Renchen ziehen ...«, sagte Fritz unglücklich. Er dachte an die vielen schönen Ausritte, die er und Käthchen in den letzten Jahren miteinander gemacht hatten. Und bei so vielen öffentlichen Anlässen hatte sie den leeren Platz an seiner Seite eingenommen.

»Natürlich«, erwiderte Gusti ungerührt. »Schau, deine Sophie ist deinetwegen sogar von Amerika nach Deutschland gegangen. Außerdem ist der Schwarzwald nicht aus der Welt.«

Fritz brummte etwas Unverständliches zur Antwort. Wenn Käthchen fortging ... Er mochte gar nicht daran denken, wie sehr er sie vermissen würde. Sie war doch sein Liebling. Er wollte sie nicht missen, sie so weit fortgehen lassen. Er öffnete das Fenster, schaute hinaus und schnaufte ein paarmal durch. Schließlich drehte er sich wieder um. »Hast ja recht«, sagte er. »Und wenn sie ihn will, diesen Bacheberle, soll sie ihn haben, in Herrgott's Namen.«

»Na, das mein ich aber auch, mein Lieber«, lächelte Gusti.

Drei Wochen später reisten die Bacheberles an. August machte Käthchen im Salon einen Antrag nach allen Regeln der Kunst, mit Kniefall, Rosenstrauß und Ring. Und der alte Bacheberle handelte mit Fritz ebenfalls nach allen Regeln der Kunst die Höhe der Mitgift aus: 40 000 Mark. Fritz hatte zähneknirschend zugesagt, am Ende war ihm das Glück seiner Tochter wichtiger gewesen als das Geld. Und weil die beiden jungen Leute es gar nicht erwarten konnten und August schließlich schlau argumentiert hatte, man könne doch die heimliche Verlobungszeit mitrechnen, wurde die Hochzeit auf den 1. Juni angesetzt.

Fritz kam mit gemischten Gefühlen aus Renchen zurück. Sein Käthchen war die allerglücklichste Braut auf der ganzen Welt gewesen – das hatte sie zumindest zu ihm gesagt. Er hatte sich mit ihr gefreut und in der Kirche sogar vor lauter Stolz und Liebe ein Tränlein zerdrückt. Sie war ihm strahlend um den Hals gefallen, als er ihr im Garten der Bacheberle'schen Villa sein Hochzeitsgeschenk übergeben hatte: Markus, einen vierjährigen Hannoveraner Fuchswallach. »Damit du nicht mit dem Reiten aufhören musst«, hatte er gesagt. Ja, in Zukunft würde er ohne sie ausreiten müssen; Tilly konnte mit Pferden nichts anfangen. Ach, die Kinder wurden groß und das Haus leer. Bald würde auch Tilly ihn verlassen. Käthchen fehlte ihm schon jetzt, und die weite Entfernung von ihr stimmte ihn traurig.

In seiner Melancholie machte er sich am Abend seiner Ankunft gleich auf zu Luise. Er fand sie auf den Bänkchen hinter dem Haus. Er war Freitag, und drüben auf der alten Kegelbahn, die an der Stadtmauer entlang verlief, war Hochbetrieb. Man hörte das dumpfe Rollen der Kugeln, das Fallen der Kegel und die »Alle Neune!«-Rufe der Männer. Sie stand auf, als sie ihn sah, und band ihre Schürze ab. »Bist ja schon zurück«, lächelte sie. »War's schön im Schwarzwald?«

Sie gingen nach drinnen, und er stellte eine in Geschenkpapier eingewickelte Schachtel auf den Tisch. »Hab dir was mitgebracht«, sagte er. »Mach's auf!«

Sorgfältig wickelte sie das Geschenkpapier ab, damit sie es wiederverwenden konnte. Dann öffnete sie die Schachtel. »Eine Kuckucksuhr!«, rief sie – und dann brach sie in Tränen aus.

Fritz stand völlig verdutzt daneben. Ja, du liebe Güte, was hatte er jetzt schon wieder falsch gemacht? »Was hast du denn?«, fragte er und streichelte ihren Arm. »Ist was mit deinem Peterle?«

Sie schüttelte den Kopf. »Der Vermieter hat uns gekündigt«, sagte sie und fuhr sich mit dem Ärmel über die Augen. »Wir müssen ausziehen.«

»Und warum? Habt ihr die Miete nicht bezahlt?«

»Ach wo. Der alte Müller will die große Wiese hinter unserem Haus bis zur Kegelbahn an die Wäscherei Bischoff verpachten, als Bleichwiese. Und die Wäscherei braucht unbedingt das Häuschen dazu.«

Fritz ärgerte sich. »Da muss man doch was machen können!«

»Der Vertrag ist schon unterschrieben«, sagte Luise. »Nächste Woche zieht die Bärbel aus, sie geht zurück nach Mühlhof. Die Ida heiratet, die anderen beiden kommen bei ihrer Verwandtschaft unter. Und ich muss mich halt umschauen.« Sie putzte sie sich die Nase. »Wird sich schon was finden«, meinte sie, aber ihre Augen füllten sich schon wieder mit Tränen.

»Ich helf dir«, tröstete Fritz. »Ich hör mich um. Musst keine Angst haben, dass du auf der Straße stehst.«

»Mehr als zwanzig Mark im Monat kann ich nicht zahlen«, sagte sie. »Zur Not geh ich halt als Schlafgängerin in eine Familie.«

So weit kommt's noch, dachte Fritz.

In den nächsten Tagen durchforstete Fritz das Tagblatt nach Vermietungen, aber es war nichts zu finden. Zwanzig Mark war nicht viel, dafür kam man höchstens in Untermiete. Luise und ihre Freundinnen hatten sich das Grabengartenhäuschen auch nur leisten können, weil sie es zu fünft geteilt hatten.

Schließlich kam der Zufall zu Hilfe. Das Gremium der Gemeindebevollmächtigten tagte, und hinterher saßen die Herren im Ratskeller beieinander. Bäckermeister Westphal, mit dem Fritz schon im Vorstand des Vorschussvereins beieinandergesessen war, erzählte mit finsterer Miene, dass sein Geselle ihn beim Mehleinkauf betrogen hatte. »Hochkant rausgeschmissen hab ich den Lumpen«, knurrte er. »Ich hab ihm gesagt, er hat drei Tage Zeit, seine Siebensachen zu packen. Jetzt kann er schauen, wo er bleibt, mit Frau und drei Kindern!«

»Wohnt der denn bei dir im Bäckerhaus?«, wollte Fritz wissen.

»Kein Platz«, erwiderte Westphal. »Aber mir gehört ja der alte Rosshirtenturm in der Nördlichen Ringstraße. Da sind drei Wohnungen drin.«

Fritz kannte den Turm. Bis vor wenigen Jahrzehnten hatten dort noch die städtischen Rosshirten und Wegemacher gelebt.

»Und eine davon wird frei?«

»Die oberste. Wo die lange Außentreppe an der Mauer entlang hinaufführt.«

»Und was kostet die Miete?«

»Willst du einziehen?«, grinste Westphal. »Ist aber kein Luxusquartier.«

Fritz nahm Westphal beiseite. »Horch zu, Hans. Ich hätte da jemanden, der dringend ein Dach über dem Kopf braucht. Eine Frau, anständig, ordentlich, zuverlässig. Arbeitet beim Reingruber in der Packerei.«

Hans Westphal musterte Fritz mit zusammengekniffenen Augen. »Also stimmt's doch!«

»Was stimmt?«

»Du hast ein Techtelmechtel.«

»Das ist kein Techtelmechtel!« Fritz war wütend. »Das ist … Also gut. Unter uns Freunden: Mir ist das ernst mit der Luise. Die ist mir lieb und wert. Aber du weißt doch, wie das ist. Eine Heirat ist undenkbar. Es gibt halt gesellschaftliche Grenzen, die man besser nicht überschreitet.«

Westphal nickte bedächtig. »Pass nur auf, Fritz. Die Leut reden schon. So was lässt sich auf Dauer nicht geheim halten.«

»Solang die Leut bloß hinter unserem Rücken reden, soll's mir recht sein. Ich will nur keinen öffentlichen Skandal. Und die Luise soll keinen Schaden nehmen.«

»Von mir erfährt keiner was«, sagte Westphal. »Ihr zwei seid erwachsene Leut. Du würdest also ihre Miete zahlen?«

Fritz verzog das Gesicht. »Na ja, so einfach ist das nicht. Die Luise hat ihren Stolz. Die will sich nicht von mir aushalten lassen. Wenn sie dir, sagen wir, achtzehn Mark im Monat zahlt, würd ich den Rest drauflegen. Unter uns halt.«

Westphal schlug Fritz auf die Schulter. »Das lass mal schön sein. Damals, als der Vorschussverein in die Binsen gegangen ist, hast du den Karren aus dem Dreck gezogen. Das hat mir mindestens Zehntausend gespart, wenn's langt. Ich hab dir damals gesagt, ich revanchier mich bei Gelegenheit. Also sag deiner Luise, sie kann nächste Woche einziehen. Kannst mich ja dafür ab und zu auf ein Bier und eine Kubanische einladen.«

Luise stieg hinter Fritz die lange Holztreppe hoch, die in das Obergeschoss des alten Turms führte. Er sperrte auf, und sie gingen durch einen winzigen Flur in einen Raum mit vielen kleinen Fensterluken, Fachwerkwänden und Holzbalkendecke. Darin standen ein Herd, ein uralter, wurmstichiger Eichenschrank, ein ziemlich ramponierter Tisch mit vier Stühlen und in der hinteren Ecke ein nigelnagelneues Doppelbett samt Nachtkästchen. Sie sah sich ungläubig um. »Fritz, was soll das?«, fragte sie ahnungsvoll.

»Das hier«, er breitete die Arme aus, »ist dein neues Heim! Gefällt's dir?«

Sie schüttelte den Kopf. »Das kostet mehr Miete, als ich im Monat verdiene«, sagte sie.

»Siebzehn Mark«, erwiderte Fritz. »Hab ich meinem Freund Westphal abgehandelt. Viel teurer könnte er die Wohnung sowieso nicht vermieten. Kein Gasanschluss, kein Strom, keine Heizung, nur ein Plumpsklo auf dem Gang.«

Luises Miene verfinsterte sich. »Fritz, du weißt, dass ich das nicht annehmen kann.«

»Jetzt setzt dich erst mal hin«, drängte er, schob sie zu einem der Stühle und drückte sie sanft darauf nieder. »Und dann hör mir zu. Erstens: Ich bezahl keine Mark für das hier. Der Westphal Hans war mir noch was schuldig. Zweitens: Ich hab mir erlaubt, ein ordentliches Bett hereinzustellen. Dein altes hat entsetzlich gequietscht.« Er grinste. Dann wurde er wieder ernst. »Und drittens habe ich einen Entschluss gefasst.« Er begann, vor Luise auf und ab zu marschieren, die Hände auf dem Rücken, wie er es manchmal beim Diktat machte. »Ich war gestern mit der Tilly bei ihrer Lieblingsschneiderin, der Marga Güttenberger am Königsplatz. Die Tilly braucht nämlich unbedingt ein neues Kleid für die Taufe vom kleinen Benjamin – du weißt ja, die Gusti hat vor vier Wochen entbunden. Ich begreif zwar nicht, warum man zur Taufe nicht dasselbe anziehen kann wie zur Hochzeit vom Käthchen, aber mir soll's recht sein. Jedenfalls hab ich beschlossen, dass ich nicht mehr dumm danebensteh und zuschaue, wie du dich jeden Tag beim Reingruber schindest. Du hast es verdient, dass sich dein Traum erfüllt, Luise. Und ich helf dir dabei. Ich hab mit der Güttenberger geredet, die hat schon für meine Mutter genäht. Sie ist schon bald sechzig und möchte eigentlich gern kürzertreten. Sie überlegt, ob sie ein Lehrmädchen einstellen soll. Da hab ich ihr gesagt, ich hab eins für sie. Nein, sag jetzt nichts, Luise, jetzt red ich! Ich zahl der Marga Güttenberger das Lehrgeld, so! Und du stellst dich morgen dort vor. Nein, du sagst jetzt immer noch nichts! Damit halt ich dich nicht aus. Ich ermögliche dir nur, auf eigenen Füßen zu stehen, und das tu ich gern. Es ist eine Sache auf zwei Jahre, vielleicht drei. Und dann bist du Schneiderin. Und ich hab eine glückliche Frau mit einem ordentlichen Beruf.« Er blieb stehen und ballte die Fäuste. »Ja, Himmelherrgott, Luise, ich kann dir keinen Heiratsantrag machen. Ich kann dich nicht als meine Ehefrau verwöhnen und umsorgen. Aber ich biet dir an, dass ich zu dir halte. Das hier ist es, was wir miteinander haben können. Und wenn du das jetzt nicht annimmst, dann … dann leg ich dich übers Knie!«

Sie öffnete den Mund und schloss ihn wieder. Ganz blass war sie geworden. Für einen Augenblick barg sie das Gesicht in den Händen, rieb sich die Augen. Dann stand sie auf und ging zu ihm, schlang die Arme um seinen Hals und küsste ihn lange. Fritz erwiderte den Kuss vorsichtig; er fragte sich, ob das jetzt wohl ein Abschiedskuss war.

Sie löste sich von ihm, tat einen tiefen Atemzug und nahm dann mit leuchtenden Augen seine Hände. »Die Kuckucksuhr hängen wir als Erstes auf«, sagte sie.

Kapitel 3
1905

»Ja, was ist denn bei euch los?« Hans stand in der »Silbernen Kanne« und wunderte sich über das Tohuwabohu im Gastraum. Leo balancierte auf einem Stuhl und spannte eine Schnur quer durch das Zimmer, andere Schnüre hingen schon. Trudel holte buntes Zeug aus einem großen Karton, während Clara auf einer Leiter stand und Luftschlangen über die Schnüre warf. »Wir dekorieren für den Kappenabend morgen!«, rief sie und kletterte herunter. »Kommt und helft uns.«

Die Zwillinge und Valentin stießen ein fröhliches Geheul aus und machten sich sofort mit ein paar roten Girlanden ans Werk. Anna kam vom Keller herauf und legte etliche zusammengefaltete Papierlampions auf die Theke. »Das ist schön, dass ihr vorbeischaut.« Sie stemmte die Hände in die Seiten. »Ich glaub, die Kinder schaffen das auch ohne uns. Magst du einen Kaffee?«

Hans nickte, und die drei Erwachsenen setzten sich in die Küche. »Wie geht's daheim?«, fragte Leo.

»Der Hermine geht's grad nicht so gut«, sagte Hans. »Ihr wisst ja, es ist ein Auf und Ab mit ihr.«

Seit Hans seine Frau aus der Kreisirrenanstalt heimgeholt hatte, bewegte sich ihr Gemütszustand auf einem schmalen Grat. Erst war es ihr bessergegangen, die Medikamente schlugen an. Es kam eine Zeit, in der sie fast überbordend fröhlich war, dann wieder blieb sie tagelang teilnahmslos im Bett. Dazwischen schien sie oft völlig normal. Hans wusste nie, wie es ihr gehen würde, wenn er mittags oder abends aus der Werkstatt kam; manchmal empfing sie ihn mit einem Lächeln und dem Essen auf dem Tisch, dann wieder entdeckte er sie auf einem umgedrehten Eimer im Holzschuppen sitzend, verstört und sterbenstraurig. Nichts konnte sie trösten, keine Umarmung ihr helfen, bis ihre Stimmung irgendwann wieder kippte und sie wie eine Aufziehpuppe ruhelos im Haus herumräumte, alles in Chaos versetzte und die Kinder ganz durcheinanderbrachte.

»Ich wollt fragen, ob ihr die Kinder am Wochenende nehmen könnt?«, sagte Hans müde. »Die Hermine braucht Ruhe.«

»Selbstverständlich.« Anna stellte Zucker und Büchsenmilch auf den Tisch. Die Rühl-Kinder blieben oft tagelang in der »Kanne«, wenn es daheim kritisch wurde. Oben war ja Platz, und Clara freute sich immer über Spielgefährten. »Kommt ihr zurecht mit der Frau Friedlein?«

Betty Friedlein war eine Witwe aus der Nachbarschaft, die ins Haus kam, wenn Hermine Betreuung brauchte. Sie war dankbar für den Zuverdienst und resolut genug, um auch mit schwierigen Situationen zurechtzukommen. »Die Frau Friedlein hat uns der Himmel geschickt«, erwiderte Hans. »Ohne sie wüsst ich gar nicht mehr, was ich machen soll. Ich muss doch den ganzen Tag arbeiten und kann nicht ständig drüben im Haus sein. Grad jetzt, wo ich die Werkstatt noch mal vergrößert hab und die Nachfrage so gut ist.«

»Sag einfach Bescheid, wenn Not am Mann ist.« Leo trank seinen Kaffee aus. »Und wenn du's schaffst, komm morgen zum Kappenabend. Wir haben einen Schifferklavierspieler, und die vom Radfahrverein Solidarität kommen alle als Matrosen verkleidet.«

»Können das Politisieren nicht einmal an Fasching lassen, was?«, grinste Hans. Die Flottenbaupolitik des Kaisers war ein stetiges Diskussionsthema bei den Treffen der Sozialdemokraten. »Und als was soll ich dann kommen?«

»Als Negerhäuptling aus den Kolonien, mit Schuhcreme im Gesicht!« Das war Christian, der gerade zur Hintertür hereinkam. »Ich hab beim Westphal fünfzig Faschingskrapfen bestellt«, vermeldete er.

Hans musste lachen. »Mal schauen«, sagte er, warf einen Blick auf die Wanduhr und stand auf. »Ich muss wieder zurück. Danke für den Kaffee – und die Kinder.«

Leo und Anna sahen sich bedrückt an, nachdem er gegangen war. »Armer Hans«, seufzte Anna. »Wenn man bloß helfen könnte.«

Auf dem Heimweg dachte Hans an Lisette. Ihre Stimme, ihre Hände, ihre Haut. Den Duft nach Maiglöckchen in ihrem Haar. Wie sie ihn berührt hatte. Er sehnte sich so nach ihr. Wie es wohl wäre, überlegte er, wenn nicht Hermine daheim auf ihn warten würde, sondern sie. Wie sie ihn begrüßen würde mit einem Kuss, einem Lächeln. Wie er sie dann in die Arme nehmen würde. Das Sehnen wurde fast unerträglich.

Schließlich stand er vor der Haustür. Er zwang sich, nicht mehr an Lisette zu denken, holte tief Luft und betrat das Haus.

Drinnen saß Hermine in der Küche und schrappte Karotten, genauso, wie er sie verlassen hatte. Mehr als drei Rüben hatte sie in der ganzen Zeit nicht geschafft. »Wo sind die Kinder?«, fragte sie.

»Die bleiben über Fasching bei Anna und Leo«, sagte Hans und versuchte, fröhlich zu klingen.

Sie ließ das Messer sinken. »Du traust mir nicht«, sagte sie. »Du hast Angst, dass ich den Kindern was tue. Meinen eigenen Kindern!«

Er schluckte. Um nicht antworten zu müssen, ging er in die Speis und holte sich ein Bier.

»Gib's doch zu.« Sie sah ihn an, und ihre Augen füllten sich mit Tränen. »Ich bin euch bloß eine Last. Ach Hans, wie soll das denn weitergehen?«

Er schenkte ihr ein Glas ein. »Du bist keine Last, Hermine. Und du wirst bald wieder gesund, ganz bestimmt.«

Sie ließ den Kopf hängen. »Die Tropfen helfen nicht. Das merk ich doch.«

»Dann lassen wir morgen den Doktor Faulhaber kommen. Es gibt bestimmt noch was anderes …«

Sie krallte ihre Finger in seine Hand. »Hans«, flüsterte sie, »Hans, ich hab Angst. Ich hab Angst, dass ich verrückt werd. Da ist was in meinem Kopf … lieber Gott, Hans, hilf mir.« Sie schluchzte, ein tiefes, wundes Schluchzen, das aus ihrem Bauch zu kommen schien. »Ich … kann … nicht … mehr.«

Er nahm sie in die Arme, wiegte sie hin und her. »Schschscht«, machte er. »Wir schaffen das. Das geht wieder vorbei. Morgen ist alles wieder besser.«

Sie stieß ihn mit einem Aufschluchzen zurück. Dann fegte sie mit einer schnellen Bewegung die Zeitung mit den Karottenabfällen vom Tisch. »Nichts wird besser«, schrie sie. »Nichts! Lass mich!« In einer wilden Aufwallung schlug sie ihre Stirn auf die Tischplatte, einmal, zweimal, bis Hans sie wieder gepackt hatte und festhielt. Sie wehrte sich verzweifelt, er brauchte all seine Kraft, sie zu halten. Dann gab sie auf und hing schluchzend in seinen Armen. »Steck mich nicht ins Irrenhaus«, bat sie verzweifelt, »bitte, du musst mir das versprechen. Ich will nicht ins Irrenhaus, bitte, Hans, tu mir das nicht an …«

»Niemand steckt dich ins Irrenhaus«, sagte er und versuchte, echte

Überzeugungskraft in seine Stimme zu legen. Dann hob er sie hoch und trug sie nach oben ins Schlafzimmer. Sie lag in seinen Armen wie eine willenlose Gliederpuppe. Leicht ist sie geworden, dachte er. Sie isst nicht genug. Ich muss aufpassen, dass sie mehr isst. Er spürte ihre Rippen unter der Bluse, und im selben Augenblick konnte er nicht anders, er dachte daran, wie er Lisette im Hotelzimmer zum Bett getragen hatte. Zornig auf sich selber schüttelte er den Kopf. Er durfte jetzt nicht an diese Nacht denken. Vorsichtig legte er Hermine hin und zog ihr die Schuhe aus. Wo waren die Tropfen? Doktor Faulhaber hatte gesagt, im Notfall dreißig, höchstens vierzig. Er holte Fläschchen und Löffel aus der Nachttischschublade und zählte fünfunddreißig ab. Sie schluckte die Medizin wie ein Kind. Jetzt würde sie schlafen. Wie jedes Mal.

Er ging nach unten, kehrte die Gelberübenraspel zusammen und warf sie in den Abfall. Dann setzte er sich an den Küchentisch und weinte.

Kapitel 4

Was Luise ihrem Peterle erzählt …

Du, da tät's dir gefallen! In einem ganz alten Turm, wie die Ritter früher! Und an der Wand hängt eine Uhr, die schaut aus wie ein Häuschen, und da sitzt ein Vögelchen drin. Jedes Mal, wenn eine Stunde um ist, kommt das Vögelchen heraus und macht »Kuckuck, Kuckuck!« Ach, wenn du's bloß sehen könntest! Und jetzt kommt das Schönste: Ich geh zu einer Schneiderin in die Lehre! Peterle, ich hab so viel Glück, manchmal kann ich's gar nicht glauben. Erst wollt ich's ja nicht annehmen, dass der Fritz mir hilft. Mir geht das immer noch nicht ein, dass er mich gernhat. Eigentlich hab ich doch meinen Stolz, und ich hab mir noch nie gern helfen lassen. Ich hab mir immer gesagt, ich brauch keinen, ich komm zurecht. Darum hab ich auch mit ihm ausgemacht, dass ich alles zurückzahl, wenn ich wieder Geld verdiene. Praktisch wie bei einem Darlehen. Na ja, wir sind schon so ein Pärchen.

Einfach ist das nicht, das kann ich dir sagen, Peterle. Ich weiß, dass die Leute reden. Wenn ich dazukomm, sind sie still oder tun so, als hätten sie sich über was ganz anderes unterhalten. Aber so was spricht sich in einer kleinen Stadt schnell rum, da lässt sich auf Dauer nichts geheim halten. Und die Leute können so garstig sein. Es tut mir schon weh, weißt, Peterle, wenn die mich für eine …, na ja, so eine halt halten. Ich weiß doch selber, dass sich das nicht gehört, unser Umgang miteinander. Es gibt halt Sachen, die macht man nicht. Zum Beispiel als Fabrikherr eine Arbeiterin heiraten. Das können die Leut nicht haben, weil sie es halt nicht verstehen. Mir selber geht's ja auch so. Der Fritz, der würd mich ja sogar heiraten, aber stell dir vor, ich wüsst ja gar nicht, wie man lebt mit so viel Geld. Das hab ich doch gar nicht verdient, bin doch eine einfache Frau. Ich soll dann vielleicht der Köchin sagen, was ich zum Abendessen will. Ich! Wo ich viel weniger bin als eine Köchin! Und ich sollt andere für mich putzen und waschen lassen! Und ich wüsst doch gar nicht, welches Messer man für den Fisch nimmt, und welches Glas zum Wein gehört! Die würden alle über mich lachen und damit auch über den Fritz! Die vornehme Gesellschaft, bei der er ein und aus geht, dahin könnt er mich gar nicht mitnehmen, da würd er sich mit mir blamieren. Und stell dir vor, ich geh mit dem Fritz über den Marktplatz! Da weichen doch die Gattin vom Seminardirektor und die Frau Pfarrer gleich in die nächste Gasse aus! Oder alle bleiben stehen und glotzen und rümpfen die Nase. Ja, Peterle, deine Mama ist keine Partie für einen Herrn. Und das erspar ich mir und dem Fritz lieber. Besser, die Leut reden hinter unserem Rücken, als dass wir uns heiraten und das Gespött von der ganzen Stadt werden.

Warum der Fritz das alles mitmacht, willst du jetzt wissen? Ich kann's dir auch nicht erklären. Letzthin hat er zu mir gesagt: Luise, du bist mir Freundin und Frau. Du hast mich gern, und es ist dir ganz egal, ob ich reich bin oder arm oder dick oder dünn oder schön oder hässlich. So einen Menschen hab ich noch nie gekannt. Und wenn's sein muss, dann sperr ich dich lebenslang hier im Turm ein, damit du mir nicht davonläufst. Ich reiß die Treppe weg, und dann musst du wie Rapunzel deinen Zopf herunterlassen, damit ich dich besuchen kann. Nein, nein, Peterle, musst jetzt keine Angst haben. Das war bloß so dahingesagt. Ich komm dich immer wieder besuchen, versprochen, hoch und heilig. Und irgendwann, da ist deine Mama dann eine richtige Schneiderin! Zwick mich, damit ich glaub, dass das kein Traum ist – nein, schau, ich zwick mich selber, au! Manchmal, da gleicht der liebe Gott vielleicht doch das ganze Unglück aus, das ein Mensch so aushalten muss. Und wenn ich dann Schneiderin bin, Peterle, vielleicht kann ich dich dann zu mir holen. Dann mach ich dir ein schönes Bett in einer Kammer hinter der Werkstatt, und wir sind jeden Tag beieinander. Stell dir vor, Peterle, wir zwei! Das wär wie im Paradies. Aber horch, bis dahin musst du ganz brav sein und immer schön der Schwester Veronika folgen. Und Geduld musst du noch ein bissle haben und dir das alles ganz feste wünschen. Weil manchmal, da gehen Wünsche tatsächlich in Erfüllung …

Kapitel 5
1906

Mindestens tausend Leute waren an diesem Ostermontag im April 1906 auf der Deutschherrenwiese zusammengekommen, um den »Club« gegen sein großes Fußballvorbild Britannia Berlin spielen zu sehen. Viktor und Fritz standen in der Nähe der Ersatzspielerbank und konnten den Triumph hautnah miterleben: Die Nürnberger gewannen überlegen mit 7:0. Mit Mittelstürmer Willi Müller und Ludwig »Phips« Philipp waren zwei neue Sterne am Fußballhimmel aufgestiegen.

Hinterher gingen Fritz und Viktor ins Varieté Wintergarten, wo sie einen Tisch reserviert hatten. Schon beim Eingang wurde Viktor begrüßt wie ein alter Bekannter, und als sie drinnen saßen, kamen immer wieder Freunde vorbei, die er Fritz jedes Mal vorstellte. »Bist ja bekannt wie ein bunter Hund hier«, stellte Fritz fest.

»Ist quasi mein Stammlokal«, sagte Viktor und wollte eine Flasche Wein bestellen. Fritz hielt ihn zurück und bestellte Champagner.

»Gibt's was zum Feiern?«, wollte Viktor wissen.

Fritz wartete mit geheimnisvoller Miene, bis der Schampus eingeschenkt war, dann hob er sein Glas. »Wir sind jetzt nicht nur königliche Hoflieferanten und exportieren nach ganz Europa. Soeben hat die Firma Ribot auch noch den chinesischen Markt erobert!«, tönte er mit stolzgeschwellter Brust. »Seit Donnerstag ist der Vertrag unter Dach und Fach. Wir beliefern einen Zwischenhändler in Tsingtau, und der wiederum Grossisten in Schanghai und Peking. Demnächst wird der Kaiser von China sich auch mit unseren Seifen waschen!«

»Alle Achtung!«, rief Viktor. »Der Seifenkönig von Schwabach beliefert den Kaiser von China! Hast du dir schon überlegt, wie du das hinbekommst, wenn demnächst Millionen Chinesen deine Seife haben wollen? Willst du ins Reedereigeschäft mit Dampfschiffen einsteigen? Ich kenne da einen Kaufmann in Hamburg …«

»Na, nur mal langsam. Jetzt wird erst einmal ein Vertriebsleiter eingestellt, ein schlauer Bursche namens Paschke, den hab ich den Lingner-Werken in Dresden abspenstig gemacht. Der kann drei Sprachen und kümmert sich ums Auslandsgeschäft. Und dann sehen wir weiter.« Sie prosteten sich zu, die Gläser klirrten. Drei junge Damen in modischen Kleidern, die am Nebentisch saßen, sahen kichernd herüber.

Na, so etwas gab es im kleinen Schwabach nicht, dachte Fritz bei sich. Kein solch vornehmes Etablissement für ausgelassene Feiern. Und erst recht nicht hätten junge Frauen dort abends alleine ausgehen können. Und auch noch Männern Blicke zuwerfen! Das wäre in höchstem Maße unanständig gewesen. Ei, Nürnberg war halt eine Metropole!

Als es auf Mitternacht ging, waren Fritz und Viktor beide nicht mehr nüchtern. »Die Weiber sind ja hinter dir her wie der Teufel hinter der armen Seele«, grinste Fritz. »Hast du gemerkt, wie die Mädchen vom Nebentisch dich angeschaut haben?«

Viktor strich sich den Schnurrbart glatt. »Bin halt ein hübsches Bürschchen«, witzelte er.

Fritz hob den Zeigefinger. »Lass dich bloß nicht zu früh von einer einfangen! Lieber erst ein bisschen von Blüte zu Blüte flattern.«

Viktor wurde plötzlich ernst. »Weißt du, ich hab's nicht eilig. Und leichtfertig bin ich auch nicht. Ich will mir bei einer Frau erst sicher sein, dass es die Richtige ist.« Dann grinste er wieder. »Und bis ich die finde, kann ich ja erst mal meine erste Million machen.«

»Oho! Na, das wird ja wohl nicht mehr lang dauern, bei deiner Nase fürs Geschäft. Neulich hat mir Gehring erzählt, du bist jetzt in den Baustoffhandel eingestiegen?«

»Och, nur ein bisschen. In Nürnberg wird so viel gebaut, da lohnt sich's wenn man in Sand und Stein, Holz und Stahl investiert. Praktisch kein Risiko.«

»Junge, du bist ein echter Ribot! Immer voran!« Fritz stieß mit Viktor an und verschüttete dabei im Überschwang ein halbes Glas.

»Nasdrowje!«, lachte Viktor. »Wie ist es übrigens mit dir in Sachen Frauen? Du könntest längst wieder verheiratet sein!«

Fritz legte seinen Arm um Viktor und zog ihn ein Stückchen zu sich heran. »Soll ich dir was verraten?«, zwinkerte er vertrauensselig. »Ich hab da schon eine. Die Beste. Ein Prachtweib.« Dann wurde er ernst. »Ist nichts Offizielles. Aber wir haben uns ganz gut eingerichtet, die Luise und ich.«

»Bring sie doch mal mit«, schlug Viktor vor. »Ich bin ja auch nichts Offizielles – da passen wir doch ganz gut zusammen.«

Fritz trank sein Glas aus und stieß Viktor in die Seite. »Du würdest sie mögen. Ganz bestimmt.« Dann bekam er einen Schluckauf. »Sie kocht – hicks – übrigens eine hervorragende Erbswurstsuppe.«

Die nächsten Monate vergingen damit, dass Fritz eine eigene Seife für den chinesischen Markt kreierte, die in schreiend buntes Einwickelpapier verpackt wurde. Die Firma nahm an der »Bayerischen Jubiläums-Landesausstellung« in Nürnberg teil und präsentierte sich dort mit einem glanzvoll aufgeputzten Pavillon und einer Produktschau. Fritz brachte eigens zu diesem Anlass eine blauweiß marmorierte Toilettseife auf den Markt, in die »100 Jahre Königreich Bayern« eingestanzt war. Prinz Luitpold bekam die erste dieser »Jubiläums-Seifen« überreicht und verkündete dabei leutselig einer staunenden Öffentlichkeit, dass er selber gerne mit Ray-Seife badete. Am Ende wurde der Firma die »Preismedaille mit dem Grade der goldenen Medaille« zuerkannt. Fritz schwebte wie ein Vogel auf den Schwingen des Erfolgs.

Dann kam der Oktober 1906.

Lieber Schwiegerpapa!
Lass mich zunächst berichten, dass unser beider Käthchen wohlauf und glücklich ist. Auch die kleine Charlotte gedeiht prächtig, Du solltest sehen, wie niedlich sie ist. Die hübsche Spieluhr, die Du geschickt hast, steht auf ihrem Nachtschränkchen, und sie liebt die Melodie. Wir haben ihr ein Kinderzimmer nach Süden hin eingerichtet, mit Balkon zum Garten hinaus.

Gratulation (auch von Papa) zum großen Erfolg bei der Landesausstellung und dem China-Geschäft. Es muss ein wunderbares Gefühl sein, wenn alles so kommt, wie man es sich gewünscht hat, und man kann sorgenfrei sein.

Hier in Renchen stehen die Dinge unglücklicherweise nicht zum Besten. Lieber Schwiegerpapa, ich muss ich Dir leider berichten, dass die Firma Bacheberle ganz unvermutet in Schwierigkeiten geraten ist. Dies ganz unverschuldet von unserer Seite; ein großer Auftrag ist geplatzt, die Bank fordert den letzten Kredit ein, und zur selben Zeit mussten wir (wie Du ja weißt) große Investitionen tätigen, weil die Maschinen ganz und gar veraltet waren. Du kennst das ja – wenn man nicht die fortschrittlichste Ausrüstung in der Produktion hat, dann überholt einen die Konkurrenz. Kurz und gut, diese finanzielle Schräglage ist nur eine vorübergehende, dennoch braucht die Firma dringend Geld, um in den nächsten Monaten über die Runden zu kommen. Ich hoffe, Du bist mir nicht böse, wenn ich mich in dieser schwierigen Zeit an Dich als Mitglied der Familie wende. Könntest Du derzeit eine Summe von 30tausend entbehren? Das würde das Überleben der Fabrik sichern, und eine Rückzahlung würde selbstverständlich sofort erfolgen, sobald wir wieder auf festem Boden stehen. Ich und Käthchen und die ganze Familie wüssten Deine Hilfe wirklich zu schätzen. Sie lässt Dich übrigens schön grüßen. Bitte gib recht bald Bescheid, die Zeit drängt.
Es umarmt Dich Dein Schwiegersohn
August

Fritz ließ den Brief sinken. Das durfte doch nicht wahr sein! Er hatte doch noch vor der Hochzeit im letzten Jahr die Bilanzen der Toilettseifenfabrik Zir. Bacheberle eingesehen. Man stand gut da in Renchen, alles war solide aufgebaut. Ein pumperlgesundes Familienunternehmen – in Friedrich Bacheberles eigenen Worten – war das doch gewesen! Und nun? So schnell in so großen Schwierigkeiten? Obwohl August doch, das war ja klar gewesen, Käthchens gesamte Mitgift in den Maschinenpark der Firma gesteckt hatte? Fritz wurde richtig wütend. Ich bin dem Kerl sein Schwiegervater und nicht seine Melkkuh, knurrte er vor sich hin. Kommt überhaupt nicht in Frage!

Er schraubte seinen Füllfederhalter auf und schrieb:

Mein lieber Schwiegersohn!
Dass die Firma Bacheberle in vorübergehenden Schwierigkeiten steckt, höre ich mit Bedauern. Allerdings bin ich derzeit nicht in der Lage, die geforderte Summe aufzubringen. Ich muss schon sagen, es wundert mich sehr, dass Du mit diesem Ansuchen an mich herantrittst, wo doch schon die Mitgift, die ich Käthchen zugestanden habe, ganz außergewöhnlich hoch gewesen ist. Wenn Du guten Rat brauchst, bin ich jederzeit gerne bereit, Dir mit meiner Erfahrung zur Seite zu stehen. Dazu müsstest Du mir aber genauen Einblick in die Geschäftslage geben, am besten anhand sämtlicher Unterlagen. Überhaupt wäre es ja geradezu sträflich von mir, Geld in die Hand zu nehmen ganz ohne genaue Kenntnisse der Gründe für die Schieflage. Wenn Du es einrichten kannst, komm mit allen nötigen Dokumenten nach Schwabach, dann finden wir sicherlich einen Weg aus der Misere.
Grüß mir mein Käthchen und die kleine Lotti.
Dein besorgter Schwiegervater
Fritz

In der folgenden Woche war die Antwort da:

Lieber Schwiegerpapa!
Dass Du mir nicht mit dem nötigen Betrag vorübergehend helfen willst, ist ein schwerer Schlag. Ich gebe zu, ich habe in meinem letzten Schreiben nicht die ganze Wahrheit gesagt. Die Lage der Firma ist prekär. Wir haben Verbindlichkeiten in Höhe von 70tausend. Wenn wir nicht mindestens die Hälfte davon bis November aufbringen, kündigt uns die Bank das Vertrauen. Ich habe bereits alles versucht; aber ich will doch vor allem wegen Käthchen und der Kleinen vermeiden, die Villa verkaufen zu müssen. Ich appelliere an Dich, auch im Namen Deiner Tochter, uns nicht im Stich zu lassen. Sonst wird

die einst so stolze Firma Bacheberle in Konkurs gehen, und wir alle blicken einer ungewissen Zukunft entgegen.
Dein hoffnungsvoller Schwiegersohn
August

Fritz schickte postwendend ein Telegramm: *Dringend persönliche Unterredung notwendig. Komm unverzüglich. Dein Schwiegervater.*

August telegraphierte zurück: *Nicht abkömmlich. Anweisung von wenigstens 20000 zur Rettung unverzichtbar. Zähle auf Dich. Lage verzweifelt. Dein Schwiegersohn.*

Kapitel 6
1906

»Herr Direktor, kommen Sie schnell!« Hilde stand ganz aufgeregt an der Tür zum Laboratorium.

Unwillig stellte Fritz eine Phiole zurück in die Halterung. »Muss das jetzt sein?«

»Bitte!«

Er zog den Laborkittel aus und folgte Hilde ins Privathaus. Gusti kam ihm schon entgegen. »Du darfst jetzt nicht böse sein, Fritz«, sagte sie. Er schob sie beiseite.

Im Salon stand Käthchen, die kleine Lotti im Arm, neben ihr ein Koffer. Sie war völlig aufgelöst, ein Bild des Jammers.

»Papa«, schluchzte sie, »ach, Papa!«

Gusti nahm ihr das Kind ab, und dann lag sie weinend in Fritz' Armen. »Na, na, Kindchen«, sagte er, »ist ja schon gut. Setz dich erst mal.«

Sie ließ sich auf dem Kanapee beim Fenster nieder, und er setzte sich neben sie. »Erzähl mir, was los ist. Hast du dich mit August gestritten?«

Es dauerte eine Zeit, bis Käthchen sich so weit gefasst hatte, dass sie reden konnte. »Alles ist aus«, jammerte sie. »Die Firma muss in den Zwangsvergleich. Unser ganzes Geld ist futsch. Weg. Wir haben keinen Pfennig mehr. O Gott, Papa, du musst uns helfen.«

»Weiß August, dass du hier bist? Hat er dich geschickt?«

Sie schüttelte den Kopf. »Ich hab's nicht mehr ausgehalten. Er ... er hat mich ... Paps, ich glaub, ich hab einen schrecklichen Fehler gemacht. Ich ...« Der Rest ging wieder in Schluchzen unter.

Fritz wartete geduldig, bis sie sich wieder beruhigt hatte. Er gab ihr sein Taschentuch, und sie putzte sich die Nase. »Papa«, sagte sie dann, »ich wollt ja erst nicht, aber der August hat dauernd auf mich eingeredet, dass jetzt alles von mir abhängt, und dass ich ihm das nicht antun kann, und ich hätt doch geschworen, in guten wie in schlechten Zeiten. Und dass es die einzige Möglichkeit ist, und dass wir sonst mit der Lotti wie arme Schlucker leben müssten. Da hab ich ...« Sie schlug die Hände vors Gesicht.

»Was hast du?«, hakte Fritz nach.

Sie sah ihn an mit ihren rotgeweinten Augen. »Ich hab eine Bürgschaft unterzeichnet. Über dreißigtausend Mark. Mit Haftung.«

»Um Himmels willen!«

»Bitte, bitte, Papa, schimpf nicht. Ich hab mich einfach nicht wehren können. Der August ... die ganze Zeit über hat er mir Vorwürfe gemacht. Dass ich schlecht wirtschafte und zu viel Geld für den Haushalt brauche. Er hat gesagt, ich sei schuld, dass es hinten und vorne nicht reicht. Ich bin zu anspruchsvoll, lebe zu teuer, kauf zu viele Kleider. Dabei bin ich wirklich sparsam, Papa, bloß den Markus, den wollt ich halt nicht hergeben. Und für das Lottchen haben wir doch ein Kinderzimmer gebraucht ...«

Fritz sprang auf. »Dieser Schuft! Dich unter Druck zu setzen! Erst versucht er's bei mir, und dann ... Eine Gemeinheit ist das! Ich fahr sofort nach Renchen!«

»Papa, tu ihm nichts«, heulte Käthchen auf. »Er hat sich ja Mühe gegeben. Wirklich. Ach, ich weiß auch nicht ...«

»Konrad! Gusti!«, brüllte Fritz. Und zu Käthchen sagte er: »Du bleibst jetzt erst einmal hier. Ruh dich aus, kümmere dich um dein Kind. Ich regle alles.«

Gusti erschien, und Fritz stürmte aus dem Salon. Draußen auf dem Flur stieß er beinahe mit Konrad zusammen. »Ich bin ein paar Tage weg«, sagte er. »Du musst die Verhandlungen mit Rotterdam allein übernehmen. In Renchen ist der Teufel los.«

Keine halbe Stunde später saß Fritz in der Kutsche zum Bahnhof.

Kapitel 7
1906

Renchen war ein Fiasko. Fritz sah sich einem bleichen, fahrig wirkenden Schwiegersohn gegenüber, der ihm Unterlagen präsentierte, die die ganze Hoffnungslosigkeit der Lage deutlich machten. Es enthüllte sich die Geschichte einer Firma, die schon seit Jahren nah am Bankrott wirtschaftete – die Bücher, die man Fritz vor der Hochzeit gezeigt hatte, hatten August und sein Vater allesamt geschönt, die Zahlen gefälscht. Das gab August kläglich und kleinlaut zu, nachdem Fritz ihn in seinem unbändigen Zorn am Kragen gepackt und geschüttelt hatte. »Du und dein sauberer Herr Vater, ihr habt uns betrogen!«, hatte Fritz gebrüllt. »Lügengesindel seid ihr! Und du Windhund hast dich in böser Absicht an meine Tochter herangemacht und ihr das Blaue vom Himmel erzählt. Eine Geldheirat hast du gebraucht! Und ich sollte euer Dukatenesel sein! Ich zeig dich an, du Lump! Ich will die Mitgift zurück, und die Bürgschaft, die du erschlichen hast, ist außerdem null und nichtig! Mit euch werd ich schon fertig!«

August hatte am Ende alles zugegeben, nur nicht das mit der Geldheirat. Er schwor Stein und Bein, dass Käthchen seine große Liebe sei. Ja, wer's glaubt, dachte Fritz.

Er übernachtete im Hotel; am nächsten Tag marschierte er in die Fabrik und befragte den Prokuristen. Und der erzählte ihm die ganze Wahrheit. Nicht nur, dass die Firma Bacheberle im Prinzip schon vor zwei Jahren pleite war, sondern auch, dass man genau zu dieser Zeit, ungeachtet der schlimmen Lage, noch die Villa hatte bauen müssen. Der alte Bacheberle war keinem Rat zugänglich gewesen, und der junge, ja, der hatte noch zu der Misere beigetragen, indem er in Baden-Baden regelmäßig den großen Max gespielt und sein Geld auf der Rennbahn verprasst hatte. Am Ende hatte der Prokurist Fritz hinüber in die Fabrik geführt – und da war nur noch eine halbleere Halle. Die Firma Fey in Meysenheim an der Glan hatte die neugelieferten Maschinen wieder abgeholt, nachdem die Rechnung nie bezahlt worden war.

Der Gipfel des Besuches in Renchen war dann noch, dass der alte Bacheberle sich verleugnen ließ und vor Fritz durch den Hinterausgang flüchtete.

Fritz fuhr wutentbrannt mit der Eisenbahn wieder heim, nicht ohne seinem Schwiegersohn eine Klage angedroht zu haben. Vierzigtausend Mark Mitgift diesen ehrlosen Lumpen in den Rachen geworfen – allein der Gedanke daran bereitete ihm schon Magenschmerzen. So eine Katastrophe! Natürlich würde Käthchen sich scheiden lassen müssen, das war schlimm, aber nicht zu vermeiden. Und wegen der Bürgschaft, zu der August das arme unschuldige Ding genötigt hatte, müsste man juristischen Einspruch erheben. Das ließ sich schon irgendwie richten. Nur das arme Käthchen tat Fritz leid. Sie sollte doch glücklich sein in ihrem Leben!

Zuhause wartete seine Tochter schon händeringend auf ihn. »Und?«, fragte sie, »hast du gute Nachrichten?«

Er schüttelte den Kopf. »Da ist nichts mehr zu machen, Kind. Die Firma kann keiner mehr retten. Die war vorher schon marod – die Bacheberles haben uns alle geleimt. Die wollten nur an unser Geld.« Er zog Käthchen an sich und streichelte ihren Rücken. »Du musst jetzt tapfer sein. Wir machen morgen einen Termin mit Doktor Milius, er soll die Scheidungspapiere aufsetzen.«

Fritz spürte, wie sich seine Tochter versteifte. »Nein«, schrie sie gequält auf. »Nein, nur das nicht! Das will ich nicht!«

»Ja, aber, Kindchen. Du willst doch nicht bei diesem Menschen bleiben?«

»Papa, er ist doch der Vater von Lottchen! Und … eine Scheidung, das wär doch die größte Schande! Das überleb ich nicht! Ich würd mich nie mehr aus dem Haus trauen. Und das Lottchen müsste ohne Vater aufwachsen, das arme Wurm.« Sie brach in Tränen aus.

Fritz bugsierte sie aus dem Flur ins Kontor, wo sie auf einen Besucherstuhl sank. Er zog seinen Reisemantel aus und hängte ihn an den Garderobenständer. Dann ging er vor seiner Tochter in die Knie und nahm ihre Hände. »Weißt du, Käthchen, mit dem Glück ist das wie mit der Seife. Immer wenn man es festhalten will, glitscht es einem durch die Finger.«

Sie schluchzte nur noch verzweifelter. Ach Gott, hatte er wieder das Falsche gesagt! Er suchte nach Worten. »Kind, ich will doch nicht, dass du unglücklich wirst. Aber eine Scheidung ist wirklich das Beste für alle. Schau, du kommst einfach wieder heim. Und wenn dich einer auch bloß schräg anschaut, dann krieg er's mit mir zu tun.«

»Nein«, schluchzte sie, »Papa, nein. Tu mir das nicht an. Eine Scheidung überleb ich nicht. Und der August ist gar kein so schlechter Mensch, er war halt nur verzweifelt.«

Sie liebt ihn noch, diesen Hallodri, dachte Fritz. Ach Gott, sie tat ihm so leid. »Ja, willst du denn zu ihm zurück?«, fragte er. »Nach allem, was vorgefallen ist?«

Sie nickte. »Ach, Papa, hilf uns doch. Du bist der Einzige, der uns helfen kann. Ich weiß, dann wird alles wieder gut. Ganz bestimmt. Bitte.«

Er strich ihr über die blonden Locken. »Es ist zu spät, Kind. Jeder Pfennig, den wir denen geben, ist rausgeschmissenes Geld. Die kommen nie wieder auf die Füße.«

Sie heulte auf wie ein getretenes Tier. »Bevor ich mich scheiden lasse«, stieß sie hervor, »bring ich mich um!«

Kapitel 8

Aus den Lebenserinnerungen von Fritz Ribot, begonnen 1921

Wenn es nach mir gegangen wäre, hätten die Bacheberles vor die Hunde gehen können. Aber ich konnte es Käthchen nicht antun. Sie war zu Tode verzweifelt, weinte nur noch, aß nichts mehr. Schließlich gab ich nach. Auch Luise hatte mir dazu geraten. »Wenn es der Wille deiner Tochter ist, zu ihrem Mann zurückzukehren, dann musst du zumindest zusehen, dass das Schlimmste verhindert wird«, sagte sie. »Hilf ihr, in Gottes Namen. Tu's für sie und dein Enkelkind.«

Also reiste ich ein zweites Mal nach Renchen. Als ich dort ankam, empfing August mich ganz in Schwarz – sein Vater war einen Tag vorher an einem Herzschlag gestorben. Ich kann nicht sagen, dass mir der Mensch leidtat. Wir brachten ihn anständig unter die Erde, so viel Geld war wenigstens noch da. Danach machte ich mich mit meinem Schwiegersohn an die Aufräumarbeiten; es war ein Elend. Ein Zwangsvergleich war nicht mehr abzuwenden. Um wenigstens die in diesem Vergleich verabredeten Summen an die Gläubiger zu zahlen, musste die Fabrik samt Inventar versteigert werden. Für die Villa fanden wir schnell einen Käufer, das Interieur kam ebenfalls zur Versteigerung. Augusts Schwager erklärte sich bereit, sein ganzes Privatvermögen zuzuschießen. Aber selbst damit war es nicht getan. Ich übernahm die Bürgschaft, die Käthchen unterzeichnet hatte, und legte noch zehntausend drauf. Damit stand August am Ende wenigstens schuldenfrei da.

Käthchens dankbaren Blick werde ich nie vergessen, als ich ihr sagte, es sei alles bereinigt. »Du kannst immer noch hierbleiben«, erklärte ich ihr. »Es wird kein leichtes Leben sein, das dich in Zukunft bei deinem Mann erwartet. Überleg dir gut, was du tun willst.«

Aber nichts auf der Welt hätte sie dazu gebracht, auch nur eine Trennung zu akzeptieren. Sie hätte in Schwabach bleiben und sorgenfrei ihr Kind aufziehen können, aber sie ertrug den Gedanken

nicht, in den Augen der Gesellschaft auf immer entehrt und gedemütigt zu sein. Lieber wollte sie ein einfaches Leben führen, mit dem Mann, dem sie ein Versprechen gegeben hatte. Gutes Käthchen. Dieser Mensch verdiente sie nicht. Um ihr wenigstens eine kleine Freude zu machen, kaufte ich den braven Markus von einem der Gläubiger zurück und ließ ihn nach Schwabach bringen.
Schließlich fand August eine Stellung bei einer großen Firma in Nordhausen. Im März 1907 zog Käthchen mit der kleinen Charlotte zu ihm in eine einfache Dreizimmerwohnung ohne Bad. Es brach mir das Herz, aber es war ihre Entscheidung.

Wegen der hohen Summe, die ich in die Regelung des Bacheberle'schen Konkurses investieren musste, blieb mir nichts anderes übrig, als die Pläne für die eigene Firma um mindestens ein Jahr zurückzustellen. Eigentlich hatte ich schon mit Konrad beschlossen, in den Fabrikhof ein größeres Dampfmaschinenhaus und ein weiteres Kesselhaus bauen zu lassen. Das verschoben wir jetzt. Die Affäre Bacheberle hatte uns insgesamt 80000 Mark gekostet.
Und zu allem Überfluss brachte die Firma Henkel in Düsseldorf auch noch ein Waschpulver auf der Basis von Wasserglas heraus. Es wurde damit beworben, »selbsttätig« zu waschen, man musste die Wäsche also nicht mehr reiben. Wir bekamen das sehr schnell zu spüren; der Absatz von Ribotin und »Adler«-Seifenpulver brach ein. Der Konkurrenzkampf in der Seifenindustrie nahm immer mehr Fahrt auf.

Kapitel 9
1907

»Ein Prosit auf die beste Schneiderin, die Schwabach je gehabt hat!« Fritz hatte den edelsten Rotwein in die Turmstube mitgebracht, den er bei der Spirituosenhandlung Loedel hatte finden können. Es war aber auch ein denkwürdiger Tag. Luise hatte nach knapp zweieinhalb Jahren ihre Lehre bei Marga Güttenberger abgeschlossen.

Stolz und glücklich stieß sie mit Fritz an. Ihr Traum hatte sich erfüllt, und mehr als das: ihre alternde Lehrmeisterin hatte ihr das Angebot gemacht, in anderthalb Jahren das Geschäft zu übernehmen. Sie sei zu alt, um noch lange weiterzumachen, hatte sie gesagt, und wolle ihre Schneiderei einer Nachfolgerin übergeben, für die sie sich nicht schämen müsste.

»Meinst du, ich kann mich das trauen?«, fragte Luise. »Ich hab noch nie selbständig ein Geschäft geführt. Wer weiß, was man da alles falsch machen kann.«

Fritz lächelte. »Du hast doch einen erfahrenen Berater an deiner Seite. Und die Marga Güttenberger bringt dir schon noch bei, was abseits von der Näherei zu tun ist. Trau dich ruhig!«

»Wie war das bei dir, als du angefangen hast?« Sie tat Fritz vom Falschen Hasen auf, zur Feier des Tages hatte sie beim Metzger schönes gemischtes Hackfleisch gekauft. Dazu gab es Röstkartoffeln und Schwarzwurzelgemüse.

Fritz schürzte die Lippen. »Bei mir war das ja selbstverständlich, dass ich einmal die Firma führen würde. Da gab's gar nichts zu überlegen.«

»Hattest du denn gar keine Angst? Keine Bedenken?«

Er kaute genüsslich auf einem Bissen Hackbraten. »Nun ja, ich war mir meiner Verantwortung schon bewusst. Aber ich hab nie daran gezweifelt, dass alles gutgehen würde.«

Er lehnte sich einen Augenblick zurück und ließ die Gedanken schweifen. Seit er vor einem Monat auch noch für die Liberaldemokraten in den bayerischen Landtag gewählt worden war – mit einem triumphalen Ergebnis von 1245 Stimmen gegen die 472 des SPDlers Michael Hierl –, konnte er wohl mit Fug und Recht behaupten, auf dem Höhepunkt seiner Karriere, ja, seines ganzen Lebens zu stehen. »Hm«, sagte er nachdenklich, »wenn ich so zurückblicke, ist wirklich alles gutgegangen. Ich hab den Aufstieg geschafft vom Seifensiederlehrling zum Kommerzienrat und Abgeordneten, vom Handwerker zum Fabrikdirektor; meine Firma hat sich von einem winzigen Betrieb zu einer der größten Seifensiedereien Deutschlands entwickelt. Ich hab dem Prinzregenten die Hand schütteln dürfen.«

»Jetzt fühl ich mich schon wieder ganz klein neben dir«, klagte Luise.

Er legte seine Hand auf ihre. »So ein Unsinn. Du bist das Beste, was mir je geschehen ist, mein Mädle. Du hast mich wieder glücklich gemacht. Bevor du gekommen bist, war ich ja schon so weit, dass ich mich öfter mit meinem Hund unterhalten hab als mit Leuten.« Er hielt inne und dachte an Bonnie, der vor einem Jahr an Altersschwäche gestorben war. »Weißt du, dem lieben Gott ist es egal, ob ein Mensch Geld und Ruhm angehäuft hat. Der sieht das Innere, das Herz. Und dein Herz, das ist mindestens so groß wie … wie ein Seifensiedekessel mit zehntausend Liter Fassungsvermögen!«

Sie musste lachen. Eigentlich hatte sie längst nicht mehr das Gefühl, sie seien kein gleichwertiges Paar. Sie spürte, wie viel sie ihm bedeutete. Er redete über alles mit ihr, gestand ihr seine Sorgen, fragte sie um Rat. Sie war sein Hafen. Bei ihr in ihrer »Puppenstube«, wie sie die Turmwohnung nannten, fand er Ruhe. Dort war ihrer beider kleines Idyll, sein Fluchtpunkt. Irgendwann hatte er zufrieden seufzend zu ihr gesagt: »Manchmal kann man in einfachen Verhältnissen glücklicher sein als in Reichtum und Überfluss.«

Daraufhin hatte sie ihn nur angeschaut und trocken erwidert: »Ja, aber deinen Bohnenkaffee bringst du schon jedes Mal mit.«

Als Fritz am nächsten Morgen beim Frühstückstisch saß, waren Konrad und Gusti seltsam einsilbig. Nur Tilly und die Kinder schienen wie immer; es gab die üblichen Rangeleien zwischen den großen Jungs, die vierjährige Lisbeth heulte, weil sie den Honig nicht vom Löffel schlecken durfte, und der kleine Ben fiel wie immer aus Sympathie mit ein. Schließlich stand Konrad auf und nickte Fritz zu: »Wir müssen reden.«

Sie gingen hinüber in den Salon; Hilde hatte gerade gelüftet, und

Konrad schloss die Fenster. Dann drehte er sich um und fragte geradeheraus: »Stimmt das, dass du eine heimliche Liebschaft hast? Mit einer …?«

»Mit einer was?«, fragte Fritz scharf zurück. Dann seufzte er und ließ sich auf einem der Stühle nieder. »Setz dich«, sagte er. »Ich erzähl's dir.«

Als er geendet hatte, herrschte erst einmal Schweigen. Draußen auf dem Flur hörten sie die Kinder lachen und Gusti schimpfen. Schließlich hob Konrad die Hände. »Du bist ein erwachsener Mensch, Fritz. Du kannst machen, was du willst, und sagen würdest du dir von mir sowieso nichts lassen. Aber gutheißen kann ich das nicht. Das fällt auf die Familie zurück, und aufs Geschäft, wenn du einen solchen … Lebenswandel hast. Du bist schließlich nicht irgendwer.«

»Und was schlägst du jetzt vor?« Fritz wurde wütend. »Du tust dich leicht, mein Lieber. Du hast eine Frau und vier Kinder, hast mit den Jahren vor lauter Glück und Zufriedenheit einen ordentlichen Bauch angesetzt und nie Kummer und Sorgen gehabt. Hast du dir eigentlich jemals überlegt, wie's mir geht? Ja, was das Geschäftliche betrifft, bin ich ein König! Aber das Private? Meine Ehe mit der Sophie – ach Gott, wir sind beide unseres Lebens nicht froh geworden. Und dann hab ich sie auch noch verloren und bin seitdem allein. Ich hab im Gegensatz zu dir keinen Erben, dem ich einmal mit Stolz alles übergeben kann. Dafür hab ich einen Sohn, den ich verleugnen musste, weil ihr alle es so haben wolltet. Und jetzt sag bloß nicht, du bist nicht froh, dass ich nicht mehr geheiratet hab. Weil dann hätt ich jetzt vielleicht doch noch einen Erben, der deinen Söhnen was wegnimmt.«

Konrad senkte den Blick, während Fritz weitersprach. »Gönn mir doch wenigstens das bisschen Glück mit der Luise. Wenn ihr sie kennen würdet, würdet ihr sie auch gernhaben. Sie ist ein feiner Kerl, und sie hat nicht verdient, dass man auf sie herabschaut.«

Konrad fuhr sich durch das schütter gewordene Haar. »Ja so«, sagte er. »Wenn du das so siehst.« Er stand auf. »Ich bitte dich trotzdem, Fritz, mach das dezent. Wir sind hier nun mal nicht bei den Hottentotten.« Dann ging er ins Kontor.

»Arschloch«, murmelte Fritz.

Danach hatte er sich bemüßigt gefühlt, auch mit Lisette über die Sache zu reden. Sie sollte nicht die Einzige sein, die von nichts wusste. Aber sie hatte ihn nur spöttisch angesehen. »Das ist doch Schnee von gestern«, hatte sie gemeint.

Er hatte sie pikiert angeschaut. »Wie kommt's, dass du Bescheid weißt, obwohl du in Nürnberg lebst?«

»Na, schließlich hab ich noch alte Freundinnen in Schwabach. Und das hat damals doch ein Blinder gesehen, dass du plötzlich wieder daherstolziert bist wie ein junger Gockel! Eine Frau merkt so was, mein Lieber!«

»Und du hast gar nichts dagegen?«

Lisette hatte kurz aufgelacht. Einen Augenblick lang hatte sie überlegt, ob sie Fritz von ihren regelmäßigen Treffen mit Hans erzählen sollte, dann entschied sie sich dagegen. »Ich freu mich, wenn du glücklich bist, Bruderherz. Hör nicht auf die Moralapostel.«

Da hatte er gefragt, was er sie schon lange fragen wollte: »Bist du denn glücklich, Lisi?«

»Es geht mir gut«, hatte sie mit einem bitteren Anflug in der Stimme gesagt. Und dann: »Was habt ihr erwartet? Damals, als ihr mich alle gezwungen habt, den Eduard zu heiraten. Ja, du schon auch, Fritz. Ich hab mich gefügt, und jetzt leb ich mit einem Mann, der mein Vater sein könnte. Doch, doch, es ist ein gutes Leben. Aber Glück hab ich mir immer anders vorgestellt.«

Fritz hatte betroffen zu Boden gesehen. »Das tut mir leid, Lisi. Ich hätt dir helfen müssen, damals. Aber da hab ich noch anders über solche Dinge gedacht.«

Sie hatte seine Hand genommen. »Lass gut sein, Fritz. Das ist lang vorbei. Schau lieber drauf, dass deine Luise mit dir glücklich ist.«

Kapitel 10
1908

Der Winter 1908 kam mit Eis und Schnee. Das Dach der alten Siederei brach ein und musste wieder einmal repariert werden. Der Hausdiener Xaver rutschte auf einer Eisplatte im Hof aus und brach sich ein Bein. Die Firma bekam einen Produktionsleiter, der vorher bei Sunlight in den Niederlanden und dann in Mannheim gearbeitet hatte und viele neue Ideen mitbrachte. Fritz fing sich eine schwere Erkältung ein und lag über Weihnachten hustend im Bett. Mit der Post kam ein Geschenkpäckchen von Viktor mit einem eleganten silbernen Brieföffner, in den die Initialen F.R. eingraviert waren. Dazu eine Weihnachtskarte aus Davos, wo er mit seinen Freunden Urlaub im Schnee machte. Hätt er auch daheimbleiben können, dachte Fritz. An Schnee fehlt's uns grad weiß Gott nicht.

Jetzt war Heiligdreikönig, es begann zu tauen, und Fritz ging es wieder besser. Er machte einen Spaziergang durch den Stadtpark, sah nach den Pferden und verteilte großzügig Zuckerstückchen. Käthchens Markus hatte sich gut eingewöhnt und wurde jetzt im Einspänner gefahren.

Zurück im Haus zog Fritz sich um, setzte sich in den Salon und las im »Schwabacher Tagblatt«. Die fürsorgliche Gusti brachte ihm eine Tasse Tee. Als er daran nippen wollte, runzelte er konsterniert die Stirn. »Da ist was drin«, meinte er und fischte mit dem Löffel danach. Gusti lachte. »Ach so, hab ich vergessen, dir zu sagen. Das ist ein Teebeutel.«

»Was soll das denn?« Fritz hatte das Ding erwischt und besah es sich misstrauisch.

»Das ist was ganz Neues«, erklärte Gusti. »In dem Papiertütchen ist eine Portion Tee drin. Man muss nicht mehr die Teeblätter lose in die Kanne schütten und dann abseihen, sondern man tut nur die Beutel hinein und nimmt sie dann wieder heraus. Ein Beutel reicht für genau eine Tasse. Lass ihn noch zwei Minuten drin.«

Fritz schürzte die Lippen und versenkte den Beutel wieder im heißen Wasser. »Sehr praktisch.« Er war ja immer für Neuerungen. Auch das aufgerollte Toilettenpapier, das sie seit einiger Zeit im Haus hatten, fand er ganz famos. Man konnte genauso viel abreißen, wie man brauchte, und niemand musste mehr Zeitung in Stückchen schneiden.

Später klopfte es, und Tilly kam herein. An der Hand zog sie einen jungen Mann hinter sich her, der Fritz bekannt vorkam. »Darf ich vorstellen, Papa«, sagte sie, »das ist der Karl Gerber.« Der junge Mann verbeugte sich und reichte Fritz die Hand.

»Gerber ... Gerber ... ah, von der Bäckerei?«

»Jawohl, Herr Kommerzienrat.«

Fritz schwante, was dieser Besuch zu bedeuten hatte. »Na, was habt ihr auf dem Herzen?«, fragte er schicksalsergeben.

Tilly stieß Karl in die Seite, und der sagte: »Herr Kommerzienrat, hiermit möchte ich um die Hand Ihrer Tochter Ottilie anhalten!«

»Soso.« Fritz' Augenbrauen waren in die Höhe geschnellt. »Möchten Sie. Und was sagst du dazu, Tilly?«

Sie nahm Karls Hand. »Wir lieben uns, Papa, und wir wollen heiraten.«

Fritz stand auf. »Herr Gerber, würden Sie uns bitte für einen Augenblick entschuldigen? Ich muss mit meiner Tochter allein reden.«

»Selbstverständlich.« Der junge Mann verbeugte sich wieder knapp und verließ das Zimmer.

Fritz wandte sich an Tilly. »Wo bringst du denn den auf einmal her?«, fragte er verdrießlich. »Hast nie was gesagt!«

»Ach, Papa«, seufzte Tilly. »Der Karl war mein Partner in der Tanzstunde, und wenn du mir im letzten Jahr auch nur einmal beim Abendessen richtig zugehört hättest, wüsstest du das.«

Fritz brummte etwas in sich hinein. Warum musste er immer alles verpassen, was in der Familie vorging? Er ärgerte sich über sich selber. »Du willst also einen Bäcker heiraten?«, meinte er schließlich. »Hast du dir das auch gut überlegt?«

»Er ist gar kein richtiger Bäcker«, erwiderte Tilly. »Er ist Bankkaufmann bei der Sparkasse. Die Bäckerei hat eigentlich sein Bruder geerbt, aber der ist in die Kolonien gegangen, und jetzt führt der Karl sie nebenbei weiter.«

»Hat er denn Vermögen?«

Sie sah ihren Vater mit dem treuherzigen Blick an, den sie immer zur Anwendung brachte, wenn sie etwas von ihm wollte. »Noch nicht so viel, Papa. Aber es ist eine große Bäckerei, sie verschicken sogar Spezialbrot mit der Post. Und der Karl will demnächst zum Bankhaus Bloch & Co. wechseln, als Assistent des zweiten Direktors. Du, der Karl ist ein Kluger. Und ehrgeizig ist er auch. Und anständig. Der wird mal was, der wird dich nicht enttäuschen wie der …«

»Jaja. Brauchst nicht auf dem Unglück deiner Schwester herumzureiten.« Fritz nippte an seinem Tee und überlegte. Einer von der Bank, das war zwar nichts Großartiges, aber wenigstens etwas Solides. Mit einer Bäckerei dabei. Er dachte daran, dass sein Vater immer gesagt hatte: Ein »fressertes« Gewerbe geht nie ein. Er hätte sich zwar eine bessere Partie für Tilly gewünscht, aber wo man mit solchen Partien hinkam, das hatten sie ja im Fall Bacheberle gesehen. Von der Reitzenstein-Heirat gar nicht zu reden, die hatte außer einem Haufen Kinder nichts eingebracht. Fritz blies die Backen auf. Tilly war ein gescheites Mädchen, ihr traute er ein gutes Urteilsvermögen zu. Die würde sich in keinen Windhund und Maulaufreißer vergucken, und erst recht nicht in einen Hungerleider. »Also gut«, sagte Fritz schließlich. »Dein junger Mann soll mir Unterlagen bringen. Ich will wissen, was er verdient, was er an Vermögen hat oder an Immobilien. Ob er dich ordentlich ernähren kann. Und ich zieh derweil Erkundigungen ein. Dann sehen wir weiter.«

Drei Wochen später bestellte Tilly in einem Nürnberger Atelier ihr Hochzeitskleid.

Die Trauung fand im August 1908 in der Stadtkirche statt, zelebriert von Fritz' altem Freund, Dekan Herold. Hinterher feierte man im »Bayerischen Hof«. Aus Gerechtigkeitsgründen hatte Fritz Tilly eine Mitgift in gleicher Höhe wie ihrer Schwester gegeben, vierzigtausend. Allerdings hatte er sich ausbedungen, dass ein Teil des Geldes dafür verwendet würde, ein Grundstück zu kaufen und ein schönes, großes Haus darauf zu bauen, das Tillys Ansprüchen gerecht wurde. »Meine Tochter kann schließlich nicht in einer Bäckerei hinter der Mehlkammer hausen«, hatte Fritz Luise erklärt, und die hatte schallend gelacht. »Ach, wie war das noch? In einfachen Verhältnissen glücklich sein? Irgendwer hat das mal zu mir gesagt …«

Glücklich sah Tilly an ihrem Hochzeitstag jedenfalls aus, und sie war unbestreitbar eine wunderhübsche Braut. Wie meine Sophie, erinnerte sich Fritz, nur mit einer anderen Frisur und in einem anderen

Kleid. Mein Gott, wie glücklich sind wir damals gewesen, die Sophie und ich, dachte er. Glücklich wie die Kinder. Und wie hat das alles geendet? Jetzt sah er Tillys glückstrahlendes Gesicht und freute sich für sie. Dieser junge Gerber schien ein charakterfester Mensch zu sein, strebsam und achtbar. Und es war auch schön, dass wenigstens Tilly nicht von Schwabach wegging und er seine Tochter und die zukünftigen Enkel nah bei sich haben konnte. Geld ist schließlich nicht alles im Leben, dachte er, das muss man sich bloß immer wieder sagen.

Höhepunkt des Abends war ein Musikerlebnis von beispielloser Größe: Konrad und Gusti hatten dem jungen Paar ein Grammophon geschenkt und spielten nach dem Dessert eine Opernarie ab, die alle zu Tränen rührte. »So eine Stimme kommt direkt vom lieben Gott«, seufzte Dekan Herold.

»Wer ist das?«, wollte der Bräutigam wissen.

»Ein italienischer Sänger«, erklärte Gusti. »Enrico Carino oder so ähnlich.«

»Caruso, meine Liebe, hier steht's: Caruso«, korrigierte Konrad.

»Jedenfalls haben sie uns die Platte in der Musikalienhandlung empfohlen.« Gusti tupfte sich ein Tränchen aus dem Augenwinkel. »So was Schönes.«

Einziger Wermutstropfen bei der Feier war die Tatsache, dass Konrad nach dem dritten Abspielen der Caruso-Platte über Magenkrämpfe klagte. Man brachte ihm Natron und ein Glas Wasser, aber die Schmerzen wurden so schlimm, dass er sich vom Kutscher heimfahren ließ.

»Das hat er in letzter Zeit öfter«, sagte Gusti besorgt zu Fritz. »Dabei nimmt er doch immer diese Magenpastillen. Kannst du ihm nicht einmal gut zureden, dass er zum Doktor geht? Auf mich hört er ja nicht.«

»Mach ich«, meinte Fritz. »Aber sorg dich nicht zu viel. Der Konrad ist einer von der zähen Sorte. Und Unkraut vergeht nicht.«

Gusti sorgte sich trotzdem.

Kapitel 11
1909

»Da! Da ist er!« Der junge Mann zeigte mit ausgestrecktem Arm zum Himmel, Richtung Südwesten.

»Wo, wo?« – »Ah, jetzt!« – »Ich seh nix!« – »Unglaublich!« – »Opa, heb mich hoch!« Alles schrie durcheinander auf dem Schwabacher Marktplatz. Es war der Pfingstsonntag des Jahres 1909, und eine beträchtliche Menschenmenge hatte sich versammelt. Die Bevölkerung war vor drei Tagen durch das »Schwabacher Tagblatt« informiert worden, dass das Luftschiff »Z 2« am Morgen des 30. Mai im Verlauf einer Fernfahrt von Friedrichshafen nach Bitterfeld die Stadt Schwabach passieren würde. Morgens um sieben Uhr war dann aus Treuchtlingen telegraphisch gemeldet worden, dass es in einer Viertelstunde so weit sei, und der Postbeamte war, so schnell er konnte, zur Stadtkirche gerannt, wo droben auf dem Turm schon der Mesner auf sein Zeichen wartete, um zu diesem besonderen Anlass die Glocken zu läuten.

Auch Hans war mit den Kindern dabei und staunte über das silbrig glänzende ovale Ding, das da lautlos über den Himmel glitt. »Papa, warum heißt das Luftschiff Zeppelin?«, fragte Hansi.

»Weil es von einem Mann namens Zeppelin gebaut wurde. Der ist ein echter Graf und hat ein Schloss am Bodensee«, antwortete der dreizehnjährige Anton für seinen Vater.

»Und warum fällt der Zeppelin nicht herunter?«

»Weil er so was Ähnliches ist wie ein Luftballon. Außen eine Hülle und innen Gas.«

Hans war stolz auf seinen Ältesten. Er war so gescheit, dass damals nach Abschluss der Volksschule der Lehrer ins Haus gekommen war und dafür plädiert hatte, den Jungen aufs Progymnasium zu schicken. Hans hatte das mit Freuden getan, während die Zwillingsschwester Ilse lieber weiter auf die Luitpoldschule ging. Ihr blieb nicht so viel Muße zum Lernen, denn sie hatte schon früh im Haus viele Aufgaben übernommen, die ihre Mutter nicht mehr bewältigen konnte. Hans und die Kinder lebten mit Hermines Krankheit, so gut sie konnten, unterstützt von Frau Friedlein, die schon beinah zur Familie gehörte. Manchmal blieb sie über Nacht und ermöglichte Hans so seine Fahrten nach Nürnberg zu Lisette. Die beiden trafen sich, so oft sie konnten, im Hotel Kaiserhof, und es waren diese Abende, die Hans aufrecht hielten. In den paar Stunden mit Lisette konnte er vergessen, dass er mit Hermines Krankheit nicht weiterwusste, dass er manchmal Angst um die Kinder hatte oder um Hermine selber. Dass er Nächte damit verbrachte, sie in ihren aggressiven Phasen festzuhalten und zu beruhigen. Dass er manchmal unendliches Mitleid mit ihr hatte, aber auch seltene Momente der Wut. Dass kein Arzt helfen konnte. Die Unlösbarkeit dieser Aufgabe zermürbte ihn, und nur Lisette verdankte er die wenigen Momente des Glücks, die er erleben durfte. Dabei vermied er es, von Hermine zu sprechen. Sie sollte in diese kleine Glücksinsel nicht eindringen. Lieber erzählte er in dieser Juninacht vom faszinierenden Überflug des Zeppelins, von dem Kätzchen, das ihnen zugelaufen war und das Hansi und Ilse nicht mehr hergeben wollten, vom letzten Sozi-Vortrag in der »Kanne«. Und von der Goldschlägerei. »Stell dir vor«, sagte er, »da bekomm ich letzte Woche einen Brief aus Russland. Sieht aus wie ein Geschäftsbrief, mit einem Firmenbriefpapier. Bloß lesen kann ich den halt nicht.«

»Die wollen bestimmt Blattgold kaufen«, meinte Lisette. »So wie die Engländer und die Italiener.«

»Die haben wenigstens auf Deutsch geschrieben.« Hans zuckte die Schultern. »Ich hab mich schon nach einem Dolmetscher erkundigt, aber keinen gefunden. Kann man nichts machen.«

Lisette setzte sich im Bett auf. »Vielleicht kann ich dir helfen«, sagte sie. »Ich kenn da jemanden …«

»Kaffee? Tee? Cognac?« Viktor führte Hans in sein Arbeitszimmer mit Blick auf die Pegnitz. Seit anderthalb Jahren bewohnte er hier am noblen Prinzregentenufer die Belle Etage eines Jugendstil-Neubaus; sieben Zimmer plus Dienstbotenkammer. Die erste Million hatte er längst gemacht, das Immobiliengeschäft lief glänzend. Jetzt klingelte er nach Egon, seinem Diener, und ließ für Hans einen Kaffee und für sich einen Tee bringen. »Als alter Russe bin ich Teetrinker aus Leidenschaft, am liebsten aus der Untertasse durch einen Zuckerwürfel geschlürft«, grinste er.

Hans sah sich um. Meine Güte, so vornehm konnte man leben!

Ihm selber und seiner Familie ging es ja auch nicht schlecht, das Haus hatte schon seit 1901 elektrischen Strom und Gasanschluss, und erst im letzten Jahr hatte er ein Klosett mit Wasserspülung einbauen lassen. Aber das hier, das war echter Luxus! An der Wand eine hellbraune Ledertapete mit Goldpressung, der Plafond dieselbe Farbe mit etwas Rot gemischt und in der Mittelfläche zu Blassgelb abgeschwächt. Auf dem Parkettboden lag ein Smyrnateppich in Pfauenblau; in Blau waren auch die Fensterbehänge gehalten. Ein großer, aufsatzloser Schreibtisch aus Eichenholz stand nah am Fenster frei im Raum, dahinter ein Arbeitssessel mit gepresstem Leder bezogen. Die linke Wand nahm ein Eichenholzregal ein, vor der rechten Wand luden ein tabakfarbener Diwan und zwei Halbfauteuils zum Sitzen ein, davor ein türkischer Rauchtisch.

»Meine gute Freundin Lisette hat Sie mir wärmstens empfohlen«, sagte Viktor, als sie mit ihren Tassen auf den Fauteuils saßen. »Schade, dass sie nicht mit dabei sein kann.«

»Ja, sie musste einen Vertretungsdienst im Wöchnerinnenheim übernehmen.« Hans fühlte sich ein wenig verlegen in dieser vornehmen Umgebung. »Wissen Sie, wir kennen uns von früher in Schwabach.«

»Das hat sie mir schon erzählt«, lächelte Viktor. »Und dass Sie inzwischen die drittgrößte Goldschlägerei in der Stadt führen.«

»Oh, na ja, man tut, was man kann«, sagte Hans. »Die Branche ist seit ein paar Jahren stark im Aufwind, vor allem über den Export. Wir schlagen unser Gold vierzig Prozent dünner als zum Beispiel die Engländer. Inzwischen gibt es über hundert Schlägereien in Schwabach, allerdings meist kleine Familienbetriebe, in denen der Mann schlägt und die Ehefrau beschneidet und zurichtet. Meiner ist da mit neun Angestellten und zwei Lehrlingen schon ein wenig größer ...«

»Da schlagen Sie wohl nicht mehr selber?«

»Immer weniger«, erzählte Hans. »Je mehr Umsatz, desto mehr Bürokram.«

»Kenn ich, kenn ich. Zigarrillo?« Viktor öffnete eine Kiste, und Hans nahm dankend eine Romeo e Giulieta, die er bisher nur vom Hörensagen gekannt hatte. Sie pafften eine Weile einträchtig, dann kam Viktor zum Thema. »Sie haben also ein Schreiben auf Russisch erhalten?«

Hans holte den Brief aus der Innentasche seines Jacketts und hielt ihn Viktor hin. »Lisette hat mir erzählt, dass Sie mir vielleicht bei der Übersetzung helfen können. Sie sind gebürtiger Russe?«

Viktor nickte und faltete den Brief auf. »Aufgewachsen in Sankt Petersburg bis zum Alter von elf Jahren. Mein Russisch ist leider nicht mehr das Flüssigste, aber lassen Sie mal sehen.« Er begann zu lesen, während Hans genüsslich Rauchkringel in die Luft blies. Als er fertig war, nickte er anerkennend. »Das hier«, sagte er, »ist eine Anfrage des Kasaner Vergolderbetriebs Anatol Raskolnikow nach Blattgold. Die haben Ihre Firma offenbar von einem deutschen Restaurator empfohlen bekommen und die Adresse dann über die russische Botschaft ausfindig gemacht. Sie brauchen für Restaurierungsarbeiten in der Basilius-Kathedrale Feingold in größeren Mengen – hm, wenn ich das richtig lese, handelt es sich um »Doppelgold 23 Karat, bis zu 1000/1000 Teile Feingehalt« und »Feinzitron«, jeweils 92 mm Seitenlänge das Quadrat und 20 g Gold pro 1000 Blatt. Sagt Ihnen das was? Sie fragen nach Preisen und Lieferbedingungen an.«

Hans war hocherfreut. »Würde es Ihnen etwas ausmachen, Herr Mischkin, mir in dieser Sache als Übersetzer zu dienen? Ich weiß, das ist viel verlangt, aber ich würde mich auf jeden Fall erkenntlich zeigen …«

Viktor winkte ab. »Nicht doch! Lisettes Freunde sind auch meine Freunde. Ich lasse Ihnen die Übersetzung morgen im Büro von meiner Sekretärin tippen und zuschicken. Sie senden mir dann Ihre Antwort, und ich leite sie übersetzt weiter. Wär doch gelacht, wenn in Kasan nicht bald Schwabacher Blattgold glänzen würde!«

Euphorisch fuhr Hans an diesem Tag zurück nach Schwabach. Dieser Auftrag konnte der Türöffner für den Russlandexport werden. Bisher lieferte die Firma Rühl hauptsächlich nach England, Italien und Amerika. Über neunzig Prozent der Schwabacher Produktion waren für den Export bestimmt, die Stadt war in den letzten Jahrzehnten zum Weltzentrum der Goldschlägerei aufgestiegen. Und Hans war ehrgeizig genug, um auf dem Weltmarkt mitmischen zu wollen.

Pfeifend ging er vom Bahnhof aus durch den Stadtpark. Es war ein warmer Sommerabend; auf dem Rasen balgten sich zwei Hunde, deren Besitzer auf der Aussichtsbank oben auf dem Hansgörgl saßen, einem kleinen, künstlich aufgeschütteten Hügel. Im Pavillon küsste sich ein Pärchen. Hans schaute dezent in die andere Richtung und bog schließlich in die Hindenburgstraße ein. Er hatte schon ein komisches Gefühl im Magen, als er die Haustür aufsperrte, das sich bestätigte, als Frau Friedlein ihm im Flur ganz aufgelöst entgegenkam. »Fünf Minuten war ich draußen im Hof«, rief sie mit bebender Stimme, »fünf Minuten. Und als ich zurückkomm, da hat sie schon …«

Hans schob sie beiseite und betrat die Küche. Die Schere steckte noch in Hermines Oberschenkel. Alles war voller Blut, Hermines Gesicht, die Hände, der Linoleumboden. Er rief ihren Namen, sie nahm ihn gar nicht wahr.

»Sie lässt mich nicht an sie heran«, greinte Frau Friedlein. »Die Kinder sind oben, die haben Gott sei Dank schon geschlafen.«

»Holen Sie den Doktor!« Hans ging beherzt zu Hermine, zog die Schere heraus und drückte ein Handtuch auf die Wunde. Sie wehrte sich nicht.

Als Doktor Faulhaber kam, summte sie ein Lied; Schmerzen schien sie keine zu haben. Er gab ihr eine Beruhigungsspritze, nähte die tiefe Wunde, legte einen Verband an. »Herr Rühl, ich sag's ja nicht gern«, meinte er dann, »aber Ihre Frau gehört in stationäre Behandlung. Seien Sie vernünftig und lassen Sie mich das Nötige veranlassen.«

Hans fuhr hoch. »Ich hab gesehen, wie es in Ansbach zugeht«, sagte er. »Das tut man keinem Tier an. Die Hermine bleibt da.«

Faulhaber zuckte die Achseln. »Auf Ihre Verantwortung. Ich verschreibe ihr dann eine stärkere Dosis vom Morphium. Das stellt sie hoffentlich ruhig. Aber garantieren kann ich für nichts.«

Am nächsten Morgen kam Frau Friedlein herüber und kündigte. Sie könne die Verantwortung nicht mehr übernehmen, sagte sie, und Hans verstand das gut. Er machte die Kinder für die Schule fertig, und als sie fort waren, sammelte er alle Messer und spitzen Gegenstände im Haus ein und sperrte sie weg. Dann ging er zur Zeitung, um eine Annonce aufzugeben. »Krankenschwester oder Pflegerin für gemütskranke Patientin in Dauerstellung gesucht. Gute Bezahlung, Unterkunft und Logis frei. Chiffre R 3.«

»Wie lang kann das noch gutgehen?«, fragte er verzweifelt, als er danach bei Leo und Anna in der »Kanne« vorbeischaute. »Ich weiß mir nicht mehr zu helfen.«

Anna stellte ihm einen Schnaps hin. »Du bringst auf jeden Fall die Kinder zu uns, bis du eine Pflegerin gefunden hast. Der Clara tut's gut, wenn sie jemand von ihren Büchern ablenkt. Irgendwann geht sie noch hinüber zum Ribot und ruft die Arbeiter zum Streik auf.«

Hans musste schmunzeln. Er wusste, dass Clara täglich Marx und Engels las, gar nicht zu reden von allen sozialdemokratischen Veröffentlichungen, die sie in die Finger bekam. »Die wird noch ein weiblicher Lassalle«, sagte er.

»Verschrei's bloß nicht«, brummte Leo. »Die soll erst einmal ihre Lehre im Büro bei den Norica-Werken fertigmachen, bevor sie eine Partei gründet.«

Kapitel 12

Aus den Lebenserinnerungen von Fritz Ribot, begonnen 1921

1909 war ein hervorragendes Geschäftsjahr. Der neue Vertriebsleiter entpuppte sich als Glücksgriff; wir waren im Kontor inzwischen zu fünft – Buchhalter, Kontorist, Sekretär in der einen Bürostube, Konrad und ich im Direktorat. Auch der neue Mann in der Siederei fügte sich nach einigen Anlaufschwierigkeiten so gut ein, dass wir ihm sogar eine kleine Werkswohnung im Dachgeschoss der Russler-Hauses gaben. Das China-Geschäft überschlug sich beinahe, und allein nach Berlin lieferten wir im September des Jahres 70000 Stück Ray-Seife – ein Rekord! Die Belegschaft war auf insgesamt 87 angewachsen; man kann sich vorstellen, wie viel Geld Konrad jeden Samstagmorgen von der Bank holte, um es dann abzuzählen, einzutüten und so über Mittag im Tresor zu lagern, bis bei Arbeitsschluss die Ausgabe an jeden einzelnen Mitarbeiter stattfand. Die Auszahlung übernahm stets ich selber, auch wenn Konrad immer der Meinung war, das könne ich getrost dem Buchhalter überlassen. Doch da bin ich noch ganz altmodisch. Ein

Fabrikherr muss regelmäßig mit seinen Leuten reden und ihnen in die Augen schauen, vor allem am Zahltag. Dann fällt einem sofort auf, wenn was nicht stimmt, jemand von der Familie krank ist oder Ähnliches. Schließlich hat man ja eine Verantwortung.
Apropos Verantwortung: Seit meiner Wahl zum Abgeordneten fuhr ich einmal im Monat nach München, um dort im Landtag meinen Pflichten nachzukommen. Aber um ehrlich zu sein, stellte ich bald fest, dass ich an der großen Politik wenig Vergnügen fand. Mir war das alles zu weit weg, und für die politischen Geplänkel und Grabenkämpfe, die bei den Sitzungen in München an der Tagesordnung waren, hatte ich überhaupt kein Verständnis. Da stritt man um des Streitens willen, anstatt gemeinsam sinnvolle Entscheidungen zu treffen. Das kostete Zeit und Geld, und als Geschäftsmann war mir das zuwider.
Da machte mir meine Tätigkeit als Gemeindebevollmächtigter viel mehr Freude. Schwabach beim Wachsen und Gedeihen zu helfen, das war mir Verpflichtung. Dazu beizutragen, dass in den Fabriken die Schornsteine rauchten, dass die Geschäfte und Läden florierten und die Vereinskultur gedieh, machte mich froh. Ich darf außerdem mit Stolz sagen, dass auf mein Betreiben das gesamte Magistratskollegium im August dem Deutschen Komitee zur Errichtung von Luftschiffstationen beitrat. Der Überflug des Zeppelins, der sich in diesem Jahr übrigens noch zweimal wiederholte, hatte mich begeistert und tief beeindruckt. Auch Viktor, mit dem ich damals oft darüber sprach, war der Meinung, dass Luftschiffe in der Zukunft zu wichtigen Transportmitteln werden würden, ja, dass überhaupt der Mensch einst so selbstverständlich durch die Lüfte sich bewegen würde, wie er es inzwischen auf den Schienen der Eisenbahn tat.

Kapitel 13
1909

Luise saß mit zusammengepressten Lippen vor den aufgeschlagenen Monatsbüchern. Ihr war elend zumute. Seit sie das Geschäft ihrer Lehrmeisterin übernommen hatte, standen kaum mehr Einträge in den sonst so übervollen Kladden. Himmel, was war sie stolz gewesen, als über dem Ladeneingang in großen roten Buchstaben die neu aufgemalte Schrift »Luise Götz, Schneideratelier« geleuchtet hatte. Wie hatte sie sich gefreut auf die Selbständigkeit, die wunderbare Erfüllung ihres Traums. Und jetzt? Von den vornehmen Damen der Schwabacher Gesellschaft kam nicht eine mehr, seit Marga Güttenberger nicht mehr da war. Die Frauen der Arbeiterklasse kamen ohnehin nicht, die konnten sich keine Schneiderin leisten, die nähten entweder selber oder kauften bei Bleicher oder Rosenberger billige Sachen von der Stange. Die paar Kundinnen, die Luise noch besuchten, gaben keine teuren Kleider in Auftrag, sondern höchstens einmal einen einfachen Rock oder eine Bluse, meistens nur deshalb, weil sie in die Standardgrößen der Textilhändler nicht hineinpassten.

Das Glöckchen an der Ladentür klingelte, und Luise sprang auf. Es war das Dienstmädchen der Familie Moll von der Filzfabrik. Sie zog einen Knopf aus der Schürzentasche. »Solche hat die Frau Güttenberger im letzten Jahr an ein Kostüm von meiner Gnädigen genäht«, sagte sie. »Jetzt ist einer verlorengegangen. Haben Sie die noch?«

Luise ging nach hinten und kramte im Knöpfeschränkchen, bis sie fündig wurde.

»Zwei Stück tät ich nehmen«, hörte sie das Mädchen rufen.

»Macht acht Pfennige«, sagte Luise und tat die Knöpfe in ein Tütchen. »Und beste Grüße an die Gnädige.«

Luise hielt der jungen Frau die Tür auf. Draußen auf der Königstraße sah sie zwei elegante Damen beieinanderstehen; eine davon war die Gattin des Bürgermeisters. Die beiden blickten zu ihr hinüber, steckten dann die Köpfe zusammen und tuschelten. Traurig schloss Luise die Tür und ließ sich wieder auf ihren Schreibtischstuhl sinken. Wenn das so weiterging, würde sie zumachen müssen. Von ein paar verkauften Knöpfen konnte sie nicht leben.

»Du musst Geduld haben«, sagte Fritz abends zu ihr, als sie im Turm saßen. »Ein Geschäft geht nicht von heut auf morgen. Das läuft langsam an. Es ist oft so, dass man die ersten Monate überbrücken muss; deshalb hat die Güttenberger dir ja auch gesagt, du musst erst ab Weihnachten die volle Pacht zahlen.«

»Ach, Fritz.« Luise seufzte und fuhr sich müde über die Stirn. »Ich weiß doch, woran es liegt, dass niemand kommt. Sie schneiden mich. Alle wissen, dass ich dein ›schlampertes Verhältnis‹ bin. Als ich nur die Angestellte im Atelier Güttenberger war, hat sie das nicht gestört, aber jetzt, wo ich Geschäftsinhaberin bin, sind sie sich zu fein, um sich von so einer wie mir ein Kleid machen zu lassen.«

Fritz schlug mit der Faust auf den Tisch. »Die sollen zu mir kommen, wenn sie was wollen! Verdammte Bagage!« Er stand auf und legte Luise die Hände auf die Schultern. »Ich überleg mir was«, sagte er. »Ich red mit …«

»Mit niemandem redest du«, fiel sie ihm trotzig ins Wort. »Das will ich nicht. Es muss doch auch anders gehen.« Sie stand auf und räumte ein paar Stoffmuster weg, die sie mit nach Hause genommen hatte. »Was würdest du machen, wenn du was verkaufen willst und keiner kommt?«

Fritz sagte sofort: »Werbung. In der Zeitung annoncieren. Und ich würde mir überlegen, etwas anzubieten, was sonst niemand hat.«

»Du meinst, einen besonderen Stoff oder besondere Schnitte?«

Er zuckte die Schultern. »Da kenn ich mich nicht aus. Ich weiß bloß von meinen Töchtern, dass die immer ganz wild auf Pariser Mode waren.«

»Eine Pariserin bin ich nicht grad«, sinnierte Luise. »Außerdem ist inzwischen Berlin ganz groß in Damenmode.« Sie spielte nachdenklich an ihrer Halsschleife. »Wenn ich wenigstens die neuesten Schnitte aus Berlin bekäme. Oder Stoffe.«

»Wo kriegst du das alles jetzt her?«

»Vom Nürnberger Textilgroßhandel. Die haben auch Schnittmuster und Vorlagen.«

Fritz überlegte. »Das müsste doch auch direkt aus Berlin zu beschaffen sein«, meinte er schließlich.

»Ja, aber ich kann doch nicht einfach nach Berlin fahren. Da kenn ich mich doch überhaupt nicht aus.« Luise seufzte. Eine Weile saßen sie da und grübelten. Schließlich sagte Fritz: »Eigentlich wollte mein

Bruder Konrad demnächst wegen des Ray-Patents nach Berlin. Aber an seiner Stelle könnte ja auch ich fahren und mich mal umsehen.«

»Du hast doch für so was überhaupt keine Zeit«, warf Luise ein.

»Aber ich hab einen Reisenden in der Hauptstadt, ein ganz umtriebiger Kerl. Den könnte ich auf die Sache ansetzen.«

»Meinst du?«, Luise blickte hoffnungsvoll auf.

»Natürlich.« Fritz war sich in die Brust. »Lass den Kopf nicht hängen, wir schaffen das schon.«

Luise umarmte ihn. »Wenn ich dich nicht hätte!«

Er drückte ihr einen Kuss auf die Wange. »Wir Geschäftsleute müssen doch zusammenhalten. Aufgeben gilt nicht. Und damit du auf andere Gedanken kommst, nehm ich dich am Sonntag mit zum Clubspiel gegen den FC Pfeil. Der Viktor will dich schon die ganze Zeit kennenlernen.«

Sie lachte. »Ich kenn mich doch überhaupt nicht aus mit Fußball.«

»Dann wird's Zeit, dass sich das ändert!«

»Tooor!«, jubelte Viktor, packte Luise an den Händen und hopste ausgelassen auf der Stelle.

»Hast du das gesehen?«, schrie Fritz und schüttelte nun seinerseits Viktor. »Direkt in die Gambel! Der Haggenmiller ist ein As!«

Die drei standen direkt hinter der Ersatzbank des Clubs – ein Privileg, das Viktor schon seit zwei Jahren innehielt, als er der Mannschaft einen nigelnagelneuen Satz Fußballstiefel samt Socken gespendet hatte.

»So spielt ein Meister!« Phips Philipp, der wegen einer Verletzung auf der Bank saß, drehte sich um.

»Dreimaliger bayerischer Meister«, erklärte Fritz Luise. »1907, 1908 und demnächst 1909!«

Der gegnerische Angriff rollte derweil, und kaum hatten die drei wieder ihre Blicke aufs Spielfeld geheftet, fiel das nächste Tor – für den Gegner! Doch es gab keinen Jubel, sondern wilde Proteste von Seiten der Pfeiler. »Was ist denn jetzt los?«, fragte Luise aufgeregt.

»Abseits«, grinste Fritz. »Der Stürmer darf den Ball von einem hinter ihm postierten Mannschaftskameraden nur dann annehmen, wenn zwischen ihm und dem Tor noch mindestens drei gegnerische Spieler stehen. So ist die Regel. Hier war nur noch ein Clubberer vor dem Pfeiler – da gilt das Tor dann nicht.«

Luise ließ sich tatsächlich von der Begeisterung ihrer Begleiter anstecken. Sie fieberte mit und feuerte an. Sie lernte, dass man beim Club das »schottische Spiel« pflegte, bei dem der Ball vor allem kurz und flach gespielt wurde. Sie bekam erklärt, was eine »Ecke« und ein »Abstoß« waren und vor allem ein »Foul«, und sie jubelte am Ende der ersten Halbzeit, als der Club mit 2:0 in die Pause ging.

Gleich zu Beginn der zweiten Halbzeit fischte Guthunz, einer der vier Stürmer, einen Ball aus der Luft und fiel dabei hin. Danach begannen etliche gegnerische Spieler und auch einige Pfeil-Anhänger aus dem Publikum zu lachen. Guthunz trabte mit hochrotem Kopf und beiden Händen auf dem verlängerten Rücken zur Bank. »Sakramentzefix«, rief er, »die Hose ist gerissen. So kann ich nicht weiterspielen.«

»Spinnst du? Du musst!«, rief Fritz Servas, der Trainer. »Ich kann keinen mehr auswechseln!«

»Damit die alle meinen nackerten Arsch sehen?« Guthunz schüttelte trotzig den Kopf. »Lieber verlier ich!« Ratlosigkeit auf der Bank. Keiner hatte eine Ersatzhose. Das Spiel ging weiter.

Luise zupfte Viktor am Ärmel. »Ich hätt Nähzeug dabei.«

»Was?« Viktor hatte vor lauter Debattieren nicht mitbekommen, was sie sagte.

»Ich will die Hose nähen«, wiederholte sie. »Das geht doch nicht, dass der jetzt nicht mehr spielt!«

Dann ging alles ganz schnell. Viktor und Fritz nahmen Guthunz zwischen sich und bildeten mit ihren Sakkos einen Sichtschutz, damit er die Hose ausziehen konnte. Die Hose wanderte zu Luise, die sich damit auf die Bank setzte, das Not-Nähzeug auspackte, das sie immer bei sich trug, und die Hose innerhalb von drei Minuten wieder zusammennähte. Der Stürmer zog sich wieder an und trabte aufs Feld zurück. Eine halbe Stunde später schoss er das entscheidende Tor zum 3:2.

»Die kannst du öfters mitbringen«, sagte Viktor nach dem Spiel zu Fritz. »Die näht ja schneller, als die Polizei erlaubt!«

»Mehr hast du nicht zu ihr zu sagen?«, gab Fritz indigniert zurück.

Viktor grinste und stieß ihn in die Seite. »Ich glaub fast, da hast du dir die Richtige ausgesucht! Das Herz auf dem rechten Fleck, und patent dazu. Auf die kannst du stolz sein! Alles in allem: genehmigt!«

Sie brachten Luise am Abend zum Zug; Fritz blieb noch zum Logentreffen. Auf dem Weg zum Logenhaus auf der Hallerwiese erzählte er Viktor die ganze Geschichte seiner außergewöhnlichen Beziehung zu Luise. Und dass sie mit ihrem Schneidergeschäft in Schwierigkeiten war.

Vier Tage später bekam Luise vom Vorstand des FCN ein Dankesschreiben für ihren Nähdienst, der den Sieg gegen den FC Pfeil ermöglicht hatte. Dem Schreiben lag der Auftrag bei, elf Trikots und elf Hosen aus strapazierfähigem Stoff anzufertigen, davon sieben in Standardgröße 48 und vier in 50. Dazu eine Schiedsrichterkluft ganz in schwarz. Das rettete sie über den Monat.

Kapitel 14
1909

Weihnachten 1909 wurde in der neuerbauten Villa von Tilly und Karl Gerber gefeiert. Sie hatten direkt am Unteren Stadtpark ein schönes großes Grundstück gefunden und darauf von einem Nürnberger Architekten ein – für Fritz' Geschmack viel zu protziges – Haus bauen lassen. Im Erdgeschoss, gleich rechts vom Eingang, hatte Karl sich ein geräumiges Bankkontor eingerichtet, wo er als Alleinvertreter seiner Privatbank für Schwabach arbeitete. Mit dem restlichen Geld von Tillys Mitgift hatte er sich bei der größten Dampfziegelei der Stadt als Teilhaber eingekauft. Als sich für das nächste Jahr auch noch Nachwuchs ankündigte, war das junge Paar so glücklich, wie man nur sein konnte, und Fritz freute sich mit ihnen.

Diesmal waren Lisette und Eduard beim Feiern mit von der Partie – dafür fehlte Konrad. Er hatte eine akute Gastritis, lag daheim im Bett und machte eine Rollkur. Fritz waren die Weihnachtsfeiern der Familie mit ihrem Tohuwabohu inzwischen eher zuwider. Bei all dem Trubel freute er sich schon am Heiligabend auf einen gemütlichen ersten Feiertag bei Luise mit ihrem altmodischen Weihnachtspyramidchen und selbstgebackenen Nussplätzchen. Und er freute sich auf sein Treffen mit Viktor am Tag darauf und den obligatorischen Winterspaziergang an der Pegnitz.

Als er von Nürnberg nach Schwabach zurückfuhr, saß ein Mann mit ihm im Bahnabteil, den er irgendwoher kannte. Er überlegte hin und her, bis es ihm schließlich einfiel. »Ah, jetzt hab ich's«, sprach der seinen Mitreisenden an, »Sie sind doch der Herr Rühl von der Goldschlägerei, der uns damals das Gold geliefert hat für die königliche Sonderseife!«

Hans lächelte schräg. Es war ihm peinlich, auf der Rückfahrt von einem Treffen mit Lisette ausgerechnet ihrem Bruder zu begegnen. »Schon ein paar Jahre her«, sagte er.

Fritz begann ein Geplauder. »Hat sich nicht bewährt«, erzählte er. »Die Goldflitter waren nach dem Baden überall, man kriegt sie nicht aus den Haaren und von der Haut. Schöne Idee, aber nicht praktikabel.«

»Leider. Aber die Vorstellung, dass der Prinzregent mitsamt Familie nach dem Waschen womöglich wochenlang von mir persönlich geschlagenes Blattgold mit sich herumgetragen hat, ist schon reizvoll.«

»Haha. Vor allem seine Schwester Adelgunde, die soll ja ein rechter Drachen sein.«

Eine Dame drehte sich um und sah Fritz missbilligend an. »Über die königliche Familie verbitte ich mir, so zu reden. Das ist eine Unverschämtheit, Sie Kommunist!«

»Verzeihung«, sagte Fritz und zwinkerte Hans zu. »Und, wie gehen die Geschäfte?«

Hans entspannte sich ein wenig. So verkehrt war Lisettes Bruder gar nicht. »Kann nicht klagen«, sagte er. »Die Nachfrage ist in den letzten Jahren erstaunlich gestiegen. Ich bin grad auf der Suche nach einem Grundstück – wenn alles gutgeht, möchte ich im nächsten oder übernächsten Jahr neu bauen. Könnte sein, dass ich bald größere Mengen Blattgold nach Russland exportiere.«

»Russland!«, rief Fritz. »Ich hab als junger Mensch ein paar Jahre in Moskau gelebt. Wunderbares Land. Riesig. Und Unmengen von Kirchen voller Gold.«

Ein lebhaftes Gespräch entspann sich zwischen den beiden, bis sie sich in Schwabach voneinander verabschiedeten. Und Hans gestand sich ein, dass ihm Lisis Bruder eigentlich ganz sympathisch erschien.

»Nanu, wer sind Sie denn?« Ein junger, schlaksiger Bursche von vielleicht siebzehn Jahren hatte die Haustür geöffnet. Fritz stellte seinen Gehstock in die Ecke und knöpfte den Mantel auf.

»Das ist Gustav, der neue Hausdiener.« Konrad kam die Treppe herunter, den kleinen Ben im Schlepptau. »Hast du's schon wieder vergessen? Der Xaver hat gekündigt, und für ihn haben wir Hildes Neffen eingestellt. Ich hab dich doch extra noch gefragt!«

»O ja, richtig«, murmelte Fritz zerstreut. »Na dann, Gustav, willkommen im Hause Ribot.« Er sah sich den Neuzugang aufmerksam an. Ein junger Mensch von angenehmem Äußeren, dünn und hoch aufgeschossen wie es in diesem Alter oft vorkam, mit blonden, kurzgeschnittenen Haaren, die ein Paar leicht abstehende Ohren enthüllten. Über fast weiblich üppigen Lippen prangte der spärliche Ansatz eines Schnurrbärtchens. Fritz versuchte vergeblich, sich zu erinnern, warum Xaver gekündigt hatte. Na, ist ja auch egal, dachte er. Der Neue wirkt ja recht ordentlich. Bisschen jung vielleicht, aber solang er anstellig ist, soll's mir recht sein.

Er ging hinüber ins Esszimmer, wohin gerade Konrad und Ben verschwunden waren. Die beiden saßen am Tisch, und Konrad löffelte etwas aus einem tiefen Teller. Kleine gelbe Stückchen, die in Milch eingeweicht waren. »Äh«, sagte Fritz und rümpfte die Nase, »was ist denn das für Zeug?«

Konrad seufzte. »Das schickt die amerikanische Verwandtschaft jetzt regelmäßig. Seit Gusti denen geschrieben hat, dass ich's mit dem Magen habe. Sieh dir das an.« Er schob Fritz eine bunte Schachtel hin, auf der in schwungvoller Schrift »Kellogg's Cornflakes« stand. »Ist ganz neu, und drüben der Renner. Soll gesund sein und leicht verträglich. Vor allem die Kinder mögen es, weil's so knusprig ist, gell Ben?« Er schob Ben einen Löffel Cornflakes in den Mund, und der Junge kaute genüsslich.

»Und, hilft's dir denn?«, fragte Fritz.

Konrad zuckte mit den Schultern. »Wird schon was nützen. Jedenfalls schmeckt das Zeug ganz gut, im Gegensatz zu dem Diätplempel, den ich sonst essen muss. Schleimsuppen, ungesalzenes, gekochtes Gemüse, gedämpften Fisch. Wenn einer da nicht schon krank ist, von dem Fraß wird er's bestimmt. Alkohol ist auch verboten. Und rauchen darf ich auch nicht mehr. Dabei geht das doch auf die Lunge und nicht auf den Magen. Ich sag dir, das ist reine Schikane!«

Fritz lachte. »Ja, die beste Krankheit taugt nix!«

Kapitel 15

Annonce aus dem »Schwabacher Tagblatt« vom 1. März 1910

Luise Götz, Maßschneiderin
Königstraße 22, Schwabach
empfiehlt sich in
Anfertigung eleganter Damengarderobe
aus nur guten Stoffen zu billigen Preisen
Garantie für guten Sitz

Neueste Entwürfe aus Berliner Ateliers eingetroffen

Kapitel 16

Was Luise ihrem Peterle erzählt …

Es kommt keiner. Jetzt haben wir schon bald Mai, und der Laden ist immer noch dauernd leer. Drei Konfirmationskleidchen hab ich genäht, und zwei Frühjahrskostüme, das war schon alles. Ach Peterle, ich weiß nicht mehr ein noch aus. Da krieg ich die schönsten Schnitte aus Berlin, die mir der Reisende vom Fritz besorgt hat, und es hilft alles nichts. Es ist bald so, als hätten sich die Schwabacherinnen gegen mich verschworen. Nein, nein, ich wein nicht, mit ist bloß was ins Auge geflogen. Hauptsache, dir geht's gut, mein Bub. Bist dünner geworden. Kriegst du auch genug zu essen? Ich hab dir einen Gesundheitsschatt mitgebracht, ganz frisch gebacken, den hebt die Schwester Veronika für dich auf und gibt dir jeden Tag ein Stück. Und du, ich muss dir noch erzählen, dass ich neulich wieder in Nürnberg war zu einem Fußballspiel. Danach sind der Fritz, der Viktor und ich noch am Dutzendteich spazieren gegangen und haben beim Ruderverein zugeschaut, wie die um die Wette gefahren sind. Ach so ja, der Viktor, das ist der Sohn vom Fritz, stell dir vor, der kommt eigentlich aus Russland! Da ist es immer kalt, und die haben keinen Kaiser, sondern einen Zaren, so heißt das. Der Viktor baut Häuser, so große hast du noch nie gesehen! Vier Stock hoch und dann noch das Dach, so was gibt's in Schwabach nicht. Gib mir einmal deine Hand, Peterle, die ist ja heut ganz verkrampft. Nein, ich tu dir nicht weh, sei brav und halt still. Ich will deine Finger ja bloß ein bisschen massieren, dann werden die Muskeln wieder schön locker. Siehst du, so. Ach, wenn ich dich nicht hätt. Dir kann ich alles erzählen, gell? Du verstehst mich immer, auch wenn du's nicht zeigen kannst. Wenn nur bloß … wenn bloß das mit dem Laden besser wär … bis zum Juni kann ich noch durchhalten, aber dann muss ich zumachen, Peterle. Dann muss ich mir wieder eine Arbeit in der Fabrik suchen und kann dich nicht zu mir holen, und mein schöner Traum ist vorbei …

Kapitel 17
1910

»Sie hat den Kopf in den Gasherd gesteckt, Lisi.« Hans saß auf der Bettkante, die Ellbogen auf den Knien, das Gesicht in den Händen vergraben. »Ich hab sie grad noch erwischt. Der Hahn war bis zum Anschlag aufgedreht.«

Lisette setzte sich neben ihn. »Mein Gott. Und dann?«

»Ich hab die Fenster aufgerissen, den Hahn zugedreht und die Hermine aus der Küche gezogen. Sie war schon bewusstlos, aber dann ist sie aufgewacht. Der Anton und ich haben sie nach oben getragen und ins Bett gelegt. Heiliger Gott, Lisi, was soll ich denn noch machen? Alle spitzen Gegenstände im Haus sind weggesperrt. Ich pass früh und abends auf, dass die Hermine ihre Tabletten und Tropfen nimmt. Jeden Tag kommt die Pflegerin, die ich eingestellt hab, und in der Nacht bin doch ich da. Aber ich hab auch nicht verhindern können, dass die Hermine mitten in der Nacht aufsteht und sich umbringen will. Wir können ja noch froh sein, dass das Haus nicht in die Luft geflogen ist. Wenn ich nicht aufgewacht wär … nicht auszudenken!«

»Meinst du nicht, es wär langsam doch zu überlegen, sie wieder nach Ansbach …«

»Nein!«, sagte er scharf. »Ich hab's ihr versprochen. Ich kümmere mich um sie. Das bin ich ihr schuldig.«

»Weil du ein schlechtes Gewissen ihr gegenüber hast, meinetwegen?«, sagte Lisette leise.

Er schüttelte den Kopf. »Weil sie nichts dafür kann. Und weil sie die Mutter meiner Kinder ist.«

»Ach, Hans.«

Er nahm ihre Hand. »Sei du mir nicht auch noch bös, Lisi. Ohne dich wüsst ich nicht, was ich anfangen sollt. Dann wär ich ja ganz allein.«

»Ich bin dir nicht bös. Aber ich weiß nicht, ob du noch das Richtige tust.«

Er atmete tief durch. »Jedenfalls muss ich jetzt immer über Nacht das Gas abstellen. Der Doktor sagt, es gibt jetzt ein neues Medikament, das könnte man ausprobieren … Irgendwas muss doch helfen.«

Sie strich ihm liebevoll das Haar aus der Stirn. »Wer ist denn jetzt über Nacht bei ihr?«

»Die Frau Ziegler. Du weißt ja, ab und zu kann ich sie zu einer Nachtwache überreden.«

»Dann ruh dich jetzt einfach aus.«

Er ließ sich mit einem Seufzer aufs Bett zurückfallen und legte die Füße hoch. »Du, aber was Schönes hab ich auch noch zu erzählen! Die Russen haben geantwortet. Die brauchen kiloweise Blattgold. Und sie zahlen einen anständigen Preis. Wenn das klappt, wird es das Geschäft meines Lebens!«

Luise schmiegte sich nachdenklich an ihn. »Ist das nicht eine Ironie des Schicksals? Damals, da warst du nicht gut genug für mich als kleiner Blattgoldschläger. Und heute, wo du einen großen Betrieb hast, der immer noch wächst, wo bald in der Hindenburgstraße deine neue Schlägerei steht und du ein angesehener Mann bist – da würde alles passen. Aber wir zwei, wir können uns nicht mehr haben.«

Während sich Lisette und Hans im Kaiserhof trafen, saß Gusti mit Fritz im Salon beim Kaffee. Das geschah eher selten, weil Fritz sich meistens keine Zeit für große Kaffeepausen nahm. Konrad fiel ja wegen seiner Diät seit einiger Zeit aus, und Gusti, die sich mehr und mehr um ihren Mann sorgte, freute sich über Fritz' Gesellschaft. »Du siehst blass aus«, sagte sie zu ihrem Schwager. »Jetzt fang du bloß auch noch mit dem Magen an!«

»Nur ein bisschen Kopfweh«, erwiderte Fritz und tat sich einen Klacks Schlagrahm auf den Kaffee. »Hab ich in letzter Zeit manchmal.«

»Du arbeitest zu viel, mein Lieber. Ich seh doch das Licht, wenn du nachts noch im Labor bist.«

»Ach, das! Ja, ich tüftle da an einer neuen Idee herum.« Er fuhr sich mit allen zehn Fingern durchs Haar. »Aber das ist es eigentlich nicht.«

»Machst du dir über irgendwas Sorgen?«

Fritz schnaufte tief durch. »Na ja … Aber das willst du gar nicht wissen, Gusti. Ich kenn ja eure Einstellung. Lass gut sein.«

»Einstellung wozu?« Gusti runzelte die Stirn.

»Zu mir und der Luise. Der Konrad hat mir schon deutlich gemacht, was ihr von der Sache haltet.«

Gusti rührte nachdenklich in ihrer Tasse. »Und wenn ich's doch wissen will? Schau, der Konrad, der frisst immer alles in sich hinein. Deswegen hat er auch den schlimmen Magen. Besser geht's einem, wenn man über das redet, was einen bedrückt. Na ja«, sie zuckte die Schulter, »erzähl's mir halt einfach, wenn du magst.«

Fritz stand auf und holte sich seine Meerschaumpfeife und das Rauchzeug von der Anrichte. Bedächtig begann er, die Pfeife zu stopfen. »Ihr habt was gegen meine Geschichte mit der Luise. So wie alle. Ich kann's ja verstehen. Aber was mich fuchsteufelswild macht, ist die Tatsache, dass zu mir niemand offen was sagt. Das traut sich keiner. Aber die Luise, die wird schräg angeschaut, hinter der wird hergetuschelt, die muss leiden. Vor der haben sie keine Angst, die können sie fertigmachen.«

Gusti nickte. Sie wusste, was geredet wurde.

Fritz zog an der Pfeife, aber sie wollte ihm nicht recht schmecken. »Ich hab der Luise geholfen, sich selbständig zu machen. Schneiderin werden, das war ihr Lebenstraum, und sie ist eine gute! Die Marga Güttenberger war glücklich, dass sie ihr den Laden übergeben hat können. Und jetzt – jetzt kommt keiner. Die feinen Damen schneiden sie.«

»Das wundert mich nicht«, sagte Gusti.

»Jetzt tät ich der Luise ja helfen mit der Ladenpacht und allem, aber dafür ist sie zu stolz. Ja, unsereins denkt da nicht dran, aber auch die einfachen Leute haben ihre Würde! Jedenfalls, wenn das so weitergeht, dann kann die Luise zusperren. Dann muss sie wieder in die Fabrik.«

Gusti leerte ihr Gläschen mit süßem Kirschlikör, das sie immer nach dem Kaffee trank. »Ja, die Leute können gnadenlos sein. Wer sich nicht an die Regeln von Moral und Anstand hält, wird von der Gesellschaft bestraft.«

»Diese aufgeblasene Bande soll doch erst mal auf sich selber schauen«, brauste Fritz auf. »Wer geht denn an den Freitagabenden alles zur Fünf-Mark-Else am Spitalberg? Doch der halbe Magistrat! Und wie viele verheiratete Männer haben nebennaus Kinder? Aber auf andere mit Steinen werfen, das macht Spaß!«

»Deshalb musst ja du nicht auch ein unschickliches Leben führen«, gab Gusti zurück. Sie stand auf und legte Fritz kurz die Hand auf die Schulter. »Tut mir leid, Fritz, aber gutheißen kann ich das alles nicht. Ich fürchte, da habt ihr euch eine bittere Suppe eingebrockt.«

Draußen im Flur tat es Gusti schon wieder leid, dass sie so hart gewesen war. Nachdenklich ging sie nach oben in ihr Damenzimmer, setzte sich mit dem Stickrahmen ans Fenster und stichelte mit grünem Seidenfaden winzige Glücksklee-Blätter auf ein Kindertaschentuch.

Zwei Tage später kleidete sie sich besonders geschmackvoll und apart an, setzte ihr feinstes Samthütchen auf, nahm den weiß berüschten Sonnenschirm und machte sich auf den Weg. Bei herrlichem Sonnenschein und umweht von einem lauen Mailüftchen überquerte sie die Fleischbrücke, grüßte hierhin und dorthin und spazierte dann zur Post, um ein Päckchen nach Amerika aufzugeben. An der Ecke zur Ludwigstraße blieb sie vor den neu dekorierten Schaufenstern des Textilgeschäfts Rosenstein stehen und sah zu, wie sich vor dem gegenüberliegenden Konsumverein zwei rotznasige Buben um eine Tüte Bonbons stritten. Langsam flanierte sie weiter, schlenderte über den Marktplatz und ging in die Engel-Apotheke, um eine Packung Aspirin zu kaufen. Dann sah sie draußen in der Königstraße das, worauf sie gehofft hatte. Die Gattin des Dekans Herold stand mit Herta Roiderer, der hochnäsigen Schwester des Fabrikanten Staedtler, beisammen und hielt einen Schwatz. Gusti gesellte sich zu ihnen. Man unterhielt sich über das warme Wetter, die neuesten Gerüchte und das Wohlergehen der Kinder. Zu Gustis Freude spazierte auch noch die Schwiegermutter des Bürgermeisters Dümmler heran, im Schlepptau ihren ondulierten Pudel und die Fabrikantengattin Marie Jung, Pflegerin des Waisenhauses und Mitglied im Armenrat der Stadt. Gusti verabschiedete sich schnell, grüßte die beiden dazukommenden Damen, ging schräg über die Königstraße und betrat vor den Augen aller mit größter Selbstverständlichkeit und erhabener Gelassenheit den Laden von Luise Götz. Aus dem Augenwinkel heraus sah sie noch, wie die Dekanin mit aufgerissenem Mund dastand und Herta Roiderer ungläubig den Kopf schüttelte.

Zehn Tage später ließ sich Marie Jung bei Luise ein leichtes Sommercape anmessen. Als Nächstes kam die Frau des Seminardirektors, sie entschied sich für ein Kleid im neuen Berliner Stil. Und als Gusti schließlich zur Pfingstmesse mit einem elegant geschnittenen pfirsichfarbenen Seidenkostüm in die Kirche einschwebte, das sie bedeutend schlanker erscheinen ließ als sonst, waren Luises Schneiderkünste plötzlich in aller Munde. Die Damen der Gesellschaft waren sich schnell darin einig, dass sie – wenn schon Gusti Ribot nichts dabei fand, das Geschäft der Geliebten ihres Schwagers zu frequentieren – deren Dienste wohl ebenso gut in Anspruch nehmen konnten. Vor allem, wenn sie so geschickt arbeitete, dass sogar die plumpe Gusti fünf Kilo leichter aussah.

Nach dem Pfingstgottesdienst sagte Fritz zu seiner Schwägerin: »Gusti, eins weiß ich: du kommst bestimmt einmal in den Himmel.«

Kapitel 18
1910

Gustav schlenderte leise pfeifend mit seiner leeren Drei-Liter-Milchkanne durch die Benkendorfer Straße und bog dann rechts in ein Gässchen zwischen zwei alten Häusern ein. Hier, zwischen den Häusern und der früheren Mühle, floss der Nadlersbach, und gleich daneben, am gemauerten Ufer, ragte ein Rohr mit Wasserhahn aus dem Boden, aus dem aus den Tiefen der Erde beständig ein dünner Strahl strömte. Das war der einzige artesische Brunnen Schwabachs, und die Leute holten seit Zeit und Ewigkeit gern ihr Kaffeewasser hier, weil es einfach das beste war. Auch Gustavs Ausflug an einem Sonntagmorgen im Oktober diente diesem Zweck.

»Mein Vater sagt, ihr seid dreckig!« Ein etwa zehnjähriger Junge mit ramponierten Hosen stand breitbeinig neben der Quelle, die Hände in die Hüften gestützt.

»Und ihr stinkt!«, sagte ein zweiter Junge hämisch. Er hatte seine Mütze verwegen schräg auf den Kopf gesetzt.

Vor den beiden stand ein kleinerer, schmächtiger Bub, einen Blechnapf mit undefinierbarem Inhalt in den Händen. »Wir sind nicht dreckig«, sagte er trotzig und zog die Schultern ein. Eine fadenscheinige kurze Hose umschlotterte seine dünnen Beinchen, und seine nackten Füße steckten in viel zu großen Schuhen.

»Elendsgesocks seid ihr«, rief der mit den kaputten Hosen. »Schlimmer als die Ratten.« Er schubste den Kleineren, und der ließ den Blechnapf fallen. Knorpelige, flachsige Fleischreste, ganz offensichtlich vom Schlachthof ergattert, verteilten sich auf dem Pflaster. Eine Katze schoss aus dem Gebüsch, schnupperte an einem der Brocken und verschmähte ihn.

»Euren Kotzfraß will nicht einmal der Kater vom alten Heringlehner«, feixte der Bursche mit der Mütze und kickte einen Knochen mit der Fußspitze weg. »Los, heb den auf, du Zwerg!«

Der Kleine stand hilflos da und sah auf die schmutzigen Fleischreste auf dem Boden.

»Hast nicht gehört? Bück dich!« Der Junge machte einen drohenden Schritt auf den Buben zu. »Du bist ja zu blöd zum Scheißen.«

»Und deine Schwester ist eine Dreckshure!«

Da ballte der Kleine die Fäuste, sein rotzverschmiertes Gesicht verzog sich zu einer wütenden Grimasse. »Das ist eine gemeine Lüge!«

Die beiden anderen lachten. »Du Mückenscheiße auf zwei Beinen, komm doch«, schrie der mit der Mütze.

Tatsächlich ging der Kleine auf die älteren Buben los und versetzte dem ersten einen Schlag. Der andere griff ihn an, nahm ihn in den Schwitzkasten und drehte ihm schließlich die Arme auf den Rücken, während sein Kumpan auf das Gesicht des armen Kerls eindrosch.

Das war der Moment, in dem Gustav seine Kanne hinstellte. Mit schnellen Schritten war er bei den Kampfhähnen, riss sie auseinander und stellte sich vor das inzwischen heulende Opfer. »Schöne Helden seid ihr«, meinte er und spuckte aus. »Zu zweit einen Kleineren fertigmachen, Respekt. Wollt ihr's auch mal bei mir probieren, oder traut ihr euch bloß an Schwächere?«

Die so Gescholtenen standen mit gesenkten Köpfen da. »Der da ist doch bloß Gesindel«, murmelte der mit der Mütze halbherzig.

»Und ihr seid feige Schweine«, sagte Gustav wütend. »Los, haut ab, bevor ich richtig sauer werde.«

Die beiden gaben Fersengeld, und Gustav drehte sich um. Der Kleine blutete stark aus der Nase, ein Knie war aufgeschürft und auch seine Unterlippe war aufgeplatzt. »Wo wohnst du?«, fragte Gustav.

Der Bub deutete schniefend auf eine Art Kellerabgang beim nächsten Hinterhaus. Gustav nahm ihn bei der Hand. »Komm, ich bring dich heim. Sonst kommen die noch mal.«

In dem Kellerloch, das der Familie des Kleinen offenbar als Wohnung diente, roch es nach Fäulnis und Moder. An den Wänden stand die Feuchtigkeit bis Kniehöhe, und große dunkle Stockflecken zierten alle vier Ecken. Das Inventar bestand aus einer eisernen Bettstatt, einem Herd und einem wackligen Tisch, der vor dem Bett stand. In einer Ecke war auf dem Boden eine Matratze, darin lag, eingemummelt in Decken, ein vielleicht zehnjähriger Bub mit fast durchscheinender Haut und fiebrigen Augen. Am Herd stand ein junges Mädchen und schrubbte die Eisenplatte mit einer Bürste; als sie sich umdrehte, sah Gustav, dass sie höchstens so alt war wie er. Sie trug einen Schürzenkittel und keine Schuhe, um den Kopf war ähnlich wie ein Turban ein ausgeblichenes Stück Stoff mit Rosenmuster geschlungen. Als das Mädchen seinen ramponierten Bruder sah, schrie es erschrocken auf. »Ach du lieber Gott, Schorschi, wie schaust denn du aus? Haben dich die Schmidtbauers-Brüder wieder erwischt?«

Sie nahm einen Lumpen, tauchte ihn in eine Wasserschüssel und wischte dem Kleinen übers Gesicht. »Hast das Fleisch?«

Während Schorschi verarztet wurde, lief Gustav schnell hinaus, klaubte die Fleischbrocken zusammen, tat sie wieder in den Blechnapf und brachte sie dann zurück. Schorschi hockte inzwischen schniefend auf dem Bett und blies auf sein zerschrammtes Knie.

»Danke«, sagte das Mädchen und sah Gustav an. Sie war nicht wirklich hübsch – aber sie hatte die blauesten Augen, die er je gesehen hatte, hellblau wie Vergissmeinnicht.

»Wohnt ihr hier?«, fragte Gustav und kam sich sofort reichlich dumm vor. Was denn sonst?

Sie nickte. »Wenn man's wohnen nennen kann.« Sie tat die Fleischabfälle in einen Topf mit Wasser und stellte ihn auf den Herd. »Wer bist du überhaupt?«

»Gustav Roiderer. Hausdiener beim Kommerzienrat Ribot«, sagte er stolz.

»Was macht ein Hausdiener?« Sie tat Salz und ein Lorbeerblatt in die Suppe.

»Na ja, Holz und Kohle schleppen, die Kachelöfen heizen, Bierkästen in den Keller wuchten, die schweren Sachen eben, die die Hausmädchen nicht schaffen. Letzte Woche hab ich die Fensterrahmen abgeschmirgelt und gestrichen. Manchmal mache ich auch Gänge oder helfe beim Kistenzimmern in der Fabrik, oder in der Schlosserei.« Gustav stand unschlüssig herum, während sie Kartoffeln aus einem Korb klaubte. »Was hat er?«, fragte er schließlich und deutete auf den kranken Jungen auf der Matratze.

Sie senkte den Kopf. »Der Ernstl hat die Schwindsucht«, sagte sie. »Das ist die Feuchtigkeit vom Nadlersbach. Im Winter haben wir hier drin praktisch Nebel.«

»Und eure Eltern?«

»Mein Vater ist weg, und unsere Mutter ist vor zwei Jahren an der Lunge gestorben.«

Er half ihr beim Kartoffelbrocken. »Und von was lebt ihr?«

»Von der Wohlfahrt. Die geben uns Geld, und manchmal Kleider und Schuhe. Ich geh auch in die Fabrik, aber die zahlen kaum was, wenn man jünger als achtzehn ist. Manchmal helf ich wo bei der Wäsche aus, und im Herbst geh ich zur Tabakernte. Aber es langt hinten und vorn nicht.« Sie deutete auf den Topf. »Der Schorschi ist gut im Betteln. Und am Schlachthof haben sie meistens Reste.«

Gustav dachte an die fünf großen Fleischküchle, die er am Abend vorher verdrückt hatte. Und den schönen Braten, den es für die Angestellten jeden Sonntag gab. Er war selber in Armut aufgewachsen, bei seinem Großvater, einem Schuster in Hofstetten bei Roth. Aber das hier, das war traurig.

Draußen klapperte etwas, und ihm fiel seine Milchkanne ein. Verdammt, er hatte doch Wasser holen sollen. »Ich muss gehen«, sagte er.

Sie lächelte kurz. »Danke, dass du dem Schorschi geholfen hast.« Dann brockte sie weiter die Triebe von den Kartoffeln.

Er ging. Neben dem artesischen Brunnen stand immer noch seine Kanne. Beim Hochheben merkte er, das drinnen etwas schwappte, und schüttete den gelblichen Inhalt aufs Pflaster. Diese Rotzlümmel hatten in die Kanne gepinkelt. Er spülte die Kanne sorgfältig im Nadlersbach, bevor er sie füllte.

Auf dem Heimweg sah er immer noch diese himmelblauen Augen vor sich. Und ihm fiel ein, dass er sie nicht einmal nach ihrem Namen gefragt hatte.

Vier Tage später war Gustav wieder da. Er hatte zwei Stücke Gesundheitsschatt dabei, die er aus der Speis geklaut hatte, und eine dicke Scheibe geräucherten Schinken.

Sie hieß Dorle Biedenbacher und war ein Jahr jünger als er. Er half ihr, hinter dem Haus Holz zu hacken und reparierte ein Fenster, das nicht mehr zuging. Als er ging, fragte Schorschi ihn mit großen Augen: »Du, kommst du jetzt öfter zu uns und bringst uns was Gutes mit?«

Er sah Dorle an, sie wich seinem Blick verschämt aus. »Ja«, sagte er dann. »Was wünschst du dir denn?«

Schorschis Augen leuchteten. »Marmelade. Und Butterbrot. Und eine Stadtwurst. Und ...«

Dorle gab ihm eine Ohrfeige. »Du bist unverschämt!«

Von da an besuchte Gustav die drei Geschwister am Nadlersbach regelmäßig. Er stahl Vorräte aus der Speis, und manchmal brachte er auch ein paar Kohlen oder ein Tütchen gemahlenen Kaffee mit. Einmal wagte er es sogar, sich aus Fritz' Döschen ein paar Brustkaramellen für den kranken Ernstl zu nehmen. Mit jedem Besuch bei Dorle wuchs sein Zorn auf die Zustände, in der Menschen so erbärmlich leben mussten. Und er versank jedes Mal ein bisschen tiefer in Dorles Augen.

Kapitel 19
1910

Sedanfeier, 2. September 1910

Kommers mit Konzert
Von 5-6 Uhr im Württemberger Hof,
wozu freier Zutritt.
Anschließend großer Ball, Anfang 7½ Uhr
Entree 60 Pf. Tanzschleifen 1 Mark
Tanzschleifen, welche an der Kasse zu kaufen sind,
sind sichtbar zu tragen.

Viktor und Fritz öffneten die Doppeltür, an der das Plakat hing, und traten in den Saal. Eingeladen hatte der Vorstand des Nürnberger Kampfgenossenvereins von 1870/71, dessen erster Vorsitzender Fritz' Freund Gehring war. Dies war auch der einzige Grund für Fritz' Kommen, denn eigentlich konnte er die ewigen Sedanfeiern anlässlich der Kapitulation der Franzosen im Deutsch-Französischen Krieg nicht ausstehen. Ähnlich ging es Viktor, der jegliche Art von »Hurrapatriotismus«, wie er es nannte, verabscheute.

Sie setzten sich etwas abseits an einen Zweiertisch und bestellten Kaffee und Cognac. Vorne an der Wand hinter der quer aufgebauten Vorstandstafel hingen fünf Originalfahnen aus dem blutigen Gefecht, die deutschen Farben verblichen, der Stoff schmutzig und zerrissen.

Schlag fünf Uhr erhob sich der Hauptredner, gebot mit erhobenen Armen Ruhe und begrüßte die Anwesenden: »Niemand, verehrte Gäste«, sprach er dann weiter, »kann besser den Sedantag würdigen als unser geliebter Kaiser! Deshalb trage ich nun die folgenden Worte unserer verehrten Majestät vor: ›Mit tiefbewegtem Herzen stehe ich vor Ihnen allen, diesen glorreichen Tag des Sieges der deutschen Armeen bei Sedan würdig zu begehen. Diesen Tag, an dem der deutsche Soldat seinem Gegner im Felde siegreich entgegentrat. Wer heute auf die mit Eichenlaub geschmückten Fahnen blickt, der tut es mit wehmütiger Rührung im Herzen, denn der Geist und die Sprache, die aus dem Rauschen dieser zum Teil zerfetzten Feldzeichen zu uns reden, erzählen von den Dingen, die vor vierzig Jahren geschahen, von der großen Stunde, von dem großen Tage, da das Deutsche Reich wieder auferstand.

Der Kitt dieses Reiches ist Blut und Eisen, seine Bausteine sind die Herzen und Leiber der Männer, die ihr Leben dafür bereit sind zu geben. Möge dieser Kitt ewig halten. Mögen diese Steine nie auseinanderbrechen. Und möge die zukünftige Zeit ein Geschlecht heranwachsen sehen, das wie seine Väter vor vier Jahrzehnten in freudiger Zuversicht Individuen entwickelt, die sich unterordnen zum Ruhme des Ganzen und zum Wohle des Volkes und des Vaterlandes. Männer, die, wenn die Stunde schlägt, ihre Pflicht als Soldaten tun werden, um Deutschland zu schützen und zu schirmen. Ein Volk von Kriegern.‹« Der Redner machte eine kurze Pause, bevor er schloss: »Verehrte Anwesende, darauf, dass die Wacht am Rhein gut gehalten wird, vertrauen wir in Ruhe und Zuversicht. Ein Hoch auf unseren Kaiser Wilhelm. Hurra – hurra – hurra!«

Vor der Vorstandstafel marschierte ein blumenbekränzter Kinderchor auf und sang »Deutschland, Deutschland über alles« sowie »Heil dir im Siegerkranz«.

»Man könnte meinen, das deutsche Nationalbewusstsein kennt bloß noch die zwei Worte Krieg und Sieg«, brummte Viktor. »Ein Volk von Kriegern! Wenn ich das schon höre!«

»Kein Wort wird darüber verloren, dass alles nur im Frieden gedeihen kann«, pflichtete Fritz bei. »Wir sind inzwischen die größte Industrienation Europas, und warum? Weil wir eben nicht im Krieg mit anderen Ländern liegen. Weil wir uns darauf konzentrieren können, den Wohlstand aller zu mehren. Aber für den Kaiser sind wir nichts anderes als ›dämliche Zivilisten‹. Hab ich in der Zeitung gelesen.«

»Wilhelm will Krieg«, sagte Viktor. »Das ist doch eindeutig. Für den ist die Kaiserkrone nichts anderes als eine vergrößerte preußische Pickelhaube. Seit er Kaiser ist, befördert er das Wettrüsten zwischen Deutschland und Frankreich und die Flottenrivalität zu England. Er will die Konfrontation. Er befeuert den Militarismus in jeder Rede. Hast du ihn schon mal bei einem öffentlichen Auftritt in Zivil gesehen?«

»Psst!« Fritz sah sich um. »Nicht so laut, um Gottes willen. Die nageln dich sonst hier sofort ans Kreuz!«

»Ich glaub, ich muss hier raus«, sagte Viktor.

Fritz winkte der Bedienung und zahlte. »Komm, wir gehen woandershin. Ich will sowieso noch was mit dir besprechen.«

Sie landeten schließlich im Speisesaal des nahen Grand Hotel, wo Viktor »extra zum Fleiß« ein Chateaubriand und dazu einen schönen Bordeaux bestellte.

»Du meinst also wirklich, es kommt zum Krieg?«, fragte Fritz nach dem Essen nachdenklich.

»Früher oder später.« Viktor legte seine Serviette weg. »Ich bin davon überzeugt.«

Fritz nippte an seinem Rotwein. »Ich will gar nicht dran denken, was dann passiert«, meinte er. »Die Exportmärkte brechen zusammen. Kriegswirtschaft im Inland. Da blüht nur noch die Waffenindustrie. Ganz abgesehen von allem anderen Schrecklichen. Und was ist, wenn wir verlieren?«

»Eigentlich müsste man nur noch die Sozialdemokraten wählen. Die waren 70/71 schon gegen den Krieg.«

»Bist du verrückt? Die Sozis?«

Viktor zuckte die Schultern. »Entschuldige, aber deine Liberalen sind doch viel zu handzahm. Wenn der Kaiser was befiehlt, dann parieren die. Und wenn du ehrlich bist, musst du doch auch zugeben, dass die Forderungen der Sozis schon ihre Berechtigung haben. Unzufriedene Arbeiter arbeiten schlecht, und das schwächt die Firma. Das weißt du ganz genau, deswegen zahlst du ja auch besser als die Schwabacher Metallindustrie.«

Fritz brummte etwas Undefinierbares. »Jetzt fängst du auch schon an wie die Luise«, seufzte er.

Kapitel 20
1911

Kurtl und Wolfi trotteten mit ihren Schulranzen durch den Unteren Stadtpark. Es nieselte, und weil Siebenschläfer war, würde das miserable Wetter wohl die nächsten sechs Wochen anhalten. Wie jeden Morgen machten sich die beiden Siebenjährigen um halb acht Uhr auf den Weg in die Luitpoldschule, wo sie die zweite Klasse bei Lehrerin Kaunert besuchten. Der Morgen war düster, die Luft klamm. Über den Tränk- und Waschweihern waberte grauer Dunst, von den Bäumen tropfte es. Nicht einmal die Enten waren bei dieser tristen Stimmung aus ihrem Holzhäuschen gekommen. Kurtl und Wolfi stapften lustlos vor sich hin. Eigentlich war es ihnen verboten, nah ans Wasser zu gehen, aber zwischen den beiden ersten Weihern gab es eine Abkürzung, die sie auch an diesem Morgen nahmen. Kurtl fand einen Stock und stocherte damit im Uferschlamm nach Würmern. Da war Wabergras im Wasser, lange dunkle Strähnen, die langsam hin und her wogten. Ein paar Lumpen hatten sich darin verfangen, die wohl jemand beim Waschen verloren hatte. Und ein Schuh. In dem Schuh steckte ein Fuß. Kurtl schrie.

Die beiden Schutzmänner legten die triefende Leiche auf dem Bleichrasen ab, beobachtet von einem inzwischen versammelten Grüppchen Neugieriger. Es war eine Frau mittleren Alters, vollständig angezogen. Wenn nicht die blauen Lippen gewesen wären und die winzigen Blättchen Entengrütze, die an ihren Wangen hafteten, hätte man denken können, sie schliefe.

»Kennst du die?«, fragte der jüngere Polizist seinen älteren Kollegen. Der schüttelte den Kopf.

»Das ist doch die Rühls Hermine!«, rief eine Frau aus der Menge. »Die vom Goldschläger Rühl in der Hindenburgstraße!«

Der inzwischen eingetroffene Bezirksarzt besah sich kurz die Leiche. »Ich kümmere mich um alles Weitere«, sagte er zu den Schutzmännern. »Benachrichtigen Sie ruhig die Familie.«

Die Polizisten machten sich auf den Weg. Schon an der Ecke zur Hindenburgstraße kam ihnen Hans entgegen. Er sah die beiden an und wusste im selben Augenblick Bescheid. »Ihr Name?«, fragte der jüngere Schutzmann.

»Rühl, Hans.« Hans schluckte. »Ich bin auf der Suche nach meiner Frau …«

Die Polizisten sahen sich an. »Kommen Sie mit.«

Am Weiher näherte sich Hans der Leiche mit langsamen Schritten. Er sank neben dem leblosen Körper auf die Knie, hob die Hand, als wolle er sie berühren, und ließ sie dann wieder fallen.

»Ist das Ihre Frau?«, fragte er ältere Polizist.

Hans nickte. »Ja«, sagte er tonlos. »Das ist die Hermine … Sie ist ins Wasser gegangen … hat sich nachts aus dem Bett geschlichen … Ach Gott, dass es so enden hat müssen!« Mit hängenden Schultern stand er da und sah zu, wie zwei Sanitäter Hermines Leiche auf eine schubkarrenähnliche Bahre legten und davonschoben. Dann spürte er eine Hand auf seiner Schulter, es war der Bezirksarzt. »Ich untersuche jetzt die Leiche und stelle den Totenschein aus. Spätestens morgen früh können Sie ihn bei mir in der Praxis holen. Mein Beileid.«

Während die Menge sich langsam zerstreute, stand Hans reglos am Ufer und starrte in den Teich. Er hatte keine Tränen.

Er wusste nicht, wie er es den Kindern sagen sollte. Selbstmord, das war unchristlich. Der Pfarrer würde sich weigern, Hermine auf dem Friedhof zu begraben. Die Leute würden reden. Man musste sich schämen. Er machte sich unendliche Vorwürfe. Wie konnte es sein, dass er nicht bemerkt hatte, wie sie in der Nacht aufstand? Dass er nicht gehört hatte, wie sie die Tür öffnete und die Treppe hinunterging? Dass ihm nicht aufgefallen war, wie schlecht es um Hermine stand? In letzter Zeit war sie eher aggressiv und feindselig gewesen, hatte mehrmals versucht, ihn wegen irgendwelcher Nichtigkeiten anzugreifen. Er hatte mit ihr ringen müssen, sie festhalten, damit sie nicht auf die Kinder losging. Erst am Tag vorher war sie ihm mit allen zehn Fingern ins Gesicht gefahren, weil er ihr nach dem Essen das Messer wieder weggenommen und in der Küchenschublade eingesperrt hatte. Danach war sie weinend zusammengebrochen, und er hatte sie ins Bett gebracht und ihr die Beruhigungstropfen gegeben. Er hatte doch nicht ahnen können … das war doch schon so oft passiert, und am nächsten Tag hatte sie wieder alles vergessen.

Als die Kinder von der Schule kamen, rief er sie alle in die gute Stube. »Ich muss euch was sagen«, begann er. »Es ist was Schlimmes passiert. Eure Mutter ...« Die Worte wollten einfach nicht heraus. »Eure Mutter ist gestorben.«

Die Zwillinge nahmen es mit erstaunlicher Fassung auf. Sie wussten genug über Hermines schwere Krankheit und hatten im Gegensatz zu ihrer kleinen Schwester Tinchen auch schon die Gasvergiftung damals mitbekommen. Von Tinchen hatte Hans möglichst viel fernhalten wollen, sie war ein sensibles Kind. Jetzt brach sie in Tränen aus. Hans zog sie auf seinen Schoß und streichelte ihr Haar, dann setzten sich die Zwillinge links und rechts neben ihn und kuschelten sich an ihn. Valentin kletterte auf sein Knie. So saßen sie alle fünf auf dem Sofa. Und dann löste sich die Starre in Hans, und er konnte endlich mit seinen Kindern weinen.

Abends gingen sie in die »Kanne« – Hans wollte die Kinder ablenken, und auch er brauchte Trost bei Freunden. Er hatte den Totenschein noch nicht abgeholt; sie waren den ganzen Nachmittag beieinandergesessen und hatten sich unterhalten, hatten Erinnerungen ausgetauscht an schönere Zeiten, in denen sie noch Ausflüge gemacht hatten oder Spiele am Abend. An lustige Begebenheiten wie den Tag, als die Katze im Kohlenkeller eingesperrt war und schwarz wie die Nacht wieder herauskam. Hermine hatte sie trotz aller Gegenwehr in einen Zuber gesteckt und mit Seife gewaschen. Oder als sie und Hans mit den Zwillingen beim Tanz in den Mai in der »Kanne« durch die ganze Wirtschaft gehüpft waren. Sie sprachen darüber, dass es der Mama im Himmel jetzt besserging, dass sie dort nicht mehr so traurig sein musste, sondern glücklich sein würde. So fiel der Abschied leichter. Maria und Trudel hatten extra eine kräftige Hühnersuppe mit Nudeln gekocht, weil die Kinder sie so gern mochten, und die aßen sie miteinander zu Abend. Hans war dankbar, solche Freunde zu haben.

Gerade als sie nach Hause aufbrechen wollten, klopfte es. Leo ging hin, um zu öffnen – da standen vier Polizisten vor ihm. »Wir suchen den Hans Rühl!«, sagte einer. »Er soll hier bei Ihnen sein.«

»Ja, das stimmt ...«

Schon stapften die Männer an Leo vorbei in die Küche. Hans hatte seinen Namen gehört und war schon aufgestanden.

»Hans Rühl«, sagte der Schutzmann laut und deutlich, »ich verhafte Sie im Namen des Gesetzes wegen Mordes an Ihrer Frau!«

Kapitel 21
1911

»Wir haben Male am Körper Ihrer Frau gefunden, blaue Flecke, Kratzspuren, Narben, Druckstellen«, erklärte der Untersuchungsrichter. »Das alles deutet darauf hin, dass sie vermutlich schon länger misshandelt wurde. Und darauf, dass sie nicht freiwillig ins Wasser gegangen ist.«

Hans schloss kurz die Augen, bevor er antwortete: »Meine Frau ist schon seit vielen Jahren schwer gemütskrank. Sie greift manchmal mich oder die Kinder an. Oder sie verletzt sich selber. Dann muss ich sie festhalten. Daher die blauen Flecken. Sie können gern den Arzt meiner Frau fragen, er wird ihnen bestätigen, dass sie krank war. Oder die Pflegerin, die jeden Tag kommt. Oder die Nachbarn. Die haben sicherlich oft gehört, was bei uns los war. Und die Kinder können Ihnen das auch bestätigen.«

»Das kann ich tun«, erwiderte der Untersuchungsrichter. »Aber selbst wenn die Leute Ihre Behauptung bestätigen – damit haben Sie erst recht ein Motiv: Sie wollten Ihre kranke Frau loswerden.«

Hans fuhr hoch. »Da hätte ich sie bloß nicht zu retten brauchen, als sie ihren Kopf in den Ofen gesteckt hat. Oder ich hätte zugeschaut, all die Male, wenn sie aus dem Fenster springen wollte. Das hätt ich einfacher haben können.«

»Wo waren Sie in der Nacht, als ihre Frau starb?«

»Im Bett.«

»Kann das jemand bezeugen?«

Hans schüttelte verzweifelt den Kopf. »Ich bin einfach nicht aufgewacht, als sie gegangen ist. Und die Kinder haben auch geschlafen.«

Der Untersuchungsrichter klappte sein Notizheft zu und stand auf. »Ich werde eine Zeugenbefragung durchführen, Herr Rühl. Und ich werde Hinweise zu Ihrer Be- oder Entlastung sammeln. Bis ich zu maßgeblichen Erkenntnissen gekommen bin, bleiben Sie in Untersuchungshaft. Guten Tag.«

Hans blieb am Besprechungstisch zurück, stützte die Ellbogen auf und barg das Gesicht in den Händen. Er verstand die Welt nicht mehr.

Kapitel 22
1911

Am selben Tag, als Hans dem Untersuchungsrichter vorgeführt wurde, machte Viktor mit Freunden einen Sommerausflug nach Murnau am Staffelsee. Sie trafen sich vor dem Bankhaus Kohn an der Lorenzkirche. Erst fuhren die Kohn-Brüder mit ihrem neuen Benz vor, dann der Kinomogul Philipp Nickel mit der jungen Schauspielerin Margarethe Haagen auf dem Beifahrersitz und dem Architekten Ludwig Ruff im Fond. Zum Schluss kam hupend der Spielwarenfabrikant Bing gefahren. Viktor stieg zu den Kohns, mit denen er am besten befreundet war, ins Auto. Gerade als man mit knatterndem Auspuff abfahren wollte, rannte winkend ein junges Paar aus dem Bankhaus. Richard Kohn bremste, schob die Windschutzbrille hoch und rief: »Jetzt aber einsteigen!«

Die beiden kletterten zu Viktor auf den Rücksitz.

»Das ist unsere Cousine über zwölf Ecken, Paula«, rief Martin Kohn nach hinten. »Und ihr Verlobter.«

»Alfred Roth«, stellte sich der junge Mann vor, ein gutaussehender, stramm gescheitelter Typ mit Schmiss auf der Wange. Aber Viktor hatte nur Augen für seine Begleiterin. Das war ja eine ganz Besondere! Ihr dichtes dunkles Haar war provokant kinnlang geschnitten, mit Pony, so wie man es auf Fotos der Berliner Bohème sehen konnte. Und sie trug – du liebe Güte – einen Anzug! Einen schwarzen Herrenanzug mit weißem Hemd, dazu glänzende Herrenschuhe aus Lackleder! Lässig stieg sie ein, setzte sich neben ihren Verlobten und reichte Viktor die Hand. »Paula Goldstein«, sagte sie mit angenehm dunkler Stimme.

»Viktor Mischkin, freut mich.«

Ihr Händedruck war warm und fest, und Viktor hätte diese Hand am liebsten gar nicht mehr losgelassen.

Als sie in Murnau ankamen, fragten sie einen Mann mit Jägerhut nach dem »Russenhaus« und wurden in die Kottmüllerallee geschickt. Da stand es, das wohl berühmteste Künstlerdomizil dieser Zeit, gar nicht verrucht, sondern ein hübsches weißgelb gestrichenes Häuschen mit Walmdach in einem liebevoll gepflegten Garten. Hier lebte die Malerin Gabriele Münter zusammen mit dem Avantgardisten Wassily Kandinsky und führte ein »offenes Haus« für alle Künstler, die nicht dem Althergebrachten verhaftet waren, sondern neue Wege gingen. So viel wusste Viktor, aber das war es dann auch schon.

»Wissen die eigentlich, dass wir kommen?«, fragte Viktor.

»Natürlich. Wir haben uns telegraphisch angekündigt.« Martin stieg aus, ging voran bis zur Haustür und klingelte. Eine dunkelhaarige Frau mittleren Alters öffnete und stellte sich mit russischem Akzent als Marianne von Werefkin vor. Sie gingen alle nach drinnen, und Viktor staunte über die offenbar von den Künstlern selber in den buntesten Farben bemalten Möbel. Überall hingen und standen Bilder in einem Stil, den Viktor noch nie gesehen hatte. Grelle Farben, geometrische Formen, Farben, die sich nicht an die Natur hielten. Blaue Rehe, schwarze Häuser, rote Bäume. Viktor fand es verrückt, aber faszinierend. In der Küche ordnete gerade die Besitzerin des Künstlerhauses, Gabriele Münter, einen Blumenstrauß. »Sehen Sie sich nur um«, sagte sie über die Schulter. »Der Wassily kommt gleich.«

Sie gingen durch die Räume und bewunderten die unterschiedlichsten Gemälde; Viktor stand lange vor einem Bild der Werefkin, das ein nächtliches Eisstadion mit vielen Schlittschuhläufern darstellte, daneben ein hellerleuchtetes großes Haus und über allem ein weißer Mond.

»Gefällt es Ihnen?« Paula war neben ihn getreten.

»Sehr. Aber es ist irgendwie … nicht wirklichkeitsgetreu.«

Sie nickte. »Das liegt an der Auflösung der Perspektive. Den modernen Künstlern geht es nicht um die getreue Wiedergabe dessen, was sie malen. Sie wollen ausdrücken, was in ihnen vorgeht, wenn sie ein Motiv malen. Sie wollen das Innere nach außen bringen.«

Viktor deutete auf ein anderes Bild, das eine gelbe Kuh darstellte. »Aber Kühe sind nun mal nicht gelb. Ist das nicht einfach nur eine Spielerei?«

»Das ist eine revolutionär neue Art, zu malen«, entgegnete sie ernst. »Eine andere Art, die Dinge zu sehen. Es geht um den freien Umgang mit Farbe und Form. Diese Maler wollen sich nicht sklavisch an die Wirklichkeit halten, sie wollen sich aus den Fesseln der bisherigen Kunst lösen, etwas Neues schaffen.«

»Das tun sie zweifellos«, lächelte Viktor. »Woher wissen Sie so viel über Kunst?«

»Es gefällt mir einfach«, lachte sie. Sie hatte einen großen Mund mit verlockenden Lippen, und ihr Lachen entblößte eine Reihe makelloser Zähne. »Ich lese viel darüber und gehe gern in Museen. Ah, da ist ja Kandinsky!«

Tatsächlich betrat ein ungefähr fünfzigjähriger dunkelhaariger Mann mit Brille das Haus, gefolgt von einem etwas jüngeren Begleiter mit dichten schwarzen Brauen und Trachtenjanker, der sich als Franz Marc vorstellte. Nach ihnen kam noch ein sehr junger Schlaks mit Hut, der vergeblich versuchte, einen Schnurrbart zu kultivieren, wo nicht viel wuchs. »August Macke«, sagte er mit weicher Stimme und nahm grüßend seinen Hut ab.

Kandinsky übernahm die Führung, erklärte hier ein Bild und dort ein Motiv. Die gelbe Kuh, die Viktor irritiert hatte, stammte von Franz Marc, der ganz offenbar wie sein Kollege Macke in Murnau auf Besuch war. Macke hatte etliche »Tegernsee-Bilder« mitgebracht, wie er sie nannte, bunte Landschaften mit Häusern und Bergen, gemalt mit ungemischten Farben, wie er erklärte. Viktor mochte besonders das Porträt einer jungen dunkelhaarigen Frau, die einen Teller mit Äpfeln trug. Macke erklärte stolz, das sei seine Ehefrau. Kandinskys Bilder gefielen Viktor weniger, sie waren grellbunt und wild und chaotisch, wie es ihm vorkam. Marc schien der am wenigsten Zugängliche der drei Maler zu sein; er sagte kaum etwas und ging auch bald hinauf in sein Arbeitszimmer. »Sie müssen entschuldigen«, sagte Kandinsky,

»aber Franz und ich bereiten gerade eine große Ausstellung vor, dazu einen Almanach, alles unter dem Titel ›Der blaue Reiter‹. Franz arbeitet wie ein Berserker, gerade bringt er ein Bild zu Ende, das eine Affenherde zeigt. Grandios. Ich selber sitze zur Zeit über Skizzen zum ›Jüngsten Gericht‹.«

»Da wollen wir nicht lange stören«, sagte Philipp Nickel rücksichtsvoll. »Mein Freund Ruff hier interessiert sich für dieses wunderbare Werk hier mit den bunten Pferden, und die Herren Kohn haben sich in zwei Landschaften verguckt. Mir selber gefiele dies hier.« Er deutete auf ein kleinformatiges Bild, das ein buntes Durcheinander an geometrischen Formen aufwies.

Während die anderen in Preisverhandlungen eintraten, stand Viktor mit Paula und ihrem Verlobten abseits. Viktor war beeindruckt von dem Kunsterlebnis dieser neuen Avantgarde, er suchte nach Worten, um sich auszudrücken.

»Die Farben beißen einen ins Herz, nicht wahr?«, sagte Paula.

Das war es! »Und die einfachen Formen machen die Dinge klarer, obwohl sie vom Gegenständlichen wegführen«, sprach sie weiter.

»Nett!«, meinte Alfred Roth. »Aber ein bisschen übertrieben. Eine Kuh ist nun mal nicht gelb.«

»Das ist ja das Verrückte! Dinge zusammenbringen, die nicht zusammenpassen. Sie anders sehen. Damit erfindet der Maler diese Dinge quasi neu.« Viktor fühlte sich gedrängt, Alfred zu widersprechen und damit Paulas Begeisterung zu verteidigen. Paula faszinierte ihn mindestens ebenso wie die Bilder. Sie konnte in Worte fassen, was er fühlte. »Welches Bild gefällt Ihnen am besten?«, fragte er sie.

Sie überlegte. Dann deutete sie auf eine Vorskizze von Marianne von Werefkin zu den »Eisläufern«. »Das hier. Es wirkt so geheimnisvoll, wenn die Menschen im Dunkeln ihre Runden ziehen. Und gleichzeitig das hellerleuchtete Haus, das tröstend Schutz und Schirm anbietet.« Sie holte ein silbernes Etui aus der Innentasche ihres Jacketts und nahm eine Zigarette heraus. Viktor gab ihr mit zitternden Fingen Feuer. Er hatte noch nie eine Frau rauchen sehen. Sie sog den Rauch ein und sah ihn spöttisch an. »Und was gefällt Ihnen am besten?«

»Sie«, wollte er schon sagen, aber Alfred kam ihm zuvor. »Der gekühlte Schampus, den wir jetzt anschließend beim Picknick trinken werden. Kommt, ich glaube, die anderen sind fertig.«

Später breiteten sie Decken auf einer Wiese am Seeufer aus, aßen mitgebrachte Köstlichkeiten und ließen die Korken knallen. Der Alkohol machte sie ausgelassen, Paula und die Kohn-Brüder zogen ihre Schuhe aus, krempelten die Hosenbeine hoch und tappten in den See. Der Sohn des Kinomoguls hatte eine Mundharmonika dabei und spielte ganz passabel.

Viktor sah nur Paula.

Kapitel 23

Aus den Lebenserinnerungen von Fritz Ribot, begonnen 1921

Der Sommer 1911 brachte etliche Aufregungen. In Schwabach gab es einen vermeintlichen Mordfall: Die Gattin des Goldschlägereibesitzers Rühl wurde tot in einem der Stadtparkweiher gefunden und man beschuldigte ihn des Mordes. Dieser Skandal stahl verständlicherweise der Feier meines sechzigsten Geburtstags etwas die Schau, aber ich war gar nicht böse deswegen. So viel Trubel um meine Person ist mir eigentlich nicht recht. Schöner als das große Familienfest, das wir diesmal wieder im Bayerischen Hof feierten, war der Abend mit Luise. Sie hat mir einen selbstgeschneiderten Anzug geschenkt – wie sie es geschafft hat, meine Maße zu nehmen, hat sie nicht verraten. Wahrscheinlich hat sie mich im Schlaf vermessen. Ja, und zu diesem Anlass konnte ich auch endlich tun, was ich schon lange vorhatte. Ich habe das kleine Haus gekauft, in dessen Erdgeschoss ihr Atelier ist. Darüber liegt ja noch eine Wohnung mit zwei Zimmern, die vor einiger Zeit frei geworden ist, weil die Familie Melzer nach Weißenburg ziehen musste. Luise war mir natürlich erst böse und wollte ablehnen, aber ich hab ihr gesagt, dass es für mich das schönste Geburtsgagsgeschenk ist, wenn sie dort einzieht. Ich bin so viel älter als du, hab ich zu ihr gesagt. Falls mir was zustößt, will ich sicher sein, dass du gut leben

kannst. Sonst hab ich einmal im Grab keine Ruh net. Da hat sie nachgegeben. Und sie hat so glücklich ausgeschaut, als sie dann gesagt hat: Jetzt kann ich mein Peterle zu mir holen.
Meinem Bruder Konrad macht chronisch der Magen zu schaffen, das schwächt ihn so, dass er an manchen Tagen kaum richtig arbeiten kann. Auf Anraten des Arztes isst er abends nur noch eine leichte Suppe; seitdem unsere Köchin sie mit diesen merkwürdigen Würfeln von Knorr kocht, verträgt er sie Gott sei Dank auch besser. Aber er hat in den letzten Monaten viel Gewicht verloren, und Gusti macht sich große Sorgen. Dennoch schmieden wir gemeinsam ehrgeizige Pläne. Es ist inzwischen endgültig so weit, dass wir dringend die Fabrik erweitern müssten, aber in unserem Areal nicht einmal mehr Platz für eine Hundehütte haben. Ich hab mich deshalb umgehört. An der Walpersdorfer Straße wäre zur Zeit ein großes Grundstück frei, sogar mit Gleisanschluss zum nahen Bahnhof! Da könnten wir zwei bis drei geräumige Hallen bauen, in denen endlich alles am richtigen Platz wäre und die Arbeitsabläufe günstig. Nichts mehr wäre verschachtelt, wir hätten nicht mehr die vielen Treppen und Zwischengänge und Anbauten. Keiner müsste mehr mit der Kirche ums Dorf laufen, wenn er von der Siederei in die Stanzerei oder von der Schreinerei in die Packabteilung wollte. Eine moderne Fabrik, das ist unser Projekt! Mein Schwiegersohn Gerber hat mir zum Geburtstag genau das richtige Geschenk gemacht: Er hat bei der Bayerischen Vereinsbank einen großzügigen Kredit eingefädelt, mit dem wir den Grundstückskauf und den Neubau angehen können. Der Karl ist überhaupt ein patenter Kerl, mit dem hat sich die Tilly nicht vergriffen. Die Ziegelei brummt. Und er hat jetzt seinem Bruder, der in den Kongo gegangen ist, die Großbäckerei abgekauft. Das Bankgeschäft wickelt er auch noch in seinem Privatkontor ab. Der Mann ist ein Hansdampf in allen Gassen. Er erinnert mich an mich selber, als ich noch jung war. Ehrgeiz und Schaffenskraft!
Konrad sitzt jetzt jeden Tag über den Konstruktionsplänen für die neue Fabrik, das muntert ihn auf und lässt ihn seinen schlimmen Magen vergessen. Er tut das ja auch für seine Söhne, die einmal übernehmen werden. Eugen beginnt im Herbst sein Chemiestudium, und Julius wird nach Abschluss des Progymnasiums sicherlich eine kaufmännische Ausbildung machen. Das ist die Kom-

bination, die die Firma braucht. Es macht mich schon wehmütig, wenn ich an Viktor denke, aber er ist inzwischen so erfolgreich in seinen Geschäften, dass er keinerlei Ambitionen auf die Fabrik hat. Vielleicht ist es gut so, aber es tut mir schon weh, dass ich die Firma keinem leiblichen Erben weitergeben kann. Nichtsdestotrotz: Wenn ich die neue Fabrik in der Walpersdorfer Straße bauen kann, dann ist das die Krönung meines Lebenswerks. Dann kann ich mich guten Gewissens in ein paar Jahren zur Ruhe setzen. Wollen wir hoffen, dass alles so kommt, wie wir es uns wünschen …

Kapitel 24
1911

Auf dem Schild an der massiven Doppeltür im Erdgeschoss des Nürnberger Justizgebäudes stand: »Der Staat vs. Rühl, Johann, 14 ½ Uhr«. Drinnen im Saal saßen erstaunlich viele Menschen. Leo und Anna waren gekommen und hatten die Zwillinge und Valentin mitgebracht. Ein paar neugierige Schwabacher waren ebenfalls da, und ein junger Mann mit Nickelbrille vom »Tagblatt«. Dazu etliche Studenten der Jurisprudenz und viele Schaulustige, die einfach nur zum Zeitvertreib ins Gericht kamen. Sie alle sahen nun, wie Hans in Handschellen vor die Richterbank geführt wurde. Dort saß ein übergewichtiger älterer Herr mit grauen Löckchen, den ein Schild auf dem Tisch als Richter Gottlob Meerbaum auswies; neben ihm hatten ein Protokollant und mehrere Schöffen Platz genommen. Hans blickte in die Augen des Richters, um irgendetwas daraus zu lesen, aber Meerbaum zeigte einen so gleichgültigen Gesichtsausdruck, dass man meinen konnte, er säße daheim auf dem Sofa und langweilte sich schrecklich. Rechts neben Hans stand der Staatsanwalt Meyer mit ebenfalls undurchdringlicher Miene, links von ihm Hans' Anwalt Anton Bruckmüller, der ihn mit beruhigendem Nicken begrüßte.

Sein Leben hatte Hans in die Hände dieses Mannes gelegt. Als er seine Kinder auf den Besucherbänken sah, stiegen ihm die Tränen in die Augen. Bitte, lieber Gott, dachte er, lass diesen Kelch an mir vorübergehen. Und plötzlich sprang ihn die Angst an wie ein Tier. Hier und in dieser Stunde wurde über sein Leben entschieden – und über seinen Tod. Er versuchte, das Zittern seiner Hände unter Kontrolle zu bringen, aber es gelang ihm nicht, und er schämte sich.

Später hätte er nicht mehr wiedergeben können, was der Staatsanwalt in seiner Anklagerede gesagt hatte, und noch weniger nahm er das Plädoyer seines Verteidigers in sich auf. Er war einfach nur ein Bündel nackter Angst und vollauf damit beschäftigt, aufrecht stehen zu bleiben. Am Ende erinnerte er sich nur noch an die Worte des Richters: »Angeklagter, die erste Kammer des Gerichts spricht Sie von der Anklage des heimtückischen Mordes frei aus Mangel an Beweisen. Die Begründung lautet wie folgt …«

Der Rest ging im Jubel der Kinder unter.

Nach über zwei Monaten im Gefängnis verließ Hans den Gerichtssaal als freier Mann.

Sie fuhren gemeinsam mit der Eisenbahn heim, die Kinder eng an Hans gedrückt. Er war erschöpft, aber glücklich, überwältigt von so vielen Gefühlen, die jetzt alle auf einmal auf ihn einströmten. Im Zug tranken sie gemeinsam eine Flasche Sekt, die Anna voll Zuversicht eingepackt hatte. Sie aßen in der »Kanne« zu Abend; Trudel hatte extra eingemachtes Kalbfleisch gekocht, das die Kinder so gern mochten. Etliche Freunde von der SPD und vom Turn- und Gesangsverein schauten vorbei, um Hans zu gratulieren. Und immer mehr machte sich in ihm und den Kindern die Erleichterung breit. Es würde weitergehen. Hans hatte sein Leben zurück.

Abends kamen sie müde heim. Hans brachte die Kinder ins Bett; danach holte er sich ein Bier aus dem Keller und setzte sich noch eine Weile in die Küche, um den Tag Revue passieren zu lassen. Da klopfte es. Er stand auf, schob den Riegel zurück und öffnete die Tür. Da stand Lisette, einen Koffer in jeder Hand.

»Ich habe Eduard verlassen«, sagte sie einfach. »Es war an der Zeit.«

»Und du bist dir sicher?«, fragte er leise, als sie später alleine in der Stube saßen.

Sie legte den Kopf an seine Schulter. »Ich hab schon genug Jahre verschwendet. Damals, weißt du noch, da hab ich dich im Stich gelassen. Jetzt, wo du frei bist, will ich an deiner Seite sein. Der Skandal ist mir ganz gleich. Unsere Liebe ist das, was zählt.«

Er nahm sie in die Arme und küsste sie sanft. »Jetzt, Lisi, jetzt leben wir.« Dann hob er sie hoch und trug sie nach oben ins Schlafzimmer.

Später, als sie engumschlungen beisammenlagen, fragte er: »Hast du denn nie daran gezweifelt, dass ich unschuldig bin? Dass ich die Hermine vielleicht loswerden wollte?«

Sie strich ihm eine Haarsträhne aus der Stirn. »Keine Sekunde. Ich kenn dich doch. Du bist ein guter Mensch, Hans. Keiner Fliege könntest du was zuleide tun.«

»Hoffentlich sehen das alle anderen genauso«, seufzte er. »Ein Freispruch aus Mangel an Beweisen bedeutet ja nicht die erwiesene Unschuld.«

Sie schmiegte sich an ihn. »Denk nicht so viel. Du bist frei, und wir sind zusammen. Das ist mehr, als ich mir zu wünschen gewagt hab.«

Er zog die Bettdecke um ihre Schultern, damit sie nicht fror. »Ich kann's noch gar nicht glauben, Lisi. Morgen früh musst du mich zwicken, damit ich mein Glück auch fassen kann.«

Am nächsten Morgen kam zu all diesem Glück auch noch ein Telegramm: »Gestern Schreiben aus Moskau erhalten. Russ. Kirche hat Riesenbedarf an Blattgold – 1,5 kg. Dringend Besprechung nötig. V. Mischkin.«

»Lisi«, sagte Hans, und Stolz schwang in seiner Stimme mit, »jetzt brauchst du dich nicht mehr für mich zu schämen. Damit bin ich ein gemachter Mann. Und ich kann dir ein mehr als anständiges Leben bieten.«

Sie lächelte ihn an. »Das haben wir uns verdient, meinst du nicht auch?«

Kapitel 25

Was Luise ihrem Peterle erzählt …

Freust du dich auch so, Peterle, ja? Gleich geht's los auf große Reise! Weißt, ich hab's immer gewusst, irgendwann ist es so weit, und ich kann dich holen kommen. Lang hat's gedauert, aber jetzt hat der liebe Gott ein Einsehen gehabt. Und der Fritz, der war sein Engel, den hat er zu mir geschickt. Du, ich hab dir schon alles schön hergerichtet. Dein Zimmerchen ist frisch gestrichen, und es hat grüne Vorhänge, da kommt man sich bald vor wie im Wald. Du hast ein ganz bequemes Bett, das haben die Melzers dagelassen, und ein Tischchen mit Hocker und einen Schrank. Vom Fenster aus kannst du auf die Königstraße schauen, da hast du immer eine Unterhaltung. Bei der Kasse hab ich auch schon einen Stuhl zum Schieben beantragt, weil du ja manchmal so schlecht läufst. Ach, schau, da kommt schon die Schwester Veronika! Jetzt geht's auf, der Willi, den kennst du doch, der trägt dich zum Sanitätswagen. Brauchst nicht so zappeln, sonst tut er sich schwer. Bist ja schon ein Großer! So, siehst du, jetzt sind wir schon drin im Automobil. Gell, da staunst du, so was kennst du noch gar nicht. Das fährt von allein, ohne Pferde. Was da brummt, das ist der Motor, das tut dir nix. Ui, merkst du's? Jetzt fahren wir. Wink der Schwester Veronika! Brauchst nicht unruhig werden, Peterle, alles ist gut. Wir fahren jetzt heim in unser kleines Häuschen.

Ach, Bub, sei doch brav. Musst nicht schreien, ich bin doch da. Freu dich doch! Nein, nicht schreien, der Willi schaut schon! Da, gleich sind wir auf der großen Straße. Musst keine Angst haben, Peterle, schschscht. Ist doch alles gut. Nein, nicht strampeln, Peterle, das ganze Automobil wackelt ja! Und wenn du so mit den Armen fuchtelst, tust du mir weh! Au! Peterle, sei doch ruhig. Brauchst doch nicht weinen. Au! Hör auf, du kratzt mich ja! Ach bitte, Peterle sei doch brav. Wir fahren doch heim. Ach Gott, was mach ich denn mit dir? Schschscht, Bub, sei halt ruhig. Bitte, Peterle, wehr dich doch nicht so. Ich tu dir doch nix. Ich wollt doch bloß … Siehst du, jetzt wein ich auch. Dass du so viel Angst hast, hätt ich doch nie gedacht. Ich will dir doch bloß Gutes. Schschscht, Peterle, ruhig. Bitte, bitte, sei doch ruhig … ich sag ja schon dem Willi, dass er umkehren soll. Schau, er wendet schon. Ja, so ist's gut, Peterle, schnauf durch. Musst nicht mehr schreien, wir fahren ja zurück. Schschscht, ich will dir doch bloß die Nase putzen. Gleich sind wir wieder da. So ist's brav. Da vorn seh ich schon die Anstalt. Ach Gott, Peterle. Da drin willst du sein, gell? Das ist dein Daheim. Ich hab's schon verstanden. Da kommt auch schon die Schwester Veronika …

Kapitel 26
1912

Clara saß wie jeden Mittwochabend in der Bibliothek des Arbeitervereins und stempelte Leihkarten ab. Die inzwischen Siebzehnjährige hatte das rote Haar und die bernsteinfarbenen Augen ihrer Mutter geerbt und war zu einer aparten Schönheit herangewachsen; viele junge Männer kamen nur ihretwegen in die Bibliothek. Aber Clara würdigte sie keines Blickes, ihr Interesse galt einzig und allein der Sozialdemokratie und der Sache der Arbeiter. Sie selbst war klug genug, um nicht in die Fabrik zu müssen, mit ihrem hervorragenden Schulzeugnis hatte sie sich bei den Norica-Werken als Kontoristin beworben und war sofort eingestellt worden. Tagsüber arbeitete sie im Büro, an den Abenden machte sie entweder Kurse in Maschinenschreiben und Stenographie, ging in die Bibliothek oder half ihren Eltern in der »Silbernen Kanne«.

Jetzt fiel ihr zum wiederholten Mal ein schmächtiges junges Mädchen auf, ein wenig jünger als sie selber. Es trug ein fadenscheiniges Kleid mit einer viel zu kleinen Strickjacke darüber und stand wie immer vor dem Regal mit den Kinderbüchern. Eines davon wählte sie aus und kam dann zum Stempeltischchen.

»Für wen sind denn die Bücher, die du immer ausleihst?«, fragte Clara. »Du liest die doch nicht selber, oder?«

Das Mädchen schüttelte den Kopf. »Mein kleiner Bruder ist krank und liegt die ganze Zeit im Bett. Bücher sind sein einziger Zeitvertreib. Jetzt bin ich allerdings schon fast alle durch, die ihr dahabt.«

»Wie alt ist denn dein Bruder?«

»Zwölf.«

»Dann könntest du vielleicht auch mal bei den Erwachsenenbüchern schauen. Da gibt's schöne Abenteuerromane oder Reiseberichte.«

Das Mädchen lächelte. »Beim nächsten Mal.«

Clara schob ihr den Leihzettel hin. »Du musst dich bitte eintragen. Leihfrist ist zwei Wochen, aber das weißt du ja.« Sie sah im Karteikasten nach. »Und da wär noch die Monatsgebühr, die ist diese Woche fällig. Du bist doch die Dora Biedenbacher?«

Das Mädchen sah verlegen zu Boden. Clara folgte ihrem Blick und bemerkte, dass sie keine Schuhe anhatte, dabei war schon Ende September. »Soll ich den Betrag um eine Woche stunden?«, fragte sie.

»Ach ja. Bitte. Am Samstag gibt's Lohn, dann komm ich zum Zahlen.«

»Wo arbeitest du denn?«

»Beim Traumüller & Raum in der Grammophonnadelherstellung. Schau!« Sie zog ein kleines rotes Blechdöschen aus der Schürzentasche und zeigte es her. Clara las: *Marschall-Nadeln. Größte Lautstärke. Man verwende für jede Platte eine neue Nadel. Mit Marschall-Nadeln erzielt man die beste Wiedergabe.* »Ach«, sagte sie, »wenn man sich nur ein Grammophon leisten könnte! Da hätte man immer Musik!«

Das Mädchen nickte traurig. »So was kann ich mir nie kaufen, im ganzen Leben nicht. Unsereins darf bloß die Arbeit machen, Geld verdienen tun immer die anderen.«

Wie wahr, dachte Clara und sah ihr nach, wie sie zur Tür hinausging.

Mehr als zwei Monate später, es ging schon auf Weihnachten zu, kam ein Schwung neuer Kinderbücher als Spende des Frauenvereins vom Roten Kreuz in die Bibliothek. Darunter war ein einfaches Botanik-Buch mit schönen Bildern, das Clara besonders gefiel; es hieß »Hinaus in Wald und Au« von Christian Brüning. Sie dachte sofort an Dorle Biedenbacher, mit der sie sich inzwischen öfters unterhalten hatte, und an deren kranken Bruder. Und weil sie ohnehin in der Nähe etwas zu erledigen hatte, machte sie sich gleich am nächsten Abend auf den Weg in die Benkendorfer Straße.

Erst fand sie die auf der Karteikarte angegebene Adresse nicht, bis ihr Blick auf den dunklen Kellerabgang fiel. Da drunten wohnte jemand? Aber sie sah Licht drinnen, und so klopfte sie an.

Ein junger Mann, nicht viel älter als sie, öffnete und ließ sie herein. Zögernd betrat sie den Raum. Dorle saß am Tisch und rieb Schorschis Kopf mit Petroleum ein. »Gegen die Läus«, sagte sie entschuldigend. Und dann: »Ja, Clara! Was machst du denn hier?«

Clara fühlte sich plötzlich wie ein Eindringling. »Ich wollte nur ... ich meine ... es sind neue Bücher gekommen, und eins davon ist bestimmt was für deinen Bruder. Hier!« Sie legte das Buch auf den Tisch.

»Magst dich setzen?«, fragte Dorle. »Wenn's dir nicht zu schäbig ist hier drin. Wir kriegen eigentlich nie Besuch, aber es steht noch ein warmer Pfefferminztee auf dem Herd, wenn du willst. Das ist übrigens der Gustav, mein ... Verlobter. Und das ist der Schorschi, der kriegt jetzt noch über Nacht den Kopf eingebunden, damit die Läus auch ja sterben. Und da drüben liegt der Ernstl, der die Bücher liest. Er schläft grad.«

Clara sah sich um und versuchte, sich den Schrecken nicht anmerken zu lassen. Hier lugte die Armut aus jeder Ritze. Es war klamm und kalt, und wenn es nicht nach Petroleum gerochen hätte, wäre ihr bestimmt der Moder in die Nase gestiegen. Kein Wunder, dass hier einer lungenkrank war.

»Hier!« Gustav stellte ihr eine verbeulte Blechtasse mit Tee hin. Dann zog er seine Lodenjacke an. »Ich muss heim«, sagte er. »Bis morgen.« Schon war er zur Tür hinaus.

Dorle wischte sich die Hände an einem Lumpen ab und setzte sich zu Clara an den Tisch. »Selber gezupft«, sagte sie und wies auf die Tasse. »Draußen am Bach.«

Clara nippte. »Habt ihr genug zum Heizen?«, fragte sie. »Sonst könnt ich beim Arbeiterverein ...«

»Der gibt uns schon Holz.« Dorle lächelte schief. »Aber es langt halt nie. Der Ernstl, der müsste es immer schön warm haben, hat der Doktor gesagt. Der hat gut reden!« Sie deutete auf Schorschi, der grad zur Stube hinausging. »Jeden Tag schick ich ihn auf Kohleklauben, aber viel bringt er nicht heim, weil ihm die anderen Kinder wieder alles abnehmen. Er ist halt noch ein Kleiner.«

Der Kleine kam nach kürzester Zeit wieder zur Tür herein. »Im Klo sind schon wieder überall die Würmer«, beschwerte er sich. »Mich graust's so, Dorle!«

Dorle seufzte. »Dann piesel halt in den Nachttopf, ich schütt's später weg.« Sie zuckte die Schultern. »Das Plumpsklo draußen ist für drei Familien. Im Winter hausen die Würmer drin und im Sommer die Schmeißfliegen.«

»Könnt ihr nicht was anderes finden?«

»Wie denn? Das Geld, das ich verdien, reicht doch so nicht einmal bis zur Monatsmitte. Die Armenfürsorge zahlt nicht viel, und ich hab Angst, mich zu beschweren. Sonst nehmen sie mir vielleicht die Buben weg.«

Clara spürte, wie die Wut in ihr hochstieg. Wie konnte es sein, dass ein Mädchen, das selber noch ein halbes Kind war und zwei Geschwister versorgte, in solcher Armut leben musste? Wie konnte es sein, dass jemand zehn oder elf Stunden am Tag arbeitete und der Lohn trotzdem nicht für eine trockene und warme Wohnung reichte? »Habt ihr wenigstens genug zu essen?«, fragte sie.

»Seit der Gustav da ist, geht's«, lächelte Dorle versonnen. »Der hat eine schöne Arbeit als Hausdiener. Er bringt uns oft Sachen mit, mal Eier, mal ein paar Scheiben Brot oder Reste vom Essen dort. Letzthin hat er für uns sogar ein Stück kalten Braten stibitzt. Du kannst dir nicht vorstellen, was es da jeden Tag gibt! Fleisch und Wurst und Aal und Pastete, und jeden Nachmittag echten Kaffee mit Kuchen!«

»Ja, die leben im Überfluss, und ihr müsst hungern!« Clara verzog das Gesicht. »Das macht mich so wütend!« Sie trank ihren Tee aus. »Hör mal, Dorle«, sagte sie. »Mit den Büchern, das machen wir in Zukunft so: Ich bring dir jede Woche eins vorbei und du gibst mir das vorherige zurück. Ohne Leihzettel. Doch, doch, das geht schon. Dann sparst du ein bisschen was.«

»Du bist lieb«, sagte Schorschi, der das gehört hatte. Er sah lustig aus mit seinem Turban.

»Dann bis nächste Woche.« Clara schlang ihren Umhang um die Schultern und ging.

Daheim in ihrem Zimmer konnte sie nicht einschlafen. Dorle und ihre Brüder gingen ihr einfach nicht aus dem Kopf. Es ließ ihr keine Ruhe, wie ungerecht die Welt war. Sie wälzte sich von einer Seite auf die andere, dachte über die letzten Versammlungsreden der Sozialdemokraten in der »Kanne« nach, machte sich Gedanken um Löhne, Kinder, Frauenarbeit und Ungleichheit. Und ihr Zorn wuchs. Als es vom Kirchturm Mitternacht schlug, hielt sie es nicht mehr aus. Sie stieg aus dem Bett, zündete das Nachtlicht an, nahm ihr Schreibzeug aus der Schublade und setzte sich an den kleinen Tisch unterm Fenster. Und sie begann fieberhaft zu schreiben.

Am nächsten Morgen, übernächtigt, aber erleichtert, steckte Clara den Text in einen Umschlag und brachte ihn zur Post. Und vier Tage später, als sie abends von der Bibliothek nach Hause kam, hielt ihr Vater sie gleich in der Wirtsstube auf. »Setz dich dahin«, sagte er. »Und hör zu.«

Er faltete die »Fränkische Tagespost« auf und klopfte dann mit einem Messer gegen seine Bierflasche. »Alle mal herhören«, rief er. »Ich les euch jetzt was vor!«

Leo räusperte sich und begann:

Arbeiterinnen! Habt Ihr schon einmal über Eure Lage nachgedacht? Leidet Ihr nicht alle unter der Rechtlosigkeit, Brutalität und Ausbeutung Eurer sogenannten Herren? In den Industriestädten ist fast jede Frau Arbeiterin. Kaum der Schule entwachsen, treten die Mädchen in die Fabrik ein, in der oft auch noch die Mutter arbeitet und die Großmutter gearbeitet hat. Beinahe jedes Mädchen kennt ihr Los im Voraus. Sie wird Tag um Tag in die Fabrik gehen, solange ihre Glieder sie tragen und ihre Kraft es aushält. Viele Lohnsklavinnen arbeiten vom grauenden Morgen bis in die späte Nacht, während ihre Mitschwestern arbeitslos die Tore der Fabriken und Werkstätten belagern, weil es ihnen nicht möglich ist, so viel Arbeit zu erhalten, um sich vor Hunger zu schützen und ihren Körper notdürftig zu bekleiden. Und wie weit reicht der Lohn selbst für so lange anhaltende Arbeit?

Ist es der Arbeiterin möglich, ein menschenwürdiges Dasein zu führen? Ist es ihr möglich, trotz anstrengender Arbeit für ihre Kinder in erforderlicher Weise zu sorgen? Muss sie nicht hungern und darben, um für diese das Notwendigste herbeizuschaffen? So ist die Lage der weiblichen Arbeiter, und wenn wir da müßig zusehen, wird sie sich nie zum Besseren wenden, im Gegenteil, wir werden immer mehr getreten und ausgesogen.

Und wie erst muss die alleinstehende Arbeiterin darben? Der Lohn reicht kaum für sie selber, wie soll sie als Witwe ihre Kinder kleiden, behausen und ernähren? Wie als junge Frau ihre Geschwister, wenn die Eltern schon im Grabe liegen? Sie wird kein anständiges Dach über dem Kopf finden, keine Unterkunft, in der sich ihr Fabrikherr auch nur eine Sekunde aufhalten wollte. Sie wird in elenden Löchern hausen müssen, feucht und kalt und jämmerlich. Da hält das Gespenst Armut Einzug, der Hunger hockt in den Ecken und der Dämon Krankheit befällt die Schwächsten.

Über die dürftigen Einrichtungen in Arbeiterwohnungen ließe sich allein ein ganzes Buch voll Düsterheit schreiben. Licht, Luft und Wasser sind für die Arbeiterklasse Luxusbedürfnisse. Welche Empörung muss man empfinden, wenn man sich vergegenwärtigt, dass Arbeiterinnen sich von ihrem Lohn nicht einmal ein Zimmer zur Untermiete leisten können und als Bettmädchen bei Fremden unter Treppen und hinter Schränken hausen müssen?

Wie ist es dann um die Proletarierkinder bestellt? Viele können nicht zur Schule gehen, weil das Geld für die Bücher fehlt. Viele müssen betteln oder sich für Pfennige zu Arbeiten verdingen, denn wo der Verdienst so karg ist, dass bei größtem Fleiße und aller Mühe nicht genug erworben werden kann, um die unerlässlichsten Bedürfnisse zu bestreiten, da schwinden alle Rücksichten auf die Schonung der Jugend, denn die zwingendste Notwendigkeit ist die: genug Brot zu schaffen, um nicht hungern zu müssen. Solange die Gesellschaft nicht so weit ist, daß sie den Kindern ein menschenwürdiges Dasein bietet, kann sie sich keine humane nennen. Es müssen Gesetze geschaffen werden, dass Frauen so viel Lohn bekommen, dass sie die Ernährung und Erziehung ihrer Kinder zu bestreiten in der Lage sind. Es kann nicht angehen, dass eine Arbeiterin für die gleiche Arbeit in der Stunde gerade die Hälfte dessen verdient, was ein Arbeiter erhält. Diese Ungleichheit ist schändlich und eines modernen Staates unwürdig. Aber was können wir tun? Wir können kämpfen!

Arbeiterinnen! Zeigt, dass Ihr noch nicht gänzlich versumpft und geistig verkümmert seid. Rafft Euch auf, erkennt, dass sich alle zum gemeinsamen Bunde die Hände reichen müssen. Verschließt Euer Ohr nicht dem Rufe, der an Euch ergeht. Tretet der Organisation bei, die auch die Frauen zum politischen und wirtschaftlichen Kampf erziehen will. Besucht Versammlungen, lest Arbeiterblätter! Werdet ziel- und klassenbewusste Arbeiterinnen in den Reihen der sozialdemokratischen Arbeiterpartei!

Was wir begehren von der Zukunft Fernen?
Daß Brot und Arbeit uns gerüstet stehn;
Daß unsere Kinder in der Schule lernen
Und unsere Greise nicht mehr betteln gehn.

von Clara Gruber

Es dauerte ein Weilchen, bis bei den Männern in der Gaststube der Groschen fiel.

»Was? Die Clara? Unsere Clara?«, rief einer.

»Hast du das wirklich geschrieben?«, fragte Leo.

Clara war puterrot geworden. »Ich hab neulich so eine Wut gehabt«, sagte sie. »Die musste einfach aus mir raus.«

»Mensch, Leo, deine Tochter ist ja eine richtige Agitatorin!« Das war höchstes Lob aus dem Mund von Michael Hierl, dem Führer der Schwabacher SPD. »Hut ab, Clara«, sagte er zu ihr. »Kaum verschaut man sich, ist aus unserem kleinen Sozi-Maskottchen eine gestandene Sozialdemokratin geworden. Vom Feinsten, möcht ich sagen! Die ›Tagespost‹ kann sich gratulieren, wenn du in Zukunft mehr solche Artikel schreibst!«

In Clara regte sich unbändiger Stolz. Ja, sie war immer das lustige Maskottchen gewesen, das Arbeiterlieder sang und Gedichte von Herwegh aufsagte. Niemand hatte sie wirklich ernst genommen. Aber jetzt – jetzt sah sie vor sich einen offenen Weg.

Kapitel 27
1913

»Herr Mischkin! Herr Mischkin!«

Viktor wandte sich um. Ein junger Mann mit hellem Strohhut, Nickelbrille und Anzug stand da, in der Hand Stift und Notizbuch. »Hermann Beier vom ›Fränkischen Kurier‹«, stellte er sich vor. »Darf ich Ihnen als einem der Gönner des Clubs ein paar Fragen stellen?«

Viktor lächelte. »Selbstverständlich, legen Sie los!«

Der Journalist warf sich in die Brust. »Herr Mischkin, wie gefällt Ihnen das neue Stadion hier in Zabo?«

»Ich bin begeistert«, antwortete Viktor. »Und ich wage zu behaupten, dass mit diesem Stadion hier in Nürnberg-Zerzabelshof der schönste Sportpark Deutschlands entstanden ist.«

»Natürlich mit Ihrer finanziellen Hilfe in Höhe von ...«

»Lassen Sie uns doch nicht über Geld reden. Ich habe die ersten Anfänge des FCN miterlebt und bin seitdem glühender Anhänger. Da muss man einfach was für seinen Verein tun, das ist doch eine Verpflichtung. Es macht mich stolz, die Spieler zu kennen und ein Teil dieser großen Club-Familie zu sein. Da leiste ich gerne meinen Beitrag.«

»Ich danke Ihnen vielmals. Noch ein Foto, bitte!«

Ein Kollege von der Zeitung machte eine Aufnahme mit der Kodak 1, und schon waren die beiden fort, auf der Suche nach dem Club-Präsidenten Neuburger.

Hinter Viktor klatschte es. Er drehte sich um, und da stand Paula. Sie trug ein hellblaues Reformkleid – eines von diesen frechen, neumodischen Dingern ohne Korsett – und ein verwegenes Hütchen auf ihrem Bubikopf. »Gut gemacht«, rief sie lachend, »die Fürther sollen es mit der Angst kriegen!«

»Ja, Fräulein Paula«, rief Viktor, »das ist aber schön, Sie wiederzusehen! Sind Sie am Ende denn auch Fußballfan, wie der Engländer sagt?«

»Noch nicht! Meine Cousins haben mich mitgeschleppt, und gegen zwei konnte ich mich nicht wehren. Da drüben stehen sie!« Paula winkte zu ihnen hinüber.

»Kommen Sie«, sagte Viktor und bot ihr den Arm. »Schauen wir uns das Spiel an, gleich geht's los. Es wird Ihnen bestimmt gefallen!«

Nach dem Spiel 1. FCN gegen Eintracht Braunschweig gab es eine kleine rustikale Feier für den inneren Zirkel im Vereinsheim. Man aß Bratwürste im Weckla, und die Brauerei Tucher hatte ein Fass Freibier spendiert.

»Hier, für den Durst!« Viktor hielt Paula einen Krug mit schöner Schaumkrone hin. Sie nahm ihn, prostete ihm zu und trank. Schaum blieb an ihrer Oberlippe, und sie leckte ihn weg.

Viktor lachte. »Sie haben ja einen ordentlichen Zug am Leib! Dabei dachte ich, Sie sind eher der Typ für Champagner!«

»Na hören Sie mal, ich bin kein Zuckerpüppchen. Außerdem hab ich mich grad am Fußballfieber angesteckt und muss mich innerlich abkühlen.«

»Seien Sie Ihren Cousins dankbar, dass sie Sie überredet haben.«

Sie lächelte ihn an. »Nein, ich bin Ihnen dankbar, weil Sie mir das Spiel so gut erklärt haben.«

Ein Junge lief mit einem Tablett herum und bot Bratwurstbrötchen an. Paula nahm sich eines und biss herzhaft hinein. Herrgott, dachte Viktor, diese Frau sprüht vor Leben. Vorhin während des Spiels war sie neben ihm auf- und abgehüpft wie ein Gummiball, hatte gejubelt und gebuht und bei den Toren die Arme hochgerissen. Ihretwegen hatte er vom Spiel gar nicht so viel mitbekommen, weil er seinen Blick kaum von ihr hatte lösen können. Er fragte sich, wo ihr Verlobter war, dieser Strenggescheitelte. Hoffentlich weit weg!

Als könne sie seine Gedanken lesen, sagte sie: »Alfred hat sich im letzten Jahr schon ein Fußballspiel angesehen und es primitiv gefunden. Wissen Sie, was er gesagt hat? ›Da wühlen sich Männer wie Karnickel durch den Platz, rempeln sich an, treten sich, und überhaupt ist das alles ganz unästhetisch.‹«

Alfred ist ein dämlicher Hornochse, hätte Viktor am liebsten geantwortet; stattdessen sagte er: »Tja, jedem das Seine. Hauptsache, Ihnen war's heute ästhetisch genug.«

»Und wie!« Sie grinste ihn spöttisch an. »Bei so vielen nackten Männerbeinen kann eine Frau gar nicht ungerührt bleiben.«

Wollte sie ihn provozieren? Dann hatte sie es mit dieser Anspielung geschafft. Er hoffte inständig, dass sie seine Erektion nicht bemerkte. »Leider gibt es ja keinen Frauenfußball«, sagte er, und sie kicherte.

»Der Tag wird kommen«, prophezeite sie, lüpfte den Saum ihres Rocks und zeigte ihre hochhackigen Stiefeletten. »Allerdings bräuchten wir dazu andere Schuhe. Oh, da draußen kommt die Mannschaft!« Sie nahm seine Hand und zog ihn auf die Terrasse vor dem Vereinsheim. Da stand schon eine Menschentraube und jubelte den Spielern zu, die sich inzwischen umgezogen hatten.

Später standen sie unter der großen Trauerweide hinter dem Vereinsheim. Viktor zog ein silbernes Etui aus der Innentasche seines Sakkos und klappte es auf. »Manoli oder Salem?«

Sie kramte eine Zigarettenspitze aus ihrer Handtasche. »Manoli«, sagte sie, und er gab ihr Feuer. Wegen des Windes legte sie ihre langen Finger um seine, während er das Feuerzeug anknipste. Sein Herz klopfte zum Zerspringen.

»Wenn Sie mögen«, sagte er, »nehme ich Sie zur nächsten Partie wieder mit. Es wäre mir eine Freude.«

Sie zögerte. »Ich weiß nicht …«

Natürlich, dachte er. Alfred.

Da gestikulierten vom Vereinsheim her die Kohn-Brüder herüber. Paula drückte ihre Zigarette auf dem Boden aus. »Ich muss los«, sagte sie. Sie ging auf die Zehenspitzen und legte ihm die Hände auf die Brust. Ganz leicht berührten ihre Lippen seine Wange. Viktor hielt ganz still und kostete den Moment aus, bevor sie davonrannte.

Im Laufen drehte sie sich noch einmal zu ihm um. »Fragen Sie mich einfach vor dem nächsten Spiel noch mal!«

Kapitel 28
1913

Einen Monat später, am 23. September 1913, fand in Schwabach das Richtfest der neuerbauten Ribot'schen Güterhalle auf dem Areal in der Walpersdorfer Straße statt. Man hatte im Rohbau Biertische und -bänke aufgestellt, die Bauarbeiter waren vollständig versammelt, und die Zimmerleute hatten sich schon in einer Reihe aufgestellt. Fritz und Konrad samt Familie, Tilly und Karl mit ihren beiden kleinen Mädchen Gertrud und Margot, der Bürgermeister und etliche Herren vom Magistrat saßen an zwei Ehrentischen und lauschten dem Spruch des Zimmermeisters, der auf dem Dachfirst unter dem mit Bändern geschmückten Kiefernbäumchen balancierte und den Richtspruch aufsagte. Alle riefen: »Hoch! Hoch! Hoch!«

Danach segnete der Pfarrer das Gebäude, und bei der anschließenden Vesper war Fritz ganz in seinem Element. »Als Nächstes kommt die Produktionshalle«, erklärte er Bürgermeister Dümmler, »dann das Pförtnerhaus mit den Büroräumen. Am Schluss noch ein Lagerhaus mit Laderampe, dann der gesamte Innenausbau – und dann gehen wir in Produktion.«

»Wann ist denn der Umzug ins neue ›Heim‹ geplant?«, fragte der Bürgermeister.

»Wenn alles gutgeht, in einem Jahr«, meinte Konrad. Auch er war bester Laune – dieser Neubau würde einmal sein Vermächtnis an seine Söhne sein. Eugen, der inzwischen mit ordentlichen Ergebnissen Chemie studierte, würde Entwicklung und Produktion übernehmen, und Julius, nun, der könnte alles Kaufmännische machen. In spätestens zehn Jahren, so plante Konrad frohgemut, würden die beiden die Firma überschrieben bekommen, und er selber und Fritz konnten sich aufs friedliche Altenteil zurückziehen. Ah, das waren doch erhebende Aussichten!

Tilly kam mit Schnäpsen, und die drei Herren kippten ihre Gläser auf eine glorreiche Zukunft der Firma.

Später, als sich die offiziellen Gäste alle verabschiedet hatten, saß die Familie noch ein Weilchen beieinander. Tilly und Karl erzählten lustige Geschichten von den Kindern. Konrad blickte stolz auf seinen Ältesten Eugen, der von seinen Prüfungen an der Universität berichtete, während der jüngere Julius mit ulkigen Sprüchen und Grimassen seine Lehrer nachmachte. Die zehnjährige Lisbeth spielte mit dem kleinen Ben in einer Ecke der Halle Schussern.

»Ist noch was vom Leberkäs da?«, fragte Konrad, und Gusti, froh über seinen Appetit, brachte ihm ein Brötchen mit einer dicken Scheibe und einem ordentlichen Klacks Senf. Er verspeiste es mit zufriedener Miene, während ein paar Helfer schon begannen, Tische und Bänke abzubauen.

»Feierabend, meine Lieben.« Fritz trank sein Bier aus und stand auf. Auch Tilly und Karl erhoben sich und riefen ihre Kinder herbei. Julius und Eugen holten ihre Jacken, die über einer Leiter am Ende der Halle hingen. Da ertönte vom Tisch her ein unterdrücktes Stöhnen, gefolgt von einem gequälten Aufschrei. Alle Köpfe fuhren herum, und dann rannte Gusti auch schon mit fliegenden Röcken los. Konrad war neben der Bank zusammengebrochen. Zusammengekrümmt lag er auf dem Boden, das Gesicht schmerzverzerrt, die Hände auf den Magen gepresst.

»Allmächt, Konrad, was ist?« Gusti kniete sich neben ihren Mann, ihr Gesicht war kreidebleich.

Konrad ächzte und zuckte. »Schmerzen«, presste er hervor, »solche Schmerzen!«

Eugen schob seinem Vater eine zusammengerollte Jacke unter den Kopf, und Julius rannte schon nach dem Kutscher. Immer wieder krümmte sich Konrad unter den Schmerzattacken.

»Das ist wieder eine seiner Koliken«, sagte Gusti, »aber so schlimm war's noch nie. Wir müssen ihn heimbringen und den Doktor rufen.«

Julius und Eugen halfen Konrad hoch, legten sich jeder einen seiner Arme um die Schultern und stützten ihn so bis zur Kutsche. Es war kaum möglich, ihn hineinzuhieven, dann stiegen, die Söhne, Gusti und Fritz mit ein. »Nach Hause, Hartl«, rief Gusti dem Kutscher zu.

Fritz schüttelte den Kopf. »Nein, Hartl«, sagte er. »Nach Nürnberg in die Klinik Hallerwiese.« Gusti starrte ihn an. Sie hatte es offensichtlich nicht bemerkt.

Aber er hatte das Blut in Konrads Mundwinkel gesehen.

Sie saßen in dem kahlen Besucheraum und warteten. Es war schon sechs Uhr abends gewesen, als sie die Hallerwiese erreichten, und man hatte Konrad sofort auf eine fahrbare Trage gelegt und weggebracht. Fritz hatte nichts von dem Blut gesagt, er wollte die anderen nicht beunruhigen, aber er selber machte sich allergrößte Sorgen. Er sprang auf, als endlich, nach über zwei Stunden, ein weiß gekleideter Herr den Gang entlang auf sie zukam. »Familie Ribot?«, fragte der Arzt.

»Was ist mit meinem Mann?« Gusti stand auf und ergriff hilfesuchend Fritz' Hand.

Der Arzt machte ernste Miene. »Er hatte schwere Magenblutungen«, sagte er. »Wir konnten sie aber Gott sei Dank zum Stillstand bringen. Er hat starke Schmerzmittel bekommen und schläft jetzt. Morgen ab Mittag dürfen Sie ihn besuchen.«

»Wird er wieder gesund, Herr Doktor?« Gusti hatte Tränen in den Augen.

Der Arzt lächelte beschwichtigend. »Machen Sie sich keine Sorgen. Ihr Gatte ist bei uns in den besten Händen. Guten Abend.«

Sie gingen, aber Fritz war mit der ausweichenden Antwort nicht zufrieden. Als er beim Hinausgehen zufällig vor einem der Krankenzimmer seinen Logenbruder Albrecht Schick erkannte, der die Chirurgie in der Hallerwiese leitete, sagte er zu den anderen, er käme gleich nach. Dann ging er zu dem Chirurgen und grüßte ihn. »Albrecht, du musst mir einen Gefallen tun«, sagte er.

Zehn Minuten später war Scheck zurück. »Du willst die Wahrheit hören?«

Fritz nickte und versuchte, ruhig zu bleiben.

»Ich hab mit dem leitenden Arzt in der Gastroenterologie geredet. Er hat bei deinem Bruder eine Magenspiegelung durchgeführt. Tja, Fritz, ich hab leider keine guten Nachrichten für dich: Es ist Magenkrebs, weit fortgeschritten. Der Kollege will nur noch ein paar Gewebeproben auswerten, um ganz sicher zu sein, deshalb hat er vorhin nichts gesagt.«

»Gott im Himmel!« Fritz schloss die Augen.

Scheck drückte ihm die Hand. »Es tut mir leid. Wenn ich was tun kann, wende dich gern an mich. Jederzeit.«

Wie betäubt ging Fritz zum Ausgang.

»Was hat er gesagt?«, wollte Gusti wissen, als sie wieder in der Kutsche saßen.

»Ach, nichts Besonderes«, log Fritz. »Das war nur ein Logenbruder von den ›Drei Pfeilen‹, der ist für Magenkrankheiten gar nicht zuständig.«

So fuhren sie heim, und Fritz musste sich die ganze Zeit über zusammenreißen, um die Tränen zurückzuhalten.

Zwei Wochen später wurde Konrad entlassen. Er hatte die Nachricht gefasst aufgenommen. Es sei nichts mehr zu machen, hatte der Arzt gesagt, aber mit Morphiumgaben könne man den Schmerz gut lindern.

»Wie lange?«, hatte Konrad gefragt.

Der Arzt hatte ihm noch ein halbes Jahr gegeben.

Kapitel 29

Aus den Lebenserinnerungen von Fritz Ribot, begonnen um 1923

Es war ein furchtbarer Schock. Ich hätte doch niemals gedacht, dass Konrad vor mir gehen könnte, schließlich war er doch zehn Jahre jünger als ich. Noch im Krankenhaus, als ich ihn alleine besuchte, hatte er mir das Versprechen abgenommen, Gusti nichts zu sagen. Als er dann heimkam, sah er sogar wieder ganz gut aus, sie hatten ihn in der Hallerwiese nach allen Regeln der Kunst aufgepäppelt. Er musste strengste Diät einhalten, nur Suppen, Weißbrot, gekochtes Gemüse, gedünsteten Fisch und Hühnchen. Gusti wachte über ihn wie ein Zerberus, kochte sein Essen selber, verabreichte ihm pünktlich auf die Minute seine Medikamente und sorgte dafür, dass er keinen Fuß ins Büro setzte. Dann fuhren sie beide vier Wochen auf Kur nach Bad Nauheim. Als sie Anfang April 1914 zurückkamen, glaubte ich beinahe, Konrad könne es doch noch schaffen.

Aber an Pfingsten hatte er einen erneuten Zusammenbruch. Danach konnte er keine feste Nahrung mehr zu sich nehmen; Gusti pürierte ihm alles und fütterte ihn mit dem Löffel wie ein kleines Kind. Er war schließlich zu schwach, um noch aufzustehen. Gott segne die Ärzte, die das Morphium erfunden haben, denn dadurch waren seine Schmerzen wenigstens zum Aushalten. Und ich weiß noch genau: Es war am Tag, als der österreichische Thronfolger in Sarajewo ermordet wurde, da blickte ich meinem Bruder ins Gesicht und sah den Tod. Da wusste ich, es würde nicht mehr lange dauern. Gusti war tapfer wie ein Soldat. Auch sie hatte inzwischen jede Hoffnung aufgegeben. Dennoch machte sie Konrad unermüdlich Mut, saß Tag und Nacht bei ihm.

Als es zu Ende ging – Konrad wog kaum mehr als ein Vögelchen – ließ er mich rufen. Es war der 29. Juli 1914. Gusti saß an der einen Seite des Betts und hielt seine kalte Hand, und ich auf der anderen. »Fritz«, sagte er mit eigenartig hohler, rauer Stimme, »ich bin froh, wenn's rum ist. Sorg mir für die Gusti, hörst du? Und meine Kinder nimm an wie deine eigenen, darum bitt ich dich.« Ich versprach es ihm, und ich schäme mich der Tränen nicht, die ich damals an seinem Lager weinte. Ganz schwach drückte er meine Hand. »Und pass auf die Fabrik auf, die war doch immer mein Leben.« Er brachte ein Lächeln zustande. »Weißt du noch, als ich ein Kind war und du mich immer mitgenommen hast, in die Werkstatt? Wie's da gerochen hat?« Ich nickte. »Als wär's gestern gewesen. Geblubbert und gezischt hat's in den Kesseln, vor lauter Dampf hat man feuchte Haare gekriegt.« – »Und der Großvater stand immer im blauen Kittel da und hat mich umrühren lassen …« Seine Stimme wurde schwächer, der Druck seiner Hand ließ nach. »Tu oft nach dem Feuer rennen«, begann er den alten Seifensiederspruch, »lass die Seife nicht anbrennen …« Ich fiel mit ein. »Kommt sie dann herangerannt / nimm den Spatel in die Hand / lass es dich auch nicht verdrießen / alle Äscher vollzugießen …« Ich hörte ihn fast nicht mehr. »… damit sie recht tapfer laufen / und du Lauge kannst verkaufen …«

Da schluchzte Gusti auf.

Ich drückte meinem Bruder die Augen zu.

Kapitel 30
1914

Die Trauerversammlung auf dem Alten Friedhof war riesig; die halbe Stadt war erschienen. Die Familie wartete, ganz in Schwarz gekleidet, vor dem Kircheneingang; Gusti wurde von ihrem ältesten Sohn gestützt. Die Reitzenstein-Sippe hatte sich aufgereiht wie die Orgelpfeifen. Auch Käthchen war gerade noch rechtzeitig angereist; sie lebte ja mit August und ihren inzwischen zwei Kindern weit weg in Düsseldorf. Fritz stand zwischen ihr und Tilly und sinnierte darüber, dass es erst einen Todesfall hatte geben müssen, um seine beiden geliebten Töchter wieder einmal gemeinsam zu sehen. Es war ihm ein Trost, sie um sich zu haben. Die Menschen unterhielten sich mit gedämpften Stimmen, man sprach über Konrads Krankheit und darüber, wie schnell es am Ende gegangen war. Und plötzlich teilte sich die Menge. Eine Gasse bildete sich, durch die – die Leute trauten ihren Augen kaum – Lisette schritt, am Arm von Hans Rühl. Oh, man wusste natürlich alles über diese skandalöse Geschichte. Nicht nur, dass es eine Mésalliance war – nein, erst trieb der Mann seine kranke Ehefrau in den Tod oder räumte sie womöglich gar selber aus dem Weg, und dann brach die Konsulin ihr Ehegelübde und zog ganz offen und unverfroren zu diesem Kerl! Die Schwabacher hatten nicht vor, solches Verhalten zu tolerieren. Man hatte dem ketzerischen Paar deutlich gezeigt, was man von ihm hielt. Und sie hatten das schon verstanden. Man sah sie nie gemeinsam, nicht beim Sonntagsgottesdienst, nicht auf der Kirchweih oder beim Schützenfest. Eingeladen wurden sie sowieso von niemandem, und bei der eigenen Familie konnten sie sich auch nicht blicken lassen. Wobei – bei den Ribots reichte ja schon dieses merkwürdige Verhältnis, das der Kommerzienrat mit dieser Luise Götz pflegte. Allerdings, ihm konnte man das grade noch nachsehen. Solch ein Wohltäter der Stadt, solch ein feiner Mensch, der schon einmal dem König die Hand hatte schütteln dürfen, der verdiente einfach Hochachtung – und als Mann hatte man schließlich seine Bedürfnisse. Dieses Paar aber, das machte ja aus dem schönen, anständigen Schwabach ein Sodom und Gomorrha!

Das Getuschel hörte nicht auf, während Lisette hocherhobenen

Hauptes durch die Menge schritt. Fritz sah an ihrem Gesicht die unterdrückte Verzweiflung und den Stolz. Wie schwer sie an der Sache trug! Sie war blass und schmal, aber unerschütterlich ließ sie sich von Hans führen, der seine Hand beruhigend auf ihre gelegt hatte. Die Familie hatte Lisettes Verhalten nicht gutgeheißen; vor allem Gusti und Konrad waren empört und entsetzt gewesen. Niemand hatte mit ihr gesprochen, niemand sie zu Weihnachten oder zu Geburtstagen eingeladen. Auch Fritz hatte es als Schande für die ganze Familie empfunden, dass Lisette die Scheidung eingereicht hatte, und er hatte sich mit dem armen Eduard solidarisch erklärt. Aber trotzdem tat ihm das alles leid, und niemand wusste besser als er selber, welch unerklärliche Wege die Liebe manchmal ging. Er hatte Lisette einmal geschrieben, ihr nahegelegt, ihre Entscheidung zu überdenken, aber sie hatte nicht geantwortet. Und jetzt schritt sie gerade durch eine Spießrutengasse, nahm diese Bürde auf sich, um von ihrem Bruder Konrad Abschied zu nehmen. Er sah die anderen an. Gusti schluchzte auf, die Jungen schauten sich ratlos an und wussten nicht, was sie tun sollten.

Lisette und Hans standen jetzt ganz allein da, beglotzt von den Schwabacher Trauergästen. Himmelherrgott, dachte Fritz, sind wir denn alle noch bei Trost? Das ist doch alles absurd! Er gab sich einen Ruck, zog seinen Frack straff und ging den beiden entgegen. Staunend sah die Menge, wie der Kommerzienrat seine Schwester fest umarmte und dann dem Goldschläger Rühl die Hand drückte. »Danke, dass ihr gekommen seid«, sagte er laut und deutlich und führte die beiden an die Seite der Familie. Wo sie, dachte Fritz, verdammt nochmal hingehören.

Kurz vor neun Uhr, unter dem Geläut der Glocken der Dreieinigkeitskirche, bog der von Fritz' zweiter Generation russischer Schimmelstuten gezogene Katafalk in die Bahnhofstraße ein und rollte durch den Friedhofseingang. Am offenen Familiengrab erfolgte die Aussegnung, dann senkte sich der Sarg in die Tiefe und der Pfarrer sprach die abschließenden Worte: »Nun ruhest du, Konrad Ribot, im Schoße Gottes, den du zeitlebens tief im Herzen getragen, und wenn dir auch alle, die dich kannten, den Frieden gönnen, den du gefunden – jetzt, wo eine große, eine schwere, aber auch eine herrliche Zeit hereingebrochen ist, in der unser Vaterland, das du von Herzen liebtest, den schwersten Kampf zu kämpfen hat, den je ein Volk um seine Existenz gerungen, jetzt vermissen wir dich, den kampferprobten Streiter, mehr denn jemals zuvor.«

Die Leute sahen sich fragend an, kaum einer hatte an diesem Morgen schon die Zeitung gelesen. Auch Fritz wusste nichts – aber dann traf es ihn wie ein Schlag in die Magengrube. Alles in den letzten Wochen und Tagen hatte auf das kommende Unheil hingedeutet, nur dass der sterbende Konrad Fritz' Aufmerksamkeit von der großen Politik abgelenkt hatte. Und nun war das Schlimmste eingetreten.

Fritz wankte, als die Totengräber zu schaufeln begannen. Denn die Worte des Pfarrers konnten nur eines bedeuten: Der Krieg war ausgebrochen.

Kapitel 31

Aus dem »Schwabacher Tagblatt«, 3. August 1914

Ein Krieg zwischen Österreich und Serbien, anscheinend ein kleines Feuerchen, das uns weltfern scheint, wird nun ein Brand, der auch unser Haus bedroht, ja der zum Weltenbrande emporlodern kann. Österreich seit ein paar Tagen mit Serbien im Kriege, das bedingt eine Unterstützung von Seiten Russlands. Schon wird in Petersburg genauso mit dem Säbel gerasselt wie in Wien, und in dem Falle ruft uns die Bündnispflicht an Österreichs Seite, Frankreich und vielleicht auch England an die Seite Russlands. So schrieben wir noch gestern.

Heute bleiben uns nur zwei kurze, inhaltsschwere Worte:

Krieg! Mobil!

Am Freitag Nachmittag blieben alle noch so dringenden Depeschen zwei Stunden liegen, damit bis in das letzte Gebirgsdörfchen hinein der Staatstelegraph zunächst diese beiden Worte brächte. Noch zögerte der deutsche Friedenskaiser! Noch in dieser Minute hätte Russland zurückgekonnt! Aber das Zarenreich macht sich in seiner Verblendung zum Verbündeten der serbischen Königsmörder und entfesselt den fürchterlichsten Weltenbrand aller Zeiten.

Europa starrt in Waffen und Ströme Blutes werden die Erde tränken.

An den Reichskanzler (Reichs-Marineamt) und den Kriegsminister

Ich bestimme hiermit: das deutsche Heer und die kaiserliche Marine sind nach Maßgabe des Mobilmachungsplans für das deutsche Heer und die kaiserliche Marine kriegsbereit aufzustellen.
Der 2. August 1914 wird als erster Mobilmachungstag festgesetzt.

Berlin, den 1. August 1914
Wilhelm

1. August nachmittags 5 Uhr 15 Minuten. Der Kaiser hat soeben die Mobilmachung der gesamten deutschen Streitkräfte angeordnet.

Die eisernen Würfel rollen! Die russische Herausforderung hat den bis zum letzten Augenblick bewiesenen Friedenswillen zur Seite geschoben: Die Tore sind dem Krieg geöffnet. Wir haben den grausen Gast nicht gerufen. Nun ist er da, und er findet uns gerüstet. Wir schützen unser Land, wir streiten für unser Recht. Wir sind bis zum Äußersten gegangen, um unsere Friedensliebe zu beweisen. Wir werden bis zum letzten Atemzug kämpfen. Wir vertrauen auf die Kraft unseres Heeres, auf die Tüchtigkeit seiner Führer. Wir vertrauen auf den Opfermut des deutschen Volkes. Deutschlands Banner fliegen. Mögen sie unsere Krieger zum Siege führen!

Gestern um halb sieben Uhr erschien der Kaiser mit der Kaiserin und dem Prinzen Adalbert auf dem Balkon der Lustgartenseite des Berliner Schlosses und erwiderte auf die stürmische Huldigung der Menge: »Eine schwere Stunde ist über Deutschland hereingebrochen. Neider überall zwingen uns zu gerechter Verteidigung. Man drückt uns das Schwert in die Hand. Enorme Opfer an Gut und Blut wird der Krieg von uns erfordern. Und wenn es zum Kriege kommt, hört jede Partei auf, wir sind nur noch deutsche Brüder. So lassen wir das Schwert entscheiden. Auf zu den Waffen! Jedes Schwanken, jedes Zögern wäre Verrat am Vaterlande. Um Sein oder Nichtsein des Reiches handelt es sich, das unsere Väter neu gründeten. Um Sein oder Nichtsein deutscher Macht und deutschen Wesens. Wir werden uns wehren bis zum letzten Hauch von Mann und Roß, und wir werden diesen Kampf bestehen auch gegen eine Welt von Feinden. Vorwärts mit Gott, der mit uns sein wird, wie er mit den Vätern war!«

Diese Worte des Kaisers versetzten die Zuhörer in eine unsagbare Bewegung. Die Menge sang entblößten Hauptes die »Wacht am Rhein«.

Sechstes Buch

Kapitel 1
1914

»Es ist eine Katastrophe!« Fritz saß auf einem der Ledersessel in Viktors Büro und verbrannte sich fast die Lippen an seinem heißen Kaffee. »Die Kriegserklärungen prasseln nur so auf uns ein: Österreich-Ungarn an Serbien, Deutschland an Russland, Deutschland an Frankreich, England an Deutschland … Du hast recht gehabt, Viktor. Europa steht am Abgrund, und wir ganz vorne.«

Viktor stand am Fenster und wedelte mit einer Zeitung. »Wenn ich das schon lese! Friedenskaiser! Wer hat denn die Deutschen jeden Tag besoffen gemacht mit seinem militaristischen Geschwätz? Wer hat denn nur noch von ›dämlichen Zivilisten‹ geredet, eine bombastische Flotte gebaut und das Heer bis zum Exzess aufgerüstet? Friedenskaiser, ja freilich!« Er schmiss die Zeitung hin und griff stattdessen nach seinem Glas Wodka. »Stammtischparolen, Kriegsvereinsmeierei, Sedanfeiern, vormittags in die Kirche, nachmittags zum Schützenverein – der deutsche Patriot hatte ganz schön zu tun in den letzten Jahren. Und jetzt? Kriegt er noch mehr zu tun. Jetzt darf er nämlich endlich fürs Vaterland krepieren!« Viktor kippte seinen Wodka und schüttelte sich.

»Ich kann's immer noch nicht fassen.« Fritz stellte seinen Kaffee weg und schenkte sich auch einen Schnaps ein. »Gestern sind die ersten Schwabacher zur Truppe abgereist. Stolz wie Graf Koks vom Gaswerk sind sie durch die Stadt marschiert, und die Leute haben ihnen blind zugejubelt. Die ganze Stadt war beflaggt, Kinder haben Blumen geworfen. Die blanke Euphorie! Weißt du, was auf den Bahnwaggons stand, mit denen sie abgefahren sind? ›Wenn die Blätter fallen, sind wir wieder da!‹ – ›Ausflug nach Paris‹ – ›Jeder Schuß ein Ruß, jeder Stoß ein Franzoß!‹ Die haben alle den Verstand verloren. Ich sag dir, Viktor, die Welt ist verrückt geworden!«

Er vergrub das Gesicht in den Händen. Schließlich stand er auf und betrachtete eines dieser neuen Gemälde, die Viktor in letzter Zeit kaufte. Lauter verwirrende Farben und Formen, in denen man nichts erkennen konnte. Das Bild schien ihm ein Spiegel der gegenwärtigen Zustände zu sein. Er entzifferte die Signatur »Okokoschka«, die ihm nichts sagte. »Mein Problem ist: wie geht's in der Fabrik weiter? Die ersten Arbeiter sind schon eingezogen. Die Märkte in Frankreich, England, Belgien brechen uns weg, und wie lange kann ich wohl noch nach China liefern? Wie komme ich an Palmöl und Kokosöl aus den Kolonien? Das läuft alles über Rotterdam! Wie beschafft der Großhandel Parfümsubstanzen, sagen wir, aus Ägypten, wenn Engländer und Franzosen das Mittelmeer kontrollieren? Es wird Seeblockaden geben, jede Wette! Und zum Schluss: wer kauft überhaupt noch Toilettseifen im Krieg?«

Viktor nickte ernst. »Keiner wird ungeschoren bleiben.«

Der Diener kam herein. »Herr Kommerzienrat, Ihr Wagen ist da.«

Fritz ließ sich in den Mantel helfen. »Muss noch beim Notar vorbeischauen. Lass uns hoffen, Junge, dass der Spuk bald vorbei ist.«

»Zum Notar Helmhagen, Harsdörfferstraße neun.« Gedankenverloren saß Fritz in der ratternden, stinkenden Mietdroschke und sann über die Tage nach, wo man noch ein schönes lebendiges Pferd vor den Wagen spannte. Wie die Zeit verging! Seit Konrads Tod wurde sich Fritz mehr denn je seiner eigenen Endlichkeit bewusst. Er war jetzt zweiundsechzig, und manchmal, so wie jetzt, fühlte er sich unendlich müde. Was, wenn ihm etwas zustieße? Wenn ihn eine Krankheit befiel, so wie Konrad, und ihm nur noch wenig Zeit bliebe? Ein Testament hatte er schon vor etlichen Jahren gemacht und es bei verschiedenen Anlässen ergänzt und verändert. Er hatte dafür gesorgt, dass seine Anteile an der Firma hälftig an seine Neffen und hälftig an Viktor fallen würden, er hatte für seine Töchter eine noble Summe Geldes eingesetzt. Nur eine hatte er noch nicht bedacht: Luise. Ich will, dass sie abgesichert ist, dachte er. Sie und ihr Peterle. Dann kann ich ruhig sein.

Er unterschrieb beim Notar eine Ergänzung zu seinem Testament, in der er Luise das Haus in der Königstraße vererbte, in dem sie lebte und arbeitete. Danach ließ er sich zum Bahnhof fahren und nahm den Wagen erster Klasse nach Schwabach.

Als er ankam, fühlte er sich erschöpft, aber er gönnte sich immer noch keine Ruhe. Er bat Hilde um ein paar belegte Brote als Abendessen in sein Büro, und dann setzte er zwei handschriftliche Briefe auf. Das erste Schreiben war an den Bayerischen Landtagspräsidenten gerichtet. In ihm kündigte Fritz sein Landtagsmandat für die Liberale Partei. Das zweite Schreiben ging an den Rechtskundigen Bürgermeister Dümmler. Darin legte Fritz mit sofortiger Wirkung sein Mandat als Gemeindebevollmächtigter der Stadt Schwabach nieder. Jetzt, wo das Land im Krieg stand und Konrad nicht mehr da war, musste er seine ganze Kraft auf die Firma konzentrieren.

Nachdem er seine Unterschrift unter beide Briefe gesetzt und sie in Umschläge gesteckt hatte, ging er hinauf in sein Schlafzimmer. Es waren zwei schwere Entscheidungen gewesen. Jetzt fühlte er sich erleichtert, und gleichzeitig drückte ihn die harte Aufgabe, die vor ihm stand: die Fabrik durch den Krieg zu bringen.

Kapitel 2
1914

Viktor stand im großen Salon im zweiten Stock der Kohn-Bank in der Königstraße und biss mit Appetit in ein rosa Petit Four. Zusammen mit etlichen anderen Geschäftsleuten war er zum Gabelfrühstück geladen; man feierte Martin Kohns Geburtstag. Die Stimmung war dennoch eher gedrückt, denn die neuesten Kriegsnachrichten waren alles andere als positiv. Längst war der deutsche Vormarsch an der Marne zum Erliegen gekommen. Dann hatten die Kämpfe bei Ypern verheerende Verluste gefordert; zu Zehntausenden lagen die Toten auf den Schlachtfeldern. Und nun hatte auch noch die britische Kriegsmarine die Nordsee zur Kriegszone erklärt und eine Distanzblockade verhängt. Da half auch die »Dicke Bertha« von Krupp nicht mehr, deren Einsatz an der Westfront frenetisch bejubelt worden war. Der Krieg würde zum Stellungskrieg erstarren, und das war das Schlimmste, was hatte passieren können.

»Habt ihr schon gehört? Moltke ist zum Chef des stellvertretenden Generalstabs in Berlin ernannt worden! Dabei soll er doch schon vor zwei Monaten einen Nervenzusammenbruch erlitten haben!« Das war Architekt Emil Hecht, der vor Jahren die pompöse Familienvilla der Kohns in der Campestraße geplant hatte.

»Da glaubt man immer, Generäle seien hart im Nehmen«, erwiderte Viktor.

»Blödsinn«, sagte Martin Kohn. »Die bleiben schön hinter den Linien und schicken andere vor. Zum Beispiel unseren Cousin Salomon aus Augsburg. Der hat sich aus lauter Vaterlandsliebe freiwillig gemeldet!«

»Salo war schon immer ein Idiot«, bemerkte Martins Bruder Richard. »Der glaubt, Krieg ist, wenn die anderen sterben.«

»Stellt euch vor, ich muss ab sofort Zwieback für das Heer backen!« Waffelfabrikant Otto Seim war dazugetreten und runzelte zornig seine buschigen Brauen.

»Na, mit Knusperzeug und Lebkuchen würden die an der Front nicht weit kommen«, grinste Emil Hecht. »Obwohl deine Elisen zugegebenermaßen die besten in ganz Nürnberg sind.«

»Lass das bloß nicht den Wicklein hören, der steht dahinten«, schmunzelte Richard Kohn.

Viktor schlenderte ein wenig herum, unterhielt sich hier und da und nahm sich noch ein paar Häppchen vom Büfett. Er hielt Ausschau nach Paula und entdeckte sie schließlich auf dem Gang, wo sie einem nervösen Diener beim Sektausschenken half. Sie trug ein elegantes Kleid mit Wasserfallausschnitt, dessen Farbe zu ihren blauen Augen passte, dazu ein samtenes Stirnband, das ihr dichtes schwarzes Haar bändigte. Viktor sah eine Weile zu, wie sie sich über die Gläser beugte und eingoss, und fand jede ihrer Bewegungen hinreißend. Er hätte sie stundenlang ansehen können, aber schließlich riss er sich los und ging zu ihr.

»Ist da auch ein Glas für mich dabei?«, fragte er.

»Ah, Sie sind's, Viktor«, lächelte sie. »Selbstverständlich. Wann ist das nächste Fußballspiel, zu dem Sie mich mitnehmen könnten?«

Sie waren inzwischen bei zwei Spielen, einer Ruderregatta auf dem Dutzendteich und einem Tennisturnier gewesen, jedes Mal anstandshalber begleitet von Freunden. Einmal war sogar ihr Verlobter Albrecht mitgekommen, was Viktors Verliebtheit keinen Abbruch hatte tun können und höchstens seine Eifersucht steigerte. Er hatte sich hundertmal gesagt, dass es hoffnungslos war, aber seinen Gefühlen konnte er einfach nicht befehlen. »Fußball?«, sagte er. »Viele Spieler sind an der Front, da geht nicht mehr viel, leider. Es ist fraglich, ob Meisterschaftsspiele überhaupt noch stattfinden können.«

Ihre Augen wurden dunkel. »Wäre ja auch geradezu makaber, finden Sie nicht? Da sterben die einen an der Front, während die anderen fröhlich Tore schießen.«

Viktor nickte und hob sein Glas. »Lassen Sie uns darauf trinken, dass dieser Irrsinn nicht lange dauert.«

Sie trank in großen Schlucken. Ihm schien, als läge ihr etwas auf der Seele, aber er wagte nicht, zu fragen. Stattdessen lud er sie zu einem Kinobesuch ein. Sie schüttelte den Kopf. Varieté? Ach, nein. Museum? »Viktor, ich muss Ihnen etwas sagen …«, meinte sie schließlich. »Es ist …«

»Hier bist du! Viktor, ich muss dir unbedingt jemanden vorstellen!« Richard Kohn platzte ins Gespräch. »Das ist mein Freund Salman Schocken.« Er schob einen schmächtigen Mann um die vierzig zwischen Viktor und Paula, dessen Halbglatze glänzte wie eine polierte Billardkugel. »Salman baut Kaufhäuser; er hat schon welche in Zwickau, Oelsnitz, Aue, Meißen, Cottbus und so weiter. Er sucht ein Grundstück in Nürnberg, da wollte ich euch einfach zusammenbringen.«

»Na, da lass ich euch besser allein«, sagte Paula diskret und ging zurück in den Salon.

Viktor machte gute Miene zum bösen Spiel und befragte Schocken zu seinen Plänen. Der Kaufhauskönig war nicht abgeneigt, in Nürnberg eine Filiale zu eröffnen, allerdings nicht in der Innenstadt, wo Tietz der Platzhirsch war. Am Ende beschlossen die beiden, in Kontakt zu bleiben. Viktor machte sich noch einmal auf die Suche nach Paula, konnte sie aber nirgends finden. Schließlich ging es auf Mittag, und die Frühstücksgesellschaft löste sich auf. Viktor nahm seinen Mantel und ging über die breite Treppe nach unten. In der Bank sah er plötzlich Paula vor sich, die gerade durch die gläserne Drehtür das Gebäude verließ. Er lief ihr nach.

Draußen fuhr langsam ein Taxi über den Lorenzer Platz; sie winkte dem Fahrer und wollte hinlaufen. Dabei stieß sie unsanft gegen einen dicklichen jungen Mann, der gerade hinter dem Uhrenhäuschen hervortrat. Der geriet ins Straucheln, verlor seinen Hut und wäre beinahe gefallen. »Haben Sie keine Augen im Kopf, Sie Trampel?« Der Mann schimpfte wie ein Rohrspatz, weil seine Aktentasche in eine Pfütze gefallen und aufgegangen war. Er bückte sich. »Schöne Bescherung! Die Tasche ist hin, und hier, die Aufsätze meiner Schüler, völlig durchweicht!« Sein fleischiges Gesicht mit dem kleinen Schnurrbart lief rot an. »Verdammter Mist!«

Paula war zerknirscht. »Es tut mir so leid, ich war zu eilig. Kann ich wenigstens den Schaden mit der Tasche wiedergutmachen?« Sie holte ein Visitenkärtchen heraus und hielt es dem Mann hin. »Paula Goldstein«, las der. Und dann sagte er laut und vernehmlich: »Auch noch eine Judenschlampe!«

Paula erbleichte.

Im selben Augenblick war Viktor schon da. »Verzeihung«, sagte er freundlich, »ich glaube, Sie haben sich eben versprochen. Darf ich Sie höflichst bitten, sich bei der Dame zu entschuldigen?«

Der Mann funkelte Viktor wütend an. »Halten Sie sich da raus. Mit Ihnen hab ich nicht geredet.«

Viktor zog den Mantel aus und legte ihn sorgfältig über ein Fahrrad, das am Uhrenhäuschen abgestellt war. Dann begann er, in aller Gemütsruhe seine Ärmel hochzukrempeln. »Viktor Mischkin«, sagte er, immer noch freundlich. »Ich bin zwar kein Jude, aber ich bin halber Russe. Und wir Russen sind sehr empfindlich, wenn es um Anstand und gutes Benehmen geht. Wollen Sie sich nun entschuldigen?«

Der Mann war zwar kräftig, aber nicht so groß und muskulös wie Viktor. Er wog seine Chancen ab, dann entschied er sich gegen einen Kampf. Aber eine Entschuldigung brachte er trotzdem nicht über sich. Stattdessen fummelte er an seiner Aktentasche herum und murmelte etwas.

Viktor packte den Kerl am Kragen. »Ich habe Sie nicht verstanden«, sagte er.

»Entschuldigung«, knurrte der Mann und sah Paula dabei nicht an. Viktor ließ ihn unsanft los, und er machte sich mit eingezogenem Kopf davon.

»Sie haben was vergessen«, rief Paula und winkte mit einem Blatt Papier, das er nicht eingesteckt hatte. Aber er drehte sich nicht mehr um, sondern hastete mit schnellen Schritten über den Lorenzer Platz davon. Paula sah auf den Kinderaufsatz herunter, den sie in der Hand hielt. »Marie Häberlein«, stand da ganz oben, »Klasse 4a, Deutsch bei Herrn Lehrer Streicher«.

»Sie hätten mir nicht helfen müssen«, sagte sie zu Viktor. »So was kommt immer wieder mal vor.« Aber sie war immer noch blass und wirkte erschüttert.

»Nehmen Sie sich das bloß nicht zu Herzen«, meinte Viktor. »Das sind doch nur Spinner und Nichtsnutze. Und jetzt fahre ich Sie heim, keine Widerrede. Da drüben steht mein Auto.«

Sie stieg folgsam ein und ließ sich in die Campestraße bringen.

»Was wollten Sie mir denn vorhin noch sagen?«, fragte er, als sie vor der großen Villa hielten.

»Ach ... nichts Wichtiges.« Sie legte kurz ihre Hand auf seine und sah ihm in die Augen. »Danke, Viktor. Für alles.«

Da konnte er nicht anders. Sie war so schön. Und sie hatte so tapfer diese Demütigung ertragen. Ihm ging das Herz über. Er beugte sich zu ihr hinüber und küsste sie. Einen wunderbaren Augenblick lang hielt sie still, ließ ihn gewähren. Dann stieß sie ihn weg. »Nicht«, sagte sie mit einem kleinen Keuchen. »Viktor, es geht nicht. Ich liebe Alfred. Wir werden heiraten.«

Sie stieg aus und rannte die Auffahrt hinauf.

Kurz nach Weihnachten bekam Viktor mit der Post einen Umschlag aus Seidenpapier mit einer Karte darin. Darauf war eine Fotografie von Paula und Alfred, sie im weißen Kleid mit einem einfachen Blumenkranz im Haar, er in einer Offiziersuniform. »Es grüßen als Vermählte Paula Roth und Leutnant Alfred Roth. Möge dem Bräutigam eine glückliche Heimkehr vergönnt sein!«

Viktor ging langsam zum Fenster und öffnete es. Er zerriss das Bild in lauter kleine Fetzen und warf die Teile hinaus ins Schneetreiben, wo sie sich mit den weißen Flocken mischten und langsam zu Boden taumelten.

Kapitel 3

Aus den Lebenserinnerungen von Fritz Ribot, begonnen 1921

Mit dem Krieg begann die staatliche Zwangsbewirtschaftung der Fette und Öle. Jedes brauchbare Fett musste für die Produktion von Kunstspeisefett verwendet werden, also Margarine. Auf dem freien Markt konnte nichts mehr gekauft werden. Da blieb für die Seifenproduktion nichts übrig, ganz abgesehen davon, dass niemand mehr teure Toilettseifen wollte. Ab Januar 1915 wurde die Fabrik dann zur Kriegsproduktion gezwungen; das Heer brauchte Glyzerin für die Herstellung von Dynamit, und Glyzerin fällt ja bekanntlich als Nebenprodukt bei der Verseifung in der Unterlauge an. Also lieferte man uns auf staatliche Zuteilung hin billigsten, verunreinigten und vergammelten Talg von ich mochte gar nicht dran denken welchen Viechern, aus dem wir dann in unseren schönen, teuren Kesseln die minderwertigste Seife sotten, die ich je in meinem Leben gemacht hatte. Es war zum Heulen. Selbst Tran mussten wir verkochen. Die Firma Ribot war zur Glyzerinfabrik verkommen.

Ich brachte es kaum noch übers Herz, in die Siederei zu gehen. Konrad fehlte mir so sehr; jeden Sonntag ging ich zu seinem Grab und erzählte ihm, was alles passierte. Hoffentlich hat mich dabei keiner gesehen – der hätte mich für verrückt erklärt, wie ich da laut mit mir selber redend am Grab stand. Aber es tat mir gut. Gott sei Dank hast du das nicht mehr erleben müssen, sagte ich zu ihm. Stell dir vor, gestern haben 58 Schwabacher Bürger dem Stadtmagistrat ein Protestschreiben übergeben, weil sich seit Inbetriebnahme der Glyzerinproduktion in der Stadt ein »pestialischer Geruch« verbreitet. Ja, glauben die, ich rieche das nicht selber? Diesen ekelhaften Verwesungsgestank? Glauben die, mir macht das Spaß?

Das Wichtigste war mir, trotz der üblen Geschäftslage niemanden entlassen zu müssen. Ich sprach oft mit Luise darüber, dass ich eigentlich nicht mehr alle Arbeiter halten konnte, obwohl etliche von ihnen ohnehin schon im Krieg waren, aber sie machte mir sehr deutlich, dass diese Männer dann mit ihren Familien ins Bodenlose stürzen würden. Also versuchte ich alles, die Leute irgendwie weiterzubeschäftigen.

Luises Schneiderei litt natürlich auch durch den Krieg. Welche Dame hatte in diesen schweren Zeiten schon Lust auf ein neues Kleid? Welche Frau wollte sich herausputzen, wenn sie sich um Mann oder Sohn an der Front zu Tode sorgte? Ganz abgesehen davon, dass auch bei den Reicheren das Geld knapp wurde. In dieser Zeit machten nur noch Uniformschneider Geschäfte.

Wenigstens mussten wir uns um unsere »Jungen« erst einmal keine Sorgen machen. Eugen wurde als Chemiestudent zu seinem Entsetzen abkommandiert in die kriegswichtige Entwicklung von Kampfgasen – nach allem, was später an der Front geschah, sträubt sich mir die Feder, wenn ich das schreiben muss. Später, als er die Gasopfer sah, hat er mir einmal gesagt, er wäre lieber in den Gräben verreckt. Und Julius, der inzwischen ein Jurastudium begonnen hatte, laborierte damals an einer komplizierten Knieverletzung – ein Auto hatte ihn in Erlangen vor der Universitätsbibliothek angefahren, gesteuert ausgerechnet von einem Medizinprofessor. Damit war auch mein mittlerer Neffe erst einmal sicher vor der Einberufung. Und Ben war ja sowieso noch viel zu klein, den würde dieser verdammte Krieg nicht mehr erreichen.

Trotzdem hat es einen in unserem Haushalt erwischt, nämlich unseren Diener Gustav. Ausgerechnet an seinem zweiundzwanzigsten Geburtstag bekam er den Befehl zum Einrücken. Er sollte zunächst zur Ausbildung zu den Pionieren nach Ingolstadt, danach an die Front. Hilde, die ja seine Tante war, erzählte mir mit rotgeweinten Augen, dass der Junge eine Liebste hatte, für die er sorgte, und die er nun allein lassen musste. Ich sah das Mädchen kurz vom Bürofenster aus, als sie ihn abholte, um ihn zum Bahnhof zu begleiten. Ein halbes Kind noch, das arme Ding. Hilde fragte mich, ob sie ihr ab und zu ein paar Reste bringen dürfte; natürlich habe ich ihr das erlaubt. Der Gustav hat sich bei seiner Arbeit immer gut gemacht, und jetzt hält er für uns den Kopf hin und riskiert sein Leben. Da muss man doch helfen. Ich hab der Hilde gesagt, sie soll dem Mädchen einmal in der Woche ein ordentliches Lebensmittelpaket packen. Zwar gibt es die »Suppenküche für bedürftige Angehörige von Einberufenen«, die der Frauenverein vom Roten Kreuz eröffnet hat, aber nachdem sie vor

Gustavs Einberufung nicht geheiratet haben, hat sie dort sicher keinen Anspruch.
Luise hat mich darauf gebracht, die Gründung eines Fonds für in Not geratene Arbeiter und Gewerbetreibende anzuregen, unterhalten von Vertretern der Wirtschaft, der Politik und Gewerbetreibende. Die meisten meiner Freunde sind dabei, und wir versuchen, dadurch die größte Not zu lindern.
Die Verlustlisten, die regelmäßig am Rathaus angeschlagen werden, zeigten uns allen das grausame Gesicht des Krieges. Außerdem sah man immer mehr Verletzte auf den Straßen und Plätzen, die auf dem Weg der Genesung so weit waren, dass sie das Reservelazarett, für das der Turnverein 1848 seine Halle zur Verfügung gestellt hatte, für Spaziergänge verlassen konnten. Im Saal der Rose und im Bärensaal waren Rekrutendepots eingerichtet. Und seit Ende Januar 1915 fand die Lebensmittelversorgung über Bezugsscheine statt. Gleichzeitig stiegen die Preise ins Uferlose. Ständig wurden Sammlungen kriegswichtiger Materialien durchgeführt, vor allem Metall. Das gesellschaftliche Leben in der Stadt war fast gänzlich zum Erliegen gekommen.
Der Krieg hatte nun wirklich Einzug in Schwabach gehalten.

Kapitel 4
1915

Julius spazierte in Begleitung von Fritz' neuer, junger Wolfshündin Finchen über die Fleischbrücke, um im Tabakgeschäft Zigaretten zu kaufen. Es war die Woche Allerheiligen/Allerseelen, und er hatte vorlesungsfrei. Sein Knie war inzwischen ganz gut ausgeheilt, aber er benutzte immer noch seinen Stock, um es zu schonen.

Als er aus dem Laden trat, hörte er Lärm vom Unteren Marktplatz her. »Komm, Finchen, wir schauen mal, was da los ist«, sagte er, ging an den Rathausarkaden vorbei und um die Ecke. Tatsächlich hatte sich auf dem Platz eine lockere Menschenmenge versammelt. Vor dem eingezäunten Denkmal für die Gefallenen des deutsch-französischen Krieges 1870/71, das sonst immer als Kulisse für die Schwabacher Sedanfeiern diente, hatte man ein paar Bierkisten übereinandergestapelt, auf denen ein Mann in Arbeiterkäppi und langem Mantel stand. Julius konnte nicht verstehen, worüber er redete, also ging er näher heran. Jetzt hörte er besser. Der Mann sprach von Fabrikantenwillkür und Schweinerei, ballte dabei die Faust und stieß sie immer wieder hoch in die Luft.

»Was ist denn los?«, fragte Julius seinen Nebenmann, einen jungen Kerl im grauen Arbeitskittel.

»Die Arbeiter in den Nadelfabriken streiken!«, sagte der aufgeregt. »Sie haben uns heuer schon zweimal den Lohn gekürzt, und jetzt wollen sie es wieder versuchen. Das lassen wir uns nicht gefallen!«

»Aha.« Julius hatte schon von Fritz gehört, dass die Situation in der Metallindustrie angespannt war. Auch die Nadelfabriken waren zur Kriegsproduktion gezwungen; die meisten von ihnen fertigten Geschosskerne für Infanteriegeschosse.

»Bleiben S' nur fein weg von dieser Bagage, Herr Ribot! Das kann noch gefährlich werden!«

Julius drehte sich um; hinter ihm stand einer der Stadtpolizisten, den er noch von seiner Kindheit her kannte. Wachmeister Busch hatte ihn einmal erwischt und ordentlich zusammengestaucht, als er eine Bierflasche in die Schwabach geworfen hatte. Jetzt war er offenbar als Beobachter abgeordnet; seine Kollegen standen in der Nähe und hielten sich einsatzbereit. Julius ging ein Stückchen nach vorne; es gefiel ihm nicht, dass die Polizisten geradezu darauf lauerten, einzugreifen. Der Redner war nun verschwunden, alle klatschten Beifall, es gab ein kurzes Durcheinander.

Plötzlich stand eine junge Frau auf der Bierkasten-Tribüne, eine unglaublich attraktive Rothaarige. Sie trug einen taillierten braunen Wintermantel und einen warmen Strickschal, auf ihren kaum zu bändigenden Locken saß ein schwarzes Käppi. Selbstbewusst ließ sie ihren Blick über die Menge schweifen, dann bedeutete sie den Leuten mit einer Geste, ruhig zu bleiben. Julius war fasziniert. Er hatte noch nie eine Frau auf einer Rednertribüne gesehen. Und dann sprach sie. Vom Krieg und denen, die daheim zurückblieben und arbeiteten. Die von den Fabrikanten ausgebeutet wurden und jeden Monat weniger in ihrer Lohntüte hatten, während ihre Lohnherren immer noch Gewinne machten. Sie sprach davon, dass die Frauen, deren Lohn meist kaum zum Leben reichte, nun endgültig in die Armut abglitten. »Schwestern«, rief sie, »stellt euch an die Seite der Männer! Streikt! Kämpft für eine anständige Bezahlung. Wir Frauen des zwanzigsten Jahrhunderts sind politisch mündig geworden, wir treten für unsere Rechte ein ...«

Julius stand mit offenem Mund da. Das gibt's doch nicht, dachte er. Die kenn ich doch, das ist doch die Tochter vom Wirt in der »Silbernen Kanne«! Donnerwetter, die traut sich was! Er drängte sich noch ein bisschen weiter vor, aber mit dem Stock und dem Hund kam er nicht weit, dann wurde es zu eng. Inzwischen war Julius auch wieder eingefallen, wie sie hieß: Clara Gruber.

Die Leute hingen an ihren Lippen, lachten, buhten und schimpften. »Wir fordern die Rücknahme der Lohnsenkungen für alle«, rief sie, und die Menge johlte und applaudierte. Und dann reckte Clara die Faust in den Himmel und begann, mit heller, weithin tönender Stimme ein Lied zu singen, das Julius noch nie gehört hatte: »Wacht auf, Verdammte dieser Erde / die stets man noch zum Hungern zwingt ...« Die Arbeiter fielen einer nach dem anderen ein, und dann hallte der Refrain des Lieds, getragen von Hunderten Stimmen, durch Schwabachs Straßen und Gassen: »Völker höret die Signale / auf zum letzten Gefecht / die Internationale / erkämpft das Menschenrecht.«

Julius ließ sich mitreißen von der Melodie, er konnte gar nicht anders, als mitzusummen. Er, der Fabrikantensohn, fühlte sich plötzlich eins mit all den Arbeitern um ihn her. Und dann brach irgendwo ein Tumult los, Schreie waren zu hören, Fäuste flogen. Die Polizisten stürmten in die Menge, schlugen mit ihren Schlagstöcken nach links und rechts, brüllten Kommandos. Ein paar Arbeiter rannten schon, und dann löste sich die Versammlung blitzschnell in alle Richtungen auf. Julius sah noch, wie einer der Schutzmänner Clara am Arm packte und mit sich zog. Dann begann Finchen laut zu heulen. Julius bückte sich und streichelte sie beruhigend. Als er sich aufrichtete, waren der Polizist und Clara weg. Er nahm den Hund am Halsband, und die beiden machten sich auf den Heimweg.

Daheim machte er sich Gedanken um Clara Gruber, die so mitreißend gesprochen hatte. Eine Frau unter lauter Männern! Unwillkürlich verglich er sie mit den Mädchen, die er sonst kannte – das waren fast ausnahmslos welche, die eine Pensionatsausbildung hinter sich hatten und danach zu Hause saßen und darauf warteten, geheiratet zu werden. Mädchen, die zwar durchaus klug waren, aber nie im Traum daran gedacht hätten, sich an einer politischen Diskussion zu beteiligen. Erst jetzt wurde ihm klar, wie langweilig er sie alle fand. Blutleere Salonpüppchen! Dagegen erschien diese faszinierende, flotte, selbstbewusste Clara fast wie ein Wesen aus einer anderen Welt.

Später rissen ihn seine jüngeren Geschwister aus seinen Gedanken. Erst zeigte ihm der zehnjährige Ben seine neuesten Zeichnungen, und er bewunderte sie gebührend. Ben war wirklich ein Talent. Wo andere noch Strichmännchen und Kopffüßler gemalt hatten, konnte er schon Gesichter und Tiere, und inzwischen waren seine Buntstiftbilder richtige kleine Kunstwerke. Danach musste Lisbeth auch etwas beweisen und spielte dem großen Bruder eine Etüde auf dem Klavier vor.

Nachdem die Kinder wieder gegangen waren, setzte sich Julius an die Tasten und versuchte gedankenverloren, mit einem Finger die Melodie der Internationalen nachzuspielen.

Sechs Wochen später, in seinen Weihnachtsferien, sah Julius Clara wieder. Es war auf der Wöhrwiese, wohin er Ben und Lisbeth zum Hetscheln auf der zugefrorenen Schwabach begleitet hatte. Das Flüsschen war dort kurz nach dem Einfluss in die Stadt zu einem kleinen Teich aufgestaut, in dem man im Sommer sogar baden konnte.

Während seine kleinen Geschwister juchzend übers Eis schlitterten, lehnte sich Julius an den Stamm einer Linde und sah dem Treiben zu. Es war zwar eiskalt, aber vom Himmel schien eine gleißende Wintersonne und tauchte alles in hellgleißendes Licht. Man hätte fast vergessen können, dass die Welt im Krieg war, dass bei Verdun, am Isonzo, in Gallipoli und am Bug, im Mittelmeer und in der Nordsee jeden Tag Menschen starben. Das vergangene Jahr hatte immer mehr Kämpfe und immer mehr Kriegseintritte gebracht, man konnte angesichts der vielen Fronten und der verwirrenden Lage kaum mehr folgen, wo welche Gefechte stattfanden, wer wann welche Schlacht verlor. Julius dachte an die furchtbare Versenkung der Lusitania mit

1200 Toten durch deutsche U-Boote, an den ersten unmenschlichen Einsatz von Chlorgas an der Westfront. Er hatte Angst, er wollte nicht an die Front, und gleichzeitig fühlte er sich als Feigling, weil er daheimsaß, während andere tapfer kämpften.

Da sah er Clara. Sie saß zusammen mit einer Freundin auf einem Mäuerchen am Ufer. Gerade winkten beide einem kleinen Buben zu, der mit Schwung und roten Backen an ihnen vorbeischoss. Er verließ seinen Platz an der Linde, pirschte sich ein wenig von hinten an die beiden heran und hörte ihrem Gespräch zu.

»Hast du inzwischen Nachricht von Gustav?«, fragte Clara.

Die andere nickte. »Ein Brief, stell dir vor, er ist schon im September abgeschickt worden und erst jetzt gekommen. Gustav ist an der Ostfront, schreibt er, und alles geht so weit gut. Er ist gesund, Gott sei Dank. Er schreibt, die Russen sind alle Feiglinge und hinterlistige Schweine, und dass er dankbar ist, weil er sie alle abschießen kann. Er hat mit dem XXV. Reservekorps Warschau eingenommen, und jetzt steht er irgendwo nordöstlich davon. Die Russen sind dort überall auf dem Rückzug, und er meint, es wird nicht mehr lange dauern, dann kommt er heim.«

»Das hoff ich für dich«, sagte Clara. »Wie kommt ihr zurecht?«

»Es geht schon irgendwie. Jetzt, wo die Männer alle an der Front sind, brauchen sie die Frauen in der Fabrik. Ich mach jetzt Patronenhülsen und werd besser bezahlt. Aber das nützt ja nichts, bei der Teuerung. Brot, Kartoffeln, Mehl, ist doch inzwischen alles unbezahlbar. Es gibt zwar die Bezugsscheine, aber die reichen vorn und hinten nicht. Und auf dem Schwarzmarkt gibt's auch fast nichts. Da drüben, schau, die Suppenküche – wenn's die nicht gäbe, wüsst ich nicht, wie ich meine zwei Brüder über die Runden bringen sollte. Und das Essen, das die Hilde bringt. Aber meine Mietschulden hab ich wenigstens bezahlen können. Und Medizin für den Ernstl.«

»Kannst auch zu uns kommen, wenn es knapp wird, das weißt du ja. Irgendwas ist immer übrig.«

»Ach, der Hunger wär gar nicht so schlimm. Das bin ich ja gewohnt«, sagte die Freundin. »Aber ich hab doch solche Angst um meinen Gustav. Jeden Tag bet ich zum lieben Gott, dass er seine Hand über ihn hält.«

»Das macht er bestimmt.« Clara stand auf. »Ich muss heim. Wir haben heut Abend eine Versammlung in der ›Kanne‹ – kannst auch kommen, wenn du magst. Es geht um Frauenrechte, und es kommen auch lauter Frauen.«

Julius trat einen Schritt zurück. Und dann griff er zu einem uralten Trick. Er ging Clara nach, und kurz vor dem Preißingersteg beschleunigte er seinen Schritt. Als er sie eingeholt hatte, packte er sie am Handgelenk und rief lachend: »Ja, Lissy! Lang nicht mehr gesehen – oh, Verzeihung, ich hab Sie verwechselt!«

Sie schaute ihn verblüfft an – einen großgewachsenen jungen Mann mit Mütze und Schal, der genauso überrascht wirkte wie sie. »Hoffentlich hab ich Sie nicht erschreckt«, sagte er besorgt.

»Nein, nein«, beschwichtigte sie. »Aber Lissy heiß ich nicht.«

»Wissen Sie, die Lissy ist eine alte Schulfreundin aus der Volksschule. Ich hab ihr immer die Brote stibitzt. Von hinten haben Sie eben genauso ausgesehen wie sie.«

»Na, ein Brot hab ich jedenfalls nicht dabei, das Sie mir abluchsen könnten.« Sie grinste, und er wurde mutiger. »Kann es sein, dass wir denselben Weg haben?«

»Ich muss in die Nürnberger Straße«, sagte sie und deutete in die Richtung.

»Na, das passt doch gut. Darf ich Sie ein Stück begleiten?«

Sie zuckte mit den Schultern. »Wenn Sie wollen ...«

Einträchtig gingen sie nebeneinander her. Er erfuhr, dass sie jeden Sonntag im Sanitätskolonnenhaus half, das inzwischen als Reservelazarett diente. Und dass sie Artikel für den »Sozialdemokraten« und die »Fränkische Morgenpost« schrieb. Seine Bewunderung für sie stieg. Und wie hübsch sie war mit ihren roten Locken, die unter der Mütze hervorlugten, den vielen Sommersprossen, die sogar jetzt im Winter da waren, und den schneeweißen Zähnen, die blitzten, wenn sie lachte. Wie auf Wolken ging er neben ihr her – bis ihm einfiel, dass er ja auf seine Geschwister hätte aufpassen müssen. »Ach, du lieber Gott«, sagte er, »ich hab da was vergessen!«

»Nanu?« Sie sah ihn mit gerunzelter Stirn an.

»Tut mir leid, aber ich muss noch mal zurück!«

»Na dann. Danke für die Begleitung.« Sie streckte ihm die Hand hin. »Ich bin übrigens die Clara.«

Er schüttelte sie. »Ich heiße Julius. Das Vergnügen war ganz meinerseits.«

Dann rannte er mit schlechtem Gewissen davon in Richtung Wöhrwiese. Aber innerlich jubilierte er. Er hatte sie kennengelernt!

Am darauffolgenden Sonntag ging er um halb drei Uhr nachmittags in die Südliche Mauerstraße zum Kolonnenhaus. Von seiner Mutter, die dort selber manchmal aushalf, wusste er, dass um 15 Uhr Schichtwechsel war. Und er hoffte inständig, dass sie dann herauskommen würde.

Um zehn nach trat sie aus der Tür. Mit einer schnellen Bewegung streifte sie ihr Hilfsschwestern-Häubchen ab, und er sah ihren roten Schopf leuchten. Dann entdeckte sie ihn. Er winkte ihr zu.

»Warten Sie auf mich?«, fragte sie verblüfft.

Er nickte. »Sie haben neulich erzählt, dass Sie sonntags hier arbeiten, und ich hab's einfach versucht.« Und dann nahm er all seinen Mut zusammen. »Ich wollte Sie so gern wiedersehen. Und vielleicht auf einen Kaffee einladen. Hätten Sie Lust?«

Sie schürzte die Lippen. »Eigentlich müsste ich heim. Aber, ach was, ein halbes Stündchen geht schon.«

Sie gingen ins Café Ziegler, das gleich in der Nähe lag, und Julius bestellte zwei Kännchen Kaffee und für jeden ein Stück Streuselkuchen, den einzigen, den es seit der Lebensmittelknappheit noch in Schwabach gab.

»Mmmh, Bohnenkaffee«, sagte Clara und trank genießerisch. »Der weckt mich wieder auf. Der ist doch inzwischen so teuer – können Sie sich das überhaupt leisten?«

»Denke schon«, lächelte er. »Und wenn nicht – Sie sind mir die Ebbe in meinem Studentengeldbeutel wert.«

»Was studieren Sie denn?«

»Jura. Im dritten Semester.«

»Dann werden Sie mal Anwalt«, staunte sie. »Ich hab noch nie jemanden von der Universität kennengelernt.« Sie seufzte. »Ach, wenn ich nur auch studieren könnte ...«

»Tja, für Frauen ist das immer noch beinahe unmöglich«, sagte er. »In meinem Jahrgang gibt's jedenfalls keine Einzige.«

Sie legte ihre Kuchengabel hin. »Ist das nicht eine Schande? Wann bekommen wir Frauen endlich die gleichen Möglichkeiten im Leben wie die Männer?«

Er tippte mit der Spitze seines Zeigefingers Brösel auf. »Hm, das wird schlecht gehen. Ich meine, Frauen müssen halt Kinder kriegen und die Männer die Familie ernähren.«

»Aber müssen sie deshalb auch rechtlich schlechter gestellt sein? Das frag ich Sie als Juristen! Müssen wir die schriftliche Einwilligung unseres Ehemannes mitbringen, um eine Stelle anzutreten? Oder um ein Bankgeschäft abzuschließen? Müssen wir uns eine schlechtere Bezahlung für die gleiche Arbeit gefallen lassen?«

Julius überlegte. Jetzt bloß nichts Falsches sagen, Junge. »Na ja, es ist halt schwer, Dinge zu ändern, die seit Jahrhunderten so sind. Obwohl es natürlich richtig wäre. Aber inzwischen dürfen Frauen ja schon studieren. Das ist doch schon mal was.«

Ihre Augen blitzten. »Ich sag Ihnen was: Solange wir Frauen nicht das Wahlrecht bekommen, wird uns keiner ernst nehmen.«

»Es gibt ja Leute, die anführen, Frauen seien zu emotional und zu unvernünftig und zu wenig klug, um sich in Dinge des Staates einzumischen. Das meint übrigens sogar meine eigene Mutter. Sie sagt, Frauen könnten keine Politik machen, das können nur Männer.«

Jetzt fuhr sie sich über die roten Locken. »Und genau diese ach so rationalen, klugen und vernünftigen Männer haben Europa gerade in einen Krieg geführt! Herzlichen Dank!«

Sie redeten und redeten. Er staunte über ihre Einstellung zu den Dingen, ihre Leidenschaftlichkeit und ihre innere Überzeugung. Aus der halben Stunde, die sie ihm zugebilligt hatte, wurde zu seiner Freude eine ganze. Dann sagte sie: »Jetzt muss ich aber wirklich gehen. Ich hab noch einen Artikel über meine Arbeit im Lazarett zu schreiben. Für die ›Morgenpost‹.«

»Aber ich darf Sie doch wiedersehen?« Julius legte ganz vorsichtig seine Hand auf ihre und nahm sie dann gleich wieder weg.

Sie lächelte und nickte.

Dann kam die Cafébesitzerin Lotte Ziegler zum Kassieren. Während Clara ihren Mantel zuknöpfte, beglich Julius die Rechnung, und die Zieglerin sagte: »Vielen Dank auch, Herr Ribot.«

Claras Kopf fuhr herum. Sie starrte Julius an. »Sie … Sie gemeiner Mistkerl!«

Er stöhnte auf. »Clara, es tut mir leid. Ich hätt's früher sagen sollen, aber ich hab mich nicht getraut!«

»Das gibt's doch nicht! Ich lass mich von einem Fabrikantensöhnchen einladen! Mein Gott, ich könnt mich … nein, bleiben Sie mir bloß vom Leib.« Sie eilte auf die Straße hinaus, und Julius hinterher.

»Bitte, Clara, seien Sie mir doch nicht böse …«

»Böse? Ha!« Wütend stapfte sie Richtung Marktplatz. »Und gehen Sie mir bloß nicht nach!«

»Aber ich hab doch denselben Weg!«

»Dann machen Sie einen Umweg. Lassen Sie mich in Ruhe! Ich will Sie nie nie wiedersehen, Sie … Sie … Sie Bourgeois!«

Julius stand da und schaute ihr stumm hinterher, wie sie davonrauschte.

Das hatte er gründlich vermasselt.

Einen Monat später – es war Sonntag, der 19. Februar – passte er sie ab, als sie morgens in ihrer Schwesternuniform das Haus verließ.

»Sie schon wieder«, fauchte sie.

»Was muss ich tun, damit Sie nicht mehr böse sind?«, fragte er.

»Verschwinden.« Sie funkelte ihn an.

»Dann wird es Sie freuen, zu hören, dass ich morgen aus Schwabach abreise.«

»Na prima. Fahren Sie dahin, wo der Pfeffer wächst.«

»Muss ich wohl.« Er lächelte traurig. »Ich hab meinen Einzugsbefehl erhalten.«

Betreten sah sie zu Boden. »Das tut mir leid. Ich wünsch Ihnen viel Glück.« Sie wollte weitergehen, aber er hielt ihre Hand fest. »Darf ich Ihnen wenigstens einmal schreiben?«

Sie wand ihre Hand aus seiner, breitete die Arme aus und ließ sie wieder fallen. »Ach«, sagte sie, »machen Sie doch, was Sie wollen!«

Dann ging sie schnellen Schrittes davon.

Kapitel 5

Was Luise ihrem Peterle erzählt …

Jetzt ist schon zwei Jahre Krieg, Peterle. So viele Soldaten sind schon gefallen oder vermisst, es ist schlimm. Wenn ich überhaupt noch was näh, dann Trauersachen. Manchmal denk ich bald, es ist ein Glück, dass du nicht gesund bist. Sonst kämst du vielleicht auch an die Front. Ja, manchmal erwächst aus dem Schlimmen sogar was Gutes. Schau mich nicht so an, Bub, ich weiß schon, du willst eine Näscherei. Aber ich hab heut nix für dich, nicht einmal der Fritz hat eine Süßigkeit auftreiben können. Der Krieg ist schuld. Der lässt alle Menschen leiden. Von der Front hört man bloß noch Schlimmes. Im Westen haben sie überall Gräben angelegt, da hausen die Soldaten. Und dann kämpfen sie sich einen Kilometer vor und müssen wieder zwei zurück. Das geht hin und her, und keiner gewinnt und keiner verliert. Bloß sterben tun sie alle. Verdun heißt die Stadt, wo's am Schlimmsten ist. Nein, Peterle, du musst keine Angst haben. Es wird schon alles wieder gut. Der Fritz sagt, es geht nicht anders, wir müssen den Krieg einfach gewinnen, weil was käme sonst danach? Deshalb macht er in seiner Fabrik jetzt Zutaten für Sprengstoff. Er sagt, ganz gleich, ob man für oder gegen den Krieg ist, jetzt müssen alle zusammen helfen. Ach, Peterle, sei froh, dass du das alles gar nicht verstehst …

Kapitel 6

April 1916

Liebe Clara!
»Machen Sie, was Sie wollen« – das waren Ihre letzten Worte an mich. Und weil es nichts gibt, was ich lieber will, wage ich es tatsächlich, Ihnen zu schreiben. Sie müssen mir nicht antworten, wenn Sie nicht mögen, es genügt mir, einfach mit Ihnen in Verbindung zu stehen und an Sie denken zu dürfen.

Ich bin jetzt in den Schützengräben an der Westfront, allerdings noch in der Etappe. Den Ort darf ich nicht nennen, wegen der Zensur. Man hat mich zu einem fränkischen Bataillon versetzt, in dem viele Schwabacher sind. Etliche kenne ich, es sind manche alte Schulfreunde darunter. Ich habe sogar unseren Diener Gustav getroffen, der von der Ostfront hierher abkommandiert wurde und von dort Schlimmes zu berichten weiß.

In der Ferne hört man Kanonenfeuer. Die Franzosen sind 500–600 m weit weg. Es wird stetig hin und her geschossen; die Granaten platzen mit kleinen weißen Wölkchen. Gestern hatten wir einen schlechten Tag, es hat nur geregnet. Die Gräben sind voller Wasser. Alle fünf Tage, so hat man uns erzählt, ist Wechsel: dann holt man die Männer an vorderster Linie zurück, damit sie sich ausruhen können, und die Soldaten aus der Etappe kommen nach vorne. Wir warten also, bis wir an die Reihe kommen. Ich weiß nicht, was dort vorn passieren wird, nur, dass jeden Tag Tote und Verwundete von dort gebracht werden. Und dass den Lebenden der Schrecken ins Gesicht geschrieben steht. Ich habe noch nie auf einen Menschen geschossen, und mir graut davor. Es ist doch ein Unterschied, Patriot zu sein, und dafür töten zu müssen. Wünschen Sie mir Glück, liebe Clara, denn auch wenn Sie mir nicht wohlgesonnen sind, würde ich Sie irgendwann einmal gerne wiedersehen.

Ich hoffe, Sie lesen den Brief wenigstens und werfen ihn nicht gleich fort.

Es grüßt Sie in herzlicher Zuneigung
Julius Ribot

Juni 1916

Liebe Clara!

... Zum vielfachen Mal vorne im Schützengraben, einer Ruine, in der bei Regenwetter das Wasser rauscht und alles von Lehm und Dreck starrt und die auch Schutz gegen das furchtbare Granatfeuer gewähren soll. Kleine Menschenarbeit gegen gewaltige Kräfte. Noch lebe ich, unverwundet, Tornister und Kleider von Kugeln zerfetzt. Die Stimmung ist nicht gut, aber mein Humor ist noch da.

Hunger und Regen sind die schlimmsten Feinde. Sie ahnen ja gar nicht, was es heißt, tagelang, wochenlang im feindlichen Feuer zu leben. Nie wieder kann ich im Café bei einer Siegesnachricht gedankenlos Hurra schreien. Dieser Brief entsteht natürlich so: fünf Worte, dann ein minutenlanger Blick auf den Feind, ab und zu die »Kanone« hoch und ein Schuss. Was das heißt: viele Stunden im Unterstand liegen unter Granatfeuer, viele Stunden den Tod des Lebendigbegrabenwerdens vor Augen oder die Aussicht, in die Luft zu fliegen, falls eine Granate da einschlägt, wo der Sprengstoff liegt. Unseren einen Nürnberger, Franz, den Konditor, hat es gestern erwischt. Gott sei Dank bloß an der Hand – aber ob er jemals wieder eine Torte zaubern kann? Für ihn ist heute ein riesiger, gutmütiger Kerl namens Ottfried gekommen, der erst einmal seine Zigaretten mit uns geteilt hat. Rauchen beruhigt, aber man darf nur tagsüber; nachts könnte der Feind die glühende Zigarettenspitze als Zielscheibe nutzen ...

August 1916

Liebe Clara!

Hier gibt es keine Farbe, außer Braun, Grau und Schwarz. Es gibt keine Form, außer Granatlöchern. In der Heimat könnt Ihr Euch nicht die geringste Vorstellung davon machen, was es für uns bedeutet, wenn in der Zeitung schlicht und einfach zu lesen ist: »Bei Verdun fanden heute wieder nur Artilleriekämpfte statt.« Tausendmal lieber würden wir vorgehen in verwegenem Angriff, koste es, was es wolle, als das tagelange Ausharren im Granatfeuer, wo man immer nur wartet, ob denn die nicht kommt, die einen verstümmelt oder zerschmettert. Rechts von mir stöhnt seit drei Stunden im Unterstand ein Unteroffizier, dem eine Granate beide Beine und einen Arm zer-

schmetterte. Den steilen Abhang des Laufgrabens ist er in der Zeltbahn nicht zu transportieren, und der andere Verbindungsgraben nach rückwärts ist ersoffen. Wer schwerverwundet ist, geht auf dem Transport aus dieser Stellung meist zugrunde.

Auf 60 m liegen wir den Franzosen gegenüber. 600 m hinter unserer Stellung haben wir unsere Bereitschaftsstellung. Ein kleines Waldtal, in dem furchtbare Nahkämpfe getobt haben. Baum und Strauch sind von Granaten zerfetzt, mit Gewehrkugeln gespickt. Überall liegen in den Wasserlöchern noch die Leichen, von denen wir schon viele begraben haben. Zahllose Blindgänger von Granaten jeden Kalibers haben sich in den Boden eingewühlt. Französische Ausbildungsstücke sind in Masse zu finden. In den einen Abhang der Schlucht haben wir unsere Unterstände eingebaut: Erdhöhlen, gedielt, mit Dachpappe überdeckt. Heute morgen fragte mich mein Freund Heinz: »Was haben wir eigentlich verbrochen, daß wir hier schlimmer als Tiere herumgehetzt werden, hungern, verlausen und zum Schluss umgebracht werden wie Ungeziefer? Warum machen sie nicht endlich Frieden?«

Liebste Clara, es hilft mir unendlich, hier in dieser Hölle an Sie denken zu dürfen. Das gibt mir einen Grund, unbedingt überleben zu wollen.

Es grüßt und umarmt Sie (darf ich es wagen, das zu schreiben?)
Ihr Julius Ribot

September 1916

Liebste Clara!
Verdun, ein furchtbares Wort! Kommt der Soldat morgens aus seinem Granatloch (viele sind voller Wasser), so sieht er im hellen Sonnenschein die Türme des Douaumont- oder eines anderen Forts, die ihre Augen drohend ins Trichterland richten. Ein Schütteln packt ihn, wenn er seine Blicke rundum schickt: Hier hat der Tod seine Knochensaat ausgesät. Die Front wankt, heute hat der Feind die Höhe, morgen wir, irgendwo ist immer verzweifelter Kampf. Wir kämpfen beim Vorrücken um jeden Zentimeter, es geht von Granattrichter zu Granattrichter unter furchtbarem, unaufhörlichem Trommelfeuer. Für 50 Meter brauchen wir zwei Stunden. Der Mensch wird zum Wurm und sucht sich das tiefste Loch. Schlachtfelder, auf denen nichts

zu sehen ist als erstickender Qualm, Gas, Erdklumpen, Fetzen in der Luft, die wild durcheinanderwirbeln: das ist Verdun! …

November 1916

Meine liebe Clara!

Manchmal hält mich nur der Gedanke an Dein hübsches Gesicht aufrecht. Ich darf doch Du sagen? Es würde mir viel bedeuten. Niemand kann leben und ständig nur Tote vor Augen haben. Der Willi Häusler liegt im Lazarett, man hat ihm den linken Unterschenkel amputieren müssen.

Er hat diesen Krieg hinter sich. Und vor einer Woche ist unser Konditor gefallen, Bauchschuss. Zwei Neue sind gekommen, Hermann Bläuel aus Zirndorf und Jacob Levin aus Erlangen. Letzterer ist Geiger beim Nürnberger Philharmonischen Orchester, du solltest seine zarten Finger sehen!

Es ist mir manchmal, als würfen mir die Gefallenen vor: warum ich und nicht du? Warum ich, der ich mein Leben schon häuslich eingerichtet habe mit Frau und Kind, und nicht du, der du doch niemanden zurücklässt? Ich glaube, solche Gefühle hat jeder, der länger dabei ist. Würdest Du um mich weinen, Clara?

Bei uns ist es gegenwärtig sehr ruhig, wir richten uns in unserer Stellung ein, als ob wir hier den Frieden erwarten wollten. Den Frieden! Alle Sehnsucht, die einer, der so lange von seinen Lieben weg ist, aufbringen kann, alle Wünsche, die er für sich hegt, und alle Träume, die er in seinem Unterstand von der Zukunft träumt, sind zusammengefasst in diesem einen Wort: Frieden!

Dezember 1917

Liebste Clara!

Heute ist Weihnachten! Wie merkwürdig dieses Wort klingt, hier, wo der Tod alles beherrscht. Wir haben eine Sonderration bekommen; ausnahmsweise mal kein schimmliges Brot, und jeder drei Zigaretten. Meine Mutter, die Gute, hat mir ein großes Weihnachtspaket geschickt, darin war sogar eine Flasche Cognac! Diese Kostbarkeit haben wir brüderlich miteinander geteilt. Ich habe mir dann vorgestellt, wie Weihnachten wohl daheim wäre. Unser Kamerad aus Zirndorf hat Rotz und Wasser geheult, als ihm heute die Feldpost eine Fotografie von seiner Frau und seinem kleinen Sohn gebracht hat.

Hier in der Etappe ist alles ruhig; wir haben Weihnachtslieder gesungen. Für diesen Tag ist ein Waffenstillstand angeordnet, an den sich alle halten. Die vorne an der Front, so hat man uns erzählt, sind alle aus ihren Gräben gekommen, Franzosen wie Deutsche. Sie haben sich gegenseitig Zigaretten und Schnaps angeboten. Zeigt dies nicht den ganzen Wahnsinn des Krieges? Morgen müssen sie wieder aufeinander schießen!

Fröhliche Weihnachten, meine liebe Clara. Mein schönstes Weihnachtsgeschenk wäre, wenn Du mir einmal zurückschreiben würdest.

Immer Dein
Julius

Kapitel 7
1917

Clara saß am Fenster ihrer Stube unter dem Dach und sah in den Regen hinaus. An Weihnachten hatte sie Dorle noch einen schönen Eintopf vorbeigebracht, für den ihre Mutter tagelang auf dem Schwarzmarkt unterwegs gewesen war, um alles zusammenzubringen. Es war ja kaum mehr etwas zu essen zu kriegen; man lebte schier nur noch von Steckrüben. Gestern hatte es im Rathaus eine Eierzuteilung auf Bezugsschein gegeben; die Menschen waren den ganzen Tag über zu Hunderten in Schlangen über den ganzen Marktplatz angestanden. Dorle hatte ihr Eierkontingent für Dezember längst aufgebraucht. Sie war ganz verzweifelt gewesen, weil sie schon seit fast drei Monaten nichts mehr von Gustav gehört hatte. Der kleine Schorschi war auch nur noch Haut und Knochen, und Ernstl war es ganz schlechtgegangen, weil er seine kräftigende Medizin nicht mehr bekam. Längst gingen alle Medikamente an die Front. Und heute nun war Dorle bei Clara gewesen und hatte unter Tränen erzählt, dass Ernstl in der Nacht gestorben war, ganz leise, so leise, dass sie es erst am Morgen gemerkt hatten. Clara hatte Dorle getröstet und war mit ihr aufs Amt gegangen, um alles zu regeln, aber mehr hatte sie auch nicht tun können.

Jetzt war der letzte Tag im Januar, und immer noch war kein Frieden in Sicht. Durchhalteparolen, ja, die gab es im Überfluss. Aber an die glaubte schon lange keiner mehr. Die Menschen waren kriegsmüde. In Berlin hatte es Streiks von Frauen gegeben, die skandiert hatten: »Wir wollen essen! Wir wollen unsere Männer!« Clara wäre am liebsten mit dabei gewesen.

Ihr Blick fiel auf den Stapel Briefe, der auf dem Fensterbrett lag. Julius Ribot! Er schrieb ihr hartnäckig, auch wenn sie noch keinen seiner Briefe geöffnet, geschweige denn zurückgeschrieben hatte. Aber seltsamerweise fühlte sie sich jedes Mal erleichtert, wenn der kleine Postbote ihr wieder einen Feldpostumschlag brachte. Auch wenn sie den Umschlag jedes Mal nur zu den anderen legte.

Es läutete Mittag. Spärliche Glockenklänge, weil ein Teil der Schwabacher Kirchenglocken hatte abgegeben werden müssen, um Kanonenrohre daraus zu gießen. Mit einem Mal hatte Clara einen Kloß im Hals. Dieser Krieg dauerte so lange. Sie tastete mit der rechten Hand nach Julius' Briefen, nahm einen davon. Sie öffnete ihn und las. Danach den nächsten. Und den nächsten. Stunden saß sie so da, atemlos und gebannt. Irgendwann merkte sie, dass die Tränen nur so über ihre Wangen rollten.

Am Ende putzte sie sich die Nase. Dann holte sie Füllfederhalter und Briefpapier aus ihrer Schublade und begann zu schreiben.

Kapitel 8
1917

Im August 1917 jährte sich der Tag des Kriegsbeginns zum dritten Mal. Viktor war zu Fuß unterwegs von seiner Wohnung am Prinzregentenufer in die Innenstadt. Pferdekutschen gab es so gut wie keine mehr; fast alle Pferde waren vom Heer konfisziert worden, und die wenigen Automobile – auch sein eigenes – standen nutzlos herum. Es gab längst kein Benzin mehr.

Zu anderen Zeiten hätte Viktor den Spaziergang genossen; das Wetter war herrlich, blau der Himmel, grün die Pegnitzwiesen. Aber wenn man wusste, dass irgendwo da draußen die Hölle tobte, konnte man nicht mehr unbefangen fröhlich sein. Und wenn einem, so wie jetzt, ein Kriegsversehrter entgegenschlurfte, dem der ganze Unterkiefer fehlte, kam dazu noch das Entsetzen. Es war ein furchtbarer Anblick. Viktor fragte sich, wie der Mann wohl aß, und ob er selber, wenn es ihn getroffen hätte, so hätte weiterleben wollen. Er schämte sich dafür, dass er den armen Kerl so angestarrt hatte, und wechselte die Straßenseite.

An der Lorenzkirche standen ein paar zerlumpte Kinder und bettelten ihn an. Er gab ihnen Kleingeld und nahm sich vor, gleich morgen eine Spende für Kriegswaisen an das Rote Kreuz zu überweisen.

Als er im Vereinshaus des Industrie- und Kulturvereins ankam, wimmelte es drinnen schon vor Leuten. Einer der vielen Nürnberger Veteranenverbände veranstaltete hier einen Benefizabend für arme Familien, deren Ernährer im Krieg geblieben waren. Viktor erhielt ständig solche Einladungen, und meistens ging er auch hin. Ihm hatte der Krieg zwar auch Einbußen gebracht, aber seine Immobilien warfen immer noch mehr als genug ab. Ihm ging es besser als den meisten seiner Freunde.

Der Portier am Saaleingang kannte ihn schon und begrüßte ihn mit Namen. Drinnen bekam er ein Glas Sekt – wo sie den wohl herbekommen hatten? – und mischte sich unter die Leute. Er traf seinen Mentor Gehring, dessen Firma er vor dem Krieg zum Großteil übernommen hatte, als dieser in Ruhestand gegangen war. Der erkundigte sich nach seinem Freund Fritz. »Gesundheitlich geht's ihm gut«, sagte Viktor. »Aber geschäftlich schaut es schlecht aus. Immerhin hält er die Firma am Laufen. Neulich hat er mir erzählt, dass von den dreitausend Seifensiedereien in Deutschland jetzt am Ende des dritten Kriegsjahrs nur noch hundertfünfzig übrig sind. Ribot ist eine davon.«

»Und das verdankt die Firma sicherlich ihm, dem alten Kämpfer!« Gehring tätschelte Viktor den Arm. »Der schafft das schon. Und du hältst dich ja auch gut über Wasser, wie man hört.«

Viktor zuckte die Schultern. »Ich tu mein Bestes.«

Was Fritz und die Fabrik betraf, hatte er nicht die ganze Wahrheit gesagt. Der Firma ging es so schlecht, dass Fritz schon an Kooperation mit der Konkurrenz gedacht hatte. Aber Verhandlungen mit der Firma Schicht in Aussig an der Elbe, einer der größten europäischen Seifenfabriken, waren im Sand verlaufen. Fritz litt schwer unter der Situation, er sah sein Lebenswerk bedroht. Er brauchte all seine Kraft und all sein Geld, um die Firma am Leben zu erhalten.

Hinten im Saal war eine kleine Bühne aufgebaut, dort spielte ein Damen-Salonorchester Wiener Walzer. Über ihnen an der Wand hing ein riesiges goldgerahmtes Porträt des Kaisers, von dem man in letzter Zeit außer immer laueren Durchhalteparolen nicht viel gehört hatte. Jetzt hast du endlich deinen verdammten totalen U-Boot-Krieg, dachte Viktor bitter. Und wozu hat das geführt? Zum Kriegseintritt der Amerikaner! Jetzt sind wir erst recht am Arsch.

Viktor beschloss, sich noch ein Glas Sekt zu holen und ging zur Bar hinüber. Da stockte ihm der Schritt. Neben dem Tresen stand – Paula.

Seit ihrer Heirat hatte er sie nicht mehr gesehen. Er hatte jeden Kontakt vermieden, und vermutlich hatte sie das Gleiche getan. Sie waren sich bei keiner Veranstaltung über den Weg gelaufen und er hatte keine Einladung mehr zu Feiern bei den Kohn-Brüdern angenommen. Und jetzt stand sie einfach da, in der linken Hand eine Elfenbeinspitze mit einer glühenden Zigarette. Das glänzende rabenschwarze Haar lag wie ein Helm um ihren Kopf. Sie trug ein einfaches, hochgeschlossenes schwarzes Kleid mit einer dezenten Perlenkette. Schmal und blass sah sie aus. Viktor fühlte sich von ihr angezogen wie von einem Magneten, wie in Trance ging er auf sie zu.

»Paula«, sagte er und versuchte ein Lächeln, »wie geht es dir?«

Sie lächelte zurück. »Schön, dich zu sehen, Viktor.« Seltsam, wie selbstverständlich sie sich plötzlich duzten.

Viktor spürte sein Herz bis zum Hals schlagen und war wütend auf sich selber. Da hatte er geglaubt, er sei drüber weg – und jetzt stand er vor Paula wie ein aufgeregter Pennäler. »Gut siehst du aus«, sagte er lau.

Sie verzog das Gesicht. »Lüg nicht. Ich kann selber in den Spiegel schauen.«

Er wollte ihre Hand fassen, aber dann ließ er es lieber. »Was ist los?«, fragte er.

Paula atmete einmal durch, bevor sie antwortete: »Alfred ist gefallen. An der Somme, letztes Jahr. Eine Granate hat ihn zerrissen.«

Jetzt nahm er ihre Hand doch. »Das tut mir leid, Paula.«

Sie sah ihn an. »Jetzt lügst du schon wieder.«

Ihr Blick ging ihm durch und durch. »Ich will nicht, dass du unglücklich bist. Das musst du mir glauben.«

Sie nickte. »Das tu ich. Und das gilt umgekehrt auch für mich. Ich muss mich bei dir entschuldigen, Viktor. Ich war nicht fair zu dir. Ich hätte dich nicht ermutigen dürfen.«

»Es war nicht deine Schuld.« Er hielt immer noch ihre Hand fest. »Ich wusste doch, dass du verlobt warst. Ich wollte nur nicht wahrhaben, dass ich das Spiel von Anfang an schon verloren hatte.«

»Dann bist du mir nicht böse?«

Viktor nahm all seinen Mut zusammen. »Wie kann man jemandem böse sein, den man liebt?«

Einen Augenblick lang standen sie da und sahen sich stumm an. Asche fiel von Paulas Zigarette auf den Boden. Dann rief jemand ihren Namen, und sie sagte: »Ich muss sammeln gehen. Die anderen warten schon auf mich.«

»Geh nur«, lächelte Viktor. Und: »Sag, kann ich irgendetwas für dich tun?«

Sie schüttelte den Kopf. »Lass mir Zeit«, flüsterte sie. »Wenn du kannst.«

Dann ging sie zu den anderen auf die Bühne.

Viktor schloss kurz die Augen. Himmel! Er wollte nicht vom Unglück eines anderen Mannes profitieren, aber er konnte nicht verhindern, dass von irgendeinem winzigen Punkt in seinem Inneren aus, erst ganz vorsichtig, dann immer mächtiger, eine wunderbare Welle des Glücks in ihm aufstieg.

Als eine der Sammlerinnen bei ihm vorbeikam, leerte er mit leichter Hand den gesamten Inhalt seines Geldbeutels in ihr Körbchen.

Kapitel 9

Vor Verdun, 31. August 1917

Liebste Clara!
Deinen Brief vom Juli habe ich mit Verspätung erhalten, er war, so wie die vorherigen, die größte Freude für mich. Du glaubst gar nicht, wie wir Männer an der Front den Nachrichten aus der Heimat entgegenfiebern, umso mehr, wenn sie von dem Mädchen sind, von dem wir träumen. Der Brief ist schon so zerlesen, dass er fast auseinanderfällt, aber er ist hier im Lazarett mein kostbarster Besitz. Ja, Du liest richtig, aber Du musst nicht erschrecken. Ich hatte eine leichte Gasvergiftung und bin am Kopf verletzt, aber nicht schwer, morgen werde ich vermutlich schon wieder in die Etappe entlassen.

Ich will Dir schildern, was passiert ist. Am 20. August ist unsere Kompanie Richtung Douancourt abmarschiert. Ungefähr 600 Meter vor unserem Bestimmungsort rasteten wir in einem Granatloch, um Kraft zu sammeln, da wir diese Strecke möglichst schnell hinter uns bringen mussten, denn es gab schreckliches Sperrfeuer. Ein Granatloch kannst Du Dir am besten vorstellen, wenn Du Dir einen großen Baum samt den Wurzeln ausgerissen denkst. Ich hatte mich kaum hingelegt, da – ssssst, schlägt eine Granate direkt vor uns ein. Zugleich der Ruf: »Auf, auf, was noch kann!« Wir sind die letzten 600 Meter nicht gelaufen, sondern gefallen von einem Granatloch ins andere. Im Unterstand gingen von unseren 17 Mann sechs ab. Einer davon, der nur verwundet war, schleppte sich am anderen Tag in der Frühe zu uns in den Unterstand.

Der Unterstand war eine alte, schon halb zusammengeschossene französische Kasematte. Von uns gesehen, war es nur ein Erdhaufen, wie ein Fuchsloch war der Eingang. Dahinter führte eine ganz verschüttete Stiege in den Raum, in dem wir vier Tage lagen. Tote lagen unter dem Schutt, und ein Nebenraum war voll mit französischer Munition. Die ganze Zeit war es stockdunkel, da wir nur ein paar Kerzenstangen hatten. Dann war ein schrecklicher Geruch da unten, ein Modergeruch von Toten. Ich habe die vier Tage fast nichts essen können. Nachdem am letzten Tag eines der Ausweichlöcher nach hinten zu halb verschüttet wurde und unser Keller in zwei Meter Tiefe lag, bekamen wir fast keine Luft mehr. Zum Schluss feuerten die Franzosen wahrscheinlich Gasgranaten vor unser Loch. Auf einmal steht der Feldwebel auf, es wird ihm schlecht, ein paar andere stehen auf und fallen um. Da schreit der Feldwebel: »Gas! Gas! Alle raus!« Ein Wirrwarr entstand. Alles schnappte nach Luft, alles wollte hinaus. Wir setzten unsere Gasmasken auf, drängten nach draußen, ins nächste Granatloch hinein. Da schwirrte schon die nächste Granate heran, schlug neben uns ein. Von da an weiß ich nichts mehr.

Ich bin erst im Lazarett wieder aufgewacht. Der Feldwebel hat mir später erzählt, ein Granatsplitter habe meinen Helm durchschlagen und ich sei bewußtlos und blutüberströmt umgefallen. Da sei mein Kamerad Jacob Levin zu mir hingerobbt, habe seinen Tornister abgeworfen und mich stattdessen huckepack genommen. So schleppte er mich 500 Meter hinter die Linien.

Ja, ich verdanke meinem Freund Jacob mein Leben, ich weiß nicht, wie ich das jemals wiedergutmachen kann. Sechs von den anderen sind im Gas geblieben. Wenn ich daran denke, dass mein Bruder bei der Produktion von Senfgas dabei war und jetzt an der Weiterentwicklung des »Maskenbrechers« Blaukreuz beteiligt ist – es ist schwer zu ertragen.

Hier im Sanitätsunterstand herrscht eine erstickende Hitze. Der Raum ist gestopft voll mit Verletzten. Ich habe hier unseren Diener Gustav wiedergetroffen, auch ihn hat das Gas erwischt, aber genau wie ich hat er Glück gehabt und konnte seine Maske noch rechtzeitig aufsetzen.

Meine liebe Clara, ich denke jeden Tag an Dich. Die Vorstellung, Dich bald wiederzusehen, hält mich aufrecht. Möge dieser heimtückische, grausame Meuchelmord doch endlich ein Ende nehmen. Ich glaube fest daran, dass ich zu Dir heimkomme!

Es umarmt Dich

Dein Julius

Kapitel 10

Was Luise ihrem Peterle erzählt …

Ach mein Büble, mein Büble, dass es dir so schlechtgeht … Ich bin so schnell gekommen, wie ich konnte, aber die Züge fahren ja nicht mehr regelmäßig. Schau doch, mach die Äuglein auf, die Mama ist da! Ich drück dir die Hand. Bestimmt hast du Durst, Peterle, ich geb dir einen Tee. Ein Tröpfle auf die Lippen, und noch eins, gell, da schleckst du. Wenn man Fieber hat, hat man immer Durst, das weiß ich doch. Du, ich bleib jetzt die ganze Zeit bei dir. Später kriegst du einen Brei, hat die Schwester Veronika gesagt, und sie tut einen Löffel Honig rein. Den hat der Fritz aufgetrieben auf dem Schwarzmarkt. Es gibt ja nix mehr nach bald vier Jahren Krieg, die Bäcker tun schon Sägemehl ins Brot. Dünn sind wir alle geworden, für ein Kleid bräucht ich heut bloß noch halb so viel Stoff wie früher. Was ist denn los, Peterle? Schön ruhig schnaufen sollst du. Der Doktor sagt, es ist die Spanische Grippe, die wütet jetzt überall, alle sterben wie die Fliegen. Aber wie soll die denn in so eine abgelegene Gegend kommen wie zu uns nach Bruckberg? Das glaub ich nicht. Das darf auch gar nicht sein, der liebe Gott hält doch seine Hand über arme Menschenkinder wie dich. Peterle, musst nicht so zittern. Schau, ich deck dich ordentlich zu, jetzt ist es besser, gell? Tief schnaufen musst du, Bub, ganz tief. Wart, ich leg dich ein bisschen höher, dann kriegst du besser Luft. Gut so, Peterle? Peterle, bleib doch da bei mir, lass mich nicht allein. Schau, ich muss sonst weinen, das magst du doch nicht. Du, der Krieg ist bestimmt bald aus, dann wird alles gut. Bestimmt. Und dann, dann gehen wir … ach, Peterle … deine Hand ist so kalt …

Kapitel 11
1918

Die Fabriksirene heulte, und Clara breitete das schwarze Samttuch über ihre Schreibmaschine. Noch vor einer halben Stunde hatte sie ein Diktat von Direktor Wenglein persönlich aufgenommen – Wenglein wusste zwar um ihre Rolle in der sozialdemokratischen Partei, aber er wusste auch, dass sie in Stenographie die Schnellste war. Sie hatten eine Übereinkunft: Solange sie die Norica-Werke aus allem heraushielt und nicht in der Fabrik agitierte, behielt sie ihre Stelle als erste Sekretärin. Und Clara hielt sich daran. Seit Krieg war und die Wirtschaft ihrer Eltern so schlecht lief, brauchte sie die Arbeit mehr denn je.

Sie nahm Schal und Mantel vom Haken und setzte das dunkle Hütchen auf. Es war Anfang November und empfindlich kalt draußen; in der letzten Woche hatte es sogar schon zaghaft geschneit.

Draußen auf dem Flur traf sie Brenner, den Lohnbuchhalter. »Hast du schon gehört, in Kiel?«, fragte er aufgeregt.

Sie schüttelte den Kopf.

»Es gibt einen Matrosenaufstand. Der Kollischan Heiner vom Telegraphenamt hat's mir vorhin zum Fenster hinaufgerufen. In Hamburg geht's scheinbar auch schon los! Mensch, Clara, das ist Revolution! Jetzt dauert's nicht mehr lang!«

Clara mochte es kaum glauben. War denn soetwas wirklich möglich? Sie beeilte sich, heimzukommen; in der »Kanne« liefen seit Beginn der Waffenstillstandsverhandlungen alle Informationsdrähte zusammen.

Ihr Vater kam ihr aus der Küche entgegen. »Überall gründen sie Arbeiter- und Soldatenräte«, rief er. »Kiel, Hamburg, seit heute München. Mädchen, wir kommen an die Macht! Das wird was ganz Großes!«

»Und was ist mit dem Waffenstillstand?«

»Nichts Neues.« Leo schüttelte den Kopf. »Seit September bringt dieser Versager Hindenburg nichts zustande.«

»Mein Gott, es muss doch einmal ein Ende sein.« Clara zog sich aus und las dabei das Plakat, das neben der Garderobe hing:

An die Gesamtbevölkerung von Schwabach und Umgebung

Friedenskundgebung

Sonntag, den 10. November, nachmittags punkt ½ 3 Uhr
Am Kriegerdenkmal mit Ansprache des
Reichstagsabgeordneten Michael Hierl

Auf, Männer und Frauen, gebt Eueren entschlossenen
Willen kund, daß jedes Hindernis zu beseitigen ist,
welches dem Völkerfrieden im Wege steht.

»Wie oft sollen wir noch für den Frieden auf die Straße gehen?« Das war Anna, die mit einem Sack Zwiebeln aus dem Keller kam.

»So lang, bis Frieden ist«, knurrte Leo entschlossen.

Die Tür ging auf, und der Vorsitzende der Schwabacher SPD, Konrad Lämmermann, kam herein, einen schmächtigen jungen Mann mit Soldatenmantel im Schlepptau. »Besuch aus München«, rief Lämmermann. »Kommt alle her.«

Die Männer drängten sich am Stammtisch zusammen. »Alois Wellinger«, stellte sich der Schmächtige mit weichem bayerischen Dialekt vor, »ich bring Grüße von unserem neuen Ministerpräsidenten, Kurt Eisner!«

Am Stammtisch brach freudiger Tumult aus. Clara jubelte mit. Unglaublich! Es war geschafft! Die Revolution hatte gesiegt. »Und der König?«, fragte einer.

Der Münchner Abgesandte grinste. »Unser braver Ludwig? Stellt euch vor: Der geht vorgestern noch fröhlich im Hofgarten spazieren, da kommt einer auf ihn zu und sagt ganz besorgt: ›Majestät, gehn S' hoam, es is Revolution!‹ Na, da ist er halt heimgegangen.«

Alles johlte. Und gleich kam schon der nächste Überbringer guter Nachrichten zur Tür herein, ein Leutnant vom Ersatzbataillon des 10. Bayerischen Infanterieregiments, das in Schwabach stationiert war. Er schmiss seine Kappe mitten auf den Stammtisch und verkündete triumphierend: »Die Offiziere der Garnison haben sich der neuen Ordnung angeschlossen!«

Wer hätte gedacht, dass es so einfach sein würde?

Als alle an diesem denkwürdigen Abend gegangen waren, band sich Clara müde die Schürze ab. Sie griff sich den Abfalleimer, um ihn noch schnell in den Hof zu tragen. Draußen hatte es zu schneien begonnen, winzige, schwerelose Flöckchen wirbelten umher und schienen gar nicht niedersinken zu wollen.

Pssst, machte es, und Clara zuckte zusammen. Dort an der Ecke stand eine dunkle Gestalt. Clara stellte den Eimer ab. Die Gestalt kam langsam auf sie zu und rief ihren Namen.

Sie konnte es nicht glauben.

Seit fast zwei Monaten hatte sie keinen Brief mehr bekommen, und die Angst hatte ihr in manchen Momenten die Kehle zugeschnürt. Ihr war schmerzhaft bewusst geworden, wie sehr sich ihre Gefühle zu ihm geändert hatten. Noch vor seinem Kriegseinsatz hatte sie ihn verachtet, abgelehnt, war voller Wut auf ihn gewesen. Und nun? Konnte man sich durch Briefeschreiben in einen Menschen verlieben? O Gott, was, wenn er dort draußen lag, mit verrenkten Gliedern, verätzter Lunge, Kopfschuss, Bauchschuss? Die Vorstellung war unerträglich. Sie hatte das Ribot-Haus beobachtet. Ob dort wohl eine Nachricht von ihm eingetroffen war? Dann hatte sie sogar Hilde gefragt, aber die wusste auch nichts.

Und jetzt – war er es überhaupt, oder spielte ihr ihre Phantasie einen Streich? Sie ging auf ihn zu. Er sah älter aus im Lichtschein der alten Gaslaterne, irgendwie anders. Müde. Erschöpft. Leer. Aber, Gott im Himmel, er war es!

Er rief noch einmal ihren Namen, und sie flog ohne ein Wort in seine ausgebreiteten Arme.

Später, als sie beide längst vor Kälte zitterten, nahm sie ganz selbstverständlich seine Hand. Sie schlichen über die Treppe nach oben in ihre Kammer unter dem Dach. Im Schein der Nachttischkerze zog sie sich aus unter seinen hungrigen Blicken, und sie schämte sich nicht. Sie hatten so lange aufeinander gewartet. Der Krieg hätte ihn ihr nehmen können. Jetzt wollte sie nichts mehr versäumen. Nackt schlüpften sie unter das klamme Bettzeug, seine Hände glitten über ihre weiße Haut, vorsichtig, als könnten sie etwas zerstören. Er stöhnte laut auf, als er in sie eindrang, und sie wölbte sich ihm entgegen, schlang die Arme um ihn, als wolle sie ihn nie wieder loslassen. »Ich muss im Himmel sein«, flüsterte er. Und dann kam er, viel zu früh, mit einem Aufschrei, der auch hätte Schmerz bedeuten können.

Hinterher lag er mit geschlossenen Augen neben ihr. »Es tut mir leid«, sagte er; Scham und Verzweiflung lagen in seiner Stimme. »Ich hätte …«

Sie tippte ihm mit der Fingerspitze auf den Mund. »Schscht«, sagte sie leise. »Wir haben alle Zeit der Welt.«

Er seufzte und legte seinen Kopf auf ihre Brust. »Jetzt weiß ich, dass ich noch am Leben bin.«

Kapitel 12
1918

Aufruf
an die Bevölkerung Schwabachs

Die gewaltigen Umwälzungen der letzten Tage haben sich auch auf Schwabach übertragen. Die hiesige Militär- und Zivilverwaltung hat sich dem Vollzugsausschuß des Soldaten- und Arbeiterrates unterstellt. Die Geschäfte werden unter Kontrolle des Vollzugsausschusses in der bisherigen Weise weitergeführt. Es wird nach Kräften dahin gestrebt werden, daß die Lebensmittelversorgung beibehalten werden kann. Von unserer Bevölkerung, die Not, Elend und die herbsten Schicksalsschläge während des langen Kriegs mit so großer Geduld ertragen hat, wird erwartet, daß sie Ordnung, Ruhe und Besonnenheit unter den neuen Verhältnissen bewahrt. Wir bitten, der neuen Regierung volles Vertrauen entgegenzubringen; sie wird bestrebt sein, die Leiden, die der Krieg gebracht hat, möglichst zu mildern. Der nahende Friede wird uns allen wieder bessere Zeiten bringen.

Der Arbeiter- und Soldatenrat Schwabach

Kapitel 13
1918

»Sag, dass das nicht du warst, den ich da unter diesen ganzen Sozi-Banditen gesehen hab!« Eugen war ehrlich entsetzt. Auch er war inzwischen wieder zurück in Schwabach, gerade rechtzeitig, um seinen Bruder auf einer Friedenskundgebung der SPD den Hut in die Luft werfen zu sehen.

Julius runzelte die Stirn. »Was ist falsch daran, für den Frieden einzutreten?«

»Der Frieden ist schon richtig, die Leute sind die Falschen!«

»Die Sozis waren von Anfang an als Einzige gegen den Krieg, und sie haben recht behalten.«

»Stimmt schon.« Fritz war in Gustis Salon im zweiten Stock gekommen und ließ sich auf einen der gepolsterten Stühle sinken. »Aber wenn jetzt die Kommunisten an der Macht bleiben, dann gnade uns Gott. Dann können wir die Firma gleich der Belegschaft überschreiben.«

»Die Firma, oder was der Krieg davon übrig gelassen hat«, ergänzte Eugen. »Was bringt dich überhaupt dazu, dich mit der SPD einzulassen, Julius?«

»Die Meinung, dass die herrschende Klasse, die uns alle ins Unglück geführt hat, wegmuss.«

»Du liebe Güte, du hörst dich ja schon an wie dieser Eisner in München.« Fritz blies die Backen auf. »Das sind doch alles Verrückte, die haben keine Ahnung!«

Gusti, die die ganze Zeit über auf der Chaiselongue vor dem Fenster gesessen und Socken gestrickt hatte, sah von ihrer Arbeit auf. »Jetzt streitet doch nicht!«, mahnte sie. »Seid lieber froh, dass wir alle noch am Leben sind. Ich bin jedenfalls glücklich, dass ich meine großen Söhne gesund wiederhabe. Und ich möchte, dass ihr beide auch glücklich seid.«

Julius setzte sich neben seine Mutter und legte den Arm um sie. »Ich bin ja auch glücklich, Mama. Sehr sogar.«

Gusti zwinkerte ihm zu. »Oho! Das klingt aber sehr nach einem Mädchen …«

»Könnt schon sein«, grinste Julius. Im selben Augenblick wurde ihm bewusst, dass dies der völlig falsche Zeitpunkt war, um von Clara zu erzählen.

»Sag, wer ist es?« Gusti sah ihren Sohn erwartungsvoll an.

Jetzt war es zu spät, und lügen wollte Julius auch nicht. »Ich fürchte, ihr werdet alle nicht sehr begeistert sein«, sagte er, »aber ihr werdet sie mögen, sie ist ein Engel! Und klug wie ein Professor!«

»Ja, wer ist es denn nun?«, fragte Eugen augenrollend.

»Die Clara Gruber von der ›Silbernen Kanne‹!« Jetzt war es heraus.

»Die? Die ›rote Clara‹?« Eugen blieb der Mund offen stehen. »Das gibt's doch nicht!«

Gusti ließ ihr Strickzeug sinken. »Um Himmels willen, Julius! Wenn das dein Vater wüsste! Im Grab würde er sich herumdrehen!«

Julius starrte seine Mutter und seinen Bruder an. Beide hatten rote Flecken im Gesicht. »Und du, Onkel?«, fragte er Fritz. »Hast du auch was dazu zu sagen?«

Fritz hatte es erst einmal die Sprache verschlagen. Himmel, Leos Tochter! Da hatte er stets über die peinlichen Familienverhältnisse geschwiegen, und jetzt holte ihn das alles wieder ein! Er hatte sich so bemüht, die ganze Sache einfach zu vergessen. Nun war sein erster Impuls, diese Verbindung abzulehnen. Und was ihn fast noch mehr störte, war, dass sein Neffe womöglich einmal – Gott verhüte – eine stadtbekannte Sozialistin heiraten würde. Der Erbe der Firma Ribot!

Fritz wollte schon lospoltern, aber dann beherrschte er sich doch. Mit Freundlichkeit kommt man oft weiter, überlegte er. »Na ja«, sagte er dann vorsichtig, »das Mädchen ist bestimmt kein schlechter Mensch, oder? Aber es ist schon ziemlich unpassend, findest du nicht, ein Fabrikantensohn und eine SPD-Agitatorin? Ich meine, ich will dir ja nicht dreinreden, aber als dein Onkel und quasi als Vaterersatz …«

»Dann red mir auch nicht drein«, fuhr Julius auf. »Und wie passend ist es eigentlich, wenn ein Fabrikherr und Kommerzienrat ein Verhältnis mit einer Schneiderin hat?«

»Das ist was ganz anderes«, brummte Fritz.

»Julius«, seufzte Gusti, »ich weiß ja, du bist jung und verliebt und hast erst diesen furchtbaren Krieg hinter dir. Da ist es kein Wunder, dass du ein bisschen durcheinander bist. Aber du bist doch auch ein hübscher Kerl, und gescheit dazu. Alle Mädchen fliegen auf dich, du kannst doch jede haben. Sei vernünftig und schlag dir diese Clara aus dem Kopf. Such dir eine, die zu dir und zu uns passt.«

»Stell dir bloß mal das Gerede vor«, ergänzte Eugen. »Ganz Schwabach wird sich über uns totlachen.«

Julius hieb mit der Faust gegen den Türrahmen. »Das ist eure einzige Sorge, was? Die Leute. Die Firma. Da hat die Welt einen Krieg mit Millionen Toten hinter sich, überall herrschen Hunger und Not, die alten Systeme sind gestürzt, keiner weiß, was werden wird – aber meine bigotte Familie stört sich an einer Liebesgeschichte! Wisst ihr was? Ihr kotzt mich an!«

Mit diesen Worten stürmte er aus dem Raum und den Flur hinunter. Dann hörte man nur noch, wie hinter ihm die Zimmertür zuknallte.

Ein paar Wochen später saßen Clara und Dorle bei einer Tasse Blümchenkaffee in der »Silbernen Kanne«. Es war nichts los an diesem späten Nachmittag, die Bierzuteilung war alle, und zu essen gab es seit gestern nur noch Steckrüben.

Clara strich mit den Händen über ihren Rock, der fadenscheinig und an zwei Stellen geflickt war. »Wie geht's deinem Gustav inzwischen?«, fragte sie. Sie wusste, dass sich Dorles Verlobter noch am letzten Kampftag eine Knieverletzung zugezogen hatte. Deshalb war er erst eine Zeitlang im Lazarett gelegen, bevor er verspätet nach Schwabach heimgekommen war.

»Schon viel besser«, erzählte Dorle. »Aber trotzdem – der Doktor meint, ganz ohne Hinken wird es wohl nie mehr gehen. Das macht dem Gustav zu schaffen. Er ist sowieso schon so ... ich weiß auch nicht.«

»Wie meinst du das?«

Dorle rührte in ihrer Tasse. »Na ja, er ist so ... bitter. So voller Hass. Ich glaube, er hat zu viel mitgemacht an der Front. Er will nicht einsehen, dass die anderen gewonnen haben. Dauernd sagt er, die in der Heimat waren schuld. Die Juden und die Kommunisten. Die hätten den Krieg sabi... sabotiert. Dann kriegt er ganz wilde Augen. Manchmal fürcht ich mich fast vor ihm.«

»Hat er denn schon wieder eine Arbeit?«

»Zu den Ribots will er nicht mehr«, seufzte Dorle. »Und die Hilde sagt, die würden sich wohl auch keinen Hausdiener mehr leisten können, jetzt, wo es mit der Fabrik so schlechtgeht. Und woanders hat er sich noch nicht umgeschaut.«

»Und derweil wohnt er bei dir und dem Schorschi?«

Dorle nickte. »Ab morgen erst einmal wieder nicht. Da zieht er ins Feld – hat er zumindest gesagt.«

»Ins Feld? Und gegen wen?«

»Ach, ich weiß doch nicht so genau. Mit der Politik kenn ich mich nicht aus. Aber er hat sich vor drei Tagen freiwillig gemeldet zur ›Kompagnie Schwabach‹. Und die marschiert morgen nach München.«

»Du lieber Gott!« Clara war entsetzt. Seit der Ermordung Eisners im Januar war die erst im April offiziell ausgerufene Räterepublik Bayern in höchster Gefahr, es herrschte ein regelrechter Bruderkrieg. Alles, was man errungen hatte, drohte wieder verlorenzugehen. Die bürgerliche Exilregierung Hoffmann saß in Bamberg wie die Spinne im Netz und wartete nur darauf, dass revanchistische Kräfte sie wieder zurück an die Macht brachten. Und genau dafür war die Kompagnie Schwabach gegründet worden, als Freikorps zur militärischen Bekämpfung der Revolution. Jetzt sollte sie also in die Auseinandersetzungen eingreifen, die gerade in München stattfanden. Mit Gustav. »Wenn die alten Kräfte gewinnen«, sagte Clara langsam, »dann stehen wir wieder da, wo wir vorher waren. Dann geht es uns kein Stück besser, und der Frieden kommt doch nicht. Und auch nicht das Wahlrecht für Frauen.«

»Und mein Gustav kämpft jetzt gegen die Räterepublik?«, fragte Dorle verwundert.

»Ganz genau«, fauchte Clara. »Dein Gustav ist gegen uns!«

Dorle traten die Tränen in die Augen. »Entschuldige«, sagte sie. »Ich kann doch nichts dafür.«

Clara umarmte die Freundin. »Ich weiß doch. Ach Gott, warum haben wir beide solche Probleme mit den Männern, die wir lieben, hm?«

»Männer, die wir lieben?« Anna war unbemerkt von den beiden hereingekommen und stand jetzt vor ihnen, die Hände in die Hüften gestützt. »Gibt's da was, was dein Vater und ich wissen sollten, Clara?«

Dorle stand auf. »Ich muss los.« Sie drückte Clara ein Küsschen auf die Wange. »Los, sag's ihnen«, raunte sie. »Irgendwann muss es ja mal sein.«

Clara nickte. Dorle hatte recht. Und jetzt war es ohnehin zu spät. Wenn ihre Mutter erst einmal etwas gewittert hatte …

»Mama«, sagte sie, »setz dich her, ich muss dir was erzählen.« Sie holte tief Luft. »Ich hab jemanden gern. Sehr gern. Und er mich.«

Anna lächelte. »Und, wer ist es? Kennen wir ihn?«

»Ihr kennt ihn schon, aber nicht so, wie ihr meint. Mama, es ist der Julius Ribot.«

»Jesusmariaundjosef!« Anna saß stocksteif.

»Er hält zu uns, Mama. Auch wenn er ein Fabrikantensohn ist. Dafür kann er schließlich nichts.«

»So ein Unsinn, Kind. Schlag dir den aus dem Kopf. Der bringt dich höchstens in Schande und lässt dich dann sitzen, glaub mir.«

»So ist der Julius nicht.« Clara griff nach Annas Hand. »Mama, hilf mir doch. Kannst du's nicht dem Vater sagen? Ich trau mich nicht.«

Anna schnaubte. »Wird nichts nützen«, meinte sie. »Aber gut, dann sag ich's ihm gleich. Ist sowieso ganz egal.«

Sie stand auf und ging hinaus in den Hof, wo Leo gerade ein gesprungenes Fallrohr reparierte.

Zwei Minuten später stapfte Leo herein, einen Hammer in der Hand, das Gesicht wutrot. »Du kündigst dem sofort die Freundschaft auf, hast du verstanden?«, brüllte er. »Wie kannst du uns so was antun?« Speichel sprühte von seinen Lippen.

So hatte Clara ihren Vater noch nie gesehen. Sie hatte schon befürchtet, dass er zornig sein würde, aber diese Art von Wut ging über das hinaus, was sie erwartet hatte. »Papa, beruhig dich doch erst mal«, begann sie.

»Ich beruhig mich nicht!«, schrie er. »Da macht sich meine einzige Tochter hinter meinem Rücken zum Fabrikantenflittchen, und ich soll mich beruhigen?«

Jetzt wurde auch Clara wütend. »Ich bin kein Fabrikantenflittchen! Wir wollen heiraten, wenn du's genau wissen willst!«

Wie sollte sie ahnen, was in diesem Augenblick in ihrem Vater vorging?

Leo ballte die Fäuste. Er wollte nicht, dass ihn seine Tochter so erlebte, aber er konnte es nicht verhindern, dass dieser alte, unversöhnliche Hass plötzlich wieder in ihm aufwallte. Der alte Hass auf die Ribots, die unbändige Wut über das Unrecht, das man seiner Mutter angetan hatte, die Trauer über ihren Tod, der Groll darüber, dass er selber ein Bastard war. Und nun wollte ihm ausgerechnet ein Ribot seine geliebte Tochter nehmen. Es war zum Wahnsinnigwerden.

»Den Kerl heiratest du nicht«, donnerte er. »Nicht, solang ich lebe!«

Clara fühlte sich wie zu Boden gedrückt von der Heftigkeit der Gefühle, die ihr von ihrem Vater entgegenkamen. Aber dann flammte ihr Widerspruchsgeist auf. Sie stellte sich aufrecht vor ihn hin und funkelte ihn an. »Ich bin alt genug, Papa! Und wir leben im zwanzigsten Jahrhundert. Du hast mir nichts mehr zu befehlen.«

Da hob Leo mit einem gequälten Aufschrei die Hand und schlug zu.

Anna stürzte herbei. »Heilige Muttergottes, Leo, hör auf!«

Clara blutete aus der Nase. Sie schluchzte. Noch nie im Leben hatte ihr Vater sie geschlagen. Anna holte einen Lappen, um das Blut wegzutupfen, während Leo noch schweratmend dastand. »O Gott«, sagte er, »Clara, es tut mir leid.«

Sie sah ihn schweigend an. Dann wischte sie sich mit einer trotzigen Geste das Blut aus dem Gesicht. »Ihr könnt uns nicht auseinanderbringen«, sagte sie und lief die Treppe nach oben.

Am 24. Mai um zehn Uhr abends traf die siegreiche Kompagnie Schwabach wieder am Bahnhof ein. Es hatte keine Verluste gegeben, und entgegen anderslautenden Behauptungen tapferer Freikorpsler war die einzige Kampfhandlung der Kompagnie ein paar Schüsse aus einem Maschinengewehr gewesen. Dennoch hatten sie gesiegt, an der Seite regulärer Truppen. München war eingeschlossen und erobert worden; die Räterepublik gestürzt.

Niemand war glücklicher über das Scheitern des »roten Experiments« als Gustav. Endlich hatte er einmal siegen können, und besoffen von diesem Erlebnis kehrte er zu Dorle zurück. »Jetzt machen wir sie fertig, die Schweine«, rief er und leerte die halbe Flasche Schnaps, die Dorle auf dem Schwarzmarkt für ihn ergattert hatte. »Dorle, ich hab in München Leute kennengelernt, die das Richtige denken! Die sagen, wir müssen die Feinde Deutschlands ausmerzen, die Wurzel ausreißen mit Stumpf und Stiel!«

»Ja, und wer sind denn jetzt die Feinde?«, fragte Schorschi vorsichtig, der mit seinen dreizehn Jahren gar nichts verstand.

Gustav stellte sich in Positur. »Das kann ich dir sagen: die Juden, die Kommunisten und überhaupt jeder, der gegen uns ist. Die sollen sich bloß vor uns in Obacht nehmen!«

Schorschi gefiel das. »Die hauen wir ordentlich her!«, rief er.

Dorle nahm ihn und schob ihn zum Bett. »Sei froh, dass dich keiner herhaut«, sagte sie. »Ich will eigentlich bloß endlich Frieden und Ruhe und was zu essen.«

Kapitel 14
1919

»Schön ist's hier!« Luise drehte sich einmal um die eigene Achse. Sie stand mit Fritz und Viktor auf dem höchsten Punkt des Heidenbergs und schaute vom hölzernen Aussichtsturm über die Wälder und Felder. Es war der 28. August, Fritz' Geburtstag, und wie auf Kommando hatte sich nach einer trüben Regenwoche Kaiserwetter eingestellt. Den Ausflug auf den Hügel im Schwabacher Süden hatte sich Viktor ausgedacht; er hatte mit seinem Organisationstalent genügend

Benzin zusammengebracht und Fritz und Luise mit dem Auto in Schwabach abgeholt. Gusti war mit Lisbeth und Ben bei Freunden in Berchtesgaden, und Eugen hatte nicht mitkommen wollen. Nicht, wenn Viktor und Luise dabei waren. Fritz war erleichtert, er verstand sich mit seinem ältesten Neffen ohnehin nicht besonders gut.

Ein rotes Eichhörnchen flitzte einen Kiefernstamm hoch, begleitet vom Keckern einer Amsel. Von Kühedorf her wehte der Wind eine Melodie herauf, vielleicht war Kirchweih oder eine Hochzeit. »Hier auf dem Land könnt man glatt vergessen, wie schlecht die Zeiten sind«, seufzte Luise.

»Lang kann's nicht mehr dauern«, meinte Viktor. »Die Demokratie braucht halt ein bisschen Zeit. Bis die Verwaltung wieder sauber funktioniert und die Wirtschaft wieder rundläuft.«

Fritz schürzte nachdenklich die Lippen. »Manchmal erwische ich mich dabei, dass ich den alten Zeiten nachtrauere. Der Monarchie, dem guten alten biederen Beamtentum. Aber ich fürchte, damit ist es ein für alle Mal vorbei.«

»Wirst sehen, die Firma kommt schon wieder hoch«, sagte Viktor. »Die Leute müssen sich schließlich waschen, oder?«

»Erst mal müsste ich investieren«, erwiderte Fritz. »Die meisten Kessel und Maschinen sind durch die Kriegsproduktion für die Toilettseifenherstellung unbrauchbar geworden. Die Fette waren so verunreinigt, das hat das Material angegriffen. Und abgesehen davon – ich müsste erst mal Rohstoffe aus dem Ausland kaufen, zu Irrsinnspreisen. Es ist ja nichts mehr da, kein Soda, keine Öle, keine Duftstoffe, keine Farben …«

»Dann nimm doch Gustis Angebot an, Fritz. Sei nicht zu stolz.« Luise legte ihm die Hand auf den Arm. »Sie hat doch geerbt von ihren Eltern in Amerika, und sie sagt, sie gibt es gern, zum Andenken an ihren Konrad.«

»Das werd ich machen müssen, auch wenn der Eugen dagegen ist.« Fritz wedelte sich mit seinem Hut Luft zu. »Und dann, hoffentlich, kann ich auch wieder meine alten Arbeiter einstellen. Und die Reisenden. Und wenigstens einen von den drei Kontoristen. Die Belegschaft ist ja auf ein Drittel zusammengeschmolzen.«

»Der Eugen soll mal schön in seinem Labor bleiben und sich neue Rezepte einfallen lassen.« Viktor sah Fritz an. »Eine große Hilfe ist er dir nicht, oder?«

Fritz schüttelte den Kopf. »Er ist halt ein Chemiker, seit neuestem sogar ein Doktor der Chemie! Vom Geschäft hat er keine Ahnung. Und großes Interesse hat er auch nicht. Ein Stubenhocker, der sich nur alleine unter seinen Gläschen und Pülverchen wohlfühlt.«

»Und Julius?«, fragte Viktor vorsichtig.

Fritz holte tief Luft und breitete die Arme aus. »Der kommt nicht mehr zurück. Er hat sich mit uns überworfen. Das Letzte, was ich gehört habe, ist, dass er und Clara in Erlangen leben; er macht sein Studium fertig und sie hat Arbeit in der großen Spinnereifabrik dort. Ihr Vater muss sie hochkant rausgeworfen haben – meine Güte, der Gruber Leo wird auch je älter, je jähzorniger. Ha, und der Julius, der kann so stur sein wie ich als junger Mann. Und ich will's ihm auch gar nicht verdenken.«

Luise streichelte kurz Fritz' Hand, die auf dem Holzgeländer lag und jetzt leicht zitterte. Sie spürte, wie sehr er in diesem Augenblick litt. Da stand er vor seinem Sohn, den er nicht als Erben anerkennen konnte, weil die Familie dagegen war. Und gleichzeitig war derjenige seiner Neffen, der am geeignetsten für die Nachfolge schien, im Zorn gegangen. Was sollte aus der Firma werden?

Luise wusste, dass Fritz schon versucht hatte, mit Viktor über alles zu reden, aber der hatte nun einmal seinen Stolz. Vielleicht, dachte sie, wenn Fritz die richtigen Worte gefunden hätte. Aber Reden war nicht seine Stärke. Sie sah ihn liebevoll an. Nicht erst heute, an seinem siebenundsechzigsten Geburtstag, fiel ihr auf, dass er viel von seiner unermüdlichen Spannkraft, von seinem alten Elan verloren hatte. Dann fiel ihr Blick auf Viktor, und in seinen Augen sah sie die gleiche Erkenntnis. Dennoch wollte oder konnte er nicht über seinen Schatten springen. Er musste seinen eigenen Weg gehen, und Luise verstand ihn gut.

Eine Pause war entstanden, und um von all dem Unausgesprochenen abzulenken, wandte sich Viktor an Luise. »Was macht die Schneiderei inzwischen?«

Luise lächelte schief. »Nicht viel, mein Lieber. Wenigstens muss ich keine Trauersachen oder Soldatenbrotbeutel mehr nähen. Und Reichsfahnen auch nicht. Und ich muss nicht mehr Stoff aus Brennnesselfasern anstelle von Baumwolle nehmen. Hauptsächlich mach ich jetzt Vorkriegskleider enger – die Leut haben keine Bäuche mehr. Es langt grad so, und anspruchsvoll war ich schließlich noch nie.«

Viktor überlegte. »Vielleicht kann ich dir was besorgen. Beim Club denken sie über neue Trikots nach, in einer ganz komischen Farbe, so ein schmutziges, stumpfes Weinrot. Könntest du so einen Stoff beschaffen?«

»Schwierig«, sagte Luise. »Das schöne Atelier in Berlin, wo ich immer meine Stoffe gekauft hab, gibt's nicht mehr. Aber ich kann's woanders versuchen.«

Als Viktor sein Büro im Gerling-Haus betrat, lag die Post auf seinem Schreibtisch. Ungeduldig sah er sie nach einem ganz bestimmten Brief durch, auf den er seit langem wartete. Und tatsächlich – ganz unten fand sich das gesuchte Schreiben von Salman Schocken. Er riss es auf.

»Sehr geehrter, lieber Herr Mischkin«, stand da, *»ich nehme Bezug auf unser Gespräch vom Mai dieses Jahres und freue mich ganz außerordentlich, Ihnen mitteilen zu dürfen, dass meine Brüder dem Projekt wohlwollend gegenüberstehen. Wir haben großes Interesse daran, mittelfristig in Nürnberg ein Kaufhaus der Schocken-Gruppe zu errichten. Ich beauftrage Sie also hiermit exklusiv mit der Suche nach einem geeigneten Grundstück, vorausgesetzt, das Bankhaus Kohn übernimmt, wie bereits angedeutet, die Finanzierung. Mein Bruder Simon und ich planen Ende Oktober einen Besuch bei Freunden in Fürth und schlagen ein angelegentliches gemeinsames Treffen vor.*

Ich verbleibe mit allerbester Hochachtung,

Salman Schocken

Viktor reckte triumphierend die Faust. Endlich! Dieses Projekt hatte er sich so sehr gewünscht. Ein Kaufhaus für die einfachen Leute, modern und praktisch, das Konzept der Zukunft! Es würde nicht einfach sein, geeignete Grundstücke zu finden, überlegte er. Er müsste alle Verbindungen mobilisieren, über die er verfügte, und alle Energie auf das Projekt richten. Konzentriert setzte er sich an den Schreibtisch und machte sich Notizen über das weitere Vorgehen. Es war schon gegen halb elf Uhr abends, als er schließlich heimfuhr.

Das Benzin reichte gerade so bis vor die Haustür, wo er den Wagen unter einer Straßenlaterne parkte. Die schwarzweiß gescheckte Nachbarskatze strich ihm schnurrend um die Beine, und er bückte sich, um sie zu kraulen. Dann öffnete er die schwere Flügeltür aus Eichenholz mit Jugendstilornamenten und trat ins geflieste Foyer. Durch eine weitere Tür aus Buntglas ging es zum Treppenhaus, er drehte den Bakelitschalter, und das elektrische Licht flammte auf.

Sie saß auf der untersten Stufe zum zweiten Stock, den Kopf gegen die Wand gelehnt. Als er heraufkam, stand sie langsam auf. Ihr Gesicht war blass, in ihren Augen lag etwas Merkwürdiges, eine Mischung aus Verzweiflung und Hoffnung.

Einen Moment lang sah er sie nur verwirrt und erschrocken an. »Paula«, sagte er dann leise. Sein Herz klopfte zum Zerspringen. »Was machst denn du …«

Sie strich sich eine Strähne aus dem Gesicht, und er sah, dass sie ihren Ehering nicht mehr trug.

»Viktor«, sagte sie leise, »ich bin … ich wollte dich einfach sehen. Mit dir reden.«

Er wagte kaum, daran zu denken, was das bedeuten konnte. Kam sie, um ihm zu sagen, dass er ihr doch nicht gleichgültig war? Oder sollte das ein endgültiger Abschied werden? Mit bebenden Händen schloss er die Tür auf und führte Paula in den Flur. Sie zog ihren weichen Flanellmantel aus und warf ihn achtlos über den nächsten Sessel. Dann wandte sie sich zu ihm um.

Er wollte etwas sagen, aber sie machte eine abwehrende Handbewegung. »Nein, lass mich reden«, sagte sie. »Sonst verlier ich den Mut.«

Ihre Stimme zitterte, als sie atemlos begann. »Ich hab dich angelogen, damals, als du mich im Auto geküsst hast. Ich habe Alfred nicht geliebt. Ich hab ihn mein Leben lang gekannt, wir waren schon als Kinder unzertrennlich und alle haben geglaubt, dass wir zusammengehören. Es war nur natürlich, dass wir uns verlobt haben. Aber dann … dann bist du auf einmal da gewesen. Ich hab mich dagegen gewehrt, Viktor, ich konnte ihn doch nicht verlassen, erst recht nicht, als er den Einberufungsbefehl bekommen hat. Da musste ich doch zu ihm halten. Ich hätte nicht mehr in den Spiegel schauen können. Ich hab mir eingeredet, du bedeutest mir nichts, immer wieder. Ich hab geglaubt, wenn ich erst verheiratet bin und ich dich nicht mehr sehe, kann ich alles vergessen. Dann bin ich Alfred eine gute Frau, wir bekommen Kinder …« Sie hielt inne und holte tief Luft. »Und … und jetzt ist er tot, und ich bin so furchtbar traurig deswegen, und ich hab dich abgewiesen, und du bist doch noch da und …«

Mit zwei Schritten war er bei ihr, riss sie an sich. Sie küssten sich wie zwei Ertrinkende. Sie kamen ins Taumeln, aber sie hörten nicht auf. Paula erwiderte Viktors Zärtlichkeiten mit aller Leidenschaft, die sie so lange unterdrückt hatte. Er presste sie an sich, der Duft ihres Haares, ihrer Haut überwältigte ihn. Er ließ seine Hände unter ihre Bluse gleiten und hörte, wie sie einen kleinen, erstickten Laut ausstieß. Im Dunkeln schob er sie durch den Flur, sie zerrte ihm das Jackett vom Leib. Ihr Strumpf zerriss, als er sie hochhob, die Finger an den Innenseiten ihrer Oberschenkel. Er trug sie zum Schlafzimmer, überwältigt vor Glück, während sie ihre Schuhe abstreifte und ihm die Krawatte abzog. Dann verschwanden sie durch die Tür, und sie stieß sie mit dem Fuß von innen zu.

Egon, der Diener, hatte ein Geräusch gehört und war leise im Schlafanzug aus seiner Kammer getreten, als ihn auch schon ein Stöckelschuh traf. Diskret zog er sich zurück, um nach einigen Minuten wiederaufzutauchen. Mit einem Lächeln auf den Lippen folgte er der Spur der Leidenschaft und sammelte dabei die Kleider vom Boden. Dann horchte er kurz, wirklich nur ganz kurz, an der Tür zum Schlafzimmer. Was er hörte, schien ihn zufriedenzustellen. Leise legte er die »verlorenen« Sachen auf die kleine japanische Kommode neben der Tür und tappte mit nackten Füßen in die Küche, wo er sich einen ordentlichen Schluck Vorkriegsrotwein genehmigte, den er für besondere Fälle in einem kleinen Geheimdepot lagerte. Er ließ den Wein über die Zunge rollen, setzte sich an den Tisch, schlug die Beine übereinander und grinste über das ganze Gesicht.

Kapitel 15

Schwabach, den 2. Februar 1920

Liebe Clara!
ich muß dir was ganz Schönes sagen: der Gustav und ich, wir haben geheiratet. Nichts großes, weißt schon, bloß ganz einfach und auch bloß auf dem Standesamt. Er wollt ja eigentlich nicht so recht, aber ich hab herausgefunden, daß es bei der Krisenfürsorge für Verheiratete mehr gibt, und das brauchen wir doch dringend. Weil ich hab nemlich auch meine Arbeit verloren, und jetzt leben wir ganz von der Arbeitslosen-Unterstützung. Der Gustav stellt sich jeden Früh vors Fabriktor, mal beim Staedtler, mal beim Bergner, mal beim Hüttlinger, aber meistens braucht ihn keiner. Sein Knie ist immer noch steif, das sehen die Leut natürlich und nehmen dann lieber einen anderen. Taglöhner ist die unterste Stufe, sagt er, und dann hat er wieder seine Wut. Er ist jetzt in so einem neuen Verein, dem deutsch völkischen Schutz- und Trutz-Bund, zu denen geht er jeden Samstagabend. Wenn er heimkommt, redet er komische Sachen, aber sonst ist er schon gut zu mir. Bloß, als ich ihm zur Hochzeit ein schönes weißes Einstecktuch geschenkt hab, ist er mir bös gewesen. Weil ich's beim Rosenstein gekauft hab, und das sind Juden. Alle kaufen doch beim Rosenstein, hab ich gesagt, oder beim Textilhändler Bleicher, das war schon immer so. Mit der Selma Bleicher war ich in der vierten Klasse, die hat immer Hosengummis zum Gummihupfen dabeigehabt. Manchmal gibt sie mir eine Rolle Garn billiger oder schenkt mir ein paar Knöpfe, weil sie weiß, dass ich kein Geld hab. Aber er war nicht umzustimmen, ich hab's zurückbringen müssen. Zum Tabakhändler Graf darf ich auch nicht mehr, dabei hat der die billigsten Streichhölzer. Na ja, ich versteh halt von solchen Sachen nix, da will ich mich nicht beklagen. Wenn ich tu, was der Gustav sagt, dann wird's schon recht sein, und dann ist er so lieb zu mir.

Über deine Leut in der Kanne kann ich nicht viel schreiben. Dein Vater läuft mit einem Gesicht herum, daß einem angst und bang werden kann, und deine Mutter hat letzthin mit einem Kathar im Bett gelegen, ist aber schon wieder gesund. Von den Ribots weiß ich mehr, weil ich die Hilde einmal im Monat treff. Du weißt ja, sie ist die Tante vom Gustav. Wir gehen am Donnerstag vormittag zum Damenbadetag ins Brausebad, das ist jetzt billiger geworden. Ein Brausebad mit Seife und Handtuch kostet bloß noch 12 Pfennig, und weil die Hilde die Seife von daheim mitbringt, zahlen wir bloß ein Zehnerle jede. Zur Hochzeit hat sie mir ein Wannenbad geschenkt für 40 Pf., hei das war wie bei reichen Leuten! Die Hilde sagt, dass der Eugen und die Gusti dem Julius immer noch bös sind, und dass das der Gusti überhaupt nicht ähnlich schaut. Der Eugen ist ein Zwiderwurz, sagt sie, und hetzt seine Mutter auf. Aber noch komischer find ich, dass der Fritz auch gegen dich ist. Wo der doch selber in der Unmoral lebt. Aber jetzt kommt die gute Nachricht. Die Lisbeth und der Ben, hat die Hilde gesagt, die möchten die Adresse von ihrem Bruder in Erlangen. Sie wollen ihm heimlich einmal schreiben. Ich finds schön von ihnen, dass sie zu ihrem Bruder halten wollen, obwohl doch die restliche Familie gegen euch beide ist. Wenn ihr nix dagegen habt, sag ich also, dass ihr in der Henkestraße 12 im Hinterhaus wohnt.

So, jetzt hör ich auf, weil gleich die Wohlfahrtspflegerin kommt und ich bei ihr einen Antrag auf Brennmaterial stellen muß.

Es grüßt Dich und deinen Julius ganz herzlich deine dich innig liebende Freundin

Dorle Krauß, geb. Biedenbacher

Kapitel 16
1920

»Jacob? Jacob, bist du das?« Julius ließ beinahe seine prall gefüllte Aktentasche fallen. Er hatte gerade den Lorlebergplatz überquert und wollte nach einem Tag voller Seminare und Vorlesungen heim zu Clara. Da hatte er an einer Ecke einen Bettelmusikanten entdeckt, der auf einer schäbigen alten Geige Volkslieder spielte, vor sich einen abgewetzten Hut mit ein paar Münzen.

Der Geigenspieler blickte auf und seine dunklen Augenbrauen schossen hoch. »Das gibt's doch nicht! Julius!«

Die beiden Kriegskameraden fielen sich in die Arme. »Ich muss wohl nicht fragen, wie's dir geht«, sagte Julius und deutete auf die vereinzelten Pfennige im Sammelhut.

Jacob zuckte mit den Schultern. »Wer braucht schon einen Geiger, der zittert? Ich krieg's einfach nicht in den Griff, seit dem Gasangriff, weißt du noch?«

»Wie könnt ich das jemals vergessen?«

Sie setzten sich auf ein Gartenmäuerchen. »Ich lebe davon, dass ich ein paar Klavierstunden gebe und sonntags im Café spiele – das geht noch einigermaßen. Davon und vom Straßengeigen kann ich mir grad so ein Bett im Männerwohnheim leisten. Und du? Wohnst du jetzt auch wieder in Erlangen?«

»Ja, in Untermiete, zusammen mit meiner Freundin Clara. Hab mich wegen ihr mit meiner Familie überworfen. Sie verdient das Geld, bis ich fertigstudiert hab. Die Zeiten haben sich geändert, was?« Er schlug Jacob auf den Rücken. »Komm mit zu uns heut Abend. Meiner kleine Schwester Lisbeth hat mir heimlich einen Fresskorb geschickt. Dosenerdbeeren, richtigen Kaffee, Zucker, Ölsardinen.«

Jacob zögerte, obwohl Julius sah, dass ihm das Wasser im Mund zusammenlief. »Ich weiß nicht ...«

»Na los. Ist doch mal was ganz Neues, miteinander was anderes zu essen als Kommissbrot. Außerdem – einen verhungerten Geiger braucht auch keiner ...«

Noch am selben Abend schrieb Julius einen Brief an Christian Maar, einen engen Freund seines Onkels Fritz und Direktor des Schwabacher Lehrerseminars.

»Ich kann sogar im Schulgebäude wohnen; sie haben eine Kammer im zweiten Stock frei, mit Blick auf den Seminargarten!« Jacob konnte gar nicht mehr aufhören, zu erzählen, so glücklich und erleichtert fühlte er sich über diesen neuen Anfang in Schwabach. Es war der dritte Sonntag im September 1920, und Jacob saß mit Julius und Clara im Garten des »Felsenkellers«, um unter der efeubewachsenen Pergola Jacobs Einstellung als Lehrer für Harmonielehre, Violin- und Orgelspiel zu begießen. Er hatte Glück gehabt; einer der Musiklehrer am Seminar war seit 1914 bei Ypern vermisst, ein zweiter hatte geheiratet und um seine Versetzung gebeten. Und Christian Maar, der Rektor, hatte den stillen jungen Mann sofort ins Herz geschlossen. Maar kannte unter den zurückgekehrten Seminaristen einige »Kriegszitterer«, das Leiden war ganz neu unter den Nervenkrankheiten, und die Ärzte führten es auf die furchtbaren Erlebnisse an der Front zurück. Solchen Menschen musste geholfen werden!

Stimmen erklangen von der Steintreppe her, dann flog das Gartentürchen auf. Ben und Lisbeth sprangen die Stufen herunter, jeder wollte der Erste sein. Lisbeth schaffte es und flog in Julius' Arme. »Ach, Bruderherz, du hast mir so gefehlt!«

Der fünfzehnjährige Ben grinste stolz, als Julius ihm wie einem Mann ordentlich auf die Schulter schlug. »Ich hab euch auch vermisst, ihr zwei«, sagte Julius. »Kommt, setzt euch her. Und jetzt kann ich euch auch endlich die Clara vorstellen.«

Clara war schon ein wenig nervös gewesen wegen dieses heimlichen Treffens. Ganz umsonst, wie sie feststellte, denn Julius' jüngere Geschwister nahmen sie sofort als ihresgleichen an. »Ich freue mich so, dich kennenzulernen«, sagte Lisbeth zu ihr. »Dieser ganze Familienzwist ist so unsinnig. Ich will einfach nur, dass mein Lieblingsbruder glücklich ist. Also wehe, du behandelst ihn schlecht – dann kriegst du's mit mir zu tun!«

»O Gott, jetzt bricht ihr gleich der Angstschweiß aus«, lästerte Ben.

»Keine Sorge, ihr zwei«, lachte Clara. »Ich serviere ihm jeden Morgen den Champagner ans Bett, wasche ihm täglich zweimal die Füße, bügle seine Unterhosen und trage ihm die Aktentasche zur Universität.«

Julius drückte sie an sich. »Meine wunderbare Clara.« Dann sah er sich um. »Das ist übrigens mein Freund und Lebensretter – ich hab's euch ja oft genug erzählt – Jacob Levin. Seit neuestem Musiklehrer am Seminar.«

Lisbeth und Jacob schüttelten sich die Hand. »Ich höre, Sie spielen Klavier?«, sagte Jacob.

»Ich lebe fürs Klavierspielen«, lächelte Lisbeth und wurde ein bisschen rot. Ihre Blicke trafen sich, der dunkle des jungen Musikers und der helle aus Lisbeths Blauaugen mit dem blonden Wimpernkranz. Und für einen winzigen Augenblick lang hörten Jacobs Finger auf zu zittern.

Eine halbe Stunde später trank Clara ihren Holundersaft aus und stand auf. »Es tut mir leid, dass ich gehe, aber ich muss unbedingt noch das Dorle besuchen. Bis spätestens halb fünf bin ich wieder da, dann schaffen wir den letzten Zug nach Erlangen.«

Sie nahm Lisbeths Fahrrad und fuhr damit in die Benkendorfer Straße, wo Dorle und Gustav immer noch wohnten – heute konnten sie sich weniger denn je ein besseres Quartier leisten. Am Kellerabgang stand ein Zuber mit eingeweichter Wäsche, und über dem Geländer hingen Socken zum Trocknen. Die Tür war geschlossen, und Clara klopfte.

Drinnen rührte sich nichts. Oder war da doch ein Rascheln? Sie klopfte noch einmal, dann rief sie Dorles Namen.

Die Tür ging auf. »Bist ja doch da!«, rief Clara. »Überraschung! Ich wollte …« Der Rest blieb ihr im Halse stecken. Dorle hatte eine geschwollene, aufgeplatzte Unterlippe, ein Auge war blau. Das Haar hing ihr strähnig ins Gesicht, sie hatte sich nicht einmal eine Frisur gemacht. »Ja, um Gottes willen!«, sagte Clara, bevor Dorle ihr schluchzend um den Hals fiel.

»Wer war das?«, fragte Clara, als sie dann am Tisch saßen. »Der Gustav?«

Dorle nickte. »Ich schäm mich so«, flüsterte sie. »Dass du mich so sehen musst.«

»Du kannst doch überhaupt nichts dafür!«, empörte sich Clara. Dann nahm sie Dorles Hand. »Erzähl, was los war!«

»Gestern Abend … war er wieder bei seinem Verein. Er wollt zum Essen zurück sein, und ich hab extra was Gutes gekocht. Der Nachbar hat mir eine selbergeangelte Forelle gegeben fürs Putzen, ich hab mich so gefreut … ich wollt ihm was sagen … Aber der Gustav kam und kam nicht, der schöne Fisch ist mir zerfallen, und dann war der Gustav auch noch …«

»… betrunken«, ergänzte Clara.

»Ich hab ihm Vorwürfe gemacht … na ja, und dann hat er … dann hat er …« Sie schluchzte auf. »Hinterher ist er einfach gegangen, und seitdem ist er nicht wieder aufgetaucht.«

Clara fühlte, wie der Zorn in ihr aufstieg. Wer um Himmels willen konnte es nur fertigbringen, das sanftmütige Dorle zu schlagen?

»Weißt du«, sagte Dorle, und es klang, als ob sie zu sich selber spräche, »der Gustav und ich, wir haben uns doch gern. Er hat sich von Anfang an immer um mich gekümmert, und um den Schorschi mit. So lieb hat er sein können! Als er vom Krieg zurückgekommen ist, da war ich so froh. Jetzt wird alles gut, hab ich gedacht, jetzt im Frieden finden wir eine schöne Arbeit, und dann gründen wir eine richtige Familie.« Sie strich sich das Haar aus der Stirn, kam dabei an ihr geschwollenes Auge und zuckte zusammen. »Aber der Krieg, der hat den Gustav verändert, irgendwie. Ich hab gedacht, das wird schon wieder. Man muss ja die schlimmen Dinge irgendwann vergessen. Aber der Gustav, der vergisst einfach nicht. Und seine Freunde vom Schutz- und Trutzbund, die tun ihm nicht gut.«

Clara schnaubte. Sie hatte erst kürzlich für den »Sozialdemokraten« einen Artikel über diese Organisationen geschrieben, die nach dem Krieg überall gegründet worden waren. Sammelbecken für verbitterte Nationalisten, ehemalige Soldaten, die daheim ins Nichts fielen, radikale Kriegsverherrlicher und gedemütigte Verlierer. Sie alle glaubten ganz offensichtlich, Deutschland habe den Kampf nur verloren, weil ihm an der »Heimatfront« die Juden, die Kommunisten und andere »Reichsfeinde« einen »Dolchstoß« in den Rücken versetzt hätten. Blühender Unsinn, der sich aber in letzter Zeit wie ein Lauffeuer verbreitete. »Sag, hat dich der Gustav schon öfter geschlagen?«, fragte Clara vorsichtig.

Dorle schüttelte den Kopf. »Das war das erste Mal.«

»Und der Schorschi, hat der dir nicht helfen können?«

»Ach, der Schorschi, der ist doch schon seit zwei Monaten weg. Der ist gleich, nachdem er mit der Volksschule fertig war, nach Nürnberg gegangen. Und er hat sogar Glück gehabt und Arbeit als Helfer auf dem Bau gefunden, kräftig ist er ja. Er wohnt mit drei anderen jungen Burschen in einem der Bauwagen. Manchmal ›leiht‹ er sich am Wochenende ein Fahrrad aus und besucht uns. Das hat der Gustav auch schlecht verwunden, dass der Schorschi gleich eine Stelle findet, und ihn nimmt immer noch keiner …«

Clara sah auf den Wecker, der neben dem Bett stand. Sie musste los, wenn sie den Zug noch erreichen wollten, aber sie machte sich solche

Sorgen. »Was willst du jetzt tun, wenn der Gustav heimkommt? Hast du Angst?«

Dorle straffte den Rücken und schüttelte den Kopf. »Das kommt bestimmt nie wieder vor, Clara. Das war einfach ein Ausrutscher. Vielleicht hab ich ja auch was Dummes gesagt … nein, nein, das wird schon alles wieder gut.« Es klang, als wolle sie sich selber Mut machen.

»Du, ich sag dir, wenn der noch mal handgreiflich wird – das lässt du dir nicht gefallen. Dann kommst du sofort zu uns nach Erlangen! Versprichst du mir das?«

Dorles Augen füllten sich wieder mit Tränen. »Ach Gott, ich kann doch den Gustav nicht verlassen. Er ist doch mein Mann. Und jetzt sowieso, wo …« Sie sah Clara an, gequält und verzweifelt. »Ach Clara, das war's doch, was ich ihm gestern sagen wollte. Warum ich den schönen Fisch gekocht hab und alles. Ich bin schwanger.«

Kapitel 17

Aus den Lebenserinnerungen von Fritz Ribot, begonnen 1921

Das Jahr 1921 sollte für die Firma neuen Aufschwung bringen. Ich hatte mich nach vielen Bedenken entschlossen, Gustis großzügiges Angebot anzunehmen und ihr amerikanisches Erbe ins Geschäft einzubringen. »Es ist ja auch für meine Kinder, Fritz«, hatte sie zu mir gesagt. Also machten wir einen neuen Anlauf, eine mächtige Kraftanstrengung. Ich holte mir meine alten Lieferanten zurück, die Ölmühlen und Fetthändler, die chemischen Fabriken, allen voran die BASF, die Großdrogisten mit ihren Duftessenzen und ätherischen Ölen. Es war schwer, und von den Vorkriegspreisen konnte man höchstens noch träumen, und es ging auch nur langsam vorwärts. Aber der Absatz unserer Flaggschiffe, der Ray-Seife

und der Schwalbenseife, stieg wieder, Waschpulver lief auch besser. Ich wanderte wieder wie früher jeden Tag durch die Fabrik und sog die wunderbaren Seifendüfte wie Lebensluft in meine Lungen: Rose, Zitrus, Patchouli, Mandel. Ein Genuss! Jahrelang hatte alles nach altem, verwesendem Fett gestunken, und jetzt war alles wieder voller Wohlgeruch. Eugen fand auch noch eine schöne neue Rezeptur für eine Handwaschpaste mit Scheuersand, die ideal für die Reinigung sehr schmutziger Arbeiter- oder Handwerkerhände war. Der Versuch, ein Haarwaschmittel »Goldlöckchen« auf den Markt zu bringen, scheiterte zwar – die Firma Schwarzkopf war einfach zu stark –, hatte aber auch nicht viel gekostet. Auf Eugens Betreiben hin verwendeten wir einen Teil von Gustis Einlage zur Vergrößerung unseres Fuhrparks. Die beiden im Krieg konfiszierten Lieferwagen mussten ersetzt werden, wir schafften also einen neuen Fünftonner-Lkw an und einen Subventions-Lkw von Daimler aus Kriegsbeständen, die in Nürnberg versteigert wurden. Auch zwei Fuhrwerke samt Pferden kauften wir neu. Dafür konnten wir die Sodamühle, die wir 1916 für den Kriegsbetrieb hatten anschaffen müssen, in Teilen wieder verkaufen. Am Ende des Jahres blieb trotzdem kein Geld für den weiteren Ausbau des Geländes an der Walpersdorfer Straße übrig. Ich überredete Eugen, stattdessen lieber noch ein paar Leute einzustellen. So viele standen doch immer noch auf der Straße, und ihre Familien hungerten. Da hab ich als Arbeitgeber doch eine Verantwortung!
Was gleichzeitig schon begann, waren die erbitterten Patentstreitigkeiten mit der Firma Dr. Thompson's. Diese Leute waren derart aggressiv, dass mein Patentanwalt, der Andreas Stich in Nürnberg, manchmal schier am Verzweifeln war. Jedes neue Seifenrezept, jeder neue Karton, jedes Werbemotiv wurde heftig angefochten. Es rächte sich jetzt, dass mein Bruder Konrad in den Jahren vor seinem Tod nachlässig mit den Patentanmeldungen umgegangen war. Wir verloren etliche gerichtliche Auseinandersetzungen und mussten die ein oder andere Seife sogar vom Markt nehmen.
Für mich selber war diese Zeit eine harte Kraftanstrengung. Man muss sich das vorstellen: Konrad war nicht mehr da; der eine Nachfolger, Eugen, erwies sich als Laborratte, der andere, Julius, würde nun auch nicht mehr als Jurist in die Firma zurückkehren. Lisbeth war ja ein Mädchen, und Ben, der Jüngste, ach Gott, der

war ein in sich gekehrter Künstlertyp, der Malstunden bei Kunstmaler Karl Koebler nahm. Der interessierte sich für die Firma nur insoweit, als er aus der Farbkammer heimlich Pigmente für sich stibitzte. Manchmal wusste ich nicht mehr, für wen ich mich eigentlich abrackerte. »Doch, du weißt es«, sagte Luise dann einmal zu mir. »Für dich selber machst du das. Die Firma ist doch dein Ein und Alles, dafür hast du doch immer gelebt.«

Die Luise ist mehr denn je zu meinem Anker auf stürmischer See geworden. Wer hätte gedacht, dass diese Frau sich einmal zur größten Stütze meines Lebens entwickeln würde? Bei ihr in der gemütlichen Wohnung über der Schneiderei konnte ich meine Sorgen vergessen. Wir machten damals oft Ausflüge am Wochenende, fuhren an den Donaudurchbruch oder zur Walhalla oder besuchten Viktor in Nürnberg. Das waren schöne Tage. Ach, und wenn ich schon von Ausflügen schreibe: wie oft nahm ich meine geliebten Enkelkinder mit ins Grüne! Sie waren mir nach Luise das Liebste geworden, die lebhafte Gertrud, die pummelige, süße Margot, Karlfritz, der Räuber, und der kleine Walter mit seinen ungeschickten Patschhändchen, die alles kaputtbekamen. Rudolf, der Kleinste, war damals noch nicht geboren. Was ist es für eine Freude, die eigenen Enkel Hoppereiter auf den Knien zu schaukeln, ihnen die Welt zu zeigen. Käthchens zwei Töchter dagegen sah ich höchstens einmal im Jahr, wenn sie an Weihnachten zu Besuch kamen. Es waren stille, schüchterne Wesen – Kinder einer traurigen Ehe, die niemals Fröhlichkeit lernten.

Dass auch meine Kräfte begrenzt waren, musste ich schmerzhaft im Herbst 21 erfahren. Ein wichtiger Auftrag, in den ich viel Hoffnung gesetzt hatte, kam nicht zustande. Schon vorher hatte ich gespürt, dass ich müde wurde. Die letzten Jahre und ihre Misserfolge und Fehlschläge hatten halt doch ihren Tribut gefordert. Ich brauchte längere Pausen, schaffte längst nicht mehr so viel wie früher. Man ist ja auch nicht mehr der Jüngste, dachte ich, und es wär schon schön, ein bisschen langsamer zu tun. Aber natürlich tat ich das nicht. Luise hatte es kommen sehen. »Irgendwann passiert noch mal was, wenn du dich nicht schonst«, das war ihr ständiger Kommentar. Und dann passierte tatsächlich etwas. Ich saß wie jeden Tag im Büro am Schreibtisch, da begann mein Herz aus heiterem Himmel so schnell zu schlagen, dass ich glaubte, es

müsse zerspringen. Bis zum Hals klopfte es in einem wahnwitzigen Tempo. Ich rang nach Luft, bekam panische Angst. Als ich von meinem Stuhl aufstehen wollte, sackte ich zusammen. Dann lag ich schlotternd am Boden, nicht einmal in der Lage, um Hilfe zu rufen. Es war als hocke ein Alb auf meiner Brust. Mein Herzschlag ging so schnell, dass ich den Puls fast nicht mehr unterscheiden konnte. Ich glaubte, jetzt sei es vorbei mit mir. Dann kam Bauer, der Lohnbuchhalter, früher aus der Pause und fand mich so.
Das Ende vom Lied war, dass Doktor Hagel kam und mir bittere Tropfen verabreichte, die mein rasendes Herz beruhigten. Ich blieb drei Tage im Bett, völlig erschöpft. »Herr Kommerzienrat«, sagte der Arzt zu mir, »das war eine Warnung ihres Körpers. Sie müssen unbedingt kürzertreten. Erst einmal brauchen Sie dringend eine Kur. Fahren Sie nach Bad Wörishofen oder am besten sogar an die Nordsee. Sechs Wochen sind das mindeste.«
Sechs Wochen! Wie stellt sich der Mann das vor, dachte ich. Und sagte: »Sie haben Nerven, mein Lieber! Soll ich in der Zeit vielleicht die Fabrik schließen?«
Natürlich trat ich diese Kur nicht an. Luise sprach zwei Wochen lang kein Wort mit mir. Sie steckte sich hinter Viktor, der mich auch ordentlich ausschimpfte wegen meiner Unvernunft. Aber schließlich gaben sie beide auf, und ich hatte meinen Dickkopf wieder einmal durchgesetzt. Ich nahm allerdings ab da die kleinen braunen Herzpastillen, die der Apotheker Münch in der Kappadozia selber herstellte und auf die halb Schwabach schwor. Sie schmeckten zwar scheußlich, aber ich lutschte täglich mit Todesverachtung fünf Stück, nach dem Motto »viel hilft viel«.
Im Herbst dann kam die gute Nachricht des Jahres! Viktor bestellte mich Ende Oktober nach Nürnberg zum Mittagessen ins Grand Hotel und tat dabei recht geheimnisvoll. Ich dachte, er wolle vielleicht einen großen Geschäftsabschluss mit mir feiern – schließlich war er ja in Verhandlungen über ein Kaufhausareal in Nürnberg –, aber er plauderte nur über Belanglosigkeiten. Und dann kam plötzlich eine Frau quer durch den Saal auf unseren Tisch zu – einmalig! Eine richtige Großstadtdame, wie man sie sonst nur in Berlin findet. Sie trug das Haar kinnlang und einen knallroten Lippenstift. Und ein Kleid, mein Lieber! Es hatte unten Fransen und hörte gerade mal an den Knien auf! Die männlichen

Gäste drehten sich alle nach ihr um und ernteten dafür von ihren Ehefrauen Tritte unter den Tischdecken. Der Grund allen Aufgeschaus schwang derweil ungerührt weiter die Hüften und trat zu uns. »Darf ich vorstellen?«, sagte Viktor grinsend. »Das ist Paula Goldstein, die Frau, die ich heiraten werde!«

Ich fiel fast vom Stuhl.

Später, als Paula sich wegen anderer Verpflichtungen verabschiedet hatte, rauchten Viktor und ich noch eine Zigarre. »Mein lieber Herr Gesangsverein«, sagte ich, »das ist ja allerhand! Ein Klasseweib – sagt man doch heute so, oder? Du alter Schwerenöter!« Ich stupste Viktor in die Seite, der selbstgefällig grinsend an seinem Stumpen sog. Jung müsste man noch mal sein, dachte ich. Und ich gönnte ihm sein Glück von ganzem Herzen, auch wenn ich Bedenken hatte. »Dir ist aber schon klar, dass das alles nicht so einfach sein könnte. Sie ist Jüdin.«

Viktor nickte ernst.

»Mir selber ist das völlig egal«, sagte ich, »du kennst mich. Ich hab mein Leben lang Juden gekannt und mit Juden Geschäfte gemacht. Das sind Menschen wie du und ich. Nur Dummköpfe beurteilen Leute nach ihrer Religion oder Rasse. Aber du weißt, wie sich die Stimmung entwickelt hat in den letzten Jahren …«

»Natürlich weiß ich das.« Viktor schwenkte nachdenklich sein Cognacglas. »Und jetzt noch der Mord an Rathenau – furchtbar. Wohin treibt dieses Land nur?« Er nahm einen Schluck und verzog das Gesicht, als schmecke der teure alte Cognac nach Moder und Gülle. Mir fiel das hässliche Lied ein, das ehemalige Mitglieder der Kompagnie Schwabach in den letzten Monaten immer wieder öffentlich gesungen hatten: »Auch Rathenau, der Walther / erreicht kein hohes Alter / Knallt ab den Walther Rathenau / die gottverdammte Judensau!« Ein angekündigter Mord, den niemand verhindert hatte.

»Natürlich mach ich mir Sorgen«, fuhr Viktor fort. »Aber ich liebe Paula, und ich werde einen Teufel tun und zulassen, dass dieses elende Pack einen Einfluss auf mein Leben gewinnt. Ich hab auch schon mit Paulas Brüdern gesprochen – sie sehen das genauso. Aber sie sagen auch, wenn es in den nächsten Jahren wieder aufwärtsgeht, dann wird sich dieser Unsinn wieder legen, und alles wird so sein wie vorher.«

»Darauf trinken wir«, rief ich, und wir leerten unsere Gläser voller Zuversicht.

Die Hochzeit im März 1922 wurde ein rauschendes Fest, und Viktor und Paula waren ein glanzvolles Paar. Alle Club-Spieler standen Spalier, mit Fußbällen unter dem Arm und in den weinroten Hemden, die Luise genäht hatte. Das war ein Anblick, als Viktor und Paula durch die Gasse der athletischen Kerle schritten! Vom Standesamt aus ging es gleich nach der Trauung nach Erlenstegen in die nagelneue Villa, die Viktor nach Paulas Wünschen hatte bauen lassen – ich muss zugeben, nicht mein Geschmack. Sehr nüchtern, sehr geradlinig und schnörkellos. Lauter rechte Winkel. Kein Erkerchen, keine Stuckverzierung, kein Fassadenschmuck. Nicht einmal ein ordentliches Dach, du meine Güte. Paula klärte mich darüber auf, dies sei der moderne Stil der Zeit, und er hieße »Bauhaus«. Pah! Früher hatte man Romantik und Barock und Rokoko und Empire, das waren wenigstens Namen! Und kunstvolle Bauten, im Gegensatz zu diesen steinernen Schuhschachteln. Nun ja, wem's gefällt. Die Braut kreischte jedenfalls vor Vergnügen, als Viktor sie mit russischem Bärengebrüll hochhob und über die Schwelle trug. Und dann wurde sie ganz stumm, denn drinnen im leeren, weiß getünchten Foyer hing als einzige Möblierung ein Bild. Es zeigte Eisläufer in einer nächtlichen Arena und war von einer Malerin namens Worowski, Werefska oder so ähnlich. Paula fragte: »Wie kommst du zu dem Bild?« Und Viktor antwortete: »Als wir damals in Murnau waren und du gesagt hast, das gefiele dir von allen am besten, da bin ich gleich am nächsten Tag noch mal hingefahren und hab's gekauft. Damit ich's dir mal schenken kann, wenn du mich heiratest.« – »Das konntest du doch gar nicht wissen«, sagte Paula. »Aber spüren«, lächelte Viktor und klopfte sich auf die linke Brustseite. »Hier.« Da brach Paula, die fröhliche, wilde Paula, in Tränen aus, fiel ihm um den Hals und küsste ihn so leidenschaftlich, dass es schon fast peinlich war. Und das alles wegen eines Bildes, ganz in Schwarz mit ein paar Figürchen drauf! Alle bewunderten das Kunstwerk gebührend. Ich konnte nichts dran finden, außer, dass es mit seinen klaren Farben und Linien irgendwie ganz gut zu dem kühlen, sachlichen Stil des Hauses passte. So stand ich unter all den Ah! und Oh! rufenden Gästen

im Foyer, fremdelte mit der ganzen Umgebung und kam mir vor, als gehörte ich langsam zum alten Eisen. Früher, dachte ich, da hat mich alles Moderne begeistert. Jetzt werde ich sentimental, wenn ich schöne alte Sachen von früher sehe.
Ach, papperlapapp. Nostalgie ist für Weiber! Und den Jungen muss es gefallen!

Kapitel 18
1922

»Du, Onkel Fritz, du sollst so gut sein und rüber ins Besprechungszimmer kommen.« Das war Ben, den Eugen in die Schneide- und Stanzabteilung zu Fritz geschickt hatte. Fritz hatte gerade den Einbau einer neuen Seifenstanzform überwacht und stand mit dem Schlosser neben der Maschine, deren oberer Arm jetzt mit Wucht sechsmal in der Minute nach unten donnerte, um den Schriftzug »Ribot's feinste Carnauba-Seife« auf einen gelben Seifenriegel zu pressen.

»Muss das jetzt sein?«

Ben zuckte die Schultern. »Denk schon. Da sind auch noch andere Leute.«

Fritz nahm seinen Stock, überquerte den Hof und betrat das Wohnhaus durch die Hintertür. Vor dem Besprechungszimmer zog er noch schnell den blauen Seifensiederkittel aus und betrat den Raum in Hemdsärmeln, in eine Duftwolke Marke »Carnauba« – Mandel, Vanille und Moschus – gehüllt. Die »anderen Leute« entpuppten sich als sein Schwiegersohn Karl Gerber, Firmenanwalt Helmut Heckel und Karl Butzengeiger, Direktor der Bayerischen Vereinsbank und langjähriger Freund der Familie.

»Hoppla!«, rief Fritz überrascht. »Habt ihr gerade ohne mich ein Frühstückskomitee gegründet?«

Butzengeiger lachte und schüttelte Fritz die Hand. »Aber woher denn, mein Lieber, eher eine Art ›Zukunftskomitee‹.«

Fritz' Augenbrauen schossen in die Höhe. »Aha!« Er setzte sich an die Stirnseite des langen Tisches. »Na, dann klärt mich doch auf, bitte schön.«

Hilde trat ein, stellte ein Kaffeetablett und ein Körbchen mit Plundergebäck ab und verschwand so geräuschlos, wie sie gekommen war.

Die Herren setzten sich. »Also«, begann Eugen, »der Karl und ich sind in letzter Zeit ein paarmal zusammengesessen und haben uns Gedanken um die Firma gemacht.«

»Soso«, brummte Fritz. Und dachte: ohne mich, das ist ja allerhand!

»Die Geschäfte laufen jetzt ja wieder schön an, dank dem amerikanischen Geld von Mutter und mir.«

Mir. Aha. Da schau her, jetzt ist es auf einmal sein Geld.

»Und die Perspektiven sind ja auch gut. Wir haben wieder mehr Leute eingestellt, so wie du wolltest. Wir haben einiges erneuert, wir haben neue Produkte, wie meine Handwaschpaste.«

»Jaja«, sagte Fritz ungeduldig und wedelte mit der Hand. »Komm mal langsam zur Sache, Junge.«

Eugen runzelte unwillig die Stirn und nahm seine Nickelbrille ab. »Kurz und gut, der Karl und ich haben überlegt, wie es weiter aufwärtsgehen könnte. Wir haben uns umgehört, was die anderen so tun: Mouson, Lingner, die Münchner Milliseifenfabrik und so weiter. Die investieren alle auf Teufel komm raus.«

Fritz schenkte sich einen Kaffee ein. »Wir haben doch schon investiert.«

»Das ist immer noch zu wenig. Der Karl meint zum Beispiel, wir müssten jetzt unbedingt die neuen Firmengebäude in der Walpersdorfer Straße fertigstellen und baldmöglichst einziehen.«

Möchte wissen, was den Karl das angeht, dachte Fritz, sagte aber nichts.

»Und wir brauchen in absehbarer Zeit ein Labor nach den neuesten Standards. Mit unserer vorsintflutlichen Ausrüstung kann ja keiner mehr ordentlich arbeiten!« Eugen war nicht mehr zu bremsen. »Außerdem sind die alten Maschinen durch die aggressiven Chemikalien in der Glyzerinherstellung stark geschädigt, das weißt du besser als ich, Onkel Fritz. Die Kessel halten kein Jahr mehr durch. Die Piliermaschinen sind dauernd kaputt, wir brauchen bessere Strangpressen und eine leistungsfähigere Dampfmaschine samt Dynamo. Und: mehr Werbung.«

Fritz schob beleidigt die Unterlippe vor. »Na hör mal: wir haben erst eine Neuauflage von ›Ribot's Kinderbibliothek‹ gemacht und in Berlin eine Anzeigenkampagne geschaltet. Verträge für Litfaßsäulenwerbung hab ich grad zur Unterschrift da. Und in Nürnberg sind schon seit Wochen 20 Plakattafeln ›schöne Wäscherin‹ im Einsatz.«

»Das reicht doch nicht. Schau nur, was Henkel macht ...«

Bevor Fritz hochfahren konnte – allein der Name Henkel ließ bei ihm den Blutdruck steigen –, meldete sich Karl Gerber zu Wort. »Jetzt ist die Zeit zum Handeln, Schwiegerpapa. Das amerikanische Erbe hat die Grundlage zum Weitermachen geliefert, jetzt müssen wir eins draufsetzen!«

»Wir?«

»Na ja, ich meine natürlich ihr«, sagte Karl ein bisschen irritiert.

Ich weiß schon, was du meinst, lieber Schwiegersohn, dachte Fritz. Du willst ordentlich was erben. »Und wo soll das Geld für all das herkommen?«, fauchte er. »Hat einer von euch am Ende das Huhn entdeckt, das goldene Eier legt?«

Butzengeiger mischte sich ein. »Fritz, bleib ruhig. Hör dir doch erst einmal an, was die beiden sich überlegt haben.«

Fritz hob die Hände. »Also gut, was schlagt ihr vor?«

Eugen räusperte sich. »Die Gründung einer Aktiengesellschaft.«

Fritz ließ beinahe seine Kaffeetasse fallen. Sein erster Impuls war, loszupoltern, aber dann beherrschte er sich. Wenn Butzengeiger und Heckel mit am Tisch saßen, musste was an dem Vorschlag dran sein. »Red weiter«, sagte er.

»Wir brauchen ordentlich Kapital, und das kriegen wir, indem wir mit der Firma an die Börse gehen. Das tun momentan viele Betriebe und verschaffen sich mit dem neuen Kapital Handlungsfähigkeit. Jetzt, wo Ribot mitten im Aufschwung ist, wo die Zukunftsperspektive gut aussieht, ist der richtige Augenblick, das auch zu machen.«

Fritz sah zu Butzengeiger hinüber. »Was sagst du dazu? Wäre es nicht einfacher, wir beide sprechen einmal über einen ordentlichen Kredit?«

Butzengeiger strich sich über seinen dünnen Schnurrbart. »Können wir gern machen, Fritz, aber noch lieber vor dem Hintergrund einer AG-Gründung. Dann könnte ich nämlich meiner Bank sagen, dass wir – zum Beispiel mit mir als Vorstandsmitglied – vollstes Vertrauen in die Ribot AG haben. Das würde helfen, und größere Summen ließen sich bereitstellen.«

Helmut Heckel nickte. »Ich habe mir lange Gedanken gemacht über eine andere Rechtsform, und bin ebenfalls der Meinung, dass eine AG von Vorteil sein könnte. Überhaupt stellen zur Zeit viele alte Familienunternehmen auf moderne Aktiengesellschaften um. Die denken sich alle was dabei. Natürlich müssten wir die Mehrheit der Aktien in der Familie behalten, das ist ganz klar. Und es ist auch eine Art ›Gründungssteuer‹ zu zahlen, die erhebt der Staat, aber das können wir eine Zeitlang schieben. Sonst sehe ich eigentlich nur Vorteile.«

Fritz massierte sich das Gesicht mit beiden Händen. »Wir geben die Kontrolle auf, Menschenskinder. Da reden dann viele mit, und wir können nichts mehr alleine entscheiden.«

»Du meinst, du kannst nichts mehr alleine entscheiden!« Butzengeiger lachte. »Alter Patriarch! Kannst auch nicht loslassen, was? Schau uns doch an, wir sind beide nicht mehr ganz taufrisch. Die Zeit der Gründer geht zu Ende. Irgendwann müssen wir mal abgeben, und dafür müssen wir vorher das Haus bestellen. Du bist jetzt bald siebzig, mein Freund. Und du hast das Glück, dass deine Neffen da sind, die die Firma einmal übernehmen werden. Dafür musst du jetzt moderne Strukturen schaffen. Dann kannst du alles in ein paar Jahren in bestem Zustand übergeben.«

»Willst mich schon in Rente schicken, du alter Mistkerl«, grantelte Fritz. Aber noch während er den Kopf schüttelte, spürte er, dass Butzengeiger schon irgendwie recht hatte. Vielleicht sah die Firmenführung der Zukunft anders aus als noch zu Zeiten, wo er die Seifensiederei übernommen hatte. Ganz bestimmt sogar. Alles änderte sich, nichts blieb für immer. War es besser, zu bewahren oder mutig voranzuschreiten? Ich bin nicht mehr jung genug für solche Umwälzungen, dachte Fritz. Mir ist das zu viel. Aber dann überlegte er, dass er doch Eugen hatte, und – vielleicht, wenn sich alles einrenken ließ – in absehbarer Zeit Julius als Firmenjurist und Personalchef und vielleicht sogar Patentanwalt. Dann Ben, der nach einem Studium die betriebswirtschaftliche Seite übernehmen könnte; irgendwann würden sich seine künstlerischen Flausen schon legen. Für die Jungen musste man die Weichen stellen.

Ich bin die Vergangenheit, dachte Fritz, eine erfolgreiche Vergangenheit, wenn man den Krieg mal beiseitelässt. Aber die drei Buben, die werden einmal die Firma weitertragen. Auf einmal fühlte sich Fritz müde und traurig. »Also gut«, sagte er und stand umständlich auf. »Ich denk drüber nach. Mahlzeit.«

Nach Feierabend machte er sich mit Finchen auf den Weg zu Luise. Alle paar Meter blieb er stehen, weil die alte Hündin eine Pause brauchte. »Jaja, mein Mädle, bald gehören wir beide zum alten Eisen«, sagte Fritz zu ihr, während sie an einen Laternenpfahl pieselte.

Luise steckte gerade noch ein Damenjäckchen ab, als sie kamen. »Siehst aus, als wär dir eine Mordslaus über die Leber gelaufen«, stellte sie schon beim ersten Blick fest und nahm das Nadelkissen vom Handgelenk. Dann nahmen sie die Treppe nach oben in die Wohnung auf den kleinen Balkon, der nach hinten auf den Hof hinaus ging.

Luise stellte von der Küche aus eine Flasche und zwei kleine Gläschen aufs Fensterbrett. »Die Gerda Hoffmann hat wieder mal mit Naturalien bezahlt«, sagte sie. »Selbstangesetzter Schlehenwein. So!« Sie setzte sich neben Fritz auf das Bänkchen und schenkte ein. »Erzähl! Was war heut los?«

»Ach, nix!« Fritz blies die Backen auf und warf dazu ärgerlich die Hände in die Luft. »Bloß eine kleine Verschwörung gegen mich, die der Eugen und der Karl angezettelt haben. Die wollen die Firma in eine AG umwandeln.«

»Da schau her«, sagte Luise und nippte an ihrem Beerenwein. »Die zwei denken mit.«

Fritz knöpfte seine Jacke auf und schnaufte einmal tief durch. »Hab ich mir schon gedacht, dass du das so siehst.«

Sie griff nach seiner Hand. »Ach, Fritz. Schau, vielleicht ist das die beste Lösung. Du bist nicht mehr gesund – nein, ich will jetzt nichts hören –, und das wär doch eine Entlastung.«

»Entlastung? Wenn in der Firmenleitung jede Menge Leute mitgackern? Da krieg ich ja jetzt schon einen Herzkasper, wenn ich bloß dran denke!«

»Aber dann läge die Verantwortung nicht mehr allein bei dir.« Luise begann, an den Geranien herumzuzupfen. »Und wenn sich der Eugen das wünscht – schließlich soll er ja einmal übernehmen … Es ist halt eine neue Zeit. Wenn man in die Zeitung schaut, gibt es jetzt überall Großbetriebe und Zusammenschlüsse und Börsengänge und Spekulanten und wasweißichnoch.«

Er legte den Arm um ihre Schultern, und sie lehnte sich an ihn. »Schau den Viktor an«, sagte sie. »Der hat mehrere Firmen, auch welche mit Teilhabern. Und wie erfolgreich ist er damit.«

»Ja, der Viktor. Der ist ein As. Hat den Krieg überstanden fast ohne Schaden, und das auf anständige Art und Weise, nicht als einer von diesen widerlichen Kriegsgewinnlern.« Fritz wedelte eine Wespe fort, die um sein Glas schwirrte. Er seufzte. »Weißt du, Luise, vielleicht ist das wirklich gar keine so schlechte Idee mit der Aktiengesellschaft. Vielleicht bin ich nicht mehr der Richtige für diese neuen Zeiten, wo alles so schnell geht. Manchmal komm ich gar nicht mehr mit. Wenn ich an die Hochzeit vom Viktor und der Paula denke, was die da getanzt haben! Lauter lächerliche Verrenkungen, wie die Affen, das nennen sie Shimmy. Und die verrückte Musik, die jetzt aus Amerika kommt, Jazz! Das kann doch keiner lang anhören, das macht einen ja ganz durcheinander. Und was sie heut im Theater spielen! Beim ›Wilhelm Tell‹ in Berlin hat's neulich auf der Bühne nichts zu sehen gegeben außer einer grünen Treppe. Sagt die Paula und ist völlig begeistert. Mich graust's!«

Luise grinste. »Im Luna-Kino spielen sie zur Zeit was von Charlie Chaplin. Oder du kannst dir diesen Vampirfilm anschauen, ›Nosferatu‹. Soll sehr gruselig sein.«

Fritz machte ein Geräusch durch die Nase. »Hab selber genug Blutsauger am Hals.«

Luise schenkte ihm nach. »Kannst du nicht den Viktor in diese Aktiengesellschaft holen?«

»Daran hab ich auch schon gedacht, aber das macht er nicht.« Fritz schüttelte den Kopf. »Er will mit der Familie, die ihn damals so schnöd behandelt hat, nichts zu tun haben. Und mit der Firma, deretwegen wir ihn schließlich nicht aufgenommen haben, erst recht nicht. Weißt du, die anderen hätten ihn nie akzeptiert, weil er ja als mein Sohn die Hälfte geerbt hätte. Sie hätten damals einen Prozess angestrengt, und das hätte die Firma womöglich zerrissen. Das hab ich nicht riskieren wollen für meinen Sohn, Geschäft vor Privatem, das war schon immer meine Devise. Der Viktor kann das nicht vergessen, und ich versteh's. Bin schon froh, dass er mir mein schäbiges Verhalten von damals verziehen hat.«

Eine Weile saßen sie schweigend beieinander und beobachteten die Schwalben, die in den Nestern unter der Dachrinne ihre Jungen fütterten. »Manchmal«, sinnierte Fritz, »da stell ich mir vor, was wir machen würden, wenn ich einmal in Ruhestand geh. Ich stell mir vor, wir hätten ein kleines Häuschen, da, wo's schön ist, am Starnberger See vielleicht oder am Tegernsee. Einen Alterssitz, wo wir zusammen sein könnten und einfach in Ruhe die Zeit genießen.«

Luise lächelte. »Wir könnten jeden Tag am See spazieren gehen, und müssten uns nicht mehr verstecken. Ich würd das Häuschen in Ordnung halten und den Fisch kochen, den du vom Angeln heimbringst. Wir hätten ein Gästezimmer für Besuch, und ich hätt einen kleinen Garten. Da könnt ich Rosen ziehen, und ein paar Fliederbüsche pflanzen, unter denen ist so schön sitzen. Und du könntest dort deine Lebenserinnerungen weiterschreiben, die du letztes Jahr angefangen hast, du jammerst doch dauernd, dass du damit kaum weiterkommst. Ach, Fritz, wär das nicht schön? Nach all den Jahren?«

»Ein bisschen Zeit bräucht ich schon noch.« Fritz fuhr sich durchs Haar und überlegte. »Jetzt die AG gründen. Dann die Walpersdorfer Straße fertigstellen und den Umzug über die Bühne bringen, das möcht ich noch. Dann kann ich ruhig abtreten. Sagen wir, in zwei, drei Jahren.« Und dann könnten wir endlich auch ans Heiraten denken, überlegte er, sagte aber lieber nichts, um Luise nicht zum Widerspruch anzustacheln.

Sie legte stumm ihren Kopf auf seine Schulter.

Da wusste er, dass es Zeit war. Morgen, dachte er, gleich morgen leite ich alles in die Wege.

Kapitel 19

»Schwabacher Tagblatt« vom 1. November 1922

Nachrichten aus der Schwabacher Wirtschaft
Die Kgl. Bayer. Hofseifenfabrik Ph. Benj. Ribot, einer der Vorzeige- und Traditionsbetriebe unserer Stadt, ändert ihre Rechtsform: Ab sofort ist die Firma eine Aktiengesellschaft. Eine Emission von Aktien in Höhe von 3 Millionen Mark an der Frankfurter Börse hat bereits stattgefunden. Vorstandsvorsitzender wird unser geschätzter Herr Kommerzienrat Fritz Ribot sein, der schon seit über 40 Jahren die Geschicke der Seifenfabrik mit sicherer Hand lenkt. Im Vorstand u. a. Schwiegersohn Karl Gerber, Neffe Dr. Eugen Ribot, Direktor Karl Butzengeiger von der Bayerischen Vereinsbank, Dr. Hans Mackh, Leiter der Nürnberger Zweigstelle des Auswärtigen Amtes, sowie Landgerichtsrat Georg Distler aus Fürth.

Auf Nachfrage erklärte Kommerzienrat Ribot, es seien Neueinstellungen geplant, um das Vorkriegsniveau in der Produktion wieder zu erreichen. Angesichts der hohen Arbeitslosenzahlen in Schwabach sei dies eine gute Nachricht, erklärte Bürgermeister Dümmler und gratulierte zur AG-Gründung.

Kapitel 20
1922

Es war ein nieseliger Novembertag, als Lisbeth ihren Schirm zuklappte und die Papierwarenhandlung Uhl am Marktplatz betrat. Sie hatte Klaviernoten bestellt, Débussy, Rachmaninoff, ein paar Etüden von Chopin. Während die Verkäuferin die Noten aus dem Lager holte, kramte Lisbeth in dem Regal mit Briefpapierbögen – Elefantenhaut, Übersee, Rosendekor, Neutralweiß.

»Wem möchten Sie denn schreiben?«

Sie drehte sich um und wurde rot. Da stand der Freund ihres Bruders Julius, der junge Musiklehrer vom Seminar. Sie hatte ihn seit damals im Felsenkeller nicht mehr gesehen.

»Ach, gar niemandem«, erwiderte sie. »Ich will nur Klaviernoten abholen.«

»Was spielen Sie denn so?«, wollte er wissen.

»Grad bin ich mit Mussorgsky fertig, ›Bilder einer Ausstellung‹. Jetzt kommt Débussy.«

»Ah, ›La Mer‹?«

»Nein, die Impromptus.«

»Ach, schön! Kennen Sie die Schallplattenaufnahme von Rubinstein? Wenn Sie ein Grammophon haben, kann ich sie Ihnen leihen!«

»Oh, das wär schön!« Rubinstein war einer der jungen internationalen Starpianisten, und sie bewunderte ihn grenzenlos.

Die Verkäuferin brachte Lisbeth einen verschnürten Umschlag. »Der Rachmaninoff kommt leider erst nächste Woche«, sagte sie.

»Ist gut.« Lisbeth holte ihre Geldbörse heraus. Dann stand sie einen Augenblick verlegen vor Jacob. »Ich muss gehen.«

»Ja, dann …« Sie sah das Bedauern in seinem Blick.

An der Kasse nahm sie all ihren Mut zusammen und wandte sich noch einmal zu ihm um. »Sagen Sie, würden Sie vielleicht … Ich wollte fragen … Meine Klavierlehrerin hat im letzten Jahr aufgehört, und jetzt spiel ich halt nur für mich. Ich würde aber gern noch was lernen. Hätten Sie Lust …«

Seine Miene hellte sich auf. »… Ihnen Unterricht zu geben? Aber natürlich!«

Sie strahlte. »Einmal die Woche?«

»Dienstagnachmittags ab halb vier wäre gut«, sagte er. »Da ist der Flügel im Musikzimmer frei.«

»Was verlangen Sie denn?«

Es war ihm sichtlich peinlich. »Na ja«, stotterte er, »ich weiß nicht recht … sechzig Pfennig die Stunde?«

»Das ist doch viel zu wenig«, protestierte sie. »Fräulein Loy hat immer eine Mark genommen.«

»Wenn das so ist …«

Sie gaben sich die Hand. »Dann bis nächsten Dienstag um halb vier«, sagte Lisbeth.

Draußen vergaß sie vor lauter Glück, ihren Schirm aufzuspannen.

Zwei Tage später kamen Julius und Clara zu einem ihrer seltenen Besuche nach Schwabach. Jacob hatte sie zu seinem 24. Geburtstag eingeladen und sogar arrangiert, dass sie im Lehrerseminar in zwei freien Zimmern übernachten durften – zu ihren Familien konnten sie beide immer noch nicht gehen. Leo blieb, was Clara betraf, unerbittlich, und auf der Ribot'schen Seite war Julius derjenige, der den Kontakt verweigerte.

Nach dem Geburtstagskaffee machte sich Clara auf, um bei Dorle und Gustav vorbeizuschauen. Und bei ihrem Patenkind, der inzwischen anderthalbjährigen Gisela.

Gustav und Dorle wohnten inzwischen nicht mehr im »Loch« in der Benkendorfer Straße, sondern in einem der ausrangierten Eisenbahnwaggons hinterm Bahnhof, die die Stadt für Familien ohne Einkommen kostenlos zur Verfügung stellte. Da war zwar wenig Platz, aber die Wagen waren mit kleinen gusseisernen Öfen gut zu heizen, und sie waren vor allem trocken. Das war für die Kleine wesentlich gesünder als der feuchte, stockige Keller an der Schwabach.

Als Clara an die Tür des Eisenbahnwaggons klopfte, öffnete Gustav in aufgeräumter Stimmung. »Schön, dass du da bist, Clara«, sagte er, »da kannst du ja meinem Dorle ein bisschen Gesellschaft leisten. Ich muss nämlich gleich weg.« Er drückte Dorle ein Küsschen auf die Wange, zog seine Jacke an und stieg aus dem Wagen.

Clara war froh, dass die beiden ihre Krise im letzten Jahr gut überstanden hatten. Die Geburt der kleinen Gisela hatte Wunder gewirkt. Gustav hatte seitdem nie wieder die Hand gegen Dorle erhoben, und bis auf ein paar Meinungsverschiedenheiten hie und da, so hatte ihr die Freundin versichert, war alles in Ordnung. »Hier«, sagte Dorle und drückte Clara ihr Patenkind in die Arme, »heb mal, wie schwer sie inzwischen ist.«

Die Kleine brüllte und wollte wieder zu ihrer Mutter. »Sie fremdelt grad«, lächelte Dorle. »Das ändert sich wieder. Bloß ich darf sie nehmen und der Gustav.«

»Wo ist er denn hin?«, wollte Clara wissen.

Dorle seufzte, setzte Gisela aufs Bett und drückte ihr eine Puppe in die Händchen, die sie aus einem Kochlöffel und ein paar Stoffresten gebastelt hatte. »Heut ist eine Versammlung im Bärensaal. Die NSDAP, du weißt schon, die neue Partei. Seit ein paar Monaten gibt es eine Nürnberger Ortsgruppe, und die schicken heut Abend Leute her. Der Gustav will sich anhören, was die so reden.«

Clara nickte grimmig. Die Nationalsozialistische Deutsche Arbeiterpartei war in München gegründet worden und hatte seitdem überall Zulauf erfahren. Clara hatte vor einiger Zeit gemeinsam mit einem Kollegen einen Artikel für den »Sozialdemokraten« geschrieben, in dem sie die Behauptung der Partei widerlegte, alle jüdischen Soldaten seien im Krieg feige gewesen und hätten mangelnde Kampfbereitschaft gezeigt. Wenn 30 000 deutsche Juden mit Kriegsorden ausgezeichnet und zweitausend von ihnen zu Offizieren ernannt wurden, wenn 12 000 Juden auf den Schlachtfeldern geblieben waren, so hatten sie formuliert, dann könne man wohl kaum von Feigheit reden. »Na, da wird dein Gustav bestimmt seinen Spaß haben, bei den Thesen, die diese Leute verbreiten.«

»Hack nicht immer auf dem Gustav herum«, sagte Dorle. »Ich bin jetzt so glücklich mit ihm. Uns fehlt bloß noch Arbeit. Und der Gustav sagt, die von der NSDAP sorgen dafür, wenn sie bei der nächsten Wahl in den Reichstag kommen.«

»Die SPD tut dafür auch, was sie kann«, erwiderte Clara. »Grad in Schwabach setzen sich Hierl und Lämmermann für den Bau des Rhein-Main-Donau-Kanals ein, und für eine Eisenbahnlinie nach Abenberg und Wassermungenau. Wenn das klappt, dann gibt es genug Arbeitsplätze für alle.«

Dorle nahm Claras Hand. »Lass uns doch nicht politisieren. Erzähl lieber, wie es dir und dem Julius geht. Warum habt ihr immer noch nicht geheiratet?«

Clara schüttelte heftig den Kopf. »Damit ich erst eine Erlaubnis von ihm einholen muss, wenn ich eine Stellung bei der Zeitung annehme? Damit ich eine Vollmacht von ihm brauche, um ein eigenes Bankkonto zu eröffnen, und seine Unterschrift, um etwas davon abzuheben? Damit ich ihn fragen muss, wenn ich von meinem eigenen Geld eine Anschaffung machen will?«

»Aber das ist doch ganz normal. Und der Julius würde dir doch nie irgendetwas verbieten!«

»Es geht ums Prinzip, verstehst du? Eine Frau macht sich heutzutage mit einer Heirat immer noch unmündig wie ein Kind. Und das will ich nicht. Der Julius versteht das.«

»Und was ist …«, meinte Dorle vorsichtig, »… wenn ihr ein Kind kriegt? Was macht ihr dann?«

Clara lachte. »Wir kriegen kein Kind. Wir passen schon auf. Der Julius sorgt dafür, dass immer genügend Fromms im Nachtkästchen liegen.«

»Genügend was?« Dorle runzelte die Stirn.

»Na, Kondome. Präservative. Pariser«, grinste Clara. Und, als sie Dorles verständnislosen Blick bemerkte, fügte sie hinzu: »Überzieher.«

»Ach du liebe Güte! Das macht ihr? Der Gustav sagt, das will er nicht. Da hat er keine … Gefühle.« Sie lief ganz rot an.

»Ja, wenn das so ist.« Idiot. Clara verkniff sich weitere Bemerkungen zu dem Thema. »Stell dir vor, der Julius ist ja nächstes Jahr mit dem Studium fertig. Und er hat jetzt schon ein Angebot von einer Nürnberger Kanzlei, wo er anfangen kann. Dann kann ich bei der Spinnereifabrik aufhören und endlich nur noch schreiben.«

Dorle legte den Arm um Clara und drückte sie. »Du bist mir schon ein merkwürdiges Wesen. Willst nicht heiraten, willst keine Kinder, aber arbeiten, das willst du! Demnächst trägst du noch Hosen und pieselst im Stehen! Weißt du was? Ich versteh's zwar nicht, aber ich bewundere dich. Du bist was ganz Besonderes.«

Clara erwiderte die Umarmung. »Und du auch, Dorle. Ganz bestimmt.«

Während die Freundinnen noch im Eisenbahnwaggon saßen und plauderten, wartete vor dem Eingang des Bärensaals eine Menschenschlange. »Einlass 18 ½ Uhr« war auf einem Anschlag zu lesen, und drinnen ruckten noch die Saaldiener mit ein paar Helfern von der NSDAP Stühle und Bänke. Auch Gustav half mit, in der Hoffnung auf ein Trinkgeld. Der Redner stand derweil noch übend in einer Ecke und sprach gestenreich mit sich selber. Karl Holz hieß der Mann und war von Beruf städtischer Kanzleisekretär in Nürnberg. Ein gutaussehender Mensch mit kleinem Bärtchen und sauberem Kurzhaarschnitt. Noch blieb eine gute halbe Stunde Zeit bis zum Beginn der Veranstaltung.

Das wusste auch die kleine Schar der Kommunisten und SPDler, die sich hinter dem Postgebäude versammelt hatte. »Bist du immer noch sicher, dass du da mit hineinwillst?«, fragte Leo seinen Schwiegervater. »Kann sein, dass es Ärger gibt.«

Christian, inzwischen weit über siebzig, aber gesund und rüstig, sah seinen Schwiegersohn beleidigt an. »Wenn's Ärger gibt, werdet ihr froh sein, dass ich dabei bin«, knurrte er und klopfte mit der guten Hand auf seinen eisernen Haken.

»Wenn's Ärger gibt, dann bleibst du ganz hinten und hältst dich raus.« Leo hatte Trudel hoch und heilig versprechen müssen, auf Christian Obacht zu geben. »Wir wollen ja bloß mal hin und hören, was die zu sagen haben«, beschwichtigte er sie und auch Anna. »Ja freilich«, hatte Anna geschnaubt, »und dazu trefft ihr euch vorher heimlich mit den KPDlern. Vorhin hab ich den Heider Carl vom Spartakusbund vorbeilaufen sehen – aus dem seiner Jacke hat oben ein Stock herausgeschaut. Ich sag dir, Leo, komm mir bloß nicht mit einem blauen Auge heim, sonst kriegst du von mir gleich noch eins.«

Leo hatte gelacht und abgewinkt, aber als er jetzt zwischen all den Männern stand, packte ihn tatsächlich so etwas wie Kampfgeist. Die NDSAP war seit ihrer Gründung 1919 der politische Feind der SPD und überhaupt aller Demokraten, und man musste denen gegenüber Flagge zeigen. Sonst gründeten die in Schwabach auch noch eine Ortsgruppe!

Um fünf vor sieben setzte sich Leos Gruppe in Bewegung. Der dicke Mann an der Kasse des Bärensaals versuchte vergeblich, den regulären Eintritt von ihnen zu kassieren – die Männer wälzten sich einfach an ihm vorbei. Wer noch auf den hinteren Bänken Platz fand, setzte sich, die anderen standen dahinter. Der Saal war jetzt brechend voll. Vorne besprach sich der Redner angesichts der neuen Situation hektisch mit ein paar anderen Männern, aber am Ende trat er dann doch ans Stehpult und begann: »Meine Deutschgenossen! Ich begrüße Sie im Namen der Nationalsozialistischen Deutschen Arbeiterpartei …«

Leo sah sich um. Er entdeckte etliche Männer, die er kannte, aber weder der Linken noch einer anderen Partei zurechnen konnte. Dazu die nur allzu bekannten Gesichter der Mitglieder des Schutz- und Trutzbundes. Etliche Frauen waren auch gekommen, und ein paar Reihen vor Leo standen zwei Magistratsräte von der DDP. Vorne wetterte der Redner gegen die Reparationen, die Deutschland gemäß des Versailler Vertrags an die Siegermächte zu zahlen hatte. Er sprach davon, dass man um den »Siegfrieden« betrogen worden sei, dass Deutschland jetzt, nach dem Krieg, endgültig in die Knie gezwungen werden solle. »Und wer wird dann triumphieren?«, rief er in den Saal. »Die Judenschweine, die Kommunisten und das Sozigesindel!«

Ein kleiner Tumult erhob sich in den hinteren Reihen, aber Karl Holz sprach weiter. Es kam zu Zwischenrufen, eine Mütze flog in Richtung Podium. Holz wurde zornig. Mit lauter Stimme forderte er die Gründung einer Schwabacher Parteisektion, was der Schutz- und Trutzbund mit Beifall quittierte. Von hinten rief einer: »Wir wollen euch nicht in der Stadt, haut ab!« Holz erwiderte, wem nicht passe, was er hier sagte, der könne jederzeit den Saal verlassen. »Wir brauchen hier keine Bolschewiken!«, brüllte er. »Für euch Vaterlandsverräter ist in Sibirien Platz genug!« Und dann, keiner hätte es zu sagen vermocht, begann in der linken hinteren Saalecke ein Gerangel.

Leo sah aus dem Augenwinkel, wie die ersten Fäuste flogen. »Los, wir gehen!«, sagte er zu seinem Schwiegervater, der aber dazu keinerlei Neigung zeigte. Er war bei den letzten Worten des Redners aufgesprungen.

»Nationalistenpack!«, schrie er jetzt und hob drohend seinen Haken. »Euch zeigen wir's! Stammtisch ›Kanne‹, her zu mir!«

»Verdammt«, zischte Leo, »hör auf und komm jetzt, du Kindskopf!«

Da hagelte es schon erste Schläge, und einer davon traf Christian am Kopf. Jetzt wurde Leo fuchsteufelswild, er rammte einen der Angreifer grob mit der Schulter weg.

»Raus mit den Störern!«, brüllte vorne der Redner. »Männer, los geht's!«

»Polizei«, rief eine Frau mit schriller Stimme.

Ein Teil der Zuhörer versuchte, aus dem Raum zu fliehen, der Rest stürzte sich in die Saalschlacht. Leo hielt sich nah bei Christian, teilte wuchtige Faustschläge aus und versuchte, Richtung Ausgang zu drängen. Da traf ihn ein harter Schlag in den Bauch – einer der Schutz- und Trutzbündler hatte einen Knüppel dabei. Leo krümmte sich vor Schmerz, und nun war es an Christian, ihn zu verteidigen. Er stieß dem Angreifer seine »eiserne Hand« vor die Brust, der prallte zurück. Doch da war noch ein zweiter, der Leo von hinten ansprang und zu Fall brachte. Der Mann warf sich auf ihn und bearbeitete seinen Rücken mit den Fäusten, packte ihn am Hals. Leo rang nach Luft, schlug um sich, aber es gelang ihm nicht, sich aus dem Würgegriff zu befreien. Dann konnte er auf einmal wieder atmen.

Über ihm stand Hans Rühl, der seinen Gegner weggerissen hatte. »Was machst denn du da unten?«, schrie Hans grinsend, die Fäuste geballt.

»Ich mess die Bodentemperatur«, grinste Leo zurück, rappelte sich auf, und dann kämpften sie Seite an Seite weiter. Sie kassierten Treffer, teilten aus, überall waren Lärm und Schreie. Sie wehrten sich mit aller Kraft. Aber sie wussten auch, dass sie keine Chance hatten. Die anderen waren in der Überzahl.

Draußen schlenderten zur selben Zeit Julius und Jacob am Bärensaal vorbei, auf dem Weg, Clara abzuholen. Als sie das Gebrüll von drinnen hörten, blieben sie stehen. »Das ist doch die NSDAP-Veranstaltung«, überlegte Julius laut und zwinkerte Jacob zu. »Die kriegen wohl grad eins auf die Mütze.«

»Die oder die anderen«, sagte Jacob.

Julius war längst nicht mehr nüchtern, sie hatten nach der Kalten Ente noch selbstgebrannten Schnaps getrunken, den Jacob von einem Kollegen geschenkt bekommen hatte. »Lass mich mal schauen«, sagte er.

Jacob schüttelte den Kopf. »Bleib da. Das sind doch alles Schläger, was man so hört. Die bringen extra eine Saalwache mit und haben Prügel und so was dabei. Außerdem hast du zu viel intus!«

»Blödsinn.« Julius ließ sich nicht abbringen. »Du bleibst da«, sagte er grinsend zu Jacob und piekte einen Finger gegen seine Brust. »Damit deinen zarten Musikerhändchen nix passiert. Bin gleich zurück.«

Dann ging er hinein.

Drinnen herrschte ein riesiges Durcheinander, und Julius konnte überhaupt nicht erkennen, wer Freund und wer Feind war. Er wollte schon wieder hinausgehen, als ein Bierkrug flog und ihn schmerzhaft an der Schulter traf. Mit einem Aufschrei drehte er sich um und stürzte sich ins Getümmel. Er erkannte Gustav, den Clara ihm einmal auf der Straße gezeigt hatte, wie er einen alten Mann ins Gesicht schlug. Der alte Mann ging stöhnend zu Boden, und Julius erkannte ihn jetzt ebenfalls, es war der Wirt der »Silbernen Kanne«. Der musste doch mindestens schon siebzig sein! Das kannst du, auf Frauen und Greise losgehen, dachte Julius und verpasste Gustav einen linken Haken. Aber da waren noch Gustavs Mitkämpfer, die jetzt auf ihn und Christian eindrangen. Dann stand plötzlich Leo neben ihm, die Hände erhoben wie ein Boxer. Nebeneinander wehrten sie die Schutz- und Trutzbündler ab, bis Leo sich einen Kinnhaken einfing und wankte. Er ging auf die Knie, stützte sich mit den Händen auf den Dielen ab. Julius schlug um sich, erwischte einen der Gegner, der zu Boden ging. Dann war Hans Rühl da, nickte Julius zu und sie schlossen die Reihe vor Leo und Christian. Schläge prasselten auf sie ein, aber sie hielten stand, während der benommene Leo immer noch hinter ihnen kniete und Christian ihm beistand. Und dann hatten sie die Angreifer so weit abgewehrt, dass sie Christian und Leo aus dem Saal helfen konnten. Gerade noch rechtzeitig, bevor ein Schuss ertönte und die Polizei den Bärensaal stürmte.

Julius war beim Eintreffen der Polizei geistesgegenwärtig durch den Hintereingang geflüchtet. Draußen rannte er noch um die nächste Ecke, dann hielt er inne. Er war erhitzt vom Kampf, seine Augen funkelten, sein Körper war voller Adrenalin. So etwas hatte er noch nie erlebt. Er spürte keinen Schmerz, obwohl seine Fingerknöchel geschwollen waren und sein Auge langsam blau anlief. Dann fiel ihm Jacob wieder ein. Er blickte sich suchend um und fand ihn an einen Laternenpfahl gelehnt, grau im Gesicht. Seine Hände zitterten wie Espenlaub, er war angststarr.

»Los«, schrie Julius, »weg hier!« Jacob rührte sich nicht. »Verdammt, was ist mit dir?« Julius zerrte Jacob davon. Schließlich fingen beide an zu rennen. Erst bei den Löwen am Eingang zum Stadtpark blieben sie stehen, keuchend, die Körper vorgebeugt und die Hände auf den Oberschenkeln. Auf einmal begriff Julius, was gerade mit seinem Freund geschehen war. Er war wieder im Krieg gewesen, im Graben, er hatte wieder gesehen, wie Granaten explodierten und Körper zerrissen wurden, er hatte wieder das Gas gerochen und die Todesschreie gehört. Julius war schlagartig wieder nüchtern. »Es tut mir leid, Jacob«, sagte er. »Ich bin ein solcher Idiot.«

»Mach so was nie wieder, hörst du?« Jacobs Stimme zitterte fast so stark wie seine Hände.

Julius zog den schlotternden Freund an sich, hielt ihn fest, bis er wieder ruhiger atmete. »Versprochen«, sagte er, »versprochen.«

Hans, Leo und Christian war es gelungen, sich in das Gebüsch zwischen dem Pfarrhaus und der katholischen Kirche Sankt Sebald zu flüchten, die gegenüber dem Bärensaal lag. Hier würde die Polizei sie hoffentlich nicht finden. Fast eine Stunde lehnten sie dort stumm an der Kirchenmauer, bis im und vor dem Saal Ruhe eingekehrt war. Hans rappelte sich als Erster auf und half den anderen beiden hoch. Leo hatte verkrustetes Blut im Gesicht, seine Oberlippe war aufgeplatzt. Er hielt sich die Schulter und wankte ein bisschen. Christian kam ganz gut auf die Beine, sein rechtes Auge war zugeschwollen, der Haken seiner »eisernen Hand« verbogen. So standen sie da und sahen sich an. Und plötzlich grinste Hans genüsslich. »Du weißt schon, wer dich da vorhin mit rausgehauen hat?«, sagte er zu Leo.

Der runzelte die Stirn. »Nein, wer?«

Hans schlug ihm mit seiner Goldschlägerpranke schwer auf den Rücken. »Na, dein Herr Schwiegersohn aus dem Hause Ribot!«

Leo fluchte so laut, dass der Pfarrer droben das Fenster aufriss. »Ihr könnt von mir aus raufen, so viel ihr wollt«, fauchte er, »aber Gottslästern, dass es der Herr Jesus am Altar drin hört, das geht zu weit! Macht, dass ihr heimkommt, Bande, elende!«

Kapitel 21
1923

Der Saal im Nürnberger Grand Hotel war ausverkauft. Man hatte kleine runde Tischchen aufgestellt und vorne eine Tanzfläche freigehalten, über der sich eine grellbeleuchtete Bühne erhob. Hinten an der Wand grüßte ein schwungvoller Schriftzug: »Eric Borchard's

Atlantik Jazz Band« stand da. Es war eine kleine Sensation, dass der berühmte Berliner Klarinettist und Saxophonspieler auf seiner Tournee in Nürnberg Station machte, und die Jazz-Gemeinde, die sich seit einigen Jahren in der Stadt etabliert hatte, war bis auf den letzten Fan erschienen.

Die Band spielte sensationell. Bald hielt es viele nicht mehr auf den Sitzen, es wurde Shimmy getanzt und Hootchy-Gootchy, und mittendrin waren Viktor und Paula. Er im Smoking, die Haare mit Pomade zurückgekämmt, und sie in einem Seidenkleid mit skandalös tiefem Rückenausschnitt, mit glitzerndem Stirnband und gepuderten Knien. Die Jeunesse Dorée von Nürnberg hatte den Abend des Jahres, und man ließ die Musiker erst um zwei Uhr früh von der Bühne, nachdem sie ganze siebenmal als Zugabe den Tiger Rag hatten spielen müssen.

»Na, das war doch mal was anderes als: ›Wir versaufen uns'rer Oma ihr kleins Häuschen‹!« Ludwig Hess, seines Zeichens Kabarettist und Wirt des »Walfischs« in der Jakobstraße, wischte sich mit einem riesigen Taschentuch über die verschwitzte Stirn. Er und die beiden Clubspieler Hans Kalb und Heiner Träg saßen mit am Tisch, Letztere hatten an diesem Abend ihr erstes Jazzkonzert erlebt und waren in Hochstimmung. »Und was machen wir jetzt?«, fragte Paula, erhitzt und aufgekratzt von der neuen, wilden Musik. Sie hatte den ganzen Abend so ausgelassen getanzt, dass sie die Blicke aller Männer angezogen hatte.

Kalb, der ziemlich viel von der Bowle erwischt hatte, echote grinsend: »Ja, genau! Was machen wir jetzt?«

»Heimgehen. Ist doch schon überall zu«, meinte Viktor.

»G'schmarri, bei mir ist immer offen«, sagte Hess und klopfte auf seine Hosentasche, in der die Wirtschaftsschlüssel klapperten. Also zogen sie mit ein paar weiteren Jazzfans in den »Walfisch« um. Hess bediente das Grammophon, man tanzte fröhlich weiter, die Partner wechselten, der Champagner floss. Irgendwann lichteten sich schließlich die Reihen, und am Ende saßen nur noch Viktor, Paula und die beiden Fußballer am Stammtisch. Es war inzwischen halb fünf Uhr früh, und alle waren nach dem wilden Abend müde, grad hatten sie zwei Taxis bestellt.

Draußen klingelte eine Fahrradglocke, gleich darauf flog eine zusammengefaltete Zeitung durchs offene Fenster und landete auf den

Bodendielen. Heiner Träg hob sie auf und legte sie auf den Tisch. Viktor starrte auf die Schlagzeile: »Gewaltstreich gegen Deutschland! Frankreich besetzt das Ruhrgebiet!«

»Um Himmels willen«, murmelte er und las weiter: »Jetzt ist Widerstand Pflicht! Streik, Sabotage, alle Mittel müssen jedem aufrechten Deutschen recht sein, um die Ruhr wieder zu befreien.«

Paula sah Viktor über die Schulter. »Du hast es neulich prophezeit«, sagte sie leise, »dass was passiert.« Unter ihrem hellen Puder war sie blass geworden.

»Verdammte Franzmänner«, rief Hans Kalb. »Das können die doch nicht machen!«

»Doch, können sie.« Paula fühlte sich plötzlich wieder nüchtern, noch bevor sie von dem Kaffee getrunken hatte, den Ludwig Hess jetzt auf den Tisch stellte. »Stimmt«, pflichtete er Paula bei. »Die sind die Sieger, und wir am Arsch.«

»Ich versteh das alles nicht«, brummte Kalb. »Kann mir als einfachem Fußballer mal einer erklären, was das alles soll?«

Paula schenkte den Kaffee ein. »Das ist ganz einfach«, meinte sie. »Wir haben einen Krieg geführt. Krieg kostet Geld. Viel Geld. Dieses Geld hatte das Deutsche Reich nicht. Meiner Information nach haben unsere Rücklagen 1914 gerade einmal für zwei Kriegstage gereicht. Der Krieg hat aber vier Jahre gedauert.«

Kalb blies die Backen auf. »Ja, aber wie hat man dann so lange weitermachen können?«

Viktor streichelte Paulas Finger, als die ihm den Zucker reichte. »Geld drucken, Kriegsanleihen bei der Bevölkerung aufnehmen und darauf vertrauen, dass man gewinnt. Dann kann man die ganze Zeche nämlich vom Verlierer bezahlen lassen.« Er tat Zucker und Kondensmilch in seine Tasse. »Nur, dass in diesem Fall der Verlierer wir selber sind.«

Paula setzte sich wieder, schmiegte sich an Viktor und legte ihre Hand leicht auf seinen Schenkel. »Und dass die anderen genauso kalkuliert haben«, ergänzte sie. »Bedeutet: wir müssen für alles aufkommen.«

»Ja, aber wenn wir doch sowieso kein Geld haben …«

Ludwig Hess breitete die Arme aus. »Das ist der springende Punkt. Wir haben trotzdem im Versailler Vertrag unterschreiben müssen, dass wir Entschädigungszahlungen leisten, und zwar in Höhe von

154 Milliarden Mark. Dazu noch Sachleistungen wie Kohle, Stahl und so weiter.«

»Und jetzt stehen wir wirtschaftlich mit dem Rücken zur Wand«, ergänzte Paula. »Wir müssen das Land wiederaufrichten, die Kriegsanleihen an die eigene Bevölkerung zurückzahlen und die Reparationen aufbringen.«

Viktor sah Paula an. Nie würde er sich sattsehen können an ihr, wie sie da saß, aufrecht, mit diesem klaren, konzentrierten Blick. Liebevoll küsste er sie auf die Wange und übernahm wieder: »Tja, und weil das alles nicht zu schaffen war, hat die Regierung die Druckerpresse angeworfen und immer mehr Geld in Umlauf gebracht. Weil es aber nicht genug Waren und materielle Gegenwerte im Land gibt, hat eine Inflation eingesetzt. Das bedeutet, alles, vom Apfel bis zum Zementsack, kostet immer mehr Geld.«

»Stimmt«, sagte Hans Kalb. »Alles wird dauernd teurer.«

»Im Herbst einundzwanzig hat die Mark wenigstens noch ein Hundertstel ihres Vorkriegswerts gehabt«, nickte Hess. »Im vergangenen Herbst war es noch ein Tausendstel.«

»Und nun«, sprach Viktor weiter, »ist es so weit gekommen, dass die Regierung mit den Reparationen im Rückstand ist. Wir sind praktisch zahlungsunfähig. Deshalb sind jetzt die Franzosen im Ruhrgebiet einmarschiert.«

»Und was machen wir jetzt?«, fragte Heiner Träg, der in der Ecke fläzte und die Augen kaum noch offen halten konnte.

Viktor und Paula zuckten gleichzeitig mit den Schultern. Dann hupte draußen das erste der bestellten Taxis.

Auf der Heimfahrt sagte Paula nichts. Sie saß mit geschlossenen Augen im Fond, den Kopf gegen das Fenster gelehnt, den Kragen ihres Pelzmantels bis zum Kinn hochgezogen. Viktor sah, dass sie nicht schlief, aber er störte sie nicht und hing seinen eigenen Gedanken nach. Er war so glücklich wie noch nie zuvor. Da hatte er die Hoffnung auf ein Glück mit ihr schon aufgegeben, als sie doch noch zu ihm gekommen war. Und jetzt waren sie ein Paar. Er war so stolz auf sie, wie sie heute mitgeredet hatte über Politik und Wirtschaft. Sie war die klügste Frau, die er kannte. Und die schönste. Nur merkwürdig, dass sie jetzt so still war. Irgendetwas hatte sie doch?

Zu Hause ging sie gleich nach oben, während Viktor noch für Egon einen Zettel unter der Tür durchschob, dass das Frühstück ausfallen konnte. Sie zog sich aus, als er ins Schlafzimmer kam, und Viktor ging derweil ins Bad. Als er zurückkam, lag sie im Bett, zusammengekrümmt wie ein Kind. Er legte den Arm um sie und drehte sie sachte zu sich. Da sah er, dass sie weinte.

»Paula, Liebes, was ist los mit dir?« Er streichelte ihr Haar. »Geht's dir nicht gut?«

Sie schüttelte den Kopf, und dann brachen kleine, trockene Schluchzer nur so aus ihr heraus. Verzweifelt klammerte sie sich an ihn, während er sie in den Armen wiegte und leise, beruhigende Laute ausstieß. Es dauerte lange, bis ihr Weinkrampf nachließ und sie ruhiger wurde.

»Sag's mir«, flüsterte Viktor schließlich in ihr Ohr, »sag mir, was dich plagt, Liebes.«

Sie blickte zu ihm auf, ihre Augen waren ganz schwarz verschmiert. »Meinst du, jetzt gibt es wieder Krieg?«, fragte sie.

»Kann ich mir nicht vorstellen.« Er schüttelte den Kopf. »Das kann sich keiner mehr leisten. Die werden eine andere Lösung finden.«

»Aber wenn doch …«

Er holte ein Taschentuch aus dem Nachtkästchen und wischte ihr Gesicht sauber. »Sei ganz ruhig. Der Krieg ist ein für allemal vorbei.«

Sie putzte sich mit demselben Taschentuch die Nase. »Alles ist so schwierig geworden seit dem Krieg«, sagte sie leise. »Ich hab Angst, Viktor. Alles ist so unsicher, allen geht es schlecht. Überall so viel Hetze, so viel Hass. Und ich …« Sie fing wieder an, zu schluchzen. »In so eine Welt will ich kein Kind setzen«, stieß sie hervor.

Viktor erstarrte, und dann wurde sein Blick ganz weich. »Paula, heißt das …?«

Sie nickte unter Tränen, und dann hielt er sie ganz fest und weinte mit ihr, vor Glück.

Später lagen sie engumschlungen da und sahen durchs Fenster die Sonne aufgehen. Und Viktor schwor sich, sie und das Kind, das kommen würde, zu beschützen, solange er Atem in sich hatte.

Kapitel 22

Aus den Lebenserinnerungen von Fritz Ribot, begonnen 1921

Es war ein Wahnsinn. Stresemann rief die Bevölkerung zum passiven Widerstand auf. Sabotageaktionen wurden von Freikorpslern durchgeführt, Anschläge auf französische Bahntransporte und Ähnliches. Die Regierung rief alle Arbeiter des Ruhrgebiets zum Streik auf, und sie folgten. Das konnten sie nur deshalb, weil ihnen der Staat aus der ohnehin schon leeren Kasse den Lohn weiterzahlte – mit frischen Geldscheinen, die schon nach Tagen das Papier nicht mehr wert waren, auf dem sie gedruckt waren. Aber natürlich ließen sich die Siegermächte durch diesen »Ruhrkampf« nicht aus dem Konzept bringen. Sie gaben in ihren Reparationsforderungen nicht nach. Also brachte die Regierung immer mehr Geld in Umlauf, für das es keine Gegenwerte im Land gab. So begann der Teufelskreis der Inflation. Preise und Löhne explodierten. Im Juni schon kostete ein Ei achthundert Reichsmark, 1 Kilo Kartoffeln 5000 Reichsmark. Im Juli musste man für einen Dollar eine Million Mark zahlen. Unser Geld war Spielgeld geworden. Was das für eine Firma bedeutet, die Rohstoffe aus dem Ausland kaufen muss, kann sich jeder vorstellen. Wir hatten noch vor dem Ruhrkampf Aktienemissionen über 10 Millionen Mark getätigt, weil die Nachfrage da war und wir gute Geschäftsprognosen hatten. Für diese 10 Millionen bekamen wir im Sommer 23 grad noch einen Satz Briefmarken. Es gab kein Halten mehr. Die deutsche Wirtschaft brach zusammen.
Das Jahr 1923 wurde zum Katastrophenjahr für die Firma. Wir alle warteten nur noch auf den totalen Ruin. Im Frühjahr lag der Seifenverkaufspreis unter den Gestehungskosten. Mein Anliegen war, so viele Arbeiter aus der Belegschaft wie möglich weiterzubeschäftigen, und ich stemmte mich im Aufsichtsrat vehement gegen Entlassungen. Stattdessen verkauften wir Maschinen und Mobiliar, einen der Fünftonner-Lkws, die Reichelswiese am Ostanger. Wir stellten die Werbung ein und ordneten Kurzarbeit an. Wir nahmen Hypotheken auf alle Immobilien auf. Neue Fusionsver-

handlungen, die ich diesmal mit der Seifenfabrik Luhr in Barmen begonnen hatte, scheiterten im Juli. Und da war keine Aussicht auf Besserung.

Man kann sich das kaum vorstellen. Die Inflationsspirale drehte sich immer schneller. Wenn ich am Ende der Woche meine Arbeiter ausbezahlte, stürmten sie wie die Irren mit der Lohntüte in der Hand in die Stadt, um für ihr Geld wenigstens noch ein bisschen etwas zu bekommen. Die Menschen rechneten bald mit Bündeln statt mit Scheinen. Ich habe Leute Geld mit Schubkarren und in Kinderwagen transportieren sehen. Die Schwabacher Fabriken – auch wir – gaben eigenes Notgeld heraus. Blechmünzen, mit denen man dann im Konsum einkaufen konnte. In Nürnberg kostete eine Fahrt mit der Straßenbahn 10 Milliarden Reichsmark, ebenso viel wie ein Laib Brot. Die Feinunze Gold stieg auf 80 Billionen Reichsmark. Es war unfassbar. Mein Alltag war nur noch von Zahlenwahnsinn geprägt. Die Billion, eine Zahl mit zwölf Nullen, entzieht sich jedem Vorstellungsvermögen, auch dem eines Geschäftsmanns.

Im Herbst 23 war die schiere Menge an Geldscheinen an den Lohntagen nicht mehr zu bewältigen. Wir holten das Geld mit dem Lastwagen von der Bank. Es gab Hunger-Demonstrationen, Arbeitslosenunruhen, Plünderungen. Lebensmitteltransporte wurden ausgeraubt. Um Nürnberg herum bewachte die Polizei Kartoffeläcker. Schließlich kostete ein Ei unvorstellbare 300 Milliarden Reichsmark, ein Dollar entsprach vier Billionen. Es kam billiger, die Wände mit Banknoten zu tapezieren als mit Tapeten. Deutschland war zahlungsunfähig.

Da endlich verkündete unser neuer Reichskanzler Stresemann im September den Abbruch des Widerstands an der Ruhr. Danach konnte eine neue Währung geschaffen werden: die »Rentenmark«. Wir setzten all unsere Hoffnungen auf das neue Geld.

Kapitel 23
1923

Es war der 9. November 1923. Ben trat aus der Haustür in der Münchner Reichenbachstraße und wünschte seiner Vermieterin, die gerade ihren Kopf aus dem Parterrefenster steckte, einen guten Tag.

»Gut? Geh, hören S' auf!« Die ältere Frau winkte ab. »Heut ist der Teufel los in der Stadt. Haben Sie's noch nicht gehört? Die Regierung soll abgesetzt sein. Wenn ich Sie wär, ich tät daheimbleiben.«

Ben ging trotzdem los. Die Alte konnte manchmal ganz schön komisch sein, aber das Zimmer, das er bei ihr bewohnte, war zentral und billig. Seit September war er nun schon in München und hatte ein Studium begonnen, das ihn nicht im Geringsten interessierte. Nach dem Abitur im Sommer hatte er einen schlimmen Streit mit seinem Onkel Fritz und seinem Bruder Eugen gehabt. Er hatte sich gewehrt, so gut es ging, aber die beiden – und am Ende noch seine Mutter – hatten ihn schließlich mit mehr oder weniger sanfter Gewalt dazu gebracht, seinen Traum von der Kunstakademie zu begraben. Stattdessen hatte er im Dienste der Firma ein Studium der Ingenieurwissenschaften an der Technischen Hochschule in München aufgenommen und war kreuzunglücklich darüber.

Jetzt ging er Richtung Innenstadt und bemerkte sofort die merkwürdige Stimmung auf den Straßen. Leute liefen hin und her, Ladenbesitzer räumten hektisch ihre Auslagen ein, Lastkraftwagen fuhren vorbei, auf deren Ladeflächen bewaffnete Polizisten oder Reichswehrsoldaten standen. Auf dem Gärtnerplatz war ein Trupp Freikorpsler in langen Militärmänteln postiert, die unschlüssig herumstanden und rauchten. Männer rannten mit Fahnen in den Händen Richtung Marienplatz – roten Fahnen, die in der Mitte einen weißen Kreis hatten, darin ein schwarzes Hakenkreuz. Ben erinnerte sich, dass dies die Flagge der Nationalsozialisten war, man sah sie in letzter Zeit immer öfter. Was hatte das alles zu bedeuten? Rasch überquerte er den Viktualienmarkt, dessen Buden fast alle geschlossen und notdürftig verrammelt waren. Beinahe hätte ihn ein Panzerwagen umgefahren, der in halsbrecherischem Tempo vorbeibrauste, am Heck ein selbstgemaltes Plakat mit der Aufschrift: »SA für Hitler«. Als er den Marienplatz erreichte, hatte sich dort bereits eine große Menschenmenge versammelt, irgendwo ganz vorne hielt jemand eine Rede, von der Ben kaum etwas hören konnte. Jemand drückte ihm ein zerfleddertes Flugblatt in die Hand, und er las:

»Proklamation an das deutsche Volk!
Die Regierung der Novemberverbrecher
ist heute für abgesetzt erklärt worden.
Eine provisorische deutsche Nationalregierung ist gebildet worden,
diese besteht aus
General Ludendorff, Adolf Hitler, General von Lossow,
Oberst von Seißer.«

Das war ja ungeheuerlich! Ben war wie vom Donner gerührt. Was ging denn da vor sich? Er fragte einen Herrn in dunklem Anzug und Melone, der neben ihm stand. Der Mann war vor Aufregung ganz rot im Gesicht. »Die Nationalsozialisten haben gestern Abend eine Veranstaltung der Regierung im Bürgerbräukeller gestürmt!«, rief er. »Da ist geschossen worden. Offenbar haben sie Generalstaatskommissar von Kahr und etliche Minister in ihre Gewalt gebracht. Sie erklären die Bayerische und die Reichsregierung für abgesetzt. Jetzt geht's los, Junge, jetzt wird alles besser!« Er drehte sich wieder weg und rief gemeinsam mit der Menge aus vollem Halse hurra.

Ben drängte sich weiter vor, um die Rede besser hören zu können, kam aber irgendwann nicht mehr voran. Überall waren Männer in braunen Uniformen, mit Hakenkreuz-Armbinden und Stahlhelmen auf den Köpfen. Sie wirkten bedrohlich und zum Äußersten entschlossen. Ben fühlte sich unbehaglich. Er zwängte sich durch bis an den Rand der Menschenmenge, und dann sah er von der Ludwigsbrücke her eine große Schar Demonstranten stramm heranmarschieren, die irgendwelche Parolen skandierten. Voran in geschlossener Reihe schritten etliche Männer in Zivil, mit Hüten und langen Staubmänteln. Einer davon trug ein schmales, dunkles Oberlippenbärtchen – das konnte, nach den Bildern zu deuten, die Ben aus den Zeitungen kannte, dieser Hitler sein, einer der Führer der NSDAP. Die Menge auf dem Marienplatz teilte sich und bildete eine Gasse, durch die die

Neuankömmlinge marschierten. Dann drängen alle hinterher. Ben ließ sich wohl oder übel mitziehen. Jemand fragte ihn, was los sei, und er zuckte die Schultern. »Keine Ahnung. Revolution?«

Ein Uniformierter gab die Antwort. »Wir haben's geschafft!«, jubelte er. »Die Beseitigung der Republik! Jetzt errichten wir eine nationale Diktatur gegen Juden und Marxisten!«

»Wer ist ›wir‹?«, fragte Ben nach.

»Die NSDAP. Hitler und Ludendorff. Alle aufrechten Deutschen!«

Die Menge strebte ein Stück Richtung Stachus und bog dann in die Weinstraße ein. Hier stockte der Marsch. Ben war ziemlich weit vorne. Jemand begann, die »Wacht am Rhein« zu singen, und alle fielen ein. Die Stimmen brausten auf, umgaben Ben, breiteten sich aus. Auf einmal war es ein Taumel, in den er geriet. So viele Menschen, alle gemeinsam, alle begeistert für ein Ziel! Wie konnte man sich dem entziehen? Da waren so viele Gefühle, es trieb Ben die Tränen in die Augen. Mitmachen, mitlaufen, mitsingen, das war das Einzige, was zählte. Ein Teil dieser Masse zu sein, einer unter vielen, einer, auf den es ankam! Ein Schwall Liebe stieg in ihm auf, er liebte den jungen Mann, der neben ihm ging, er liebte die, die führten, er liebte alle, die mitmarschierten.

Wieder stockte der Zug. Ganz vorne erkannte Ben Barrikadenaufbauten; Palisaden, Bretter, Stacheldraht. Eine Kanone! Dahinter quer gestellte Armeefahrzeuge, Soldaten mit schussbereiten Gewehren. Angst durchfuhr ihn, abrupt wich seine Euphorie, doch wo sollte er hin? Schon zog und schob ihn die Menge weiter, nach rechts in die Perusastraße hinein, dann wieder links in die Residenzstraße. Ben kannte sich in München noch nicht so gut aus, aber er wusste, dass es jetzt auf den Odeonsplatz zuging. Vorher hatte die Polizei noch eine Absperrkette gebildet, die ohne größeres Handgemenge einfach von der marschierenden Masse durchbrochen wurde.

Nach einer halben Stunde hatten sie die Feldherrnhalle erreicht. Es war 12 Uhr 45. Bens Hochstimmung von vorhin war inzwischen verflogen, besorgt entdeckte er vor dem großen dreibogigen Triumphbau Verbände der bayerischen Landspolizei. Irgendjemand rief: »Zurück! Alles zurück!« Plötzlich fielen Schüsse. Panik brach aus. Leute rannten durcheinander, Ben hörte Schreie, Kommandos, weitere Schüsse. Nervös versuchte er, wegzukommen, wusste nicht, in welche Richtung, drängelte irgendwohin und versuchte, sich von der Menge abzusetzen. Vor ihm stürzte jemand, er versuchte, über ihn zu steigen, verlor das Gleichgewicht und ging zu Boden. Jemand trampelte auf seinen Knöchel, ein stechender Schmerz durchfuhr ihn, er stöhnte. Ein anderer Mann half ihm auf, zerrte ihn hoch und rannte dann davon. Ben humpelte weiter, hielt auf den Hofgarten zu. Männer drängten heran, überholten ihn, jeder suchte sein Heil in der Flucht.

Und dann war plötzlich alles vorbei. Ben ließ sich im Hofgarten auf den Rasen fallen und rang nach Luft. Er hatte seine Studentenmütze verloren, und sein Schal war zerrissen. Es roch nach Pulver. In seinem Kopf schwirrte es. Wo war er da hineingeraten? Warum war er überhaupt mitgelaufen? Er hatte doch nur zur Vorlesung gehen wollen. Er begriff sich selber nicht. Er wusste nur eins: hier wollte er nicht sein. Er wollte nicht in München leben, nicht an die Technische Hochschule gehen, er hasste das alles. Er wollte doch nur auf die Kunstakademie, sonst nichts. Sein Knöchel hämmerte. Seine Kehle schnürte sich zu, immer enger, bis sich seine Anspannung endlich löste und Tränen der Wut über seine Wangen flossen.

Von irgendwoher drang eine Lautsprecherstimme an sein Ohr. »An alle Bürger von München! Der staatsfeindliche Putschversuch ist abgewendet. Militär und Polizeikräfte sorgen für Ordnung. Die Regierung ist weiterhin im Amt. Ruhe ist jetzt erste Bürgerpflicht!«

Ben rappelte sich auf und hinkte heim.

Kapitel 24
1924

»Nach dem letzten Jahr hätt ich nicht gedacht, dass ich das noch erlebe.« Fritz stand neben Eugen in der Fabrikhalle und betrachtete mit leuchtenden Augen die neuen Maschinen, die in den Tagen vorher geliefert und installiert worden waren. Mit der linken Hand strich er liebevoll über den Rand eines der riesigen silberglänzenden Siedekessel. Es war Pfingstsamstag, kein Arbeiter da, Stille im ganzen Gebäude.

»Ich auch nicht, ganz ehrlich«, sagte Eugen. »Jetzt siehst du hoffentlich ein, dass es die richtige Entscheidung war, eine AG zu gründen. Ohne die Einlagen der Aktionäre hätten wir die Hochinflation nicht überstanden.«

»Hast ja recht. Wir wären spätestens im Sommer '23 insolvent gewesen.« Fritz bückte sich und inspizierte die riesigen Ablassventile. Dann richtete er sich mit einem Ächzen wieder auf. »Aber die Rettung war schließlich die Rentenmark. In letzter Minute. Länger hätten wir auch mit dem AG-Kapital nicht mehr durchgehalten.«

Eugen nahm seine Brille ab und begann, sie mit seinem großen weißen Stofftaschentuch zu putzen. »Wie ist eigentlich unser aktueller Schuldenstand?«, fragte er.

»Quasi null«, antwortete Fritz. Durch die extreme Abwertung waren die Verbindlichkeiten der Firma auf einen reinen Symbolwert zusammengeschmolzen. Genau wie die Kriegsschulden des Kaiserreiches: Von unvorstellbaren 154 Milliarden Mark hatten sie gerade einmal den Wert von 15,4 Rentenpfennigen.

Fritz fiel es immer noch schwer, zu begreifen, was sich im letzten Jahr in der Wirtschaft abgespielt hatte. Der Existenzkampf der Firma hatte ihn fast alle Energie gekostet. Aber nun blickte auch er optimistisch in die Zukunft. Die Verkaufszahlen stiegen wieder, der Markt stabilisierte sich. In ganz Deutschland ging es wieder aufwärts, überall spürte man neue Energie, neue Hoffnung. »Du hast doch mit den Elektrikern gesprochen«, sagte Fritz. »Wann ist der Innenausbau in der Walpersdorfer Straße fertig?«

»Sie schließen nächste Woche die Schalttafeln an. Außerdem legen sie den Telefonanschluss zum Pförtnerhaus. Die Klempner kommen am 1. Juli, der Gleisanschluss wird spätestens Anfang September fertig.«

»Ah, hier steckt ihr!« Ben war vom Hof aus durch die Seitentür eingetreten. »Wo auch sonst?«

Fritz freute sich, seinen jüngsten Neffen einmal wieder zu sehen. »Wir haben schon gedacht, du kommst gar nicht mehr heim!«

Ben umarmte ihn und Eugen. »Hab erst heut morgen einen Platz im Zug erwischt. Alles will zu Pfingsten aus München weg. Und ihr – schmiedet ihr schon wieder Pläne?«

Eugen machte eine ausladende Bewegung mit beiden Armen. »Schau dich um, Brüderchen! Die neuen Maschinen! Noch drei, vier Monate, dann kommt der große Umzug aufs neue Fabrikgelände!«

Ben interessierte sich nicht sonderlich für die neuen Maschinen, verlieh aber pflichtschuldigst seiner Bewunderung Ausdruck. »Dann können wir nach dem Umzug ja auch endlich die Verlobung von Lisbeth und Jacob feiern«, pirschte er sich anschließend vor. Lisbeth hatte ihn gleich nach seiner Ankunft gebeten, für sie das Terrain zu sondieren. Sie hatte Jacob vor zwei Monaten der Familie vorgestellt, aber alle hatten zurückhaltend reagiert. Besonders ihrem Bruder Eugen war die Beziehung der beiden ein Dorn im Auge.

»Nur mal langsam«, brummte er jetzt. »Da hab ich als Lisbeths Vormund wohl auch noch ein Wörtchen mitzureden.«

»Der Jacob ist ein anständiger Mensch …«, begann Ben, aber Eugen unterbrach ihn: »Ein Hungerleider ist er. Und Jude.«

»Seit wann hast du was gegen Juden?«, fragte Ben.

»Ich hab gar nichts gegen Juden«, brauste Eugen auf. »Aber die ganze Welt.«

»Ach, und deshalb …«

Fritz legte seinem jüngsten Neffen begütigend die Hand auf den Arm. »Wir gönnen der Lisbeth ihr Glück und wollen nur ihr Bestes, Ben, das weißt du. Aber eine Heirat muss gut überlegt sein. Tatsächlich haben die Juden derzeit schwer zu kämpfen. Es gibt politische Kreise, die das Judentum in Deutschland nicht haben wollen. Und die in ihrem Hass keine Grenzen kennen. Denk an die Ermordung Rathenaus! Die NSDAP …«

»… ist seit dem Hitlerputsch verboten«, warf Ben ein.

»Schon, aber sie lebt in Tarnorganisationen fort. In Schwabach hat sich kürzlich der ›Antisemiten-Cub‹ gegründet – aus lauter ehemaligen Mitgliedern der NSDAP. Und die Feinde der Juden finden sich auch in anderen Parteien. Da braut sich was zusammen. Lisbeth muss sich genau überlegen, was sie will. Es kann in Deutschland zukünftig schwer werden, die Frau eines Juden zu sein.« Oder der Mann einer Jüdin, dachte Fritz und sah Viktor und Paula vor sich.

»Lass gut sein, Ben«, sagte Eugen. »Wir besprechen das mit Lisbeth und Mutter heut Abend beim Essen.«

»Na gut.« Ben nickte.

»Aber was ganz anderes!« Fritz kratzte sich am Kinn. »Der Eugen und ich, wir haben uns überlegt … na ja, wir wollten dich fragen, ob du uns vielleicht Entwürfe für neue Plakate machen könntest. Wir wollen wieder mit der Werbung anfangen, und du kannst doch so gut zeichnen …«

Ben traute seinen Ohren nicht. Da war sein Talent seit jeher nicht gewürdigt worden, man hatte ihn nie ernst genommen, er hatte nicht auf die Akademie gehen dürfen, und nun kam plötzlich dieses Angebot? Einen Augenblick überlegte er, ob er aus gekränktem Stolz ablehnen sollte, aber er war noch nie ein nachtragender Mensch gewesen und beschloss, sich einfach über den Sinneswandel zu freuen. »Selbstverständlich«, sagte er. »Das mach ich doch gerne.«

»Kriegst auch ein bisschen Geld dafür«, meinte Eugen gnädig.

»Oh, herzlichen Dank auch, Chef«, grinste Ben.

Fritz war glücklich über das neue Einvernehmen. Die Sache mit den Werbeplakaten war seine Idee gewesen. Er wünschte sich so sehr, dass die Familie wieder vereint wäre.

Ach, wenn nur Julius wieder zurückkehren würde, überlegte er. Es musste doch einen Weg zur Versöhnung geben, auch wenn er noch so schwierig war. Fritz kannte seinen Neffen, er wusste, wie stur Julius sein konnte. Wenn er dieses Mädchen liebte, würde er keine Kompromisse eingehen. Also würden Eugen und Gusti nachgeben müssen. Er nahm sich vor, bei guter Gelegenheit mit den beiden zu reden. In Gottes Namen, dachte er, soll die Clara Gruber halt auch dazugehören. Dann wäre alles wieder so, wie es sein soll. Dann kann ich mich im nächsten Frühjahr getrost auf mein Altenteil zurückziehen und mit der Luise meinen Lebensabend genießen.

Kapitel 25

Aus den Lebenserinnerungen von Fritz Ribot, begonnen 1921

Über der ganzen furchtbaren Anstrengung des Jahres 1923 habe ich ganz vergessen, zu erwähnen, dass ich am 30. September 1923 erneut Großvater wurde. Nun war mir diese Funktion in der Familie ja nicht mehr ganz neu – ich hatte ja schon zwei Enkelinnen von Käthchen und diesem Nichtsnutz, dessen Namen ich gar nicht mehr aussprechen mag, sowie sage und schreibe fünf Enkelkinder von Tilly und Karl –, aber dieses Kind war für mich etwas ganz Besonderes. Ich kann meine Rührung gar nicht beschreiben, als mir Paula zum ersten Mal ihr winziges Töchterchen in die Arme legte. »Sie heißt Alexandra«, lächelte sie und sah Viktor dabei mit strahlenden Augen an. »Unsere Sascha«, sagte Viktor, und da traten mir die Tränen in die Augen. Ja, so lebt die Liebe meiner Jugendzeit in diesem Kind weiter. Und die Kleine kam auch tatsächlich nach ihrer russischen Großmutter mit den dichten schwarzen Flaumhaaren, den blauen Augen und dem feinen Gesichtchen.
Gestern haben wir ihren ersten Geburtstag gefeiert, und was soll ich sagen? Sie hat an meiner Hand ihre ersten Schrittchen gemacht. Luise hat ihr ein rosa Kleidchen mit einer großen Seidenschleife genäht, in dem sie aussieht wie eine Prinzessin.
Während die Kleine dann friedlich ihren Mittagsschlaf hielt, saßen wir bei Kaffee und Kuchen. Luise zeigte Paula die neuesten Stoffmuster, Viktor und ich pafften gemütlich an unseren Zigarren und sprachen über die letzten Reichstagswahlen, bei denen die SPD in Schwabach mit über 38 % der Wählerstimmen stärkste Partei geworden war. Ich erzählte, dass ich gerade eine Liste der einzuladenden Gäste für die Einweihungsfeier der neuen Fabrik aufstellte, die am 18. Oktober stattfinden sollte. Ob es wohl zu vermessen wäre, den Minister für Handel, Industrie und Gewerbe um ein schriftliches Grußwort zu bitten? Luise meinte ja, aber Viktor erzählte, er habe Wilhelm von Meinel neulich bei einer Konferenz in München kennengelernt, und bot an, ihm zu schreiben.
Beim Spaziergang mit Kinderwagen erzählten wir dann Viktor

und Paula von unseren Zukunftsplänen. »Ein paar Angebote habe ich schon, ein Haus am Spitzingsee, zwei am Chiemsee und eines am Ammersee. Wir wollen Platz genug haben, dass auch Gäste übernachten können. Wäre das nicht eine schöne Sommerfrische für euch beide und die kleine Sascha?«
Viktor und Paula freuten sich mit uns. »Vorsicht!«, warnte Viktor. »Wir kommen euch dort so oft besuchen, dass wir zur Plage werden.«
Glücklich fuhr ich mit meiner Luise nach Schwabach zurück. »Bald beginnt unsere schönste Zeit«, sagte ich zu ihr.

Hier enden die Tagebuchaufzeichnungen.

Kapitel 26
1924

Am 13. Oktober 1924 regnete es in Franken den ganzen Tag ohne Unterlass. Aus schwarzen Wolken prasselten dicke Tropfen mit solcher Macht herab, dass kein Regenschirm mehr half. Keinen Hund hätte man bei diesem Wetter vor die Tür gejagt. Die Schwabach, sonst ein harmloses Flüsschen, schwoll auf ihrem Weg von Heilsbronn nach Osten immer mehr an. In Unterreichenbach trat sie erstmals über die Ufer; was nicht auf den Feldern versickerte, floss durch den Wiesengrund auf die Stadt zu und rauschte durch die Schwibbögen der Einflussbrücke. Bald stand die Wöhrwiese unter Wasser, und die Untergeschosse der Häuser am Ufer liefen voll.

Fritz machte vor dem Zubettgehen seinen üblichen Rundgang durch die Fabrik. Der Regen hatte seit einer Stunde nachgelassen, und in der Stadt hatte man aufgeatmet: Die Schäden durch das Hochwasser würden sich in Grenzen halten, so wie meistens. Nur auf der Wöhrwiese und in der Bachgasse würden die Anwohner und die Freiwillige Feuerwehr wohl noch die ganze Nacht damit beschäftigt sein, Keller auszuschöpfen.

Gewissenhaft kontrollierte Fritz Türen, Tore und Fenster. Er ging eigens noch einmal zur »Alten Farb« hinüber, die direkt an das Flussbett angrenzte, und sah nach, wie hoch das Wasser stand. Es war lediglich bis zur halben Höhe des kleinen Ufermäuerchens gestiegen, also kein Grund zur Besorgnis. Auch sonst war alles in Ordnung, nur in der Schwalbenseifen-Abteilung hatte jemand vergessen, das Licht auszuschalten. Fritz ärgerte sich. Immer ließ einer aus der Belegschaft irgendwo das Licht brennen, Menschenskind, was das Strom kostete! Ist ja nicht euer Geld, brummte Fritz vor sich hin. Er hörte, wie es vom Kirchturm zehn Uhr schlug und merkte erst jetzt, wie müde er war. Die letzten drei Tage hatte er damit verbracht, den Inhalt sämtlicher Büroschränke in Kartons und Kisten zu verpacken, hatte den Umzug der Registratur in die neuen Räume in der Walpersdorfer Straße überwacht und Eugen dort beim Einräumen geholfen. Morgen und übermorgen würde der Umzug der Maschinen folgen, am Tag danach der des Labors und aller gelagerten Rohstoffe. Es war eine große Anstrengung, und Fritz taten jetzt schon alle Knochen weh, aber er war voller Vorfreude, ja beinahe aufgeregt wie ein Schulbub. Sein Traum von der neuen, modernen Fabrik würde in diesen Tagen endlich wahr werden.

Als er über den Hof zum Hintereingang des Wohnhauses zurückging, hatte es aufgehört zu regnen. Schnaufend stieg er die Treppe hoch, ging ins Schlafzimmer und zog sich aus. Im Schlafanzug sah er noch einmal aus dem offenen Fenster und machte ein paar tiefe Atemzüge. Die Luft war frisch und kühl, von allen Dächern tropfte es, und am Himmel blitzte hier und da ein Stern hinter den Wolkenbänken vor. Zufrieden knipste Fritz das Nachttischlämpchen aus und legte sich ins Bett. Morgen pünktlich um acht Uhr würden die schweren Transport-Lastwagen der Speditionsfirma Bonn & Söhne vor der Tür stehen.

Das kleine Wehr auf Höhe der »Alten Farb« gab es schon seit fast zweihundert Jahren. Damals hatten die Besitzer der Farbmühle eine kleine Ableitung graben lassen, um Wasser aus der Schwabach in den Hof leiten zu können. Nach dem Kauf der »Alten Farb« im Jahr 1863 hatte Philipp Ribot die Holzteile erneuern lassen, aber seit dem Anschluss des ganzen Viertels an das städtische Wasserleitungssystem in den achtziger Jahren hatte sich niemand mehr darum gekümmert. Das Wehr war längst brüchig und marode geworden. Nun tat der Druck der Wassermassen ein Übriges. Zwar hatte der Regen längst aufgehört, aber gegen Mitternacht hatte die immer noch anhaltende Strömung hinter der Fleischbrücke einen Holzschuppen unterspült. Das Wasser hatte Bretter und Trümmer mit sich gerissen, die sich am Ausflusssteg verfingen. Der Pegel der Schwabach begann wieder zu steigen, und niemand bemerkte es. Nur auf der Wöhrwiese wunderten sich die Männer, die in den Kellern Wasser schöpften, dass sie auf einmal nicht mehr nachkamen.

Gegen ein Uhr nachts brach das Holz des kleinen Farbmühlen-Wehrs ein. Das Wasser strömte ungehindert in den Hof der »Alten Farb«, suchte sich seinen Weg über tieferliegendes Pflaster und floss ins Kalklager der Seifenfabrik. Höher konnte es nicht mehr steigen.

Es dauerte nicht lange, und zwanzig Zentner ungelöschten Kalks entwickelten eine Hitze von 180 Grad. Kurze Zeit später begann ein daneben achtlos hingeworfener leerer Rupfensack zu qualmen. Ein erstes Flämmchen züngelte empor, dann ein zweites. Um halb zwei Uhr nachts brannte es im Lager lichterloh.

»Hierher!« Fritz dirigierte im Schlafanzug die ersten Helfer, die in den Hof gerannt kamen, während Eugen schon die ersten Wassereimer durchs Fenster in die Schlosserei schüttete. Das Kalklager, die Schreinerei und die Packerei standen in Flammen, Funken stoben, schwarze Rauchsäulen stiegen aus den brennenden Gebäuden in den Nachthimmel. Immer mehr Nachbarn strömten in den Fabrikhof. Die meisten hatten Löscheimer dabei, und Fritz schickte sie zur Pumpe vor dem Maschinenhaus.

»Eimerkette!«, brüllte jemand, und die Leute formierten sich. Fritz spürte Panik in sich aufsteigen.

»Wo bleibt die Feuerwehr?«, rief er verzweifelt.

»Sind alle auf der Wöhrwiese beim Schöpfen!«, keuchte jemand als Antwort.

Fritz erkannte im flackernden Feuerschein Leo, der in Hose und Unterhemd an der Pumpe stand und den Schwengel betätigte. Die Eimerkette funktionierte inzwischen, und dennoch ging alles viel zu langsam. Das Feuer toste, der Lärm war ohrenbetäubend, die Hitze im Hof unerträglich. Die Männer kämpften im zuckenden Schein der Feuersbrunst, wieder und wieder schleuderten sie das Löschwasser gegen die Flammen. Doch mit jeder Minute erkannte Fritz deutlicher, dass die nördlichen Gebäude der Fabrik nicht mehr zu retten waren. Es war eine Frage der Zeit, wann die Flammen das Talglager erreichten. Dort lagerten mehrere Tonnen Öle und Fette – der reinste Brennstoff. O Gott, dachte er voller Entsetzen, o Gott, lass das nicht zu!

»Wir müssen das Talglager schützen!«, schrie er und winkte die Helfer wild gestikulierend vom Feuer weg. »Spritzt das Dach und die Mauer nass!« Er hustete und spürte, wie sein Herz raste. Eugen stürmte mit einem Stapel nasser Planen heran; gemeinsam rannten sie zum Maschinenhaus und warfen sie schützend über den Dynamo und die Dampfmaschine. Und Fritz wusste doch genau, wenn die Flammen erst hierherkamen, würde das nichts nützen. Er lief wieder nach draußen. Schwarze Rauchschwaden waberten über dem Hof; man konnte nur noch schemenhaft Gestalten erkennen. Alles schrie durcheinander. Da war Gusti im Nachthemd, ihr weißes Haar hing wirr bis auf die Schultern.

»Geh rein!«, brüllte Fritz ihr zu. »Sofort!«

Da endlich kam der erste Feuerwehrwagen durch die Toreinfahrt. Männer sprangen ab, entrollten den Schlauch. »Dort drüben hin!«, rief Eugen. »Zum Talglager! Sonst brennt die ganze Fabrik!«

Im selben Augenblick zerriss Lärm wie ein Donnerschlag die Nacht. Die Fensterscheiben des Talglagers barsten; Flammen schlugen aus den Öffnungen. Leo hielt am Pumpschwengel inne und richtete sich auf. Er war viele Jahre bei der Turnerfeuerwehr gewesen und wusste, wann es Zeit war, ein brennendes Gebäude aufzugeben. »Schützt die Wohnhäuser!«, rief er heiser. »Wasser auf die Häuser!«

»Bist du wahnsinnig?« Fritz tauchte neben ihm auf, das Gesicht schwarz vom Ruß, die Augen so weit aufgerissen, dass man das Weiße sah. Er packte Leo am Arm. »Die Fabrik!«

»Die Fabrik ist nicht mehr zu retten!«, krächzte Leo zurück und brüllte noch einmal: »Männer! Schützt die Wohnhäuser!«

Die Eimerkette formierte sich neu.

Ein Schrei entrang sich Fritz' Mund. Er würde die Fabrik nicht aufgeben. Nie! Er riss Leo einen vollen Eimer aus der Hand und lief auf die Siederei zu. »Mir nach!«, wollte er rufen, brachte aber nur ein heiseres Krächzen zustande. Irgendwo krachte es ohrenbetäubend, und Fritz fuhr herum. Er sah, wie das Dach des Talglagers einbrach. Hinter dem Lager stand schon die alte Kutschenremise in Flammen. Die Feuerwehrleute versuchten, ein Übergreifen des Feuers auf das Russlerhaus zu verhindern. Die hölzerne Rampe zur Siederei hin brannte schon, und Fritz schüttete mit Schwung Wasser auf die Flammen. Er drehte sich um und bemerkte, dass er der Einzige war. Alle anderen gehorchten Leos Befehl. Selbst Eugen war nicht da; er stand neben dem neuangekommenen zweiten Feuerwehrwagen und half dabei, Wasser gegen die Wände und auf das Dach des Ribot-Wohnhauses zu spritzen. Verloren, sagte eine Stimme in Fritz' Kopf. Vorbei und verloren. Alles. Fritz konnte sich auf einmal nicht mehr bewegen. Er rang nach Luft. Mit hängenden Armen stand er da wie gelähmt und blickte sich in dem Inferno um. Der Rauch biss in seinen Augen, vor lauter Tränen konnte er kaum etwas sehen. Die Gebäude im nördlichen Fabrikareal waren schon halb zusammengestürzt, bis auf die »Alte Farb«, aus deren Kellerschächten Wasser hochstieg. Erst jetzt merkte Fritz, dass er mit seinen Hausschuhen im Wasser stand. Und nun wurde ihm auch klar, was den Brand ausgelöst hatte. Das Wehr! Ich bin schuld, dachte er. Ich hätte das auf meinem Kontrollgang sehen müssen. Aber ich war zu müde, um noch um die »Alte Farb« herumzugehen. Ich hätte es doch wissen können. Ihn schwindelte, und er hielt sich am Heck des ersten Feuerwehrwagens fest. Das konnte doch nicht sein! Er träumte das alles nur! Aber er spürte die Hitze auf seiner Haut, er roch den Brandgeruch, er sah die schwarze Asche auf seinem Hemd. Jemand schrie, und dann zersprangen die Scheiben aller Fenster in der Siederei. Aus. Das war das Ende. Die neuen Kessel, die Pressen, die Trockenanlage, die Schneidemaschinen!

Fritz sank in die Knie und schlug beide Hände vors Gesicht.

Und in diesem Augenblick fiel es ihm ein. Dort drinnen, im Labor über der Siederei, lag sein Rezeptbuch! Das Kostbarste, was er besaß! Sein Heiligtum, das keiner auch nur anfassen durfte. Vollgeschrieben mit dem Schatz all seines Wissens, den Rezepturen, die nur er kannte, die es sonst nie wieder gab.

Er sprang auf, taumelte auf die brennende Siederei zu. Die Tür war halb aus den Angeln, und er kletterte darüber.

Drinnen konnte er so gut wie nichts erkennen. Aber er wusste blind, wo er sich hinwenden musste. Er kämpfte sich durch den Rauch zur Treppe, vorbei an den langen Arbeitstafeln der Ray-Seifen-Abteilung. Die Treppe hoch, dann links durch den Gang. Im Labor zog er die Schublade des Schreibtisches auf. Da lag sie! Eine dicke schwarze Kladde, zerfleddert vom tausendfachen Benutzen, der Umschlag voller Farbflecke. Fritz riss das Rezeptbuch an sich und drückte es an seine Brust. Er sah kurz um sich, dann griff er noch nach dem teuren neuen Mikroskop und stürmte wieder nach unten. Nach Luft ringend durchquerte er die Ray-Abteilung, stolperte über fertiggepackte Seifenkartons, rappelte sich wieder hoch. Weiter, schnell weiter. In der Siederei versperrten die Flammen ihm den Weg. Er versuchte, die Seitentür zu erreichen, doch auch hier kam er nicht weiter. Fritz Lungen brannten, er konnte kaum noch atmen. Seine Verzweiflung verwandelte sich in Todesangst.

»Fritz? Wo bist du?« Eugen blickte sich um. Überall herrschte blankes Chaos, Menschen rannten hin und her, schleppten Wassereimer, schrien durcheinander. Eugen hielt einen der Männer auf. Es war Leo. »Wo ist mein Onkel?«, schrie er ihn an. Leo schüttelte den Kopf.

Gusti packte Eugens Arm. Natürlich war sie nicht im Haus geblieben. »Er ist in die Siederei gelaufen«, rief sie.

Im selben Augenblick deutete einer der Helfer auf das brennende Gebäude. »Da! Da drin ist jemand!«

»Das ist mein Onkel!« Eugen schaute hilflos zum Fenster, wo auch er durch die Rauchschwaden eine Gestalt gesehen hatte. Gusti schluchzte auf und bekreuzigte sich.

Auch Leo hatte die Bewegung in der Siederei gesehen. Er zögerte. Was ging ihn dieser Mensch an? Überhaupt das alles hier? Den Ribots war er nichts schuldig. Er war lediglich als einer von vielen Helfern zur Stelle, weil es in der Nachbarschaft brannte. Das war selbstverständlich. Da! Noch eine Bewegung. Leo sah schemenhaft Fritz' Gesicht hinter einer zerborstenen Fensterscheibe. Verdammt! Der kam nicht mehr heraus! Die Reste der zweiflügeligen Fabriktür standen in lodernden Flammen! Leo kämpfte mit sich. Dann entrang sich ein heiserer Schrei seiner Brust. Er lief los. Unterwegs schnappte er sich einen Lumpen, tauchte ihn in einen vollen Wassereimer und wand sich den Stoff um Mund und Nase. Dann schüttete er sich den

Eimer über den Kopf. »Haltet die Tür feuerfrei!«, schrie er Eugen zu. Dann setzte er mit einem beherzten Sprung durch die brennenden Trümmer in der Türöffnung.

Drinnen rannte Leo fast blind in die Richtung, wo er zuletzt Fritz' Gesicht gesehen hatte. Nichts! Die Hitze wurde unerträglich, versengte seine Haut. Einer der großen Siedekessel glühte orangerot. Es war sinnlos. Leo wollte schon aufgeben und umkehren, da nahm er schräg vor sich eine Bewegung wahr. Hustend kämpfte er sich dorthin durch.

Fritz kauerte an der Wand, das Rezeptbuch an die Brust gepresst. Er war zusammengebrochen, hatte keine Kraft mehr, holte nur noch mühsam Atem. Leo packte ihn und zerrte ihn mit aller Gewalt hoch. »Du verdammter Idiot!«, krächzte er. »Du verdammter, blöder, dämlicher ...!« Mit ungeheurer Kraftanstrengung wuchtete er sich Fritz über die Schulter und wankte mit ihm durch das Feuer.

Als die Tür erreicht hatte, streckten sich ihm helfende Hände entgegen und griffen nach Fritz. Leo fiel keuchend auf die Knie, während zwei Feuerwehrmänner Fritz vorsichtig in sicherer Entfernung auf den Boden legten.

Während sich alle um Fritz kümmerten, rappelte sich Leo mühsam auf. Schwer atmend wischte er sich mit dem nassen Ärmel den Ruß aus den Augen. Ein erleichtertes Grinsen machte sich auf seinem rauchgeschwärzten Gesicht breit. Jetzt brauchte er dringend einen Schluck Wasser. Er wandte sich hinüber zum Wohnhaus, wo Gusti für die Helfer Getränke bereithielt, da sah er aus dem Augenwinkel etwas Dunkles hinter sich auf dem Boden liegen. Das war doch dieses dicke Buch, das Fritz offenbar hatte retten wollen! Es musste wohl etwas Wertvolles sein. Leo drehte sich um, ging zurück und hob es auf. Im selben Augenblick brach plötzlich mit ohrenbetäubendem Krachen das massive Vordach der Fabriktür ein. Ein schwerer Holzbalken traf Leo am Hinterkopf. Stumm brach er zusammen. Er war schon tot, als er den Boden berührte.

Kapitel 27

Aus dem »Schwabacher Tagblatt« vom 15. Oktober 1924

Ein loderndes Flammenmeer

In der Nacht vom 13. auf den 14. Oktober brach in der kgl. bayer. Hofseifenfabrik Ph. Benj. Ribot ein verheerendes Feuer aus. Innerhalb von wenigen Stunden brannte das gesamte Firmenareal mit fast allen Gebäuden nieder. Die Feuerwehr, die wegen Pumparbeiten an der Wöhrwiese erst mit einiger Verspätung eintraf, konnte nur noch verhindern, dass der schreckliche Brand auf die angrenzenden Wohnhäuser übergriff. Bei den Löscharbeiten gab es mehrere Verletzte, die von der Freiwilligen Sanitätskolonne abtransportiert wurden. Ein Toter ist zu beklagen: Der Wirt der »Silbernen Kanne«, Leonhard Gruber, starb bei der heldenhaften Rettung des Kommerzienrats Fritz Ribot aus der brennenden Siederei.

Erst bei Tageslicht offenbart sich das ganze Ausmaß des Unglücks: Das Karree zwischen Nürnberger Straße und Kappadozia ist bis auf die randständigen Wohnhäuser eine einzige Brandruine. Aus den Trümmern steigt noch hie und da Rauch auf; Feuerwehrleute löschen die letzten Brandstellen. Anstelle des Aufsichtsratsvorsitzenden der Ribot AG, Fritz Ribot, der mit einer Brandvergiftung das Bett hütet, erklärt dessen Neffe Dr. Eugen Ribot tieftraurig: »Das Feuer ist die schlimmste Katastrophe, die uns treffen konnte. So kurz vor dem Umzug in die neuen Gebäude in der Walpersdorfer Straße ist alles vernichtet, was unsere Familie in Generationen aufgebaut hat. Alle neuen Maschinen hat das Feuer zerstört, auch die neue Laborausstattung und sämtliche Rohstoffvorräte – das kann die Firma aufgrund ihrer durch die Inflation immer noch angespannten Finanzlage nicht verkraften. Dies ist das Ende der Fabrik nach so vielen Jahren. Wie es weitergeht, kann momentan noch niemand sagen. Um die noch laufenden Kredite bedienen zu können, werden wir wohl das Angebot der Stadtverwaltung annehmen, das neue Fabrikgelände an der Walpersdorfer Straße samt allen Gebäuden zu kaufen.«

Die Bayerische Vereinsbank in Nürnberg bestätigte auf Nachfrage, dass die Ribot AG am gestrigen Tage Konkurs angemeldet hat.

Für unsere Stadt ist dies ein schwerer Schlag. Kaum hat sich die Wirtschaft nach der schlimmen Zeit der Geldentwertung wieder erholt, kaum sind viele Menschen wieder in Lohn und Brot, verliert Schwabach einen seiner größten Arbeitgeber. Für etliche Familien bricht nun wohl eine bittere Zeit an.

Unser geliebter Gatte und fürsorglicher Vater ist von uns gegangen

Leonhard Gruber

Wirt der »Silbernen Kanne«
geb. den 3. April 1859 – gest. den 14. Oktober 1924
Todesmutig hat er sein Leben geopfert!

Es trauern um ihn:
Anna Gruber, Gattin
Clara Gruber, Tochter

Die feierliche Beisetzung findet am morgigen Tag um 9 ½ Uhr auf dem Waldfriedhof statt.

Einer unserer Besten ist nicht mehr!

Die Schwabacher SPD trauert um ihr langjähriges Mitglied und einen steten, aufrechten Streiter für die gerechte Sache

Leo Gruber

Wir werden ihm ein ehrendes Andenken bewahren!

Kapitel 28
1924

Eine Woche später hielt das Ribot'sche Privatauto am Straßenrand vor der neuen Fabrikhalle. Der Chauffeur hielt den Motor an und sprang aus dem Wagen. Er öffnete den Schlag und half Fritz fürsorglich beim Aussteigen. »Soll ich mit hineinkommen, Herr Kommerzienrat?«, fragte er.

Fritz winkte ab. »Lassen Sie nur, Willy. Warten Sie einfach, bis ich wieder zurück bin. Es dauert nicht lang.«

Er packte seinen Stock fester und ging durch die Einfahrt, vorbei an der Pförtnerloge mit dem kleinen Schiebefenster, das sich nun nicht mehr öffnen würde. Das Atmen fiel ihm immer noch schwer nach der Rauchvergiftung, und er versuchte, langsam und so tief wie möglich Luft zu holen. Der Arzt hatte ihm zwar geraten, noch im Bett zu bleiben, aber wann hatte er je auf einen Doktor gehört? Er trat an das kleine Fenster, sah sein eigenes Spiegelbild und erschrak. Das Gesicht eines Greises blickte ihm entgegen. Die Wangen fahl und eingefallen, die Haare stumpfgrau, die Augen tiefliegend unter struppigen Brauen. Sogar sein Bart, obwohl er ihn vorhin noch mit ein wenig Brillantine nach oben gezwirbelt hatte, schien müde nach unten zu hängen. Einen kurzen Augenblick lang dachte er daran, wieder umzukehren, nach Hause zu fahren oder zu Luise, aber dann ging er doch weiter. Sein Stock klackte rhythmisch auf das nagelneue Pflaster im Fabrikhof. Er steuerte auf das große metallene Schiebetor zu, das in die Halle führte, schob es ein Stück weit auf und trat ein.

Drinnen war Stille. Die riesige Halle war nackt und kahl, bis auf einen vergessenen leeren Bierkasten befand sich nichts darin. Die silbernen Armaturen der Wasserinstallation glänzten, ebenso wie die elektrischen Schalttafeln und die polierten Lichtschalter aus Bakelit. Von der Decke hingen Kabel mit leeren Fassungen für Glühbirnen. Er war kalt, Fritz fröstelte und zog seinen Schal fester. Lange stand er so am Halleneingang, verharrte reglos. Dies hier wäre die Zukunft gewesen. Sein großes Ziel und Vermächtnis. Und nun? Eugen hatte erzählt, die Stadt würde alles kaufen. Mit dem Geld könne man wenigstens die Schulden begleichen. Fritz hatte nur mit den Schultern gezuckt. Seit dem Brand war ihm alles gleichgültig. Er hatte nicht mehr die Kraft, sich mit dem Ende auseinanderzusetzen.

Langsam ging er bis zur Mitte des Saales. Seine Gedanken wanderten ziellos durch Raum und Zeit. Und mit einem Mal veränderte sich etwas. Fritz horchte. »Zu viel Soda!«, rief da einer. Und: »Rühren, Mensch, sonst gibt's Blasen!« In den Kesseln blubberte es, weißer Dampf stieg auf. »Schau, Fritzle, jetzt schütt ich das Ätznatron dazu, ganz langsam, sonst gibt's Klumpen. Und merk dir: Niemals Wasser in die Lauge gießen, das ist gefährlich! Da, nimm das Paddel und rühr fest. So ist's gut. Jetzt entsteht ein schöner Seifenleim, wie dicke Suppe …« Rums, rums, rums, stampften die Kniehebelpressen. Die Trockenhorden ratterten beim Schieben in die Kühlräume. Männerlachen. »Papa, warum stinkt die Schmierseife so?« – »Weil der Talg ranzig war, Bub.«

Fritz machte ein paar Schritte vorwärts. Er kontrollierte die Zutatenliste, schaute in die Kessel, besah sich die Konsistenz. »Zu viel Öl. Einen Tag stehen lassen.« Hinter jedem Sud musste man hinterher sein, sonst konnte man das Zeug am Ende wegschütten! Er tauchte zwei Finger in die Masse, zog das Häutchen. Na, noch ein bisschen zu dünn. »Noch ein Stündchen weiterkochen«, sagte er. Merkwürdig, wie rau seine Stimme klang. Er schluckte ein paarmal, um den Hals freizubekommen. Ah, dort drüben war grad die Eschweger fertig! Fritz ließ den Stock fallen und merkte es gar nicht. Er ging und öffnete das Ablassventil. Schön zäh floss die Seifenmasse. Prima 1a Qualität. Der alte Stolz stieg in Fritz auf. Er spürte seine Kraft zurückkommen, den Schaffensdrang, die unbändige Freude an der Arbeit. Singen hätte er mögen und tanzen, wenn da nicht dieser merkwürdige Schmerz in der Brust gewesen wäre. Tief sog er die Luft ein. Wie das duftete! Nach Rose, Zitrus, Patchouli. Nach Bergamotte und Mandel. Zeder. Vanille.

Fritz lächelte. Er machte einen ungeschickten Schritt auf das Regal mit den Duftölen zu. Und noch einen. Dann stürzte er zu Boden wie ein gefällter Baum.

Kapitel 29

Aus dem Testament von Fritz Ribot, verfasst am Tag seines 70. Geburtstags, dem 28. August 1922

Mein letzter Wille!

Bei meinem Abscheiden in das unbekannte Jenseits bitte ich – neben allen finanziellen Verfügungen – dieses zu befolgen:

1. Neben der gesetzlich vorgeschriebenen handschriftlichen Bestimmung über die Feuerbestattung meines Leichnams bestimme ich noch, daß die Überreste, die sog. »Asche«, auf unserem Haferfeld ausgestreut werde, damit sie meinen vierfüßigen Lieblingen noch dienlich ist.

2. Sollte das aus irgendwelchen zopfigen Vorschriften unmöglich sein, so bitte ich, die »Asche« in einem hölzernen Behälter im Grabe meiner Eltern beizusetzen, damit sie der Verwesung anheimfällt; denn ich möchte nicht, daß mit einer Metall-Urne ein Kultus getrieben wird, und den Urenkeln ist sie nur noch ein lästiger Ballast!
   Nach dieser Begründung darf ich wohl erwarten, daß meine lieben Zurückbleibenden diesem Willen Rechnung tragen.

3. Irgend eine feierliche Zeremonie soll mit der Beisetzung, wenn diese unbedingt notwendig ist, nicht verbunden sein.

4. Wenn es zur Beruhigung meiner Angehörigen dient, so habe ich gegen die Begleitung der Pfarrer oder die sog. »Aussegnung« nichts einzuwenden; ich selbst verzichte darauf, denn ich bin mit meinem Gott stets ohne Vermittler fertig geworden.

5. Eine sog. Trauermusik vom Turm möchte ich unter keinen Umständen; dagegen habe ich gegen eine Begleitung meines Leichnams mit Musik nichts einzuwenden; nur sollen keine Choräle oder Trauermusik gespielt werden, sondern schneidige Märsche, wie ich sie im Leben geliebt habe.

6. Jammern und Wehklagen um mein Abscheiden aus dieser schönen Welt bitte ich dringend zu unterlassen; es liegt kein Grund dazu vor. Ich habe ein schönes, beneidenswertes Leben gelebt im Kreise meiner Familie, die alles aufgeboten hat, um mir Beweise ihrer Liebe zu geben. Ja, es war ein gottbegnadetes Leben, deshalb ist keine Veranlassung zum Wehklagen gegeben. Gönnt es mir, dass ich ausruhe. Leben hieß bei mir immer: arbeiten, schaffen, sorgen und genießen!

7. Traget keine Trauerkleider um mich; es ist ein heller Unsinn! Ich habe nie die schwarzen Farben leiden mögen, sondern immer das Helle, Sonnige im Leben geliebt; meint Ihr, es muß der öffentlichen Meinung Rechnung getragen werden, so genügt dazu doch ein Flor um den Arm! Unter keinen Umständen zieht den Kindern, diesen sonnigen Geschöpfen, dunkle Trauerkleider an.

8. Meine beiden Russinnen »Orla« und »Sascha« sollen mich hinausziehen; nicht schwarz behangen mit Decken, sondern in dem schönen Kleide, das ihnen die Natur verliehen hat!

9. Meine Familie bitte ich: Steht an meinem Grabe alle versöhnt zusammen. Kümmert Euch voll Zuneigung um die Frau, die mir viele Jahre lang als Gefährtin zur Seite gestanden und mir Liebe, Glück und Frieden geschenkt hat. Meine Luise: Trauere nicht, sei dankbar für das, was gewesen! Und mein Viktor: Behalte mich in liebender Erinnerung als der gute Vater, der ich immer habe sein wollen. Liebe Töchter: Nun kann ich leider nicht mehr für Euch da sein, aber seid getrost und weinet nicht. Ich war stets stolz auf Euch. Liebe Enkelkinder alle: Seid nicht traurig, denn in euch lebt auch ein Teil von mir weiter.

10. Und nun habt heißen Dank für alle Lieb' und Treue; auch für die Ausführung vorstehender Bestimmungen. Verzeiht meine Schwächen und Fehler. Noch 1000 Grüße und Küsse!

Euer dankbarer, getreuer Fritz

Epilog
Zehn Jahre später

Im Nürnberger Bahnhof herrschte geschäftiges Kommen und Gehen. Gepäckträger schleppten Koffer, Reisende in Staubmänteln eilten mit ihren Aktentaschen die Treppen zu den Bahnsteigen hoch, Bahnangestellte in Uniform und Schirmmütze bahnten sich zielstrebig ihren Weg durch das Getümmel, ganze Familien standen wartend vor der schwarzen Anzeigetafel. Die riesige Bahnhofsuhr zeigte 10 Uhr 45.

Viktor und Paula betraten die große Halle mit Koffern in jeder Hand. Hinter ihnen ging die zwölfjährige Sascha, einen blauen Rucksack auf dem Rücken, die dunklen Zöpfe zu praktischen Affenschaukeln hochgebunden.

»Bereit?«, fragte Viktor.

»Ja«, sagte Sascha, und Paula nickte. »Hast du auch die Zugfahrkarten?«

Viktor klopfte auf die Innentasche seines Jacketts. »Alles da. Also los.«

Sie durchquerten die Halle, vorbei an einer »Stürmerbude«, wie man sie seit einigen Jahren überall in der Stadt fand. »Die Juden sind unser Unglück« stand mit großen schwarzen Buchstaben in deutscher Schrift auf einem Plakat, dahinter ein hämisch feixendes, spitzbärtiges Männergesicht mit Seitenlocken und riesiger Hakennase. Der Verkäufer, ein großer blonder Vorzeige-Arier im braunen Hemd, ordnete gerade die Auslage. Viktor kam das Gesicht bekannt vor, aber ihm fiel nicht ein, wo er den Mann schon einmal gesehen hatte.

Zu den Bahnsteigen, sagte das Hinweisschild an der Wand über der Bude. Die kleine Familie stieg die Treppe zum Gleis sieben nach oben und stellte dann die Koffer ab. Es war noch eine Viertelstunde Zeit.

»Da seid ihr ja!« Clara und Julius kamen heran, wie immer Arm in Arm. »Wir haben schon gedacht, ihr habt's euch anders überlegt«, grinste Julius. »Wo ich doch eigens für unser Abschiedstreffen einen Termin zur Verteidigung eines Nazibonzen abgesagt hab!«

Clara sah sich schnell um und zischte. »Schscht, nicht so laut! Wenn dich jemand hört!«

Julius hob die Hände. »Grad wollt ich zur Tarnung bei deinem Freund Gustav eine Ausgabe vom ›Stürmer‹ kaufen, und du hast mich nicht gelassen.«

»Weil der uns hier nicht sehen muss«, gab Clara zurück. »So kurz vor der Abfahrt brauchen wir keine Schwierigkeiten.«

Jetzt wusste auch Viktor wieder, wer der ›Stürmer‹-Verkäufer war. Er hatte diesen Gustav einmal bei Clara und Julius gesehen, als er seine schüchterne Frau nach dem Kaffeetrinken abgeholt hatte.

»Da kommen die anderen!«, rief Paula. Vorne an der Treppe standen Eugen und seine Frau Else, die den Mantel über ihrem dicken Babybauch schon nicht mehr zubrachte, hinter ihnen Gusti und Luise.

»Oma Luise, Oma Luise!« Sascha rannte auf Luise zu und warf sich in ihre Arme. »Hast du's dir überlegt? Kommst du doch mit?«

Luise strich dem Mädchen übers Haar und schüttelte den Kopf. »Vielleicht besuch ich euch an Weihnachten, Schätzle. Das ist ja schon bald.«

Gusti ging mühsam an zwei Stöcken auf Viktor und Paula zu. Sie konnte nur noch schwer laufen, hatte aber darauf bestanden, mitzukommen. »Ihr müsst versprechen, uns zu schreiben«, sagte sie. »Und wenn alles vorbei ist, sehen wir uns wieder.«

So schnell wird das nicht vorbei sein, dachte Viktor, aber er sagte nichts. Es war eine schwere Entscheidung gewesen, Deutschland den Rücken zu kehren, und sie hatten lange mit sich gerungen, aber spätestens seit der »Machtergreifung« der Nazis und den ersten Boykottaktionen gegen Juden war er überzeugt, dass sie das Richtige taten. Für sich und vor allem für Sascha. Ihre Zukunft galt es zu sichern. Viktor hatte nach und nach mit Hilfe eines Schweizer Geschäftspartners sein gesamtes Vermögen in das Nachbarland transferiert, hatte Scheinverkäufe seiner Immobilien getätigt, deren Geld auf Nummernkonten im Ausland geflossen war, hatte in der Schweiz über einen Strohmann eine Firma gegründet. Alles war vorbereitet.

Paula hatte sich zuerst gewehrt. »Ich will nicht kapitulieren vor dieser Bande«, hatte sie trotzig gesagt. »Ich lass mich nicht verjagen wie ein Tier!« Aber dann hatte ihr Berliner Patenonkel seine Medizinprofessur verloren und war darüber verzweifelt, zwei Frankfurter Cousins wurden aus ihren Beamtenstellen entlassen, das schöne Schmuckgeschäft ihrer beiden Großonkel in Leipzig war beim Judenboykott von einer aufgebrachten Menge beinahe gestürmt worden. Und Paula erlebte hautnah mit, wie sehr das Bankhaus Kohn in Nürnberg unter den ständigen Drangsalierungen und Anfeindungen der Nazis litt, die täglich schlimmer wurden. Da gab sie nach. Etliche Mitglieder der großen Kohn-Familie waren schon nach Palästina ausgewandert, doch das kam für Paula und Viktor nicht in Frage. Sie entschieden sich für die Schweiz.

»Einfahrt des Zuges nach Zürich über Donauwörth, Ulm, Schaffhausen auf Gleis sieben in fünf Minuten um zehn Uhr einundzwanzig«, tönte es aus dem Lautsprecher.

»Willst du nicht doch mitkommen?«, fragte Paula Luise zum letzten Mal. »Sascha braucht doch ihre Oma.«

Luise lächelte und schüttelte den Kopf. »Ich bleib bei meinem Fritz. Und bei meinem Peterle. Einen alten Baum verpflanzt man nicht mehr.« Die beiden umarmten sich.

Eugen schüttelte Viktor die Hand. »Ruf sofort an, wenn ihr angekommen seid. Und hier: ein kleines Andenken.« Er gab Viktor ein kleines blaues Schächtelchen.

»Was ist das?«, wollte Viktor wissen.

»Eine Überraschung«, sagte Eugen. »Weißt du, ich kann's einfach nicht lassen. Jetzt koch ich halt Seife im Hinterhaus, aber es ist wenigstens ein Anfang. Die Stelle als Kontorist beim Kaufhaus Schocken, die du mir verschafft hast, hab ich zum letzten Ersten gekündigt. Die Gusti und die Luise passen auf das Kind auf, wenn's da ist, und die Else hilft mir im Labor. Zwei Mitarbeiter hab ich auch schon in Aussicht.« Er zuckte die Schultern. »Na ja, die große Hofseifenfabrik ist's nicht mehr, aber wir werden schon davon leben können.«

»Wenn du Hilfe brauchst, sag Bescheid.« Viktor umarmte Eugen.

Clara nahm Paulas Hände in ihre. »Viel Glück für euer neues Leben«, sagte sie. »Und danke, dass Julius seine Kanzlei in eurer alten Wohnung einrichten darf. Die Miete bekommt ihr pünktlich, nein, keine Widerrede, sie ist sowieso schon niedrig genug. Auch wenn Julius viele arme Klienten hat, ein paar zahlen schon ordentlich. Und ich verdien ja schließlich auch was mit meiner Schreiberei.«

Paula erwiderte Claras Händedruck und versuchte, die aufsteigenden Tränen hinunterzuschlucken. Sie fühlte sich verloren. Auch wenn Viktor alles perfekt arrangiert hatte und sie keine Angst vor der Zukunft in der Schweiz zu haben brauchte – dieser Schritt fiel ihr so schwer. Aber dann dachte sie daran, dass sie eine Tochter hatte, die sie schützen musste, um jeden Preis. Sie straffte den Rücken, schob das Kinn vor und lächelte tapfer.

»Da seid ihr ja!« Lisbeth winkte von der Treppe aus; sie und Jacob schoben den Kinderwagen mit dem kleinen Emil, so schnell sie konnten, durch die Wartenden. Die kleine Ruth trippelte nebenher und hielt sich am Wagen fest. Lisbeth und Clara umarmten sich. »Der Jacob hat noch Klavierstunde geben müssen, deshalb kommen wir so spät«, sagte sie atemlos. Die beiden lebten seit Ruths Geburt vor vier Jahren in Nürnberg, wo Jacob bei den Philharmonikern spielte und nebenbei noch Unterricht gab. Jetzt zog Viktor Jacob ein Stück zur Seite. »Denk dran, mein Angebot steht noch«, sagte er leise.

Jacob nickte ernst. »Bist ein echter Freund. Bis jetzt will die Lisbeth noch nichts davon hören, nach Zürich zu gehen. Aber ich fürchte, es wird nur eine Frage der Zeit sein. Ich bekomme im Orchester immer mehr Schwierigkeiten, und ein Schüler nach dem anderen bleibt weg. Da hilft es auch nicht, dass ich bei der Hochzeit konvertiert bin.«

Viktor schüttelte traurig den Kopf. »Du kommst denen nicht aus, Jacob. Die schrecken vor nichts zurück. Geht lieber früher als später. Ihr wisst, dass ihr bei uns immer herzlich willkommen seid.«

»Es fährt ein auf Gleis sieben der Zug nach Zürich, Abfahrt zehn Uhr fünfundzwanzig. Achtung an den Gleisen!«

Ein junger Mann mit viel zu langen Haaren und einer riesigen Zeichenmappe unter dem Arm drängte sich durch die Wartenden.

»Ben!«, rief Paula. »Wir haben schon gedacht, du schaffst es nicht mehr.«

»Bin zu spät von der Akademie weggekommen«, keuchte Ben. »Und dann hab ich die Straßenbahn verpasst.«

Es reichte noch für eine kurze Umarmung, dann fuhr der Zug ein, hielt mit quietschenden Bremsen. Luise hängte sich bei Gusti ein und putzte sich die Nase. Der Schaffner pfiff. »Einsteigen! Alles einsteigen!«

Julius reichte Viktor die Koffer in den Zug, während Paula und Sascha schon ins Abteil vorausgingen und das Fenster nach unten schoben. Sie winkten den anderen zu. Über Paulas Wangen liefen die Tränen. Viktor schwenkte grüßend sein Taschentuch. Sascha rief: »Ade, Onkel Eugen! Ade Onkel Julius und Tante Clara! Ade Oma Luise! Ade Oma Gusti, Ade Ben! Ade Lisbeth und Jacob! Wir sehen uns bald!«

Langsam rollte der Zug an, die Räder drehten sich immer schneller, und die drei Reisenden winkten und winkten, riefen, lachten und weinten, bis das Grüppchen der anderen langsam aus ihrem Sichtfeld verschwand.

In Viktors Jackentasche steckte immer noch das Schächtelchen, das Eugen ihm gegeben hatte. Jetzt holte er es heraus. Auf dem blau eingefärbten Karton war die Zeichnung eines halbierten Hühnereis mit gelbem Dotter zu sehen – sie trug ganz eindeutig Bens Handschrift. Darunter stand in schwungvollen modernen Lettern:

Ray-Seife

Seifenfabrik Ribot, Schwabach

Viktors Hand schloss sich um das kleine Schächtelchen. Ein neuer Anfang, dachte er. Siehst du, Vater, es geht doch weiter. Der Zug nahm Fahrt auf, vor den Fenstern zog die Stadt der Reichsparteitage vorbei, immer schneller und schneller.

Viktor sah Paula an und lächelte.

Nachwort

Zur Geschichte der Firma und Familie Ribot

Die Seifenfabrik Philipp Benjamin Ribot war einst einer der bedeutenden Traditionsbetriebe Mittelfrankens. Aus allerkleinsten Anfängen (eine von acht handwerklichen Seifensiederwerkstätten in Schwabach) entwickelte sich die Firma zur größten Seifenfabrik Bayerns und viertgrößten in Deutschland. Sie lieferte in alle europäischen Länder, sogar bis nach China. Zu den Kunden zählten der bayerische Königshof und die österreichische K.- u. k.-Kriegsmarine. Produziert wurde nicht nur ein umfassendes Sortiment an Kern- und Toilettseifen mit den Flaggschiffen »Schwalbenseife« (schwamm auf dem Wasser) und »Ray-Seife« (mit Hühnerei), sondern auch Waschpulver, Zahnputztropfen, Rasierseifen bis hin zu Wunderkerzen.

Für den Aufstieg der Firma sorgten bald modernste Produktionsmethoden: Schon 1864 installierte man den ersten Dampfkessel, später trieb eine riesige MAN-Dampfmaschine (heute am Eingang des Schwabacher Stadtmuseums) etliche Schuckert-Gleichstromdynamos an, die dann Pumpwerke, Siedevorrichtungen und Schneidemaschinen mit Strom versorgten. Die Siedekessel hatten ein Fassungsvermögen von bis zu zehn Tonnen. 1897 erhielt die Fabrik elektrische Beleuchtung, um diese Zeit wurden jährlich 25 000 Ztr. Rohfette, 6000 Ztr. Soda, 2000 Ztr. Salz, 3000 Ztr. Harz und 1000 Ztr. Pottasche verarbeitet. Der Jahresumsatz um die Jahrhundertwende belief sich auf knapp eine Million Mark. Als erster Teilnehmer in Schwabach ließ man sich einen Telefonanschluss legen – mit der leicht zu merkenden Nummer 1.

Die engen Beziehungen zur Verwandtschaft in Amerika führten dazu, dass sich die Firma in ihren Verkaufsmethoden stark an der Neuen Welt orientierte. Man legte den Seifenpackungen Gewinnlose oder Gratisgaben bei, brachte Reklamemarken heraus, die in Alben gesammelt wurden, veröffentlichte die »Kinderbibliothek« zum Sammeln. Das war damals in Deutschland revolutionär. Es gab schon früh Aufschriften auf Hausfassaden, Plakate für Litfaßsäulen, man betrieb sogar Kinowerbung mit Großdias.

Als der Firma 1904 der Titel »Königlich bayerische Hofseifenfabrik« verliehen wurde, stand sie auf dem Zenit. Der Anfang vom Ende kam mit Ausbruch des Ersten Weltkriegs. 1914–18 mussten alle deutschen Seifenfabriken zwangsweise auf die Produktion von Glyzerin (das bei der Verseifung anfällt) für Sprengstoffe umgestellt werden. Die Seifenproduktion brach komplett ein. Bereits 1916 waren von rund 3000 Seifensiedereien in Deutschland nur noch 150 übrig, darunter die Firma Ribot. Danach kamen schwere Notzeiten und schließlich, ganz entscheidend, die Inflation. Die Firma erholte sich nie wieder. Toilettseifen wie die Schwalben- und Ray-Seife blieben nach dem Krieg bedeutungslos – niemand konnte sich teure Seifen noch leisten.

Genauso fatal wirkte sich der totale Verlust der Exportmärkte aus. Die aus der Not geborene Umwandlung in eine AG im Jahr 1922 half nicht. Und die Konkurrenz – darunter Weltfirmen wie Henkel oder Sunlight (heute Unilever) – zwang die Firma Ribot schließlich in einen halsbrecherischen Wettbewerb (mit »heilloser Preisschleuderei«, wie Fritz es formulierte), der für den angeschlagenen Schwabacher Familienbetrieb nicht zu gewinnen war.

Die handelnden Figuren aus der Familie Ribot sind fast alle historisch real, angefangen beim alten Meister Strunz und seiner Frau über Philipp Benjamin, den wandernden Gesellen aus Cannstatt, bis hin zur letzten Generation Eugen, Julius, Ben und Lisbeth. Julius hieß in Wirklichkeit wie sein Onkel Fritz, ich habe ihn lediglich umbenannt, um Verwechslungen zu vermeiden.

Die Ribots waren bis in die 1950er Jahre in Schwabach eine *der* Honoratiorenfamilien der Stadt. Herausragende Persönlichkeit war Fritz, der als Geschäftsgenie und Innovator für den Aufstieg der Firma verantwortlich war. Er hat tatsächlich in Moskau gearbeitet, die Liebesgeschichte mit Sascha ist wahr. All dies wissen wir aus Fritz' »Lebenserinnerungen«, die heute im Stadtarchiv liegen und hauptsächlich seine Jugend und frühe Erwachsenenzeit umfassen. Manche

Passagen daraus habe ich für den Roman wörtlich übernommen und die Erinnerungen dann auch für die späteren Jahre weitergeschrieben.

Nach seiner Zeit in Russland und dem Militärdienst heiratet Fritz tatsächlich seine amerikanische Cousine Sophie – auf Fotos eine blonde Schönheit – und nimmt von seiner Amerikareise neue Ideen und Know-how mit. Sophies spätere Affären und ihr Tod sind allerdings fiktiv und der Dramaturgie des Romans geschuldet. Fritz' Brüder Carl und Konrad heiraten ebenfalls Amerikanerinnen, die Schwestern Gusti und Emma (ihr Vater ist Christopher Lipps, dessen riesige Seifenfabrik in Baltimore heute noch Legende ist). Carl begeht tatsächlich Unterschlagungen, wird hinausgeworfen und geächtet und ist ein Jahr später tot. Sein Name wurde in der Familie totgeschwiegen; nicht einmal die heute noch lebenden Nachkommen wussten von seiner Existenz, als ich nach ihm fragte.

Fritz' Rolle im Vorschussverein und dessen Konkurs – tatsächlich ein früher Bankenskandal! – ist ebenfalls real, genauso wie seine politische Karriere bis zum Landtagsabgeordneten. Die Geschichte der beiden Töchter Tilly und Käthchen mit ihren beiden Ehemännern ist wirklichkeitsgetreu nachgezeichnet; Tillys Villa steht heute noch imposant am Rand des Schwabacher Stadtparks. Wir kennen aus den Quellen so viele Details über das Leben der Familie, dass ich als Autorin gar nicht mehr viel Phantasie einsetzen musste.

Aus damaturgischen Gründen habe ich allerdings nicht Fritz 1914 an Magenkrebs sterben lassen, sondern seinen Bruder Konrad. Fritz sollte den tragischen Niedergang der Firma im Roman noch miterleben. Wie im Roman haben später Konrads Söhne auch tatsächlich die Firma geerbt.

Um Sophie nicht Unrecht zu tun, muss ich noch erwähnen, dass sie, anders als im Roman, nie eine Affäre hatte und mit Fritz bis zu dessen Tod verheiratet war. Auch die späte Liebe von Fritz und Luise ist fiktiv – ich wollte Fritz einfach nicht allein durchs Leben gehen lassen. Ein Roman schenkt solche Freiheiten; den historisch korrekten Fachaufsatz zum Thema Ribot habe ich schon 1999 geschrieben, er ist allerdings vergriffen.

Insgesamt sind alle im Roman agierenden Familienmitglieder (bis hin zu Hund und Pferden) real, allein Fritz' Sohn Viktor ist fiktiv.

Auch der Freundeskreis der Familie – von den Schwabacher Nadelfabrikanten bis hin zum Dekan Herold – ist historisch.

Meiner Phantasie entsprungen sind die Figuren »auf der anderen Seite«: Rosa, Leo, und Luise, die Familie der »Silbernen Kanne«. Hans ist ebenfalls fiktiv, genau wie Lisettes und seine Liebesgeschichte. Ich wollte einfach gerne einen Goldschläger in der Geschichte haben – Schwabach ist ja heute noch *die* Goldschlägerstadt Deutschlands, Schwabacher Blattgold wird in alle Welt exportiert und alle Details über die Schlägerei sind von mir akribisch recherchiert. Die »Silberne Kanne« kennt in der Stadt jeder, das grün getünchte Haus mit dem Wirtshausnamen an der Fassade steht heute noch. Bis vor etlichen Jahren wurde das Lokal (tatsächlich früher das Stammlokal der Schwabacher SPD) noch betrieben – Generationen von Schwabacher Schülern haben dort in ihren geschwänzten Schulstunden unter dem Lassalle-Porträt Schafkopf gespielt. Die im Roman aufgeführten Schwabacher »Sozis« sind alle historisch, ebenso Details wie das Verstecken der Vereinsfahne des Wahlvereins oder die Liebknecht-Rede im Bärensaal. Mein Ziel war es, als Kontrast zu der reichen Fabrikantenfamilie und ihrem Umfeld den gleichzeitigen Aufstieg der Sozialdemokratie und das damalige Arbeiterdasein zu beleuchten. Denn die sogenannte »Gründerzeit« war ja nicht nur die Zeit des aufstrebenden Bürgertums und der industriellen Entwicklungen und Erfindungen, sondern auch die Zeit, in der die Arbeiterschaft politisch eine Stimme fand.

Historisch genau bearbeitet sind im Übrigen auch die ersten Jahre des legendären »Club« 1. FC Nürnberg – damals noch als Rugby-Mannschaft ins Leben gerufen. Die Namen der erwähnten Spieler kennt heute noch jeder Clubfan auswendig. Wer sich für die frühen Jahre des Fußballs interessiert, wird hier hoffentlich auf seine Kosten kommen.

Wie immer in meinen Romanen habe ich historische Versatzstücke in den Text hineinmontiert – von Fritz' Lebenserinnerungen und seinem originellen Testament über diverse Zeitungsartikel bis hin zum Mobilmachungsbefehl 1914.

Die Firma Ribot hat von 1849 bis (nominell) 1953 existiert. Heute noch widmet das Stadtmuseum Schwabach dem Thema »Ribot« und der Seifenfabrikation eine eigene Abteilung, die ich vor Jahren selber mit beforscht, geplant und eingerichtet habe. Aus den damaligen Recherchen haben sich die Grundlagen dieses Romans ergeben. Immer noch liegen im Museumsdepot sowie im Schwabacher Stadtarchiv Geschäftsunterlagen, Werbematerial, Fotografien, Seifenrezepturen und Exponate aller Art.

In Schwabach und Amerika leben noch Nachkommen der einst hochangesehenen Familie. Teile der damaligen Fabrikanlage, das Wohnhaus und die »Alte Farb« in der Nürnberger Straße, die Gerber'sche Villa und die nie bezogenen neuen Fabrikgebäude in der Walpersdorfer Straße stehen immer noch.

Noch ein paar Sätze zum Ende der Firma Ribot. Unter den Unterlagen der Firma habe ich ein Direktionsschreiben entdeckt, das Konrads Söhne Mitte der 20er Jahre verfasst haben und in dem es recht drastisch heißt: »Wir jungen Ribots müssen nun den Dreck ausbaden, und wir hätten nicht gedacht, dass man uns als Aktiengesellschaft eine tote Firma übergibt, die ihren Kundenkreis und die Nachfrage nach ihren Erzeugnissen verloren hatte.« Der Rest war ein schier endloser Kampf ums nackte Überleben des Betriebs; es kam immer wieder zu Entlassungswellen, vorübergehenden Stilllegungen, Aufnahme von Hypotheken. 1929 musste schließlich Vergleich angemeldet werden. Danach wurde die Firma noch in kleinstem Rahmen mit insgesamt zehn Angestellten weitergeführt und überstand mit knapper Not die Zeit des Nationalsozialsmus. Dabei waren jährlich zum Teil große Verluste zu verzeichnen; immer wieder mussten Immobilien verkauft werden, um Kapital nachzuschießen. Nach dem Krieg, so erinnert sich ein Ribot-Nachkomme, hätten seine Onkel »in Kloßtöpfen in der Küche« Seife gesotten. Auch das Wirtschaftswunder konnte der sterbenden Firma keinen Aufschwung mehr bringen. Die Führungsspitze der Firma bietet um diese Zeit ein Bild der Hilflosigkeit. 1953 erfolgte schließlich die endgültige Liquidation der Firma. Die einstmals größte Seifenfabrik Bayerns wurde nach 104-jährigem Bestehen endgültig stillgelegt. Anfang der 80er Jahre wurde das komplette Firmengelände von einer Bau- und Immobilienfirma aufgekauft.

Den langen und stetigen Abstieg über drei Jahrzehnte wollte ich meinen Leserinnen und Lesern nicht mehr zumuten; deshalb lasse ich die Firma im Jahr 1924 durch einen Unglücksfall bankrott gehen.

Die junge Ribot-Generation musste den Niedergang allerdings erleben; Dr. Eugen Ribot starb 1976; seine Tochter Christa wohnte bis zum Schluss im Ribot-Haus. Fritz (Julius) starb 1979 in Schwabach; Lisbeth (im richtigen Leben hat sie nie geheiratet) schlug sich nach dem Krieg als Klavierlehrerin durch und starb 1972. Ben hat nie geheiratet, er starb 1987. Heute noch finden sich Nachkommen von Christa in den USA; zwei von Tillys Enkeln leben noch in Schwabach.

Zur Geschichte der Seifenherstellung

Benutzen Sie noch ein Stück Seife? Ich ja – erst kürzlich bekam ich von einer Freundin eine handgemachte Geschenkseife mit Rosenduft, die ich zum Händewaschen nehme. Sonst benutze ich eigentlich meist Flüssigseife für die Hände, Shampoo für die Haare, Duschgel für den Körper. Waschmittel flüssig oder als Pulver für die Wäsche, Bodenpflegemittel für den Fußboden, spezielle Glasreiniger für die Fenster ... die Aufzählung ließe sich fortsetzen. Das früher normale Stück Seife ist von hochspezialisierten Produkten meist flüssiger Art abgelöst worden. Kaum jemand denkt heute noch daran, dass man bis vor hundert Jahren für jedwede Reinigung Seife brauchte. Für Haut und Haar hat man sie benutzt, für die Wäsche und zum Putzen. Etwas anderes gab es nicht. Seife war *das* zentrale Produkt für den Haushalt – eine tägliche Notwendigkeit. Ich erinnere mich, dass meine Großmutter im Waschhaus ihre Bettwäsche auf dem Waschbrett mit Kernseife einrieb und dass sie die Küche mit Schmierseife putzte. Und in ihrer Kommode lagerte sie stets einen ordentlichen Vorrat an Seifenstücken. Meine Haare wusch sie allerdings damals schon mit Ei-Shampoo – einem späten Abkömmling der Ribot'schen Ray-Seife – aus kleinen Plastik-Kisschen, die man mit der Schere aufschneiden musste.

Seife ist die am längsten bekannte waschaktive Substanz. Erstmals erwähnt ist sie bei Plinius d. Ä. im ersten Jahrhundert nach Chr., der in seiner »Historia naturalis« von einer Seife schreibt, die die Gallier zum Färben der Haare benutzten. Vorher wurde mit pflanzlichen Produkten oder auch, wie im antiken Rom, mit vergorenem/gefaultem Urin gewaschen, der aufgrund seines Gehalts an Ammoniumkarbonat schwach alkalische Eigenschaften besitzt. Der Inhalt der Urin-Amphoren, die überall in Rom quasi als Pissoirs standen, wurde von Wäschereien genutzt, und als Kaiser Vespasian, der diese Latrinen besteuerte, von seinem Sohn gefragt wurde, ob ihm das nicht unangenehm sei, äußerte er den berühmten Spruch: »pecunia non olet« – Geld stinkt nicht.

Seife besteht aus den Alkalisalzen höherer Fettsäuren, die durch Verseifung von tierischen oder pflanzlichen Fetten oder Ölen entstehen. Die Seifensiederlauge wurde früher aus Kali (Holz- oder Pottasche) oder Natron (Soda) mit Ätzkalk gemischt. Dabei entstand in einem Prozess, der mehrfach wiederholt werden musste und oft tagelang dauerte, ein homogener, gallertartiger »Seifenleim«. Dieser wurde durch Zusatz von Stein- oder Kochsalz in einen »Kern« (obere Schicht) – daher die Bezeichnung »Kernseife« – und die »Unterlauge« getrennt. Nach dem Ablassen der Unterlauge wurde die Seife in Formen geschöpft, wo sie bis zur völligen Erstarrung blieb. Die so entstandenen Seifenblöcke schnitt man anschließend mit Draht zu Tafeln oder Riegeln. Aus 50 kg Talg konnte man auf diesem Weg ca. 100 kg Seife gewinnen, die auf 70 kg eintrocknete.

1789 erfand der französische Arzt Nicolas Leblanc die »künstliche Soda« als Mischung aus Natriumsulfat (Glaubersalz) und Kalk. Diese Soda wurde nun der Lauge beigegeben, was den Siedevorgang erheblich verkürzen half. Gleichzeitig konnte »künstliche Pottasche« aus Kalk und Kaliumsulfat hergestellt werden. Diese beiden Erfindungen waren die Grundlage der modernen Seifensiederei. Die Technologie der »Weißsiederei« entstand – die Zugabe der künstlichen Soda machte die Seife weiß, während die früher hergestellte Seife eine grünliche Farbe hatte. Spätestens seit Mitte des 19. Jhds., als die Kolonien als Rohstofflieferanten an Bedeutung gewannen, wurden zunehmend Palm- und Kokosöl anstatt des Talgs verwendet, was die Qualität der Seife verbesserte.

Nach dem Verseifungsprozess wurde der Seifenleim abgeschöpft oder abgelassen. Zur Herstellung der einfachen Kernseife wurde dieser anschließend »geschlagen«. Für Fein- und Toilettseifen wurde die Grundseife durch Waschen gereinigt und getrocknet. Sie wurde zum Abkühlen in Kastenformen gegossen und bis zum Erstarren abgekühlt.

Nach dem Trocknen kamen die so entstandenen großen Seifenblöcke in den sogenannten »Vorbrecher« zum Zerkleinern. In Pilierwalzwerken wurde die Masse weiterverarbeitet und mit Farbstoffen und Parfümöl versetzt. Die Strangpresse formte anschließend aus der fertigen Seifenmasse Stränge oder Barren, die mit Draht in Stücke geschnitten werden konnten. Mittels eines Stempels oder einer Presse erhielt dann jedes Einzelstück ein Markenzeichen. Diese Art der Seifenherstellung konnte auch leicht abgewandelt werden, je nachdem, welches Zielprodukt – Kern-, Schmier-, Feinseife oder auch Seifenpulver – man anstrebte. Sie merken schon, liebe Leserinnen und Leser, dass ich für diesen Roman mein ziemlich dürftiges Schulwissen in Chemie merklich auffrischen musste. Viel mehr Spaß hat allerdings das gemeinsame Seifensieden im kleinen Naturkosmetik-Labor meiner Freundin Anna gemacht, wo wir mit vereinten Kräften eine wunderbare Kokosölseife zustande gebracht haben.

In meinen anderen historischen Romanen gebe ich im Nachwort meist Leseempfehlungen für diejenigen Leserinnen und Leser, die sich für die Historie der Geschichte interessieren. Das kann ich hier nicht, denn zur Firma und Familie Ribot gibt es nur museale und archivale Unterlagen. Aber wer über den Roman hinaus Interesse an dem Thema hat, dem sei ein Besuch im Schwabacher Stadtmuseum empfohlen und ein anschließender Stadtspaziergang zu den Spielorten der Geschichte. Es lohnt sich!

Zum Thema Seifensieden zu Hause gibt es jede Menge Bücher im Buchhandel. Versuchen Sie's mal – das gibt nette Geschenke, und das Ausprobieren in der eigenen Küche macht wirklich Spaß!

Zum Schluss noch ein herzlicher Dank an alle, die zum Gelingen des Romans beigetragen haben. Danke, Wolfgang Dippert, Stadtarchivar in Schwabach, für Deine Hilfe und Betreuung im Archiv. Danke, Tobias Schmid, Leiter des Schwabacher Stadtmuseums, für den Zugang zu allen Exponaten und zur Ausstellung. Danke, Hannes und Butz Gerber, für die Unterlagen Eurer Familienforschung, die alten Bilder und Eure Erinnerungen beim Weinabend in der Laube der Gerber'schen Villa. Danke, Anna Müller, für das fröhliche Seifensieden. Danke, Angela Haimerl, für unermüdliches und akribisches Korrekturlesen. Danke, Hans Grießhammer, für Dein Fachwissen als Schwabacher »Erinnerungswart«. Danke an das gesamte Team vom Fischer Verlag. Und last but not least: Danke, Dr. Cordelia Borchardt, beste Lektorin von allen, für die kongeniale Zusammenarbeit mit Dir, für Deine guten Ideen, Deinen Rat und Deine Ermutigung (auch wenn ich immer meine Lieblingsstellen streichen muss …).

Und zuallerletzt: Danke, liebe Leserinnen und Leser! Ohne Euch wäre ich nichts!

Schwabach, im August 2017

Personenverzeichnis

*Altmeister Ernst Strunz**, Seifensieder in Schwabach
*Maria**, seine Frau
*Philipp Benjamin Ribot**, Firmengründer
*Babette Strunz**, Tochter des Altmeisters, Ph. Benj. Ribots erste Frau
*Käthe Strunz**, Nichte des Altmeisters, Ph. Benj. Ribots zweite Frau
*Steve Strunz**, Käthes jüngerer Bruder, gründet in Amerika eine Seifenfabrik
*Fritz Ribot**, ältester Sohn von Ph. Benj. und Käthe, Seifenfabrikant und Unternehmergenie
*Carl Ribot**, zweiter Sohn von Ph. Benj. Ribot und Käthe
*Konrad Ribot**, dritter Sohn von Ph. Benj. Ribot und Käthe
*Frieda Ribot**, älteste Tochter von Ph. Benh. Ribot und Käthe, verheiratet mit
*Baron Ferdinand von Reitzenstein**, Bahnbeamter
*Lisette Ribot**, jüngste Tochter von Ph. Benj. Ribot und Käthe, verheiratet mit
*Konsul Eduard Bock**, Rentier
*Sophie Ribot**, Tochter von Steve Strunz, Fritz' Cousine und Ehefrau
*Emma Ribot**, Ehefrau von Carl
*Gusti Ribot**, Emmas Schwester und Konrads Ehefrau
*Käthchen Ribot**, Tochter von Fritz und Sophie, verheiratet mit
*August Bacheberle**, Seifenfabrikant
*Tilly Ribot**, jüngere Tochter von Fritz und Sophie, verheiratet mit
*Karl Gerber**, Bankier und Ziegeleibesitzer
*Dr. Eugen Ribot**, ältester Sohn von Konrad und Gusti
*Julius Ribot**, zweiter Sohn von Konrad und Gusti
*Lisbeth Ribot**, Tochter von Konrad und Gusti
*Ben Ribot**, jüngster Sohn von Konrad und Gusti

Sascha Mischkin, Fritz' große Liebe in Moskau
Viktor Mischkin, Sohn von Sascha und Fritz
Luise Götz, Fritz' späte Liebe
Robert Mühlhäuser, Ingenieur und Sophies große Liebe
Rosa Adel, langjähriges Dienstmädchen bei den Ribots
Mina, Dienstmagd bei den Ribots
Leo Gruber, illegitimer Sohn des Altmeisters Strunz mit Mina
Trudel Beck, Wirtin der »Silbernen Kanne«
Christian Beck, Trudels Ehemann, Wirt der »Silbernen Kanne«
Anna Beck, Tochter von Trudel und Christian, Ehefrau von Leo
Clara Beck, Tochter von Leo und Anna
Hans Rühl, Goldschläger, Geliebter von Lisette
Hermine Rühl, seine Ehefrau
Paul, Ilse, Tinchen und Valentin, Kinder von Hans und Hermine
Paula Goldstein, Viktors große Liebe
*Martin und Richard Kohn**, Paulas Cousins und Nürnberger Bankiers
*Salman Schocken**, jüdischer Kaufhauskönig
*Georg Baum**, *Konrad Lämmermann**, *Michael Hierl**, Schwabacher Sozialdemokraten
Jacob Levin, Lisbeths Geliebter
Gustav Krauß, Diener bei den Ribots und späterer NSDAP-Anhänger
Dorle Biedenbacher, seine Frau

Historische Figuren sind mit * gekennzeichnet.

Fast alle erwähnten Schwabacher bzw. Nürnberger Honoratioren und Geschäftsleute sind historisch, ebenso die namentlich genannten Spieler des 1. FC Nürnberg.

Die im Vorsatz und vor den einzelnen Büchern wiedergegebenen Motive sind Original-Werbekarten der Firma Ribot.

Stammbaum der Familie Ribot

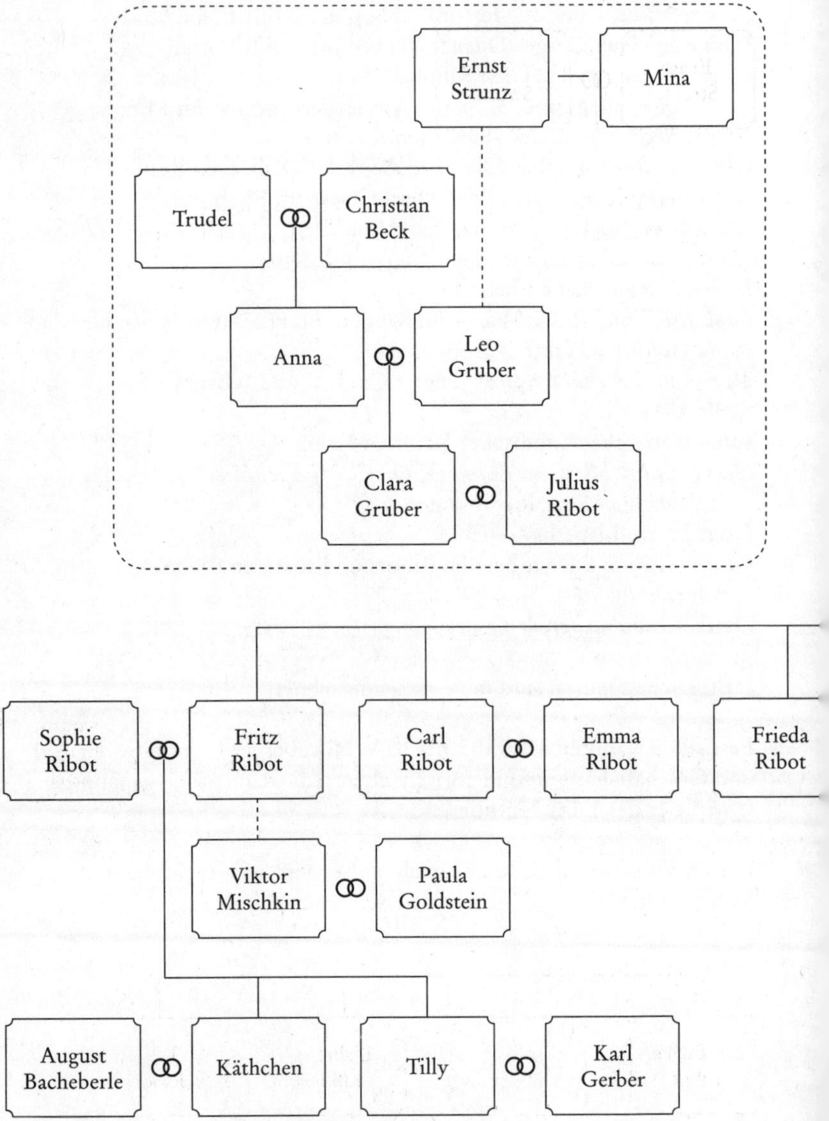

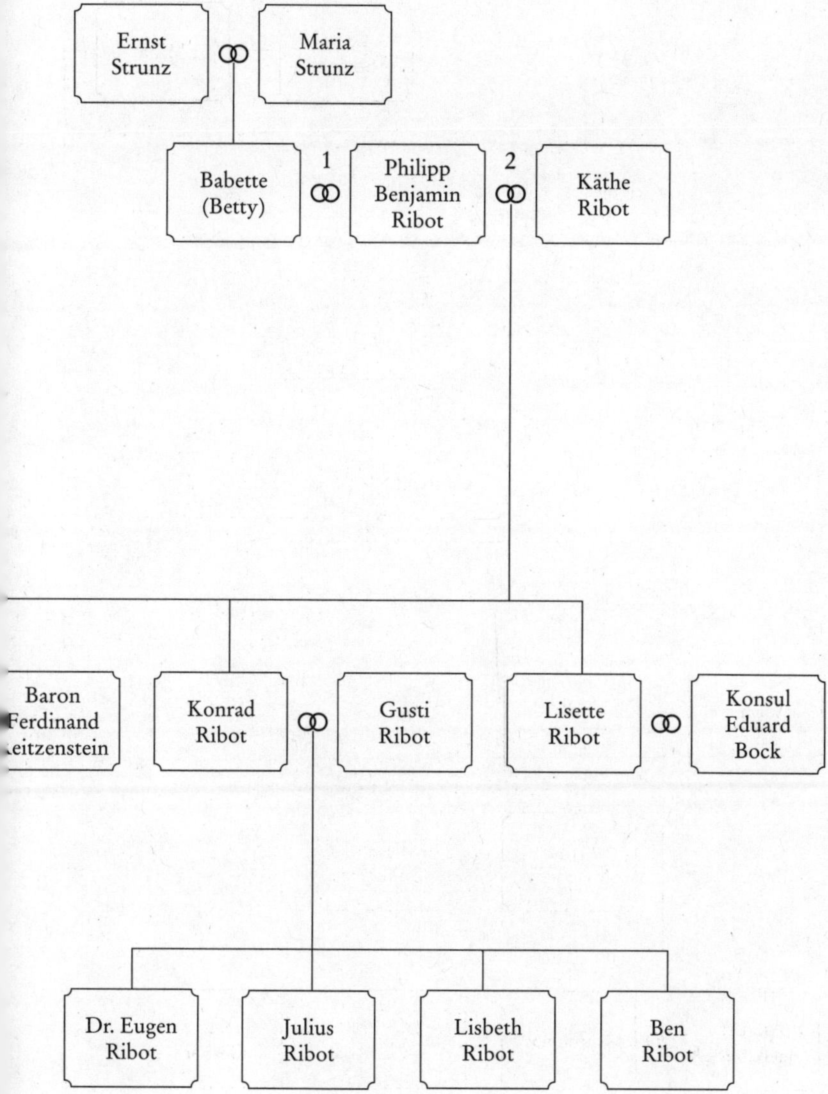
Ernst Strunz
Maria Strunz
Babette (Betty)
1
Philipp Benjamin Ribot
2
Käthe Ribot
Baron Ferdinand [R]eitzenstein
Konrad Ribot
Gusti Ribot
Lisette Ribot
Konsul Eduard Bock
Dr. Eugen Ribot
Julius Ribot
Lisbeth Ribot
Ben Ribot

Sabine Weigand
Die Tore des Himmels
Ein Roman über Elisabeth von Thüringen
Band 18344

Zerrissen zwischen Liebe und Glauben: die junge Landgräfin Elisabeth von Thüringen ist glücklich in ihrer Ehe. Aber sie sucht nach einem Weg, gottgefällig und einfach zu leben. Immer mehr begehrt sie auf gegen die Pracht des Hofes, widmet sich der Fürsorge für die Armen. Doch sie erkennt nicht, dass ihre rigorose Glaubenssuche die Ordnung des Reiches bedroht – und damit ihr eigenes Leben ...

Sabine Weigands Roman um die berühmteste
Frau des deutschen Mittelalters:
»Mitreißend, aufregend, sehr lebendig
und absolut überzeugend.«
Arno Udo Pfeiffer, MDR

Das gesamte Programm gibt es unter
www.fischerverlage.de

fi 18344 / 1